# 鍵の掛かった男

有 栖 川 有 栖

幻冬舎文庫

# 鍵の掛かった男

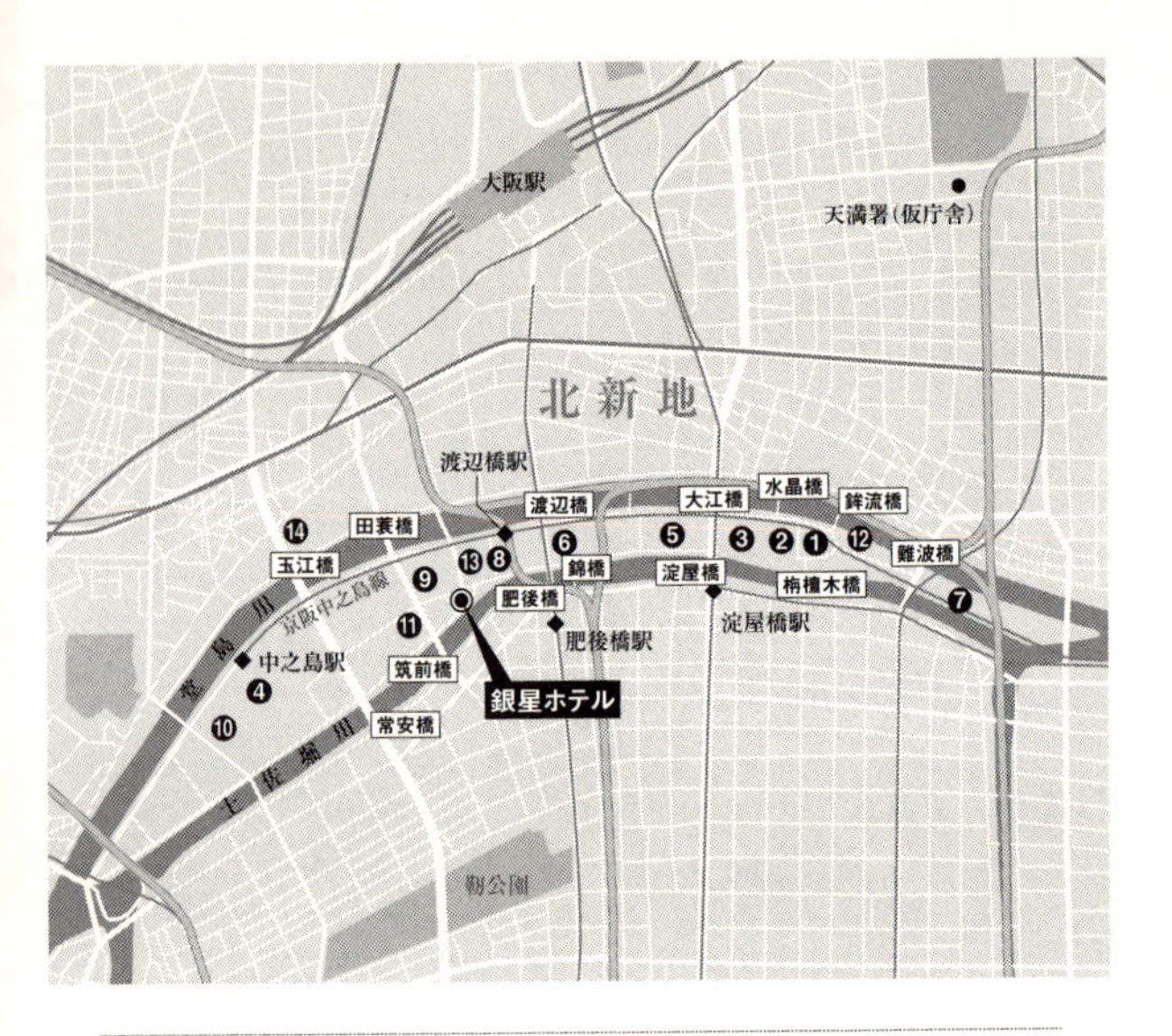


❶ 中央公会堂

❷ 中之島図書館

❸ 大阪市役所

❹ リーガロイヤルホテル大阪

❺ 日本銀行大阪支店

❻ 朝日新聞社

❼ 大阪中之島剣先公園のバラ園

❽ 中之島三井ビルディング

❾ 関西電力

❿ 国際会議場

⓫ 国立国際美術館

⓬ 東洋陶磁美術館

⓭ 中之島ダイビル

⓮ 朝日放送

鍵の掛かった男＊目次

# 第一章　ある島民の死

# 1

司会者に促され、シルバーのスーツ姿が登壇した。あれが今夜の主役か、と私は人垣の隙間から覗き見る。おそらくスーツは新調したものだろうし、頭髪はつい今しがた理容室でセットしてもらったばかりのようだ。

満座の注目を浴びながら、男は背筋を伸ばして晴れの舞台の中央まで足を運び、金屏風の前で真正面を向く。そして、ホテルの係員がマイクの高さを調節する間に、ポケットから折り畳んだメモを取り出して開こうとしたが、緊張のあまりか指先が小さく顫えていた。

「こんな華やかな場に立つことになると思っていなかったもので、胸の鼓動が速くなっています」

男――四十歳の名古屋市役所職員にして覚えにくい筆名の新人賞受賞者は、そんなふうにスピーチを始めた。初々しかったのはそこまでで、自作を選んでくれた選考委員諸氏への謝辞は実に弁舌爽かで、今日まで自分のチャレンジを温かく見守ってくれた妻と娘――それらしい親子連れが舞台のすぐ前にいる――、両親、友人への感謝の言葉も淀みがない。大学時代から小説家を志し、苦節二十年を経て今日の歓喜に至る経緯については、堂々たる語りぶりとなった。会場を埋めた三百人近い出席者たちの心を摑む力のある受賞の挨拶で、いい雰囲気になってきた。

　数年前のことを思い出す。ある新人賞に佳作入選して作家デビューを果たした私は、授賞式に招いてはもらえたが壇上に立つことはできず、舞台下の椅子に座っていただけ。それでも充分に晴れがましかったとはいえ、受賞者として一世一代の拙いスピーチがしてみたかった。

　あの時は選考委員の講評が延々と続き、それでいて佳作の私への言及はごく簡単なものだったから途中から退屈してしまって、シャンデリアをぼんやり眺めていた。目を細めると光暈の中に虹色が輝くのが夢のようで、自分がどこにいるのかも忘れて見入っていた。やっと作家としてスタートが切れる、行く手に道が拓けた、という高揚の中での軽い放心状態にあったわけだ。

　佳作でデビューというのもお前らしい、と大学時代からの友人は言った。私はそんなに奥床しい人間でもないのだけれど、彼の目にはそう映っているらしい。美しい誤解の一つだろう。口の悪い男だが、あの時の言葉は揶揄ではなかった。

　今宵の受賞者は軽い冗談で場内を沸かせ、胸を張って今後の抱負を述べ、ほどよい長さでスピーチを終えたので、大変よろしいと評価するごとく大きな拍手が送られた。次なる式次第は乾杯だ。文壇のさる大御所作家——初めて尊顔を拝した——がグラスを片手にマイクの前に立ち、三分ばかり時間をわがものとして上機嫌で時事ネタの雑談をしてから、受賞者に祝福と励ましを与えたかと思うと、不意に「乾杯！」と大声を発した。おかしなタイミングだったが毎度のことらしく、ほらきた、という感じの笑い声が起きる。授賞式はつつがなく終了し、パーティが始まった。

私は、とりあえずオードブルを皿にいっぱい盛ってきて、話し相手もいないまま独りで黙黙と食べる。空腹だったので食事に専念できるのは好都合ではあったけれど、やはりどうにも所在がなかった。こちらだって作家の端くれだし、純文学系のパーティではないから知った編集者もちらほらと見掛けるのだが、みんな他の作家と歓談中で「どうも」と短い挨拶を交わすことしかできない。千年前の後宮に立食パーティというものがあったなら、かの高名な女性エッセイストが色々と面白いことを綴ったに違いない。現在の私のように、そういう席で話し相手がいなくて料理をぱくつくだけなのは「いとわびし」とされただろう。

わびしさに耐えつつ、壁際に並んだ屋台を順に回って寿司やローストビーフを賞味していたら、よく知った声が斜め後ろから飛んできた。

「あれ、有栖川さん」

振り返ると、この世界で最も親しくしている編集者の顔があった。私、有栖川有栖がデビュー以来ずっと世話になっている珀友社の片桐光雄だ。ぎょろりと目を剝くのはふだんからの癖で、臭い芝居で大袈裟に驚きをアピールしているわけではない。

「なんだ、いらしてたんですか。この賞のパーティに出席するなんて珍しいじゃないですか。いやいや、気がつかなくて失礼しました」

　私が顔を出すのは自分をデビューさせてくれた賞を含め、ミステリ関係のいくつかのパーティに限られている。どんなご馳走をふるまわれようとも、大阪からでは交通費が高くついてペイしない。

「失礼やないですよ。これだけ人が多いと、最後までお互いに気がつかないこともあるでしょうね」私は言った。「片桐さんに会えてよかった。かまってくれる人がいなくて困ってたんです」

　一歳下の担当編集者は、さもありなんと言うように頷く。

「今夜は、有栖川さんと面識のある作家の方々があんまり出てきていませんものね。エンターテインメント系の賞ではあるんですけど。その分、馴染みのない作家さんが大勢見られるでしょう。いつものことながら、この賞のパーティは参加者の顔ぶれがとても豪華です。年が明けてから最初の大きな授賞式だからなぁ。――ところで、有栖川さんが畑違いのパーテイにいらしたのは、どういう風の吹き回しですか？」

テレビや新聞、雑誌で見て顔を知っている人気作家があちらにもこちらにもいて、確かに豪華だ。手持ち無沙汰になるのを承知しながら私が出席したのにはわけがある。一から説明することにした。

「十日ほど前に、明宝書房の土井さんから電話があったんです」

そう言っただけで、片桐は打てば響くように反応する。

「土井咲枝さんですね。明宝書房の土井さんというと」

これまで短文の依頼を二度受けただけの版元だ。新作を頼まれるのかな、と期待したらまるで違った。「近々、東京にいらっしゃるご予定はありませんか？」と訊いてきたので、「ありますよ。今考えている小説に合う舞台探し、ロケハンのようなものをしたいので、日帰りで出掛けようとしていました」と答えたら——

「『影浦浪子先生が、有栖川先生にお目にかかってご相談したいことがあるそうなんです。突然のお願いでまことに恐縮なのですが、上京なさった折に少しお時間をいただけないでしょうか？』って言うんです」

「へえ、意外ですね。影浦先生と面識があったんですか」

私は、いやいやと顔の前で手を振る。

「全然ない。もしも同じパーティで近くに居合わせたとしても、あんな大家にこっちから挨拶するのは憚られますよ。ちなみに土井さんとも電話とメールのやりとりがあるだけで、会ったことはない」

「話したこともない影浦先生が、有栖川さんに何の相談をするって言うんですか？」

私も尋ねたのだが、土井咲枝は言葉を濁して教えてくれなかった。何やら深刻な、あるいは繊細な用件らしいが、影浦浪子からそんな相談を持ち掛けられる心当たりはまったくない。

戸惑っているうちに、土井は私に次のことを決めさせた。ロケハンだか取材だかが夕方までにすむのなら、東京にくるのは一月三十日にしないか。その日の午後六時から青洋社のパーティがあり、影浦浪子が出席することになっている。こちらの都合で勝手ながら、その会場でお目にかかれたらありがたい。パーティの席ですむほど簡単な話ではないので、これまた勝手ながら、ホテルはこちらで取らせてもらうのでその夜は東京に泊まっていただきたい、と言われ、受け容れ可能な話だったので承諾したのである。

影浦浪子は青洋社とつながりが深く、また同社が主催するこの新人賞の選考委員を最近まで務めていた。そんな縁だけでなく、色々な人と今年最初の挨拶がまとめてできるので、このパーティには毎年出席することにしているのだそうだ。

「そういうことでしたか。――で、肝心の影浦先生と土井さんは？　お見掛けしませんけれど」

片桐は、きょろきょろと四方を見回す。

「パーティが始まる前、携帯に電話がかかってきました。責了して印刷所に回した小説の原稿に不備が見つかって、先生が大急ぎで修正をしているんやそうです。それで家を出るのが遅れるから、こっちに着くのは七時半近くになる、と」

授賞式は六時から始まり、七時二十分になっている。そろそろ姿を現わすかもしれないので、扉が大きく開け放された出入口の方が気になって、私はちらりと視線を投げた。まだこない。

「で、夕方までどこをロケハンしていたんですか？　事前に言ってくれたらお供したのに、水臭い」

そう言ってもらえるのはありがたいかぎりだ。片桐に声を掛けようか迷ったのだが、頭に浮かんだ思いつきがモノになるかどうか怪しかったから遠慮したのである。ゆりかもめを利用してベイエリアを行ったり来たりしただけで、彼に案内してもらうほどのことでもなかったし、思いつきが形になりそうもないことが判ってしまった。結局、影浦浪子の相談を聞くために東京までできたことになりそうな雲行きだ。

「せやけど、なんぼ考えても影浦さんに何を相談されるのかが判れへんなぁ。――片桐さん、見当がつきます？」

「有栖川さん本人に判らないのに、僕に判る道理がないでしょう。ミステリ作家らしく推理してみたらどうです？」

反省を促されたわけでもないのに、私は自然と胸に手を当てていた。大阪生まれの大阪育ちで大阪在住。京都の私大を出てすぐ印刷会社で働き、珀友社が主催するゴールドアロー賞に佳作入選してデビュー。専業作家となってからも古いスタイルの本格ミステリを書き続けている、というのが私のプロフィールで、誇るべき特異な体験も能力もない。人気、実力、キャリアの三つを備えた作家が、こんな男に何を相談する必要があるのか謎だ。

影浦浪子は、〈週刊明宝〉に大坂夏の陣がクライマックスの歴史小説を連載していた。昨秋に完結したから、現在は単行本にまとめる作業を進めている最中だろう。それに関係があるのでは、と考えるのも馬鹿らしい。確認すべき疑問が生じたとしても、彼女ほどの作家ならいくらでも調べる方法があるだろうし、歴史や歴史小説は私の専門外だ。

「下手な推理を巡らすまでもなく、もうすぐ答えが判りますよ。七時半になったから、ぼちぼち――」

首を捻って出入口を見たら、文芸雑誌のグラビアなどでよく見る影浦浪子が、眼鏡にロングヘアの女性にアテンドされて、まさに到着したところだった。大物作家の登場に気づいた周囲の者たちは、左右に分かれて道を作る。青洋社の重役らしい人物がさっと近寄り、最敬礼で出迎えた。

彼女に挨拶をしようと何人もの編集者が体を斜めにして人込みを掻き分け、いそいそと移動し始める。人気作家の磁力が鮮やかに可視化されて面白い。こちらはその影浦に待たされている身ではあるが、編集者諸氏の今年初めての謁見というセレモニーが一段落するまでは、離れたところで見ていることにした。

すると、眼鏡にロングヘアの女性が私に気づき、小股の速足でやってきて深々と一礼する。年齢は私よりいくつか上、三十代後半ぐらいと見受けた。シルエットのきれいな千鳥格子のスーツ姿で、色白の顔にきりっとシャープな眼鏡が似合っている。土井咲枝だった。

「この度はご無理をお願いしてしまい、すみません。いきなり不躾なお電話をして、大変失礼いたしました。お目にかかるのは初めてでしたね」

細い声だが、歯切れのよい話しぶりだ。名刺の交換がすむと、彼女はやむなく遅刻したことを詫びて、今日のロケハンについて「収穫はありましたか?」と訊く。いくらかあったことにしておいた。

「お待たせした上に申し訳ないのですが、先生はあんなご様子ですから、落ち着いたお話ができるのはパーティの後になりそうです。それまで料理を召し上がっていてください」

影浦浪子の前には編集者が列をなしている。気を利かせた者が横から飲み物を差し出したが、オードブルの皿は「いいわ」と断わっていた。食べるどころではないだろう。

写真からイメージしていたより大柄な女性だった。ヒールの高さを差し引いても一メートル七十センチ近くあるだろう。六割ほど白くなった髪は染めておらず、縦ロールでふわりと肩まで垂らしている。鼻が高くて彫りが深い顔立ちとヘアスタイルがよく調和し、余裕のある物腰と相まってゴージャスな感じだ。次々に話し手が変わるたびに、まず相手の目をしっかり見つめて、よく通る声で無駄なく応えていく。光沢（こうたく）のある青っぽい——作家ならターコイズブルーと書くべきか——サテン地のロングドレスの上に黒いショールといういでたちで、首のまわりは大粒の真珠のネックレスで飾られていた。先の尖（とが）った黒いハイヒールは、波形に走った銀色のラインがお洒落（しゃれ）だ。私にはブランドがどうこう指摘できないが、身に着けているどれもが高級な品であることは疑いない。貫禄と威厳をまといながら周囲を自分から威圧するふうでもなく、影浦浪子の第一印象をひと言で評するならば、素晴らしいばかりの存在感だった。

私の傍らでは、片桐と土井が挨拶を交わし、「今年も盛況ですねぇ」「去年より人が増えているみたいですよ」などとやっていた。高齢の作家や来賓は椅子とテーブルがある隣のラウンジに移っているが、それでも広い会場はごった返している。影浦浪子がいる一角はその中でも特別な光を放っていた。

そんな華やぎを振りまく作家が顔を上げた際、私と目が合うや「ちょっとごめんなさい」と話を中断して、こちらに向かってきた。強い視線をまともに浴びて、緊張せずにはいられない。

「有栖川有栖さんですね？　初めまして、影浦浪子です。厚かましいお願いに応えていただいて、ありがとうございます。おまけに遅刻してしまって。ごめんなさいね。仕事でミスをしてしまったのがそもそもの原因なんですけど、こんな齢になっても出掛けるとなったら女は支度に時間を取られてしまうんです」

白々しさが混じっていない、誠意の伝わる言葉だった。こんな齢になっても、というユーモアもまぶしてある。

「いいえ、お気遣いには及びません。ご馳走をいただいていましたから」

噛まずに第一声を発することができた。「いとわびし」のささやかな苦さなど吹き飛んでしまっている。

「騒々しいところで立ったまま、というお話ではありません。最上階のラウンジを予約してありますので、後であらためてお時間をいただけますか？　そう。じゃあ、パーティが終わってから。――ああ、私はかまわなくていいから、土井さんは有栖川さんのお世話をなさっていて」

そう言って、列ができている方へ悠然と戻っていった。片桐が、土井にさらりと尋ねる。

「影浦先生から有栖川さんにご相談って、何なんですか？」

前者が先生で私がさん付けなのは、いたって自然なことだ。彼と私の親密さの発露でもある。

「さりげなさを装って単刀直入に訊いてきますね」土井は、にこりと笑う。「残念ながら影浦先生のご相談事ですから、その中身を私から洩らすわけにはいきません。悪しからず」

「非紳士的な詮索はしませんよ。ちょっと下世話な興味で訊いてしまいましたけれど。だけど……どんなことだろうなぁ。影浦先生と有栖川さんって、何の接点もなかったわけでしょう？　有栖川さんの属性といったら、せいぜい大阪のミステリ作家ということぐらいしかご存じないと思う。そのどちらかが関係しているのかな？」

独り言めかして、最後は質問だった。

「ええ、まぁ、そのどちらも関係しているみたいです。それと、もう一つ」

「もう一つの属性とは？」

「内緒」

出版業界はさして広くないし、小説業界となるとますます狭いため、各社の編集者は「大企業でいうと部署が違うぐらいの感覚」と言う者もいる。土井と片桐も社内の先輩と後輩が話しているようであったが、時として牽制球が飛ぶ。

「もしかして、ひょっとすると」片桐が歌舞伎役者のように目を剝く。「あるいは、まさか、週刊誌で大作の連載が完了して間もないというのに、影浦先生が〈小説明宝〉あたりでミステリに挑戦するんじゃないでしょうね。それで有栖川さんに助言を……ってことはないか」

言っているうちにおかしさに気づいたようだ。もしミステリ作家にアドバイスを仰ぐとしても、本人の気持ちの上ではまだ駆け出しに近く、一面識もない私より適任の作家が東京には山ほどいる。

「先生がミステリを書くご予定はありません。それだけは断言しておきますね。弊社での新連載、今年中は予定もないのでご安心を。そんなことより、早く新刊を出してもらおうと一生懸命にお願いしていたところなんだから」

「ああ、連載が終了したやつですか。手直しに時間がかかっているようですね。仕上げが丁寧な影浦先生としては、いつものことだけれど」

「気合いを入れていただくのはありがたいんですけれどね。それもどうにか完了して、三月末の発売に向けてこっちががんばる番です。今日もそのゲラのことでバタバタしていたんですよ。——有栖川さん、何か取ってきましょうか？」

「いいえ、もうたくさんいただきました。土井さんこそ何か召し上がってください」

そう勧めても、「では」とならない。彼女や片桐だけでなく、どの編集者もこういう場では料理をいっさい口にしないのが業界の慣習だということを作家になって知った。それだけでも大変だなぁ、と私などは思ってしまう。

話に出た新作とは、大坂城落城とともに命を散らした淀の方の生涯を描いたもので、タイトルはいたってシンプルな『淀殿』である。影浦浪子は、過酷な運命と戦った女性を主人公に据えることが多く、これまで樋口一葉やジャンヌ・ダルクらを材に取っていた。前者は国文学上の新発見を含み、後者はフランス語版があちらでも賞賛されたのだとか。対面するにあたりその二冊を急いで読んだが、いずれもストーリーテリングが巧みな上にテーマへの掘り下げが深く、感服させられた。人気と評価の高さは伊達ではない。彼我の作家としての力量の差を痛感し、ベッドの中で「遠いな」と呟いてしまった。

影浦は、青洋社の社長とともに今回の受賞者の許に足を運び、にこやかに何か話している。祝福と激励、そして少しばかり垂訓しているのだろう。受賞者は直立不動になり、鯱張って拝聴している。この先、作家として彼がどんな人生を送ろうとも、よい想い出になるに違いない。

「発売日は三月末と決まっているんですね？」

　私が訊く。

「はい。夏の陣で大坂城が落ちたのが旧暦の五月七日ですから、その頃には淀殿ブームを起こしたいんです。記念すべき年に合わせて本が出るように連載をしていただいたわけですし」

　今年は、慶長二十（一六一五）年の大坂夏の陣からちょうど四百年目にあたり、大阪では記念行事の計画がいくつも進んでいるようだ。影浦浪子ほどの作家ならそんな話題に乗って本を売る必要はないとはいえ、時宜を得た出版である。版元としては、その新刊が年明けから書店に並んでいるぐらいが理想だったのだろう。ロングセラーになるのは見えているから些細なことではあるが。

　満腹だと言ったので、土井は料理の代わりにデザートとコーヒーを持ってきてくれた。片桐と自分にはコーヒーだけ。しばらく話しているうちに時計の針は八時を回り、社長からの挨拶が入って中締めとなった。その頃にはいくらか人が減っていたが、まだごった返していた出席者たちは潮が引くように退出していく。影浦は、銀座に移動しての二次会の誘いをやんわりと辞していた。

「じゃあ片桐さん、大事な有栖川先生をお預かりしますね。粗相がないようにしますから」

土井が真顔で言う。片桐は明日から北海道に出張するので、大阪に帰る前の昼食を一緒にできないのを惜しがりつつ、「また連絡します」と手を振り、私が影浦の許へ向かうのを見送ってくれた。連絡するからどんな相談だったか教えてくださいね、というニュアンスが込められていたようだ。

「影浦先生は根がお優しいし、恐ろしいお話ではありませんから、ご心配なさらないでください」

土井が耳打ちをしてきた。わざわざ言うところからすると、私は不安そうな顔をしていたのかもしれない。もとより度胸のある男には見られないタイプだ。根が優しいということは、茎（くき）には棘（とげ）があったりもするけれど気にするな、という忠告にも解釈できるが、叱（しか）られる心当たりは皆無だから案ずることはあるまい。あくまでもこちらは相談に応じる立場だ。

「やっとお話しできるようになりました」影浦は、やれやれという調子で言う。「上のラウンジに上がって、まずはゆっくりしましょう。私は少しだけお腹に入れるので、有栖川さんもよろしかったら何か頼んでくださいな」

この「ください」に軽くついた「な」は、関西ではなかなか聞けない――決して聞けないわけではないが――ものだ。彼女は生粋（きっすい）の東京人で、むしろ江戸っ子と呼ばれることを好んでいるらしい。生まれも育ちも門前仲町。現在は港区内のタワーマンションに居住しているが、下町への強い愛着をインタビューなどで語っていた。

クロークでコートやバッグを受け取り、会場を後にする影浦に、「先生、お疲れさまでした」と何人もの編集者たちが頭を下げる。私が横にくっついていることを奇異に感じた者もいるだろう。どうして有栖川有栖が、ならまだよくて、誰だあいつは、と思われていても不思議はない。

最上階までエレベーターで上がると、土井が先に立ってラウンジの受付で予約してある旨を告げる。私たちは樋を流れる素麺のごとくスムーズに奥のテーブルに通された。

「隣の席も押えてありますから、お荷物はそちらに置いてください」

土井が言う。ソファはゆったりと広く、荷物を置くために二つもテーブルを取っておく必要はなさそうだから、他人の耳がないように配慮したものと思われる。そのテーブルさえ人払いしておけば、私たちの半径十メートル以内に誰も立ち入れない。窓からの夜景を犠牲にしても、こうするのがよいらしい。

遠慮する私を奥の席に座らせると、影浦はクラブハウスサンドと銘柄を指定してグラスの白ワインを頼み、私と土井はソフトドリンクを注文する。オーダーしたものが揃い、影浦に勧められてみんなでサンドイッチをつまみながら、このところの天気を話題に雑談した。本題に入るのは軽食にひと区切りがついてからのようだ。

「推理小説……最近はミステリと言う方が一般的なのかしら。そちら方面の人とはあまりお目にかかる機会がありません。小説の世界も蛸壺化が進んだせいでしょうかね。私の行動範囲が狭いせいもありそうだけど」

影浦は紙ナプキンで口許を拭いながら言う。ぽんぽんと言葉を投げつけるような話し方で、これが古式床しい江戸っ子のものなのかもしれない。

テーブルを挟んでこうして向き合っていると、どうしたことか彼女の顔が懐かしいものに思えてくる。その理由をこっそり考え始めていた。

「昔は小説家というと、芥川龍之介のように神経質そうなイメージがあったけれど、昨今はだいぶ様子が変わってきました。特にミステリやSFといったジャンル小説を書くのは、いわゆるオタクっぽい人が多いと思っていたのですけど、有栖川さんはそうでもありませんね。何というか……あら、どう言っても非礼になりそう。うまい表現が出てこない。物書きのくせに駄目だわ」

影浦浪子ほどの作家を困らせる私は、彼女の目にどう映っているのだろうか？　小説家に見えないのならば何者だ？

「会ったこともないおばさんから『相談したいことがある』と藪から棒に言われて、面食らったでしょうね」

影浦が居住まいを正したので、私も反射的に座り直す。

「もういっぺんだけお詫びしますね。ごめんなさい。お忙しいでしょうに、ご親切に会っていただいたことに感謝しています。私のお願いを聞き容れていただけると、さらにありがたいのですが」

圧力を掛けるつもりは毛頭ないのだろうが、目に力がある。六割方白くなった頭髪と不釣り合いに黒々とした眉の下で、それはいきいきと輝いていた。

「お役に立てるかどうか判りませんが……どういったことでしょうか？」

もうすぐ謎が解ける。

「あなたに調べていただきたいことがあるんです。それは犯罪に関係しています」

私ごときなら時間がたっぷりあると思われているのだろうか？　ミステリ作家に現実の事件についての相談を持ち込まれても手に余る。そこまで常識がないはずではないだろう、と思っていたら、彼女はこう言う。

「あなたは、犯罪学者の火村(ひむら)先生と親しいそうですね」

夢にも予想していなかった。ここでその名前が出てくるとは。

2

英都大学社会学部准教授、火村英生。三十四歳。

　彼とは大学時代からの付き合いだ。手短に言うと、勉強熱心な火村が法学部の講義に出た時、たまたま私の隣の席に座ったのがきっかけである。彼が大学院に進み、私が作家志望の会社員となってから、母校の准教授とミステリ作家になった現在に至るまで交友は切れたことがない。選んだ道はまったく異なるが、どちらも犯罪に関係する仕事に就いた点は同じとも言える。

「火村をご存じなんですか？」

　影浦は首を振った。

「お噂を耳にしたことがあるだけです。ただの犯罪学者ではなく、たいそう有能な探偵だそうですね。ある新聞記者さんから聞いています。今は東京の学芸部にいる方なのですが、去年の夏まで大阪の社会部で警察回りをしていて、火村先生のことを知ったのだそうです」

「有能な探偵だと？」

「ええ。警察から捜査協力の依頼を受けて動いているのでしょう？　そして、警察よりも早く事件の真相にたどり着く。そんな小説か映画のヒーローみたいな先生が実在しているとは、思ってもみませんでした。そのことが公になっていないのは火村先生の強い意向で、警察がマスコミに箝口令を布いているからというのにも驚きます。情報化社会になっても世界中で起きていることが全部テレビやインターネットで流れるわけではないのですね」

新聞記者の中には、捜査の進捗状況を探るため火村に近づこうとした者もいないではない。しかし、犯罪学者の頑なな拒絶に遭い、警察の不興を大いに買うのでノータッチになった。ごく一部に例外があり、私を通して彼の見解を聞き出そうとする記者もいないではないが。

民間人を捜査に加えていることを警察が秘したがったとしても、ジャーナリストが報道を控える義務はない。あるべきまま公表するのも大切だと思うし、書けば読者に受けるおいしいネタでもある。なのにそうしないのは、おそらく当局への遠慮のせいばかりではない。これは私の立場からは想像するしかないのだが、記者たちは、フィクションの世界の名探偵のごとき火村の邪魔をしたくないのではないだろうか。彼が雑音に惑わされず十全に能力を発揮するところを見守ること。一人の天才というより名人が職人技を振るうのを妨げたくない。そんな意識から火村の秘密は——完璧ではないにせよ——保たれているような気がする。

「有栖川さんは、火村先生と行動をともにして事件の捜査をなさると伺いました。創作の参考にするためですか？」

影浦に問われた。きっぱりと否定しなければならない。

「私が書いているのは純然たるフィクションで、現実の事件を素材にすることはありません。火村のフィールドワークに同行しているのは、もっぱら彼の手助けのためです」

影浦は、フィールドワークという言葉を面白がった。

「犯罪捜査のことを火村先生はそう称しているのですか。なるほど、社会学の実地調査には違いありませんね」

調子に乗った私は、よけいなことを口走ってしまう。

「そんな研究手法をとる学者は他にいないでしょうから、私は彼を〈臨床犯罪学者〉と呼んでいます」

「斬新（ざんしん）な響きです。有栖川さんはそんな刺激的で興味深いお友だちを身近で観察していながら、ご自身の作品を書く参考にはしていないのですね。ストイックで立派な態度ですこと。本心から思います」

土井も、こくりと頷いた。徹底した作り物を書くのが本格ミステリの作家だから、褒めてもらうほどのことではない。頭でこしらえた小説に敵意を示す作家ならば、そのような態度は臆病だとか怠惰だとか、自分の身を切りつつ現実から真実を摑んで創作に立ち戻るべきだとか、華麗に罵倒してくれるだろう。

「ご相談したいのは、こういうことです。有栖川さんと火村先生に、ある事件について調査していただきたいのです。どうして警察に頼まないのか、と怪訝に思われるでしょうね。失望したからですよ。私は警察を当てにしていません」

警察が当てにできないというのは、どういうことか？　誰かが濡れ衣を着せられそうになっているのかと思った。

「一月十三日の火曜日の夜、大阪の中之島にあるホテルで一人の男性客が亡くなりました。お名前は梨田稔さんといって、享年は六十九。ベッドの手摺りに紐を結び、その先に作った輪で首を括った状態で見つかったのです。大阪ではニュースになったはずですが、覚えていらっしゃいますか？」

「いいえ、あいにく記憶にありません。どこのホテルですか？」

中之島といえばあそこかあそこかな、と思いながら尋ねたのだが、どちらでもなかった。

「銀星ホテルです」

ぼんやりと聞き覚えが——いや、思い出した。中之島の一角に建ついわゆるプチ・ホテルで、界隈をぶらぶらしている時に外から眺めたことがある。こんなところにこんなホテルがあったのか、というレトロな佇まいをしていて、そこのレストランのフランス料理は値段は張るがおいしい、という評判もどこかで聞いたが、泊まったことも食事をしたこともない。

「ご存じですか？」

「はい。こぢんまりとした古いホテルですね。利用したことはありませんが、前を通り掛ったことはあります」

「目立たないところにひっそり建っているので、大阪に住んでいても知らない方がいるそうですね。私は好きなんですよ、あのホテル。大阪出身の編集者に教えてもらって、以前から雲隠れするのに使っています。『淀殿』の取材で大阪を訪ねた時には、一ヵ月ほど滞在しました。――違うワインをいただこうかしら。今度は赤で」

注文を通す間、会話は中断した。半月ちょっと前に銀星ホテルで梨田稔とかいう男が首を括って死んで、それがどうしたというのか？

「梨田さんが亡くなった時に、私も銀星ホテルに泊まっていたのです。びっくりしましたよ。彼は、同じ日にホテルに宿泊しただけの赤の他人ではなく、ここ四年来の知人でした」

影浦は沈痛な面持ちになった。友人ではなく知人というところが微妙だが、思い出しても胸が痛むようだ。

「お知り合いが、たまたま同じホテルに泊まっている時に亡くなったんですね」

私が言うと、「いいえ」と彼女は打ち消す。

「そうではありません。梨田さんは、いつ行ってもあそこにいたのですよ。四年前に知り合った場所も、あのホテルです」

ここで初めて土井が口を挟む。

「梨田さんという方は、銀星ホテルに長期滞在なさっていたんです」

そう聞いて納得がいったが、四年間とはえらく長い。

「柄にもなく混乱していて、お話の順序が整理できていないようですね。頭からきちんと言います」

影浦は、二杯目のワインをひと口だけ飲んだ。皺（しわ）のある喉（のど）がごくりと動き、グラスを手にしたまま彼女は語る。

「私は、一月十日から銀星ホテルに泊まっていました。『淀殿』のゲラを持ち込んでのカンヅメです。『二十日には印刷所に戻したい』と土井さんにせっつかれてね。もう必死に追い込みをしていました」

土井が「すみません」と頭を下げた。

「まぁ、それはいいとして。——梨田さんはホテルの長期滞在者というより〈住人〉、あるいは〈主（ぬし）〉でした。もうかれこれ五年も同じ部屋で暮らしていたのですよ。さっきも申したとおり、私は銀星ホテルを大阪での定宿にしていて、根を詰めて執筆をするための仕事場にしたり、関西方面で取材をする際の拠点にしたり、あるいは独りでのんびり骨休めをするための別荘代わりにしたりしていました。初めて梨田さんとお会いしたのは四年前の春です。ラウンジでお茶を飲んでいるうちに、何かのきっかけで言葉を交わして、やがてあちらに泊まった時はよくお食事をご一緒して、おしゃべりする仲になりました。話していると楽しくて、穏やかで気遣いの行き届いたいい人でしたよ」

またワインに口をつけて、グラスをテーブルに置いた。

「そんな梨田さんが、何の予兆もなく首を括って死んでしまいました。発見されたのは十四日の朝です。まるで機械のように決まった時刻に朝食をとるのに、レストランに下りてこないのを不審に思ったホテルの方が様子を見に行ったら――」

ベッドの手摺りにタッセル――カーテンを束ねる紐――を結び、そこで首を吊っていたという。頸部に紐を巻いてから、俯せになって縊死を遂げたのだ。

「私の説明で、どういう様子だったか判りますか？」

「はい。体が宙に浮いた状態にならない縊死。法医学的に言うところの非定型縊死ですね？」

どぎつく俗な言い方をすると、変形首吊り。

「私は法医学者でもミステリ作家でもないし、犯罪捜査に加わったこともありませんからそんな専門用語は知りませんけれど、理解していただけているみたいですね。とにかく、梨田さんはそういう形で見つかったわけです。発見者は慌てて紐を解きましたが、手遅れでした。梨田さんは亡くなってから何時間も経っていたのです。警察がやってきて検視が行なわれ、その後に司法解剖に回された結果、自殺という判定が下ったのですが……」

　影浦は言葉を切り、心持ち身を乗り出した。

「私は、その結論に納得がいかないのです。断じて承服できません」

　冤罪事件ではなく、そういう形の警察への不信であったか。とりあえず私は、質すべきことを質す。

「自殺だとは思えない、ということですね。影浦先生がそうお考えになる根拠は何ですか？」

　まっすぐ立てた人差し指を指揮者のタクトのごとく振りながら、彼女は言う。

「それこそ法医学的な根拠はありません。当たり前です。こちらは素人なのですからね。最も大きな理由は、直感ということになります。直感というのは超自然的、神秘的なものではなく、実は多くのぼんやりとした根拠の集合体です。――順不同で並べていくと、まず遺書がありませんでした。しかし、変死の鑑定人である警察に言わせれば、それしきは自殺者の行動として珍しいことではない、ということになります。いいでしょう。梨田さんが亡くなる数時間前、私は彼がふだんと変わらない様子だったことを知っていますが、それもまた珍しくないことなのかもしれません。しかし、最も重要なのは彼が自ら命を絶つ理由です。私は、そんなものはなかったと考えているのに警察ときたら、原因はある、と浅薄に言い切る。老境にあった彼が孤独に耐え切れずに自死を選んだ、と言うのですよ。彼らが梨田さんの何を理解しているというのでしょう。無論、何一つ判るはずがない。遺体と対面するまで、梨田稔という人物がこの世に存在することも知らなかったのですからね。それなのに、私の唱える異議を一蹴(いっしゅう)して、充分な検証をしないまま自殺と決めつけてしまったのですから、呆れてものが言えません。先ほどは失望という言葉を遣いましたが、絶望と言うのが適切かもしれません。私たちは、この程度の警察に社会の安寧秩序を委(ゆだ)ねていたのかと思うと、嘆かわしい限りです」

熱を帯びた調子につられて頷いてしまったが、彼女の言(げん)が正しいと認めたわけではない。故人に対する親愛の念が勝ちすぎて、自殺という悲しい現実を受け容れられないだけなのでは、と疑ってしまう。

「そこで有栖川さんにご相談したのです。この件を火村先生にお伝えして、お二人の力で梨田さんの死が自殺でないことを証明していただけないでしょうか？　無理を承知でお願いします」

即座に言葉が返せなかった。影浦は重ねて訴える。

「まったく見ず知らずで、何の縁もない梨田さんの死の真相について調べるなんて厄介事を背負うだけだ、とお思いでしょう。ご迷惑は先刻承知です。それでも有栖川さんと火村先生にすがりたいのです。どうか真実を暴き出して、あるべき正義を実現させてください。このままでは梨田さんが浮かばれません」

随分と重い荷物だ。真摯な頼みを断わりにくいからといって、安易に預かるわけにはいかない。とりあえず、判断の材料にできる情報がもっと欲しい。

「影浦先生の他にも、同じお考えの人はいるんですか？」

「作家同士で先生はよしましょうか。影浦さんで結構です」

キャリアの差がここまで大きいと、つい先生と呼んでしまうのだが、やめることにしよう。

彼女は質問に答える。

「私ほどはっきりと確信しているかどうかはさて措き、梨田さんをよく知る何人かの方が警察の出した結論を疑っています。その筆頭は支配人の奥様。そんな私たちの疑惑を警察は無視しようとしています。いえ、すでに無視して事件を処理ずみの箱にぽいと投げ入れてしまったようなのです。でも、梨田さんの死から半月ほどしか経っていない今なら、まだ間に合います。警察が見逃した証拠が消えずに残っているでしょうから、それさえ見つけ出すことができたら過ちは正せる」

簡単に言ってくれる。ミステリの読みすぎではありませんか、と痛烈な皮肉を言いたくなった。

「お気持ちはお察しします。けれど、警察に粘り強く働きかけるのがいいように思いますが……」

そんな言葉で撤退の気配を示したら、影浦の表情が瞬時に険しくなった。気分を害したのだ。

「もちろん、これまでそうしてきました。事件発生から今日まで、ずっとです。それでも大阪府警は私の言うことに耳を貸そうとしません。埒（らち）が明かないので、別の方策を考えたのですよ。そして、あなたと火村先生のことを思い出し、すがってみることにした」

すがるなどと言われると困る。私を押したり引いたりするつもりか。火村について、よほど頼もしい噂を聞いたのかもしれない。

「一つ伺ってもいいですか？」

私には気になっていることがあった。避けては通れない点だ。

「どうぞ」と彼女は掌（てのひら）を上に向ける。

「影浦さんがおっしゃるとおり梨田さんの死が自殺でなかったとしたら、事故死か殺人ということになります。そのどちらが真相だとお考えですか?」

影浦が傍らのバッグを取ったので、何か事件に関係した品でも見せてくれるのかと思ったら、出てきたのは煙草だった。

「半年前から禁煙していたのですけれど、我慢ができなくなりました。未練がましく吸い残しを持ち歩いていたのが間違いだわ。意志の弱さを嗤わないでね、土井さん」

編集者は、線香の煙を払うように小さく右手を振った。決してそのようなことはいたしません、というサインだ。先輩作家はバージニア・エスの箱の封を切り、世にもおいしそうに一服ふかした。

「タッセルを手摺りに括りつけ、何らかの理由でその先に作った輪に頭を突っ込んでいるうちに、うっかり体が前に倒れて首が絞まった。およそありそうもない事故ですね。自殺でもないとしたら、他殺と考えるしかありません」

「梨田さんは誰かに殺された、と見るんですね?」

「そうなります」

よろしい。であるならば、これも尋ねなくてはならない。

「ここだけの話ですから、率直に思うところをおっしゃってください。誰が梨田さんを殺害したのか、心当たりがありますか?」

「それは」紫煙とともに答えが吐き出される。「ありません」

「まったくないんですか？」

「ええ。本心を偽ってはいませんよ。本当にないのです。あの人は、他人から恨まれる人格ではなかったし、植物のように静かに暮らしていましたから。彼について調べていただくと、有栖川さんもお判りになるでしょう」

　そんな人物だったとしたら、何故殺されたのか謎だが、ひとまず保留しておこう。

「もしも自殺でないことを証明できたら梨田さんの死は殺人事件ということになり、犯人は誰かという問題が生じます。その解決については、警察に任せればいいんでしょうか？」

「かまいません。殺人事件だと判れば警察は機能を恢復して犯人探しをしてくれるでしょう。納税者として、彼らにしっかり働いてもらえれば結構です。――何か不満ですか？」

　不満を抱く場面ではなかったのに、そんなことを言われて少し驚いた。

「いいえ、不満はありません。――ただ、妙な気がしただけです。火村が捜査に加わるのは、いつも犯人探しが始まってからです。自殺と処理されかけている事案が他殺であると証明するところまで、というのは彼にとってフィールドワークになるかどうか……」

　執筆中に、自分が書いているものは何か変だぞ、と感じることがある。視野狭窄に陥って、まともな文章を連ねているつもりが全体としてちぐはぐになり、俺は迷走している、と自覚する瞬間。それに似た状態になりかけていた。面倒な依頼を断わろうとしていたのに、引き受ける理由を自分で積み上げているかのようだ。

「なるではありませんか」影浦は言う。「いつにも増して立派なフィールドワークです。火村先生は、幾多の殺人事件を手掛けて犯人を突き止めてきたのですよね。その捜査の多くは、死体や犯行現場の見分から始まったのでしょう。今回はスタート地点が前にずれているだけです。いいですか、有栖川さん。梨田さんの死が他殺だとしたら、今まさに警察の不手際によって完全犯罪が成立しかけているのです。その前に敢然と立ちはだかり、奸智に長けた犯人の正体を暴くこと。その覆面を剝いで素顔を見ることこそ、最高のフィールドワークと言うべきです」

私は言葉の力を信じる小説家で、本格ミステリを愛する論理の徒である。影浦浪子に言葉と論理で捻じ伏せられようとしていた。この席に火村英生が立ち会っていて、「今まさに警察の不手際によって完全犯罪が成立しかけているのです」というフレーズを聞いたらどうするであろう？「判りました」と捜査を引き受けそうな気がする。

「あなたからも言って」

影浦は、指に挟んだ煙草で土井を指す。編集者は、眼鏡の奥から切ないようなまなざしで私を見て言った。

「亡くなった梨田さんのことは、私も存じ上げています。影浦先生ほど確かに人間を見る目は持っていませんが、自殺をするような方ではありませんでしたし、そのようなご事情があったとも思えません。真実はどうだったのかを調べていただけないでしょうか？　この件を火村先生に持ちかけてみてください。そして、お仕事に差し障りがない範囲で有栖川さんのお力もお貸しいただけると幸いです」

　煙草を灰皿で揉み消して、影浦は言う。

「厚かましいお願いですから、私のポケットマネーから必要経費と失礼のない程度の謝礼はお出しするつもりです」

　はっきりさせておくべきだろう。

「火村も私も、フィールドワークの謝礼はいただきません」

## 3

　影浦たちと別れ、部屋に入ったのは十時半だった。まずは一人掛けのソファに身を投げて、ふうと溜め息をつく。

長い一日になった。正午前に東京に着き、頭に描いている小説の舞台になりそうな場所を探してベイエリアをぐるぐる回り、何度も電車を乗ったり降りたりした。六時からの授賞式とパーティに間に合う頃合いでロケハンを切り上げて、皇居のお濠端に近いこのホテルにチェックイン。荷物を部屋に運んでもらってすぐ会場に向かい、喧噪の中で仄かな淋しさを味わってから、馴染みの担当編集者と会い、初対面の土井と会い、影浦浪子に拝謁して、シリアスな相談を受けた。一日が濃密で、新大阪駅から新幹線に乗り込んだのが昨日のことに思える。

それにしても——

室内を見渡して、われ知らず頬が緩む。こんなにデラックスな部屋に泊まるのは初めてである。何しろインペリアルフロアのスイート。この名門ホテルにはさらに豪華絢爛たる部屋があるが——一泊百万円を超えるＶＩＰルームなど——、トップクラスの部屋だろう。寝室と居室を合わせたスペースは百平米ほどもあり、どこかの邸宅に招かれたようだ。インテリアはどれも高級感を漂わせながら落ち着いたデザイン。クロゼットの中に布団を敷けば泊まれそうだ、などと思ってしまった。寝室のベッドはキングサイズで、ほぼ正方形。浴室とトイレ・洗面台は二つずつあり——どっちを使おうか迷う——、アメニティも見たことがないほど充実している。ちなみに明朝は新聞が二紙届くらしい。電動で開閉するカーテンを開けると、鉄道の高架越しに銀座方面の夜景が現われた。

「もったいないわ」

思わず呟いていた。影浦のポケットマネーなのか、明宝社が経費を持つのか知らないが、ここまでの部屋を用意してもらっては恐縮してしまう。まず、ここまでしてくれなくてもいいのに、という意味でもったいない。こんな部屋に泊まれるのならもっと長い時間を過ごしたかった、という意味でももったいなく思う。何しろ——しつこいが——インペリアルフロアのスイートだ。ここの一泊分の料金で、ふだん私が利用するビジネスホテルのシングルルームなら十日以上も泊まれそうである。

ミニバーを使うのは自由だし、ルームサービスも頼んでください、と土井は言ってくれたが、遠慮してしまう。本当に欲しければお言葉に甘えるだろうが、今は必要を感じなかった。喉の渇きを覚えたので、ミネラルウォーターをよく磨かれたグラスに注いで飲む。

この厚遇は、私が影浦の依頼を引き受けることを見越してのものなのだろうか？　あるいは、諾否を迷った場合にプレッシャーを掛けるための策略か？　どちらかは判らない。単に時間を割いてもらったことへの謝意の表明なのかもしれない。

「感謝しますよ、有栖川さん」

エレベーターの前で、最後に影浦は言った。調査の約束をしたわけではない、と言いたかったのに、口ごもってしまったのが悔やまれる。土井にも「ありがとうございます」と頭を下げられたから、私は依頼を引き受けたことになったのだろう。相手が大物作家とはいえ、特別な恩誼もない初対面の人だ。この齢になってまだ、ちゃんと意思表示ができなかったのは情けない。

――いや、断わると決めたわけでもないぞ。

自らに言い訳するのではないが、相談の内容は私の興味を惹いていた。延々とホテルに滞在し続けた男が、自殺に見せかけて殺されたのかもしれないという。いったい誰が何故に男を殺したのか？　男の素性を含め、事件の背景が気になる。

「私は二つの謎に囚われています」

影浦の声が甦る。脳裏から発して、このゆったりとした部屋の隅々にまで広がっていくようだ。

「一つは、梨田さんの死が他殺だったら誰がそんな恐ろしいことをしたのか、ということ。もう一つは、梨田さんはどういう人だったのか、ということです。私とあの人は、これまでの分を合わせれば丸一日以上は語らったでしょう。大半は他愛もない雑談でしたが、それだけの時間しゃべれば、どういう人生を送ってきたのか輪郭が見えてくるものです。それなのに、あの人ときたら深い霧に包まれたようで、何者なのか見当もつけられませんでした。不幸な最期を遂げた梨田さんを偲(しの)ぶために、どういう人だったのかを調べて、私に教えていただけないでしょうか？　殺人事件の謎解きは火村先生に期待しますが、梨田さんの人生の謎は有栖川さんに解き明かしていただけたら、と希望しています」

　私は言った。

「おそらくその二つの謎は密接に関係しています。結局は、どちらも火村の領域かもしれません」

　ここで影浦は、諭すような口調になった。

「犯罪捜査の過程で被害者の身辺を洗い出さなくてはならないでしょうから、そういうことになるかもしれませんね。でもね、有栖川さん。私は、あなたに梨田さん自身の謎を解いてもらいたいの。これは要望ではなく、希(ねが)いのようなものですよ。理由は、あなたが小説家だから。私にはミステリだの本格ミステリだのがどういうものかよく判っていませんけれど、小説には違いがないでしょう？　小説家としてのあなたに、一人の孤独な男性が秘めていた謎の答えを突き止めて、もしできることなら創作の糧にしてもらえたら、と考えてもいるのです」

　何か言おうとした私を、彼女は遮って続けた。

「そんなことを考えながら、あなたとお会いしようとしたわけではありません。お目にかかって、話しているうちに頭に浮かんだのです。とんだおせっかいね。私は、小説を書く人が好きだから青洋社の新人賞でもお手伝いをした。みんな好きですよ。文豪であれ、新鋭作家であれ、アマチュアであれ。猿真似をする技量もないのを糊塗するためにオリジナリティを求め、自意識を垂れ流すだけの下手な小説を書いてしまう勘違い野郎にも愛しさを覚えます」

勘違い野郎の一語に驚いていたら、影浦は白い歯を見せて笑った。

「あなた、人嫌いね？」

このひと言も刺激的だった。匕首を胸許に突きつけられた気がした。

「どうでしょう。……そんな一面があるかもしれません」

「初めての方とお会いする前に、私はその方に著作があれば時間が許す範囲で読むようにしています。あなたの作品は三つ拝読しました」

敗北だ。私は二冊しか読んでこなかった。

どの作品を読んだかタイトルを挙げてから、彼女は言う。

「親しみやすい顔をして、この作者は人間というものを嫌っているな、と思いましたよ。いたるところに垣根があって、『越えられる者だけ俺の世界に通れ』と嘯いている。だけど、もちろんのこと人間を嫌ったり憎んだりしているだけの人に小説は書けません。小説なんて面倒なものに取り組もうとせず、船で海原に漕ぎ出したり鉱石を愛でたりして一生を過ごします。好きになれない人間の群れからいったん退却し、人間を好きになりたいと足掻きながら小説を生み落とし、それを読んでもらうため人間の群れに戻っていく。――あなたのことでしょう？」

そんな気がした。後になって考えると、人嫌いだの垣根だの、程度の差こそあれ大半の作家に当て嵌まるようなものなのだが。

「梨田さんの謎を、そんな有栖川さんに託したいと思います」

影浦の言葉を反芻しながら飲む冷えた水がおいしい。

さすがは影浦浪子。殺し文句をよく心得ている。

――今まさに警察の不手際によって完全犯罪が成立しかけているのです。

これは火村の琴線に触れ、彼を捜査に引き出す力を持っていそうだ。

――梨田さんの謎を、そんな有栖川さんに託したいと思います。

そして、この言葉に私は揺さぶられた。といっても、影浦の依頼を引き受けると明言はしていないのだが、彼女も土井も承諾したと受け取ったらしい。

「まずは……どないしよ？」

わざと声に出して言ってみた。

とりあえず、火村に話して反応を見るか。大阪府警ならば電話で連絡を取れる刑事も何人かいることだし、私だけでもいくらかできることがありそうだ。

梨田稔は五年も銀星ホテルで暮らしたというが、どんな気持ちだったのだろうか？　想像しただけで、とても淋しくなる。

仕事で東京にきたり、ふらりと独りで旅に出たりして、ホテルに泊まる機会は少なくない。メリハリを大切にして、滞在時間が短くて寝るために利用する時は安上がりなところですませる一方、リフレッシュしたい時は張り込んでいい部屋を取ることもある。定宿は作らないタイプだ。ホテルが好きかと訊かれたら、うまく答えられない。

今日はお客として何もせずに過ごせばいいのだ、溜まっている仕事も家事もここにいる間はしなくていい、と心から安らぐこともある。早くに夕食をすませて部屋に戻り、ベッドに横たわってテレビでプロ野球中継を観るのは至福だ。かと思うと、ホテルで過ごす夜が理由もなく苦い時もある。毎日こんなふうに生きて、生きて、齢をとって、最後は死ぬだけか、などとメランコリックになって、寝つけなくなってしまう。次作のアイディアを練っているうちに目が冴え、朝を迎えてしまうのもしんどい。原因はホテルとの相性ではなく、もっぱら私の精神状態による。

今夜は疲れているので、ぐっすり眠れるだろう。影浦から聞いた話がまだ頭の中で渦巻いているが、それしきは睡魔が押し流してくれる。

「梨田さんは、いつまで銀星ホテルにいるつもりだったんでしょうか？」

　尋ねると、影浦はわずかに目を伏せた。

「ご本人も『いつまでかな』と笑っていました。『ホテルの皆さんにとっては迷惑千万かもしれないけれど、いっそ命が果てるまで居座りましょうか』とおっしゃったこともあります。『この島で死ぬのも悪くない』と」

「島？」

「中之島のホテルで暮らすことを、彼は〈島の生活〉と称していたのです。ご自身は〈島民〉。あそこは二本の川に挟まれた中洲ですけれど、島ともみなせますね」

　中之島エリアの情報を集めた〈月刊島民〉というフリーマガジンがある。確かに、中之島を都会の只中の島と呼ぶのは洒落た感じだ。

　この島で死ぬのも悪くない。

　梨田稔が本当にそう考えていたのだとしたら、希望はかなえられた。幸福な最期ではなかったけれど。

　再び、それにしても——

　私だけでこんな贅沢な部屋を使うのは、つくづくもったいない。ここはリッチなご家族が泊まるところではないか。そんなふうに考えてしまう自分の貧乏性がちょっと嫌だ。

　せめて似た者同士の恋人がいればよかったのにな、と思う。こんな部屋に通されたら、わが恋人――妻でもいい――は「わあ！」と歓声を上げるだろう。そうしたら私は、君のために今日は奮発した、という意味のことを言う。出版社が取ってくれたという設定でもかまわない。私が作家として尊重されていることが伝わるから。そして、お風呂もこんなにきれい、シャンプーはアユーラだ、という彼女の弾んだ声に微笑むのだ。家族連れで私たちの間に子供がいたなら、可愛い息子か娘がはしゃぎながらベッドで跳ねたり部屋の中を走り回ったりするのを、こらこらと優しく叱る。

　馬鹿な空想をしていたら、部屋がますます広く感じられてきた。このままだと体育館ぐらいに膨張していきそうだ。

　グラスに二杯目を注いで飲んだら、すっかり生温くなっていた。時計を見ると零時が近い。そんなに時間が経っているとは思わなかった。

　いい具合に眠気が差してきた。これを逃すとまた寝つけなくなってしまいそうだから、早くベッドに入るのがいい。キングサイズの大きなベッドを最大限に利用するため、わざと斜めになって寝てやろう。それぐらいしか今からできることはない。

　寝巻に着替え、明かりを消して毛布にくるまった。こんな部屋だと、闇にまで艶があって美しく感じる。

　眠りに落ちる前に一つだけ謎が解けた。初めて会った影浦浪子の顔を見て、何か懐かしいものを感じた理由だ。彫りの深い彼女の顔は、光の加減によっては西洋人風に見えた。わけてもイギリス人女性の顔立ちに似ている。偉大な先達、アガサ・クリスティ、ドロシー・L・セイヤーズ、マージェリー・アリンガム、パトリシア・モイーズ、エリス・ピーターズ、P・D・ジェイムズ、ルース・レンデル……。

　かの国が生んだ女性ミステリ作家のポートレイトを連想して――どの作家にそっくりというわけでもないのに――懐かしさを覚えたのだな、と思ったあたりで意識が溶暗し、一日が終わった。

4

　ホテルで目覚める。

　八時に起床し、シャワーを浴びてからしっかり湯にも浸かって、豊かな気分でブッフェの朝食をとった。食べすぎてしまったので、昼食は抜く方がいいかもしれない。

十一時過ぎにチェックアウトしてタクシーで東京駅に向かい、切符を買う前に一本電話をかける。呼び出し音が五回鳴ったところで、火村が出た。

「お前から昼前にかかってくるのは珍しいな。急な用事か？」

「今、東京駅で、これから大阪へ帰るところなんや」

「それで？」と愛想がない。

「込み入った話があるんやけど、京都で途中下車したら会えるか？」

「忙しいんだけれどな。今日が何日か知ってるか？」

まったく気にしていなかった。一月三十一日ということは、わが母校の入学試験の数日前か。この時期、准教授が何かと多忙なのを失念していた。

「入試の準備でごたごたしてる時期やと承知はしてるけど」と嘘をついて「自由になる時間が取れそうやったら一時間ほどくれ。三十分でもええ。そっちの都合がつく時間に指定された場所まで出向く。さっきも言うたとおり今は東京やから、京都に着くのは早くて二時やけどな」

わずかに間が空いたのは、高速でスケジュールを確認したのだろう。

「試験問題の作成はとっくに終わっているし、実は余裕がないわけでもない。四時でよければ京都駅の近くまで行こう」

場所は、これまで何度か入ったことがあるホテルの喫茶ラウンジ。煙草が吸えることが判っている。

「すまん、それで頼むわ。――火村先生がどんな問題を作成したか気になるな」

「そんなものに興味を示すな。漏洩したら首が飛ぶ」

アポイントを取ることができたので、三十分後に発車する〈のぞみ〉の指定を確保してから、構内の書店で文庫本を買ってホームに上がった。帰路の友に選んだのは、孝謙天皇を主人公にした影浦浪子の著書だ。

窓際のE席に着き、ホテルから持ってきたミネラルウォーターのボトルを窓枠に置いて本を開いたが、作者の顔と肉声が生々しく思い出されて目が活字の上を滑る。読むのを諦めた。気がつくと列車はホームを離れていて、さっきまでいたホテルが車窓を過ぎていくところだ。

本のカバー袖に作者の顔写真が載っていた。十年ぐらい前に撮ったものらしく、現在より若々しい。この小説自体が十年近く前に書かれたものなので、刊行された当時はこれが近影だったのだろう。背もたれの高い椅子に深く掛け、斜め上に視線を投げる様は風格たっぷりである。

何故、この人は梨田稔なる人物にそれほど関心を示すのか奇異に思えた。その点については先回りして話してくれたが、まだ釈然とはしない。

「私と梨田さんの間柄は、会えばおしゃべりを楽しむだけの知人でした。友人と呼ぶには浅すぎるつながりです。こちらから特別の好意を寄せていたわけでもありませんので、くれぐれも誤解しないでください。私には大切な夫も子供も、孫さえいますから」

好意ではなく、あくまでも興味なのだと言う。

「小説家の習性なのか、私自身の下世話さなのか、ベールをめくってあの人の秘密を探りたいのです。梨田さんの命を奪った犯人を突き止めたいのは正義の実現を希うからですが、死の真相が判れば彼の実像も見えてくるでしょう。それが知りたい。できることなら自分で調査をしたいのですけれど、事件を捜査する能力もないし、予定が詰まっていて大阪に張りつく時間もありません。だから、あなたに――」

探偵とセットになった小説家に、白羽の矢が立ったのだ。

影浦は、告白めいたことも言った。

「実はね、梨田さんをモデルにした小説を書いてみたいと考えたことがあるのです。あの人は描きたくなる素材ですよ。……どんな人生を送ったのか知ってしまったら、書けないかもしれませんけれどね」

新幹線の座席に座ってあれこれ考えても、足踏みするに等しい。この件は、ひとまず頭から追い出すことにした。

パーティ会場で話し相手を見つけられなかったり、威厳のある先輩作家に風変わりな相談を持ちかけられたりしたものの、私を軽んじた人は一人もおらず、それどころか過分に豪華な部屋を取ってもらえたりした。いつものように東京は私に優しかったのだが、疲れた。今、遠ざかりつつある巨大な街は、不思議に私を疲れさせる。話し言葉や食べ物の味の違いにストレスを感じるわけでもなく、人付き合いの流儀に大きな違いがあるわけでもないのに。目盛が違うせいかもしれない。大阪だとヒトもモノも百点法で測られるのに、東京では千点法でチェックされるような感じ。都市の規模(スケール)が違えば目盛(スケール)も違ってくるのが必然とも言えるし、あるいはすべて私の錯覚かもしれないが。

ぼんやりと風景を眺めたり、ちびちびと文庫本を読んだりしているうちに名古屋を過ぎ、関ヶ原(せきがはら)を過ぎ、逢坂山(おうさかやま)トンネルをくぐって京都に着いた。あと十五分で新大阪だな、と悠長にかまえていて、危うく乗り過ごすところだった。

四時まで時間があったが、火村の指定した八条口(はちじょう)のホテルの喫茶ラウンジに行って先にコーヒーを飲んだ。店内の席は八割ほど埋まっていて、適度にざわついていた。大きな窓の向こうには、道路を隔てて駅が見えている。

自殺だの他殺だのという言葉が飛び出す話がまわりに聞こえないように隅のテーブルに着いたのだが、少し離れた席の会話が耳に届く。話している若い男の声がよく通るせいだ。

「震災が」「復興は」というから東日本大震災についてかと思ったら、阪神・淡路大震災のことだった。あれから今年でちょうど二十年になり、一月十七日に追悼行事が行なわれたのを思い出す。明け方まで机に向かって原稿を書く私は、地震が起きた午前五時四十六分に手を止めて黙禱した。

　何年目だからどうということはないとも言えるが、やはり感慨がある。大切な人や出来事を思い出そう、忘れないでおこう、という契機はあった方がよい。二〇一五年は阪神・淡路大震災から二十年目で、昨夜も影浦らとの話に出たとおり大坂夏の陣から四百年目。そして、二日違いで永眠した江戸川乱歩と谷崎潤一郎の歿後五十年目にあたることを、ふと思い出す。

　友人は三時四十五分にやってきた。

「もうきていたのか。待たせたな」

　空いた椅子にコートを置いて、座るなり「それで？」と言う。どんな用件か電話ではいっさい尋ねてこなかったが、気になっていたらしい。

　本日の准教授は、真冬に無用の涼やかさを添える白いジャケット、チャコールグレーのシャツに、黒いコーデュロイのパンツ。このまま名門ホテルのディナーに出ても大丈夫だろうが、細めのネクタイをいつものごとくルーズに締めているのは如何なものか。これからディナーに行くわけではないからいいのだけれど。

私は、掌で顎を撫でて見せる。鬚が伸びているぞ、と無言のまま指摘したのだ。彼は自分の顎に手をやって、小さなしくじりに気づいたようだ。

「うっかり剃り忘れたんだ。多忙なのをアピールするためじゃない」

癪に障るからコメントしなかったが、なかなか似合っている。この先生は女嫌いの気味があるくせに女子学生に受けがいいらしい。彼女らは知性にくるまれた野性的なものを感知しているると推察するから、無精鬚を生やして教壇に立てばさらに好評を博したりしそうだ。

「貴重な時間をもろうてるから、前置きは省略しよう」

影浦浪子に頼まれたことを私が話す間、火村はほとんど口を挟むことはなく、光が当たる角度によっては若白髪が目立つ頭をゆっくり掻いたりしながら、キャメルを二本灰にした。面倒な相談を持ち掛けているのだが、その表情からは何も読み取れない。

「――ということなんや」

短い間がある。

「引き受けたんだな？」

彼は、ボックスから三本目の煙草を抜いたが、くわえようとはしなかった。

「『はい、やりましょう』と答えたわけやない。お前に打診することを引き受けただけや。『彼ならやってくれますよ』と安請け合いはしてない」

「それはよかった」

影浦浪子のがっかりする顔が脳裏に浮かんだ。

「食指が動かんか……」

「まったく動かないわけじゃない」

火村は右手を翳(かざ)し、小指を小刻みに動かした。

「食指っていうのは、これだよな？」

この男もたまには愛嬌(あいきょう)のあるところを見せてくれる。そういう隙があるから友人関係が維持できているのかもしれない。

「違う、人差し指や。英仏独語が操れるお前も、中国語はあかんか」

故事成語として知っているだけで、私だって中国語はからっきしできない。

「影浦浪子という人の小説を読んだことはないけど、うまいことを言ってくるもんだ。『今まさに警察の不手際によって完全犯罪が成立しかけているのです』と言われちゃあな」

やっぱりそれは効いたか。

「そう聞きながら殺人犯をみすみす見逃すのは、お前の信条に反するやろう。罰を受けさせたいと思うんやったら、まずは梨田稔の死が自殺やったかどうかを調べてみようやないか」

「乗り気みたいだな」

「ああ。自分でも意外なんやけど」

だんだん気持ちが固まってきたのだ。正義感より作家的好奇心によって。

「たった一人で生きて、誰にも看取られずに死んでいった島民の謎を解いてみたい」

梨田が島民を自称していたことを補足説明した。

「ある島民の死か」

火村は、顎の鬚をゆっくりと撫でながら呟く。時代劇の素浪人めいた仕草だ。

「入学試験というのは問題を出したら終わりじゃなく、採点して受験者の合否を決める必要がある」当たり前やろ。「試験が終わるまで俺は身動きが取れない。時期が悪いんだ」

「事件の捜査をするんやったら早い方がええやろうけど、英都大の試験期間を過ぎたら手遅れになってしまうわけでもない。暇になってから出馬するというのはどうや？」

「俺のプライベートな都合は無視したとしても、新学期の準備というものがあるのを心に留めておいてくれ」

そんなふうに牽制しておきながら、すぐに態度を変える。

「まぁ、自由な時間はできるけれどな」

「どっちやねん。やるのか、やらへんのか？」

犯罪学者は脚を組み、右の膝頭でとんとんと煙草を叩いてから、やっと唇に運ぶ。

「時間のなさはどうしようもない。まずは有栖川先生が単独で捜査を開始してくれ。梨田稔の死は間違いなく自殺だった、ということが判明するかもしれない。他殺だったら、さらに本腰を入れてお前の捜査続行だ。体が自由になったら俺も合流する。——これで異存はないんじゃないか？」

それ以上は望めそうもない。単独で捜査をスタートさせるのが心細くはあったが、彼に甘えてばかりはいられない。

「判った、そうしよう。お前が提案したまま影浦さんに伝えてもええな？」

「もちろん、かまわない。俺が出ていくのを待たず、解決してくれてもいいからな」

迂闊（うかつ）なことに、そういう理想の形があるのに思い至らなかった。私は、もっと自分を信じた方がいいようだ。

「言い掛かりをつけるわけやないけど」と断わってから「講義や試験や教授会やらその他諸々の制約から解放されたい、と思うことはないのか？」

「無茶なことを言う奴だな。仕事を投げ出したら生計を立てる道がなくなるだろ」

「転職したらええ。大学を辞めて、プロの探偵になろうと考えたことはないか？　そうしたらいつでも犯罪と格闘できるぞ」

友人は、自分の吐いた煙に目を細める。

「独立して火村探偵事務所の看板を掲げろって？　非現実的なアイディアだな。お前が書いたり読んだりしている小説と現実には大きな隔たりがあるんだ。誰も事務所に訪ねてこなくて、すぐに退職金が底をつき、半年もしないうちに干上がってミイラになっちまう」

「開業してないのに影浦先生から名指しで依頼がきたやないか」

「そんなものはハプニングだ」

本気で転身を唆(そそのか)したわけでもないので、笑って応じる。しかし、まるっきり意味のない軽口のつもりでもなかった。

「こっちも干からびたミイラになるリスクを冒して物書きをしてるんやけど、他人にお勧めはできへんな。——とはいえ」

「アリス、まだ言うか」

近い席にいた欧米人らしい中年女性が振り返って、きょとんとする。アリスさんなのかもしれない。

「大学に籍を置いてることが負担になる場面も多いやろ。お前にとって今のやり方がベストやと考えてるのか？」

「ベストかどうかは判らない。けれど、他のやり方を選びたいのに辛抱しているつもりもない。ベターということだろうな」

「今のポジションにも利点がある？」

「あるさ。安定した生活が保証されたり、社会的に認められたりしやすいことに加えて、俺を適度に縛ってくれる」

「縛られるメリットなんかあるか？」

「あるんじゃないかな」

この話はこのへんで切り上げようや、という雰囲気を発散してきたので、深追いするのは控えた。私と彼との付き合いが長く続いているのは、相手を問い詰めない私の性癖のおかげかもしれない。人間関係などというものは、常に距離の取り方でうまくいったり破綻したりするものだ。

縛られているというより、現実につなぎ留められている、と言った方が適切なのだと考える。自らを野に放ってフリーランスになったら、ある種の暴走を起こしかねないことを火村は危惧しているのではないか？

彼が狩人のように犯罪者の臭跡を追いかけ、法の裁きを受けさせようとする動機について、かつて自分自身が人を殺したいという願望を持ったことがあるからだ、と言う一方、いつ誰に対してどのような殺意を抱いたかは黙して語らない。初めてそう聞いたのは大学時代で、どんな深刻な事情があったのだろうと思ったら、そこまでは初対面の人間にあっさり話すこともある。が、その先は打ち明けないのだ。人を殺したいと切望したことがある男と認識してもらいつつ、具体的なことは徹底して秘する。不可解な態度ではあるが、そこに彼の屈折した精神が何らかの釣り合いを見出して(みいだ)いるとしか思えない。

十四年来の友人だが、どこか脆(もろ)そうなところもあり、いまだに理解しかねることが多い。それが面白くもあるのだが。そんなことを影浦にうっかり洩らしてしまったら、「ますます興味深い人ですね」と目を輝かせていた。

「お前は時間に余裕があるのか？」

単独で捜査を始めるアシスタントのことを気に掛けてくれた。

「書き下ろし長編の構想を練ってる最中で、差し迫った締切はない。お前のフィールドワークを参考にして、とりあえず独りで動いてみるわ。ただ……」

「俺から船曳(ふなびき)さんに連絡を入れておこう」私もよく知っている大阪府警捜査一課の警部だ。「銀星ホテルで宿泊客が変死した件がどう処理されようとしているのか、あるいはすでに処理されてしまったのか教えて欲しい、と。明日の午前中に、お前から電話してみろ」

「かたじけない」

「恐悦至極で痛み入ったか？」

貴殿の行き届いた計らいに拙者は満足である。

時間を取らせすぎたのではないか、と案じていたら、火村はコーヒーのお替りを注文したので私も二杯目を頼む。

「ところで、訊きたいんやけどな」

「何を？」

「梨田稔の死は自殺か他殺か、あるいは事故死か。三者択一。また聞きでは見当もつけにくいやろうけど、お前の直感ではどれが正解やと思う？」

口をへの字に曲げてから、犯罪学者はぼそりと言う。

「自殺かな」

そのカードを選ぶか。

「直感というのは超自然的、神秘的なもののようで、実は多くのぼんやりとした根拠の集合体や。お前はなんで自殺説に傾いてるんや？」

影浦の言葉を拝借しながら、さらに訊く。

「直感の命じるままに答えたのに、変な言い回しで根拠を追及してくるんだな。——故人について情報が少なすぎるし、現場を見てもいないんだから、プロの捜査員の見解をわざわざ覆す気にはならない、ということだ」

「それだけか？」

窓の外では、日が暮れていく。だいぶ気温が下がってきているだろう。真っ赤なコートの娘が、白い息を吐きながら肩をすぼめて通り過ぎる。

「理由を一つ挙げるとするならば、直感で他殺説を唱える影浦先生の逆張りだ。その人がどういう人物だか俺は知らないし、さっきも言ったとおりどんな小説を書いているのか読んだこともないから、他意はないぜ。故人は自殺をするような人ではなかった、というのは思い込みのように感じられるんだ。自殺だとは信じたくない。自殺したと思うぐらいなら誰かに殺されたと思う方がましだ、と考えているんじゃないのか？　いわば無意識のうちの希望だ」

　私は腕組みをする。

「そんな感傷が作用してる可能性はあるけど、影浦さんの心の中を読むことはできへんからなぁ」

「あの人は殺されたのよ、という思い込みはセンチメンタルであると同時に、どこかロマンティックだ。孤独の果て、淋しさの極みで力なく死んだのではなく、最後に殺人者という劇的なものが襲来したのだ、という解釈だからな。要するに、小説家的な空想と戯れているだけじゃないのか、と俺は疑っているのさ」

「小説家の端くれを前に、辛辣な分析やな。——俺はセンチメンタルでもロマンティックでもない捜査をしてみよう。判ったことは電話で報せる」

「逐次報告してもらわなくてかまわない。新しい発見があった時に要点だけ伝えてくれたらいいからな」

できることなら彼が入試の採点をしている間に、もう解決したぞ、と言ってやりたいものだ。


火村と別れた私は、ＪＲの新快速で大阪駅へ。昼食を抜いたせいもあってほどよい空腹感がやってきたので、地下街で早めの夕食をとってから地下鉄で夕陽丘の自宅マンションに帰り着く。ひと息ついてからパソコンを起動させると、受信メールの中に土井咲枝からのものがあった。

昨夜の礼が丁寧に綴られており、「有栖川先生のご厚意に影浦浪子先生が大変お喜びでした」とのこと。「調べていただいた末にどんな結果が出ようと、ご満足なさると思います」という一文もある。影浦が売れっ子の大先輩だからどうこうというのではなく、人助けにはなるようだ。

銀星ホテルの支配人に話を通す旨は、昨夜も別れ際に聞いていたが、それについてもあらためて書かれていた。「影浦先生のご意向を受けた有栖川先生がお話を聞きにいらっしゃることは、支配人ご夫妻が了解ずみです。梨田さんが滞在していらしたお部屋も、あとに遺された品々もご覧いただくことができます。納得がいくまでお調べください」というから至れり尽くせりだ。影浦も火村もレールを敷いてくれるのだから、奮闘しなくてはなるまい。

船曳警部がどんな計らいをしてくれるかは定かでないが、銀星ホテルはなるべく早く訪ねるのがいいだろう。なるべく早くということは、明日だ。

5

肉厚の唇をした目の前の男は、棍棒のように太い声で短く言った。

「自殺ですよ」

不愉快そうには見えないのだが、およそ愉快な気分ではないだろう。自分が手掛けた捜査にケチをつけられているのだから。

「一点の曇りもない結論なんでしょうか？」

私がやんわり訊くと、「はい」と即答する。「ふぉい」と投げやりに聞こえる返事だ。

「影浦浪子という作家さんは、私らの仕事ぶりがよほど信頼できんようですね。残念ですよ。

こっちはきちんと説明したつもりなんですけど」

男——捜査一係の繁岡巡査部長は、厚い下唇を人差し指で弾いた。

大阪に帰った翌日。

船曳警部に仲介してもらい、私は梨田稔の死について調べた捜査員と対面することができた。業務の合間を縫って会ってくれたのが、天満署刑事課に所属するこの繁岡巡査部長である。四十歳ぐらいに見えるが、肌が荒れているからそう見えるだけでもっと若いかもしれない。

彼の都合に合わせて、北浜のビルにあるカフェで話を聞くことになった。音楽がほどよいボリュームで流れているおかげで、火村と会った喫茶ラウンジと同じく物騒な話もしやすい。難点は暖房の利きがよくないことで、繁岡は寒がりなのか、店内でもコートを脱ごうとしなかった。

一時間以上は取れませんよ、と事前に言われていたが、それだけ時間を割いてもらえば充分だ。繁岡は、ある傷害事件の関係者から話を聞くため北浜界隈を歩き回っており、午後一時半から二時半までの時間帯がぽっかり空いているというので、私の頼みに応じてくれたのである。

細かいことだが、中央区北浜の所轄署は東署だ。天満署員の繁岡の捜査は越境しているわけだが、中之島から橋一つを渡ってきているだけなので、日常的によくあることなのだろう。

「影浦さんの他にも自殺を疑っている人がいたとも聞いていますが」

「ふぉい。支配人の奥さんも納得していないようでしたね。殺人事件となったら、ホテルにとってダメージが大きいはずやのに、なんで――」

繁岡は、ぶつぶつと言いかけて、自殺説にとってマイナスになるせいか口を噤んだ。咳払いを一つしてから話しだす。

「法医学的に自殺と判定して矛盾はありません。影浦さんは、自殺にしては遺書がないことを問題視しているようですが、そんなのザラにあることです。火村先生の相棒の有栖川さんもご存じでしょう？」

火村と私が捜査に参入するのはいつも船曳警部の班が担当する事件なのだが、私たちのことは府警本部の刑事部全体に知られている。大阪府内のあちこちで起きる事件に首を突っ込んでいるうちに、所轄署にもすっかり名前が売れてしまった。

「だいたいですね、死んだ梨田稔さんを殺害する動機のある人間なんておらんのです。あのホテルに滞在していたお客にすぎんのですから」

「金品が盗られた形跡もないんですね？」

「ありません。それどころか」繁岡は、ふっと笑う。「ものすごい金額が記載された預金通帳と印鑑が現場に遺っていましたよ」

影浦から聞いていない事実だ。

「えっ、そうなんですか？」

「机の最上段の抽斗にだけ鍵が掛かるんです。その中にありました。その抽斗と部屋の鍵がついたキーホルダーは机の上にあり、そのすぐ横には財布が放置されていた。あれが殺しだとしたら、通帳も印鑑も財布も、犯人はみんな根こそぎ盗んでいけたのに、全部そのままでした」

「金目のものを持ち去らなかったのは、怨恨などが動機だったからかもしれません」

「待ってください、有栖川さん。その通帳の残高をお教えしましょう。二億二千二百万円です。端数が五千五百二十二円やったな。数字で言うと、二二二〇〇五五二二。なかなか覚えやすい」

「そんなに……」

私は、今回の調査のために買ったノートにその金額をメモした。

巡査部長は、どうだ驚いたか、という表情でココアを飲む。ええ、驚きましたとも。しかし、それが現場に遺されていたからといって自殺が確定するものでもない。

「お金持ちだったんですね、梨田さん。けれど、殺人犯が通帳や印鑑に手をつけなかったのは不思議でもありません。銀行で引き出そうとしたら、たちまち犯人だとバレてしまうからでしょう」

「まぁ、それは言えます。ちなみに、通帳に不自然な入出金はなく、故人の質素な暮らしぶりが確認されただけです」

「通帳の記録にも事件を匂わせるものはなかった、とおっしゃりたいんですね。そう伺っても、他殺説に気持ちが傾きますね。預金残高が二億円以上もあって自殺するというのが解せません」

「唸るほど金があるせいで、よけいに孤独が募ったんやないですかね。なまじ金銭的に満たされてたせいで、かえって虚しくなったんですよ」

　これはまた文学的とも言える見方である。残高が少なくなってきたので自殺した、というなら理解しやすいのだが。

「二億円を超す預金は予想以上でしたけれど、長期のホテル住まいをしているぐらいですから裕福なのは判っていました。何をしてそんなお金を貯めたんでしょう？」

「生前の本人によると、色んな商売で儲けたんやそうです。酒類の量販店が一番当たったんやとか。ホテルの支配人や従業員が聞いています」

　五年も滞在していたから、支配人や従業員と疑似家族のようになって、気安くしゃべることもあった。そんな会話の中で、ぽろりと洩らしたらしい。

「うまくいっていた商売をやめて、ホテルで暮らすようになったきっかけは何なんでしょうか？」

「事件性の有無に直接は関係がないので、そんなことは掘り返していません。気になるんでしたら、ホテルに行って訊いてみたらどうですか？　そんな話も雑談の中で出ているでしょう」

　事件性の有無を調べるのなら、故人の過去を掘り返すべきだろう。警察がしかるべき捜査をしたのか怪しい。

「お身内に報せようにも連絡先が判らなくて、ホテル側は困っていたそうですが、まったく身寄りがない人だったんですか？」

「天涯孤独と言い触らしていたのに嘘はなく、まったくいないんです。祖父母、両親は他界していて、兄弟姉妹はなし。結婚したことは一度もなく、認知した子供もいません。とても淋しい戸籍でした」

　梨田稔は昭和二十年六月十七日生まれで、出生地も本籍地も兵庫県西脇市。近年の居住地は中之島の銀星ホテルだったわけだが、住民票を西脇市から移していないので、大阪では選挙の投票に行けなかったわけだ。

「選挙なんか爪の先ほども興味がなかったんでしょう。世捨て人ですから」

　これは新情報でも何でもないが、梨田稔の謎を解くためのキーワードだ。〈世捨て人〉と私はノートに控えた。

「梨田さんの過去の家族構成を教えていただけませんか？」

「聞いてどうするんですか？　戸籍なんか見ても、自殺かどうかを見極める役には立ちませんよ」と言いつつも話してはくれる。「さっきも言ったとおり兄弟姉妹なしの一人っ子でした。両親は三十年以上も前に死亡してます」

　せっせとノートをとる。

「梨田稔がどういう人物だったのか知りたいのなら、あのホテルで聞き込みをしてみてください。支配人夫妻や一部の従業員にとって、家族の一員のような存在だったようですから、色々と話してくれますよ」

　言われるまでもなく、そうするつもりだった。繁岡との会見を終えたら、その足で銀星ホテルに向かうことにしている。――質問を変えてみよう。

「首を括った痕の他、遺体に外傷などは？」

「ありません」

　他殺ならば、格闘や抵抗の痕跡が遺るのが自然だ。

「大の男が、抵抗もせず唯々諾々と犯人に縊られるとは思いにくい。――どうです、他殺説は旗色が悪くなってきたんやないですか？」

繁岡は泰然と言うが、私には異論があった。

「一概にそうとも言えないんやないでしょうか。状況にもよります。たとえば、犯人から拳銃やナイフを突きつけられて、従うしかなかったとか」

「脅されて、おとなしく首を吊った？　吊りますかね。相手と体格に大きな差があったとしても、どうにかして刃向かうでしょう。それなのに痕跡がまったくないというのは変だと思いますよ」

現場の叩き上げらしい刑事に私が反論するのは難しいし、繁岡が言うことの方に理があるのは判る。

「では、遺体を司法解剖して明らかになったことはありませんでしたか？　たとえば、梨田さんが何かの病気に罹っていたとか」

「それもありませんでした。身体壮健だった模様です。六十九の高齢にしては、病院に行くこともなかったとホテルの関係者は言っています」

「その反対だったら自殺説に説得力が出たでしょうね」

繁岡は、また下唇を指で弾いた。お父さん、子供みたいだからそれはやめて、と家族から不評を買っていそうな癖だ。

「健康体でも人は死にたがることがあります。梨田稔さんの自殺の動機は心の病です。肉体ではなく心が底なしの孤独に冒されて死んでしまったんですよ」

風貌と話し方は体育会系なのに、再び文学的なことを言う。その見方が気に入っているらしい。

「ちなみに、梨田さんの部屋は施錠されていたんですね？」

これは念のために訊いただけだ。

「ふぉい。しかし、古いホテルといえどもドアはオートロックです。施錠してあったから自殺と判断したわけではありませんよ」

「はい、承知しています。——亡くなったのは何時頃ですか？」

ここで繁岡は手帳を開いた。

「死亡推定時刻は、十三日の午後十一時から十四日の午前二時にかけて。遺体発見は十四日の午前九時十五分です。毎朝八時ちょうどに食事に下りてくる梨田さんが姿を見せないので、急病で倒れていたりしたら大変だ、ということで支配人の妻が様子を見に行き、カーテンの紐で首を括っているのを発見しました。部屋に入る際は、言うまでもなくホテルのマスターキーを使っています」

ただちに警察に連絡がいき、繁岡たち天満署の署員が駈けつけて捜査が始まったわけだ。

「警察の中に、他殺を疑った人はいなかったんですか？」

これは愚問だったらしい。繁岡は片頬で笑った。

「全員がその可能性も疑いましたよ。有栖川さんもご存じのとおり、われわれは疑うのが仕事ですから。そういう目で捜査をしましたが、他殺を示す証拠は何も見つかっていません」

「しかし……僭越ながら、自殺だと断定する証拠もないように思います」

「殺しだったら、何か証拠があるはずなんです。それが見つからない。事故死と考えるのも無理がありすぎるので、自殺と判定するのが合理的です」

それは消去法と呼ぶには粗雑すぎる。殺人である証拠をまだ発見していないだけかもしれないではないか。

テーブルの下で小さな音がしている。何かと思ったら、繁岡が貧乏揺すりをしているのだ。私の呑み込みの悪さにいらつきだしたのかもしれない。次の予定が気になりだしたのか、腕時計を覗いたりもする。

彼の心中を勝手に忖度すると、こんな感じかもしれない。――自殺かどうかの判定は簡単ではないんだ。ひょっとしたら殺しかもな、という疑いが残ったまま自殺として処理されるケースもなくはない。しょうがないだろう。実際、どちらとはっきり決定できない事案は何件かに一件は発生してしまうし、はたしてどうなのか、といつまでも唸りながら悩むことは許されない。それが警察の現実というものだ。

　現実は常に悲しい。いくつもの殺人が殺人だと認知されないまま闇へと葬られ、何人もの犯罪者が大手を振って街を闊歩（かっぽ）しているのだろう。人の世のすべての犯罪を完全に暴くことはできない。しかし、だからといって諦めたら現実はますます悲しいものになってしまう。

「こうすることにしました」

　私は決意した。

「どうするんですか？」

「自殺か他殺かで迷ったら立ち往生してしまう。だから発想を変えて、とりあえず梨田稔さんの死は他殺だったと推定します」

「とりあえずって……居酒屋の注文やあるまいし、そういうのは無責任でしょう。捜査は遊びやないんですからね」

「いたって真剣です。これも一つの捜査手法だと思います。殺人事件として調べていくことで見えてくるものがあるかもしれません」

　巡査部長は気色（けしき）ばんだ。

「ちょっと待ってくださいよ。そんなおかしな理屈はない。何事も決めつけず、予断を排して行なうのが捜査の基本です」

「そうやって警察が調べても自殺なのか他殺なのか曖昧（あいまい）なところが残っているように思ったので、あえて別の方法をとってみることにしました。他殺であってもらいたい、と考えているわけではありません」

こんな言い方では反発を食らうかな、と思ったら、意外にも繁岡の態度は変わった。

「いや、それは面白いかもしれません。数学にそういう問題の解き方がありましたね。適当な例が思い出せませんけれど、その……何かをまず仮定しておいて、それと矛盾しない答えが出るかどうかを検討していって……」

数学は得意ではないのでどういう問題のことを言っているのか判りかねたが、それはいい。面白がってくれたのを好機と捉（とら）えて、さらに質問をぶつけていく。

「他殺だとしたら犯人がいることになります。一月十三日の午後十一時から十四日の午前二時の間に、現場に出入りできたのはどんな人間でしょうか？」

「宿泊客とホテルの支配人夫妻と従業員ですね」

「外部の人間はどうですか？」

「それはない」

「何故ですか？」

「小さなホテルですから、人の出入りは目立ちます。にも拘らず当夜、ホテル内で不審な人物を見た、という証言は出ていません」

「こっそりと出入りすることはできませんか？」

「難しいでしょうね。ちなみに玄関は午前零時になると施錠されます」

「裏口は？」

「そちらは、日中に用事がある時以外は閉まっています。当夜、何時に施錠したのかまでは聞いていません」

「ホテルですから非常口があるはずですが——」

「五階建ての各階から非常階段に出られますけれど、こちらもふだんは内側から施錠されています。あの夜、そこから誰かが出入りしたという痕跡はありません」

　雪が積もっていたわけでもないのだから、犯人が出入りしても痕跡なんてものは残らないだろう。

「裏口や非常階段の錠というのは、内側からだとつまみを捻って開閉するタイプのものですか？」

「ふぉい。それがすべてロックされていたわけです」

「つまみを捻るだけなら、内部に共犯者がいたら開け閉めしてもらえますね」

「外部の人間の犯行で、内部に共犯者がいたとおっしゃる？　ややこしく考えますね」

「犯人像のバリエーションを検討しているだけです。外部の人間の犯行だという可能性は否定し切れないように思うんですけれど、いかがでしょう？」

「セキュリティのシステムが入ってるので、ドアが開閉すると必ず記録が残ります。それが、まったくない」

飲みかけのココアに唐辛子を投じてやろうか、と思った。それを最初に言え。

「犯行時にホテルの内部にいた人のリストはありますか？」

作成しているはずだ。繁岡は黙って鞄のファスナーを開けたかと思うと、折り畳んだ紙を取り出す。

「ご参照ください。影浦浪子さんを含むリストです」

氏名だけが並んでいた。住所や電話番号が未記載なのは、警察の親切には限度がある、ということか。

「ありがとうございます」と礼を言って、自分のショルダーバッグにしまう。

「有栖川さんは、そのリストの中に殺人犯がいると思いますか？」

繁岡は、バッグを指差しながら訊いた。

「判りません。外部から侵入したのかもしれませんから」

「外部犯の場合は物盗りではないでしょうから、そいつは被害者に対して恨みのある人間ということになりますね。そうでないとおかしい」

「はい。被害者は人から恨まれるような人物ではなかった、と影浦さんは言っていましたけれど」

梨田稔の死を他殺と仮定したおかげで、被害者という言葉が解禁になった。

「影浦さんというのは難儀な人ですね。梨田さんは自殺するような人やないと訴えながら、殺されるような人やないとも言う」右手で虚空を叩いて「どっちやねん、と突っ込みたくなります」

突っ込みたくなるのは、真実が見えていないからだ。どっちやねん、で終わりにはならない。

「被害者がどういう人物だったのかは、生前の故人を知る色々な人の話を聞くしかありません。これからやってみます」

「ご苦労さまです。ホテルで聞き込みをするだけでも面倒でしょう。警察が調べた後に独りで事件を再調査するやなんて、私が有栖川さんの立場だったら途方に暮れてしまいます」

「素人なりのやり方で挑戦してみます。常識のなさがいいように働いて、梨田さんの死が他殺だという証拠が見つけられたら、すぐ警察にお伝えしますので。よろしくお願いします」

軽く頭を下げたら、繁岡は神妙な顔になった。太い指で鼻をつまんでから、テーブルに両手を突く。

「あなたが真剣なのはよく判りました。解剖で判明したある事実をお伝えします。隠すつもりはなかったんですよ。それを伏せたままであなたがどこまで他殺説を組み立てるかを聞きたかっただけです。火村先生の相棒のご意見に興味があって」

何を言おうとしているのか見当がつかない。

「解剖で判明したことというのは？」

「他殺説にとって決定的に有利な事実というほどではないんですけど」などと断わって「遺体からバルビツール酸系の睡眠薬が検出されました。そのへんの薬局で簡単には買えない薬です」

彼と話す時間が残り少なくなってから、重大な事実が転がり出した。

「梨田さんは、睡眠薬を常用していたんですか？」

「いいえ」

「それはおかしい。もしかしたら犯人が薬を服ませたんやないですか？」

「と考えることもできますけれど、証拠はありません」

証拠がどうこうという問題ではないだろう。梨田がわけの判らない睡眠薬を服用していたという事実は、他殺を示唆しているではないか。隠すつもりはなかったと言うが、真っ先に言え。

「犯人に一服盛られたんですよ。睡眠薬で眠らされたんやとしたら、被害者があんな形で首を吊っていたことに説明がつきます。犯人に拳銃やナイフで脅されて、タッセルの輪に首を通したんやありません。すっかり意識をなくしていたから、何の抵抗もできないまま首を吊らされた。昏睡させられていたから、助けを求めて叫ぶこともできなかったんですよ」

真相の一端が見えた、と思ったのだが、繁岡はストップをかける。

「断定するには証拠が必要です。そんなことがあったかもしれない、というだけのことです」

「承服しかねますね。犯人が服ませたのでなかったら、どうして梨田さんが常用していなかった睡眠薬が遺体から検出されたんですか？」

「たまたま手に入れた薬の助けを借りて、自殺したとも考えられるでしょう。睡眠薬で遠ざかる意識の中、タッセルの輪に自ら首を通した」

「なんでそんなことを？」

「死の恐怖を緩和するためですよ。覚悟の上とはいえ、怖かったのでしょう」

「アルコールの助けを借りて自殺する、というのはよく聞きますが――」

「梨田さんは酒をいっさい飲まなかったそうです」

「そうなんですか？　酒類の量販店で儲けた人やのに」

「酒を売って儲けても別におかしくない。商品として扱う分には、呑兵衛（のんべえ）も下戸もありません。人を殺した経験がなくても推理小説が書けるようなもんです。……この喩（たと）えはうまくないかな」

　死の恐怖を緩和するため、睡眠薬で意識のレベルを低下させてから首を吊る。それもありそうなことで、頭から否定することはできない。ここは他殺説に拘泥（こうでい）せず、冷静に検証してみるべきだろう。

「梨田さんが服んだ薬の包みなり容器なりは、現場から発見されたんでしょうか？」

「いいえ。それらしいものは見つかりませんでした」

「自殺者が自分の意思で服んだのなら、包みや容器が遺っていないのは不自然です。隠す必要がないし、処分する間もなかったんですから」

「痛いところを突いたおつもりですか？　本音を言うと、喉に小骨が刺さった程度にチクリと痛みます」

　率直に言ってはくれたが、繁岡の自殺説は揺るがない。包みや容器は、もともとなかったと考えればおかしくはない、というのだ。

「薬というのは、剝き出しのままにしておくものではないでしょう」

「何かの拍子で入手した一粒を利用したのかもしれません。誰かにもらうか、誰かから取り上げるかして」

「誰かから取り上げる、というのがよく判りません。どういうことですか？」

「それはですね」

　梨田稔は、悩みの相談の電話を受けるボランティア活動をしていたという。週に二度、ある団体の事務所に出向いて、どこの誰とも知れない人からの電話で悩み事を聴いていたのだ。

「ボランティアは電話でじっくりと話を聴き、相談に乗るのが仕事です。『生きているのがつらい。もう死にたい』や『これから自殺しようとしています』という深刻な電話も多いとか。ボランティアと相談者が実際に会うことは基本的にないんですが、時として『会ってお話がしたい』と言われることもあるそうです。梨田さんは情にほだされてルールを破り、自殺を仄めかす相談者と会ってしまったのかもしれません。そして、『死ぬなんてやめなさい』と諭し、相手が持っていた睡眠薬を取り上げた」

「そんなことがあったんですか？」

「いや、あったかもしれない、という仮説です。有栖川さんに突かれる前に言っておきます。梨田さんが自殺志願者と接触した、という証拠も証言もありません。そんなことがあったとしたら内緒で行なわれたわけですから、立証するのは困難でしょう」

「立証できない仮説ですか」

「一つの仮説です。まったく違う入手経路もあり得ます」

「何かの拍子で」という便利な言葉を遣われてしまったら降参するしかない。バスを待っていて、公園のベンチで休憩していて、ふと言葉を交わした行きずりの人物に「よく眠れますよ。試してみてください」と勧められた一錠ということもないとは言えないのだし。

「薬を服用するのに水を飲んだ跡はありましたか？」

質問を変えてみた。

「ふぉい。寝室に小さな丸テーブルがあって、その上にグラスが。被害者の指紋が着いていました。ああ、いや、自殺ですから被害者ではありませんね」

苦笑いをする巡査部長であった。もう話す材料がなくなったようだ。

「捜査の内容を丁寧に教えていただき、ありがとうございました。後は、私なりにがんばってみます」

「健闘をお祈りします。——火村先生は舞台の袖でスタンバイしているんですか？」

探るような目がこちらを見る。

「場合によっては捜査に加わるかもしれません」

「一度お会いしてみたいですね。先生とはすれ違いばかりで、まだお目にかかったことがないんです」

約束の時間が尽きる頃、繁岡は打ち解けた様子になり、「ご不明のことがあれば連絡してください」とも言ってくれた。自殺説を覆せるものならやってみろ、という思いもあるのだろう。

店の前で別れると、巡査部長は次の目的地に向かうため堺筋(さかいすじ)を南に歩いていった。

# 第二章　その孤愁

1

私は繁岡とは反対に向かい、北浜一丁目の交差点に出る。東南角は大阪証券取引所のビルだ。二〇〇四年に高層化のために建て替えられる際、湾曲した特徴のある正面ドーム部分はいったん解体・保存された後、再び新しいビルに再利用された。近年、よく行なわれる手法だ。明治初期に近代大阪の経済の礎を築いたとされる五代友厚の銅像の横を過ぎ、信号を渡るとすぐに難波橋。こちらは橋の袂の四ヵ所に据えられたライオンの像がシンボルだ。橋を半ばまで渡れば、そこが中之島である。ひしゃげた莢豌豆のような形をした〈島〉の東端に近い。

淀川から毛馬閘門で分岐し、都心部へと南下する大川——旧淀川とも呼ばれる——は、大阪城の北西で流路を西に変え、天満橋を過ぎると中之島に突き当たって、堂島川と土佐堀川に分かれる。全長は約三キロの中洲で、地理的にはパリのシテ島と似る。地図で比べると中之島は細長く、シテ島はずんぐりと短いが。

銀星ホテルは、東から南西にうねりながら延びる中之島の西寄りにあり、ここからだと距離にして二キロ足らずというところか。時間があれば川に沿って散歩を楽しむのもいいが、今はその時ではない。〈島内〉には東西に京阪中之島線が走っているから、それで移動しよう。

　歩調を緩めて、東に目をやった。橋のすぐ下から東端までは大阪中之島剣先公園のバラ園になっていて、五月ともなれば大勢の市民で賑わうのだが、さすがにこの季節は色彩がくすんで閑寂としていた。その名のとおり島の尖った先端にはガラス製のオブジェに囲まれた噴水があり、三十分おきに噴き出す水がどうということもないアーチを描く。某世界的建築家の発案なのだとか。オブジェが後から作られたおかげでいくらか恰好がついたとはいえ、子供も喜ばない仕掛けである。園内の端には、シベリア出兵にも出動した軍艦〈最上〉のマストが二〇〇九年まで屹立していた。何故〈最上〉のマストがここに、という必然性への疑問はあったものの、中之島を巨大な船に見立てて遊ぶ素材にはなっていたところが噴水と異なる。

　隣に見えているのは天神橋、川が曲がっているのでやや見づらいがその向こうに架かっているのが天満橋。川の左岸にあるテラスのようなものは、平安から明治の世まで京からの船が発着した八軒家浜の港にちなんだもの。かつて大阪では川の船着き場も港と称していた。遠望すると、大阪ビジネスパークの超高層ビルが棒グラフのように並んで高さを競っている。

橋を半分渡って中之島に〈上陸〉し、体の向きを西に転じれば、まず目に飛び込んでくるのは赤煉瓦(れんが)造りの中央公会堂だ。大阪市を代表する建物の一つで、夜もライトアップされて美しい。その陰になっているのが重厚にして壮麗な府立中之島図書館、その奥が大阪市役所。メインストリートである御堂筋(みどうすじ)を隔てて日本銀行大阪支店。そのまた向こうには朝日新聞社、中之島三井ビルディング、ダイビル、関西電力などの超高層ビルが聳(そび)えている。川が南西方向に垂れ下がるようにカーブしているためどのビルも重なることがなく、その並び方はコーラスグループが斜に構えてポーズを決めているみたいだ。

大阪がどういう街かを解説するのに最もよいのは、このあたりの橋の上でガイドをすることではないか。水の都の面目躍如たる都市景観を眺めつつ、近世以来、この街が享受してきた繁栄の形とその名残りを大摑みで理解してもらえるだろう。江戸期には全国の富の七割が集まったという経済力の源泉たる諸藩の蔵屋敷が蝟集(いしゅう)していたのも、この中之島とその対岸だ。

近世から遠く遡(さかのぼ)って、八軒家浜の彼方(かなた)にある京や、さらには奈良とのつながりに想いを馳(は)せることもできる。飛鳥時代には現在の大阪市域のほとんどは海面下にあり、今は上町(うえまち)台地と呼ばれる高台だけが陸地だった。そのどこかにあった難波津から隋(ずい)や唐(とう)に向けて船が出帆しているのだが、水深が充分にあるところを航路としたであろうから、中之島を南北から挟む土佐堀川・堂島川あたりを通ったと夢想することは可能だ。小野妹子や空海が乗り込んだ遣隋使船・遣唐使船が中之島の脇を通過していく。そんな幻を楽しめるようになったら立派な空想家だろう。

なにわ橋駅に続く階段を下り、電車を待つ。永らく大阪人にとっての京阪電車というのは、土佐堀川左岸の淀屋橋駅と京都を結ぶものだったのだが、二〇〇八年に全区間が地下を走る中之島線が開業した。東西方向に走る鉄道がない中之島の空白地帯を埋めるこの路線は、天満橋駅で分岐してなにわ橋駅から中之島に進入し、大江橋、渡辺橋と「橋」がつく名前の駅が続いた後――橋の連続は京橋駅から始まるが――、西の終点に至る。

乗ってしまえば、わずか六分で中之島駅に着く。国際会議場（グランキューブ大阪）に隣接したリーガロイヤルホテル大阪までは地下通路でつながっているが、銀星ホテルに連絡していないのは言うまでもない。地上に出て、自分の間違いに気づく。

「おっと」

一つ手前の渡辺橋駅で降りた方がだいぶ近かった。電車で引き返すのも面倒で、歩くことにする。

中之島の東部は公園として整備され、中央部には市役所を始めとする枢要な施設や大企業のオフィスが建ち並んでいるのに、ここまでくると空き地が広がっていた。雑草がぼうぼうと生えているわけではなく、すべて駐車場になっているのだが、どうにも殺風景だ。しかし、このまま放置され続けるわけではなく、市立近代美術館や五十階を超す超高層マンションなどの建設が予定されており、いずれはすべて埋まることになるだろう。

このあたりも江戸時代には各藩の大坂屋敷が並んでいて、讃岐(さぬき)高松藩邸の跡地であるリーガロイヤルホテルの前庭には蔵屋敷跡の碑が建っている。その前を通り過ぎ、堂島川に沿って東へ。

田蓑橋(たみのばし)の南詰で右に折れると、針金でできた巨大な蜻蛉(かげろう)の羽のようなものが見えてくる。地下に広がる国立国際美術館のオブジェである。隣には市立科学館。まっすぐ進めば土佐堀川に突き当たる。このあたりで中之島の幅は二百メートルちょっとだ。土佐堀川沿いを少し歩けば、四階建ての上にペントハウスのような五階部分がのった銀星ホテルが見えてくる。

その正面に立った私は、ホテルの全体を鑑賞するように眺めた。外壁は明るい茶色をしたスクラッチタイルで覆われ、ゆったりと広い窓のまわりに細かい幾何学模様をあしらったアール・デコ調がいかにもレトロスペクティヴではないか。かろうじて雨よけになるぐらいの庇(ひさし)が玄関の上にせり出していて、その御影石(みかげいし)の庇には古風な書体で二段に分けて〈銀星ホテル　GINSEI　HOTEL　since 1952〉と刻まれている。ガラス扉には星形が反復するデザインのアイアンワークが施され、凹凸のあるミッドナイトブルーのガラスの一部だけが銀色になっているのが賞賛したいほどお洒落だ。扉の脇には、ホテル名と同じ書体で〈レストラン　コメット〉という看板が掲げられ、大きなウィンドウ越しにそこだけ内部が覗けた。

壮麗と評するにはすべてがこぢんまりとしているが、街角でこういう建物が拝めることはそれだけで眼福だろう。東京ほど徹底的な空襲を受けなかった大阪――それでも写真で見ると中心地一面が焼け野原になっているが――には昭和初期に建てられたデザイン性豊かなビルがあちらこちらに残っており、訪ね歩く建築ファンも少なくない。ファサードの庇にあるとおり銀星ホテルは戦後生まれで、それらの名物ビルに比べれば意匠の凝り方は一歩譲るかもしれないが、前を通り掛かった者の足を止めさせるだけの魅力は十二分に持っていた。

それにしても、なんという愛らしさであろうか。九百七十二室を有するリーガロイヤルホテルから遠からぬ場所にあるだけに、小ささがより強調されている。しかし、ホテル好きの女性にこんなところに一度泊まってみたい、と思わせるには足りないものもあった。レトロな風格は具えているものの、当然ながらその反面、新しさはどこからも感じられず、佇まいが重厚ゆえに明るさを欠いていた。ぴたりと閉じた扉から中を窺うことはできないので、客を招き入れる親しみやすさにも乏しい。予約してきた客も、初めてならば「ここから入っていいんだな？」とためらいそうだ。

だからこそ落ち着きがよく保たれ、いったん中で寛ぐことを覚えたら隠れ家に引きこもるような独特の快感、影浦浪子を虜にした居心地のよさがあるのかもしれない。亡き梨田稔にとっても……いや、それはよく判らない。いくら快適なホテルだといっても、五年も滞在し、そこで臨終を迎えたい、とまで思うものだろうか？　彼については何か特別の事情があったように思えてならない。

外観をたっぷり見てから、いよいよスウィング式の扉を押し開けると、チェンバロの調べに迎えられた。バロック音楽がほどよい音量で流れている。

入った正面に木のカウンターのフロント。右手が〈レストラン　コメット〉――この部分は建物の西側にややせり出している――に続く入口で、左手の壁際は背の低い観葉植物の向こうにテーブルとソファが並んだラウンジらしきもの。すべてが小振りで、こういうタイプのホテルとは馴染みが薄いため、まるで芝居のセットのように感じられた。これ見よがしの豪華さはない。それでも濃紺のカーペット――星空をイメージした色だろうか？――が高級な品であることは十歩ばかり歩いた感触から察せられたし、柱の上部にもさりげない装飾があるのを見るにつけ、ありきたりのホテルではないことがじんわりと伝わってくる。

「銀星ホテルにいらっしゃいませ」

フロントに立つ若い女性がすかさず声を掛けてくれる。目鼻立ちの整った日本人形のような顔で、ジャケットの名札に〈みずの〉とある。名乗って来意を告げるより前に、フロントの奥から頭髪を七三に分けた細身の男性が現われた。琥珀色のジャケットにブラックタイがここの制服らしい。

「いらっしゃいませ。昨日の夜、お電話をくださった有栖川先生でしょうか？」

口許には営業用であることを感じさせない自然な微笑をたたえている。このホテルでの私の記念すべき第一声は——

「はい、そうです」

2

「お待ちしておりました」一礼して「当ホテル支配人の桂木鷹史です」

見たところ三十歳前後。古いホテルだということで錯覚してしまったのか、こんなに若いとは思っていなかった。経営手腕がどれほどのものか知らないが、色白でおっとりとした若殿風である。

「梨田稔さんの件を調べるために伺いました。ご迷惑にはならないように気をつけますので、ご協力をお願いします」

新入社員の飛び込みセールスよりぎこちない頼み方だったが、若い支配人は畏まって一礼する。

「お世話になります。私以下従業員一同、できる限りのお手伝いをいたしますので、何なりとお申しつけください。有栖川先生がいらっしゃることは影浦先生からお電話でお聞きしています」

職業柄、物書きというだけで私の名前に先生をつけてくれるだろうと思っていた。先生はやめて有栖川さんにしてください、とこちらからリクエストしたらかえって困らせそうだし、それもまた生意気に響いて口にしにくい。修正を求める機会を探りながら、しばらくは先生扱いに耐えるとしよう。

フロントの奥から、支配人とお揃いのジャケットに身を包んだ女性が現われた。長い黒髪を銀色のリボンで括っている。胸の名札には、支配人と同じく〈かつらぎ〉とあった。

「妻の美菜絵です。――ご連絡をいただいていた有栖川先生だよ。梨田様のことをお調べにいらっしゃった」

夫の言葉を受けて、彼女は深々と頭を下げた。こちらも痩身で、清楚な感じの美人だ。潤んだような目とうっすらとできる涙袋に、大事な任務を忘れて心が惹かれそうになる。

「美菜絵と申します。どうぞよろしくお願いいたします。――影浦先生から伺っております。梨田様が亡くなられた事情について、有栖川先生がしっかり推理してくださるので最大限のご協力をするように、と」

しっかり推理してくださる、ときた。あの先生も妙な言葉遣いをするんだな、とおかしくなった。

「梨田様がご自身の意思であのようなことをなさった、と警察は考えていますが」美菜絵は言う。「私どもの見方は違います。先生のご明察をもって、どうか真実を見つけ出してください。そうでなければ、梨田様がお気の毒すぎます」

「やってみます」としか言えなかった。空約束はできない質だ。

「事務所でお話しさせてください。こちらにどうぞ」

桂木鷹史が導き、フロントの奥へと通される。事務机が二つのオフィスの片側が応接スペースになっていた。いつもここで業者らと話すのだろう。支配人と向かい合って座ると美菜絵が香りのいい紅茶を運んできて、夫の隣に掛けた。

「ここにくる前に、天満署の繁岡巡査部長に会って一応のお話を聞いてきました。やはり警察は、自殺ということで決着させるようです」

私が切りだすと、鷹史は「そうですか」とだけ残念そうに言う。美菜絵は黙っていなかった。

「警察はいくら言ってもいってくれないのですね。梨田様には自殺をする素振りなんてありませんでした。どんな想いで日々を過ごしていたのか、頭の中を覗き込むことはできなくても、人間は気配というものを発散させます。そんなものが出ていれば、ちょうど五年も同じ屋根の下で生活してきた私たちには感じられたはずなんです」

桂木夫妻は、最上階のペントハウスに居住しているそうだから、言っていることは判る。ホテルだと「同じ屋根の下」という表現が今一つしっくりこないが。

「まず、梨田さんについて聞かせていただきましょうか。ちょうど五年というと……二〇一〇年の一月から滞在していたわけですね。何がきっかけで投宿なさったんでしょう？」

鷹史はここから答えを美菜絵に譲る。

「当ホテルにお越しになったのは、その時が初めてではありません。最初にお泊まりになったのは二〇〇九年九月一日で、この時は一泊。『ここはいいところですね』とお褒めいただいたそうで、その年の暮れにもお見えになり、三度目が二〇一〇年一月二十日。『しばらくご厄介になります』とおっしゃって、今年の一月十三日まで。いや、十四日までと言うべきでしょうか……」

彼女が関連する日付をすらすらと答えられるのは、警察の捜査に応えるために記録を参照したからだろう。そう何でも覚えていられるはずがない。私は、出てきた日付をすべてノートに書く。

「『しばらくご厄介になります』とチェックインして五年ですか。そんなことになるとは夢にも思っていなかったでしょうね」

「もちろんです。一週間分の室料を先にお出しになったので、それだけでも長いな、と思ったほどです。お支払いはどなた様もチェックアウトなさる時でかまわないのですが、『どうしても払います』とおっしゃるもので、固辞しかねて受け取りました」

「現金で？」

「はい。梨田様のご精算はいつもキャッシュでした。『クレジットカードは持っていない』とのことで」

クレジットカードを持っていない億万長者がいるとは、常識が揺さぶられる。

「カードを持たない理由を聞いたことがありますか？」

「いいえ。性に合わないのかな、と思っていました」

自身の主義信条によったのかもしれないが、何か事情があってカードが作れなかったとも考えられる。しかし、二億を超す預金の持ち主だから自己破産が原因とも思えず、腑に落ちない。

「一週間の滞在の六日目だったでしょうか、あらたまった口調でご相談を受けました。『期限を決めずに、こちらに住まわせてもらえますか？』と。びっくりするようなお話ではありません。当ホテルをそのようにお使いいただくお客様が、昔はちょくちょくいらしたそうですから。昔とは、創設して間もない頃です。私などが生まれるずっと前のことですね」

since 1952。終戦の年＝一九四五年＝昭和二十年なのは頭に入っているから、昭和二十七年だとすぐ変換できる。サンフランシスコ講和条約が発効し、ＧＨＱ（連合国軍最高司令官総司令部）が廃止されて、日本が独立を取り戻した年だ。

銀星ホテルの来歴について興味があったが、後回しにしよう。

「梨田様がお使いになっていたスイートルームを後でご覧いただきますが、流しや調理設備があって自炊ができるようになっています。長期滞在なさるお客様に対応したものです」

夫の説明を美菜絵が補足する。

「創設当初のオーナーの友人が、その部屋に長期滞在することが判っていました。それで、あらかじめ自炊もできるようにしたのだそうです」

なるほど。この小さなホテルでもスイートルームならそれなりの広さがあるだろうし、自炊が可能ならば自分の家の感覚で住むこともできただろう。想像していたほど窮屈な暮らしではなかったかもしれない。

「その後、梨田さんは滞在を延長し続けたわけですね」

「はい」鷹史は頷く。「室料のお支払いについては、月初めに翌々月の分まで前払いする、というルールができました。私どもがお願いしたわけではなく、梨田様が『ぜひ、そうしてください』とおっしゃったからです。期限を決めないといっても、せいぜい二、三ヵ月のことだと思っていたのに、まるで違いました。そこで、今度は私どもの方からお願いするようにして、梨田様には特別の料金でお部屋を提供することになったのです」

朝食付きで月三十万円。どの程度の食事と部屋なのかを知らないから判断しかねるが、相当なサービス価格に思えた。しかし、支配人は弁解がましく付け加える。

「稼働率があまりよくない部屋なので、私どもとしてはもっと低い金額でもよかったのですけれど、梨田様が『それ以上は値引きしていただくわけにはいきません』と強くおっしゃるものですから、三十万円になりました」

「朝食は、ここのレストランでとっていたんですね。昼と夜は？」

「食事は一日二回で足りるから、たいてい昼食は抜く、とのことでした。夜は自炊をなさったり、当ホテルのレストランで召し上がったり、外に出られたりと様々でした」

いかにして食事に変化をつけるか、というのはホテル暮らしをする上で小さからぬ課題だったと推察する。

「滞在して、どんなことをしていたんですか？」

「私どもが知っている範囲のことしか答えられませんが……」

「もちろん、それで結構です」

ホテル従業員（ホテリエ）として常にお客のプライバシーに配慮しているせいか、鷹史はこんな場面でも言いにくそうにしている。美菜絵が先に口を開いた。

「ボランティア活動をいくつか掛け持ちなさっていました。月曜日は公園の清掃。火曜日と金曜日は悩みの電話相談、水曜日はお休みで、木曜日は病院へ」

「病院？」

「大きな病院のエントランスにいらっしゃいますね。『初診の受付はあちらです』とか『お会計はあの窓口です』と案内してくださったり、患者さんの車椅子を押したりするボランティアさんが」

「ああ、そんなこともなさっていたんですか」

「はい。月、火、木、金曜日にお出になるのが基本パターンで、一日だけの清掃など単発のボランティアに参加なさることもありました」

週のうち四日はボランティア活動に勤（いそ）しんでいたというのを、どう捉えるべきか？　仕事を退いた老人が、あり余る時間を有効に使うべく社会奉仕に精を出していた、と解すればいいようだが、何か引っ掛かる。ホテルで部屋にいても仕方がないので、金のかからない方法で無聊を慰めていたようにも感じられるのだ。暇潰しが目的で、他人を喜ばせたり感謝されたりするのは、ほんのついでだったかのようだ。はたして本当はどうだったのか、真意を本人に訊くことはもうできない。

私は、ココアを飲んでいた巡査部長の顔を虚空に思い浮かべ、文句をぶつけたくなった。

――悩み電話相談の件は話してくれたけど、それ以外にも色々とボランティア活動をしていたことを隠しましたね。本件に無関係と思って言わなかっただけで、隠したつもりはない？　こっちは「とりあえず」他殺説をとったから、梨田さんの身辺にトラブルがなかったかに大きな関心を持っているんですよ。彼が部屋に引きこもったままだったら、他人との間に摩擦が生じる機会はほとんどなかったでしょうけれど、盛んに外の人たちと接触していたのなら、不測の揉め事が起きることもあったかもしれません。そういうことも当たってみたんですか？　今度お会いした時は、訊かせてもらいますよ。

宙に浮かんだ繁岡の幻は、「ふぉい」と答えて消えた。

「ボランティアに行かない日は、どうしていたんですか？」

「部屋に閉じこもっているわけではなくて、よほどお天気が悪い日以外は、どこかにお出掛けになりました。長いお付き合いで心安くなっていましたから、『今日はどちらへ？』とお声を掛けたら、『美術館へ』とか『梅田をぶらついてきます』とか。図書館にいらっしゃることも多かったですね。貸出証をお作りになっていて、『たくさん借りてきました』と本を見せてくださることも」

「どんな本でしたか？」

「小説やらノンフィクションやら、色々です。歴史関係のものが多かったように覚えています」

いくつか書名を聞いたが、戦国時代や幕末を舞台にしたものや捕り物帳など、一般的によく読まれている本ばかりで変わった傾向はなかった。暇潰しのための読書か。

「夜はラジオを聴いている、と伺ったこともあります。FM放送の音楽番組や、夜更かししてNHKの『ラジオ深夜便』などを。テレビは騒々しい番組が多いし、ニュースも嫌な事件ばかり報じるのであまり観ないのだとか。アナウンサーやキャスターが好きこのんで恐ろしい事件のニュースを読んでいるはずはありませんけれど」

「最近も毎日、恐ろしいニュースが流れていますね」鷹史が言う。「梨田様が生きてらしたら、眉を顰めたでしょう。観るに堪えない、とチャンネルを替えたかもしれません」

イスラム過激派組織IS（自称・イスラム国）が拘束した二人の日本人を人質にし、日本政府に二億ドルの身代金を要求。二十四日に人質の一人を殺害するとISは要求を変え、ヨルダンに収監されている死刑囚の釈放を求めてきた。残る人質のジャーナリスト・後藤健二(ごとうけんじ)氏の生命が案じられている。

　やかましい番組や悲惨なニュースを目にするのが嫌だからとテレビを避け、静かにラジオを聴いて夜を過ごす。齢をとると刺激を疎(うと)むようになるのは自然なことだろう。そこにボランティア活動の一件を並べると、梨田稔の人物像がぼんやり見えてくるような気がした。

――世の中への借りを返しながらの隠遁(いんとん)である。

　梨田には、死んだ時点で二億二千万円以上の預金があった。この五年の間にじりじりと目減りしてなおかつそれだけあったというのに、ボランティア活動とラジオの日々を送っていた。世の中への借りや負い目があったがために、つつましい禁欲的な生活をしていたとも考えられるのではないか？　彼の過去がどうにも気になる。

「梨田さんは、ご自分について語ることがありましたか？　どこで生まれてどう育ち、どんな仕事をしてきたか、といった話です」

「私どもからはお客様のプライバシーに立ち入りませんが、梨田様がぽつりぽつりとお話しになることがありました」鷹史は言う。「お知り合いと量販店を経営していたそうです。食品やら靴やら色々と手掛けて、リカーショップが一番当たった、と伺いました。生まれ育ったところについては、意識的にぼかしていたように思います。兵庫県西脇市の生まれだということは、お亡くなりになってから警察の方に聞いて知りました。ご家族については、『一人もいません』と伺っていたとおりだったんですね」

「標準語で話されましたが、兵庫県のご出身かな、と思ったことはあるんです」美菜絵は言う。「学生時代、播州出身の先生がいらして、梨田様がお話しになるイントネーションと似ていたからです。梨田様について思うのは――。梨田様と連呼していますけれど、五年も身近にいらしたので、親しみを込めて梨田さんと呼んでいました。ここからはさん付けでお話ししてもよろしいでしょうか、有栖川先生？」

「かまいませんよ。ついでに私のことも、さん付けにしていただけると気楽で助かります」

かくして私は先生から解放され、美菜絵は話を続ける。

「梨田さんは、たまに昔話もなさいましたけれど、話題にする時期に一定の幅があったように思います」

「幅というのは、どういうことですか？」

「小学生時代によく川で遊んだとか、中学・高校と野球部に所属していたとか。幼少期から高校時代にかけてと、商売で成功なさっていた時期のお話はたまになさるんですけれど、その間がすっぽり抜けているんです。――そう思わない？」

傍らの夫に同意を求めた。鷹史にも思い当たる節があるようだ。

「言われてみれば、そうかな。空白の期間があるのが変だとは思わなかったけれど」

　では、梨田の商売が成功していた時期というのはいつ頃かというと、三十代やら四十代やら五十代やら、これがはっきりしない。店を出していた場所も不詳で、中国地方と聞いただけだった。支配人夫妻は信じているらしいが、量販店を経営していたというのは本当なのか、という疑問が湧いた。

「一緒に商売をしていたのは、どういう方なんでしょうか？」

　二人とも、梨田から「知り合い」としか聞いていなかった。共同経営者を知り合い呼ばわりというのも何やら妙だ。

「その知り合いというのは、梨田さんにとってつながりの深い人だと思うんですけれど、ここに会いにきたり連絡したりしてくることはなかったんでしょうか？」

「一度もありません。会いにいらしたことも電話をかけてきたことも」

　美菜絵が断言したので、私は聞き返さずにいられない。

「電話が一回もなかったのは確かですか？　そこまでは判らないでしょう」

「判ります。ホテルの者は、誰もそんな電話を取り次いだことがありませんから」

「ホテルにではなく、本人に直接かけたら――」

「いえ、梨田さんはパソコンや携帯電話の類を持っていませんでしたから、外部からの連絡は必ずフロントが取り次いでいました」

　今の時代に、ましてや単身ホテルで暮らしていたのにそれでやっていたとは、奇特なことだ。リタイアした身なので自前の通信手段は必要がなかった、と言われたらそれまでだが。

「『静かに暮らそうとしたら、外とつながるものはなるべく持たないのがいいんです』とおっしゃっていました」

　私の疑問を読み取ったかのように、彼女は補足した。

「そうだったんですか。で、梨田さんにどこかから電話がかかってきたり、彼宛てのメッセージを託されたりすることはあったんでしょうか？」

「何度かありました」

　美菜絵はそう答えるが、鷹史は言う。

「ほとんどありませんでした、というのが適切じゃないのか？　年に一度あるかないかだったよ」

　彼が記憶しているのは、いずれも梨田が参加していたボランティア団体からのもので、荒天の予報が出たので明日の清掃は中止です、という伝言を預かったことがあるという。友人らしき人物からの電話が皆無というのは、故人がそこまで孤独だったということだ。梨田稔の隠遁は徹底している。

「梨田さんがお金をどれぐらい持っていたのか、お聞きになりましたか？」

　質問を変えると夫妻は頷き、「驚きました」と鷹史が言った。

「商売でひと財産築いたからこそ、ホテルでのんびり暮らすというある種の贅沢ができていたのだろう、と思ってはいましたが。警察の方が調べても室料のお支払いが毎月のまとまった出金で、それ以外は生活費らしきものしか引き出していなかったんですね。やっぱりそうか、という思いがする一方で、まさか本当にそれだけの暮らしぶりだったとは、という気もいたします。下手な言い方ですみません。何というか……私どもが知っているますますぎて、梨田さんに秘密はなかったんだなぁ、と……」

「梨田さんには何か秘密がありそうだ、と思っていらしたんですね。奥様はどうですか？」

　そう尋ねた時、ホテルに誰かが入ってきたのをセンサーが感知したらしくチャイムが鳴る。

「失礼します」と支配人が立った。その背中を見送ってから、美菜絵は言う。

「私は、梨田さんは秘密を持っていらしたと今も思っています。通帳の記録に変なことがなかったというのは、お金に関係がない秘密だったからではないでしょうか。何を隠して生きていらしたのかは想像がつきません」

　潤んだような瞳は、紅茶が半分残るティーカップに向けられていた。その底に沈んだ答えを探すように。

「梨田さんが自殺をしたのではない、とご主人も信じていらっしゃるんですか？」と訊いてみた。

「にわかに自殺と信じられないのは同じです。でも、私ほど強く疑ってはいないみたいで、『本当のところはどうなんだろうなぁ』と呟いたりしています」

「自殺でなければ、過失死か他殺ということになります。このホテルで殺人事件が起きたとは思いたくないのではありませんか？」

「だからといって、真実が闇に葬られるようなことがあってはいけません。ことがことだけにホテルの都合は後回しです」

鷹史が、中年の男と一緒に戻ってきた。見たところ四十代後半で、チョークストライプのスーツをすっきりと着こなしている。

「うちに二十年間勤めている丹羽（にわ）です」

鷹史が紹介すると、男はすかさず名刺を取り出し、腰を折りながら差し出す。

「丹羽靖章（やすあき）と申します。有栖川有栖さんですね。この度は大変お世話になります。どうかよろしくお願いいたします」

この部屋に入る前に、私のことを支配人から聞いたのだ。さん付けなのはさすがホテルのホスピタリティと言うしかない。

3

彼が差し出した名刺は、肩書が副支配人・レストラン長になっていた。それについて支配人が説明をする。

「うちの純利益の七割以上はレストラン部門が稼いでくれています。だから重責を担ってもらっているんですよ。それに」顔を丹羽に向けて「実質的には営業部長も兼務してもらっているようなものですよね」

丹羽は控えめに頷く。

「マルチ・ジョブで、フロントに立ってご予約を受け、お客様の応対や精算業務もいたしますし、小さな所帯ですから外回りの営業も施設管理もこなします」

会って一分と経たないうちに、この人に仕事を任せれば何でも如才なくこなしてくれるだろうな、と思った。どこまで有能なのかは判らないまま人を安心させられるのも一つの能力で、ホテリエにとっては武器だろう。

サイドから後ろに流したヘアスタイルは鷹史よりもよほどお洒落で、太めの眉も形がきれいに整えられている。物腰はあくまでも親しみやすく、歯を見せて微笑むと、にっこり、と効果音が入りそうだった。実際どうなのかは別にして、若い頃はプレイボーイで今もまだまだお盛ん、というのが第一印象だった。

見るからに頼もしげで、支配人の片腕として活躍しているのだろうけれど、見場がよすぎるのでは、とも思う。お客の目には、丹羽の方がずっと支配人らしく見えそうなのだ。そうであっても、鷹史はいっこうにかまわないのかもしれないが。

事務用の椅子を移動させて、丹羽も応接スペースに加わった。美菜絵が彼についての紹介を付け加える。

「私がここを受け継ぐ前、死んだ父が先代オーナーだった頃から丹羽はこのホテルを切り回してくれています」

江戸っ子風に言うと、なんてこったい。影浦や繁岡は「支配人夫妻」「支配人の奥様」と言っていたが、美菜絵は現在のオーナーなのだ。知っていながらうっかり説明を抜かしたのだろう。若い鷹史がここの支配人を務めているのは、オーナーの婿だからか。このホテルのことを一番よく知っているのは、二十年にわたって働いてきた丹羽靖章なのだろう。

「創設者は桂木銀次（ぎんじ）と申しました。自分の名前と妻の星美（ほしみ）の名前から一字ずつ採って銀星ホテルになったわけです」

ホテル名の由来も、ひょっこり明かされた。

「ご主人は入り婿なんですか？」

「はい。ホテル学校で知り合いました」美菜絵は口許を押えて、「私たちのことはどうでもいいですね。梨田さんのことをお話ししなくては」

レストラン長にも語ってもらう。

「梨田さんには、どこか謎めいたところがありました」丹羽は言う。「突き放した言い方に聞こえるかもしれませんけれど、何を求めて日々を過ごしているのかが判らなかったからです。長年おそばにいたので砕けたおしゃべりをすることもありました。昔話が出たりもしましたが、ご自分が何者であるかは語りたがらないご様子でした」

彼の梨田観も、桂木夫妻と変わらない。その謎こそが、影浦浪子を――そして私も――惹きつけているのだ。

故人の謎については棚上げして、一月十四日の朝の話を聞くことにする。遺体を発見した美菜絵は込み上げてくるであろう感情を抑え、事実だけを淡々と語ってくれたが、中身は繁岡から聞いていたままだ。朝食に下りてこないので心配になり、ドアチャイムを鳴らしても返事がなかったのでマスターキーで解錠した。手前の居間にいないので寝室を覗いてみると、梨田がタッセルで首を吊っていた。

彼女は、ぎゅっと拳を握って自分の胸に押し当てる。

「私は寝室に飛び込んで、梨田さんの首からタッセルをはずすべきでした。結果としてはとっくにお亡くなりになっていたんですけれど、それは後になって知ったこと。まだ息があるかどうか、見ただけでは判らなかったのに……部屋に一歩も踏み込めませんでした。パニックみたいになって、エレベーターを呼ぶ間も惜しんで階段を駈け下りていたんです」

梨田の異変を聞いて、鷹史が丹羽を伴って部屋に急行した。二人は梨田がすでに冷たくなっているのを知ると、遺体を動かさない方がよいと判断してこの事務所の電話から警察に通報したという。

「その際、梨田さんの遺体以外に触れたものはありますか？」

問うと、揃って「いいえ」と答える。

「他の泊まり客は、騒ぎに気がついたんでしょうか？」

「はい」と鷹史。「ホテルの人間にあるまじきことに三人がバタバタと走り回りましたから、ラウンジで新聞を読んでいた影浦先生をびっくりさせてしまいました。梨田さんの身に何かあったことはたちまち知れ渡り、パトカーが到着するに及んでホテル中の人間が事件だと気づきました」

「警察は、どんな措置を取りましたか？」

「現場保存のために、まず部屋を封鎖。それからお客様も従業員も一階に集められ、臨時休業したレストランで事情聴取を受けました」

死体発見は九時十五分。最初の警察官がホテルに着いたのは九時半になる前だったようだ。

「すでにチェックアウトや外出をした人はいなかったんですか？」

鷹史が答える。

「五名様いらっしゃいました。チェックアウトしたのはお二人で、金婚式の記念のご旅行でタイからお越しだったご夫婦です」

「外国人のお客さんも多いんですか？」

「大阪にも海外からのお客様が増えてホテルが不足気味ですから、うちにもよくお越しになります。そのタイ人のご夫婦は、小さなホテルがお好みということで当ホテルをお選びになったそうです」

「警察は、その方にも連絡を取ったんでしょうか？」

「翌日に泊まる京都のホテルを私どもが聞いていましたので、そちらを訪ねてお話を伺ったと聞いています。たいそう驚いていらしたとか」

語るほどのことがなかったためか、タイ人夫妻のことも繁岡は話してくれなかった。金婚式というから七十歳を超えているだろうし、異国で行きずりに殺人を犯すとはおよそ考えにくい。梨田とは顔も合わせていなかったはずだ、と鷹史たちは言った。

「チェックアウトではなく、外出なさっていた方が三名いらっしゃいました。皆様日本人で、よくご利用いただくお客様ばかりです。そのうちのお一人はロングステイの女性のお客様でして――」

「ロングステイ。その人とお話しすることは難しいでしょうか？」

やめてください、と止められるかと思いきや支配人は拒まない。

「私からお願いしてみます。梨田さんをよくご存じでしたから、応じていただけそうに思います。今日は夜の八時ぐらいにお戻りと伺っていますが」

「お会いしたいですね」

十四日の九時半にホテルを出ていた残りの二人は夫婦だった。

「萬さんとおっしゃって、ご主人は北浜の証券会社に、奥様は堂島にある広告代理店にお勤めになっています。お齢は四十代半ばです」

北浜は中之島線に乗ればふた駅だし、堂島は橋を渡ったところだ。仕事が忙しくて遠くの自宅に帰る間もなかったのかと思ったら、そうではない。年明け早々から自宅の大幅なリフォームを始めたので、工事中の十日間を通勤に便利なこのホテルで過ごしたのだという。芦屋市内在住なので、話を聞くためこちらから出向くことになっても楽だ。

「それ以前にもこちらに泊まったことがあるんですか？」

「二度あります。奥様が大変なホテル好きでいらして、ご主人を誘ってあちこちにお泊まりになるんだそうです。当ホテルをお気に入りいただいて、リフォーム中の仮の住まいにしてくださいました」

「そういうことなら、梨田さんとはあまり接触していませんね」

「ええ。それでもロビーでご歓談なさったりしていましたよ」

　丹羽が、例の笑みを見せながら言う。

「銀星ホテルは、都会の真ん中にあってお客様に安らぎと寛ぎをご提供するため、お部屋の防音効果を高めるなどプライバシーには最大限の配慮をしていますが、コンパクトなところが親密さを醸成するのでしょうか、お客様同士ふと言葉を交わして打ち解ける雰囲気を持っているようです。梨田さんと萬さんご夫妻も、おしゃべりを楽しんでいるようにお見受けしました」

「親密さを醸成してお客同士がふと言葉を交わす雰囲気、ですか」きたばかりの私にはまだ実感がないが「梨田さんがここを離れなかったのは、そんな環境が好もしかったせいかもしれませんね」

　丹羽は「はいっ」と深く頷いた。

萬夫妻が九時半までにホテルを出ていたのは、もちろん出勤のためだ。

「えーと、結局レストランで事情聴取を受けたのは何人ですか？」

「お客様が三人、従業員が十人です。その中には、客室係や清掃係など午前中だけきてもらっているパートタイマー、アルバイトを含みます」

三人の宿泊客の中に影浦浪子も入っていたわけだ。

「部屋数はいくつですか？」

「二つのスイートを入れて二十室ございます」

二階と三階に八室ずつ、四階にはツイン二室とスイート二室だという。

「十三日に埋まっていたのは」泊まったのは九人で、そのうちふた組が夫婦だから「七部屋ですかね」

「はい。稼働率が悪いようですが、お客様が減るシーズンで三連休明けでしたし、その日は四室のキャンセルが出たんです。中国から親族六人でいらっしゃるはずだったお客様が、あちらを出発する飛行機にトラブルがあって、どうしてもこられなくなってしまったからです」

不可抗力によるキャンセルでやってこなかった中国人グループについては顧慮しなくていいだろう。

「足止めされたお客さんの中には、予定が狂って怒る人もいたのでは？」

「いいえ。皆さん、常連のお客様だったもので、梨田さんをご存じだったんです。怒ったり迷惑がったりなさるどころか、警察の調べにとても協力的でした」

ホテルにとって、客からクレームを受けなかったという点では運がよかった。

「梨田さんの死について、そこで特に重要な証言をなさったのは？」

三人は顔を見合わせてから、鷹史、美菜絵、丹羽の順に答える。

「さぁ、どうでしょう。誰かが特別な証言をした、ということはなかったようですが」

「お客様がみんな梨田さんを知っていることに、警察の方が驚いていらっしゃいました。『梨田さんはこのホテルで有名人だったんですね』と」

「前夜、梨田さんと一緒に夕食をとったお客様がいらして、刑事さんからたくさん質問を受けていたご様子です」

その客に刑事が関心を示すのは当然だろう。自殺の前触れがなかったか、としつこく訊いたはずだ。

「夕食をとった方というのは、どういう人なんですか？」

「日根野谷(ひねのや)さんとおっしゃって、呉服店のご主人です」丹羽が言った。「実は、その方も今、ここにお泊まりになっていますので、もう少ししたらお話ができるかと存じます」

「……何時ぐらいに戻るのかな」

小学生と母親ではあるまいし、宿泊客がみんな帰ってくる予定の時間をホテルの人間に告げて出掛けるはずもない、と思いながら呟いたら、丹羽は「外出はなさっていません」と言う。

「日頃、三時半から四時半までお部屋で午睡をとっていらっしゃいます。お目覚めになった時分に、お声をかけてみます」

ホテルで昼寝とは優雅極まりない。

「問題の日に泊まっていらした方のうち、二人にお会いできるんですね。そううまくいくとは思っていませんでした」

と言ったら、美菜絵がさらに幸運を上乗せしてくれる。

「もう一人、お会いできます。今夜チェックインするんです」

一月十三日の宿泊客は九人。梨田稔とタイ人夫妻とすでに話した影浦を引くと残りは五人。そのうちに三人に会えたら、残るは二人。芦屋市在住の萬夫妻だけだ。

「今夜いらっしゃるのは、どういう方ですか？」

「私の高校時代からの友人で、時々うちに泊まってくれるんです。梨田さんとラウンジでおしゃべりしたり、レストランで一緒にお食事をしたりしていました」

　ここで机上の電話が鳴り、鷹史が「失礼します」と立って受話器を取った。短いやりとりで通話は終わったが、処理しなくてはならない事案が発生したらしく、美菜絵と短い相談をしてからこちらに向き直って、申し訳なさそうな顔をする。

「急用が入ってしまいました。三十分ほどかかりそうなので、その間に梨田さんがお使いになっていた部屋をご覧いただけますか。──丹羽さん、お願いします」

　いつどんな用事が飛び込んでくるかもしれないホテルに、こちらが頼んで話を聞きにきているのだから恐縮してもらう必要はない。

「ご案内いたします」

　丹羽が恭しく言った。

4

　梨田の終焉の部屋に向かうにあたり、丹羽は笑顔を引っ込めた。上体で指先を隠しながらキーボックスの暗証番号を押し、夜空のような色のタグがついた鍵を取り出す。紺色がこのホテルのシンボルカラーなのだ。

「こちらです」とエレベーターに導かれて、四階に上がる。バロック音楽は館内のどこに行っても小さく流れていた。エレベーターは階段と並んで北西角にあり、扉が開くと廊下を挟んで四部屋しかない。手前にツインルームがふた部屋、その向こうがスイートルームだった。同じスイートでもエレベーターと階段の分だけ北側の方が狭い。梨田がいたのは南側の401号室で、彼が死んだ日に北側の402号室に滞在していたのが影浦である。

「このホテルで一番いい部屋を、ずっと梨田さんが占領していたんですね」

「占領というと戦って獲得したみたいですが」丹羽はわずかに口許をほころばせて「まぁ、占領でしょうか。この五年間は、『お宅で最高の部屋を』とご所望のお客様も、401号室にはお泊まりいただけなかったのですから」

影浦も402号室で我慢していたのかもしれない。

「梨田さんが亡くなった日、手前の403号室と404号室に泊まった人は？」

「ございません。どちらも空いていました」

同じフロアの客は、影浦浪子だけだったのだ。

廊下の西の端にだけ窓があり、突き当たりの左側には非常口のサインとクリーム色の扉が見えていた。あそこを開ければ非常階段に出られることを壁の案内が示している。階段にも廊下にも、エントランスと同じく濃紺の絨毯（じゅうたん）が敷き詰められていて、靴音を完全に吸収するから本当に静謐だ。シャンデリア球が蠟燭の形をしたブラケットは金具の部分に星の浮き彫りがあったから、これも特注らしい。ブラケット、天井灯の明度も落ち着きを誘い、壁紙のアーモンド・グリーンという色もシックな花柄も趣味がよい。

五年間、梨田は毎日ここを歩いたのだ。心地よい廊下とはいえ、飽きることはなかったのだろうか？

「どうぞ」

ドアを開け、丹羽が戸口に立ったまま言った。私は謎を孕んだ部屋へと踏み入る。手前は居間だ。廊下から見ただけで判っていたことだが、広くて細長い。一歩遅れて入室した丹羽が、壁の電灯のスイッチをオンにした。

「あの日、梨田さんのご遺体が運び出されたままの状態です。客室としてお客様にお使いいただくのは控えています」

彼の声を背中で聞きながら、私は部屋を見渡した。西側は、まず造り付けクロゼット。その横にトイレ・浴室へのドア。南西角に簡素なキッチン——冷蔵庫と食器棚に挟まれている——というふうに水回りがまとめられていた。南側に並んだ三つの窓にはすべてカーテンが掛けられ、冬の遅い午後の陽光がほんのりと透けている。その前に二人掛けのソファとアンティーク調のテーブル、そして東側を向いた肘掛け椅子——オットマン付き——が一脚。ソファは、北側の壁の大型テレビと向き合っていた。テレビ台の両開きの扉を開くと、六桁の暗証番号で開く据え置きの金庫。

「預金通帳と印鑑は、鍵の掛かる机の抽斗に入っていたと聞きました。この金庫にはどんなものが？」

「何も入っていませんでした。寝室にある机の抽斗の方を信用していたのでしょう」

「頑丈なんですか？」

「それもありますが……。ある時、暗証番号というものが話題になって、梨田さんがこんなことを洩らしました。『何桁であろうと、暗証番号を打ち込むものは信用し切れない。使っている人間が番号を忘れてしまった場合に備えて、メーカーなり管理者なりがあらかじめ設定した番号があるそうだから』」

「初耳ですね。この金庫にも、自分が決めた番号をお客が忘れた時のためのデフォルトの番号が設定されているんですか？」

丹羽は隠し立てしなかった。

「ございます」

「梨田さんは、ホテルの方に対して最低限度の警戒はしていたわけですか」

「何しろあれだけの額の預金をお持ちだったわけですから、万全を期しておいでだったのでしょう。大金が入った財布をソファの上に投げ出しておくようなことをされても困りますから、警戒なさるのは私どもにとってありがたいことです」

机の錠付き抽斗には耐火性がないが、鍵を常に携帯できる安心感を優先させたのか。判らないでもない。

テレビの右側には二段の飾り棚があって、プリザーブドフラワー、絵皿、掌にのりそうな地球儀、動物を象ったガラス製の置物などが並び、その上の壁面には星空をモチーフにした大小の絵画が三枚。木製の額縁が凝っていて、それ自体が美しい。東側の壁際には寝室に続くドア。脇にどっしりとしたクロゼットとチェストが一つ置いてあった。

「あそこにあるのはホテルが設置したものではなく、支配人の了承を得て梨田さんがご購入になりました。造り付けのものだけでは、さすがに用が足りないということで」

「無理もありませんね。それにしても……」

ものが少ない。私がここに引きこもって暮らしたならば、衣類はそう増えないにしても、一年もしないうちに壁際に本や雑誌の山を築かずにはいられないだろう。DVDもどれだけ集めてしまうことか。

「飾り棚の絵皿や置物も梨田さんが？」

「いいえ、あれらはホテルの備品です。先ほどの家具類は例外でして、梨田さんがどこかに行って何かを買い、部屋に飾ることはありませんでした」

生活から余分なものを削ぎ落とす、という方針を貫徹していたわけか。どうしてそんなことをしたのか、そんなことができたのか？　シンプルに生きたいという希いは判るが、ここまでやると幸せからほど遠いように思えてならない。

丹羽が、あっ、という顔になり——

「大事なことを申し遅れましたが、寝室の机も梨田さんがアンティークショップでお求めになった私物です。錠の頑丈さがお気に召したのかもしれません」

天井には、中央に大袈裟でないシャンデリアが一つ。他の照明はダウンライトとウォールライトだけ。ああ、やはりこのホテルにも蛍光灯なんてものはなく、間接照明だ。ムードが出るのは承知しているが、あれは平均的な日本人にとって非日常感を誘うもので、端的に言って私などはあまり寛げない。ではあるが、ホテルの住人として生きていた梨田にすれば、これこそが最も心休まる明かりになっていたのかもしれない。

寝室を見る。

ベッドのサイズの違いもあるだろうが、こちらは先日のスイートよりずっと広く感じられた。南側の窓に向かって大きな机がでんと据えられ、東側の壁に沿ってダブルベッド。その足許にあたる北側に、またクロゼットとチェスト。西側の壁には、青を基調とした抽象画が一枚飾られ、その前にはランプ――笠形のシェードの色はアーモンド・グリーン――がのった丸テーブルと肘掛けに彫刻がある布張りの椅子が一脚。ベッドサイドのナイトテーブルには、時計と梨田が愛聴していたラジオが置いてあった。ここにコップがあったはずだが、と思ったところで丹羽が言う。

「あのナイトテーブルの上に、半分ほど水が入ったコップがありました。警察が調べるためにいったん持ち帰り、今は食器棚にしまってあります」

「遺体を発見した時は驚かれたでしょうね」

「無我夢中で、よく覚えていません。当ホテルでお客様がお亡くなりになったのは初めてです」

　ベッドは完璧にメイクされ、いつでも新しいお客を迎えられる状態だ。いつになったら支配人がこの部屋の予約を受けるつもりなのか知らないが。枕の白さがまぶしく私の目を射る。

　二つの部屋の様子を描写する中で、居間のテーブルにあった細々したもの――食べかけの薄荷（はっか）の飴（あめ）の袋やフリーマガジンや筆記具――などの他に、机の上のあるものを省略した。それは、カウンセリングの理論書や教本がブックエンドに並ぶ前に鎮座している白い箱だ。傍らには線香立てがある。

「あれは……」

指差しかけると、丹羽は両手を体の前で組み、厳粛な調子で答えてくれる。

「梨田稔さんのお骨です。警察からご遺体が返ってきた後、お身内がいらっしゃらないので、私どもで火葬をさせていただきました。この後どうすればよいかは思案しているところなのですが、今しばらく梨田さんにこのお部屋でゆっくり休んでいただこう、というのがオーナーと支配人のお気持ちです。その後のことは未定ですが……せめて四十九日までは、と」

「一番いい部屋が使えないのは、ホテルにとって損失ですね」

あえてドライなことを言ってみた。丹羽は「はい」と肯定してから、このように言う。

「おっしゃるとおり機会ロスとなりますが、梨田さんが当ホテルのスイートルームで亡くなられたことは新聞等で報道されましたからご存じの方も多く、この部屋は商品として販売しづらくなっています。予約しようとするお客様にわざわざ事実をお伝えするのは妙ですし、事実を伏せたままお泊めしたら後になってクレームになりかねません。どこのホテルや旅館でも発生する事案ながら、こういう場合はほとぼりを冷ます期間を置きます。事情をご存じないであろう海外からのお客様をお通しすれば、まずトラブルは起きません。しかし、利益を増やしたりトラブルを減らしたりするためではなく——」

彼の語気が強まった。

「ここで梨田さんの御霊に憩いの時間を過ごしていただきたい、という想いがあります。何しろ五年間、ここがあの方の家だったのです。そして、最もおそばにいた私どもはあの方にとって家族に近い存在だったと信じています。お亡くなりになったからといって、はい契約終了、チェックアウトでございます、お帰りだ、と思えるものではございません」

「よく判りました」

　私は線香を上げて手を合わせてから、ベッドをとくと見る。横になった時、頭の上にくる部位にヘッドボードという名称があるのは知っていた。ここのベッドは、ヘッドボードの両端に真鍮(しんちゅう)製の柱が立っている。

「あの先端にタッセルが結んであったんですか？」

「そうです。このカーテンのものでした」

　丹羽に言われて気がついたが、寝室の窓の左手のカーテンは大きな房がついたタッセルで留められているのに、右手のタッセルは細くて飾りの房――本来はこの房を指してタッセルと呼ぶのだが――がない。ありあわせの紐で間に合わせているのだ。装飾性を重視しているのか思っていたより長い紐で、自殺を考えたら真っ先に目につくものだったかもしれない。

「丹羽さんは、梨田さんが自殺なさったとお考えなんですか？」

「過失というのは非現実的ですし、他殺であって欲しくはありません。オーナーは自殺だと考えたくないようですが……」

二人きりになれたのだから、誰憚ることもない彼の本音が聞きたいものだと思って促すと、丹羽は滔々と語りだした。

「では、申します。梨田さんには自殺をする動機がない、とオーナーは言いますが、動機は充分にあるのではないでしょうか。ごく単純な話で、それは孤独です。私は当年とって五十一歳で、梨田さんに比べれば若輩の身ではありますが、齢をとる意味が身に沁みて判りかけています。それは何と申しますか……太陽が高度を下げていくのを見るようなもので、日が暮れて、黄昏がきて、夕闇に包まれる気配です。若い頃とは景色が違い、もとには戻りません。独りは気楽でいい、自由を満喫するぞ、と思っていた人でも、考え方や感じ方に変化が出るものでしょう。昨日も今日も明日も同じ、というふうに暮らしてきた梨田さんが、何かをきっかけに強い無常を感じて、そんな生活を終わりにしたい、と思ったとしても不思議はありません」

「終わりにしたかったら、ホテルを出て別の生き方をすればよかったのではありませんか？」

「できればそうしたのでしょうが、何かの理由があって、できなかったのかもしれません」

「その理由に心当たりは？」

「ございません」

硬い声の返事だった。家族に近い存在だったと自任するホテルの人々にも梨田は自分を閉ざし、一月十三日の夜までこの部屋でひっそりと生きていた。部屋のドアだけでなく、自分自身にもしっかり鍵を掛けていたかのようだ。

即物的な質問もしなくてはならない。

「タッセルの長さはどれぐらいだったんでしょうか？　つまり……」

丹羽は質問の意図を汲んでくれた。

「梨田さんの頭は、このあたりにありました」

彼は片膝を突き、床から二十センチぐらいのところを手で示す。体はベッドに寄り添うように伸びていたという。

タッセルが結ばれていた真鍮の柱や、遺体が横たわっていたあたりの絨毯に目を凝らしてみたが、そんなことで何が判るわけでもない。ベッドの下も覗き、掃除が行き届いていることだけを確認した。

「クロゼットや机の中のものをご覧になりますか？　警察の方が捜査のために触っていますが、すべて十四日の朝のままです」

「拝見します」と言って、用意してきた手袋を嵌めた。今さら保存するべき指紋などないのだろうが、万が一の場合に備えて使うことにする。

まずは机から見ていったが、大したものは入っていない。センターの抽斗には、ホテルの約款や専用封筒、便箋。錠が掛かる一番上の袖抽斗が空っぽなのは、預金通帳と印鑑を事務所の金庫で保管しているためだとか。それ以外は何も入っていなかったわけだ。二段目、三段目の袖抽斗には、手帳、筆記具、鋏(はさみ)、糊(のり)、爪切り、乾電池といった雑多なもの。注意を引くものは手帳ぐらいだった。

二〇一四年の手帳があったのでページを繰ってみたら、記載されているのはボランティア活動のスケジュールがほとんどで、ところどころに映画、美術展、コンサート、落語会などの公演日や期間が書き込まれているぐらい。公共施設での講演会やシンポジウムなど無料らしきイベントが過半数を占めており、暇を持て余した人間の手帳という印象が拭えない。二〇一五年の手帳を見てみると、一月三十日のところにジャズのチャリティー・ライブの予定があった。彼の死が自殺だったとしても、それを書いた時点では死ぬ意思がなかったことになる。

差し替え式の住所録の欄には、ボランティア団体の電話番号だけが並んでいる。メモしようとしたら、丹羽が「あとでコピーをとってお渡しします」と言ってくれた。

二〇一四年より前の手帳は一冊も残っていない。ホテルにくるまでの遠い過去だけでなく、近い過去も抹殺していたようだ。私がこんな暮らしをしていたならば、せめて自分が生きた歳月を記録したくなるだろうに、梨田は日記を書いていなかった。深い意味はなく、これもまたシンプルな生活の表われなのかもしれないが。

　丹羽によると、抽斗の鍵はキーホルダーで部屋の鍵と一緒にしてあったそうだ。外出の都度それをフロントに預けることはなく、いつも肌身離さず持ち歩いていたのだとか。

　チェストやクロゼットも見せてもらったが、調べるほどに驚きは募る。これだけしか私物を持っていないのか、という驚きだ。簡素にもほどがあるという感じで、衣類も着古したものが季節ごとに必要最小限しかなく、生活感の希薄さに呆れてしまう。

　キッチンや浴室・トイレを見たところで、私の捜査はひとまず完了した。

「いかがでしたか？」と丹羽が感想を求めてきた。

「手帳を見たら、独りで楽しめるものをあれこれ試していたみたいですね」

「ここから目と鼻の先の国立国際美術館の展覧会には、すべて足を運んでいらっしゃいました。草間彌生（くさまやよい）展から帰ってきた時は、『ものすごくパワフルな作品をいっぱい観て元気になりました』とお喜びでしたね。美術館へはお亡くなりになる前日もいらしていました。隣の科学館のプラネタリウムもお気に入りだったようです」

　私は展覧会に行くと記念にポストカードやらグッズやらをよく買うし、活字人間で解説好きのせいもあってたいてい図録を求める。映画、演劇、コンサートに行けばパンフレット類を購入し、集まったものを整理しないから部屋がちらかる原因となっているのだが——。梨田が感激した草間彌生展の図録もポストカードもない。どんな展覧会や公演についても、一冊のパンフレットも一枚のチラシも彼は残していなかった。観て、聴いて、感じて、想い出を作って終わりにしている。私とは人種が違うと言えばそれまでだが、普通の人間は時には何か記念のものを残し、しばしば溜め込んでしまうものだ。

「梨田さんという人が、どうもよく摑めません。このホテルにやってきた時から、こんなに自分のものが少なかったんですか？」

「はい。衣類は買い替えたものがたくさんあるようですが、量は最初からこれぐらいです。——おかしな人だと思われますか？」

「かなり変わっていますよ。私が何ヵ月かホテル住まいをするとなったら、この倍以上の品物を持ち込むし、十日もしたらものが増えだすでしょうね。——丹羽さんは、何とも思いませんか？」

「一般的なライフスタイルからはずれていると思いますが、共感もいたします。梨田さんは、ホテル暮らしを続けるために身軽なままでいたかったのだと思います。ものは増えだしたらきりがなくなりがちで、下手をするとホテルでの快適な暮らしを損ないかねませんから」

理解できるが、それが強迫観念の域に達していたようにも思える。丹羽はさらに言った。

「映画評論家の淀川長治さんは晩年を全日空ホテルで過ごされ、引っ越す際に『ここのエレベーターに棺桶は入りますか？』とお訊きになったそうです。梨田さんも、この部屋で生涯を終えるつもりでいらっしゃいました。二年ほど前だったでしょうか。ぽつりと私におっしゃったんです。『臨終までここでお世話になると言ったら、ご迷惑ですか？』と。冗談めかしていましたが、本気でお尋ねになったのだと思います」

「丹羽さんはどうお答えになったんですか？」

「『迷惑なはずがありません。心行くまでこの部屋でお過ごしください』です。『安心しました』と笑っておいででした」

彼は、寝室の方にちらりと目をやる。壁を透視して、机の上の白い箱を見たのだろう。

カーテンを開いてみると築堤の向こうに深緑色をした土佐堀川の川面が見える。対岸にはオフィスやビジネスホテルなど中低層のビルが建ち並び、もしここが四階ではなく四十階だったら、ビルの谷間の靭公園が眼下に望めただろう。

チャイムが鳴った。丹羽がドアを開くと、何かを小脇に抱えた美菜絵が立っている。

「これを有栖川さんに見ていただこうとお持ちしました。梨田さんが、通帳類と一緒に錠付きの抽斗に入れてらしたものです」

彼女がこちらに翳して見せたのは、布製の表紙のアルバムだった。

「お話しするのを忘れて、失礼いたしました」丹羽が私に詫びる。「あの抽斗には写真アルバムも入っておりました。警察が『念のために』と持ち帰り、数日後に返却いただいてから事務所に置いたままになっていたものです」

「何かが抜けているな、と思っていたんですけれど、それが今判りました。この部屋にあるのが梨田さんの所持していたもののすべてだとしたら、アルバムがないのは変ですよね」

手を打たんばかりの私に、美菜絵はバインダー綴じのアルバムを差し出す。桜色をした小さな爪がきれいだ。

「どうぞ、ご覧ください。ただ……写真はあまり貼られていません」

なるほど、薄い一冊だったが、枚数が少なくてもかまわない。私はまだ梨田稔の顔を知らなかったのである。対象の顔も知らずに、どんな人物か想像を巡らせるのは至難の業だ。

弱い粘着性のある台紙に写真を配置し、その上から透明のビニールシートで覆うフリー台紙アルバムだった。一ページ目には、母親らしき女性に抱かれた赤ん坊の写真。その寝顔。畳の上を無心に這っているところ。父親らしい男性に抱かれているところ。昭和二十年のものだから当然のことモノクロだ。

幼児から少年へという成長の記録が続くのかと思ったら、二ページ目でいきなり丸刈りの高校生になっていた。コーデュロイのジャケットに黒いズボンという恰好で、神戸に遊びに行った時のものらしく、背景にポートタワー——年代からすると、できたばかりだろう——が写っている。両手を体側にだらりと垂らして、どんな顔をすればいいか迷っているようだ。やや面長。目と眉の間が狭いのが特徴で、生意気な感じを受けるが、それは照れて無愛想になった表情のせいかもしれない。どちらかというと気が強そうだ。六甲山の展望台で撮った同じ服装の写真が二枚。そのうちの一枚の片隅が、焼け焦げて欠けているのが気になった。

そして三ページ目には、三、四人の男友だちと海水浴に行った時のスナップらしきものが三枚。先ほどの高校生は二十歳ぐらいに成長していて、どの写真でも弾けるように笑っている。これらはカラー写真だ。そして、どの写真にも焼け焦げがあった。

立ったままアルバムをめくる私に、美菜絵が言う。

「数が少なくて、焼けた跡のある写真が何枚か交じっているのは、おそらくもとのアルバムが火事で燃えてしまったからです」

「梨田さんは、火事に遭ったことがあるんですか。いつ頃、どこで？」

「詳しくは話してくださらなかったんですけれど、当ホテルにいらっしゃる何年か前のことで、隣の家の失火の巻き添えになってしまったのだそうです。『家財道具もほとんどなくして身軽になったんです』とおっしゃっていました」

不慮の災害が、ものを持たない生活の契機になったのかもしれない。だとすると、何かで人間という存在の無常を思い知ったから自分自身を始末した、と考えれば平仄が合いそうだが――結論を急いではならない。

ページをめくった四ページ目には、二十代前半らしき梨田。どこかの旅館で撮ったのか、浴衣姿で窓辺の籐椅子に座っている。焼け焦げはなかったが、その代わり水でふやけた跡があった。火事の焼け跡で回収されたものらしい。

五ページ目に視線を移すと、円月島や千畳敷が写り込んでいて、白浜温泉への旅だったことが判る。

またページをめくると、六ページ目は――満開の桜をバックに、鬢が白くなった面長の老人が立っていた。一気に齢をとったが、まぎれもなく前のページまでの写真の男と同一人物だ。顎が上がっているため、撮影者を見下ろすような目つきになっている。そこがいただけないと思ったが、じっくり見ると老人の口許には微笑があり、悪い写真ではない。地味な春物のジャケットを着ていたが、赤茶色のハンチング帽と黒地に白い水玉模様のアスコットタイだけはお洒落な感じだ。右下隅には、2014.4.15とあった。

「去年の春、桜ノ宮の造幣局で撮った写真です」美菜絵が言う。「影浦先生に誘われてお花見にいらした時のものだそうで、当ホテルにきてからの梨田さんが写っているのはこの一枚きりです。写真を撮られるのがお嫌いなのかと思ったら、ちゃんとアルバムに貼ってらしたんですね」

そこで写真はもう尽きて、何も貼られていないページだけが続く。爛漫たる桜とともに写った一枚が最後の写真となったのだ。これでおしまい。薄いアルバムでもまだこんなにページが余るとは。

丹羽が言う。

「先ほど私は、梨田さんには謎めいたところがある、と申しました。何を求めて生きていたのか判らないだけではなく、来し方が霧に包まれているような点でも、謎めいていると言うしかありません」

写真の老人をじっと見つめていると、こちらに話しかけてきているようだ。私の死の真相がどうなのかを詮索しなくてもいいだろう、もうすんだことだ、と。実際は、写真を撮るなら早くしてくださいな、もういいですか、などと思っていたのだろうが。

最後まで真っ白いページが続いているのを確認し、アルバムを閉じかけて手が止まった。光の当たる角度が変わるまで気がつかなかったが、一番後ろのページに違和感がある。

「ここに何か貼ってあったんやないですか？　何かって……写真でしょうけど」

台紙の色が、写真一枚分ほど微かに違っているように見えたのだ。透明のビニールシートには、何度かめくられたと思しき皺がある。

「言われてみれば、そのようにも見えますけれど……」

「真ん中に一枚だけ貼ってあったみたい」

覗き込んだ丹羽と美菜絵も認めてくれた。手袋を脱いでアルバムの台紙に触れてみたところ、そこだけ明らかに粘着性が弱まっている。どんな写真が貼られていたのか、どうして剝がされているのか？　梨田の死に何の関係もないのかもしれないが、覚えておくことにする。

美菜絵がここまで上がってきたのは、私にアルバムを見せるためだけではなかった。呉服屋の大将が起きてきて、美菜絵の友人がチェックインしたらしい。部屋に入らず、まだ階下にいるのだとか。

401号室で見るべきものは見たので、すぐに一階に下りた。すると——

「あれは強烈でした」

「そら、びっくりするわなぁ。僕も、ぎょっとなったで」

観葉植物で囲まれたラウンジで、二人は何やら話し込んでいる。男は角ばった顔で小太り、四十代後半ぐらい。呉服屋だからといって和服姿ではなく、タートルネックの赤いセーターを着込んでいた。白髪隠しを兼ねてか頭髪をうっすら茶色に染め、雰囲気が演歌歌手っぽい。ラメ入りの派手なジャケットを見事に着こなしそうだ。

美菜絵の友人らしき女は耳のあたりで撥（は）ねるような髪型で、ウールのワンピースに踵（かかと）の高いブーツを履いていた。服も靴もモカブラウン。黒いストッキングに包まれた脚は仔鹿のように細い。人の気配に振り向くと、栗鼠系のような狸系のような、とにかく小動物を思わせる愛らしい顔だった。女性の化粧を批評する才は持ち合わせていないが、このナチュラルメイクは絶品だろう。

「紹介します。こちらが日根野谷愛助さんと、私の高校一年からの友人でもある露口芳穂さんです」美菜絵は手の向きを変え、「こちらが有栖川有栖さん」

二人は腰を上げて挨拶してくれた。「こちらが」のニュアンスからして、私の素性も来意も二人には伝わっているようだ。

「何を話していたの？」

美菜絵は、ホテルのオーナーと宿泊客という立場をオフにして、露口芳穂に気安い調子で尋ねる。温かそうなワンピースにくるまれた露口は、「ほら、あれ」と右肩で突くようにする。

「去年の二月に私が初めてここに泊まった日のこと」

「ああ、チェックインした時に――」

日根野谷愛助が、自分を指差す。

「僕もその場におったで」

ヴァレンタイン・デーが過ぎて間もない頃だったという。

5

あとで美菜絵が日記で確認したところによれば、それは二月十六日のことだったという。時間は午後六時半頃。

キャリーバッグを引きながらホテルに到着した露口芳穂が扉を開くと、美菜絵はフロントカウンターから出てきて迎えた。三年ぶりの再会だった。

「いらっしゃいませ。よっちゃん、よくきてくれたね」

友だち同士の言葉遣いになる。

「ちょっと入りにくいホテルやね。自動ドアやないし、中も見えへんやんか。リッツ・カールトンみたいにドアマンがいてるわけでもないのに。——あ、ごめん。いきなり文句を言うて」

舌を出して謝る友人の背中を押すようにして、美菜絵はカウンターに向かう。さっそくチェックインの手続きをして、部屋の鍵を渡した。

「ゆっくりしていってね。荷物を置いて一服したら、こそっと一緒にディナーを食べよう」

「うん。独りで食べるのは淋しいから、そうして。たっぷり愚痴を聞かせるから、慰めてね」

「……思い切って短くしたね」

露口芳穂は学生時代からずっとロングヘアを背中に垂らしていたのに、顎のラインより短いショートヘアになっていた。前髪も短くなり、色は以前より暗めのアッシュグレーに。これはこれで似合っているのだが、髪を切った理由が問題だ。

「失恋したから髪を切るって歌の世界の話かと思てたら、ほんまにそんな気分になるもんやね。初めて知ったわ」

美菜絵は言葉で応えず、軽く頷いて見せた。友人は、婚約寸前までいった恋人から突然に別れを告げられたところだった。その傷心を癒してもらおうと、「うちのホテルで二、三日のんびりしない？」と誘ったのである。

フロントカウンター内の電話が鳴ったので美菜絵はさっと受話器を取り、あとで、と友人に目顔(めがお)で言った。

「エレベーターはどっちかな」

露口が振り返ってきょろきょろした時、扉が開いて誰か入ってくる。その姿を見て、彼女は「ひっ」と息を吞んだ。ふらりと入ってきたのは、ハンチング帽をかぶり、アスコットタイをしてベージュ色のブルゾンを着た高齢の男。額からたらりと鮮血が流れていた。

「どうしたんです、梨田さん⁉」

ロビーで新聞を読みながら寛いでいた日根野谷愛助が気づき、大声を発する。その声に、フロントの奥から丹羽が飛び出してきた。

「転んでね。大したことはない」

額の傷以外にも左掌に擦過傷がある。足の運びはしっかりしているから、本人が言うとおりひどい怪我ではなさそうだ。丹羽は、ロビーの椅子に梨田を座らせる。美菜絵は、かかってきた電話をすませるとハンカチを水で濡らし、救急箱を取って梨田に駆け寄った。

「私に貸して」

露口がハンカチと救急箱を受け取って、傷の手当てをする。美菜絵は、看護師の資格を持つ彼女に任せることにした。流血のせいで心配したが傷そのものは小さく、頭部も打っていなかった。

「どこで転ばれたんですか?」

額に絆創膏(ばんそうこう)が貼られたところで丹羽が尋ねると、梨田は「そこで」と答える。

「近くの角で、若い男とすれ違いざまに肩が触れたら、『ぼけっとすんな』と突き飛ばされた。縁石にぶつかってこんなところに傷を作ってしまったよ。しかし、乱暴な奴がいるもんだ。あいつが俯いて歩いていたから、こっちは体をかわしてよけようとしたのに」

梨田は相手の傍若無人さに怒りを通り越して呆れているようだ。

「ひどい話や。この近くでそんな目に遭うとは。災難でしたね」

日根野谷の方が、憤懣やる方ないという様子だった。

「びっくりさせてしまいましたね。すみません」

梨田は怒るどころか、露口を驚かせたことを詫びる。「いいえ……」と彼女は顔を伏せ、居合わせた全員が梨田の紳士的な態度に感心した。

「警察に被害届を出されますか？」

念のために丹羽が尋ねると、「いやいや」と首を振る。

「転び方が悪かっただけなので、そこまでするのは大袈裟です。今日はついていなかった、ということで諦めましょう。――皆さん、お世話をかけました。もう大丈夫」

そう言って立ち上がると、自分の部屋に上がっていった。

四人が口々に言うのをもとにして、いくらか作家的想像を交えてその時の情景を再現してみた。その場にいた人たちにとっては印象的なエピソードだろうが、梨田の死について調べるにあたって重要な出来事ではないし、彼の人となりについて知る上でもさして参考になるとも思えない。ひっそり隠者として日々を送る男にも時にはハプニングが襲いかかる、ということにすぎない。

「すごい昔のような気がしますね。梨田さんがこのホテルにいてたこと自体、遠い昔みたいや。おらんようになって、まだ二十日ぐらいしか経ってないのに」

日根野谷は、しみじみとした口調で言った。露口は「まだ二十日ですか……」とだけ呟く。

「有栖川さんに、４０１号室を見ていただいたところです」美菜絵が言う。「梨田さんが本当に自殺なさったのかどうか、警察とは違う視点で調べていただくことになりました。どうかご協力をお願いいたします。——よっちゃんも」

美菜絵と露口が友人であることを常連客の日根野谷が承知しているから、彼の前でよっちゃんと愛称で呼ぶのだ。副支配人兼レストラン長は仕事へと戻っていったが、美菜絵はこの場に留(とど)まる。

「何でも訊いてください。お役に立てるかどうか判りませんけど。——あ、どうぞ座ってください」

日根野谷に勧められて、彼の前に腰掛けた。二つのテーブルを二脚のロングソファがＬ字形に挟んだラウンジ的空間だ。観葉植物と本棚に囲まれているので、ここだけが隔離されたような落ち着きが感じられる。昭和初期の中之島を撮ったセピア色の絵葉書——写っているのは整備されて間もない頃の公園や旧市役所など——が六枚、額装して壁に飾ってあった。これが日本か、これが大阪か、という美しい風景ばかりだ。古い絵葉書の魔法だろうか。

「亡くなった梨田さんをよくご存じだそうですね」

私が言うと、温度差こそあれ二人は否定しなかった。

「ホテルのスタッフを除いたら、最近の梨田さんと一番心安かったのは影浦さんでしょうね」日根野谷は言う。「その次は僕かもしれません。去年ぐらいから、ここによう泊まってるもんで、自然とお会いする機会も増えました。——露口さんも親しくしてましたね。梨田さんに気に入られてたでしょ」

「気に入られてたとは思いませんけど……。私が外から帰ってきた時、このラウンジにいらしたら『露口さん露口さん』と手招きしてくれたりしました。『迷惑かもしれないけれど、急いでなかったら付き合ってくれますか』とか言うて、おしゃべりを」

「本当は迷惑だったんですか？」と訊いてみる。

「いいえ。このホテルに泊まっている間は時間がたっぷりあったし、梨田さんは愛想がなさそうで話すと楽しい人でしたから」

「露口さんは、第一印象からしてよかったんやわ」にこやかに日根野谷が言う。「てきぱきと、かつ丁寧に傷の手当てをしてあげたから」

「看護師だったんで、体が勝手に動いただけです」

「昔取った杵柄ですか。その感じがまたよかったんやろうなぁ。梨田さんはあのお齢にしては病院と縁がない人やったから、かえって新鮮な感動があったのかもしれませんよ」

「よっちゃんは三回目ぐらいにきた時に、もう梨田さんのお部屋に通されてたものね」

美菜絵が言う。梨田は、この一階ラウンジで他の滞在客と歓談することがよくあったが、よほど打ち解けてくると自分の部屋に招いて一緒にお茶を飲んだ。知り合ってから部屋に通されるまでの最短記録保持者が露口らしい。

「あの部屋、変わってますよね」

「変わってるわな」

露口と日根野谷の見方は一致している。私が感じたのと同様に、何年にもわたって暮らしながら私物が極端に少ないことに驚いたのだ。

「どんなふうに暮らしてるのかなぁ、と興味津々だったんです」露口は言う。「ものがいっぱいで、完全に自分の家みたいにして使うてるのかと思うたら、二、三日ホテルに泊まってるみたいな様子だったんで拍子抜けでした」

日根野谷は、知り合って五回目に彼の方から頼んで部屋に入れてもらったのだそうだ。

「『部屋はどんな感じで使うてるんですか？　もし差し支えなかったらちょっと……』てな調子で言うたら、『ちらかっていますが』とOKしてくれた。なにが『ちらかってますが』や。不意に訪ねたのに、テーブルの上に読みかけの雑誌があるぐらいできれいに整理整頓されてましたよ。ちらかすことができん性分なんでしょうね。僕の部屋なんか三泊ぐらいしたらすごいことになるのに」

　梨田とどんな話をしたのか尋ねたが、とりとめもない雑談ばかりだったらしい。梨田がコンサートや落語会に行った感想を話したり、日根野谷たちの話の聴き手になったりで、時事問題やら梨田のプライバシーに触れる話題は出なかった。一月十三日も同様で、ふだんどおりの彼だったという。何かに悩んでいた様子もなし。したがって、この二人も「自殺するなんて」といまだに首を傾（かし）げていた。

　日根野谷は一月十日から２０３号室に、露口は十二日から３０５号室に投宿しており、梨田とは連日顔を合わせていた。

「十三日の夜、梨田さんと夕食をご一緒されたそうですが」

　私が訊くと、日根野谷は「そうです」と答える。

「淀屋橋までぶらぶら歩いて、〈かき広（ひろ）〉に行きました。僕は、発作的に牡蠣（かき）が食べとなることがあって、『行きましょ行きましょ』とお誘いしたんですよ。梨田さん、おいしいって喜んではったのに、あれが最後の晩餐になるとはなぁ」

かき広は、土佐堀川に架かる淀屋橋の袂にある牡蠣船で、子供の頃からそれを見て「中で料理を食べるところみたいやな。どんな人が入るんやろう」と思っていた。三十四歳になるまで機会を得ず、いまだに乗り込んだことがない。

「有栖川さん、行ったことがない？　大阪の作家のくせして、それはあかん。今度行きましょか」

人懐っこい親爺さんである。どうしてよくここを利用するのかを訊いてみると、照れたように頭を掻く。

「いやぁ、色々ありまして」と言い渋ってから「時々、家庭内がごたごたするんですわ。はっきり言うて夫婦の間が、ですけど。原因はいつもしょうもないことですわ。僕は気が弱うて卑怯な男やから、揉めたらすたこら家から逃げ出すんです。飛び込むのはいつも銀星ホテル。優しく包み込んでくれるようなホテルで、心が癒されます。泊まるのは短かったら二泊。長かったら十日ほど。そうしてる間にお互いに頭が冷えてくるんで、事態が鎮静化するというわけですよ」

「ここにお泊まりだということを、奥様はご存じなんですか？」

「バレてます。またあそこか、と安心してるんで、押しかけてくることも迎えにくることもありません。僕が自堕落なホテル暮らしをしている間に商売はどうしてるか？　三代続いた船場（せんば）の〈ひねの屋〉は、女房と息子と店の者がきっちりやってくれます。気楽なもんですな、ははは」

嫌みに感じないのは、彼の人徳と言うべきか。結構なご身分だな、とは思う。私のような零細作家は自転車操業だから、ペダルを漕ぐのをやめたらすぐに転倒してしまう。

露口芳穂がリピーターとして銀星ホテルに泊まる理由も尋ねてみた。大阪と西宮（にしのみや）で育った彼女は現在、東京在住だった。

「看護学校を卒業して、大阪市内の病院に二年ほど勤めたんですけれど、自分に向いていないことを思い知らされました。私、細かなうっかりミスが多いんです。こんなことしてたらいつか大失敗しそう、と思ったら怖くなって……。やりがいのあるお仕事やし、患者さんと接するのは好きだったんですけれど」

当時、交際していた恋人が東京に行くというので、看護師を辞めてついていくことにした。彼氏との生活は一年ちょっとで終わり、以後は東京でアルバイトをしながら独りで暮らした。ある時、誘われて参加した合コンで、そんなところに現われるのが不思議なほどスペックが高い医者と知り合う。壮絶な争奪戦を勝ち抜いて恋人の座を射止めたのだが、もう少しで婚約というところで破局。その理由は語らなかったが、言外に匂わすところによると、もてもての男がよその女に目移りしたらしい。

「美菜絵とは高校時代からの付き合いです。卒業してからもたまに連絡を取っていたので、そのへんのことを愚痴ったら『うちにきて人生の休養をしたら。料理もおいしいよ』と勧めてくれたんで、ここにきたんです。それが去年の二月。一週間も滞在して生き返りました」

「それで銀星ホテルの快適さを覚えて、ちょくちょく骨休めにくるんですね？」

「ちょくちょく骨休めができるほどの余裕はありません。実は、去年の夏に遠縁の叔母が亡くなり、その遺産の分配をめぐって一族で大揉めに揉めて——」

両親が頼りなくて見ておれず、口が達者で押しが強い彼女が交渉に参加すべく、度重なる親族会議に合わせて東京から帰ってくるのだそうだ。

「実家には、失業中の兄夫婦が転がり込んでいて私の居場所がありません。それで毎回ここに」

美菜絵がお友だち料金でサービスしてくれているのかもしれない。

それぞれわけあって銀星ホテルの客となっているのだ。影浦浪子にも、大阪に滞在して取材をしたりゲラの手直しでカンヅメになったりという理由があったし、まだ会っていない萬夫妻の場合、ここは家の改築中の仮住まいだった。梨田稔の事情だけが謎めいている。

十四日の朝についても尋ねると、騒ぎが起きた九時十五分頃、日根野谷も露口もレストランで食後のコーヒーを飲んでいたと言う。このラウンジへ移動したところで初めて様子がおかしいのに気づく。そして、蒼い顔の美菜絵から梨田の死という衝撃的な報せを聞いたのである。

「警察の人から、事情聴取というやつを受けました。梨田さんの最近の様子はどうだったか、前の夜に何か気がついたことはないか、というようなことです。捜査の参考になるような話はできませんでしたね」

「私もそうです」

ここで日根野谷から逆に質問を受ける。

「有栖川さんは、梨田さんは自殺したのではない、とお考えなんでしょうか？　殺人事件かもしれん、犯人を見つけてやろう、と乗り込んできたんですか？　美菜絵さんの話ではそこがはっきりせんなぁ、と露口さんと話してたんです。——ね」

露口が、こっくり頷いた。

「はい。もしそういうことやとしたら、日根野谷さんも私も容疑者の一人ということなんですか？　うれしくないんですけど」

「容疑者やなんて、そういうことではありません」

と言ったものの、図星を指されてしまった。相手が警察官ならば痛くもない腹を探られるのも仕方ないと思うのだろうが、私には何の権限もないから、彼らに臍を曲げられたらおしまいだ。参ったな、という思いが顔に出たらしく、それが幸いする。

「てなことを言うて、困らせたらあきませんね」日根野谷は言った。「僕らも真実が知りたいから、協力は惜しみませんよ。有栖川さんも、大先輩の影浦先生にお願いされてのことやそうですから、先生に納得してもらえる報告をせなあかんやろうし」

過度に気を遣ってもらう必要もない。

「影浦先生は同業の大先輩ではありますが、ただそれだけ。私は先生の弟子でも子分でもありません。先生のお話を伺って、見ず知らずの梨田稔という方がここで暮らし、ここで生涯を終えてもいいとまで考えていたことに興味を惹かれて、その死の真相が知りたくなったんです。野次馬みたいで、かえって気が引けますが」

「野次馬根性はええんやないですか。小説家らしい」

日根野谷はそう言ってくれたが、露口は美菜絵に「ええの?」と訊く。自殺で処理されたものが他殺に覆ったら、ホテルにとってダメージになるよ、と言いたいのだ。

返事は「いいよ」だ。

「美菜絵は、梨田さんが自殺するはずないって、最初から言い切ってたもんね。損得抜きで、ほんまのことが知りたいんや。——判った。もう訊かへん」

私が夜までここにいることを知ると、日根野谷に食事に誘われた。露口と三人でレストランのディナーを食べながら話そう、というのだ。ありがたい提案なので喜んで承諾する。

迂闊にも、チェックインした露口がまだ部屋に荷物を運んでもいないことに気がついた。引き止めたことを詫びると、「日根野谷さんとおしゃべりしていましたから」と微笑む。

キャリーバッグを引いてエレベーターに向かう彼女を見送っていると、壁面に掛かったタペストリーが目に留まった。さっきその傍らを通ったのに、階上へ案内してくれる丹羽と話していてまったく視野に入らなかったらしい。私は、ふらふらとそちらに歩いていった。

横長で大きさは畳一畳ほど。下から三分の一は濃紺の海で、椰子(やし)の木が生えた島のシルエットがぽつんと浮かんでいる。その上にはよく晴れた夜空が広がり、銀色の星が一つ、すーっと斜めに流れていた。構図も表現も童話的なまでに素朴なのだが、それでいて幽玄の情趣もあり、見ていると夢の世界に吸い込まれそうになる。

「銀星ホテルのシンボルの一つです。父がデザインしたとおり作家さんに織っていただいたもので、創業時からここに掛けています」

私の後ろで美菜絵が言った。飾られた当初は、もっと色合いが鮮やかだっただろう。

――この島で死ぬのも悪くない。

梨田は、中之島とこの幻想の島を重ね合わせ、そんな想いを抱いたのかもしれない。

# 6

五月雨式に客がやってきてチェックインし、レストランも準備に忙しくなり始めてきたが、私は間隙を縫って従業員たちから話を聞いて回った。もちろん、美菜絵に取り次いでもらった上でのことだ。

まずはディナータイムに入る前に、シェフに話を聞いた。他のホテルから移ってきて勤続七年目。頑固な職人という趣の彼は、厨房の片隅で質問に応じてくれた。彼と梨田とはレストランの店内でたまに言葉を交わすぐらいで、どんな人物なのかよく知らない、と言う。「『ご馳走さま。今日もおいしくいただきました』とよく褒めてくださいました」とのことだった。

勤続五年目という女性フロント係の水野由岐も、似たようなものだ。客についてあれこれ話すのはタブーというホテリエの本能が働いているせいか、いささか口が重かったが。

もう一人。十三日に夜番にあたっていた勤続七年目の高比良和機にも話を聞くことができた。彼の証言が最も重要かと思えたのだが、夜間に不審な人の出入りはなかったし、おかしな物音がしたりすることもなかった、と言う。

「ご不審の点がございましたら、オーナーか支配人の了解を得てビデオの記録をご覧いただければ、と思います」

すまし顔で、どこか冷たい感じもする高比良は、ビジネスライクな口調で言った。別に彼の証言を疑ってはいない。ちょっと無機的で人間味に乏しいしゃべり方にも感じたが、こういうタイプのホテリエを頼もしく思う客もいるだろう。

ビデオには興味があるのだが、桂木夫妻は忙しそうで今は頼みにくい。それを観たから自殺が他殺にひっくり返るというものでもないだろうから、日をあらためて見せてもらえば充分だ。

六時五十分になると、私はラウンジのソファに座って日根野谷愛助と露口芳穂が下りてくるのを待った。七時からディナーをとることになったからだ。活字中毒者だから、その間を利用して傍らの本棚に並んだ本をチェックせずにはいられない。観光に役立つガイドブックの他に、花鳥風月や世界の絶景をモチーフにした写真集、ホテルに関する読み物などが揃えてあるのだろう、と思ったら、中之島界隈に関する本が中心だ。宮本輝の『泥の河』や富樫倫太郎の『堂島物語』といった小説から、淀屋橋をポケットマネーで架けた豪商・淀屋や浪速の豪商たち、天神祭の関連書、近代建築の写真集等々。長期滞在する客へのサービスなのか、「どの本もお部屋にお持ちいただけます」という親切な表示があった。

　まとまった仕事を片づけて、この銀星ホテルに長逗留（ながとうりゅう）したらさぞや楽しいだろう。朝は世間より遅めに起き出して、シャワーを浴びたらおいしい朝食——お粥（かゆ）が最高だ、と影浦が言っていた——をいただき、ここのソファにもたれてふだん手にしないような本を読む。気の向くまま〈島内〉を散歩し、美術館や科学館で昼下がりを過ごし、本を部屋に持ち込んでベッドで読み、夜はフレンチのディナー。島から出れば、北新地（きたしんち）や梅田も近い。そんなアーバンリゾートという極楽を体験してみたいものだ。

　見慣れない本があった。『霧に沈む戦艦未来の城』という書名で、著者は福田紀一（ふくだきいち）。中之島と戦艦がどうつながるのか、と手に取ってみたら、かなり古い単行本で天地（てんち）も小口（こぐち）もすっかり黄ばんでいるが、ビニールカバーが掛けてあるので帯がきれいに残っていた。一読、唖然（あぜん）とする。

〈「西日本国独立万歳！　〝戦艦未来の城〟万歳！」　大阪中之島は西日本の誇り　重畳（ちょうじょう）とつづくビルの群　山と水に囲まれた西日本は美しい国——懐かしい　近畿の方から　雲がわき光あふれる〉

　これだけではさっぱり意味不明だが、帯の裏にあらすじが書いてある。作中では西日本が日本国から独立し、関ヶ原に国境線が引かれるらしい。こんな設定で小説を書いてしまう作者は、大阪出身に決まっている。で、独立した西日本国がどうするかというと、中之島を大改造して巨大な戦艦にしてしまうのだとか。なんと壮大な法螺話であろうか！

なんやねん、これは。ＳＦか？　発行は昭和五十年か、と奥付を見ていたら、頭上から声が降ってきた。

「それ、面白いですよ」

日根野谷だった。

「お読みになったんですか？」

「はい。どんな話なんやろう、と部屋に持ち帰ったら一気読みです。九州を除く西日本が日本に反旗を翻して独立国になるんです。西日本国という名前がなんや卑屈で、ヤマト国とかにせえや、とか思いましたけれど。それで、この中之島がえらいことになるんです。戦艦未来の城というのに改造されてね、奈良や京都の国宝から太陽の塔までが積み込まれます」

「どうして戦艦にそんなものを？」

「そこが怪しいんです。未来の城は東京に向かうことになるんですけど、戦争を仕掛けに行くのか、西日本国の独立自体が日本国の陰謀で、こっちにある国宝を奪われてしまうのかが判らん」

「中之島を戦艦に改造できたとしても、海に出られへんでしょう。船体がどこかで支えてしまいます」

「そこは抜かりなくフォローされてます。船体を削ったり、安治川口を広げたりして、大阪湾まで出られるようになるんですよ。深い霧の中、戦艦未来の城が出航するシーンがクライマックスです」

「へぇ。それで、どうなるんですか？」

「有栖川さん。せっかく本を手にしてはるんやから、お読みになったらどうですか？」

ごもっとも。とても正しい意見である。

露口芳穂がやってきたので、いったん本を棚に戻した。連れ立って〈コメット〉に入ってみると、テーブルは六割ほど埋まっている。時間が経てば満席になるらしい。名前を言うまでもなく、奥まった席へとウェイトレスに案内された。

「いらっしゃいませ。あいにく二つしかない個室が予約でふさがってしまいまして」

丹羽靖章が近寄ってきて、恐縮したように言う。事前に言っていなかったのだからやむを得ない。

「ここでかまいませんよ。ええ席です。今日もおいしい料理、頼みます」

磊落に呉服店主が言うと、レストラン長は畏まりました、とばかり胸に手を当てた。貫禄が出すぎないように身振りを小さくしているようだ。

「日根野谷様にも露口様にもお気に入りいただいている例のスープもご用意していて、ステーキは上物の佐賀牛が入っております。――では、皆様どうぞごゆっくり」

丹羽と入れ替わりに、ウェイトレスがワインリストを持ってやってくる。日根野谷がワイン通らしいので彼に一任すると、コースメニューを聞いた上、三回復唱しても忘れそうな名前のボルドーワインを迷わずオーダーした。

乾杯した後、間を置かずにサーヴされたアミューズとそれに続くオードブル――コンソメジュレを添えた人参のムースや鶏肉のパテなど――を食しながら、日根野谷から梨田のことを話題に上げた。私がその話を聞きたがっているので気を利かせてくれたようだ。

「梨田さん、ここでの暮らしを楽しんでたのか楽しんでなかったのか、よう判りません。悠々自適を通り越した優雅すぎる生活というのは、なんか地獄みたいにも思えるんです。僕はここを避難所にしてだらしなく過ごすことがありますけど、それはいずれ日常に復するのが決まってるからできることです。帰るところがあればこそで、終わりがなかったら、さすがにつらい。――どうです？」

顔を突き出して、露口に問い掛けた。

「日根野谷さんの言うことも判ります」

「あ、それだけですか」

「梨田さんがどう思うてたかは、外からは窺い知れません。けど、つらそうにはしてませんでしたよ。淋しそうな顔をすることはありましたけど」

「どんな時に、ですか？」と私が訊いたところで、鮑のグリンピース・スープがきた。ここでもう鮑というエース級のカードを切るか。頬っぺたが内側にきゅっと引っ張られるようにおいしい。

「ここで独りコーヒーを飲んではる時とか、物想いにふけってる顔が淋しそうに見えました」

そういう姿は、誰でも淋しげに映るものだ。人が崇高に見えるのも、ぽつんと独りでいる時である。

「孤愁というやつやな、それは」日根野谷が言う。「梨田さん、そんな顔をすることもありましたわ。いつもそうやというわけではありません。ラウンジに独り座って、美菜絵さんらホテルの人が立ち働いてるのを穏やかな目で見たりしてることも多かった。基本的に、人間が好きだったんやないかなぁ」

「ボランティア活動でも人と交わってましたもんね」露口は同意する。「人間が好きで、淋しいのが大嫌いやからホテルで暮らしてたんでしょうか？」

「うーん、なるほど。ずっと独りでホテル暮らしやなんて淋しいんやないか、と思うたこともありますけど、露口さんが言うとおりかもしれん。梨田さんには豪邸や高級マンションを買う財力があったようやけど、そういうところに独り住むよりホテル暮らしの方が賑やかな空気に触れられるし、色んな従業員の人と親しくなったりもできますからね。僕がやかましさから逃げるためにホテルに飛び込むのとは逆や」

一理あるが、梨田の行動にそれだけで説明がつくとも思えず、私はその問題についてなお考え続けることにした。

「ここだけの話ですが」日根野谷は声を低くする。「僕ね、知り合ってすぐに梨田さんの名前をネットで検索したことがあるんです」

「どうしてそんなことを？」

露口が訊いたが、意図は明白だ。

「謎の人、梨田稔の過去を探るためです。珍しい名前でもないから、そらいくつかヒットしましたよ。稔というのは、昭和二十年代の初め頃には男で一番多い名前やったそうですしね。せやけど、どれも同姓同名の別人でここにおった梨田さんに関するものはまったく出ませんでした」

「日根野谷さん、過去を探るやなんて、何か期待してたんやないですか？」

「うん、まぁ」

私は黙って二人のやりとりを聞く。

「あからさまに言うと、何かの事件や事故に関係したことがあったんやないか、と思うて調べたんですよ。特に事件」

「犯罪ですね？　梨田さんが大きな事件の犯人で指名手配されてる、と」

「ええ、そんなことを妄想したりもしたんやけど……。事件の犯人で逃走中やったら、ホテルでひっそり暮らしていた、という状況には矛盾しない気もしますね。警察にバレてない事件やったら、ネットで検索してもヒットしませんしね。――あ、私は梨田さんを犯罪者扱いしたいわけではないので、誤解せんといてください」

「犯罪者やなかったら何ですか？　どこかの国のスパイ？」

「うわ、もっとやばいなぁ。しかし、スパイやったらホテル暮らしなんかせんと、さりげなく市民に溶け込むような生活をするんやないですか。結婚して家庭を持つ奴までいてるそうですよ。うわべを取り繕うために正業にも就くでしょう。あらゆる意味で目立たないことが肝要なんですから。それがスパイの鉄則」

「もしかして、船場の呉服屋さんというのは日根野谷さんが世を忍ぶ仮の姿ですか？」

「しっ！　声が大きいですよ、露口さん」

梨田とは違って、日根野谷愛助も露口芳穂もこのホテルに住みついているわけではないから、たまたま滞在が重なった時にしか出会えるはずもなく、今日で会うのが三回目だという。そうは思えない打ち解けぶりなのは、もっぱら日根野谷の人懐っこいキャラクターに負うようだ。妻とはうまくいっていないそうだが、こんな調子で店の顧客とは接しているのだろう。

魚料理は、なんと蛙（かえる）の脚のソテー。こいつがポワソンに出てくるとは浅学にして知らなかった。味はまるっきりチキンである。それはさて措き——

梨田が指名手配されていたら警察が見過ごすはずもないのだが、彼に犯罪歴があったとしたらどうだろうか？　こちらの方がしっくりくる。所有していたものを処分し尽くし、世捨て人となってボランティア活動に勤しむという生き方は、贖罪（しょくざい）の形にも思えるのだ。逃亡者やスパイはボランティア活動なんてしない。

彼に犯罪歴があったとすると、当然ながらどこかに被害者が存在するわけで、その人物が恨みを抱き続けていたとしたら、梨田を殺害する動機を持つ者がいることになる。そいつが梨田の居所を嗅（か）ぎつけ、一月十三日の夜、銀星ホテル401号室を訪ねた、あるいは侵入したということは……ないか。警備会社のセキュリティシステムが反応していない。

しかし、犯罪歴があったとすれば、彼が自分自身に鍵を掛け、誰にも過去を語ろうとしないことに説明がつくし、アルバムの写真に大きな欠落があったのも——本当に火事で焼けてしまったのかもしれないが——、収監されていたためだとも勘繰れる。他殺説を採るとしたら無視できないことなのだが、警察はそこまで洗ったのだろうか？

　答えは明白、洗ってなどいない。彼らが調べたのは梨田の死が自殺であるか否かで、最初から自殺に傾いていたとしたら、死者の前歴までたどったとは考えにくい。梨田の犯罪歴を私が追跡調査できるはずもないから、繁岡なり府警の誰かなりに相談するしかなさそうだ。

　今ここではどうすることもできないので、日根野谷と露口が答えられる質問をするのが建設的だ。

「梨田さんが亡くなった日にお泊まりだった鹿内茉莉香さんというのは、どういう方ですか？」

　十四日の朝、九時半までに外出してしまっていた客の一人だ。今日も宿泊して八時頃に帰るそうだが、名前しか聞いていない。

「ミュージシャンですよ」

　日根野谷が言うのに、露口が続ける。

「有栖川さんはお聞きになったこと、ありませんか？　ＮＨＫの『ニュースウオッチ９』で紹介されたこともあるんですけれど」

　これは不覚だ。全国ニュースで紹介されるほど有名な音楽家であったか。

「ジャンルは何ですか？」と訊いたら、二人は顔を見合わせる。

「オペラのアリアやら讃美歌やらを弾くそうやから、クラシックなんかな？」

「讃美歌はクラシックやないし、童謡やラテン音楽もやるんですよ」

なんとなく見当がついた。

「特殊な楽器で色々なジャンルの曲を演奏するんですね。鹿内茉莉香さんは何を弾くんですか？」

日根野谷は弓でチェロを奏でる仕草をして、チェロではないものを答えた。

「鋸（のこぎり）です」

ミュージカル・ソウか。鮎川哲也（あゆかわてつや）の『憎悪の化石』に出てきたので知っている。ミロス・フォアマン監督の『カッコーの巣の上で』などで印象的に使われたし、それ以外にもドラマやCMで時たま耳にする。大阪では漫才の横山ホットブラザーズで説明すれば手っ取り早いだろう。ホットブラザーズは鋸の背の部分をヴァイオリンのように弓で弾くのではなく、平らな部分を桴（ばち）で叩くという奏法だ。

鹿内茉莉香はミュージカル・ソウの演奏家で、十代の頃からライブ活動をしてきた。先年、あるレコード会社からCDを発売したところ予想外のヒットとなり、全国ニュースで取り上げられるに至ったという。

「とてもいいんですよ」露口が目を輝かせる。「〈幽玄にしてノスタルジック〉というキャッチコピーのまま。ご本人も素敵な人で、テレビのインタビューに答えて『私より立派な演奏家がたくさんいらっしゃるし、ＣＤが売れない時代にこんなものがヒットするとは夢にも思いませんでした。世間の皆さんの消費行動というのは読めませんね』って突き放したように言うのも、アーティストっぽくてすごく恰好よかった。マスコミには情報が出ていませんけど、彼女は最近、この銀星ホテルに住んでるんですよ」

　自分が知らなかった言い訳をするのではないが、空前の大ヒットというほどでもないのだろう。それでも話題性はあるから、このところご無沙汰しているＣＤショップに行けばいい場所に陳列されているに違いない。

「その鹿内さんも、梨田さんをよくご存じなんですか？」

「梨田さんをよくご存じの人はどこにもいません」日根野谷に訂正された。「すみません、揚げ足を取ってしまいましたね。――お二人が話しているのを何度かお見掛けしましたよ。和気藹々というふうではありませんでしたけれど」

　険悪な雰囲気なのかと思ったら、そういうことでもなかった。鹿内茉莉香は気難しい性格らしい。

「梨田さんは音楽がお好きやったみたいですから、案外、齢の差を超えて話が合うたんかもしれませんね。お二人のそばを通り過ぎる時、『私の部屋にきて、一曲弾いてくれたら感激なんですが』『お断わりします』という会話が聞こえてきて、笑いそうになったことがあります」

「容赦ない肘鉄（ひじてつ）やなぁ」と日根野谷がにやにやする。

食事は進み、メインディッシュの佐賀牛のリブロース・ステーキ――この赤ワインソースの名前も日根野谷はすらすら言えた――が出る頃には八時を過ぎていた。そろそろ鹿内茉莉香が帰ってくる頃か、と思いつつ料理を楽しんだ。こんないい晩餐にありつけるとは望外の幸せで、任務を忘れてしまいそうになる。デザートにはワゴンがやってきて、バニラアイスとチョコレートケーキを選んだ。

「有栖川さん、本腰を入れて捜査をするんやったら、このホテルに滞在したらどうですか？」日根野谷に勧められる。「何日か泊まってみたら、梨田さんがどんな気持ちで暮らしてたのか見えてくるかもしれんでしょう」

露口が賛同した。

「それ、いいかもしれません。影浦先生みたいにホテルで小説を書きながら、探偵をする手がありますよ」

「考えてみます」とだけ答えた。そこまではしませんよ、と言いかけて、面白そうだなと思い直したのだ。

デザートを食べているところへ丹羽がやってきて、私たちだけに聞こえる小声で「今夜のディナーは当ホテルからサービスさせてください」と言った。自分が全員分を出すつもりだったらしい日根野谷が「いやいや」とかぶりを振ったが、ホテルの好意も故あってのこと——私が言うのも厚かましいが——だし、固辞するのも野暮だと思ったらしく、みんな揃って銀星ホテルのご馳走になることにした。

食後のコーヒーを味わい、レストランを出たのは九時過ぎだった。フロントに立つ支配人と高比良和機に、鹿内茉莉香が帰ってきたかどうかを尋ねていたら、ちょうどそこに本人が颯爽（さっそう）と入ってきた。

「お帰りなさいませ、鹿内様。——少しよろしいでしょうか？」

若殿、桂木鷹史が声をかけてくれる。

「何でしょう？」

ミュージシャンは傍らの私に一瞥（いちべつ）もくれずに訊いた。ピンクベージュに染めたくりくりのマッシュショートの下に、切れ長のシャープな目。口許は引き締まり、顎はわずかに上がり気味だ。前をはだけた黒いダウンジャケットの下にはデニムシャツ。あれで寒くなかったのかと心配になる。上背はさほどないのにジーンズの裾をブーツ・インした脚がすらりと長い。まだ二十代半ばだろう。露口が素敵だの恰好いいだの連発していたので、彼女や私より若いとは思っていなかった。

「実は、梨田稔様の件につきまして――」

　支配人の話に私の名前が出ると、初めてこちらに視線が向いた。にらまれたはずはないが、目つきは鋭い。

「梨田さんについて、特に知っていることはありません。どうしてあういうことでご自分の人生を終わらせたのかについても何も思い当たりません。――疲れているので失礼します」

　私が「そうですか」と言い終わる前に、エレベーターに向かって歩きだしていた。礼儀正しいとは言えないが、ちゃんと回答はしてくれたし、ここまでマイペースにふるまわれると小気味がいいぐらいだ。実際、ひどく疲れているのかもしれないし。

　戸惑ったような顔をする鷹史に、私は言った。

「あらためてお話を伺うチャンスもあるでしょうから、今日はこれで充分です。初日にしては皆さんから色々なことが聞けました」

　そう、まだ初日。影浦浪子に捜査を託されてから四十八時間しか経っておらず、真実を探求する私の捜査は始まったばかりだ。

# 第三章　その残影

1

翌二月二日。

中之島が川に浮かぶ船だとすると、その船首は海の反対側を向いていることになるだろう。かつてバラ園の先に軍艦のマストが屹立していた東端に比べ、西端はいかにも殺風景で何も目立ったものはなく、断ち切られたようになっていた。昨今は、川と海の結節点に賑わいを作ろうという動きが出てきて、対岸にオープンカフェや小型船の係留施設ができたりライトアップが川沿いを飾ったりしており、中之島ゲートエリアなるものができつつある。

梨田稔が毎週木曜日に通っていた私立総合病院は、島の北西にあった。そこで梨田とともに外来患者の受付補助をしていた人たちの話を聞くことから今日の捜査を始める。午前十一時過ぎなら外来患者の案内も一段落しているのでは、と配慮したのだが、規模のわりに大勢のボランティアがいて、のんびりしていた。来意を病院側に告げると、応じてくれる人がわらわらと集まってくる。

「梨田さん、なんで死なはったんやろう。新聞で知った時は、ものすごいショックやったわ」

「数日前には元気にしたはったのにな。人間の命というのは儚いもんやわ」

「淋しかったんかな。私らがうれしそうに孫の話をするのを、笑いながら聞いてくれてはったけど」

私の相手をしてくれたお仲間は、おおむね六十代半ばから七十歳ぐらい。梨田と同世代で、定年退職後にボランティア活動を始めたばかりという男性がことに落胆していた。

「あの人は、不慣れな私に親切にあれこれ教えてくれはったんです。優しい人やなぁ、と思うてました。おらんようになって、ほんまに淋しい」

さらに言った。

「子供がやんちゃして走り回ってたら『ここは病院だから』と丁寧に諭すんですけど、度を越して騒ぐ子供にはきちっと叱っていました。怒るんではなく、叱る。叱った後で、『判ってくれたかな？　ありがとう』と褒める。見事な躾け方で、そんな様子を見掛けた親御さんが、『よく叱ってやってくれました』と感激することもありました」

優秀なボランティアだったのである。また、仲間と昼食をとったり帰りにみんなでお茶を飲んだりする際、雑談の輪の中で冗談を飛ばしたり、世相を嘆いたりすることもあったという。

「冗談というても下手な駄洒落ばっかりです。けど、誰かを小馬鹿にしたりからかうでもないからあれが一番罪がないんやな。世相を嘆くとか憂えるとかいうのも、ありふれたぼやきです。『嫌なニュースが多いですね』という感じの。──昨日もひどいニュースがありましたね」

シリアで拉致されていたジャーナリストの後藤健二氏が殺害されたのだ。その模様が未明にインターネット上で公開され、安倍首相が早朝に会見を行なっている。昨日は、日本中が沈痛な想いに包まれた日だ。

「梨田さん、たまに愚痴をこぼすこともありました。気分が悪くなって電車で席を譲ってもらおうとしたら若い女性に食ってかかられたとか、食堂で出てきた料理に虫が入ってるのを注意したら、自分で入れて因縁をつけてるんやないか、という疑いの目で見られたとか。『こっちが悪くなくても、嫌な目に遭うことは避けられませんね』と嘆息していらっしゃいました」

若い男に突き飛ばされて怪我をした話をしたことは、と尋ねてみると──

「ありましたね。おでこに絆創膏を貼ってきはったんで『どうしたんですか？』と訊いたら、『中之島で若いのに突かれて転びました』って。思い出しても不愉快そうだったんで、『災難でしたね』としか言いませんでした」

あの一件は今回の事件に関係がないと思いつつも、心に引っ掛かっていたから尋ねてみたのだが、美菜絵たちに聞いた以上の情報は得られなかった。引っ掛かっていたといえばもう一つ。

「梨田さんは昔話をしたがらなかったそうですが、火事に遭ったことについて話しませんでしたか？」

　女性二人が反応した。

「ありますあります」

「火事ね。それは聞きましたよ」

「うん。どこかで放火魔が捕まった時に、『火事は怖いね』と話してたら、『私は火事で家が焼けたことがあるんです』って言うてはりました」

「隣の火事で延焼したんやてね」

「そうそう。運が悪かったんやねぇ」

「いつ頃か？　大阪にくる前やと言うてはったから……七、八年ぐらい前？」

「広島の方にいた時、とか聞いたね」

　中国地方で量販店をしていた、と支配人夫妻に語ったことがあるそうだが、広島で暮らしていたのか。いや、それにしては「広島の方」というぼかした表現が何やらいかがわしくて、鵜呑（うの）みにする気になれない。

「借家やからよかったみたいに言うてはったけど、家財道具が燃えてしもうたらしいから大損害やわ」

「『保険に入っていたのが幸いでした』とは言うてはったけどね」

広島で遭遇した火災についても、彼の死に今さら関係してくるとは思いにくく、捜査上の手応えは感じなかった。

「過ぎてしもうたことは、全部水に流してるみたいやったね」

「流れてないことがあったんやないの？　それで、あんなことに……」

そこで女性たちの表情が暗くなった。

梨田がホテル住まいをしている理由について、親しくなってから本人に尋ねたこともあるらしい。先の男性は、しみじみとした口調で言った。

「『安全で安心だからです。それがあれば他には何も要りません』とのことでした。もちろん、部屋の掃除をしてもらえることやエレベーターで一階に下りたらいつでも食事ができる利便性も大事やったはずです。ゆくゆくはケア付きの高齢者向け施設に移るつもりがあるのかと訊いたら、答えは『まだ考えていません』でしたね」

女性の一人が言う。

「ホテルで人生を終えたかったんやないのかな。そんなような訊き方をしたら、『いっそ中之島という島に骨を埋めるのもいいかもしれませんね』と言うたことがありますよ。あれ、本心に聞こえた。そうしたら、横で聞いてたHさんが嫌みなことを言うて……」

もう一人の女性がすかさず――

「Hさん？　ああ、あの人か。福原さんやからFさんやないの」

「わ、言うてしまいはったわ。――そのFさんが要らんことを言わはったんです。『確かに中之島には産科のある大病院から図書館から役所から銀行から新聞社まで揃うてて、阪大があった頃にはあの中で一生が完結するとまで言われてたけど、一つだけないもんがありまっせ。墓地です』やて」

「気の利いたことを言うたつもりなんやろね。梨田さん、『そうでしたね』って言いながら、ちょっと残念そうやったわ」

もしかすると心から残念がっていたのかもしれない。

2

ドアに小窓がついたブースが五つ並び、覗くと机に向かった人の背中が見える。頭にはへッドセットを装着しているため、行ったことはないのだが、一人カラオケを連想してしまった。しかし、ここにいる人たちは誰憚ることなく歌って自己陶酔しているわけではなく、それどころか重責を担い、神経をすり減らすような思いをしていたりするのだ。右手はマイクを握らずノートにペンを走らせており、ペットボトルのお茶をひと飲みして、うんうんと頷く人もいた。正面の壁にはコルクボードがあり、たくさんのメモがピンで留めてある。

「こんな感じで、二十四時間体制で臨んでいます。難しい問題を投げかけられることもあれば、ようやく通じた電話に『お待たせいたしました』と出てみたら悪戯や冷やかしの場合もあります。しっかりとした使命感を持った忍耐強い人でなければ務まりません。それだけではなく、悩みをお聴きする技術が必須なのは言うまでもないことです」

ＮＰＯ法人・大阪悩みの電話相談センター〈ともしび〉の事務局長、植本寛子が淡々と語ってくれるのを、私は神妙な顔で聞いた。

「相談員の方は、精神的に消耗するんやないですか？」と訊く。

「切迫した状況でかけていらっしゃる方もいますからね。スキルに富んで精神的にタフであっても、人間の集中力にはおのずと限界があります。ここでは六交代制を取っていて、四時間で次のスタッフとバトンタッチするのが決まりです」

自分の母親世代にあたる植本事務局長は小柄で、顔の位置が私よりも三十センチは床に近かった。並んで立つと頭頂部を見下ろすようになってしまうが致し方ない。顔立ちも小作りで、あと二十年もしたらすごく可愛いお婆ちゃんになるのではなかろうか。

「技能を磨くための研修があると伺いましたが、もちろん梨田稔さんも受講なさったんですね？」

「はい。カウンセリングの基礎から実践方法まで、週に一度の講習を二年間受けていただかなくてはならないんですが、ただの一度も欠席することなくお修めになりました。熱意を感じましたね」

梨田がここ〈ともしび〉の相談員になったのは三年前。研修を受け始めたのは、銀星ホテルで暮らしだしてすぐということになる。

相談現場を見学させてもらったので、話を聞くため最初に通された狭い会議室に戻った。スタッフが淹れ直してくれたお茶から湯気が上がっている。

「あんなことになってしまうとは……どう申せばいいんでしょうね。私も、他のスタッフも衝撃を受けました。梨田さんにして差し上げられることがいっぱいあったのではないか、と」

死んでしまいたい、という悩みの相談を受けることは、梨田にとって日常茶飯事だった。そんな相談者の苦しみに耳を傾け、理解を示しつつ希望へ導くことを三年も続けてきた彼が、よもや自殺をするなど考えたことがなかったのも無理はない。

「自殺する人が周囲にサインを出す、とよく聞きますけれど、梨田さんはそのようなものは？」

「まったく気がつきませんでした。お亡くなりになる四日前にお会いした際も、いつもどおりで変わったところはなかったんですよ。見逃していたんでしょうかねぇ。悔やまれてなりません」

詮のないことだからあまり気に病まないように、と慰めたくなるほど悄然とする植本事務局長であった。

「梨田さんは、どうしてここのボランティア活動を志望なさったんでしょうか？」

この問いに、植本は顔を上げる。

「時間がたっぷりあるので、何か他人様のお役に立つことがしたい。悩んでいる人の相談に乗って、少しでも楽な気持ちになっていただきたい。そんなことをおっしゃっていました。『カウンセリングについては何の知識もありませんが、しっかり勉強いたします』と言った時の目の輝きをよく覚えています」

「過去にも何かボランティア活動をなさっていたんでしょうか？」

「いいえ。『自分の利益ばかりを追って生きてきましたが、還暦を過ぎて考えが変わりました。微力ながらこれからは社会に貢献して生きていきたい』ということでした」

還暦なんていうものは年齢上の区切りにすぎないと思うが、そこで生き方を変える人も珍しくないのだろうか？　梨田の言葉をそのまま受け取っていいものかどうか。

ここで活動するにあたって梨田が提出した履歴書を見せてもらったら、西脇市でずっと衣料品店を営んでいたことになっていた。経歴詐称だが、疑われたことはないらしい。

「二年間も研修をするとは知りませんでしたが、それだけ大変な活動なのだと再認識しました。相談員としての梨田さんは、どんなご様子でしたか？」

「誠実に相談に当たり、センター内でも高い信頼を得ていました。まわりの相談員の模範となってくださる人でした」

植本の話しぶりからすると、故人への世辞ではなさそうだ。

「時には厄介な相談が舞い込むと思うんですけれど、相談を受けた梨田さんの方が頭を抱えるといった場面はありませんでしたか？」

「ミーティングで『こんな答え方をしたんですが、適切だったでしょうか？』とみんなに問い掛けることもありましたが、大きな問題に煩悶なさるようなことはありませんでしたよ。相談者の悩みに影響されることもなかったはずです」

「相談者にも色々な人がいるでしょうから、『もっと親身になって聴いてくれ』と捻じ込まれたりすることは?」

「ありません。電話をかけてくる方だけでなく、相談員も自分の名前を名乗らないのがルールですから、仮に梨田さんの応対に不満を持った方がいたとしても、『梨田を出せ』などと文句をつけたりはできないんです」

安心して活動できるように相談員のプライバシーも固く守られているのだ。「会って話を聴いてもらいたい」という希望があっても、決して応じない。

「そうは決まっていても、梨田さんが『じゃあ、一度お目にかかりましょうか』と言ったら会えますね」

「いえいえ、梨田さんはそんな規則違反をする人ではありませんでした。相談者と直接は会わない、というのは基本的な約束事ですから」

植本の不興を買うだけだから黙ったが、特別な事情があって、あえて規則を破ることは可能だったであろう。ブース内でもやりとりは外に洩れないようになっているから、電話で面会の約束をすることは容易だ。しかし、梨田がそんなふるまいに及んだと想像する根拠は何もない。

「植本さんの個人的なご感想をお聞きしたいんですが、梨田さんは幸せそうでしたか?」

漠然とした質問をしてしまったが、植本は「はい」と迷わず答えた。

「私の目にはお幸せそうに見えました。わざわざ気骨が折れるボランティア活動に参加するだけの精神的、時間的余裕がおありだったわけですし、連絡先を伺うとホテル住まいということでしたから、経済的余裕もあったのでしょう。でも、だから幸せだったと言うのではありません。あの方は、三年の間、決まった日の決まった時間にここにやってきて、決まった役目を果たしました。判で捺したように、というと単調で退屈みたいですが、穏やかで安定した日常があったことは確かです。それをもって私は、梨田さんが幸せだったと考えます」

彼女は、幸せというものをそう捉えているのだ。傾聴に値すると思ったが、梨田の死の真相を探る材料にはなりそうもない。

「判で捺したよう、ですか。イレギュラーなことはまったくなかったんですね？」

「はい。火曜日と金曜日の午後一時前にここにいらして、五時までブースで電話相談にあたる。ただし、十六日はお休み。その繰り返しです。いつも――」

「待ってください」私は慌てて止めた。「十六日はお休み、というのはどういうことですか？」

「十六日が火曜日か金曜日にあたったらお休みなさったんです。最初からそう決めていらっしゃいました」

銀星ホテルでは、そんな話は聞いていない。些末なことだから説明が省かれただけなのかもしれないが。

「どうして十六日は休まれたんでしょうか？」

「プライバシーに属すので理由は聞いていません。何かご予定があるのだろう、と思っただけです」

砂場を黙々と掘っていたら、指先にやっと何か触れた。そんな感じだ。

「十六日は必ずお休みだったというのは、梨田さんについて知る上で大切な情報かもしれません。他にも何かありませんか？」

「さぁ……。思い当たりませんね」

忙しい中で時間を割いてもらったことに謝意を述べ、〈ともしび〉を後にした。腕時計を見たら午後三時近くになっている。

江戸堀一丁目の小さなビルを出た私は、しばし足が向くまま歩いた。手当てを辞退して今日も午前中から精力的に動いているが、自らの好奇心が主たる原動力なのでボランティア活動とは言いがたい。

午前中に訪ねた私立総合病院でもここでも故人の隠された一面を明かしてくれるような証言は得られなかったが、まるで無為だったわけでもない。梨田稔という人物が、私の中でほんの少しだが立体的になったからだ。データの入力が増えるほどにCGが精度を高めるように。

3

適当な喫茶店に入って午後のお茶を飲みながら、朝から調べたことを整理してみたい。日本一短いという触れ込みの肥後橋(ひごばし)商店街を一分足らずで通り過ぎ、土佐堀通に出たので、筑(ちく)前橋(ぜんばし)の方へ向かう。このあたりの地名が旧国名にちなんだものだらけなのは、諸藩の大坂屋敷が建ち並んでいた名残りに他ならない。

イメージに合う喫茶店が見つからないまま筑前橋の袂まできて、何となく渡ると国立国際美術館。銀星ホテルのすぐそばである。訪問すると伝えた時間より一時間近く早いが、ここまできたら行ってしまうことにした。

若殿風の桂木鷹史があの日本人形のようなフロント係の水野と何か話していたが、すぐに私に気がついてカウンターから出てくる。

「お客様に言ってはならない言葉なのですが、昨日はバタバタしていて失礼いたしました。今日の午後はゆったりしています」

「それならば少しお時間をいただけますか。梨田さんがボランティア活動していた病院と電話相談センターに行って、話を聞いてきました」

〈コメット〉の個室でアフタヌーン・ティーでもどうか、と言ってくれたが、私は違うことを頼んだ。

「401号室でもう一度見てみたいものがあるんです」

お茶の後でもいいではないか、とせっかちに思われたかもしれないが、支配人は了解してキーボックスから鍵を取り出してきた。

部屋は昨日と何も変わらない。新たな客がチェックインする前というより、主が長期の旅に出て留守にしている部屋のようだ。カーテン越しの淡い光が神々しい。

私が見たかったのは、机の抽斗に入っていた二〇一四年の手帳だ。一月から十二月までページを繰って、昨日ざっと目を通した時は気に留めなかった事実を確かめる。どの月も十六日が空欄になっていた。日中にボランティア活動があっても、その他の日には時としてコンサートや演劇などの予定が入っているのに。

「何か判りましたか?」

鷹史がこちらの顔を覗き込むようにして訊く。この部屋で話すことになり、彼は〈コメット〉に電話を入れて、二人分のコーヒーを持ってこさせた。それを味わいながら、私たちは居間のソファに掛けて話す。ちなみに梨田がルームサービスを頼むことはめったになかったそうだ。

「毎月十六日は、ボランティアを休んでいた？　そんな話は初めて聞きました。私どもに事情を説明なさる義務はないとはいえ……何か腑に落ちませんね。いつもどおりにホテルをお出になられていましたから、いつもどおりの活動をなさっているものと思っていました」

十六日に必ず休んだと聞いたのは電話相談のボランティアについてだが、おそらく病院の受付補助も同様だったであろう。六交代制のシフトが組まれた〈ともしび〉よりも、病院の方が休みやすかったと思われる。

「説明する義理はないとはいえ、そんなパターンが三年間も続いていたとしたら、ホテルの誰かが気づきそうに思うんですけれどね。『今日はお出掛けが遅めですね』『十六日はボランティアを休んで、毎月マッサージに行っているんです』とかいう会話があったりして。――梨田さんは、十六日に特別の予定があることを周囲に知られたくなかったのかもしれません。マッサージなら隠す必要はないから……」

「誰かと会っていた、とかですか？」

可能性はいくらでも考えられる。見えてきたのは、梨田の秘密を解く鍵が十六日にある、ということだけだ。

「梨田さんは毎月十六日にいつものようにホテルを出て、いつもと同じ時間に帰ってきたんですか？」

「ボランティアのお仲間とお茶を飲んだり、寄り道をして戻られたりもしましたから、お帰りの時間にはバラつきがありました。買い物に寄ってお帰りにもなるので、遅くなることもざらです。反対に、『今日は人手が足りないので』と早く出ることも。とにかく、月、火、木、金曜日に、『おや、今日はボランティアではなく別の用事でお出掛けのようだぞ』と私たちに思わせることはなかった、ということです。期待薄だと思いますが、何か心当たりがないか従業員たちにも訊いてみましょう」

支配人は砂糖をたっぷり入れたコーヒーを飲むと、美味に感じ入ったように唸った。疲れた肉体が甘いものを欲しているのだろう。

「お仕事が忙しいんですか？」

私は、世間話の口調に切り替えた。

「お客様でごった返しているわけでもないのに、と思われるかもしれません。そこが問題でして」

まわりに誰の耳もない４０１号室に上がってきたおかげで、立ち入った話がしやすくなったらしい。鷹史は銀星ホテルが置かれている現状について語ってくれた。

「レストランが収益の七割以上を上げている、と昨日お話ししましたが、宴会場も持たないホテルにおいてその数字は正常ではありません。客室部門があまり利益を出していないから、レストラン部門の比重が高くなってしまっているのです」

「客室の稼働率がよくないんですか？」

「このところは海外からのお客様の増加によるホテル不足に助けられ、閑散期以外は八〇パーセント以上を維持していますので稼働率はまずまずです」

「そういうものですか」

「旅行や出張で予約を取ろうとしたら満室で断わられた、というご経験をなさるにつけ、人気のあるホテルはいつも満室かそれに近い利用状況だと錯覚なさるお客様もいらっしゃいますが、客室はそんなに埋まるものではありません。これは亡くなった義父から聞いたことですが――半年間で六千四百万人以上の観客を動員した一九七〇年の大阪万博の開催中、当ホテルの稼働率は八〇パーセント強でした。おや、そんなものか、と思われたのではありませんか？」

「思いました。連日満員だったのかと」

「大阪中の家庭で、『会ったこともない遠くの親戚が万博見物に泊まりにきた』という現象が起きたほどの大イベントでしたからね。しかし、当ホテルが不人気だったわけではなく、ホテルというのはそういうものなんです。万博前に客室数を千三十室近くまで増やして、期間中はずっと予約で満室となった新阪急ホテルさんの稼働率は当ホテルと同じでした。ここ中之島の他のホテルでいうと、新朝日ビルにあったグランドホテルさんで九〇パーセント。当ホテルのすぐ近くにあった新大阪ホテルさんが八一パーセント、ロイヤルホテルさんですら八四パーセントです」

予約＝宿泊ではない、ということか。難しいビジネスだ。

それにしても細かい数字をよく覚えているものである。持ちネタなのかもしれない。

「稼働率よりも、うちは収益率を改善しなくてはなりません。この規模でこのレベルのサービスをご提供するためには室料が低いのです。ならば高くすればよいと言われそうですが、現在のままでは踏み切れません。値上げをすればお客様が離れるだけなので、グレードアップして室料を二倍程度にできれば理想的なんですが、改装費用の捻出が難しい。銀行さんも厳しくて」

ここは得がたい中之島の一等地だから融資は受けやすいはずだが、どうやら何重にも抵当権が設定されているとみた。

「いっそホテルを売却して、運営のみを担う手もあったのです。欧米ことにヨーロッパではホテルの所有・経営・運営が別の主体というのはありふれたことですから。しかし、事ここに至ってはそれも手遅れという状態で、自力でどうにかして立て直すしかありません。それができなければ、私たち夫婦もスタッフも新しいオーナーに追い払われることになるでしょう」

昨日、支配人が多忙だったのは金融関係の人間への応対のせいで、このホテルを買いたがっている独立系の投資ファンドもあるのだそうだ。

「リブランドするのではなく、ここを潰してラグジュアリー・タイプのホテルに建て替えたがっているみたいです。賢い選択だと思いますね」

支配人の表情に暗さはないから切迫した事態に直面しているわけでもなさそうだが、窮状が常態化しているということかもしれず、私はどんな反応をすればいいのか戸惑った。

「桂木さんは、いつ頃からホテリエを志したんですか？」

彼自身のことについて尋ねてみる。

「私は神戸で生まれ育ちました。母一人子一人で、赤貧洗うがごとしとは言わないまでもずっと余裕のない暮らしぶりでした。六歳の時、母の何かの用事について行って外国人居留地を歩いていた時、『喉が渇いた』と言ったら、母がすっと入ったのがオリエンタルホテルのラウンジです。『このホテル、屋上に本物の灯台があるのよ』と聞いて、びっくりしましたよ。そんな晴れがましいところに足を踏み入れたのは初めてだったので、一種のカルチャーショックを受けました。オレンジジュースはいつもの味とまったく別物だったし、内装から従業員の動きまで新鮮で、わずか三十分ほどの間にホテルというものに惚れてしまったわけです。『どうしてあんないい店に入ったの？』と帰り道で母に訊いたら、『たまにはいいでしょう。ああいう場所をお前に見せてやりたかったし、お母さんだって贅沢がしたくなることがあるの』。泊まったわけでも食事をしたわけでもなく、紅茶とオレンジジュースだけのささやかな贅沢でしたけれどね。思えばあの頃、特に生活が苦しかったはずなのですが、それだからふと気紛れな贅沢がしたくなったのかもしれません」

どこか遠くを見るような目になる。ホテルに興味を持った最初の想い出を語るからかと思ったらそれだけではなく、聞けば翌年に母が交通事故で逝ってしまったという。脇見運転のトラックに撥ねられての突然の別れだった。

「心のどこかに、母がホテルを見せてくれたのも運命だ、という想いがあったのかもしれません。高学年になるとホテルに関する本を読んだり映画を観たりしながら、憧れを募らせていきました。進路は六歳で決定していたんですよ」

彼は大阪の伯母夫婦の許に引き取られ、物心とも不自由のない十代を過ごした。もちろん、幼くして母を亡くした悲しみや淋しさは長く続いただろうが。それを幾許か軽くしてくれたのは、ホテルで働きたいという確乎たる目標だった。

禍福は糾える縄のごとし。大阪に転居したおかげで、彼は阪神・淡路大震災で被災するのを免れた。物心がついた頃から親しんだ長田区の一帯は火の海となり、母と暮らしていたアパートは燃える前に崩れ落ちていた。想い出のオリエンタルホテルもこの地震で半壊している。

「震災は八歳の時です。『お母さんが交通事故に遭わなかったらずっと長田にいて、地震で一緒に死ねたのにな』と言ったら、伯母に大泣きされました。あの時は、慌てて『つまらないことを言って、伯母さん、ごめん!』と謝りましたね」

伯母夫婦の勧めもあって大学――経営学部を選んだ――を卒業した後、アルバイトで稼いだ資金でホテル学校に進む。そこで美菜絵との出会いが待っていたわけだ。

「私の履歴なんかお聞きになってもご退屈なだけでしょう」

そう言いながらも、私の求めに応じて彼は語り続ける。二人は恋に落ち、将来をともにしたいと希うようになる。美菜絵がホテルスクールに進んだのは、ゆくゆくは銀星ホテルを継いでもらいたい、という父・銀次の希望によるものだった。一人娘がホテルを切り回すことを望んでいた父だが、ホテリエを志す婿がくるのは大歓迎であった。鷹史と美菜絵の交際は両親に喜ばれ、同い齢の二人は二十五歳で結婚した。

「スクールを卒業した後、できることなら外国のホテルで修業したかったんですが、義父が許してくれませんでした。『本当は行かせたいのだが、俺が元気なうちに婿にきてうちで働いてくれ。数年のうちに支配人を任す。美菜絵ともども、びしびし仕込んでやるからな』と。仕込まれましたとも。少しでも気を緩めると『案山子みたいに突っ立ってるんじゃない！』と雷が落ちる。私は子供時代の綽名が〈カカシ君〉だったので、あの叱られ方は愉快ではありませんでした。今となっては懐かしいことですが」

健康に不安を感じていた義父の言うことに従って結婚すると、そのわずか半年後に彼は脳梗塞で倒れ、経営どころではなくなってしまう。義母はその前から体調が優れず、銀星ホテルの舵は若い新婚夫婦の手に委ねられることになった。

「私と美菜絵だけでは未熟すぎて、ホテルごっこのようになったかもしれません。何とかやってこられたのは、銀星ホテルを知り尽くした丹羽副支配人のおかげです。彼には一方ならず感謝しています」

義父は三年前、義母は二年前に他界し、美菜絵が二十七歳で銀星ホテルのオーナーとなる。彼女にとってこのホテルは両親の分身であり、心血を注いで守り育てなくてはならない存在なのだ。その気持ちは鷹史も同じだと言う。妻への愛情、義父母から享けた恩誼もさることながら、ホテルを任された支配人としての使命感ゆえの想いなのだろう。

「私のことなど、どうでもいいですね。有栖川さんがお調べになったことについてお聞かせください」

　と言われても、さしたる収穫はない。ありのままを話すと、彼は「そうですか」と言った。

「ちょっと聞き込みをしたぐらいで梨田さんの秘密が判るわけはありません。固いガードでしたから。お仕事に障らない範囲で、気長にいくしかないのではないでしょうか」

　焦ることはない、という意味で言ったのだろうが、梨田の死が他殺だとしたら、時間が経つほどに証拠が失われていく。単独での調査でもあるし、できるだけ効率よく動きたい。今、自分の手許にあるカードはごく限られている。たとえば、アルバムの最後のページから写真が剝ぎ取られた形跡があること。

「机の抽斗に梨田さんがしまっていたアルバムをご覧になったことはありますか？」

　支配人は、「いえいえ」と首を振る。

「見せていただいたことがないだけでなく、アルバムをお持ちなのも存じませんでした。この部屋にあるものが梨田さんの全財産でしたから、あって当然のものですが」

　あれは、梨田の死後に捜査員が抽斗を鍵で開けて発見したのだそうだ。

「焼け焦げの跡がついている写真が何枚かありました。火事に遭ったことは梨田さんから聞いていたそうですね」

　美菜絵が知っていたのだから、もちろん鷹史の耳にも入っていただろう。

「はい。こちらにきて二、三年経った頃でしょうか。『住んでいたアパートが類焼して、家財道具が燃えてしまったので、こんなに身軽なんです』とおっしゃったことがあります。『要らないものが処分できてよかったのかもしれません』とも。いつどこで経験なさったか、つぶさには伺いませんでしたけれど、六十歳を過ぎての奇禍だったようですから、大切な品々を失くされたはずです。『よかったのかもしれません』はご心痛の末にたどり着いた心境なのだろうな、と思いました。——コーヒーのお替りはいかがですか？」

「いえ、結構です」

「梨田さんが自殺なさったのだとしたら、非常に残念です。お助けできなかった不徳について悔やむと同時に、遺書の一通もなかったことが……」

こらえてきた想いを、彼は吐き出す。

「思い上がったことを言うようですが、私たちは梨田さんを家族のように感じていました。あくまでもお客様だという一線はきちんと引いた上で、お客様より一歩内側にいらっしゃる方だ、と。梨田さんの反応を窺いつつ、五階のリビングにお通ししたこともあるんですよ。だから、自殺する前に殴り書きのメモの一枚でも遺していただきたかった。『世話になりましたね』だけでも。……すみません、つまらないことを口にしてしまいました。どうかご放念ください」

「お気持ち、お察ししますよ」

　慰めながらも、梨田が五階に上がったことがある、というのが気になった。

「梨田さんを桂木さんご夫妻のプライベートな空間にご案内したことがあるんですね。そういうことは異例なのでは？」

「もちろんです。いくらうちのように小さなホテルでも、馴染みのお客様をオーナーや支配人が自室に招くなんてことが通例のわけがありません」

「食事にでもお誘いしたんですか？」

「いいえ、それはご迷惑に思われそうだったので、午後のお茶に。五年間で三回あります。『では、お言葉に甘えて』と応じていただけました」

「どんなご様子でしたか？」

「三十分ほど雑談をしたら、『お邪魔しました。楽しい時間をありがとうございます』と言って、長居はなさいませんでしたね。お客様として、けじめを守ろうとなさっているようでした。クールな方です」

　クールという言葉は多義的だ。恰好よくもあるが、少し冷たく感じられたのかもしれない。と思ったら、こんなエピソードが転がり出る。

「一度だけ、ハプニングがありました。バスタブの排水の流れが悪くなっていたので私がパイプクリーナーで清掃しているところに、妻が梨田さんをお連れしてきたんです。失礼ながら浴室から『いらっしゃいませ』とお声をかけると、『何をしているんですか？』とお尋ねになる。ホテルにしてはお恥ずかしいことながら実はこうこうで、と言うと『私はね、それが得意なんです』と浴室に入っていらして、自分もズボンの裾をめくって裸足(はだし)になり、ワイヤーの使い方をご指導いただきました。ずっとその手許を見ていましたが、お上手でしたよ」

「もしかしたら、そういう関係のお仕事をなさっていたんやないですか？」

梨田に関することなら、何でも飛びついて意味を求めてしまう。

「それはどうでしょう。『昔の家で流しの排水口がよく詰まったので、自然とうまい掃除の仕方を覚えたんです』とおっしゃっていましたが」

それだけのことなのかもしれない。雲間から陽(ひ)が射すように、鷹史は微笑む。

「だいぶ前のことですけど、懐かしく思い出しました。水が流れるようになって私たち夫婦が喜ぶと、梨田さん、すごくうれしそうだったのです。歌いだしそうなほど上機嫌で、『今日はいい日だ』と笑いながらお茶を飲んでいらっしゃいました。おかしなもので、こっちがいいことをして差し上げたような錯覚がしたほどです」

最近のことかと思ったら、三、四年も前だという。単調な日々を送っていた梨田稔については、それしきのことがこのホテルでは印象的な出来事なのだ。

4

——ご不審の点がございましたら、オーナーか支配人の了解を得てビデオの記録をご覧いただければ、と思います。

そう言い放った高比良和機は、午後五時から翌朝九時までの夜勤を務めたのだから、とうに上がっている。夜勤明けが休日になる、というのがホテルのシフトなのだそうだ。

事務所の奥で、美菜絵の立ち会いの許で私は一月十三日から十四日未明にかけてのビデオを見せてもらった。事件の捜査をしているという実感を味わうことができたが、フロント内の天井近くに据えられたカメラが記録していたのは、いたって退屈な映像というしかない。

十三日の午後十時半——レストランの閉店時間でもある——を過ぎて、玄関を出入りした者は一人しかいない。黒っぽいコートを着た見覚えのない男で、零時前にホテルを出たかと思うと、ものの五分としないうちに戻ってきている。

「これは？」

傍らの美菜絵に訊いた。

「萬昌直さんです」

「ああ、証券会社にお勤めの方ですか。――何をしていたんでしょう？」

「急にお汁粉が欲しくなったので、近くの自動販売機で買ってきたのだそうです。そこで売っていることは前からご存じだったので、まっすぐ買って戻られたみたいですね」

この界隈には二十四時間営業の店がなく、コンビニ――オフィスビル内にはあるが、終夜は開いていない――に行こうとしたら橋を渡って〈島〉から出なくてはならない。

「存在が謎だったんですけど、自動販売機の汁粉って需要があるんですね」

「走る方がエネルギー補給にお飲みになるそうです。このあたりの販売機に必ず入っているわけではありませんが。中之島を川岸に沿って一周するジョギングコースは、およそ七・五キロです」

「お詳しい。さすがに中之島のことは何でもご存じですね」

素直に思ったままを言ったら、「畏れ入ります」と恐縮された。

「萬さんは、汁粉が発作的に飲みたくなったわけですか」

「はい」とまるで代弁するように彼女が言う。「奥様の貴和子さんが笑いながら話してくださいました。ご主人の昌直さんは、何かをしたくなったらすぐに行動に移す方だそうで、ある時など『温泉に浸かりたいな。うまい中華料理も食べたい』とおっしゃって、おかしな組み合わせだなぁ、と思ったら『そうだ、台湾に行こう』と」

「あくる日に台湾旅行に出掛けたんですか？」

「あくる日どころかその日のうちに奥様を連れて出て、夕方には烏来（ウーライ）の温泉旅館で中華料理を楽しまれたそうです。プロポーズは会って二度目のデート。映画を観ている最中に、ロマンティックでも何でもない汽車の暴走シーンで『よし、結婚しよう』だったので、本気とは思えなかったそうです。先日、旅行先で水族館に寄った時は、突然『ペンギンが飼ってみたいなぁ』とか言いだしたので大慌てでなさったとか」

すごい人だな、と思った。私は、そんなふうに衝動に任せてアクションが起こせない男だ。自分を何かに駆り立てるためには、いくつもの理由を集めて精緻（せいち）に構築し、タイミングを計らなくてはならない。

その萬昌直・貴和子夫妻とは、あと三時間もすれば会える。昨日のうちに美菜絵が連絡を取って、会社帰りに銀星ホテルに立ち寄ってくれることになったのだ。梨田の死については、彼らもいささか不審を抱いているらしい。

夫妻がやってくるまでの時間を利用して鹿内茉莉香から話を聞けたらとても効率がよかったのだが、そううまくはいかず、ミュージカル・ソウ奏者は午後早くに外出してしまっていた。今夜は大津市の滋賀県立芸術劇場びわ湖ホールでコンサートがあるのだそうだ。

「鹿内さんは、いつからこのホテルに滞在しているんですか?」

疲れているので失礼します、とつっけんどんに言った顔を思い浮かべながら訊く。

「去年の十月からです。それまで一緒に暮らしていた男性と喧嘩をしたので、着の身着のままで楽器だけ持って飛び出して、以前から気になっていた当ホテルにやってこられたのだとお聞きしました」

客のプライバシーに属することでも、昨日ほどためらわずに教えてくれるようになった。あまり気にしていては捜査にならない、と考え直したらしい。

「『ここが気に入ったので、しばらく逗留します』とおっしゃって、別れた男性に自分の荷物を送ってもらっていました。当ホテルは壁もドアも厚くて、室内の音が外に洩れにくくなっています。楽器の練習にとって、それが好都合なのだそうです」

梨田が何者かに殺されたのだとしたら、その防音性は犯人にとっても都合がよかったであろう。そして、廊下にも敷き詰められた絨毯は靴音を消してくれた。

ビデオから新しい情報は得られなかったが、観たことで気がすんだ。ここに梨田の死の真相を暗示するものが映っていたら、さすがに警察が見落とすまい。

「銀星ホテルという名前の由来はご両親のお名前だと伺いました。仲のいいご夫婦だったんですね」

「語呂がよかったから、こんな名前にしたのだと思いますが」と言ってから「仲はいい方でした」と認める。

「ここができた一九五二年というと、戦後の混乱が収まり、朝鮮戦争の特需で景気がよくなった後で、日本が主権を恢復した年でもある。ご両親はそれまで何をなさっていたんですか？」

「桂木家はもともと大阪府西部の出身で、河内木綿で財を築きました。それはそれは儲かったそうです。大正時代に大阪市内で繊維問屋を始め、昭和の初めに御堂筋の拡張工事にともなって、祖父が住まいだけ中之島に移します。今でもこの近くにだけぽつぽつと食堂やお蕎麦屋さんがありますけれど、昔の中之島はごく普通にたくさん人が生活していたんです。祖父はヨーロッパに洋行したのがきっかけでホテルに魅せられ、いつか経営してみたいと考えるようになります。もともと家業の繊維問屋があまり好きではなかったみたいで、ハイカラ趣味だったんですね。父もその影響を受けています」

　祖父は蓄財をはたいて朝鮮か満洲に渡り、華やかなホテルを作ることを夢見たが、戦局の悪化によってそれどころではなくなる。昭和二十年三月以降、B29の編隊が大阪の空をわがもの顔で横切りながら焼夷弾を雨霰と投下するようになると、多くの者が中之島から逃げ出す。今はその名残りも消えつつあるが、かつての中之島の西部には多くの住宅があったのだ。一家の主を空襲で失った隣人に、祖父は「あんたの土地を買わせてもらえませんか」と持ちかけた。大陸に渡るのではなく、やがて戦争が終わった後にここ中之島にホテルを建てようと考えてのことである。

「混乱期はチャンスでもあります。敗戦後、商売を通じて顔が広かった祖父は、父とともに闇物資の売買で大金を稼ぎます。それを資金として、戦争中に手に入れた土地でホテルを作ろうとしたんですね。がむしゃらに働いてきた祖父は昭和二十六年に過労がたたって他界し、父がホテル建設の夢を実現したわけです。奥さんの協力と、有馬温泉で旅館を経営していたその実家の援助も大きかったと聞きます」

苦手な暗算に悩まずとも判ることがあった。

「その時、お父さんはかなりお若かったんやないですか?」

「夫婦とも二十六歳でした。ホテル経営のノウハウも何もなかったはずなのに、勇敢にもここを立ち上げてしまったんですね。奥さんの実家から人的なサポートもしてもらって、手探りでのスタートでした」

母ではなく、父の奥さんと呼ぶことではっきりした。一九五二年に夫婦で築いたホテルの跡取り娘としては、美菜絵は若すぎた。それでは母親が六十歳で娘を産んだことになってしまう。

「父の奥さん、星美さんは三十五歳の若さで病死して、私の母は二十五歳も年下の後妻です。結婚するにあたって、『前妻の名前から一字採ったホテルの名前を変えなくてもいいか？』と父が訊き、母は『もちろんです。こんな素敵な名前を変えるなんてとんでもない』と答えたそうです。母は先妻さんに敬意を払い、一生懸命にこのホテルを守(も)りたてようと努めました」

　美菜絵の話を聞きながら、私はノートを開き、銀星ホテルとその関係者たちについての簡単な年表を作った。このようになる。

1926（大15）　銀次・星美生
1952（昭27）　銀星ホテル設立（銀次・星美26）
1961（昭36）　星美没
1976（昭51）　銀次再婚
1986（昭61）　鷹史・美菜絵生
1993（平5）　鷹史の母没
1995（平7）　阪神・淡路大震災

２０１１（平23）　鷹史と美菜絵結婚（25）
２０１２（平24）　銀次没
２０１３（平25）　美菜絵の母没

阪神・淡路大震災は何となく書き入れただけだ。先ほど聞いた鷹史の話が耳に残っていたせいだろう。

銀星ホテルの社史を編纂するためにここにきているのではない、と使命を思い出して、年表に梨田稔のことを書き足す。

２００９（平21）　梨田、初めて銀星ホテルに投宿
２０１０（平22）　梨田の長期滞在が始まる

「なるほど、美菜絵さんはお母さんの三十五歳の時の子供ですか。当時としては高齢出産の部類でしょう」

「はい。奇しくも前妻を亡くしたのと同じ年齢だったので、それはもう父が心配して、産科の待合室で跪かんばかりに『母子ともに無事でありますように』と祈っていたのが永らく親

戚の語り草になっていました」

「そうして産まれたお嬢さんなら、たっぷり愛情を注がれて育ったんでしょうね」

「躾(しつけ)は厳しかったですよ。人参が嫌いだと言っても、算数のテストの点数が悪くても、『そんなことでホテルの仕事が務まるか！』なので閉口しました」

「そうこられたら参るなぁ、はは」

　と笑いつつ、私はもう一項目だけ年表に加筆した。

　　１９４５（昭20）　梨田生

　そして尋ねる。

「お祖父(じい)さん、銀次さん、星美さん、美菜絵さんのお母さんと梨田さんが昔からのお知り合いだった可能性はないんでしょうか？」

「いいえ。思い当たることはまったくありません」

「ご両親と梨田さんが対面したことは？」

「父はよく知っていました。梨田さんがいらしたのは父が元気なうちでしたから。母の方は病気加療中でホテルに顔を出すこともできなかったので、その機会は一度も」

「そうですか」

梨田がこのホテルに執着する理由を炙り出せないものかと年表を見直すが、見えてくるものはない。それでも私はさらに矢を放った。

「ホテルができて間もない頃、当時のオーナーのご友人が長期滞在していたそうですが、どういう人だったんですか?」

「古い話なのでくわしくは知りません。闇市時代にお世話になった方で、『もう浮世で人と争うのは疲れた。身も心もボロボロや』と隠居暮らしを送っていたようです」

「何年ほどいらしたんですか?」

「三年近くいらしたそうですね。四国の山奥のご出身だったそうで、『生まれ故郷に帰って炭焼きをするけん、銀さん、達者でな』と言って引き払われたんだとか。それから二年もしないうちに台風の土砂崩れでお亡くなりになった、と父の想い出話で聞きました」

梨田とつながりそうにない。

「あの……もし有栖川さんがよろしければ、このホテルに滞在してみませんか? もちろん室料はいただきませんし、お食事もご自由になさってください」

突然、そんな提案がなされた。

「私がここに? いや、部屋をふさぐのは申し訳ない。まして食事までいただくわけには」

「こちらからのお願いです。その方が調べ事も捗るでしょうし、作家さんならホテルでもお仕事ができます。ここは影浦先生ご用達ですから、小説を書くのにふさわしい環境が整っているはずです。同じ部屋に閉じこもっているのに飽きたらいつでもご自宅に戻っていただいてかまいません」

夕陽丘の自宅マンションからここまでは、地下鉄や京阪電車を乗り継いで三、四十分ほどの距離で、宿泊ましてや滞在するなど大袈裟だ。そう思って辞退したのだが、美菜絵に重ねて頼まれているうちに少しずつ心が動いてくる。なるほど、一月十三日から十四日にかけての宿泊客や従業員から話を聞くのにも、梨田が何のつもりで401号室に留まり続けたのかを探るのにも都合がよいだろう。ここは居心地がよさそうだし、地元の大阪でホテルに滞在するという贅沢は、こんな機会でもなければできるものではない。

「いかがですか？」とまっすぐ目を見ながら問われるうちに、私は「はい」と承諾していた。

「ありがとうございます」と彼女は胸の前で手を組んで「では、善は急げで早いうちに。今日からお泊まりいただいていいのですけれど――」

「着替えの用意もありませんから、明日からお世話になります」

どんな部屋でもよかったのだが、美菜絵は402号室を勧めた。

「影浦先生と同じ机をご利用いただくのがよいかと。あの部屋のものは大きいんです。……

向かいが４０１号室なのがまずいようでしたら、別のお部屋をご用意いたします」

梨田の幽霊がさまよっているわけでもあるまいし、気にはしない。稼働している唯一のスイートルームを使うことに気が引けるだけだ。

「では、仕事がありますのでしばらく失礼いたします。萬さんご夫妻がおいでになるまで、ご自由にお過ごしくださいませ」

散歩がてら堂島の〈ジュンク堂書店〉まで行ってみようか、と事務所を出たら、「あの」と呼び止められた。フロントの中で、日本人形がこちらを見ている。

「はい、何か？」

無作法な呼び掛け方をしてしまったことを詫びてから、水野由岐はこんなことを言う。

「どうでもいいことかもしれませんが、梨田さんについて一つ覚えていることがあります。四年近く前のことです」

客のプライバシーに関わるので、これまで話すのを遠慮していたらしい。

「悩み相談の研修に通っていらしたセンターから、『梨田さんをお願いします』と珍しくお電話が入りました。それを４０１号室にお取り次ぎした時に――」

明らかに梨田は泣いていた、というのだ。こらえ切れずに、しゃくり上げながら電話に出たらしい。

「どうしたのかと思ったら、受話器からテレビの音声が微かに聞こえたんです」

「四年近く前というと――」

　言葉を挟みかけた私を、彼女は無視する。

「午後五時頃でした。金曜日だったことも覚えています」

　そこまで記憶しているのは、極めて特別な日だったからだ。

「……三・一一ですか」

「はい。梨田さんは、東北の震災のニュースを観ていたんです。『津波』とか『石巻』という言葉がはっきり聴き取れました」

〈ともしび〉からの電話は、未曽有の大災害が起きたことに関係していたのだろう。

「ニュースで津波の映像を観ながら、私も涙がこぼれました。でも、梨田さんのご様子は普通ではなかったんです。必死でこらえながら電話に出たんでしょうけれど、どうしても泣くのが止められなかったみたいで。……もしかしたら梨田さんは、震災で大切な方を亡くしたご経験があるんじゃないでしょうか？」

　彼の死の謎に迫るために、この情報は有益かもしれない。今のところ「大切な方」に該当する人物は浮上していないし、東北に親しい友人がいた可能性もあるが。

「ありがとうございます。よく教えてくださいました」

私が礼を言うと、水野はぺこりと頭を下げた。

## 5

ホテルを出た私は、堂島川の岸の遊歩道から〈ともしび〉に電話をかけ、二〇一一年三月十一日のことを植本事務局長に尋ねてみた。その日のことを彼女はよく覚えており、水野由岐が語ったとおりであると話してくれた。遠い東北地方の大震災ではあるが、自分たちが手助けできることも出てきそうだし、ニュースを観て阪神・淡路大震災を思い出して傷つく人もいるだろう。そういったことを研修者ミーティングで話し合いたいので、何か意見があったらその場で発表して欲しい、というのが用件だった。

「わざわざお電話したのは、ミーティングに先立って梨田さんのご意見を聞いてみたかったからなんですよ。一番の年長者としてのお考えをね。ところが梨田さんは涙声で、とても動揺しているようでした。『テレビを観ていたら、つらくて』と。『私たちにできることを探して、がんばりましょうね』とお慰めした記憶があります」

「梨田さんは親しい方を震災で亡くしたことがあるんでしょうか？」

もしあれば、そのミーティングとやらで告白しそうなものだが。

「いいえ、そんなお話は聞いていませんね。あれば自然に打ち明ける機会はたくさんあったんですが。――私が思いますに、梨田さんは大勢の人が悲惨な目に遭うこと自体に耐えられず、泣いておられたのではないでしょうか」

　特定の誰かを思い出して悲しんだのではない、ということか。それもありそうなことだ。ふだんは嫌なニュースが多いからといってテレビを観なかったほどなのだから。まるで仏陀だな、と思ったが口にはしなかった。

「梨田さんは共感力が強くて人の世の悲しみや苦しみを背負ってしまう人だったようですけれど、ご自分の具体的な悩みについては話さなかったんですか？」

「はい。でも、何もなかったとは思いません。いえ、なかったはずはないのに、語ろうとはしませんでした。相談者の心を開かせるのはお上手だったのに、ご自身の扉は閉ざしたままで……」

　生きるか死ぬかという相談に対応してきた彼女には、それだけのコメントで終わってもらいたくない。

「『何もなかったとは思いません』とおっしゃる根拠は何ですか？　ご経験から推察できることがあれば教えてください」

「有栖川さん、それは答えるのが無理なお尋ねです。人の心には千尋の深さがあるんです。悩みの電話相談を何十年続けていようと、ずばり見抜けはしません。私に言えるのは、あの方がじっと何かに耐えている気配があったということだけです。そして、荷物の重さにこらえ切れなくなったら、いつでも私に吐き出してくださいね、と言葉にせずに伝えていたつもりでおります」

植本の口調は凜（りん）として、幾多の悩みに耳を傾けてきた者の矜持（きょうじ）が感じられた。

「判りました。あと一つだけ訊かせてください。梨田さんは睡眠薬を常用していたでしょうか？」

「いいえ。聞いたことがありませんけれど」

「寝つけなくて困っている、というようなことも？」

「むしろ、よく眠れるとおっしゃっていましたよ。最近は、体調もご機嫌もよさそうでした」

最後はこちらを励ましてくれた。

「がんばってくださいね。お訊きになりたいことができたら、またいつでもどうぞ」

話しながらゆっくりと歩いていたので、渡辺橋まできていた。四（よ）つ橋筋（ばしすじ）の向こうに朝日新聞社やフェスティバルホールが入った中之島フェスティバルタワーが聳えている。二〇一二年にできたもので、かつてその場所にあった新朝日ビルには開業当時に東洋一のホテルとも呼ばれたリーガグランドホテルが入居していた。

その向かいの朝日新聞ビルは取り壊されており、二〇一七年に新しいビルに生まれ変わると、四つ橋筋を挟む超高層ツインタワーになる予定だ。新しいホテルがそこに入るという計画を聞いたことがあるから、銀星ホテルが今のままの形で存続するのは難しいかもしれない。

桂木夫妻の苦衷が偲ばれる。死の襲来がなかったとしても、梨田は限られた時間しか銀星ホテルに留まれなかったのではないか。

川面から冷たい風が吹き上げ、私は電話をポケットにしまった。

6

堂島のジュンク堂でたっぷり時間を潰し、書店から手ぶらで退去できないという宿痾（しゅくあ）のごとき習性のままに何冊か購入して銀星ホテルに戻ったのは、六時を過ぎた頃だった。美菜絵が出てきて、402号室が使ってもらえる状態になっていると言った。その配慮に感謝しつつ、一階のラウンジで西日本国が独立する小説を読んでいたら、たちまち時間が経って七時し若い。
になった。萬夫妻が連れ立ってやってくる。二人とも四十代半ばと聞いたが、外見はもう少
丹羽が手配してくれた〈コメット〉の個室に通され、昨夜と違うコースメニューでまたデ
ィナーをご馳走になることになった。インペリアルフロアでの夜に端を発し、自分の人生で
こんなに厚遇が続いたことがあったかしら、と思う。
「ここはね、有栖川さん、朝は和定食が出るんですよ。ご飯の種類が選べるんですけれど、
お粥がとてもおいしくて影浦先生もお気に入りにしています。――ねぇ、丹羽さん」
昌直が言うと、副支配人は「はい」と微笑む。本来、名札を付けているとはいえホテルの
人間を名前で呼ぶというのは客のマナーとして逸脱気味なのだが、相手に了承を得ているの
かもしれないし、このホテルにはふさわしいことにも思えた。
「ロングステイのお客様のために和食は欠かせません。外にお出になれば色々なお店がある
とはいえ、ホテル内で和食が食べられないとどうしてもご滞在が短くなってしまうのです」
丹羽は、わずかに腰を折ってソフトな声で言った。なるほど、そういうものか。挨拶がす
むと、彼は「ごゆっくりなさってください」と一礼して、ローラーブレイドを履いているの
かと思うほど滑らかに去っていった。
「梨田さんの件は、本当に悲しいことです。ご冥福を祈らずにいられません」

昌直は神妙に言った。噂に反して落ち着いた物腰で、しゃべり方もどちらかというとスローだ。しかし、目つきはなかなかに鋭くて、眼球がせわしなく動く。私が卓上のキャンドルを何気なく見やっただけで、彼の視線は先回りせんばかりの速さでそれに注がれていた。証券マンとしてやり手なのだろうな、と思う。

「悲しいですね。あんなことをなさる兆候は感じられなかったんですけれど」

広告代理店に勤める夫人の貴和子は、年齢と不釣り合いな高い声で言った。ベリーショートの髪型にビジネススーツは文句なしに似合っているのだが、声だけがやや幼い。鼻筋がよく通って、端的に言えば美人である。

梨田稔とは何度か話した程度だというが、問題は会話の量より質だ。素性の知れないミステリ作家に対して最初は身構えていた夫妻だが、私が気持ちを込めて話すうちに徐々にガードを下げていった。梨田の遺産目当てに故人の身辺を嗅ぎ回る怪しい奴ではないか、と警戒していたのかもしれない。

ワインを賞味しながら昌直が言う。

「あの方がホテルに住み続けていた理由は判りません。言葉はよくありませんが、妻と面白半分で想像したりしましたよ」

妻が「逃亡者説、スパイ説」

「そう。逃亡者説とは逆に、刑事の張り込み説というのも出ましたけれど、何年越しの張り込みやねん、ですね」

「でもね、刑事さんが張り込んでいるわけはないとして、何かを見張っていたのかもしれないでしょう。あのお部屋、401号室だった？　あそこからしか見えない何かを監視していたとか」

夫妻は、梨田の部屋に入ったことはなかった。面白い仮説ではあるが、はて、あそこから監視するものなどあっただろうか？　対岸のビルを五年間にもわたって双眼鏡で覗いていたとも思えないが。

「有栖川さんはどうお考えになりますか？」

昌直は、左の肘をテーブルに置いて尋ねてくる。答えを準備していないが、ミステリ作家として何か言わなくてはならない。

「そうですね」と時間を稼いでから「こういう見方はどうでしょうか。――401号室に住み続けること自体が梨田さんの目的だった」

「ほほぉ」「まあ」と夫妻は揃って軽くのけぞる。

「それはどういうことでしょうか？　もう少し嚙み砕いて教えてください」と昌直。

ここでスープが出てきて、ウェイトレスによる懇切な解説が入る。そのわずかな間に、私は考えをまとめようとした。

「つまり、このホテルで最もいい部屋を独占するために滞在を続けたんです。誰にも使わせたくなかったのでしょう」

「何故ですか？」

　当然、貴和子に理由を問われる。それに理路整然と答えられたら苦労はない。

「残念ながら現実味のある理由が見つかりません。五年間も部屋に隠された何かを探し続けていた、と言ったら、何を探しているのかが謎になりますし……」

「要するに、有栖川さんにも合理的な仮説が思いつかない、ということですね」

　昌直がすっきりと言ってくれた。

「はい。ヒントらしきものを一つだけ見つけたんですけれど」

　毎月十六日、梨田がボランティア活動を休みながらも必ず外出していた事実を話してみた。しかし、夫妻に心当たりはないと言う。

「梨田さんがどこへ行っていたのか判りませんけれど、毎月その日は外で何かあったわけですよね。だったらそれは銀星ホテルに滞在しなくてはならなかった理由にならないと思うんです」

　貴和子が、しごくもっともなことを言った。私が拾ったのは謎を解くヒントですらなかったのか。

今日の魚料理は真鯛のロティに伊勢海老が添えてあり、昨夜の蛙とはがらりと趣が異なる。まろやかなクリームソースをたっぷり具材に絡めて食べた。

「有栖川さんがこの件に首を、いえ、関わりを持つことになったのは、影浦先生に頼まれたからだそうですね」

首を突っ込むことになったのは、と昌直は言いかけたらしい。

「影浦先生、えらくご執心ですねぇ。ああ、いやいや、そう言うと変な意味に取られかねませんね。でも、部屋を行き来していたぐらいだから――」

「あなた」と貴和子がたしなめた。「誤解を招くようなことを有栖川さんに吹き込まないようにね。影浦先生のお耳に届きますよ」

もう会わないだろうから届いたって別にかまわないだろう、と言い返し、やっぱりまずいか、と夫は笑う。

「もう会わないとは限らないんやないですか？　またこのホテルをご利用になったら、先生がいらしているかもしれませんよ」

私はからかうように言ってから、さっきの昌直の発言の真意を確かめる。

「影浦先生と梨田さんは、かなり親密だったんですか？　部屋を行き来していたのは、他の階にいたら判らないと思うんですが」

「ご本人がおっしゃっていたから知っているんです」

「ご本人とは、どちらですか？」

「梨田さんです。『また部屋にお茶を飲みにきてもらって、興味深いお話が拝聴できました。あんな高名な作家さんとお話しできるというのは、このホテルに滞在しているからこそ与れる余禄です』などとおっしゃっていましたよ」

その時こそ、彼がルームサービスを頼む数少ない機会だった。

「影浦先生からどんな話を聞いたんでしょう？」

「執筆中の新作についてだそうです。これはめったにない幸運ですね。梨田さんは歴史好きでしたから、淀殿の波乱の生涯についてお二人で熱心に語り合ったそうですよ。自慢ではありませんけど、私は日本史も世界史もからっきし無知で、淀殿と言われてもどんな人かよく知らなかったんですけれどね。妻は日本史に詳しい。ここの丹羽さんに会うなり名札を見て『丹羽長秀のご後胤ですか？』と訊いてしまうぐらい。――淀殿って、戦国時代一の美人と言われるお市の方の娘なんだったかな。お市の方は織田信長の妹だから、信長の姪か。幼名が茶々で、信長が死んだ後で豊臣秀吉に嫁がされて淀の方になった？」

妻は指でOKのサインを作る。

「合ってるわ。私のレクチャーを真面目に聴いていたようね」

「君に抜き打ちでテストされることがあるから真剣に聴いてるよ。すごい人生だね。お市という人もだけど、娘も壮絶すぎる」

「お市の最初の旦那さん、誰だったか覚えてる？」

ワイングラスを片手に貴和子が夫の知識をチェックする。

「北近江の浅井長政。アサイじゃなくてアザイなんだろ？　そこへ信長に言われて嫁いだのに、姉川の戦いだか何だかごちゃごちゃあって信長が浅井氏を滅ぼしてしまう」

「正解。小谷城が炎上して、お市と三人の娘は命を助けられるのね。長男の万福丸は殺されてしまうけど。――お市の二番目の旦那さんは？」

「試すねぇ。信長が本能寺の変で殺された後、重臣の柴田勝家と結婚したんだよ。今度は覇権争いで秀吉と賤ヶ岳の戦いだか何だかあって、勝家の北ノ庄城が落城。お市は、その中で旦那とともに自害。またも助かった三人娘の長女が茶々。――ちゃんと覚えているだろう？　やがて茶々は、猿だの禿鼠だのと言われていた秀吉の側室にされてしまう」

「第二の正妻だったとも言われているけれど」

「指摘が細かいな」

「それから、どうなった？」

「とにかく妻になって、それまで跡取りのできなかった秀吉の子供を産み、淀城に住まわれたから淀の方、淀殿だ。秀吉の死後、豊臣秀頼(ひでより)に忠誠を尽くすと誓った徳川家康(とくがわいえやす)が『そんな約束、戦国の世で守るわけないだろ』と伸(の)してきて、関ヶ原の合戦に勝利して、最後まで目の上のたん瘤(こぶ)だった豊臣家を大坂の陣で滅ぼす。淀殿は絶対に降伏しようとせず、城や息子と果てた。それが今からちょうど四百年前。——すごいよな、淀殿。人生で三回、自分の城が燃え落ちているんだから」

　私をほったらかして夫婦で歴史クイズか、と思いながら、メインディッシュに取りかかる。ビーフは昨日食べたので、事前に仔羊のローストを選んでいた。二人のやりとりはまだ続く。

「ところで、歴史に精通したわが奥様に尋ねるけど、秀頼は本当に秀吉の子なのか？　太閤(たいこう)さんって、五十歳を過ぎるまで子供ができなかったのに、淀殿だけが二人も産んだっていうのはおかしい、と言われているみたいだけど」

「相性がよかったのよ」

「秀吉が唐入(からい)りの準備で九州に行っている間に秀頼を懐妊したとかも聞いたぞ」

「唐入りなんて言葉、よく知っていたわね。——そんなわけないでしょう。旦那が留守中によその誰かと子供を作ったら、その時代だって『計算が合わん！』と大騒ぎになるに決まってるわ。天下人(てんかびと)の秀吉がわが子と信じるはずがない」

「ああ、そうだね。――有栖川さん、株はおやりにならないんですか？　日経平均は一万七千円台をうろうろしていますが、今年中に二万円まで行くだろう、と予測も出ていますけれど」

話題が急に跳んだ。株を買うよりペンギンが飼いたいです、と言ってやろうか。

「株は今のところ……。地道にこつこつやるのが性に合っていますし、元手がありません」

「いいことですね、地道なのは。もしもご興味が湧いたら、先ほどお渡しした名刺の番号にご連絡ください。――というようなことを梨田さんにも言ったんですけれど、今になってみれば滑稽です。それなりの貯金を持ってリタイア生活を送っていらっしゃるとは思いましたが、想像以上の額でした。質素に暮らしていたそうなので、手持ちの資金のやりくりなど考えなくてよかったんですね」

「お金から自由だったのよ」

貴和子の一語に、昌直は頷いた。

「うん、言い得て妙かな。お金から自由な人には、僕のセールストークはまるで歯が立たない」

彼らが梨田とどんな話をしたのかについて尋ねてみたが、今日をどう過ごした、といった雑談やら萬夫妻の仕事にまつわる雑談がほとんどで深いものはない。梨田が火事に遭ったことも、震災で身近な人間を亡くしたというようなことも聞いていなかった。

「どんなお仕事をしていたのかは、語りたがりませんでしたね。『知人と国道沿いで量販店をしていました』とあっさり言うだけで。商売や人間関係に疲れて引退したそうですけれど、がんばりすぎて燃え尽きたのかな」

「あなたも気をつけないと」

「大丈夫。仕事に粉骨砕身しているように見せて適当に手を抜いているから」

「抜きすぎても駄目よ。またローンを抱えたんだから」

夫妻の会話は改築できれいになった家に帰ってからにしてもらいたい。

「量販店を一緒にやっていた知人について、何か話しませんでしたか？　その人に訊けば、梨田さんのことがもっと判りそうに思うんですけれど」

夫妻は知らない。

「広島に住んでいた、という話は？」

「商売をしていたのは、関西より西で九州より東みたいでしたね。四国ではなさそうだった」昌直が言う。「話の中でそこまでは察しがつきました。広島にいらしたのかもしれません」

この答えも曖昧すぎた。

「梨田さんには年賀状の一枚も届かなかったそうです。その知人とも音信不通だったというのは、喧嘩別れをしたのかな、とも思うんですが――」

そのへんの事情も知らないでしょうね、と思いながら口にしたのだが、貴和子から意外な反応が返ってくる。

「喧嘩をしたことがあったにせよ、ずっと仲違いをしているわけではないと思いますよ。年の初めに梨田さんから電話をかけたそうですから」

梨田から過去の知人に連絡を取っていた、というのは新事実だ。私は食いつかずにいられない。

「詳しく話してください。年の初めのいつ、どんな電話をしたんですか？」

ナイフで肉を切ろうとした夫人の手が止まった。

「大切なことなんですか？　詳しくと言われても、梨田さんから聞いたことしか話せません。あの方が亡くなる三日ほど前だったでしょうか」

貴和子によると――

その日、昌直は残業で帰りが遅くなると聞いていたので、自室で静かに読書でも楽しもうと思い、一階のラウンジにある本棚を漁りにきたのだそうだ。すぐに読んでしまえる薄い小説がいいかな、と見ていたところへ梨田がやってくる。「こんばんは」と挨拶をし、何となく会話が始まった。梨田は読み終えた本を返しにきたのだ。

　彼が本棚に戻した本の背表紙を見て尋ねた。

「『聖アンセルム九二三号室』、コーネル・ウールリッチ。――どんな小説ですか？」

「ニューヨークにある古いホテルが舞台で、その923号室で起きた七つの物語からなる小説です。解説によると作者はとても有名な推理作家だそうですけれど、これはホテルのある部屋を通して人間の人生を描いたドラマかな」

　手に取ってみると、抽象画をあしらった表紙がお洒落だ。そのタイトルには923号室とあるのに、背表紙の表記が九二三号室になっているのはわざとなのか、ミスなのか、と印刷物を仕事で扱っている人間としては気になる。原題は「HOTEL　ROOM」で、一九五八年の作品だ。

　十九世紀末に華やかにオープンしたホテル。そのある部屋を通り過ぎる様々な宿泊客と、ホテルがみすぼらしい老残の姿となって取り壊されるまでを描いているようだ。人間に重ねてホテルの一生もテーマにというのが面白そうだし、あまり厚い本でもないので、部屋に持ち帰ることにした。

「読んでみます。私、殺したとか殺されたとかいう小説は大の苦手なんです。余暇にそんなタイプの小説ばかり読む人の気がしれません。そういうのではありませんね？」

「ええ。さっきも言ったとおり、推理小説ではありません。ああ、でも六番目のエピソードにはすっかり騙されたな。さすがに推理作家は油断がなりません」

解説をざっと読むと、この作者はホテルで母親と二人で暮らしていたという。そして、母の死後に七年の沈黙を破ってこの小説を発表し、死ぬまでホテル住まいをしたとあったので、ますます興味が湧いた。

「ホテルで生涯を過ごす人もいるんですねぇ。梨田さんもそのおつもりですか？」

弾みでそんなことを訊くと、彼は不愉快そうなそぶりを見せるでもなく、「そうなるかもしれませんね」という答えが返ってきた。何とはなしに機嫌がよさそうだ。

「お友だちと会ったりなさることはあるんですか？」

「いいえ」

「あら、そうですか。この前伺ったお仕事のパートナーだった方と連絡を取ったりもしないんですか？」

「はい。……いや」

微妙な答え方だったので、突っ込んでみる。言い渋っているふりをして実は聞いてもらいたいのかもしれない。

「もしかして、お会いになりました？」

「いいえ。会ってはいないんですが、年の初め気の迷いから電話をかけました。街の明かりを眺めているうちに、ふと人恋しくなったんでしょうね。目についた公衆電話から。ふらふらと。柄にもないことです。九年……十年ぶりかな。『元気でやっているよ。そっちは変わりないか？』という程度のものでした」

「遠くの方なんですか？」

「新幹線に乗ればすぐなんですが、物理的な距離は心理的な距離とはまた別です。その人とは『元気なのか。それはよかった』で充分なんですよ」

「『また電話するよ』と言ってあげました？」

「いいえ」

貴和子は、鼻がつんとした。わが身に関わりのない寂寥（せきりょう）のせいだった。

「――という感じだったんです」

その知人の話をぜひ聞いてみたいのに、どこの誰に電話をかけたのかにつながる情報がないのが残念だ。貴和子がしつこく訊いたとしても、過去をとことん秘していた梨田が話したとは思えないが。

「梨田さんの機嫌がよさそうだったのは何故でしょうか？」

藁にもすがるつもりで訊いたが、貴和子に苦笑される。そう見えたのは自分の主観にすぎないし、彼とのやりとりの中によいことがあった、という話も出なかったそうだ。

「昌直さんは、甘いものがお好きなんですか？」

十三日夜のことに話題を転じるためにそんな前振りをしたら、証券マンは歯を見せて笑う。

「有栖川さんは急にお話が跳びますね」この人に言われてしまった。「ええ、好きですよ。チョコレートから善哉まで。梨田さんが亡くなった夜も、発作的に汁粉が欲しくなって近所へ買いに行きました。自動販売機でも売っているんですよ」

「パジャマでいたのに、緊急出動するみたいに着替えてね」と妻が茶化す。

「汁粉を買いに出た際、ホテルの周辺で不審な人物を見掛けたりしませんでしたか？」

「変な奴は見ませんでしたよ。梨田さんが何者かに殺された可能性を探ってのご質問でしょうが、温厚な世捨て人という風情だったあの人が誰かにつけ狙われていたとは思えませんね」

「私も同感です。梨田さんを恨んでいた人がいたんですか？」

夫妻に真剣なまなざしで問われ、「判りません」としか答えられなかったが、梨田が病院のボランティア仲間に言った言葉が脳裏をよぎる。

――こっちが悪くなくても、嫌な目に遭うことは避けられませんね。

彼自身が気づいていない何かが、死を招いたのかもしれない。だとしたら、梨田と一面識もない私にそれが掘り出せるだろうか、と弱気の虫が頭をもたげた。

「梨田さんに教えていただいた小説、とても面白かった」

貴和子は、『聖アンセルム923号室』を一気に読み、いたく満足したという。さもありなん、あれはいい小説だ。

「よい置き土産をいただいたような気がします。あの作家の他の作品も読んでみたいけれど、そっちでは殺人事件が起きるんでしょうね」

子供時代から幾多のホテルで暮らしたコーネル・ウールリッチは、別名義のウィリアム・アイリッシュでより知られた作家で、サスペンス小説の巨匠だ。代表作は『幻の女』や『暁の死線』。ヒッチコック監督の『裏窓』やトリュフォー監督の『黒衣の花嫁』は彼の小説を元にしており、日本のサスペンスドラマにも多くの原作やネタを提供してきた。彼が書くものは殺人事件だらけである。

「ええ、たくさん死にます。人が死なない小説も結構ですけれど、殺人事件を通して描けることもあるんですよ」

ミステリ作家の自己弁護に聞こえてしまいそうで、くどくは言わなかった。

ウールリッチ＝アイリッシュは私の大好きな作家で、エラリー・クイーンの研究家としても知られるフランシス・M・ネヴィンズJr.による評伝を読んだこともある。不摂生からアルコール中毒や糖尿病に苦しんだアイリッシュは、晩年に右脚を切断して車椅子生活となり、意識不明になっているところをホテルの従業員に発見された。そして数日後、六十四歳の生涯を閉じる。

ホテルの部屋は世界中どこへ行っても似たようなものだから、そこにこもっての生活は「現実的に、つまり世界のありのままの姿を書こうという姿勢の作家にとっては致命的だろう」としながら、アイリッシュは「しかし、幸いなことに私は想像力の作家である」と書き残している。プライドが書かせた言葉であろう。「私は自分がそんなにすぐれているとは思ったことがない。ただ、真実を語ろうとはつとめてきたつもりだ」と語ったこともある。

不朽の名作『幻の女』の献辞はこうだ。〈M――ホテル　六〇五号室に／心からの感謝を献げる／（もうその部屋に住まなくていいことになったので）〉。ホテルに対する愛憎こもごもが窺える。

アイリッシュは病院で息絶えており、そこが梨田と異なるのだが、ホテルで暮らしていたこと以外に二つ共通点があった。一つは、ものを手放したがったこと。アイリッシュが書いた膨大な原稿の多くは遺品の中になく、自著すら知人やホテルの従業員らに進呈してほとんど残していなかった。もう一つは多額の財産を持ったまま逝ったこと。ただし、それは梨田と違って遺言状に従って処理された。

萬夫妻との聞き込みディナーは、こんな感じで幕となった。私がここに滞在することになりそうだと話すと、二人は「またお目にかかりに寄ります」と言ってくれたが、社交辞令なのやら本心なのやら。

丹羽にひと声かけてから夫妻は帰って行き、私は支配人夫妻にも挨拶をしてからホテルを出た。地下鉄・肥後橋駅に向かいかけて、背中に視線を感じて振り返るが、錯覚だった。見上げた四階の窓は４０２号室で、梨田が滞在していた部屋ではない。

7

本町と谷町四丁目で二回乗り換えて、自宅マンションに帰り着いたのは十時近かった。留守番電話、ファックスに受信なし。パソコンを起動させて電子メールをチェックする。なんでこんなものが届くようになったのかな、というメールマガジンを八通削除したら残ったのは二通で、どちらも編集者からのものだった。冷蔵庫からペットボトルの冷えた煎茶を持ってきて、喇叭飲みしながら読む。

北海道出張から戻った片桐は、〈影浦先生に頼まれた件はどうなっていますか？　どんな用件だったのか、差し障りがなかったらちょこっと教えてください〉とのこと。口外無用とは言われていないが、説明が長くなるので、〈大阪での調べものを依頼されました。この次にあった時、ゆっくりお話しします〉で赦してもらうことにした。

土井咲枝からのメールは相変わらず丁重で、銀星ホテルの対応はどうかを気に掛けていた。彼女を経由した影浦からの催促などはないことに安堵する。プレッシャーになるからではなく、影浦がそんなに性急だとも驕慢だとも思いたくなかったからだ。江戸っ子なら気風よく「あの人に任せるって言ったんだから、黙って返事を待つだけよ」であってもらいたい。

ホテルが全面的に協力してくれていることを、はっきりと伝えておく。影浦に話を通しておいてもらったせいもあるが、オーナーである桂木美菜絵が真相究明に熱心なことが大きい。途中経過として報告できることは少なかったが、この二日間で何を調べたかを箇条書きで返事に書いた。そして、梨田が毎月十六日にボランティア活動を休んでいた理由について、影浦に心当たりがないか尋ねてもらうことにした。急遽、明日からホテルに滞在することになった旨も。梨田が抱えた秘密について、調べるほどに引き寄せられていくことも書き添え、〈何か判りましたら、すぐにご連絡いたします〉と結んで、送信ボタンをクリックした。

　さて。

　明日からお泊まりだ。何を持って行こうかと考えかけて、火村に電話をしてみようか、と思いつく。社会学部の入試は二月五日と聞いたから三日後か。受験生諸君は勉強の追い込みや神仏への祈りで大変だろうが、准教授が家に仕事を持ち帰って大忙しということもあるまい。

　基本料金を払っているんだからこいつも使ってやらないとな、と固定電話からかけてみると、すぐつながった。今、時間があるかと訊くと、斜に構えて「なくはない」と言う。あるわけだ。

「例の件について調べてるんやけど、難航してるわ」

「だろうな。警察と違って組織の力も科学の力も持たずに捜査しているんだから無理もない」

「昨日と今日、死んだ梨田稔がどんな生活をしてたかを聞いて回った。ボランティアをしてた先にも足を運んだんやけど、何をしてたかは判ってもどんなことを考えてたかが見えてけえへん。自分が何者かを知られんように鍵を掛けてたみたいなんや」

　受話器の向こうでカチリと音がした。ライターで煙草に火を点けたらしいから、しばらく付き合ってくれるのだろう。私はお茶のペットボトルを傍らに置く。

梨田の残影を追ったこの二日間について話すのを、彼は黙ってひととおり聞いてから、

「そうか」とだけ言った。

「調べるべきことを調べてるつもりやけど、何か洩らしてるか？」

「いいや、そうは思わない。小説で食えなくなったら私立探偵に転身できるぐらいちゃんとやってる」

　結果は伴っていないが、一定の評価を得た。

「オーナーの希望もあって、明日からそのホテルに泊まり込むことになった。まだきちんと話を聞けてない鹿内茉莉香というミュージシャンにも会えるやろう。何かアドバイスがあったら聞かせてくれ。梨田が年の初めに電話した古い友人を捜してみるべきやろうか？」

「それは労多くして成果はあまり期待できないな。広島県内から始めて中国地方中の量販店に電話で問い合わせても、見つかるかどうか怪しい。梨田と経営していた店がまだあるかどうか判らないし、相手だってリタイアしているかもしれない。その人物が梨田の死の真相を必ず知っているのなら、警察に頼みたいところだけれど、現時点でそれも期待できないだろう」

「せやな。どうしよ？」

　間が空いた。火村もすぐには妙案を出せないようだ。

「お前が一生懸命にやってるのに水を差すようで悪いんだけど」そんな断わりを入れてから
「自殺だという警察の見解をひっくり返すのは困難だ。向こうは法医学的根拠に基づいてそういう判定を下したんだから」

今さらそれを言うか。

「お、知らんかったなぁ。火村先生はそこまで警察を信頼してたんか。警察が自殺と判断したら間違いなく自殺か？　ミスはないと？　俺は平凡な一市民でことさら警察を疑(うたご)うたり敵視したりはしてないけど、全幅の信頼は置いてないぞ。膨大な仕事量を抱えた人間の組織やからミスはざらにあると考えてる。現に、重要な証拠品を過失や故意で紛失するとか、とんでもない失態がニュースになることもあるやないか。お前、ふだんからあの巨大組織に協力してるうちに警察シンパになったか？」

わざと挑発的に言ってみたら、「煽(あお)るなって」と返ってくる。

「繁岡っていう巡査部長がお前によくない心証を与えたみたいだな」

「ああ、よくはないいな。亡くなったのは身寄りのない高齢者やし、自殺で処理してもどこからも文句は出んやろう、とでも考えたんと違うか。いや、待てよ。梨田は二億を超す預金を持ってた。ほんまはそれを動物愛護団体かどこかに寄贈するという遺言状を書いてたのに、握り潰してるかもしれへんぞ。国家にそっくり遺産が渡るように」

もちろん本気で言っているのではないが、面白い冗談にもなっていない点は反省すべきだろう。はあ、と火村の溜め息が聞こえた。

私は、ここで再び影浦浪子仕込みの殺し文句を放つことにした。

「今まさに警察の不手際によって完全犯罪が成立しかけてるんやぞ。火村英生が看過してええんか？」

「俺のハートに火を点けてくれるねぇ」

あかん、笑っている顔が目に浮かぶ。

「いかにも小説家らしい扇情的なフレーズだよ。――お前の努力は認めるけれど、梨田稔の実像が見えてきても、それで自殺か他殺かを判定できるかな。死体検案書をつぶさに調べた方が早そうだぜ。そこにいっさい矛盾がなかったら、他殺説の出番はないかもしれない」

「死体検案書やな。見せてもらうことにしよう。素人がそこに矛盾を発見できるかどうかはひとまず措いて」

私が指摘できるほど初歩的な事実を見逃した捜査員がいたなら、即刻辞表を書くべきだろう。

「君の、直感という名の羅針盤の針は、依然として自殺の方向を指したままか？」

呼び方を〈お前〉から〈君〉に変えたせいでもないだろうが、火村から予想外の答えが返ってきた。

「いや、殺しかもな」

きたぞ、と立ち上がりたくなった。

「なんで考えが変わった？」

「梨田が睡眠薬を服用していた、と聞いたからさ。自殺者のふるまいとして異様でもないけれど、薬包の類が現場に遺っていないのはやはり不自然だ。ただし、梨田が思いがけない形で薬を保管していた可能性もあるから、他殺と断定する根拠としては弱すぎる」

「ふぅん。すると、どういう事実を突き止めたら他殺の根拠になるんや？」

「それが難題なんだ。たとえば――梨田の手帳には、一月十四日以降の予定も書き込んであったんだよな？」

「書いてあった」

「みっちり予定が詰まっていて、オペラの高額なチケットを何枚も購入ずみで、ホテルの顔見知りに『来週、ボウリング大会を開きましょう』と勧誘のチラシを配っていたとしても、そんな人が自殺をするわけがない、とは言えない。人間は衝動的に自死を選ぶこともあり得る。法医学的な根拠なしに自殺のはずがないことを証明するのは、不可能に近いかもしれない」

私がいくら足を棒にして駈けずり回り、梨田の人物像や彼が置かれていた状況を明らかにしても、心理的要因だけでは自殺説を崩せないということか。

「そこまで言うか」

「悲観論しか言えなくて申し訳ないな」

「現実を直視するとそうなるわけやから、謝ってもらうことはない。——そうやとしたら、姿なき犯人による完全犯罪は達成か？」

「俺が一番嫌いな言葉を繰り返すな」

「かーんーぜー」

「ちっ」

影浦直伝の殺し文句は、ちゃんと効いていたのだ。火村は熱い正義感から完全犯罪を阻止したがっているというより、それを企てる者をただ憎んでいるのである。詳細を語ろうとはしないが、その邪悪さがかつて自分の中に宿っていたからだと思われる。ああ、ここにも鍵の掛かった男がいる、と思わずにいられなかった。

彼は英都大学を卒業し、准教授となってからも変わらず左京区北白川の古い下宿屋で暮らしている。大勢いた店子は彼を除いてみんな去り、今や大家さんの婆ちゃんと二人暮らしだ。拾ってきた飼い猫が三匹いるし、下宿屋とホテルは別物ではあるが、滞在年数十五年は梨田稔どころではない。

「できるだけのことはしよう」ようやく火村に言わせた。「お前は銀星ホテルに滞在しながら、梨田稔の身辺について可能な限りのことを洗い出してくれ。事件当夜の宿泊客やホテルの従業員らとは積極的に話す。質問がネタ切れになったら雑談でいいから、相手にたくさんしゃべってもらえ。梨田の死に関与している人物がいたら、よけいなことを口走ってくれるかもしれない。その中に犯人が含まれていなかったとしても、ひょっこり重要なことを思い出してくれる可能性もある。影浦浪子にも電話でいいからあらためて話を聞け。梨田の死の直前の行動も調べてみる価値があるな。彼が誰と会ったのか、何を見たり聞いたりしたのか等々。401号室は使われていないんだよな。スポイルされずに残っている証拠があるかどうか判らないけど、なるべく今のままの形で保存しておいて欲しい」

矢継ぎ早に飛んできたのは括目（かつもく）するほど斬新な内容の指示ではなかったが、彼が本気になったことがうれしい。

「すべて承知した。死体検案書も入手するんやな？」

「それは俺が船曳さんに手を回して、何らかの方法でお前に届くようにする」

「銀星ホテル402号室宛てにしてくれ。俺はホテルの住人になるからな」

「島民になるんだな」

「そうや。大阪にいながら」

　明日になったら、どこか遠い異郷に旅立つような錯覚に襲われる。どれだけ滞在することになるのだろうか、と壁のカレンダーを見たところで、あの疑問を思い出す。

「梨田は毎月十六日に何をしてたんやろう？」

　火村はあっさりと答えた。

「誰かの月命日で、墓参りをしていたんじゃないか」

　言われてみれば当たり前の発想で、真っ先に浮かびそうなことなのに、私にとっては盲点だった。梨田が本当に天涯孤独だとしたら、大勢の親類縁者や友人知人と死別しているだろう。月命日に必ず参る墓があったと考えるのは無理がない。

「もしそうだとしたら、よほどつながりが強かった人物、あるいは特別な関係だった人物だな。しかし、それがどこにある誰の墓なのか調べるには手掛かりが要る。梨田はバスや鉄道のプリペイド式のカードを持っていたのか？　利用していたのならそこに乗降の記録が残っているかもしれない」

「ホテルが保管してる遺品の中にチャージ式のカードはなかった。大阪市交通局が出してる使い切りの回数カードの新品が一枚あっただけや」

「それじゃ駄目だな」

「まぁ、じたばたと調べてみるわ」望みは薄そうだが。「どこの誰か知らんけど、その墓に眠っている人物は、阪神・淡路大震災で亡くなったんではなさそうやな」

　あの震災は一月十七日だから、命日としては一日早い。震災でダメージを負い、翌月以降の十六日に帰幽（きゆう）したのかもしれないが。

「墓参りと決まったわけじゃないぞ。あまり一般的ではない事情だとしたら、現時点では推察する材料が乏しすぎて判らない」

「あまり一般的でない事情、か。……ちょっと待て。機械に調べさせる」

　私は電話を片手にパソコンの前に行き、〈毎月16日〉で検索してみた。

「何かあったか？」とせかされる。

「二〇〇五年二月十六日に地球温暖化防止京都会議の京都議定書が発効したことにちなんで、毎月十六日はエコの日らしい。環境にいいことをする日やって、知ってたか？」

「恐ろしいな。京都に住みながら知らなかったよ。罪深いことに、先月の十六日も地下鉄が通っているところへガソリン車で行っちまった」

　エコの日以外にヒットするものはない。

「今日の電話捜査会議はこのへんでいいだろう。この次は何らかの収穫を報告する電話にしてくれ」准教授は欠伸（あくび）をこらえている。「明日は朝が早いんで、用事をすませたら俺は」こらえ切れず欠伸。「寝る」

飼い主が大きく口を開けたのに呼応するように、猫のうちの一匹がにゃあと鳴いた。

電話を切って眠たそうな男を解放してやり、お茶を飲む。私も午前中から動き回って疲れたので、さっさとホテル行きの準備をして休みたい。

何か持って行くものはないか、と仕事場に入ったら、本棚に並んだ二巻本の『コーネル・ウールリッチの生涯』が目に留まる。ホテル云々に関係のない箇所で、心に残る文章があったのを覚えている。確か下巻だったはず、と抜き出してその一節を探してみると、すぐに見つかった。

２３１ページ。「ただ、真実を語ろうとはつとめてきたつもりだ」の少し後ろに、彼の死後に見つかった紙片にあった文章が引用されている。

〈いつの日か、暗闇が襲いかかり、私を消し去ってしまうことはわかっていた。私はただしばらくのあいだ、それを乗り越えようとしていたのだ。死んでしまったあとも、ほんの少しだけ長く生きつづけようとしたのだ。この世を去ったあとも、光のなかにとどまり、あとほんの少しだけ生者とともにいたかった〉

あとほんの少しどころか、その作品がこの先もずっと生き続けるであろうサスペンスの巨匠と自分を重ね合わせるのは笑止だが、アイリッシュと私の想いは一致している。死んでしまった後も、ほんの少しでいいから自著を通して生者とともにいたいと望む。その希いの前では、一時にどれだけ多くの読者に持て囃されるかといった瞬発力の意味は小さい。「ほんの少しだけ」と断わりながら、これは作家にとって大望である。

――あなた、人嫌いね？

影浦の声がする。生きているうちは人間たちに不平や不満をぶつけ、そのくせ死んでからも「ほんの少しだけ」でも生きた人間たちとともにいたいと欲する。それこそが人嫌いの典型なのかもしれない。

私はその箇所に付箋を貼り、本を閉じる前にページを繰っていて、たまたま目にしたある言葉に頬を叩かれた。それはアイリッシュのダイアリーにあった書き込みで、何かの引用らしいが出典は不明だという。

〈ひとりの人間を殺める者は、全世界を殺す〉

火村ならば、私が付箋を貼った箇所は一顧だにせず、その一文に荒々しく真っ赤な傍線を引くのではないか。きゅっとペン先が鳴る音が聞こえるようだった。

# 第四章　その原罪

1

二月三日。

近いからいつでも自分の家に戻れるとはいえ、ホテルに滞在するとなると片づけておきたいことが色々と見つかるもので、午前中はそれで費えてしまった。インスタントラーメンで昼食をすませ、着替えを多めに詰め込んだ旅行鞄を提げてマンションを出ようとしたら、植え込みに水をやっていた管理人さんに「ご旅行ですか?」と声をかけられた。

「ちょっと島まで」

「沖縄は暖かいでしょうねぇ」

「いや、中之島です」

はははは、と笑い合って地下鉄の駅に向かった。銀星ホテルにチェックインしたのは一時半である。桂木夫妻に迎えられ、402号室のキーを受け取る。その際に二つのことを取り決めた。一つは、スイートルームを希望する客が現われたら私はすみやかに部屋を空けるということ。もう一つは、滞在一日につき梨田と同じ額の室料を支払うということだ。どちらも夫妻は受け容れがたそうにしたが、ここは私が押し切った。

「ご自分のためにお泊まりになるどころか、私どもの希望で滞在していただくのに」

ことに美菜絵の抵抗は強かった。

「実際に部屋で自分の仕事もやりますから、無料では申し訳ありません。それに、銀星ホテルのようなところに滞在するのは作家としてよい経験になりますから、自分のために泊まるんです」

私にすれば小さくない出費ではあるのだが、絶対に自腹を切るべきところだった。痩せ我慢や見栄から言いだしたことではない。無料で泊めてもらうと何かにつけ「すみませんねぇ」となるのが私で、そういう状態は嫌いである。せっかくホテルに泊まるのだから、あくまでも客としてふるまいたい。また、これは彼らに言えないが――

梨田の死が他殺であることが明らかになり、さらに調べていくうちにホテルの関係者が犯人だった、という結末もあり得る。そんな時に、必要以上に恨まれたくない、という想いも裡（うち）に秘めていたのである。

〈コメット〉でご馳走になるのも今後は控える。あのレストランでは大して金を落とさない客になるかもしれないが、赦してもらおう。島内に手頃な値段の飲食店があるし、島を出て徒歩十五分圏内まで行動半径を広げると私の財布に見合う店は何百軒もある。

高比良が部屋まで案内しようとするのを断わりかけて翻意し、部屋のキーと旅行鞄を渡した。事件当夜の宿泊客やホテルの従業員らとは積極的に話せ、という火村の言葉を思い出したからだ。向こうから近寄ってくれる機会を逃すことはない。

「どうぞ」

高比良が開いてくれたドアから402号室に一歩足を踏み入れると、キッチンのない居間がいくらか狭いだけで、ほとんど401号室と変わらなかった。当然ながら、窓や調度の位置は鏡に映したごとく反転している。

「寝室の広さはお向かいの部屋とまったく同じです。ごゆっくりお休みいただけるかと存じます」

ご用がございましたら内線の9番まで、などとお定まりの事項を伝えると、すぐに立ち去ろうとする。私は「ちょっといいですか？」と引き止めて、梨田の毎月十六日の外出について尋ねてみる。

「その件でしたら支配人からも『何か思い当たることはないか？』と訊かれましたが、私には何も……」

「ネットで調べてみたら、あの方が亡くなる前の月、つまり昨年十二月の十六日は終日雨だったんです。火曜日なので電話相談に行く日でしたが、センターでのボランティアは休んでいます。その日の梨田さんの様子に変わった点はありませんでしたか？」

「記憶にございません」

　こちらの視線を避けているように感じられるのは、私の思い過ごしだろうか？　続けて質問を繰り出したかったが、とっさに考えつかなかった。

「有栖川様が何かお尋ねになれば、いつでも丁寧にお答えするよう命じられております。ご遠慮なくどうぞ」

　そう言われたので、今回は引き取ってもらうことにした。彼が夜勤の日がゆっくり話すチャンスかもしれない。

　寝室や浴室を覗いてから一階に下りてみると、ラウンジに人影がある。日根野谷愛助と露口芳穂だった。

「ああ、有栖川さんや。ここに泊まり込みはるそうですね」

　先に私に気づいて呉服屋の主人が声を掛けてきた。

「はい。ホテルでカンヅメ気分を味わうために連泊するつもりです」

「牡蠣船、今晩でも行きましょか」

　よほど好きなのだ。それを聞いた露口は残念がる。

「ええなぁ。私も今度きた時は誘うてくださいね。一週間ほどしたら、またこなあかんみたいなんで」

彼女の体の陰にピンク色のキャリーバッグが置いてあった。夕方の飛行機でいったん東京に帰るという。美菜絵の計らいでチェックアウトの時間を遅くしてもらったらしい。

「料金は親に出させて、格安航空券で往復してるんです。来週の親族会議でごたごたの決着がついたら大阪にくる用もなくなるから、ここには当分こられへんでしょうね」

「そら淋しいな」と日根野谷。「ほな、僕もまた来週泊まりにくるわ」

この親爺さん、商売に身を入れるつもりはないようだ。

「美菜絵のおかげで、だいぶ助かりました」

「友だちに感謝せなあかんで。昔から仲がよかったんやね」

「あの子が親切なんですよ。昔から優等生で誰にでも優しかった。ホテルを継ぐのが決まってたから他の子らより言葉遣いが丁寧で、背筋がしゃんと伸びていました」

「うーん、何となく想像できるな。露口さんは？」

「成績のよくない、いじめっ子」

「そんなふうには見えへんなぁ」

彼女がホテルを去る前に訊いておこう、と他愛のない歓談に割り込み、例の毎月十六日の謎について尋ねてみた。やはり、二人とも何も知らない。

「ほんまに判らん人やったな」日根野谷が言う。「過去が謎に包まれてて、〈何も無しだ〉の梨田さんや。秘密のベールに包まれたまま逝ってしまはった」

「天国で誰と会うてはるんでしょうね」

　梨田の死の真相を知りたいという雰囲気はなく、すべては終わったことで、ただ彼の冥福を祈っているようである。これが当たり前の反応なのかもしれない。協力的だった一昨日と違い、梨田について調べて回る私に向ける目が冷めている。

「さっきまで露口さんと話してたんですけど、梨田さんは自殺なさったということでええんやないでしょうか？　警察がそう判断したんやし。亡くなった人について詮索しても、ほんまに自殺しはったんやったら時間の無駄です。そっとしておいてあげたら、どうでしょうか？　ね、露口さん」と日根野谷。

「はい。人間、魔が差すことがあります。梨田さんは、自殺という魔物にさらわれていったんやないでしょうか。苦しみのない世界に旅立って安らかな眠りに入ったんですから、傍でバタバタせずに、静かにしてあげるのがいいと思います。それに——」

　彼女はいったん言葉を切り、ちらりとフロントの方を見てから続ける。

「本当のことを確かめようとする美菜絵の態度は立派やと思いますけれど、ここが殺人事件のあったホテルにならない方がええと思うんです。内心、旦那さんも戸惑ってるんやないでしょうか」

「奥さんへの遠慮から同調してるけど、支配人の本心は別やとお考えなんですか？」

私が質すと、露口は「はい」と答えた。このホテルが置かれている苦境を彼女なりに察知して、わざわざマイナスになる事実を掘り出そうとする友人の優等生ぶりをもどかしがっているようだ。人が好いとか悪いとかではなく、リアリストなのだろう。

日根野谷は、さらに言う。

「影浦先生から直々に頼まれた、という有栖川さんのお立場は理解しますけれど、ほどほどの調査で打ち切ってええと思います。ホテルに泊まり込んでがんばりましたよ、ということで」

好意からのアドバイスらしい。彼は、指を三本立てる。

「思うに、人間というのは何か実行に移す時、だいたいの場合は三つほど理由が揃うと心が決まるもんです。梨田さんが自殺なさったんやとしたら、僕らが知らんところで死ぬ理由が三つばかり揃うてしもたんやないですかね。一つずつは大きな意味があるように思えんかったとしても、三つになったら自分を取り巻く景色ががらりと変わってしまう。自殺する明白な動機が見当たらん、と悩むのは無駄なことかもしれませんよ」

「三つのうちの一つぐらいは見当がつきますか？」と訊いてみた。

「孤独でしょう。あと二つは判りません。加齢からくる気力の衰えやら、先行きに対する漠然とした不安やら、なんぼでも考えられます。電話相談のボランティアで身につまされる話を聞いて精神的に落ち込んだとか、病気というほどではないけど体の変調を覚えたとか、そういうのが三つほど束になってあの人を動かしたんやないか、と僕は考えてます」

　荷物とともに銀星ホテルに乗り込んできた早々に出鼻（でばな）を挫（くじ）かれてしまったが、そんなことでは納得がいかないと議論するわけにもいかず、受け流すしかない。そうこうしているうちに「そろそろ行きます」と露口が立ち上がった。リムジンバスが発着する大阪マルビルまで行くのだそうだ。暇人の日根野谷が「途中までキャリーを引いてあげよう」と言って、二人はホテルを出て行った。

　ラウンジで独りになったところで電話がかかってくる。誰からだろうと出てみると、天満署の繁岡だった。

「今日から銀星ホテルに滞在なさっているそうですね。熱意に頭が下がります」

　皮肉にも聞こえたが、これも受け流すことにした。

「時間があればお会いしたかったんですが、管内で強盗傷害事件が発生したため電話で失礼します。梨田稔の件でお伝えすることができました。自殺が他殺に覆るような発見があったわけではありませんが……。事実だけを言いますので情報が持つ意味はそちらで判断し、調査の参考になさってください」

　やけに仰々しい前置きだったので、よほどのことを伝えてくれるのだろうな、と思うと同時に、過度な期待はしないで聞くことにした。

「彼の素性が判ったんですか？」

「有栖川さんとお話ししているうちにデカの虫が疼きだしたのか、職務の合間に調べてみたんですよ。自殺と思われた事案でそこまでする気はなかったんですけど」

「もったいぶらずに教えてください」

　巡査部長は、小さく深呼吸したようだ。

「梨田稔は、過去に人を死なせています」

　衝撃的な内容であるにも拘らず、やはりそういうことか、とも思った。世捨て人となり、文化的なイベントで無聊を慰める以外は禁欲的に暮らし、社会奉仕活動に積極的に参加する。そんな梨田の生き方に、どこか贖罪めいたものも感じていたからだ。

　死なせたという表現から、反射的に過失致死をイメージした。機械の操作を誤るなど、業務上の過失かもしれない。

「具体的には、何があったんですか？」

「今から三十年前の昭和六十年八月十六日午後十時五十分頃、飲酒運転で七十六歳の男性を撥ねた上、救護行動をまったくせずに逃げたんです。被害者は発見時には心肺停止状態で、放置されなければ命が助かったかどうかは判りません。目撃証言などから、事件翌日には梨田が捜査線上に浮上しますが行方を暗ませており、翌々日の八月十八日になって出頭しています」

耳を疑いたくなった。「場所はどこですか？」と訊くのがやっとだ。

「兵庫県西脇市近郊です。正確には——」

「すみません、ちょっと待ってください」

とっさのことでノートを持っておらず、ポケットから手帳を出してメモした。梨田が事故を起こした日時も復唱してもらう。

「昭和六十年というと……一九八五年ですね」

「ふぉい。古い話ですよ」

誕生日がきていたから当時の梨田は四十歳ということか。それだけ遠い昔の事件ならば、インターネットで検索して出てこなかったのも無理はない。

「飲酒運転で轢き逃げ。被害者が死亡ときたら、最悪の交通事故ですね」

「最悪の上にも最悪ですよ。自宅の車庫に事故車を隠したまま逃走しかけたんですからね。事故を起こした時は制限速度を三十キロ以上オーバーしていた模様で、直前のアルコール摂取量はかなりのものやったらしい」

　絶句していると、繁岡は畳みかけるように続けた。

「まだある。逃走中の彼は、もう一つ罪を犯しました。姿を消す前に、知人男性を訪ね、車と金を奪ってから突き飛ばし、大怪我をさせたんですよ。これに関しては運も悪かったんかな。殴る蹴るの暴行を加えたわけではなく、相手が寺の石段から転げ落ちて肩の骨と腰椎を折ったということですから」

　聞けば聞くほどひどい。紳士どころか重罪人ではないか。

「どうです、呆れましたか？」

　そう訊く繁岡は、さんざん呆れた後なのだろう。

「はい。自分には関係がないのに憤りを覚えます。飲酒運転で死亡事故の上に、傷害事件とは。……しかし、本当に梨田さんはそんなことをしたんでしょうか？」

「と言いますと？」

「会ったこともないのに言うのは変ですが、そこまで悪い人物には思えなかったので、イメージがうまく切り替えられません」

「自分がやってもいないのに誰かをかばって出頭した、とでもお考えですか？　いやいや、それはありませんよ。われわれが一番慎重に確かめる点ですし、本件の場合は複数の目撃証言があったようなので。人は見掛けによらんのですよ。見掛けてもおらずに噂を聞いただけやったら、なおさら実像と違うもんです」

「それにしても……」

暗い国道の路上に、血を流して倒れる老人の姿を生々しく想像してしまう。

「梨田は『人を撥ねたことには気がつかなかった。翌朝になってから車の異状に気づき、怖くなって逃げてしまった』と語ったそうです。『気がつかなかった』という言い草は轢き逃げ犯の常套句ですから本当かどうかは判りません」

「たいてい嘘なんでしょうね」

本当だとしたら完全に意識の清明さを喪失していたわけで、酩酊の度合いが著しかったことになる。そんな状態で車を運転することが赦しがたい。

「有栖川さん、猛烈にお怒りのようですが」繁岡の口調が柔らかくなる。「梨田は裁判にかけられ、六年六月の懲役刑に服しました。われわれの社会は、それをもって罪を償ったとします。たった今、人を撥ねて逃走中ではないんですよ。ましてやすでに亡くなって、仏様です」

「刑事罰を受けたとして、被害者の遺族にはちゃんと償ったんですか？　損害賠償やら慰藉料やらを払って」

「いや、それが——」

被害者の名前は、藤西福蔵。現場から二百メートルほど離れた家で暮らす身寄りのない老人だった。

「銀星ホテルにいた梨田と同じです。親類縁者が一人もいない男性だったので、損害賠償も慰藉料も発生しませんでした。発生しようがない」

非常に理不尽に思えた。

「言葉がよくないのは承知で言いますけれど、そういう場合の加害者ってラッキーですね。民事責任から逃れられて」

「おっしゃるとおり。刑事罰を受けるだけで償いがすみます。法律の定めたことですから仕方がありません」

彼が言うとおりだ。そして、冷静になると六年半という懲役が長いものに思えてきた。当時は危険運転致死傷罪といったものはなく、飲酒して轢き逃げで死亡事故を起こしてもそれよりずっと軽い罰だったはずだ。その点について繁岡は説明を足す。

「六年六月という刑はとても重い。現在では信じられないことですが、あの頃は飲酒運転そのものには刑事罰が加えられませんでしたから、人を死なせても業務上過失致死で禁錮一年半程度だったりしました」

「飲酒運転で人を死なせて、それは軽すぎでしょう」

「正確に言うと、梨田の場合は飲酒運転ですらありません。しこたま酒を飲んでいたことは確かなんですけど、事故を起こした直後に呼気検査を受けていないので、飲酒運転とはならんのです。それが懲役六年六月になったのは、知人男性に対する強盗傷人が加算されたからで、さらに彼に前科があって量刑が重くなった」

「前科まであったんですか？」

驚きの連続だ。

「死亡事故の五年前、神戸の元町で酔っ払い同士の喧嘩をやらかしています。梨田は因縁をつけられた方らしいんですが、先に手を出して相手が負傷。若い頃は血の気が多かったみたいですね。執行猶予がついたのと、勤め先の社長の温情のおかげで仕事は馘にならずにすんだのに、再び馬鹿なことをしたせいで重い判決を受けた。怪我をさせた知人に対しては損害賠償と慰藉料が発生したはずです」

「その相手の男性について、詳しく判りますか？」

「そこまでは私の見た記録にありませんでした。調べれば判らないこともないでしょうけど」

俺にはその余裕はないよ、と言外に語っていた。

「ただ、梨田は轢き逃げについてはすべて認めたものの、強盗傷人については事実関係を争ったようですね。金は友人として借りただけで、相手を石段から突き落とすつもりはなかった、と」

その主張は通らず、裁判官の心証を悪くしただけだったのかもしれない。神戸地方裁判所が一九八六年五月に下した判決を梨田は受け容れず、控訴している。しかし、大阪高裁——堂島川を挟んで中之島の対岸にある——でも判決は変わらず、一九八七年四月に結審した。

「収監されたのは加古川（かこがわ）交通刑務所ではなく岡山刑務所で、ほぼ六年半きっちり勤め上げています。出所したのは一九九三年十月なんで、梨田が四十八歳の時ですか」

すべて書き留める。四十八歳で社会復帰した彼がどのように再スタートを切ったのか不明だが、六十四歳の時に初めて銀星ホテルを訪れ、翌年から長期滞在を始める。その間の十六年間に何があったのか？　判っているのは、先月死亡した時に二億二千万円強の金を持っていたことだけである。

繁岡は、調べ上げたことをすべて吐き出すと、「以上です」と高らかに告げた。

「中身の濃い情報をいただき、ありがとうございます。そんなものが急に飛び込んできたので頭が破裂しそうです」

「顔は見えませんが、びっくりしたご様子ですね。しかし、どれだけご参考になるか」

「なりますよ」

巡査部長は「そうですか？」と言う。「梨田が死亡事故と傷害をやらかしたのは三十年も前のことですよ。それが尾を引いて、彼の死につながっているとは考えにくいでしょう」

口ではそう言いながら、無視することができなくて私に電話をかけてくれたのだ。デカの虫に感謝しなくてはならない。

「よく調べてみます」

新人賞の佳作に入選したという報せを受けた際、電話に出る前と後でまわりの風景が別物になっていた。さすがにその時ほどではないが、この電話に出る前と後で梨田稔の人物像は劇的に変わってしまった。

「まぁ、がんばってください」

通話を終えた私はソファにもたれて、われ知らず「ああ」と嘆声を発していた。見損なったよ、梨田さん、という想いからだろう。

電話に夢中になっていたから気がつかなかったが、観葉植物の向こう側に、赤いダウンジャケットを着た誰かが立っている。きれいなピンクベージュに染めたくりくりのマッシュショート。ミュージカル・ソウ奏者の鹿内茉莉香だ。

「聞いていました」

切れ長の目で、じっとこちらを見たまま言う。

「……何を、ですか？」

「『本当に梨田さんはそんなことをしたんでしょうか？』の少し前ぐらいから、お話ししているのをここで聞いたんです。——梨田さんが何かの犯罪に関係していたみたいですね」

どう答えればいいのか迷っていたら、「散歩に出るところだったんです」と言って、両手をポケットに入れる。

「有栖川さんでしたね。一緒に行きませんか？」

2

曇り空の下を、並んで東へ歩いた。

四つ橋筋を渡り、中之島緑道と呼ばれる遊歩道をたどって日銀大阪支店の方へと。左手は超高層のオフィスビルが並び、土佐堀川を挟んだ右手の対岸には三井住友銀行大阪本店の重厚な建物が見えている。

「一昨日は失礼しました。打ち合わせやら何やらで疲れていて、すごく無愛想だったと思います」

鹿内は言った。律儀に詫びるところをみると、あれが自然な自分だと思われたくはないらしい。

「ホテルに帰ってくるなりお話を聞こうとして、こちらこそ失礼しました。ご活躍でお忙しそうですね。昨日は大津までいらしていたとか」

「多少売れているうちに稼がないといけないから必死です。私なんかが売れたのは申し訳ないぐらいだけれど、鋸音楽に興味を持ってくれる人が増えるのは素直に喜んでいます」

口先だけの言葉には聞こえない。突っ張ったキャラクターかと思ったら謙虚なアーティストではないか。きつそうな子だな、という第一印象は撤回するが、誰に対しても臆せず思ったままを話すタイプではあるようだ。

「どうしてミュージカル・ソウを始めたんですか？」

「高校生の時、あるところでサキタハヂメさんの演奏を聴いたのがきっかけです。ご存じですか？　アメリカで開かれるミュージカル・ソウ・フェスティバルで二回も優勝なさった世界的に有名なプレイヤー」

「知っていますよ。大阪の方ですよね。鹿内さんの師匠ですか？」

「いいえ。サキタさんが独学であんなすごい演奏ができるようになったと聞いて、自分も独学でやりました。我流ならではの大胆さが個性になっている、と褒めてくれる人もたまにいます」

御堂筋を横切り、大阪市役所あたりまできたところで、彼女は梨田のことを尋ねてきた。

「で、何があったんですか？」

取りとめのない話をしている間に私は態度を決めていた。おそらく電話でのやりとりの大半を彼女は耳にしているだろうから、下手に隠そうとしない方がいい。細部については省いたが、ほぼ繁岡から聞いたままを話した。それまでは体を温めるために速足だったのが、次第に歩調が緩む。それでもブーツの爪先を高く上げる彼女の歩き方は、若々しく小気味がよかった。

「そんなことがあったんですか」

聞き終えた鹿内は、ぽつりと言った。概要を立ち聞きしていたせいなのか、今さら驚いた素振りは見せない。

「重たい過去を抱えていたんですね。それを知って思い返したら、梨田さんの静かな暮らしぶりが何となく腑に落ちます」

私と同じ感想を彼女も口にした。

「有栖川さんに電話をかけてきた刑事さんは、梨田さんが亡くなったことにそれが関係していると考えているんですか？」

「いいえ。三十年も前のことなんで『どれだけご参考になるか』と言ってました。梨田さんが出所してからでも二十年以上経ってますから」

「三十年前っていうたら、まだ私は生まれてへんなぁ」と独り言めかして呟く。

図書館を通り過ぎて、公会堂の横をそぞろ歩く。

「ここの地下のオムライス、おいしいですよ。ランチでしか食べられませんけど」

公会堂の地下のレストラン〈中之島倶楽部〉に続く階段を指して、不意に彼女が言った。

「知ってます」

「三十年も昔の出来事が、現在に影響したとは思えないんですけど」

オムライスを薦めた次は、そんなコメントが出た。

「常識的に考えると、そうですね」

「どう考えたら結びつくんですか？」

「これから調べてみるつもりです」

「何をどう調べたら判るんですか？」

やはり手加減はしないタイプだ。

「梨田さんが過去に起こした事故を、あらためて思い出させることがあったのかもしれません。それが引き金となって……」

「自殺を？」

これはいけない。私は、他殺の可能性を探っていたのだった。

「決めつける根拠はありませんけどね」

「何が引き金になったのか知りませんけど、結果が変わらないのだったら過去のことはもういいんじゃないですか？」

以下省略されていたが、そんなことをしても亡き梨田稔の霊が喜ぶはずがない、と言いたいわけだ。

「自殺と決めつけることはできない、と言うんです」

「へぇ。だとしたら他殺ですか？　三十年前のことがどうして他殺に結びつくんだろう？」

漫画なら、私の頭上に〈たらり〉と発汗のオノマトペが書かれる場面だろう。

「事故で亡くなったのは身寄りがないお年寄りだったそうですから、子供や孫が復讐にきたとも考えられません。仇討ちをするにしても、三十年経ってからというのはおかしい。そのへん、どう思いますか？」

「おかしいと思います」としか言えない。

「梨田さんに突き飛ばされて石段から落ちた人がやったんですか？　それもないでしょ」

もしも後遺症を抱え恨みが続いたとしても、今さら梨田の居所を突き止めてホテルに侵入し、自殺に偽装して殺害するなど非現実的すぎる。この線もまずないだろう。

「自分が齢をとって、梨田さんは自分が死なせた老人のことを思い出すようになったのかもしれませんよ。それで、あらためて自責の念が込み上げた……とかいうのは、下手な小説みたいですか？」

「いえ、現実にはそんなこともあるかもしれません」これも否定できない。「小説に書いたら、下手だと言われるでしょうけれど」

「有栖川さんって、シニカルな話し方をしますね」

だったらどうなのだろう？　好ましいのか嫌らしいのか、そこは言わない。

「ところで――」

毎月十六日に梨田が外出していた理由に心当たりがないか、彼女にも尋ねてみた。

「何も知りません。過去に秘密を持っていただけではなく、梨田さんには現在進行形の秘密もあったわけですか……」

「ミスター・ミステリーです。毎月決まった日の用事というのは墓参りやないか、という説を――」

次の瞬間、迂闊が服を着て歩いているような男だと自分を呪いながら、私はポケットから手帳を取り出して開いた。梨田が飲酒運転で轢き逃げをした日付がしっかり書いてある。

——昭和六十年八月十六日。

「アホでした。ここにちゃんと答えがありました。十六日というのは、梨田さんが事故で死なせた男性の月命日やったんです」

「それで毎月お墓参りを？」

「ええ。そう考えて間違いないと思います。その方の墓所がどこにあるのか知りませんが、西脇市の近辺だとしたら朝ホテルを出て夕方には帰れます」

ようやく謎が一つ解けた。それが正解だと確認してくれる者はいないが、これ以上の解答はないだろう。しかし、大喜びするほどのことでもない。

「現在進行形の秘密というのは十六日の外出よりも、銀星ホテルに滞在し続けていること自体でしたね。あの方の過去の一端が見えましたけれど、そっちはいまだに謎です」

彼女は、くいと顎を上げた。空から何か落ちてきたのかと思ったが、そうではない。

「私には、判るような……」

「ほぉ。ぜひ伺いたいですね」

大阪市立東洋陶磁美術館を過ぎて、さらに東へと歩きながら話す。あたりに人影は少なく、大学生ぐらいのカップルがひと組、川を向いて語らっているだけだ。何も知らない人の目には、私たちも恋人同士と映っているかもしれない。

「判るような気がするといっても、ぼんやりとしたイメージですよ。私、ずっと思っていたんです。梨田さんは何を待ってるんやろう、って」

何かから身を隠している、あるいは何かを見張っているという可能性は考えたが、この発想はなかった。

「梨田さんが銀星ホテルに居続けているのは、誰かが訪ねてくるのを待っているんや、と？　携帯電話も持たず、自分から誰とも連絡を取ろうとしてなかったのに？」

「人以外の何かかもしれません」

「何かが起きるのを待っていたということですか？」

「起きるといっても色々あります。ある出来事を待っていたとか。何かが終わったりなくなったりするのを待っていたとか。……示唆に富んだ仮説でも何でもなくて、ぼんやりしているでしょ？」

「ぼんやりとしながら正解に肉薄しているかもしれませんよ。ええことを聞きました」

彼女はまた顎を上げる。そうだろうか、と思った時の癖らしい。

「判るような気がする、というのも嘘っぽいですね。梨田さんは何かを待っているんやないか、と思うことはありましたけれど、私自身、リアリティは感じていないんです。何が対象だとしても、ホテルに閉じこもってそんなに延々と待てるもんでしょうか？」

「鹿内さんと梨田さんでは、年齢が全然違います。彼にとっての五年は、二十代のあなたの時間よりずっと短かった」

「それでも五年ですよ。しかも、自宅で待つのならまだしも、ホテルで」

「あなたと梨田さんでは、人生のどこに立っているかも違います。あの人は七十歳を目前にして、人生をどう締め括るか、どんな結末をつけるかを考えていたと想像します。二十代のあなたや三十代の私とは感覚がだいぶ違っていたはずです。待つしかないことなら総決算のために待ったかもしれません。……私こそ、言うてることが茫洋としてますね」

「人の心の謎ですから、きれいには割り切れないのが当然じゃないですか。強引に割り切ろうとしたら、まるっきり嘘になってしまいそうです」

堺筋を越えてから階段を下り、剣先公園をぶらつくのが鹿内の散歩コースなのだそうだ。私たちは中之島の東端まで行ったところで引き返す。話題はいったん梨田から離れ、お互いの仕事について興味本位の質問を交換した。異文化交流は楽しい。

「ミステリというのは、何でも割り切る小説だと考えていいんですか？」

「はい。そこが非文学的で深みがないからつまらないと思う人もいるみたいですけど、判ってもらえなかったら仕方がない。文学は答えのない謎を扱いますけど、ミステリは答えのある謎を扱うてるんですから」

「どう生きるべきか、愛や友情とは何か。そういうのが答えのない謎ですね？」

「テーマはなんぼでもあります。世界や社会とは何か、家族とは何か、赦しとは何か。そんなもん、唯一無二の答えがあるわけはないから、読者の考えが広がったり深まったりしたらええわけで、読んだせいでかえって疑問がふくらむこともあります。文学作品を最後まで読んで『これしかないという答えになってない』と怒る人はいません」

「けど、ミステリだったら『こんな真相は納得いかん』と怒られることがある？」

「そこを楽しむためのものですから、えらい叱られます。解ける謎しか描かないので非文学的で浅いものと思う人もいるし、結末に納得がいかんと怒る人もいる。万人にアピールできる小説というのはありませんから、別にええんですけど」

　ぼやきに聞こえてはいけない。

「ミステリも答えのない謎を描いてみたらどうですか？」

「そうしたら、もうミステリではなくなるんです。この世には解ける謎もあることを示すのがミステリですから。……あらかじめ解けないと判ってる謎に挑むのは、書きようによってはいくらでも手を抜けて楽なもんです」

「シニカルじゃなくて毒舌家だ」

彼女は、ははと初めて笑った。どちらが毒舌家か火村と言い合った際は、互いに「お前」と相手に人差し指を突きつけた。

シニカルな作家より毒舌の作家の方が、まだいいかもしれない。苦くシニカルな結末をつけた小説というのはお涙頂戴に匹敵するほど書くのが容易で、それでいて作者が馬鹿に見えにくいという利点を持っている。皮肉で楽をするより毒のある小説にチャレンジする方がまだいい。

こんな話をしながら東洋陶磁美術館のあたりまで戻ってきた。一九七七年に経営破綻した総合商社、安宅産業と安宅英一会長が蒐集した高麗・朝鮮や中国の陶磁、いわゆる安宅コレクションが所蔵品の中心である。巨大企業の創業家に美に憑かれた人物が現われると、ここまでのものが集まるのか、と思わせる。磁器質のタイルに包まれた落ち着いた外観の博物館なのだが、現在は工事中でシートが掛かっていた。

「ここにホテルが建っていたのを知っていますか？」

鹿内が博物館に視線をやりながら訊く。

「いいえ。公会堂の前の、こんなところに？」

「明治時代に自由亭っていう料理旅館ができて、日清戦争が終わった頃には煉瓦造りの大阪ホテルというのになったそうです。大阪最初のホテルは中之島にあったんですね。その後、火事で焼けて建て替えられたり大阪市に売られたり色々あって、昭和十六年に廃業しています」

　博物館の傍らに、ここが大阪ホテルの跡地であることを示す碑があった。この博物館のまわりは賑やかで、御堂筋の拡張、地下鉄建設、大阪城天守再建など数々の功績がある伝説的な名市長・関一の顕彰碑と立像や、大坂夏の陣で討ち死にした木村重成（木邨長門守重成）の表忠碑なども建っている。

「歩いてみたら中之島って、呆気ないぐらい狭いんですけど」彼女は言う。「色んなもんがありますね。ここに架かっている橋の一つ一つの由来もデザインも面白い。栴檀木橋、鉾流橋、水晶橋、錦橋……。どの橋もいい名前だし」

　中之島だけでなく橋の名前というのはどこでも風情があるものだ。

「詳しいでしょ？　オーナーに聞いたんです。あの人、ここの育ちだから何でも知っている。お祖父さんに詰め込み教育された、と言ってましたけど。こっちの中央公会堂の話もすごい」

「岩本栄之助ですね」

　北浜で活躍した株式仲買人で、日露戦争終結時の株価暴騰などで巨万の富を築き、慈善事業にも熱心だった岩本は、大阪に比類のないホールを、と現在の価値にして数十億円の寄付を行なう。それによって建設されたのが赤煉瓦に青銅のドーム屋根というネオ・ルネッサンス様式の中央公会堂だ。完成したのは一九一八年だが、彼はそれを見ていない。第一次世界大戦時の相場を読み違えて破滅し、妻子を遺してピストル自殺を遂げていたからだ。大阪市への寄付を少し返してもらったらどうか、と周囲は勧めたらしいが、そんなことは「大阪商人の恥」と拒んだという。大阪では、相場師も商人としてプライドを持っていたのだ。

武士は忠義のため潔く命を投げ出し、名誉のためならためらわず切腹した。苛烈ではあるが、彼らはそうしなければ生き恥を晒してしまう身であった。勇ましいようで、みじめな死がどれほどあったことか。自分の意思で腹を切れず、そのために屈辱をなめる森鷗外の『阿部一族』など、一種の悲喜劇である。そんな武士たちより、「寄付金を返してもろたらどうや」と周囲が言うのを聞き容れなかった岩本に、時として商人が土壇場で見せる生き方に、私はより凄絶なものを感じる。

「オムライスのことといい、有栖川さんは公会堂についてよく知っていますね。——岩本栄之助が工事中の公会堂が見える部屋で亡くなったっていうのも、なんか感動します」

「その話もオーナーの美菜絵さんから？」

「これは梨田さんに聞きました。公会堂の地下にある岩本記念室の展示で知ったんだそうです。私と一緒に聞いていた影浦さんも『中之島にそんなにドラマがあったんですか』と感心していましたよ」

影浦に、この都市の伝説とも言うべきエピソードを知ってもらえてよかった。

「影浦さんと梨田さんは、親しかったんですか？」

「常連客の中では一番年齢が近かったので、話が合ったんでしょう。茶飲み友だちで、向かい同士の部屋を行き来していたみたいですよ。影浦さんにしたら、いい息抜きになってたんじゃないですか」

「鹿内さんは、梨田さんが部屋で演奏して欲しい、という要望を断わったんですね」

「ああ、誰かに聞きました？」苦笑いをする。「調子が悪くて苛々していたところで言われたから、邪険に断わってしまったんです。人間ができていませんね、私。――あんな言い方せえへんかったらよかった」

はきはきとした標準語――ただしイントネーションは関西風――で話すのに、自分の内側に向けて言葉を投げる時は大阪弁になるようだ。

図書館の横で、彼女は立ち止まりかけた。梨田がよくここに本を借りにきていた、と私に教えるためだ。

「有栖川さんもよく調べものにきたりするんですか？」

「ごくたまに。ここは古文書や大阪関連の文献なんかを集めた図書館で、一般的な本や資料は置いていません」

「知っています。梨田さんは、いつも別の府立図書館にある本を取り寄せてもらっていました。——ほら、これ」と掲示物を指す。「一月五日から三月三十一日まで改修工事で臨時休館になっているでしょ。梨田さんはがっかりしかけたんですけど、予約貸出や返却用の窓口ができると聞いて、喜んでいたんですよ。もう、借りにこられなくなりましたね」

　そして、閉鎖している本館正面に回ってみようとする。こちらはネオ・バロック様式とやらで、三角形の切妻屋根を四本の円柱が支える佇まいは、さながらギリシャの神殿。今は中に入れないが、吹き抜けの丸いドームを見上げれば天窓から柔らかな光が差し込み、二階へ続く階段の優雅さに見惚れてしまう。この名建築は住友家の寄付によって建てられたもので、大阪という街はまがうかたなき〈民の都〉なのだ。大阪帝国大学でさえ、帝大なら京都にあるからと国はなかなか作りたがらず、外地の京城や台北の後になった。

「散歩をしていたら、梨田さんがあそこから出てくるのに会ったことがあります。『こんにちは』と片手を上げた拍子に、小脇に抱えていた本が落ちそうになって慌てていらした。……今にもひょっこり現われそうです」

図書館の前を行き過ぎ、堂島川沿いに出て、私たちは散歩を続けた。

3

わずかに上下に揺れ、ひと足ごとに軋む短い桟橋を渡って通された船座敷は、小さな別天地だった。四畳半ながら京間だからマンションの四畳半より格段に広い。書画の類は飾られてはいないが、長さが一メートルほどもある瓢箪が隅に立て掛けてあった。

磨りガラスが嵌まった戸を細めに開くと、すぐ下に川面があり、眼前には市役所。淀屋橋の向こうにライトアップされたドーム屋根の日銀が見える。まだ七時を過ぎたばかりで、橋の上を勤め帰りの人たちがせかせかと行き交っていた。これまでずっと橋上の人間だったのに、日根野谷に誘われたおかげで今夜初めて船中の人になれた。

「今はここだけになってしまいましたが、本場・広島のおいしい牡蠣を食べさせてくれる船は、中之島界隈と道頓堀を中心に戦後になってからも十艘以上あったみたいですね。大阪の牡蠣船は江戸時代からですわ。この店は創業百年近く経ってて、大正時代に広島から牡蠣とともにやってきた船やそうです」

ビールで乾杯した後、日根野谷の講釈を聞きながら分厚く切られたカンパチの造りや牡蠣の酒蒸しを賞味する。傍らでは仲居さんが合わせ味噌と生姜をたっぷり出汁に溶かして牡蠣鍋の用意をしてくれていた。

「梨田さん、あの日もこの鍋を突きながらええご機嫌だったんやけどなぁ」

一月十三日の夜のことだ。

「最近の梨田さんについては、機嫌がいいことが多かったようですね」と私。

「なんでか知りませんけど、うん、そうやった。私ね、あの人がにこにこしてると安心したもんです。むすっとしてたり、ちょっと淋しげな顔を見せたりしたら、独りが面白くないんやろうか、とよけいな心配をしてしまうんで。他人のことより自分の心配せえ、ですけどね」

「ええことがあったんでしょうか?」

「日本酒を注ぎながら、いっぺんだけ訊きました。『なんかええこと、あったんですか?』と」

そのものズバリの訊き方だ。こういう秘密めいた場でおいしいものを食べながらだったら本音を洩らしそうなものだ。

「どう答えはりました?」

「『ちょっとね』です。『ちょっと何です?』と芸能レポーターみたいにしつこく訊いたら、

『いや、私の身にいいことがあったわけではありません』と言うて、それ以上は言葉を濁しました」

仲居さんが器によそってくれる鍋料理を食べていると、生姜のせいか体が温まってくる。四人分ぐらいあるのではないか、という量だったが、あっさりとした風味なのでどんどん食が進む。合間に別の皿の牡蠣フライに箸を伸ばした。

「日根野谷さん、芸能レポーターやったらそれだけでは引き下がりませんよ」

「はいな。向こうが逃げられへんこのシチュエーションを利用して、さらに突っ込みましたよ。『もしかして、恋ですか？』と。好きな女性ができたら、生きることに張りができます。それやないか、という当て推量です」

この発想もなかった。齢が齢だけに梨田の周辺にはロマンスを匂わせるものはなかったが、人はいくつになっても恋ができるだろうから、艶っぽい方面についてもっと考えてみるべきだった。影浦といくらか親密だったと聞いても、鹿内と同じく茶飲み友だちにしか思わなかったのだが、はたして——

「梨田さんの反応は？」

「一笑に付されました。『からかうのはやめてください』ですよ。それ以上はさすがに失礼ですから、追及の鉾を収めました」

結局、本当のところがどうかは判然としないが、恋ならば本人の中で起きた心理現象だ。わざわざ「私の身に」という表現を使いながら否定するのはおかしい。

「他人の身にいいことがあった、ということでしょうか？」

「うーん、どうでしょうね。そういうことなんかなぁ。今年に入って世の中がぱーっと明るくなったわけでもないし」

梨田が上機嫌だったことと突き合わせれば、過去に自分が引き起こした事故・事件を思い出すことがあって自殺に走った、という見方はやはり間違っているようだ。彼を喜ばせる何か。それが一転して、彼が殺される理由になったのだとしたら——梨田は大きな誤解をしていたのか？

三十年前のことについて、私は口を閉ざすことにした。日根野谷に対してだけではなく、桂木夫妻にも、影浦浪子にも今しばらくは話さないつもりだ。自分だけが一枚余分のカードを持ったままゲームを進めるためでもあるし、鹿内の言葉に影響されたためでもある。彼女は言った。

——この件については内緒にしておくのがいいと思います。梨田さんの死に何の関係もないことかもしれませんよ。それなのにみんなに話したら、あの人の旧悪を暴くだけになってしまう。

必要もないのに故人の面影に泥を塗らない方がいい、と言うのだ。前述の理由と合わせて、そうすることにした。

「鹿内さんとのデートはいかがでした？」

私たちが散歩から戻ったら、日根野谷はラウンジで本を読んでいた。その時も何か言いたげにしていたが、鹿内に遠慮して黙っていたらしい。

「デート気分も味わえましたけど、話してたのは無粋なことです」

「亡くなった人のことですか。それだけでは無粋やわなぁ」

「音楽や小説のこともしゃべりましたよ」

「どんな話をしたのか想像がつきます。まぁ、あの子とは初対面みたいなもんやから、そんなとこですか。鹿内さんは当分ここをねぐらにしていますから、ご発展をお祈りしていますよ」

何を勘違いしているのか、異様におせっかいなのか、私におかしなことをけしかける。

「あ、有栖川さんに彼女がいてるんやったら、すみません。そうでなかったら、ということです。いてはるんですか？　いてない。それやったら――」

黙らせるためビールを注いだが、それぐらいでは彼の口をふさげない。彼自身、愛妻と仲睦まじくやっているふうでもないのに、三十代半ばになって独身の人間には身を固めるよう勧めたがる質なのだ。結婚するためには、まず恋をしなくてはならない、と。「気になってる女性ぐらいは？」などとも訊いてくる。

　気になっている女性がいたような、いや、身近にいるのだけれど、今のままでは進展しそうにない。進めるのがいいのかどうか、私には判らないからだ。恋というのは、十代の頃は災難のごとく突如として降りかかってきたが、この齢になるとそうとは限らないらしい。私は、その塩梅（あんばい）にまだ慣れていないのだ。この程度の人間に、ただならぬ人生を送った梨田稔の死の謎が解けるのか、と問われたら厳しい。

「ごゆっくり。あとで牡蠣釜飯をお持ちします」と仲居さんがいったん去った。

「影浦先生の小説、大坂夏の陣四百年に合わせてもうじき出版されるんでしょう？　梨田さんに読ませてあげたかったな。楽しみにしていらしたから」

　日根野谷は、淀殿について語りだす。幼くして二度の落城に遭い、父親を二人失い、母も奪われた。そして、意に染まないまま嫁いだ秀吉が天下人となって築いた大坂城の炎上を目（ま）の当たりにして死んだ戦国のヒロインの悲運にいたく同情していた。

「お母さんのお市の方も凄まじかったけど、あそこまで波瀾万丈な人生というのも珍しいでしょう。そういう星の下に生まれついたというんでしょうかね。けど、淀殿ほどではないにせよ、事件や事故に繰り返し巻き込まれる人はいます。しょっちゅう交通事故を起こす人には事故多発性があるとか事故頻発傾向があるとか言いますね。それは当人の性格や運転技術によるところが大やけど」

エンジンを唸らせながら何かの船が通り過ぎ、牡蠣船がゆらりと揺れた。

「交通事故だけでなく、色んな事件や事故を経験する人がいてるやないですか。乗ってた飛行機の車輪が出ずに胴体着陸する、子供が誘拐されたけど二日後に無事保護される、職場で起きた殺人事件の犯人と間違われて逮捕される、野球観戦中にファウルボールが飛んできて大怪我、ラスベガスで生まれて初めてやったスロットマシンで一千万円以上も稼いだ。一つだけでも大変なことやのに、これを全部経験した人がうちのお客さんにいてます。ああいうんは神様の悪戯なんですかねぇ」

また友人の顔が浮かんだ。火村なら、こともなげに言うだろう。奇跡でも何でもなくランダムネスの結果にすぎない、と。みんなが同じだけの事件や事故に遭うわけがなく、単なる偏りということだ。

「事件多発型人間とでも言うんですかね。そんな不思議な人、いてますよ。梨田さんにもその傾向があったと思いませんか？」

どうして三十年前の一件を知っているんだ、と驚きかけたが、日根野谷はそれを抜きで「事件多発」と見ているのだ。

「銀星ホテルでひっそりと暮らすようになったのは、過去にあった大きな出来事が原因なんやないでしょうか。あれだけのお金を持ってたところからして、商売でも数々の修羅場をくぐったはずです。火事でお金以外の一切合財を失くしたというのも大事件です。そして、あの最期。もしかしたら、落ち着いてたのはホテルにきてからの日々だけかもしれませんよ。それまでの人生で刺激が多すぎたから、静かな生活を望んだんでしょう」

「なるほど」

そこに三十年前の事故と事件が加わるのだから、事件多発と言うしかない。さらに震災に関係した何かもありそうだ。

銅釜で炊かれた牡蠣ご飯が出てくる。一杯目はそのまま、二杯目は出汁を掛けて食べる。すっかり満腹になって、立つのが大儀なほどだ。日根野谷は、明日の朝チェックアウトするそうで、だから「今夜ぜひ」と私をここに誘ったらしい。

「女房から電話があって、『そろそろ帰ってきて。あんたでないと判らんことができたから』と頼まれたんで、あいつの好物でも手土産に提げて戻ります。来週あたり、また一、二泊しにくるつもりですけど、有栖川さんはそれまでいてはりますか？」

「微妙なところです。あんまり成果がないようやったら軍資金が無尽蔵にあるわけでもないし、引き払うかもしれません」

「またお目にかかりたいですね。――明日からはどんなことをするんです？」

すでに決めていたのだけれど、彼には言えない。梨田と面識のあるボランティアを訪ね歩いてみる、ということにしておいた。

「訊きたいことができたら、いつでも電話してください。店に戻ったらさすがに昼寝はしませんので、接客や商談中でなかったらすぐに出ます」

また船が通り、座敷が揺れた。

4

二月四日。

今日は晴れて、気温も十度以上に上がるらしい。

私は、おいしいと評判のお粥で腹ごしらえをしてからいったん自宅マンションに戻り、車で中之島に引き返した。そして、渡辺橋の北西詰で鹿内茉莉香をピックアップして、阪神高速経由で中国自動車道へ入る。老いたブルーバードで一路西へ、目指すは西脇市だ。

ミュージカル・ソウ奏者は昨日と同じ赤いダウンジャケットを羽織っていたが、車内でそれを脱ぐと秋物っぽいコットンシャツ。中にTシャツを着込んでいるらしいが、やはり薄着だ。ジーンズとブーツは変わらない。

「一ヵ月ぶりの完全オフの日に予定を作ってしまって、すみませんね」

私が計画を洩らさなかったら、鹿内は部屋にこもって練習をするつもりだったのだ。

「私がお願いして連れていってもらうんです」少しぶっきらぼうに言う。「こちらこそ、すみません。本当は迷惑だったんじゃないですか？」

「全然そんなことはありません。ただし、これから何か発見があっても、他言無用にしてください」

「約束します」

そう言いながら、彼女はスマートフォンを操っている。仕事の確認でもしているのだろう。どうでもいいが、このスマホと略される機械と言葉はいつまで現役でいてくれるのだろうか？　たちまち過去の遺物になりそうに思えて小説で書きにくいのだが、他に言い換える名称がないので使うしかない。

「梨田さんが九時を過ぎてからホテルを出たとしたら、九時四十五分大阪発姫路行きの新快速に乗れます。加古川で加古川線に乗り換えて、西脇市駅に着くのが十一時三十分。思ったより早いですね。所要時間は一時間四十五分です。十時四十五分大阪発の新快速というのもあります」

「そんなことを調べてくれてたんですか。新快速と加古川線の乗り換え一回だけというのは一番いい連絡でしょうね。帰りはそううまくいかなかったとしても、鉄道を利用して四時間ぐらいで往復できるのか。いけるな」

「いけますね」

もちろん、梨田が参っていた墓が駅前にあるはずもないから、そこにいくらかの時間をプラスしなくてはならないが、西脇市内にあるのなら朝ホテルを出て夕方に帰ることに無理はなさそうだ。ただし、被害者・藤西福蔵が西脇市の住人であったとしても、墓はまるで別の土地にあるかもしれず、それを確かめなくてはならない。

私たちが目指しているのは梨田稔の家があった場所だ。その近所で彼について聞き込みを行ない、藤西福蔵の墓所を突き止めるための遠征である。

滝野社（たきのやしろ）インターチェンジで高速を降りて、国道175号を東北に進路をとった。右手の加古川を挟んだ向こうにJR加古川線が並走して、左手には三角おにぎりのような形の山が次次に現われる。このあたりを地図で見ると山間部はゴルフ場だらけだ。

西脇市は北播磨（きたはりま）地方の中心で、人口約四万二千人。兵庫県の中央やや東寄りで、東経135度線と北緯35度線が交差するところに位置しており、沖縄を含めた日本列島の中心にあたることから〈日本のへそ〉を宣言している。この街の著名な出身者の一人は横尾忠則。

西脇市駅前のロータリーに出てみると、〈ようこそ「へそのまち」へ〉の立て看板があり、そこに書かれたキャッチフレーズを読むだけで、この街に織物・釣針・和牛といった名産品があることが判った。大阪の真ん中からやってきたので、とにかく空が広く感じられる。そして、人気が少なくて静かなこと。駅前通りどころか商店もあまり見当たらず、繁華なのは隣の新西脇駅の周辺らしい。

カーナビに従って県道を北に西に走ること十数分。「目的地に着きました」と告げられたところに梨田が住んでいたであろう家はなく、築後十年ぐらいに見える新しい家が建っていた。近くの用水路沿いに車を駐め、インターホンを押す。

テレビで顔が露出している鹿内茉莉香をこんな調査に巻き込むことに躊躇しつつも、本人が強く希望したのと、私一人よりも怪しまれにくいと考えて同行してもらうことにしたのだが、さっそくその効果があったのかもしれない。見ず知らずの男が「お尋ねしたいことが」と訪ねてきたのに、「お待ちください」と家人が出てきてくれた。モニターで私たちの姿を確認したのだろう。

現われたのは四十代前半ぐらいの女性で、かつてここに住んでいた梨田稔という人について知らないか、という問いに「あいにくですけど」と言う。九年前に引っ越してきたばかりで、何も知らないのだ、と。

「三十年前のことやったら、この先の井上さんに――一緒に行ってあげましょうか」

親切にも私たちを井上石材店まで案内し、来意まで伝えてくれた。首にタオルを巻いた作業着姿の大将を見て、しめたと私は思う。古くからある石材店らしいし、彼の年齢は七十歳前後で梨田と同世代だ。白髪頭を角刈りにしていて、職人らしさに満ちた佇まいをしている。

「稔やったらよう知ってる。中学校まで同じやったから。あいつがどうかしたんか？」

最高の証人だ。私は、用意していた説明をする。梨田が五年前から大阪のホテルで暮らしていたこと。一月十四日に部屋で亡くなっているのが見つかったこと。自殺らしいこと。自分たちは彼のボランティア仲間で身寄りがいないか探していること。最後だけが嘘だ。

大将は途中からセブンスターをふかしながら聞いていたが、説明が終わると「寒いから中で」と私たちを仕事場に通してくれた。狛犬やら完成した墓石やら石材が並んだ工房で、横の事務所では若い男性がパソコンに向かっている。建築家のようにＣＡＤで墓石の設計をしているのだ。

休憩スペースらしきところにパイプ椅子を運んできた大将――社長と呼ぶべきなのか？――は、向かい合った私たちにしゃがれ声で言う。

「ホテルで自殺か。かわいそうやのぅ。何を思うてそんなことを……」

言葉に詰まった様子で、水を張った足許の一斗缶に煙草を投げ捨てた。ジュッという音。故人に対して井上がどんな感情を持っているのか判らないが、その死にはいたく同情しているようだった。ホテルが火葬してお骨を預かっていると伝えると、「ほうか」と萎れる。

「梨田家の墓は……えーと、浜坂の方やったかな。もともとは日本海側の出なんや。そこに納骨してやったらええんやけど、参る人間がおらんのではなぁ」

墓のスペシャリストだけあって、お骨の行方を案じ、憂えていた。聞きたいのは梨田家のものではなく、藤西福蔵が眠る墓所がどこにあるかだ。それを尋ねるために、私たちが三十年前の事故について知っていることをこのタイミングで明かした。

「黙っとろうと思うたら、知っとったんかい。藤西福蔵？　ああ、死んだ爺さんはそんな名前やったな」

「その方のお墓はこのあたりにあるんでしょうか？」

「いいや。それは……どこやったかな。加古川やったか高砂やったか、そのへんの墓地で無縁仏さんになっとるはずや。思い出せって、そら無理や。忘れてしもうた」

加古川にしても高砂にしても山陽本線の沿線であり、西脇よりも大阪に近い。梨田が毎月参れるところに被害者の墓があったことは確かめられた。

ダウンジャケットの前を合わせながら——暖房が入っていなくてここも寒い——、鹿内が言う。

「私たちの知っている梨田さんは、そんなひどい事故や事件を起こすような人には思えなかったんですけれど、昔は違ったんでしょうか？」

答える前に井上は、「あんた、どこかで見たような……」と呟いた。彼女が「どこにでもある顔ですから」と笑顔でごまかすと、相手は釣られてにこりと笑った。

「ガキの時分はゴンタやったけど、無茶はせなんだし、弱い者いじめをする奴をどついたりして、ええとこあった。——ゴンタて判るか？　やんちゃのことや」

大阪でも言うから知っている。『義経千本桜』に出てくる〈いがみの権太〉からきた由緒ある言葉だ。

梨田の両親はこの近くで衣料品店を営んでいたが、稔が成人してから離婚して二人とも街を出ている。一家離散となり、稔だけが近所の借家で暮らしていたのだそうだ。彼は休みに気が向くと姫路や神戸方面に車で遊びに行くぐらいで、つつましく暮らしていた。酒は好きで、たまに井上も付き合うことがあったが、無茶な飲み方はしなかったという。

「それがあんなことをやらかして、びっくりしたわ。人を死なせただけやのうて、おのれでおのれの人生を無茶苦茶にしてしもうて。ダボじゃ」

ダボとはアホの意だが、より強い罵倒の言葉だ、と神戸っ子から聞いたことがある。井上が話しやすそうなので、しばらく鹿内に訊き手になってもらう。

「大人になってから、飲酒運転や轢き逃げをするような人に変わった、ということですか？」

「ちゃうちゃう」と相手はきっぱり否定する。このあたりでも「違う」を「ちゃう」と言うのか。思っていたより使用されている範囲が広い。

「それなら、びっくりせん。そんな男でなかった。昔のことやし、ちっと酒が入ったままハンドル握ることはあったやろうが。轢き逃げはあいつらしいない。『撥ねた時は気がつかなかった』というのだけは、ほんまかもしれん」

「かなりスピードを出していたそうですけれど、何故そんなに飛ばしていたんでしょうか？」

井上は顔を顰め、またセブンスターをくわえた。面倒な質問を受けて間を取ろうとするかのように。一服吸ってから溜め息交じりに答える。

「こんな噂があった、というぐらいに聞いてもらおか。古い話やから記憶がはっきりせんところもあるし、そこも割り引いてもろうて」

寒さのせいではなく、私は微かに身顫いした。梨田稔が閉ざした扉が、ついに開こうとしている。

「稔は、同僚に騙されたらしい。そいつの名前はどうでもええやろ。言え？　思い出せんわ。Xとでもしとこうや。洒落たことを言うやろ。Xいうのは稔の職場の同僚やったな。二人とも市内の物流センターで働いとったんや。そこの名前？　もうとっくにないわ。――あんまり細かいことは言わんで、黙って聴けんか？」

私が質問を挟むのが不興を買ってしまった。しばらく口を噤むことにする。

「稔とXは、もともと相性がようなかったみたいやな。それであんな悪戯をしたんやろう」

話の中に、Xの他にもう一人の人物が登場する。梨田が想いを寄せていた女性で、この名前も井上は覚えていない。仮にA子ということになった。織物工場に勤めていたという。A子と梨田が知り合ったのは西脇市内の路上で、友人宅に遊びにいこうとして迷っていた彼女に稔が道案内をしたのが馴れ初めだった。道すがら話しているうちに話が弾んだのか二人は電話番号――もちろん当時は携帯電話ではない――を教え合い、交際が始まる。

「ええ感じやったらしいで。狭い街のことやから人に知れる。二人で歩いてるとこ、わしも何回か街で見掛けたわ。別嬪でな。これをXがやっかんだんやろう」

やっかむほど魅力的な女性だったのだ。

「事故があった時、A子は女友だちと夏休みを取ってハワイやったかグアムやったかに行ってた。稔もそう聞いてたのに、Xいうダボがしょうもないことをする。稔に電話して、『A子はほんまに旅行に行ってるんか？　さっき見掛けたで』と言うて。どこそこのモーテルに行ってきた帰りやけど、そこの受付でA子が男と一緒にいてるのを見た、とかな。それを聞いたあいつは頭にかーっと血が上って、車で家を飛び出したんや」

「たったそれだけのことで？」

鹿内は眉根を寄せる。

「思い当たる節があったんや。というてもA子に責任はない。会社に出入りしてる営業マンに言い寄られて困ってる、というようなことがあって、稔にこぼしてたらしいんや。まぁ、それでも普通やったらXの電話にころっと騙されたりせんわい。けど、拍子の悪いことに電話を受けた時に稔は酔うてた。高校時代の友だちとかなり飲んで、車で家に送ってもろたすぐ後だったそうやから、まともな判断ができんかったんやろう」

A子がどれだけ困っていたのかは判らず、もしかしたら単なる職場のぼやきだったのかもしれない。しかし、聞かされた稔にとっては心の平安を奪われることで、やきもきしていたのではないか。そんな嫉妬の熾火にXが油を浴びせた。

「Xの嘘は、すぐにバレたわ」

電話で告げられたモーテルに行ってみると、つい最近になって廃業していたのだ。明かりという怒りよりも、A子の不貞が嘘だったことへの安堵が何倍も大きかったであろう。謀られた、という怒りよりも、A子の不貞が嘘だったことへの安堵が何倍も大きかったであろう。

「そこで酔いを醒ましてから帰ったらよかったのにな。タイムマシンで戻れたら、稔はそうするはずや」

　ところが、悪戯に振り回されたと知った彼は、すぐ家に帰って寝たいと思う。仕事の疲れが溜まり、それをごまかすために酒を呷っていたようなので、どっと疲労感が襲ってきたのだろう。

　帰路の車中では、どんなふうにXをどやしつけてやろうか考えたはずだ。A子を信じているので嘘をたちどころに見抜いたことにする手もあった。海の向こうで休暇を楽しむA子のことを想ったり、酩酊や眠気と戦ったりしながら車を走らせたと想像する。ついついスピードが上がり、老人を撥ねた瞬間にはふっと意識を失くしていた――のかもしれない。

「どの時点で自分がしでかしたことに気がついたのやら。朝になって、車庫に入れた車を見たところで、はっとしたんやろうな。藤西さんが撥ねられたという報せが先やったのかもしれん。そのへんは、警察にはちゃんと話したんやろうけど」

　すでに梨田は取り返しのつかないことをしているのだが、ここから先も言語道断なふるまいに及ぶ。事故を起こしたことを覚えていないが自分がやったらしい、と警察に出頭すらかす。

べきなのに、街から逃げ出してしまうのだ。さらにその途上、Xに対しても犯罪行為をやらかす。

「お寺の階段から突き落としたとか……」

井上が言い渋っていたので、鹿内が水を向ける。

「Xは、寺の境内にあった家に間借りして住んでたんや。そこを訪ねていって、『車と金を貸してくれ』と言うたらしい。頼んだんか、脅したんか、二人の言い分は大違いやったから。Xの言うところでは、『貸せ』と胸倉を摑まれて金を取られた後、『昨日の冗談ぐらい笑うて赦せよ』と追いすがったら石段の上から突き落とされた、ということになる。大怪我をして『痛い痛い』と叫んでる横を、排ガスを吹きつけて去りよったんやて。稔に言わせたら『車と金を借りに行ったら、後ろめたいせいかXは承知した。どこへ行くんやとつきまとってきたから振り払っただけ。石段から落とすつもりはなかった』や。第三者がいてたわけやないから水掛け論で、そうなったら加害者は不利やろ。財布を持ってこさせて二万円抜いて、車を乗り逃げしたんは事実やさかい」

梨田は事故の二日後に神戸市内の葺合署に出頭するのだが、その間にどこで何をしていたのかは詳らかにしていない。罪の意識に苛まれつつも、警察に向かう勇気が出なくて昼も夜も街中をうろうろしていた、と言うばかりだった。何やら信憑性に乏しいが、そのあたりは警察としてはどうでもよかったのかもしれない。

「梨田さんが本当に撥ねたのかしら、とも思いますけれど、証人がいたそうですね」

鹿内はそつなく尋ねる。

「事故の現場を目撃したわけやないけど、稔の車がふらふらしながら猛スピードで走るところを見た者が何人かおったそうや。運転してた稔の顔まで見とる。あいつの車を調べたら、藤西という人を撥ねた証拠がぎょうさん出て、これはもう間違いなし。他人がその車を運転する機会はなかったんやからな」

井上は知っていることをすべて語ってくれた。これ以上の情報を望むのは厚かましいぐらいだが、どうしても聞きたいのはXの名前だ。

「忘れた言うたろうが。当時の話が聞きたいんかもしれんけどあかんぞ。とっくにこの世におらん」

「亡くなったんですか？」

私は顔を突き出していた。

「噛みつきそうな権幕やな。あんたら、なんでそこまで知りたがる？　梨田家の墓の場所も訊かんくせに」

何本目かの煙草をくわえた井上は、不審がりながらも私の問いに答えてくれる。

「事件の何年か後に結婚して、子供もできて、平々凡々に暮らしてたらしいんやけど、若いのに何かの病気で死んでしもたわ。奥さん？　このへんにはおらんで。ええ再婚の話があって、遠いところに行ったわ。それがもう二十年ぐらい前や」

　そういうことであれば、Xの関係者が梨田の死とつながっているとは考えにくい。

「Xは死ぬ前に『梨田には悪いことをした』と涙を流したと言う者がおった。これこそ噂話や。ほんまかどうかは確かめようがない」

　梨田が警察に語ったことが真実なら、Xは最期を前に悔い改めることがたくさんあっただろう。自分が蒔(ま)いた種とはいえ痛ましい。

「A子について、何か判りませんかね。できることなら、梨田さんがお亡くなりになったことを伝えてあげたいんですが」

　井上は露骨に嫌そうな顔をした。

「やめとき。その女とは一時は深い仲やったんかもしれんけど、大した縁はないで。わしは見たんや」

「何をです？」と私は訊く。

「稔が事故をやらかして一年半か二年ぐらい後。あいつが刑務所に入って間もない頃かな。女房と神戸の元町やったかを歩いとったらな、おったんや、そのA子が。ベビーカーに赤ん坊を乗せて押しとった。稔に愛想尽かして、さっさとよそで男を見つけたんやな」

「旦那と一緒やったんですか？」

「いいや、連れはおらなんだ」

「その人が産んだ赤ちゃんではないかもしれませんよ」

「んなことはない。実の母子かどうか見たら判るわ。一緒に見た女房も『結婚して子供ができたんか。早いな』と言うとった。いや、悪いことやないで。その人が幸せを摑んだのはええんやけど……稔のことは不憫に思うた」

A子についての質問を井上はシャットアウトする。

「もうええやろ、その人のことは。三十年前はえろう苦しんだはずや。それを忘れて幸せに暮らしてるところへ、心に波風が立つようなことを伝えに行ったらあかん。ボランティアする人やったら判るやろ。もう話すことはないで」

仕事の手を止め、一時間近くも割いて話してもらった。私たちはその親切に感謝した。井上はおもむろに立ち上がり、ズボンについた煙草の灰を叩き落とす。

「稔がどんな暮らしをしとったか、どんなふうに亡くなったか、教えてくれんでええぞ。聞いてもつらいだけや」

そう言う声は、石のように硬かった。

5

西脇時代の梨田について話してくれる人はいないか尋ねても、井上の返事は「わしが一番詳しい」とそっけなかった。近所を見渡すと空き地や砂利置き場の間に点在しているのは新しい建売住宅か空き家が多く、勇を鼓してインターホンを押しても留守ばかり。たちまち昼食時になったので、聞き込みを諦めて車に戻った。

「あのおじさんの話が聞けただけで、満足するべきじゃないですか?」シートベルトを締めながら鹿内は言う。「梨田さんの謎が解けたんですから」

私にはそうは思えなかった。

「秘められた過去のうちの重要な部分は判りましたけれど、まだ謎は残っています。大きな事故を起こしたからといって、ホテルに引きこもらなくてもいいでしょう。蟄居(ちっきょ)謹慎を自らに科したというだけでは説明として弱い。判ったのは梨田さんの原罪とでも言うべき事実だけで、ホテルに滞在し続けたわけも、服役を終えてから銀星ホテルに落ち着くまでの経緯もまったく窺い知れません」

　私がステアリングに手を置いたまま助手席を見ると、彼女は顎を上げる。

「あのホテルに流れ着くまでのことは、触れなくてもいいと思うけれどな。刑務所を出てから億万長者に這い上がるまで血と汗の物語があった、ということで。ホテルを動かなかったのは、やっぱり待っていたんですよ」

「何を？」

「死」

　車内が、しんとなった。

「……死を待っていたとは？」

「そのままの意味です。梨田さんは過去の罪を振り払うために必死で仕事に没頭したんでしょう。成功して、うんとお金ができて、齢をとった。疲れて引退した。もう新しい目標は見つからなくて、何の変化も望まなくなって、死がやってくるのを待つだけの人生になった、ということじゃないですか？……死を待ち切れなくなったのかもしれません」

　自殺説にゴールインか。結論が期待に反するから言うのではないが、どうも納得がいかない。

「死を待つのなら、銀星ホテル以外にも場所はあったでしょう」

「気に入ったから終の栖にしたんですよ」

「このところの梨田さんは機嫌がよかった、という声を拾いました。死の歩みの遅さに苛立っていたどころか、死から気持ちが遠ざかっていたように思えます。その点をどう考えますか？」

彼女は唇を尖らせ、ぷっと息を吐いた。

「言われてみたら機嫌がよかったようにも思いますけど、それって見せ掛けていただけかもしれませんよね。落ち込んでいたから、逆に明るくふるまっていたとも取れます」

駄目だ、現時点で答えが出せることではない。梨田が年の初めに「気の迷いから」「ふと人恋しくなった」ので昔のパートナーに電話をしたというのも両義的に解釈できる。生への志向がそんな気紛れをさせたのか、死の誘惑がふだんはしない行為をそそのかしたのかは、決定不可能だ。

火村も言っていた。

――人間は衝動的に自死を選ぶこともあり得る。法医学的な根拠なしに自殺のはずがないことを証明するのは、不可能に近いかもしれない。

声に出さずに復唱すると、どんと気分が重くなる。死体検案書に専門家の致命的な見落としがあるとも思えず、遺体はすでに茶毘（だび）に付されている。井上から聞き出したことが、影浦への最終報告になるかもしれない。

井上の話が始まった時は、これでやっと梨田に掛かった錠が解かれるのかと思ったが、開いた扉の向こうに別の扉があった。彼が暮らしたスイートルームにたとえるなら、廊下から居間に入っただけである。その奥の寝室には違う鍵が掛かっていて入れない。

「深刻な顔になっていますけど、悩むのはお昼ご飯を食べてからにしましょうか」

鹿内が有益な提案をしてくれたので新西脇駅方面に移動し、駐車しやすいファミリーレストランでランチをとる。

「演奏するのは、本物の鋸なんですか？」

「いいえ、楽器用に作られたものです。日曜大工には使えませんが、一応歯もついています」

「やっぱり楽譜が読めないと弾けませんか？」

「譜面が読めなくても弾くことはできますよ。口ずさめる曲なら大丈夫」

「えっ、そうなんですか？　口笛みたいなもんか」

「試しにやってみます？　入門レッスン」

「鹿内さんの時間がある時に触らせてください」

事件の話は控え、そんな会話をしながらの食事だった。

レストランを出ると、西脇警察署に向かった。事前のアポイントも何もない飛び込みだ。

兵庫県警本部によく知った警部がいるのだけれど、本件については何も話していないのでその名前も出さない。ホテルで客死——と言っていいのだろうか？——した梨田のボランティア仲間と自己紹介すると嘘になるので、鹿内が故人の知人で、私はその付き添いということにした。

「——というわけで、三十年前の事故と事件の関係者を探しているんです」

私の説明に、応対してくれた中年の署員は戸惑っていた。

「というわけって、どんなわけかよく判りませんね。梨田さんとやらが関係者の誰かと接触していたかもしれないので、亡くなったことを先方に伝えたいと言われても……。そのうち向こうから連絡があるんやないですか？——あなたたち、何かわけあって急いでるのかもしれませんけど、ここで尋ねられてもそんな昔の事案について知ってる者は一人もおりませんよ。記録をひっくり返しても相手が誰か判りそうもないしね。三十年も前のことを訊かれてもなぁ」

ここにくるより、当時の神戸新聞に当たる方がよかったかもしれない。だが、帰りに図書館に寄り、マイクロリーダー室で背中を丸めて資料を漁る気は起きなかった。それをすればXの氏名ぐらいは判明するだろうが、彼が梨田の死に関係しているとは思えず、A子の氏名は記載されているはずもない。

「戻りましょうか」

　警察署を出た私は、そう言うしかなかった。鹿内は何故か仏頂面で、黙って車に乗り込む。加古川に沿って引き返していると、やがて独り言めかして大阪弁で言った。

「梨田さん、一つだけ嘘ついてるわ」

「どういうことです？」

　まっすぐ前を向いたまま私は訊く。

「同僚を突き飛ばしたのは、石段から落とすためですよ。肩の骨と腰椎を折ったぐらいですんで、まだよかった」

　見ていたわけでもないのに決めつけるんだな、と思う。

「だって、そうでしょう？　恋人がよその男といるのをモーテルで見掛けたなんて愚劣な嘘を電話してきただけでも殴る理由になるのに、それが原因で人を撥ねて死なせてしまった。恋人を信じていない自分に失望もさせられた。相手をボコボコにしても腹の虫が治まらない場面ですよ。殺すつもりで突き落としたとしても無理はありません。——私が暴力的すぎて、引きました？」

「過激ですけど、無茶苦茶なことは言ってません。言われてみたらそうかなぁ。立証はできませんけど」

「殺意があったのかなかったのかは判りませんね。でも、車で逃げて、二日後に出頭したというのはみっともない。覚悟を決めるのにそんなに時間がかかるなんて」

少し興奮しているようだったが、中国自動車道に入る頃には冷静さを取り戻していた。

「私、さっきまで頭が混乱していたみたいです。梨田さんがとった行動がどうこうじゃなくて、たったあれだけのことで人生が狂うのが怖くなったんでしょう。悪戯電話をしたXはあんな重大な結果になると予想していたはずがないし、その人もお酒が入って理性が低下していたのかもしれません。電話を受けた梨田さんが『その手に乗るか』と笑うのが一番よかったけれど、騙されたとしても事故を起こさず、『冗談にしても度が過ぎるぞ！』『すまん！晩飯を奢るから赦してくれ』で終わればよかったのに」

彼女は、シートにぐったりともたれていた。

「確かに運命というのは恐ろしい」私は言う。「どこでどう歯車が食い違うかもしれず、いったん大きく狂うと取り返しがつかないことになる。石材店の大将が言うてたとおり、タイムマシンがあったらあの夜の事故もないことにできるんですけどね」

「……私かて欲しいわ、タイムマシン」

やっと聴き取れるぐらいの声だった。どういうことですか、とは訊かず、耳に入らなかったことにする。

　彼女は無口になり、銀星ホテルに帰り着くまでほとんどしゃべらなかった。鋸に触らせてもらうのは、またの機会になる。新しいアルバムの打ち合わせのために明日から三泊四日で東京に行くそうだ。

「今日は付き合っていただいて、ありがとうございました。明日から出張、お気をつけて」

三階でエレベーターを降りる彼女に言うと、気怠(けだる)そうに頷いた。

6

　捜査ノートを読み返していたら、夕方の六時半に来客があった。天満署の繁岡である。業務の合間を縫って足を運んでくれたらしい。「時間がないので」と言うから、先客のいないラウンジで話すことにした。

「例の文書のコピーをお持ちしました。彼は鞄からA４サイズの封筒を取り出す。部屋に帰ってから見てください」

　拝むように受領する。

「ここの泊まり心地はどうです？」

「昨日はぐっすり眠れて快適でした。枕が合うようです」

「それは結構。――で、どんな調子ですか?」

西脇に行って調べてきたことを話すと、迅速な動きに感心された。成り行きで鹿内茉莉香が同行したことも伝えておく。

「ドライブ気分も味わえましたね。しかし、よかったんですか? 例の件が自殺でなかったとしたら、彼女も容疑者の一人ですよ。探偵と容疑者がコンビを組むというのは問題がある」

真剣に忠告しているわけではあるまい。目尻に皺が寄っている。

「三十年前の一件と彼女がつながっているわけはないでしょう。梨田さんがどういう人生を送ってきたのかを調べに行っただけなので、一月十三日の出来事には関係ありません」

「有栖川さん。事件の捜査っていうのは何がどこで誰とどう結びついてるか、判らんもんですよ」

これを言う時は真顔だったので、「肝に銘じておきます」と答えた。

以前、観葉植物の陰からその鹿内に立ち聞きをされていたので、まわりに注意しておかなくては、と視線を巡らせたら、フロントカウンターの向こうで高比良が目を伏せた。あそこまで話し声が届かないから何も案じることはないのだが、ホテリエの態度としてどうかと思う。偶然、こちらに顔を向けていただけかもしれないが。

私と刑事が何をひそひそと話しているのか関心があるのか？　そのようでもあるし、何か私に伝えようとして、ためらっているふうにも見受けられる。

「だいぶサービスしたつもりなので、今後は期待せんといてください。電話をいただいたら答えられる範囲のことは答えますけど」

「もう充分です。ありがとうございます」

繁岡が出て行くのを待っていたわけではないだろうが、フロントの奥の扉が開いて支配人が現われた。私を見ると、ゆっくりこちらにやってくる。何か手伝うことはないかと訊かれたが、特になかった。

「今日はずっと外を回っていらしたようですが、いかがでしたか？　よろしければあちらでコーヒーでも」

事務所に連れていかれたが、鹿内と二人で西脇に遠征してきたことは話さない。清掃のボランティアをしていた人と会ってきたことにしてお茶を濁した。鷹史は近くに人がいないことを確かめるようにしてから、咳払いをする。

「難しい調査でご苦労が多いかと思います。もしも、梨田さんが自殺なさったという見方を覆す材料が見つからなかった場合は、率直におっしゃってください。影浦先生や美菜絵も、現実を受け容れてくれるでしょう。妻には私がよく言って聞かせます」

これが彼の本心か。銀星ホテルで殺人事件はなかった、という結論がありがたいのは当然だろう。経営状態が芳しくないのだから、なおのこと。そんな私の感想を見透かしたように続けて言う。

「ホテルの体面を気にして言うわけではありません。そんなことよりも、梨田さんの知られざる意外な一面を知って、がっかりするのが少し怖いんです。よからぬことなら知らないまでいたい、というのが偽りのない気持ちです」

意外な一面は、すでに突き止めてしまった。いずれ影浦に報告することになろうとも、やはり支配人夫妻にまで伝えない方がよさそうだ。梨田は、どこからともなくやってきて銀星ホテルにしばし留まった謎の人のままでいいではないか。

「露口様も日根野谷様もチェックアウトしてしまいました。ご宿泊の必要性が低くなりましたら、無理にお泊まりいただくのは申し訳ありません。どうかご自由になさってください」

いつ帰ってもいいですよ、ということか。真相を究明しようとする鷹史と美菜絵の気持ちには、これまでも温度差があるように感じていたが、今はっきりした。

噂をすれば影と言うべきか、奥のドアが開いて美菜絵が顔を出した。私に一礼してから夫に何か言いかける。

「支配人。ランチメニューの変更の件で丹羽さんに――」

「どうして起きてきた？」

　鷹史は席を立ち、慌てた様子で妻の方に行く。

「寝ていないと駄目だろう。無理をして倒れたら、かえって仕事に支障を来すって言っただろう」

「だいぶよくなったから下りてきただけよ。もう大丈夫」

「いいや、まだ顔色がよくない。君は昔からがんばりすぎるのが欠点だ。ランチのことは僕が聞いているから、あとで話す。さぁ、部屋に戻って」

「有栖川さんがいらっしゃるところで、大袈裟な……」

　彼女は夫の肩をぽんと突いて、「判りました」と言う。そして、私に「失礼いたしました」と詫びて、入ってきたドアの向こうに消えた。

「奥さん、具合がよくないんですか？」

「いいえ、そうではないのですけれど、無理をしようとして困ります」

　愛妻を労(いた)わっているだけならいいが、私に話していたことを聞かれたくなかったから部屋に追い返したようにも思える。鷹史はソファに戻ってくると、「失礼しました」と爽やかすぎる笑顔を作った。

思うところあって、また401号室が見たいと私が言うと、快く応じてくれる。案内しようとするので、「独りで行きますから」とキーだけ預かった。

もう見慣れた部屋。その奥の寝室に進んで、机の抽斗の手帳類を調べる。気の迷いから昔のパートナーに電話をかけたということはどこかに相手の電話番号がメモしてあるのではないか、と期待したのだけれど、それらしいものはなかった。番号案内で聞いてからかけたのだろう。

細々と雑多なものが入った抽斗をまさぐると、こちらでは発見があった。前回はまったく気に留めなかったものが——筆記具の箱とでも思ったのだろう——、今は光り輝いて見える。線香だ。箱の蓋（ふた）を開けてみたら、半分ほどに減っている。

毎月十六日のプライベートな外出の目的は墓参りだったと断じていいだろう。加古川だか高砂だか、この部屋を出てから二時間足らずで行ける墓地に彼が通っていたことだけは明らかにできた。

ついでに一番上の抽斗からアルバムを取り出し、梨田稔のただ一枚の近影をあらためて見る。微かな笑みが、〈色々と調べられてしまったけれど、もうこのへんで勘弁してくださいな〉と言っているようだ。この写真を撮った時、事件多発型だった男はようやく手に入れた平穏な生活に心から満足していたのかもしれない。その顔をじっくり見れば、桜の花を背に晴れ晴れとしている。

　最後のページを開けば、あの不自然なブランク。ここに貼られていたのはどんな写真で、誰がいつ剝ぎ取ったのか？　それも解くべき謎だが、どうやって解けばいいのか見当もつかない。アルバムを戻し、そっと抽斗を閉じた。

　カーテンが半分閉じた窓の向こうには夜が訪れている。ガラスに映った私は、どうもふだんより人相が悪い。映り方にすぎないのだろうが、他人の秘密を嗅ぎ回っているせいかもしれない。

　401号室を出て施錠し、向かいの自分の部屋に戻ると、ソファに腰掛けて繁岡が持参してくれた書類に目を通す。封筒に入っていたのは死体検案書、死体検案調書、そして仮報告書——鑑定書の前段階のレポート——の三つ。そこにどんな難解な記述が連なっているのかと思ったら、ごく簡素なものだった。死体検案書には、死亡した人間の氏名・性別・生年月日・死亡したとき・死亡したところ及びその種別といった項目の次に死亡の原因の欄があったが、「縊死」の一語だった。要するに首吊りによる窒息死というだけのことで、定型だの非定型だのといったことまでは記述されていない。

　死因は十二に分類され、外因死は〈9自殺　10他殺　11その他及び不詳の外因〉に分かれている。その11に丸印がついていた。外因死の追加事項の〈手段及び状況〉欄には、バルビツール酸系の睡眠薬による意識低下状況でベッドの支柱に掛けたカーテン紐の先に作った輪に頸部を通し、自らの体重を掛けての縊死である旨が書き添えてあったが、それ以上の詳細な所見はない。〈その他特に付言すべきことがら〉欄には、「本屍の身体所見は、死体検案調書の検案所見欄に記載」と書かれている。

そして、「上記のとおり検案する」と印刷された下に、大阪大学医学部法医学教室の医師の署名と捺印。阪大医学部といえば、二十年前まではこのホテルから二、三百メートル離れたところにあった。附属病院とともに北摂に移転してしまっているが、そこで司法解剖に付されたのも島民を自称した梨田の数奇な運命だろう。

「死体検案調書というのは……こっちか」

検案所見の〈1・全身所見〉欄に、細かい字が並んでいる。活路を拓いてくれる新事実を期待しながら読んでみたら――「①両足とも先天的に第五趾が長い。②左第五趾背側部の皮下に大豆大の出血を1箇所認める。打撲による突き指と思料される」。平たく言い換えると、「生まれつき足の小指が長いせいか、どこかで左の小指を打って突き指しているよ」というだけのことではないか。犯人と揉み合っているうちにそうなったわけもないだろうから、牡蠣船から帰った後、スリッパに履き替えようとして椅子の脚にでもぶつけたのだろう。どうでもいい。どうでもよすぎる。

表紙もなく、A４の文書二枚をホッチキスで留めた仮報告書にも、死亡推定時刻など既知のことしか書かれていない。まだ何か入っているのでは、と封筒を逆さにして振ったが虚しかった。

「あかんわ」

私は書類をテーブルに置くと、天井を仰いで言った。火村が慫慂したから手配してもらったが、こんな簡単な文書ならば多忙な繁岡に持参してもらうまでもなかったではないか。もっと実のあるアドバイスをしてもらいたいものだ。

４０１号室のキーをフロントに返して、夕食に外へ出た。堂島のお手頃な中華料理店ですませて戻ると、まだ八時前。外出して体が冷えたので、バスタブにたっぷり湯を張って温まる。冷蔵庫から缶ビールを出して、暖房を利かせた部屋で風呂上がりに飲む。それでもまだ九時過ぎで、夜が長い。

今日はもう梨田の件について考えるのはやめ、早々にベッドに入ってラウンジから持ってきた本――中之島が戦艦になる小説――を読んでしまおうか、と思ったところで電話が鳴った。影浦浪子からである。バスローブ姿だったので、こんな恰好で失礼します、と言いかけた。

「こんばんは。４０２号室はいかがですか、有栖川さん？」

「影浦さんの隠れ家に忍び込んで申し訳ありません。とてもいい部屋ですね」

「そうでしょう。寝室の丸テーブルを居間に持ち込んで、ソファに浅く座るとパソコンを打つのにいい具合よ。ゲラに手を入れるのは寝室のマホガニー机。高さも広さも絶妙で捗るわ。浴室のシャワー、お湯の勢いが弱くなかった？　そう。じゃあ、切り替え弁を直したのね」

　ホテルの客室だから誰のものでもないのだが、この部屋の本当の主としゃべっているような気がしてくる。

「苦戦しているのではありませんか？」

「まだ始めたばかりですから、苦しんではいません。梨田さんという人にさらに興味が湧いてきました。お会いしたことがないせいで、よけいに想像がふくらみます」

「想像力は駆使していただきたいけれど、空想に走らないでくださいね。私たちはそこで脱線してしまうことがありますから」

　何でもない言葉なのだが、影浦の口から出ると含蓄があるように思えてしまう。

「影浦さんは、梨田さんとお花見にいらしたことがあるんですね」

「造幣局の通り抜けというのでしょう？　ええ、ありますよ。去年の四月に二人で出掛けました。ひょっとして、梨田さんの部屋にあの時の写真が？」

「はい。アルバムに貼ってあるのを見ました」

「捨てずに取っておいてくれたのはうれしいけれど、そんなことより今、アルバムと言いましたね。それを見たら、語りたがらなかった彼の過去が見えてくるのではありませんか？」

彼女の声に力が入る。

「貼ってあったのは数枚の写真でした。以前に住んでいたところが火事に遭って、大半が燃えてしまったのだとか。焼け焦げがついた写真もありました。——火事についてお聞きになったことは？」

「ありますよ。ごくさらりと話しただけでしたけれど。嫌な記憶でしょうから、あれこれ尋ねたりはしませんでした」

「最近の写真は、影浦さんがお撮りになったあの一枚だけです。写真に撮られることを嫌っていたのか、撮られる機会がなかっただけなのかが判りません」

「私がカメラを向けた時、『よしてください。写すほどのものではありません』とおっしゃったけれど、照れていただけでしょう。『あなたを撮らせてちょうだい』と女がカメラを向けているのに断わる男がありますか！　スパイかお尋ね者なら勘弁しますけれど、そうじゃなかったら駄目』と私が一喝したら、すぐに観念しましたよ」

早くお撮りなさいな、と言いたげなあの写真の表情とぴたり合う。

スパイやお尋ね者という発想が、何やら懐かしい。梨田が秘めていたのはそんなことではなかった、と思いかけて考え直した。罪を償って出所した彼が、その後に新たな罪を犯していた可能性もなくはない。某国の諜報員や指名手配犯ではないにせよ、世間の耳目が及びにくい環境を選ぶ後ろ暗い事情があったのではないか？　泥濘から少し脱出しかけていたつもりが、またスリップしてもとに戻ってしまいそうだ。

「影浦さんと梨田さんは互いに部屋を行き来していらしたそうですが、その時はどんな雰囲気だったんですか？」

「恋人ムードでなかったことだけは確か。隣人同士でもなく、若い人から見たら茶飲み友だちムードだったでしょうね。でも、そういうのとも違う。私ね、三十代の頃に独りでヨーロッパをうろついたことがあるの。色々なことに行き詰まりを感じて、夫も子供も放り出してわがまま旅行に出たわけですよ。その時、コペンハーゲンから出航して一週間で北欧を回るクルーズに参加しました。目玉はフィヨルド観光。そのツアーで一緒になったアメリカ人の女性と何かのきっかけで親しくなって、三日目ぐらいからよく話すようになりました。ピクチャー・リストラー。絵画の修復士で、向こうが一つ年上。懐かれたというより……彼女は私に特別な好意を持ってくれたようです。こちらからは決して応えられない類の情熱的な好意を。それを察してやんわり拒むと、彼女から伝わってくる気配が変化し、私たちは船を下りるまでの通りすがりの友人になりました。船上のデッキで、子供時代の想い出や仕事の苦労話を交換して、それはもう楽しい時間を過ごしたのです。切り立った断崖（だんがい）から海に落ちる幾筋もの滝に歓声を上げたり、このまま船がどの港にも着かなければいいのにと嘆いたり。連絡先を教え合ったりはせず、下船するなり手を振りながら右と左に別れました」

私が相槌（あいづち）も打たずに聴いていると、ここでようやく彼女は言葉を切った。

「べらべらと要らぬことをしゃべってしまいましたね。梨田さんは、あの時の彼女に似ています。彼女と共有したほどホットな時間ではありませんでしたが、互いに困った時は馳せ参じて助け合うということもなく、ただ話している間だけの通りすがりめいた友だちという意味において、どこか似ているのです。……中之島という水に囲まれた空間が、船で会った彼女を連想させただけかもしれませんけれどね」

フィヨルドを巡るクルーズ船になったり戦艦になったり、中之島も忙しいことだ。

「『淀殿』の完成を梨田さんは楽しみになさっていたと聞きました」

「残念なことです。だけど、あの人にだけ新作に込めた作者の想いを語ったので、いくらか救われています。それを知ってもらったから、読んだも同然なのですよ」

構想や狙いを語ったからといって、読んだも同然のはずはない。その証拠に、それができたら書いたも同然と言ってくれる編集者は存在しない。

「作者としては、作品の意図をべらべら解説してはいけないのですけれどね。あの人が、淀殿を愚かしい女と言いかけたので、つい」

「影浦さんが擁護したわけですね？」

「豊臣家にとってどういう選択が一番よかったかなんて、判りませんよ。大坂の陣に実は勝ち目があったとか、あと一年踏ん張っていれば家康がくたばったとか、日本の有り様がどう変わったとか、そういう歴史好きの話にも私は興味がなくて、淀殿を通して人間の運命を描きたかっただけです。息子の秀頼を溺愛した挙句にすべてを台無しにした愚かな女だ、とは思っていません」

「……はあ」

私はそんなことを言っていないのだが、梨田が評したのだろう。

「あの人はね」

梨田のことかと思ったら、違った。

「父も、養父も、母も、兄も、二つの城も、失って、失って、失ってきたのです。お姫様という結構なご身分に生まれたとはいえ、奪われるために命を費やしたようなもの。憎かったはずの秀吉の妻にされても懸命に生きて、子供ができたかと思ったらすぐに亡くして、最後にようやく手に入れたのが秀頼。何があっても、どんなことをしても、この子だけは手放したくないと希ったでしょう。徳川に降参？　どんな形でひれ伏しても、怖がりの家康が秀頼を殺すことは目に見えていました。もう何も私は失いたくない、私から何も奪わせない。取られるぐらいなら大坂城も燃えてしまうがいい。淀殿の魂魄は、そう叫んでいたのですよ」

「梨田さんに、そんな話を？」

「ええ。反論なさるかと思ったら、うんうんと頷いてくれました。『早く御作が読みたいものです』とおっしゃって、ゲラに赤を入れる作業に倦みかけた私にとって、それが励みになっていたのですけれどね」

「そんなやりとりがあったのは、いつですか？」

「一月十日頃だったかしら」

「亡くなる前、梨田さんが上機嫌だったと言う人がいるんですが」

「……言われてみれば、そうだったかもしれません。でも、人間の気分なんて常に移ろうものです。静かに暮らしている人の心にも、湖に立つぐらいの波はあるでしょう」

　最後に影浦は、釘を刺すのを忘れない。

「何か判ったら、すぐに教えてくださいね。有栖川さんを信頼しています」

「はい」と答えた。

# 7

二月五日。

銀星ホテルで二日目の朝を迎えた。英都大学社会学部の入試が行われる日だ。今朝もお粥の和定食に舌鼓を打つ。

そこまではよかったが、さて今日は何をしたらよいものかが思いつかない。露口芳穂も日根野谷愛助もチェックアウトし、鹿内茉莉香は東京に行ってしまって話を聞くことができないし、いたとしても聞くべきことが残っていない。桂木夫妻や従業員たちにぶつける質問も尽きて、二泊しただけでここに逗留する理由がなくなったように思える。

部屋でこもっているのもつまらないし、ホテル内をうろついても無為なので、とりあえず外へ出たのだけれど、目的地がない。死の前日に梨田が国立国際美術館に行っていたと丹羽から聞いたので、それを追体験するのも調査のうちと自分を丸め込み、どんな展覧会が開催中なのかも知らずに地下にある美術館へと下りて行った。印象派でもラファエロ前派でも何でもいいよ、と思っていたら、〈フィオナ・タン　まなざしの詩学〉とあって、絵画でも彫刻でもなく映像作品の展覧会らしい。

特別展の会場は地下三階。入口へのアプローチも順路もいつもと違う。映像展なのでレイアウトが大きく変わっていたのだ。

フィオナ・タンは、中国系インドネシア人の父とオーストラリア人の母の間に生まれ、現在はアムステルダムを拠点に活動している映像作家で、昨年末にはここでアーティスト・トークも行なわれたそうだ。

床に置かれたり台に載ったりした大小様々なモニターで、揺りかごの赤ん坊、いくつもの赤い風船で宙高く浮き上がる作者や坂をごろごろ転がり落ちる作者、街ゆく人々を上下反転させて撮った映像など長短様々なビデオ作品がループして映されている。ぱっと見ただけで美しいとか夢幻的だというものではないが、不安を伴わない浮遊感があって面白い。薄暗い館内で、モニターが青く光っている情景だけでもわくわくする。

袋小路になった空間にはより長い作品が展示されていた。ある部屋では、絨毯を敷き詰めた床に座ったり寝そべったりして壁に映る映像を観るようになっている。床に尻をつき、用意されたクッションにだらしなく寄りかかっての美術鑑賞は新鮮だ。前後の壁に別の映像が映されるので二つを同時に観ることはできない。『東方見聞録』の抜粋がナレーションとして用いられ、一方の壁に流れるのはマルコ・ポーロが旅したアジアの国々の市場など、他方の壁にはその旅で集められた品々を収蔵した架空の博物館。ドキュメンタリーとフィクションが交錯しているのだ。

美術館でこんな恰好をする機会はもうないだろうな、と思ってその場にしばらく留まる。動きたくなくなるほど快適だった。私がもたれているのと同じクッションに、梨田も身を委ねたのかもしれず、彼と体を密着させているような錯覚に襲われる。

――波乱の多い生涯だったようですね。お疲れさまでした。

クッションから伝わる温もりは私自身のものに他ならないのだが、梨田そのものであるかに思えて言葉をかけたくなる。

――もう悩みも苦しみもない。すべては通り過ぎました。

彼から応えが返る。

――最期にまたおつらい経験をなさいました。それがどういうものだったのか、私は調べています。

――調べてどうなります？　何があったか探って欲しい、とあなたに頼んだ覚えはありません。

――影浦浪子さんに頼まれました。桂木美菜絵さんも真実を知りたがっています。

――真実を追求するのが善とは限りません。知らないままでいたかった、と悔いなければよいのですが。

——お二人は、今、悔いているようです。あなたに何かできることはなかったのだろうか、と。

——本当ですか？　それはあなたの憶測でしょう。

——当たっていると思います。

——推理小説家にしては甘いな。もしも私の死が他殺だったら、事件のあった夜にすぐそばにいたあの二人も容疑者になるというのに。

——犯人ならば、自殺で処理されようとしているのに波風を立てるはずがありません。

——断定してもいいんですか？　推理小説には悪知恵に長けた犯人がたくさん出てきます。いずれ他殺であることが発覚するのを見越して、先手を打っているのかもしれませんよ。

——そこまでひねくれた見方はしません。

——甘いと思いますがね。

——出所後、何をしていたんですか？

——はて、どこでどうしていたのやら。昔のことなので忘れてしまいました。

——銀星ホテルで送った日々は幸せでしたか？

答えがないので、質問を変える。

——今年の初め、商売を一緒にしていた方に電話をかけたそうですね。萬貴和子さんがそうおっしゃっていたんですが、本当ですか？

やはり返事がないので、ダイレクトに迫ってみる。

——あなたの死は自殺ではなく、他殺だったんですね？

——語れません。死者になったから、語れない。

——今、こうしてお話しできているのに。

——あなたが自問自答しているだけではありませんか。これからどうします？

——アドバイスがいただけると助かるのですが。

——一つだけお教えしましょう。ここで油を売っていても何も解決しません。美術鑑賞を楽しんだら、どこだか知らないが次の場所に向かってください。私にとっては、いい展覧会でしたよ。別の部屋では二本のドキュメンタリー映画を交互に上映していて、それを観るだけで二時間はかかります。他の作品もゆっくり味わうのなら、半日は芸術に浸っていられるのですよ。時間だけはふんだんにある者にとって、ありがたいではないですか。

——時間が過ぎるのがうれしかったんですか？　あなたは、銀星ホテルで死が迎えにくるのをただ穏やかに待っていたんでしょうか？

——待たなくても、誰の上にも死はいずれ訪れます。

それっきり梨田の声は聞こえなくなった。

8

翌二月六日、晴れ。

昨日はさしたる調査もせずに終わってしまった。美術館で四時間潰した後、遅い昼食をすませてから梅田をぶらつき、喫茶店を梯子(はしご)した。ほとんど都会の流民(るみん)だ。さすがにこれではいけない、と梨田が絶命した時間帯に館内やホテル周辺を見回ってみたが、そんなことで何が判るというのか。厚い絨毯が足音を吸収してしまうので、深夜でもこっそりと徘徊(はいかい)できると確認できただけである。

こんなことでは滞在しても意味がない。今朝はお粥ではなくフランス式のプチ・デジュネをとりながら、明日あたり荷物をまとめてここを引き払おうか、と思案を始めていた。

カフェオレを飲みながら長尻(ながじり)していたら、スマイルとともに丹羽がすっと近づいてきて「おはようございます」と言う。店内には私以外に客はいなくなり、厨房の方から食器を洗う音が小さく聞こえていた。

「おはようございます。お粥の定食もおいしいけれど、バゲットも素晴らしいですね」

フランス式の朝食はどれもこれも甘いのでたまにでいい、と影浦は言っていたが、なかなかどうして、数日は続けていける。

「お褒めにあずかり、ありがとうございます」

立ち去らない。何か言いたいことがありそうだ。

「ご不自由なさっていることはございませんか？」

訊かれたので、特にないと答えた。

「どうか、ご本業に障りませぬように」

「お気遣いいただいて、ありがとうございます」

「まことに口幅ったいことを申すようですが」丹羽は慇懃に言う。「梨田さんの件につきましては、もう新しい事実は出てこないのではないでしょうか。有栖川さんはできるだけのこと、あるいはそれ以上のことをなさったと拝察しております」

これは気遣いではなさそうだ。端的に言って、もう恰好がついただろうから調査を打ち切ったらどうか、と勧めているらしい。純粋な親切心からの言葉のようでいて、自殺という結論を変えないでもらいたい、という要請にも感じられた。鷹史と同じである。正直なところ、経営が楽ではない銀星ホテルにすればスキャンダルは避けたいのだ。

「まだやり残していることがあるように思います」

「どんなことでしょうか?」

「それは」判らない。「申し訳ありませんが、秘密ということで」

「左様でございますか。私としては、早く梨田さんの魂が永遠の安らぎに包まれるのを祈るばかりです。支配人も同じことを話しておりました」

死者に語らせようとせず、ただ静かに眠らせよ。やはりそうだ。ホテル内の風向きが変わってきている。それを察知してしまったことで、調査を諦めないまでもいったんチェックアウトしようか、という方へ傾きが増した。

ここにきた二日目に鹿内と西脇まで行って、梨田の知られざる過去を掘り出したところがハイライトだったのかもしれない。今にして思えば怒濤の展開と言ってもいいもので、あれっきり一ミリも前進できていない。

食後、そのままホテルを出たがどこへ行けばいいか判らず、科学館で展示室を回ってからプラネタリウムを観た。小惑星探査機〈はやぶさ〉の苦難と栄光に満ちた七年間の旅は感動的だったが、これでは不真面目な外回りの営業マンが仕事をサボっている図である。〈はやぶさ〉を見習って、砂粒のごとき真実でも回収したいものだ。

腹が空かなかったので昼食は抜き、近くの駐車場に置いていた車で自宅マンションに帰った。郵便物はダイレクトメール類がほとんどで、留守番電話には返事を要するメッセージはなかった。窓を開けて空気を入れ替え、冷蔵庫にあった食べかけのヨーグルトをランチ代わりに片づける。ソファに横たわると、ほっとした。銀星ホテルはいい宿だが、探偵が目的で泊まっては寛げないものだ。あそこにいる間は常に梨田のことが頭にあって、なかなか仕事をする意欲も湧かない。

火村をして「不可能に近いかもしれない」と言わしめた難題に、私ごときが徒手空拳で挑んでも歯が立たなかったか。まだまだ粘りたいのだが、何をどうがんばればいいのか判らない。

本を読んだりテレビでＩＳ関連のニュースを観たりしているうちに時間が過ぎ、もう夕方である。五時を過ぎたのに窓の向こうはまだ明るく、寒さは冬のものでも着実に日が長くなってきていた。

とにかくホテルに戻ることにして、腰を上げる。何か持って行くものはないかと探しかけて、明日にもチェックアウトするだろうからやめた。ホテルを退去すると伝えたら美菜絵はがっかりするかもしれないが、鷹史と丹羽は喜びそうだ。

車をもとの駐車場に入れ、とっぷり暮れた中をホテルまで歩いた。また奢られては恐縮なので、今夜の夕食は〈コメット〉のア・ラ・カルトにしよう。

フロントカウンターには鷹史が立っていて、「お帰りなさいませ」とひと声掛けてくれる。「ただいま」と応え、部屋に戻る前にラウンジの本棚を覗いていたら、美菜絵がやってきた。チェックアウトの意思を伝えるチャンスだが、落胆させそうですぐには言いだしかねる。

「お体の具合はいかがですか？」

そう訊くと、丁寧に一礼された。その細い肩越しに、支配人が電話の応対をしているところが見えている。

「お気に掛けていただいて、ありがとうございます。病気ではありませんので、ご心配なさらないでください。――有栖川さんこそ、お疲れではありませんか？」

「疲れはありませんけれど、早くも行き詰まりを感じかけています。状況をどう打開すればいいのか……」

「ご苦労をお掛けしております」

気分転換のためホテルを離れてみたい、という話を出しかけた時、美菜絵の背後で起きている異変に気づいた。鷹史が目を見開いて、受話器に何か訴えている。大きなクレームが入ったのか？　私の様子で察したらしく、美菜絵はカウンターを振り返る。

「はい、承知いたしました。それでは明日お待ち申し上げます。……はい。……はい。……失礼いたします」

電話を終えた鷹史は、奥に声を掛けて水野由岐にフロントを任せてから、美菜絵と私を目顔で事務所に招いた。業務上のクレームならば、私に聞かせようとするはずがない。

「どうしたの？」

美菜絵が声を低くして訊いた。

「梨田さんの知り合いから、電話が、かかってきた」

鷹史は興奮していて、息継ぎをしながら言った。

「ボランティア仲間ですか？」と訊く。

「いいえ、違うんです。『昔、梨田さんと一緒に仕事をしていた者です』と」

美菜絵も私も、「えっ」と声を上げた。

「本当ですか？」と私。

「はい。かなり年配の方が、ひどく遠慮したご様子でかけていらっしゃいました」

実在したのか。梨田が昔の知り合いに電話をかけたというのは萬貴和子の証言があるだけだったので、真偽のほどを疑いかけていたのだが、作り話ではなかったのだ。これは興奮せずにいられない。

鷹史が語ったところによると——

「お電話ありがとうございます。銀星ホテルでございます」

「あのぅ……」

塩辛声が、何か言いにくそうにしている。年配の男性が、不慣れなホテルの予約を取ろうとしているのかと思った。

「そちらにお泊まりの梨田稔さんに電話をつないでいただけますか？　お泊まりというより、そちらに住んどられる方です」

今になって、よもやそんな電話がかかってくるとは思ってもみなかったので、鷹史は自分の心臓がドクリと跳ねるのを感じた。気を鎮めながら、落ち着いた調子で応じる。

「失礼ですがどちら様でしょうか？」

「怪しい者ではありません。広島から電話しとりまして、名前は根岸三郎です」

その名前とナンバーディスプレイに表示されている番号を素早くメモする。市外局番は082。広島市のものだ。

「梨田さん、おってですか？」

鷹史は小さく深呼吸してから、つらい事実を告げる。

「当ホテルに永らくご滞在でしたが、先日お亡くなりになりました」

「嘘じゃろ！」

　根岸三郎と名乗った男は、叫ぶように言った。

「まことに残念ながら、一月十四日の朝、お泊まりだった部屋でお亡くなりになっているのが見つかりました」

「ほんまでがんすか……」

　相手はにわかに信じられないのか、それは本当か、梨田稔で間違いないのか、と繰り返し尋ねた。

「病気か何かですか？」

　これまた答えにくい問いだった。首を吊った状態で発見され、警察が調べたところ自殺のようだと話すと、根岸はすっかり消沈した声になった。

「はがええのぅ。なんでそんなことになるんじゃ。なんでもっと早う電話してくれんかったんじゃや。もう会えんようになってしもうたが」

　根岸は悔しくてならない様子だ。鷹史は悼む言葉を送るしかなかった。

「最後まで、お宅様でお世話になったんですね。ありがとさんです」

　礼を言われて、「とんでもない」と応える。

「梨田は、そちらで幸せそうに暮らしとりましたか？」

　その内心は窺い知れないが、はっきり「はい」と答えた。

「ボランティア活動をなさりながら、音楽やお芝居によくお出掛けで、お好きなことをしてお過ごしでした」

　こらえ切れなくなったのか、根岸は嗚咽しだした。鷹史も瞼が熱くなりかけたが、ホテリエとして声を顫わせたりはしない。遺骨をホテルで保管していることを淡々と伝えた。

「身寄りがないと言うとりましたから。かわいそうですな。あいつがどうしとったか、お話だけでも聞きたいのでそちらに伺ってもええですかの？」

〈梨田さん〉が〈梨田〉になり、〈あいつ〉に変わっていた。ごく親しい間柄だったらしい。

「もちろん結構でございます。梨田様がお住まいだった部屋はそのままにしてありますので、よろしければそちらもご覧くださいませ」

「ああ、すんません、すんません。ぜひそうさしてください。明日にでも、さっそく行ってもええですか？」

「ホテルですから、いついらしていただいても結構です」

「午前中には行ける思うんで、よろしゅうお頼もうします」

　連絡先を訊こうとしたら、向こうから切られた。

　もっと尋ねることがあったのではないか、と不満そうな妻を鷹史はなだめる。

「明日の午前中にいらっしゃるそうだから、そこで尋ねればいいじゃないか。何かあってお見えにならなくても、先方の電話番号は控えてある」

「それが自宅の番号とは限らないでしょう。――ごめんなさい。私、ちょっと動転してしまって」

「明日、きっといらっしゃるよ。――有栖川さんも立ち会ってください」

「もちろんです」

チェックアウトするのは取りやめにした。このタイミングで梨田の旧友からかかってきた電話。まだここにいなさい、と何かが私を引き止めているのだ。

# 第五章　その秘密

## 1

二月七日。

広島からの男は、午前十一時に銀星ホテルに姿を見せた。ネイビーカラーのスーツに小紋柄が入った同系色のネクタイ、よく磨かれた黒革靴という出で立ちだ。グリップの曲がった一本杖を突いた老人で、ごつごつとした巌のような顔をしていたが、入ってきた時から表情は弔問客のごとく悲しげである。残り少なくなった頭髪は真っ白で、耳の近くだけに集まっていた。

桂木夫妻が出迎え、ラウンジで待機していた私は腰を上げた。フロント前で挨拶を交わしてから四人でとりあえず事務所へ入り、そこで執務していた丹羽も加わって五人になる。ホテルの関係者ではなく、梨田と一面識もない私が同席することについて支配人が同意を求めると、根岸三郎は「かまやしませんよ」と即答した。

四人が名刺を差し出すと拝むように受け取ってから言う。

「すんません。わしは隠居しとって名刺を持っとりません。勘弁してつかぁさい」

現在は、妻とともども広島市内に長男一家と二世帯住宅で暮らしているそうだ。

まずは、梨田がこのホテルにいつやってきて、いつから長期滞在が始まり、どんな生活を送っていたのかを桂木夫妻が話す。首を括った状態で見つかったこと、警察が自殺とみていることまで、根岸は質問を挟むこともなく、「そうですか。そうですか」と言いながら聴き入っていた。

「齢をとると、涙もろうなりましての」

長い話が終わると、ハンカチで目尻を拭いながらようやく作った照れ笑いが崩れ、泣き顔になる。

「丸々五年間もお世話になったんですか。そら、居心地がよかったけえ動きとうなかったんでしょうなぁ。悠々とした余生じゃったみたいで、よかった思います」

そして、梨田の未払いの宿泊費や事後処理にかかった経費を自分が負担したいと言いだしたが、これは夫妻が丁重に辞退する。室料は前払いでもらっているし、事後処理についても経費が発生していないと聞いて、根岸は「そうですか」と安心した様子だった。

「私は、自殺だったとは信じられないのですけれど」

美菜絵が遠慮がちに言うが、根岸はその点に引っ掛かりを感じていないらしく、「淋しかったんでしょう」と納得している。彼の心残りは別のところにあった。

「いっぺんだけでも会うて昔話がしたかった。もっと早うに電話をくれとったらのぅ」

一月五日に梨田から思いがけず電話がかかってきたのだが、大阪のホテルで暮らしているとしか言わずに切れたので、根岸からは連絡の取りようがなかったのだ。

「気紛れに電話をしてきたということは、本当は会いたいんじゃないかと思いましての。またかかってくるんじゃないかと三週間ほど待っとったんじゃが、こん。それで、こっちから捜してみよう思うての」

彼は、中学生の孫娘にインターネットで大阪市内のホテルの一覧をプリントアウトしてもらい、片っ端から電話をかけることにした。が、「そちらに梨田稔という人が滞在していませんか?」と尋ねても、客のプライバシー保護の観点から答えてくれるホテルはない。これは駄目だと気づき、「梨田稔さんにつないでください」と頼むようにしたら、「いらっしゃいません」という返事がもらえるようになった。

「昨日、こちらさんに電話するまでに何軒のホテルに『いらっしゃいません』と言われたことか」

根岸は、うっすらと笑う。どのホテルがどんなグレードかも判らないから、五十音順にダイヤルしていったという。銀星ホテルにたどり着くまでに、インターコンチネンタルやウェスティンにも問い合わせたわけだ。

「まさか亡くなっとったとは……。聞いた時は、息が止まりかけました」

　梨田からの電話の内容が気になって仕方がない。できるだけ正確に再現してもらえないか、と私は頼んでみた。

「あいつ、標準語の敬語で律儀にしゃべるんです。こっちが二つ上じゃいうだけで。こんな調子じゃったわ。『急に電話してすみません。梨田です。お元気にしていますか？』とかってきて、『びっくりしたな。どこで何しよんね？』と訊いたら、『大阪にいます。ホテル住まいをしているので、身の回りのことを全部やってもらえて楽なものです。毎日、のんびり暮らしています』と。『奥さんやお子さんもお達者ですか？』とかこっちのことを訊いてくるんで、『みんな元気じゃ。孫も中学生になった。積もる話がしたいけぇ、大阪まで会いに行ってもええか？』と言うたら、『昔の知り合いには会わないことにしているんです』ちゅうつれない返事やったけぇ、がっかりしましたわ」

「どうして昔の知り合いには会いたがらなかったのでしょうか？」

　美菜絵が膝をもぞもぞ動かしながら訊くと、根岸は淋しげな顔になった。

「それは方便で、わしに会いとうなかったんじゃろう思います。一緒に働いとった時に、喧嘩別れしてしもうたんで」

　梨田が中国地方で量販店を経営していたというのは本当だった。酒類の店がチェーン展開するまでに成長したのだが、そこで根岸が唱えた拡大路線に梨田は強く反対する。お互いに感情的な言葉をぶつけた末、梨田が折れて決着したが、彼は「もう一緒にやる気がなくなりました」と言って商売から退いたのだという。

「いや、それは違うと思います」美菜絵は言う。「梨田さんは、どなたとも連絡をお取りになっていなかったようです。訪ねてくる方もいらっしゃいませんでした」

「そうですか。……けど、それもわしとの喧嘩が原因じゃないですかの。他人全部が煩わしゅうなったんじゃろう。言うちゃあいけんことも言うてしもうたけぇ」

これは聞き逃せない。私は、勢い込んで尋ねる。

「どんなことですか？」

「言いとうないですけど……。まぁ、その、あいつの古傷のことです。知っとりんさらんかの？　梨田は刑務所に入っとったことがありまして――」

私以外の三人が、えっ、という顔になった。西脇での出来事が、ここで根岸の口から明らかにされる。飲酒運転で轢き逃げ死亡事故を起こした後、勤め先の同僚に暴行を働いて車と金を奪い、逃走したこと。強盗傷人については本人が「本当はやっていない」と話していたことが付言される。どういう経緯で轢き逃げをしたのかまでは語らず、あえて根岸が伏せているのか、梨田が明かさなかったからなのか、どちらか判らない。

「わしは、叔父を通して梨田と知り合いました。お恥ずかしい話じゃが、うちの叔父も傷害事件で岡山刑務所に服役しとったんです。叔父と梨田は前後して出所してからもたまに連絡を取り合う仲で、あいつが仕事探しに困っとるのを聞いて、『広島にきんさい』言うた。当時の叔父は、わしの父親――叔父から見たら兄貴の食品スーパーを手伝うとったんで、『きんさい』ちゅうわけです。ちょうど人手が足りんで困っとった時でした」

「それまで梨田さんはどこで何をしていたんでしょう？」

「神戸や大阪や滋賀で、短期のアルバイトのようなことをしとったそうです。定職には就けとらんかった」

「根岸さんの叔父様が『広島にきんさい』と声をかけたのは、出所してどれぐらい経った頃ですか？」

「二年ですわ」

　ということは一九九五年ですね、と訊きかけてやめた。どうして出所した年を知っているのだ、と桂木夫妻や丹羽に不審がられてしまう。

「神戸で震災があった年です」と根岸は言い直す。「震災の半年ぐらい後でしたかな。初対面の梨田の印象は、えろう元気ない人じゃのう、でした。声にも力がのうて、荒っぽい事故と事件を起こした人にはとても見えんかった。それでも仕事は真面目も真面目、そこまでせんでえかろうちゅうほどの働きっぷりで、父も叔父も感心しとりました。不自然なほどで、つらいことを忘れるためにがむしゃらに体を動かしとるようでしたの。飲む打つ買うは、いっさいやらんでの。何を楽しみに生きとるんか判らんから、〈ボクネン〉いう綽名がついとりました。ほら、稔という字は木偏に念と書くじゃろう。それと朴念仁を掛けとるんです」

木偏ではなく禾偏です、とは言えなかった。

そのうち根岸の父と叔父が老齢でリタイアして、根岸三郎が跡を継いだのだが、まもなく強力な競合店が現われて店は大打撃を受ける。勝ち目はないというピンチに陥った時、根岸の片腕となっていた梨田は衣服の量販店への大胆な業態変更を提案した。食品スーパーしか経験のない根岸にすれば「よし、そうしよう」と簡単に採用できるアイディアではない。梨田の生家は衣料品店で、「だから商売のコツをいくらか知っています」と言ったらしいが、その程度では不安だ。そもそも先立つ資金が足りない。

「しばらくは人件費削減と安売りで対抗しとりましたが、向こうも値引きをしてくるんで消耗戦になったらますます勝ち目はない。店の看板を眺めて、『来年はこれをはずすことになる』と溜め息をついとった時に、梨田が奇跡を起こすんです」

聞いてみると、それはまさに奇跡としか呼びようがなかった。休みの日に、何気なく買った宝くじで一等を引き当てたのだ。

「年末ジャンボ宝くじ。連番じゃったんで前後賞もついて、賞金は一億三千万円でした。これをあいつ、どうした思います？　それ持ってわしから逃げるどころか、『ほら、これだけあれば店が立て直せるでしょう』言うて、一円残らず差し出したんです。はて、こいつはわしの実の弟じゃったかの、息子じゃったかの？　確か違うたはずじゃが、と頰っぺたをつねりました」

事件多発型人間という言葉を嫌でも思い出さずにいられなかった。梨田は、運命の神の呪いと祝福を享けている。

「それはまた」丹羽が初めて声を出す。「ものすごい強運ですね。一等を当てたのもさることながら、タイミングがよすぎる」

「ほんまのことです。ちゃんと当たりくじを見せてもろうて、二人で銀行に行きましたけん」

根岸が言うと、副支配人は唸った。

「運を持っている方は、そういうものなのですね。私など、三十年以上も買い続けていますが、いまだに十万円も当たったことがありません。梨田さんが宝くじファンだったとは存じ上げませんでした」

「いやいや」根岸は首を振る。「そがいなことはありません。あいつから聞いたところによると、宝くじちゅうようなもんは一回も買うたことがなかった。『たまたまです』と。街をぶらついとって、スタンドにおった売り子が昔惚れた女の人によう似とったんで、ついふらふらと五枚ほど買うたそうです。『カコちゃんに感謝しないとな』とか洩らしたんで、『そのカコちゃんはどうしとるんじゃ？』と訊いたら、答えてくれませんでした」

「名前は、カコちゃんということしか判りませんか？」

私が訊く。西脇時代に彼が交際していた女性に違いない。

「はい。『口が滑りました』言うて、それ以上のことはしゃべらんかったんで、苗字は判りません」

「秋篠宮家の佳子様と同じね」

美菜絵が呟いたが、カコだけでは判断できない。カヨコやカズコを縮めた愛称かもしれない。

根岸が聞いたところによると、後日、梨田が当たりくじを買ったスタンドに行ってみると、カコちゃん似の売り子はすでに辞めていたという。背筋が少し寒くなるような話だ。運命という得体の知れないものは、どこまで梨田を弄ぶのか。

一億三千万円の資金のおかげで根岸の食品スーパーは衣料品の量販店に変わり、予想をはるかに超えた成功を収めるのだが、これにも手強い競合店が出現してしまう。梨田が酒類の量販店への変更を訴えた時、根岸は素直に従った。具体的な勝算が見えたわけでもないのだが、前回の窮地を救ってくれた梨田の発想と、当たりくじを引き当てた運気を信じたのである。

「結果として、これがまた大成功です。『なんで初めからこれにせんかったんじゃろな』と笑うほどうもういって、ロードサイドに五軒のチェーンを展開できました。しばらくは順風満帆。わしは調子に乗って、『これはウケに入ったぞ。どんどんいこう』言うたんじゃが、梨田は止めにかかりました。既存店の伸びに勢いがのうなって、従業員のレベルも低下してきとる。『今ある店の立て直しが優先です』と言い張って、しまいには口論です。わしも気が短いんで、『おい、ボクネン。潰れそうな店を助けてくれたことには感謝しとるが、いつまで恩に着せるんじゃや。刑務所帰りが誰に拾うてもろうたか、忘れんな』いうようなことを……」

根岸を責めるのは簡単だが、そんな言葉が飛び出すまでにはそれなりの経緯があったのかもしれない。

「『酒でしくじった男が、また酒を扱って転びました』と言うて、あいつはわしから去って行きました。言いすぎた、悪かった、と後悔してても言うてしもうたことは取り消せません。言葉というのは恐ろしいですの。『すまなんだ。おってくれ』とどれだけ謝っても、引き止められませんでした。それじゃったら仕方がない、と袂を分かつ際に、一億三千万円を倍にして返しました。『そんなに要りません』と言いよりましたが、わしがあいつじゃったら三億ぐらい要求したかもしれん。強引に押しつけて、それが手切れ金みたいになってしもうた」

彼がしんみりとなるのにかまわず、調査ノートを構えた私は質問を繰り出していく。

「梨田さんと会ってから別れるまでの時間経過について、詳しくお話しいただけますか？

一九九五年の中頃に広島にいらして――」

根岸は、苦もなくすらすらと答えてくれた。

年表に次のように書き加える。

1997（平9）　根岸の食品スーパーが窮地に立つも、
　　　　　　　梨田が年末の宝くじで一等当せん
1998（平10）　衣料品店に転換
2000（平12）　リカーショップに転換
2007（平19）　根岸と訣別（けつべつ）

まだ欠けているものがある。

「梨田さんのアパートが火事に遭ったのはいつですか？」

「わしと四月に別れた後です。七月ぐらいじゃったかのう。喧嘩別れで気まずうなっとりましたけど、『困ったことがあったら言うてくれ』と火事見舞いの電話をしました。あいつ、『ものは失くしましたけど、金があるので平気です。それを持って関西に戻ろうかと思います』と。広島から追い出されるような心持ちだったんかもしれません」

関西に戻った梨田は、翌々年の二〇〇九年九月一日に初めて銀星ホテルに投宿している。火事で被災してから、ここに現われるまでの消息について、残念ながら根岸は何も知らなかった。梨田は広島からの転居先を伝えず、彼らの連絡は完全に途絶えたのだ。そして、二〇一〇年一月二十日から約五年にわたる梨田の謎めいた長期滞在が始まる。

「八年も音信不通じゃったけぇ、電話がかかってきた時はうれしかった。『あん時はすまなんだ』言えただけでもよかったのかの。『またそんな古いことを』と笑うとったな。それだけでも、えかった」

かつてのパートナーは背を丸め、あらためて述懐した。感傷に浸る彼に、私はさらに尋ねる。

「広島時代に親しくしていた方をご存じありませんか？」

「わし以外には、おらんかったじゃろう。店の者とはうもうやっとったが、プライベートの付き合いはなかった」

「親しかった女性もいない？」

「毛ほどの気配もなかったのぅ。カコちゃんとかいう昔の想い人が忘れられんのかな、思うて何も訊きませんでした。それぐらいのデリカシーはあります」

そう答えてから彼は、私の顔を見つめて言う。

「有栖川さんは、探偵みたいに次々質問してきますのぅ」

「失礼しました。知りたいことがたくさんあって」

「いや、梨田のことを話すためにきたんで、かまわんです。——そういうたら、この前の電話でわしは言うたんですよ。『居場所を隠すんじゃったら私立探偵を雇うて調べるぞ』と。そしたらあいつ、『探偵は役に立ちますけど、高くつきますよ。無駄遣いはやめてください』言うて……」

「そこ、もっと詳しく伺えますか？」

「詳しいも何も、それだけです」

鷹史が怪訝そうにしている。

「何か気になるんですか、有栖川さん？」

「いいえ、特に何も」と答えたが、梨田の発言には含意がありそうだ。探偵は役に立つが高くつく。一般論にも取れるが、自分が私立探偵を雇った経験があるのではないか、とも思わせる。

もしかしたら、と閃く。

刑務所を出た後、梨田は私立探偵を雇ってカコちゃんの行方を捜したのではないだろうか？　そして、彼女がすでに別の男と結婚している、あるいは結婚していないまでもその子供を産んで育てていることを報告書で知る。自分の出所を待ってくれなかったことを詰るわけにもいかず、失意に沈んだことだろう。そんな時に根岸の叔父に誘われ、広島へ向かったのかもしれない。

ジグソーパズルのピースを一つずつ拾い集めて、欠けた部分を想像で補うことで梨田稔の過去が徐々に見えてきた。一億三千万円の大当たりという僥倖もあったが、その浮き沈みは聞くだけでもヘヴィーで、こんな半生を本人は望んでいなかっただろう。

2

４０１号室に案内された根岸三郎は、梨田が遺体で見つかった寝室で数珠を取り出し、遺骨に合掌して「南無阿弥陀仏」を唱えた。それから故人が五年もの永きにわたって住み続けた部屋を見て回り、短い感想を洩らす。

「身軽に生きとったんじゃのぅ」

その後、支配人と私が付き添って天満警察署に赴き、どんな捜査が行なわれたのか繁岡から説明を受けることにした。天満署は堂島川沿いにあったのだが、老朽化による建て替えのため現在は扇町（おうぎまち）の仮庁舎に移転している。

根岸の悄然たる様子にほだされたのか、刑事は懇切に遺体発見から現在までの経緯を語ってくれた。

梨田の死は異状死だったので、現場である銀星ホテル４０１号室に検視官が臨場し、遺体を天満署に搬送してから検視。事件性が疑われたため、大阪大学医学部法医学教室で鑑定人検案を経て、司法解剖に付された云々。広島からきた男は、こくりこくりと頷きながら聞いていた。

「警察の皆さんにもご厄介をお掛けしました。よう調べていただいたみたいです。ありがとうございます」

根岸はわがことのように感謝して頭を下げるばかりで、自殺という判定を疑っていないようだった。胸中を覗き見ることはできないが、他殺であって欲しくない、と考えているのかもしれない。

　本当の死因がどうであるかよりも、根岸が気にしていたのは遺骨の行方だ。これにも繁岡は丁寧に回答した。

「司法解剖がすんだ遺体の引き取り手がない場合は、遺族捜索のために一週間ほどこちらで保管し、身内がいないとなれば、区役所の福祉課にお渡しして火葬されます。梨田さんについては、銀星ホテルさんから『こちらで火葬して差し上げたい』という申し出があったので、お任せすることにしたんです」

　根岸は、あらためて支配人に礼を述べ、今後のことを尋ねる。

「四十九日の法要までは、私どもがと考えておりました。それからどうするかは、まだ決めかねているのですが」

　鷹史が言うと、根岸は手を合わせた。

「泊まり客のためにそこまでしてもろうて、ありがたい。それから先のことは、わしにも手伝わせてつかぁさい」

　二人の相談が始まったので、私は彼らから離れた。浜坂に梨田家の墓があるらしいことは機会をみて話してみよう。

「まだがんばりますか。いやぁ、執念深い」

繁岡が寄ってきて、耳許で言った。呆れているふうでもある。

「もしかして有栖川さん、何か摑みましたか？」

「摑めそうなんですけれど、手が滑るんです」

「ああ、それも捜査の醍醐味ですよ。気がすむまでやってみてください」

私たちが天満署をあとにしたのは、四時過ぎだった。鷹史は「もし、よろしければ」と銀星ホテルに泊まっていくことを勧めたが、根岸は「ベッドで寝るのは苦手でして」と断わる。

扇町通に出るとすぐタクシーが通りかかったので、杖を突いた老人はそれに乗って新大阪駅に向けて行ってしまった。私の車で天満署にきていれば駅まで送っていけたのだが、ホテルの車が出払っていたので鷹史がさっさとタクシーを手配したのだ。

「歩きながらお話ししませんか？」

鷹史がそう言うので「かまいませんよ」と答える。雑居ビルやマンションが建て込んだ殺風景な道を、私たちは南へと進む。

「梨田さんが起こした事故と事件についてご存じでしたね？　根岸さんから聞いて私も妻も丹羽も愕然としていましたけれど、有栖川さんだけは冷静でした。三日前、車でどこかへお出掛けになったのは、現地で調査をしていらしたのではありませんか？」

鋭く指摘され、すんなりと認めた。自制心の働きによるものか、支配人は不満な顔は見せない。

「お考えがあって、私どもにはお話しにならなかったのでしょう。梨田さんの不名誉をオープンにしたくない、という思いやりもあったのでしょうか。私が梨田さんに抱く親しみの念は変わりませんので、ご安心ください。おそらく妻も丹羽も同じです」

　私は曖昧に頷くだけだった。

「この件につきましては、私と妻と丹羽の胸にしまっておきたいと存じます」

「私もむやみに口外しませんが、鹿内さんはすでにご承知です。先日、行動をともにしていたんですよ。あの方も、梨田さんの過去はそっとしておきたそうでした」

　鷹史は安心したようだ。

「それはよろしゅうございました――梨田さんの謎も、あらかた解けましたね。重い過去を背負っていらしたと知って、当ホテルでの暮らしぶりに納得がいきました。ひたすら静かに、他人のために何かしながらおとなしく生きる。そう希ったお気持ちが察せられます。孤独ぐらいは何でもない、これも罰のうちだ、と自分に言い聞かせていらしたのかもしれません。それでも時間がたっぷりありすぎて苦しくなる。だから、お芝居や音楽、芸術の鑑賞だけを自らに赦したのだと思います。それぐらいの慰めがなければ、人は孤独に耐えられません」

彼の考えに、私も全面的に同意する。贖罪の意識に加えて、かつて愛した女性への思慕の念もそんな生き方の根底にあるのだろう。銀星ホテルは、梨田稔にとって魂の僧院のごとき存在だったのである。

そこにはいつも清潔なシーツや枕、タオルや石鹸、奉仕してくれる人々の笑顔があり、冷暖房完備。料理や飲み物を部屋まで運んでもらうのも可能で、現実の僧院からはほど遠い。神も仏もおらず、あるのはサービスだけだった。

「もう結論が出たのではないでしょうか。先ほど見たとおり梨田さんは安らかにお休みです。まわりで騒いで、眠りの邪魔はしたくありません。自殺だったということで幕を引く。いかがですか？」

「よく考えてみます」

と答えると、鷹史は「お願いします」とだけ言った。

だが——と思う。

世を捨てた梨田が僧院で暮らすことを選んだとして、どうしてそれが銀星ホテルでなくてはならなかったのか？　それとも、留まる場所は他の宿泊施設でもよかったのか？

どこでもよかったのかもしれない。銀星ホテルに腰を据えたのは、手頃な値段で気に入った部屋に滞在できるとか、枕がちょうどいい具合だったとか、美菜絵がどことなくカコちゃんと似ていた——あくまでも仮説——とか、その程度の理由によるのだったら、これ以上くだくだ考えても仕様がないことである。

ところで、私たちはどこに向かっているのか？　電車で帰ろうとしたら京阪中之島線のなにわ橋駅まで行かねばならず、そこまで行ったのならいっそホテルまで歩いた方が早いぐらいだ。さてはそうするつもりか。三十分ほどかけて歩く途中で、私が調査を諦めるように説得したかったらしい。これについては「よく考えてみます」と回答したので、しつこく言葉を重ねにくいはずだ。ならば、彼が作ってくれた機会を利用して、こちらから質問をさせてもらおう。

「梨田さんについて、まだ話していないことはありませんか？」

パンチ力のない訊き方をしてしまった。エルキュール・ポワロなら、「あなたには隠していることがおありですな」と必ず言い切るところだ。

「ありふれた日常が思い出されるばかりです。お役に立つようなことは、もうないかと」

にべもない返事である。往生際が悪い人だ、と思われているだろう。

「伯母さんはお元気なんですか？」

質問を変えると、彼は一瞬、意味が判らなかったようだ。

「私の伯母ですか？　ああ、誰のことをお尋ねなのかと思いました。伯母は二年前に他界しました。傘を持たずに買い物に出たのが禍して、風邪をこじらせた肺炎で突然に……。母親代わりに、よくしてもらったのですが、私は母というものに縁がないようですね。義母ともゆっくり語らう時間が持てませんでした。伯母の旦那さんは長男一家と愛知県の岡崎にいて、年に一度か二度会いに行きます」

　伯母夫妻には、実の息子がいたのだ。実子がいなければ、鷹史を引き取るにあたって養子にしたかもしれず、桂木家に婿入りするのに難色を示すこともあり得ただろう。

「体は達者なのですが、認知症が出てきていまして、私の顔を見ても『どちら様で？』などと申します。長男一家が温かく接しているので、進行が遅いのは救いです。この長男——私は『お兄ちゃん』と呼んできましたが——は優しい人で、子供の頃から私が淋しがらないようによく遊んでくれました。感謝しています」

　梨田の件に関係なく他人のプライバシーについて詮索するのは礼を失するし、支配人である彼としては宿泊客に自らのことを語るのは本意ではないはずで、この話題も不適当か。そう思っているところへ、鷹史に訊かれる。

「有栖川さんのご両親はご健在ですか？」

「はい。父が定年退職した後、岡山県の牛窓に引っ越してのんびり暮らしています」

「よくお会いになりますか？」

「いえ、めったに。たまに向こうから日生（ひなせ）の牡蠣を送ってきて、こっちは新刊を送るぐらいです」

こんな話を彼にすることになるとは思わなかった。行きずりに等しい浅い関係だから、かえってぽろりと洩らしてしまったのだろう。

もう一人の鍵の掛かった男である火村英生のことを思い出す。いつ誰を殺したいと思ったのかについて口を閉ざしているが、どこかで行きずりの誰かにあっさり打ち明けているかもしれない。

「牛窓ですか。いいところですね」

「岡山県には大きな地震も台風もこないから安全だ、と思っているんです。『火事と雷に注意せえよ』と言ってあります」

地震という言葉が出たところで、梨田に話を戻す。

「梨田さんは、地震について何か言っていませんでしたか？　特に、阪神・淡路大震災について」

「だいぶ前に、何かの流れでそんな話になったことがあります。『神戸の震災の時、どちらにいらしたんですか？』とお尋ねしたら、『仕事で滋賀県に』ということでした。さっき根岸さんから伺ったことと照らし合わせると、刑務所を出た二年後で、広島に呼ばれる前のことですね。『仕事で滋賀県に』というのは、短期のアルバイトで工場勤めなどをなさっていたのかもしれません」

「他には?」

「震災に絡んだ話はそれぐらいです。悲惨な事件のニュースを観るのが嫌だからとテレビもあまりご覧にならなかったほどですから、震災の話もあまりしたくないご様子でした」

殺人事件やテロと震災のニュースは性質をまったく異にしていると思うが、梨田の精神には同じようにこたえたのだろう。

冬の風が吹くので私たちはそれなりの速足で歩き、難波橋の北詰までやってきた。そこから中之島に入るのかと思いきや、鷹史は堂島川に沿った道を選ぶ。

「実の母の面影が、だんだん薄らいでいきます」鷹史が不意に言う。「伯母も遠くなっていって、あれだけ口うるさくしごいてくれた義父の顔を忘れそうになることもある。去る者、日々に疎しですね。梨田さんも、そうやって私の中から消えていくのでしょう。五年間も滞在なさったとはいえ、次から次へといらっしゃるお客様のお一人ですから、すぐに記憶が褪(あ)せるかもしれません」

そう言いながら、内心は逆のことを感じているのではないか。梨田がいつまでも心に留まることを予感し、それに煩わされることを危惧していそうだ。梨田稔は死んでも去らず、永遠にチェックアウトしない客になろうとしているのかもしれない。

大阪辯護士會館、大阪高等裁判所の前を過ぎる。川を挟んで中之島には中央公会堂。どの角度から見てもいい建物だ。

「このあたりで梨田さんをお見掛けしたことがありますよ。橋の上から。ぼーっと川を見下ろしていました」

さっき通り過ぎたのが鉾流橋。大阪天満宮の天神祭では、その袂で鉾流しの神事が行なわれる。天暦五（九五一）年に祭りが始まった際は、大川に流した鉾が流れ着いたところを祭場としていたのだが、近年は形式的にこの橋のあたりに流れ着いたことにされる。その西側が、階段のついた歩行者専用の水晶橋。もともとは可動堰、つまりはダムだった。大きな四つのアーチの中にそれぞれ九つの小さなアーチがあり、造形が美しい。中之島に架かる主だった橋は様々にライトアップされるが、水晶橋には独特の趣がある。

私たちは階段を上って、その橋の中ほどに立った。東側から川面を覗くと、水がゆっくりと足許を流れて、橋をくぐっていく。

「何ヵ月も前のことです。お声を掛けたら、飴をなめながら『お恥ずかしいところを見られました。私は暇人の見本ですね』と微笑まれました。その時は満潮で、投げ捨てられたペットボトルが一つ、ゆらりゆらりと上流へ向けて漂っていました。それが面白くて、じっと眺めていたのだそうです。確かにお暇だなぁ、と思いましたけれど、秋の風が気持ちのいい午後で、私もしばらくお付き合いしたのですよ。並んで薄荷の飴をなめながら」

あなたはその時間のことをずっと忘れないでしょう。——そう言いたかった。

警察署を出てから三十分ちょっとでホテルに帰ってきた。私は部屋に戻ると、三十分かけて捜査ノートを整理した後、しばらくテレビで世間の動きを観た。仕事をしてみようか、と机に向かってはみたものの、長編の構想メモを少し書いただけである。七時になったので、北新地のはずれまで行って軽い夕食をすませた。

書店や喫茶店に寄って、ホテルに戻ったのは十時前。フロントの高比良からキーを受け取ると、ラウンジでの読書タイムに入った。これは単なる時間潰しではない。

チェックインする者はもうおらず、高比良は外出から帰ってきた中年夫婦の客にキーを渡しただけ。十時を過ぎると、デスクワークのためだろう、奥の事務所に引っ込んだ。私はあることを待ちながら、ラウンジでウールリッチの『聖アンセルム923号室』の再読を続ける。静まり返ったロビーに、弦楽四重奏が囁くように流れていた。

待つだけでは消極的すぎるか、と思いかけた時、高比良が出てきた。目が合ったので、これはさてはと思っていると、まっすぐこちらに歩いてくる。

そうだよ、今が内緒話をする絶好のチャンスだ。いらっしゃい。これを逃すと、この次いつ私と二人きりで話せるか判らないからね。――と北叟笑(ほくそえ)みたくなった。これまた名探偵ポワロなら、「私に話したいことがおありではありませんかな？」と積極的に迫っていただろうが。

私は本を閉じて、テーブルに置く。読書の邪魔になりませんからお話ししましょう、という示唆だ。

「少しよろしいでしょうか？」

「はい。何か？」

琥珀色の制服の男は直立したままで、ソファに掛けようとはしない。

「お座りになりませんか？　その方がお話ししやすいでしょう」

「では、失礼して」

三日ほど前から、彼が何か言いたそうにしていることに気がついていた。ためらっているのは、それが梨田のプライバシーに関することであり、ホテリエとして決断がつかずにいるためだろう。二人きりになる機会があれば重い口を開いてくれるかもしれない、と考えたので、彼が夜勤の今夜、ラウンジに居座っていたのだ。

「これまで言いそびれていたことがございまして。……梨田様についてです」

「聞かせてください」

「お尋ねをいただいた時に、すぐにお答えせずに申し訳ありません。お客様の、それも亡くなった方のプライベートな領域に属することでしたもので。いったん機会を逃すと、ますますお話しするのが難しくなりまして、面目ございません」

前置きはそれぐらいで充分。さぁ、早く爆弾発言を。

「梨田様が毎月十六日にお出掛けになっていた用件について、存じていることがあります。お墓参りをなさっていたのです」

まさか、話というのはそれだけではあるまいね？

3

二月八日。

銀星ホテルを十時に出てゆっくりと大阪駅まで歩き、神戸線のホームに立ったのは十時十八分。十時三十分発の新快速に乗って三ノ宮（さんのみや）駅まで行き、各駅停車に乗り換える。新長田（しんながた）駅を通過する際、亡き母と長田のアパートで暮らしていたという桂木鷹史のことをちらりと思い出した。

須磨海浜公園駅を過ぎると左手の車窓に海が現われて風景が明るくなり、右手の車窓には山が迫ってくる。ここから明石駅付近まで、ＪＲ線、山陽電鉄線、国道２号が山側になったり海側になったり入れ替わりながら続く。須磨駅を出て、瓦屋根の異人館・旧グッゲンハイム邸が右手に見えたかと思うとほどなく塩屋駅に着き、私は電車を降りた。腕時計を見ると十一時十一分。

ホテル近くの駐車場に車を置いているのに、梨田の痕跡を追うために今日は彼と同じ移動手段を利用してみた。細い道を通らなくてはならないらしいので、車だと面倒な箇所があるかもしれない、と考えての選択でもある。

階段を上って改札口を通ると、山側から駅の外に出た。海側は国道に沿ってレストランやマンションが建ち並んでいるが、こちら側は古くからの閑静な住宅地になっている。スマートフォンの地図を確かめながら、上り坂になった道を北へ進んだ。

どこまでも上るだけなので運動不足の身には楽ではないが、六十九歳の梨田が照っても降っても毎月通った道である。しんどがってはいられない。

塩屋から西の垂水にかけては異人館が点在するエリアで、ジェームス山には日本人立入禁止――江戸時代の出島かよ――の外国人居留地がある。同じ神戸市内の異人館街でも、すっかり観光地化した北野とはだいぶ様子が違う。何にせよ、今日の私は調査が目的で塩屋までやってきたのであって、エキゾティックな邸宅には用がなかった。

住宅地を離れ、車に乗ってこなかったのは正解だ、と思いながら曲がりくねった細道をたどるうちに、山の斜面を削ってできた小さな墓地が見えてきた。


「お墓参りをなさっていたんです」

と言った後、高比良はバツが悪そうに目を伏せた。たったそれだけのことを打ち明けるのに勇気が必要だったらしい。もう知っていましたよ、とつれなく言いたい欲求にも駆られたが、ホテリエとしての葛藤があったのだろうし、責めるのは気の毒だ。大した意味もなく、私は知らなかったふりをしてみる。

「ああ、お墓参りに。十六日は、大切な人の命日やったんですね」

「はい。どんな方なのかは存じませんが」

無縁墓地に参っていたのだから判るはずがない。

「高比良さんは、それだけのことを言うのをためらっていらしたんですか？　プライベートな領域といっても、外聞を憚るようなことではないのに」

その点に違和感があったのだが、聞いてみるとそれなりの理由があった。彼は両手を膝に置き、ますます畏まる。

「それにはお恥ずかしい事情が……。あれは、去年の十月十六日のことです。私は夜勤明けの非番で、時候もいいのでちょっと郊外に出てみたいと思い、休日にしては早起きをして、ふらりと家を出ました」

「お独りで？」

「はい。独身で、彼女もいないものですから」

秋の京都を散策しようと考えた彼は、港区内のマンションを出てＪＲ大阪環状線で大阪駅まで行き、京都線に乗り換えようとしたところで梨田を見掛ける。特に変わった様子はなかったのだけれど、心に引っ掛かるものがあった。

「その日は木曜日で病院にボランティアにいらっしゃるはずなのに、どうして大阪駅をうろうろなさっているのか？　電光掲示板を確認した後、神戸線の新快速の乗り場へ向かわれるので、おやおやと思いました」

大阪市内はおろか中之島界隈から離れることもあまりなさそうな梨田が遠出をするらしい。どこへ何をしに行くのだろう、と興味を惹かれて、彼について行くことにしたのだという。

「京都にでも行ってみようか、と思っただけですから、行き先が神戸方面に変わってもよかったのです。梨田様が西宮や芦屋で下車なさったら、自分は降りずに三ノ宮まで遊びにいくつもりだったのですが――」

　梨田は三ノ宮駅で普通列車に乗り換えたのでそれに続く。同じ車両の離れた席に座った高比良は相手を観察しながら、こうなったらどこまでもついて行くことに決めた。

「暇だったから、と言えばそれまでです。子供の頃に『少年探偵団』に夢中になった記憶が甦っていたのかもしれません。梨田様に秘密があるのなら盗み見をしてみたい、という気持ちもあったように思います。……ホテルの人間として、はしたなく、とんでもないことですが、尾行を楽しむことにしたんです」

　各停に乗るということは、そんなに遠くまで行くわけでもなさそうだ、と思いながら。

　藤西福蔵が眠る墓地は、加古川か高砂だと聞いた。もっと先で乗り換えないのが妙だと思ったが、黙って高比良の話を聞く。

「梨田様が降りたのは、塩屋駅でした」

「塩屋？」それはおかしい。「間違いありませんか？」

「はい。そこで降りて、山の方へ上って行くので、建物や電柱の陰に隠れながらついて行きました」

　十五分近く行ったところ、木立の間に墓地があった。近くに身をやる場がなかったので離れたところから見ていると、梨田はそこに入って行き、ある墓石の前で立ち止まって蹲る。線香を上げて合掌。なんだ墓参りだったのか、と拍子抜けした。

「頭を垂れて、熱心に拝んでいらっしゃいました。私が見たのはそこまでです。引き返していらしたら顔を合わせてしまうので、梨田様がお参りをしている間にきた道を小走りで戻りました」

石材店の大将が勘違いをしていたようで、藤西が葬られた墓地は塩屋にあったのだ。新事実だが、梨田の秘密を解く上で何の意味もない情報に思えた。

それでも一応は最後まで話を聞く。絶対に梨田に見られないように、高比良は途中からきた時とは違う道を通り、最後にはＪＲではなく山陽電鉄の塩屋駅に出て、やってきた電車で三宮方面に向かったそうだ。

「梨田さんが手を合わせていたのは、無縁仏を供養したお墓ではありませんか？」

念のために尋ねてみると、予想に反して高比良は否定する。

「いいえ、そういうお墓ではありません。遠くて墓碑は読めなかったのですが、何々家代々の墓と刻まれていました。梨田家代々の墓なのだろうな、と思いました」

「間違いありませんか？」と再び訊いたが、彼の答えは変わらない。藤西家の墓が塩屋にあったのか？

「その墓地の場所と、もし覚えていたら梨田さんが参っていたお墓の場所を教えてください」

「よく覚えています。梨田さんが拝んでいたのは、一番隅っこのお墓でしたから」

ホテルの用箋に描いてもらった。

その手描きの地図を取り出し、墓地に踏み入った。問題の墓は、一番手前の列の右端。とても判りやすい。

相当な風雪に耐えてきたようで苔（こけ）むしていたが、墓碑ははっきりと読めた。梨田家でも藤西家でもなく、〈山田（やまだ）家代々之墓〉とある。

「ん？」

思わず声が出た。梨田家でも藤西家でもないとはどういうことか？　梨田稔の友人知人、恩師といった人がここに眠っているのかもしれないが、それだけのことなら訪ねてくる必要はなかった。無駄足だったかな、と落胆しながらも墓の裏手に回って被葬者の名前を確かめてみる。七人の名前が並んでいて、最も古いものは昭和三年だ。最も新しいものは平成五年九月十六日夏子（なつこ）とある。

ここまできたのだからメモ代わりに写真でも撮っておくか、とショルダーバッグからスマートフォンを取り出しかけた時、私の全身に電気が走った。

——夏子。カコ。

根岸が聞いた〈カコちゃん〉とは、夏子の愛称だったのではないか？　世捨て人になった梨田が命日に欠かさず参った墓なのだから、ただの友人知人であるはずがなく、そこに葬られているのは最後に愛した女性こそがふさわしい。

――平成五年というと……一九九三年か。

最近、その年号をノートに控えた気がしたので、ページを繰ってみると、あった。電気の第二波が私を撃つ。高比良が授けてくれたのは「梨田の秘密を解く上で何の意味もない情報」どころか、秘密を解く鍵だったのかもしれない。

落ち着け、と自分に言い聞かせながら、私は銀星ホテルに電話をかけた。頭に飛来した仮説が的中しているかどうか、この場ですぐに確かめられる。

「お電話ありがとうございます。銀星ホテルでございます」

出たのは美菜絵だ。支配人に替わって欲しいと言うと、あいにく来客中とのことだった。

銀星ホテルを手に入れたがっている投資ファンドの人間がまたきているのかもしれない。

「それほど長引かないと思いますので、お客様がお帰りになったらお電話させましょうか？」

折り返し電話をもらってもいいのだが、一刻も早く答え合わせがしたかった。

「奥様もご存じのことですから、お訊きします。ご主人の旧姓は何とおっしゃるんですか？」

「山田です」

よし、と空いている左手で拳を握った。

「ご主人の亡くなったお母様のお名前は判りますか？」

彼が七歳で死別した母親の名前を、美菜絵が即答できなくても無理はないかと思ったが、彼女は記憶の襞をもたもた探ることなく答えてくれた。

「山田夏子です。それがどうかいたしましたか？」

正解です、と言ってしまいかけた。

「もう一つだけ。その山田夏子さんの命日はいつでしょう？」

「九月十六日ですけれど……」

会ったこともない義母の命日をよく答えられるものだな、と感心した。何にしても、すぐに答えてもらってありがたい。

「義母がどうかしたのでしょうか？」

「頭を整理してからお話しします。お忙しいところ、ありがとうございました。――体調はいかがですか？」

「お気遣いいただいて、痛み入ります。元気潑剌です」

「それはよかった」と言って、通話を終えた。

顔を上げると、木立の向こうに須磨の海が望めた。曇っているので鈍い色をしていたのに、主観のなせる業、私の発見を祝福してキラキラと輝いているように見えた。

義父にしごかれた話をした際、鷹史はこう言った。

――私は子供時代の綽名が〈カカシ君〉だったので。

有栖川タカシ君の綽名がカカシ君になることもあるだろうが、山田タカシ君となれば童謡『案山子』の歌詞をもじってカカシ君と呼ばれる蓋然性は飛躍的に高まるというものだ。閃いたことがすべて正鵠を射ていたので最高に気分がいい。山の斜面を吹き降ろしてくる風の冷たさも消し飛び、体がほてってくる。

とうとう、ようやく、ついに、手応えのある事実を掘り当てた。梨田が銀星ホテルを終の栖に定めたのは、生涯を懸けて愛したカコちゃんこと山田夏子の忘れ形見である桂木鷹史のそばにいたかったからだ。若き支配人の彼を見守りたかったのだろう。

夏子の命日に梨田が通った墓の写真を何枚か撮ったところで、興奮が収まってきた。やっとこさ自力で見つけた事実に過分の評価をしているのではないか、ともう一人の自分が冷ややかに言いだす。

山田夏子の忘れ形見だとしたら、どうなのだ？　かつて梨田と彼女がどれだけ愛し合っていたのか知らないが、そこまで夏子の子供に執着するのは奇妙である。彼が刑務所に入っている間に、彼女は別の男との間で子供を作っている。離れ離れになった淋しさに耐えかねたのかもしれないが、逮捕された二年ほど後には、もうベビーカーを押していたのだ。傍目にはやむを得ないと映っても、梨田にしてみれば冷たい仕打ちと感じられたのではあるまいか。彼が犯した罪に対して夏子が責任を負うところはまったくないにせよ、「私を愛していたから取り乱して、無茶なことをしてしまったのね。あなたもかわいそう」と同情してもよさそうなもので、あっさり男を乗り換えたものだな、という気もする。

梨田の性格や精神状態が違っていたら、夏子を逆恨みしてもおかしくない。根岸の話からすると、そんなことはせずに彼女を想い続けていたらしいが、だからといって彼女が遺した子供のそばにいたいとは望まないだろう。

もしも自分だったら、と考えてみる。出所してくるのを待ち切れずによそに嫁いだ、というのなら悲しくても納得するしかないが、獄舎につながれてまもなく誰かの子供を産んだと知ったら、相手の男はもちろんのこと、彼との間にできた子供には寸分の親しみも感じることはないだろう。そばで暮らして見守るなんて御免だ。

いったいどういう心理なのか、と考え込んでいたら、電話がかかってきた。鷹史だ。

「先ほどは手が離せずに失礼しました。私の母についてご質問をいただいた、と美菜絵から聞いたのですが、どういうことでしょうか？　梨田さんの件に母が関係しているとは思えないのですけれど」

　それはそうだろう。私だってひどく混乱している。とりあえず、高比良が宿泊客を尾行したことは伏せておこう。

「ボランティア仲間から聞いた話が手掛かりになって、梨田さんが毎月十六日に何をしていたのかが判りました。塩屋にある山田家代々之墓をお参りしていたんですよ。そこで眠っている夏子さんに手を合わせていたようです」

　鷹史が息を呑む音が聞こえた。

「……それは、私の母が入っている墓です。梨田さんが何故？」

「見当がつきませんか？」

「さっぱり理解できません。どうして梨田さんが、滞在しているホテルの支配人の母親の墓参りをしてくれるのか、わけが判らない。しかも、月命日に欠かさずにだなんて……」

「十六日に梨田さんが外出する理由について心当たりをお尋ねした時も、想像だにしませんでしたか？」

「するわけがありません！」

「お母様のお墓を参ることは？」

「命日の近くには、たいてい行きます。それとお彼岸のどこかで。年に二、三回は参っていますが……」

「誰かがお参りをしている形跡に気づいたことはありましたか？」

「はい。線香の燃え滓が残っていたり、周辺の雑草を抜いた跡があったりしましたが、従兄がきたんだな、と思っていました」

「従兄とは？」

「母には姉だけでなく兄もいまして、その息子です。奥さんが病気がちだったので、私を引き取るのが難しくて、伯母の家で世話になったんです」

「伯父さんもいらしたんですね」

「はい。伯父も従兄も姫路にいるのですが、ずっと疎遠で連絡を取ることもほとんどありません」

それならば、誰が墓を掃除したのだ、と訝しまなかったことに得心がいく。

「梨田さんと話していて、亡くなったお母様のことが出たりしませんでしたか？」

「雑談をしていて、一回か二回はあったような気もします。何かの弾みで、私が子供時代に母を亡くしたことが話に出て、梨田さんから『どんなことが記憶に残っていますか？』と訊かれたことがあるような……。神戸のオリエンタルホテルに入った日のことを戯れに話したことがありますが……それぐらいしか覚えていません」

「その時の梨田さんの反応は？」

「ふむふむ、そうですか、といった感じでしたが……。特に変わったご様子はなかったと思います」

「では、お母様から梨田さんらしき人の話が出たことは？　記憶の片隅にありませんか？」

「梨田さんなんて名前は聞いた覚えがありません。母と話したのは遠い昔なので、絶対ないとは断言できませんけれど」

「愉快ではない質問ばかりして、本当にすみません。――刑務所に入っている人について、お母様が話していたことは？」

「ありません。覚えていません」

彼に謝るのが少し早すぎたようだ。もっと不愉快な質問が残っていた。

「不躾なことを伺って申し訳ありません。――あなたのお父様は、どういう方だったんですか？」

これまで鷹史から聞いた話の中には、一度も父親が登場しなかった。死んだとも言わないから離婚したのだな、と合点して尋ねなかったのだ。

「『お前のお父さんは、お仕事で遠いところに行っている』と母は申しておりました。七歳の私はサンタクロースの存在を疑いかけていましたけれど、お父さんは遠くでお仕事をしている、という母の言葉は信じていました。母が死んだ後、八歳の時に『お父さんが遠くに行っているというのはお前を傷つけないための嘘で、本当はもう死んでいる』と伯母から聞きました。中学生になると、それも方便で、自分の母を捨ててどこかに行ってしまったんだろう、と考えるようになり、高校生になってから『そういうことだろう?』と伯母に尋ねたら――」

一気にしゃべって、そこで息継ぎをする。

「『いずれ戸籍を見たら判るだろうから話しておくわね。お母さんとお父さんは、結婚をしていない。お前のお父さんがどういう人なのか、伯母さんは知らないのよ』ということでした」

「どんな仕事をしているとか、どこに住んでいるとかも話してくれなかったんですね?」

「『何も知らない』でした。伯母はその話をするのが嫌だったようで――」

言葉が不意に切れた。

「もしもし?」

「有栖川さん、思い出しました。伯母は、ぽつりと言ったんです。『待ち切れなかったのかねぇ』と。どういうことか訊いたら『何も言っていないよ』とはぐらかされましたけれど。

――カコちゃんは夏子の愛称で、梨田さんの恋人だった女性は私の母なのでしょうか？『待ち切れなかった』というのは、梨田さんが刑務所から出てくるのを、なのですか？」

「そうだとしたら、あの人がお母様の月命日にお墓参りをしていたことが理解できると思いませんか？」

鷹史は黙り込む。彼が陥っている混乱は、私どころではあるまい。

4

その夜の十時頃。

思いがけず火村から電話がかかってきた。今が一番忙しいだろう、とこちらからは自重していたのだが。

「お前が勝手に誤解していたんだろうけれど」彼は言う。「入試委員長でも何でもない俺が入試期間にすることは、試験中の監督業務だ。身動きが取れない事態ではあるけれど、監督者として試験に立ち会うだけで、帰ってから明日の準備をしているわけでもない」

「そういうもんか。せやけど、試験が終わったら採点に忙殺されるんやろう？」

「記述問題のある国語や英語の採点者じゃないから何もしない。マークシートの答案は機械がフル稼働するだけだ」

言われてみたらもっともだが、こっちは素人なのだからそのへんについて事前に説明してくれてもよさそうなものだ。

「遠慮しているんだろうと思って、こっちからかけてみた。この六日間の活躍ぶりを聞かせてくれ」

「話したら長いぞ」

「どうぞ」と促すので、ソファに腰を据えて話しだした。六日前には、梨田が過去に起こした事故と事件についてまだ判っていなかったから、伝えるべきことが山ほどある。枝道に逸れないように、しかし言い落としがないよう丁寧に話していくと、たちまち三十分が経った。

「――というわけで、毎月十六日に外出してた理由は墓参りやった。塩屋で山田夏子の墓に参るだけやったら三時間もあれば充分やけれど、加古川だか高砂だかにある藤西福蔵の眠る無縁墓地にも参ってたから半日仕事だったんやろう」

憶測だが、きっとそうだ。高比良がさらに尾行を続けていたら、藤西の墓所がどこにあるかも特定できたであろう。

話すだけでも疲れた、と思っていたら火村に労われる。

「繁岡さんから教えてもらったことを出発点にして、よくそこまで調べ上げたな。大した探偵ぶりだよ。石材店の親爺さんに会って話が聞けたのは運に恵まれたけれど、山田夏子の名前からそれが支配人の母親だと閃いたところは鮮やかだ」

「褒められすぎて気味が悪いな。すごいやろうと、胸を張るつもりだったんやけど、冷静になって考えたら目覚ましく前進したわけでもないな、これが」

「謙遜するなって」

謙譲の美徳をアピールしているつもりはなく、実のところ少し落ち込んでいた。梨田の秘密はまだまだ残っていて、ゴールがはるかに遠いからだ。

「俺はな、足踏みをしてるだけではなく前に進んでると思うてた。けど、考えてみたら目標に向かってるかどうか怪しい。梨田には前科があったこと、広島に移り住んで蓄財できた経緯、銀星ホテルの支配人は梨田が愛した女性の忘れ形見だったこととか探り出したけど、それがどうした？　彼の死が自殺か他殺か、いまだにさっぱり見えてけえへんし、愛した女性が産んだ子供が桂木鷹史やったとして、なんでその子のそばにいたがったのかも理解しづらい。足踏みはしてないけど、俺は砂漠の真ん中で円を描いて回っているだけなんやないか？」

「違うな」火村は力強く言った。「目的地に向けてまっすぐ進んでいないとしても、同じ地平をぐるぐる回っているわけじゃない。お前は回りながら、螺旋状に上昇しているんだと思う」

「肯定的に捉えてくれるやないか。うれしいんやけど、本人にはその自覚がない」

「俺にも真相は見えていないけれど、落ち込まなくていい。今の調子で螺旋階段を上りつめろ。きっと、そういうやり方でなくては解決しない問題なんだ」

励ましてくれるのはありがたいが、徒労感が拭えない。火村の言葉を言い換えると、梨田稔の死の謎は薄紙を剝ぐようにして解け、ということになろうが、玉葱の皮を剝いているようで、いつになったら終わるんだ、と言いたくなる。

「今後の方針について助言してもらえるかな」とリクエストしてみた。

「山田夏子の身辺について調べろ。彼女の友だちを探して、桂木鷹史の父親に心当たりがないか訊いていくんだ」

「簡単に言うてくれるなぁ。当人は二十二年前に亡くなってるんやぞ」

「助言を仰いだんだから、いったんは呑み込め」

鷹史から亡母の卒業アルバムでも借りて、同級生に当たっていくしかなさそうだ。その頃は個人情報の管理が緩いから、住所録も記載されているだろう。しかし、当時の家でそのまま暮らしている人物は稀だろうから、げんなりする。

「鷹史の伯父の話も聞きたいな」さらに火村は言う。「夏子の義理の兄だから何か知っているかもしれない」

「岡崎まで出張するのか？　それはええとしても、伯父さんは認知症やから質問に答えてもらえんやろう」

「伯父が無理なら、彼の長男に当たってみろ。父親から聞いていることが何かないか」

助言はいったん呑み込めと言われても、そんな調査では期待値が低すぎる。鷹史の父親について伯父やその長男が知っていることがあるのなら、鷹史本人に隠さず話していそうなものだが――

「梨田の友人を見つけて、そっちからも話を聞けたらいいんだけどな。となると、また西脇に行ってもらう必要が出てくる」

「……色々やってみるわ。まずは支配人に頼んで、伯父さんとその長男に連絡を取ってもらう」

「直接会って話を聞くんだぞ。電話じゃ頼りない」

「他には？」

「思いつかない。できることからやるしかないのさ」

繁岡が言う「捜査の醍醐味」が味わえそうだ。

「梨田をめぐる謎を解く鍵は、山田夏子が握っている。この認識はお前も共有しているだろう？　だったらそこを攻めるしかない」

「攻めるって……表現が勇壮やな。おずおずと訊かせてもらうけど、火村先生はいつになったら出動できそうなんや？」

「入試が終わり次第、そっちに行く」

最終日がいつなのか、あまり意識していなかった。

「そうか。入試が終わった日にくるんやな？」

「明後日、十日だ。監督業務のお役目がすんだら、その足で飯を食ってから銀星ホテルに入る。もう予約した」

「予約したって……いつ？」

「お前に電話する直前だ。オーナーが出たので自己紹介もしておいた。行くのが怖くなるぐらい、いたく感激されたよ」

閉塞した局面を打破してくれる救世主と思われているのだろう。影浦が持ち上げて紹介していたせいもありそうだ。

「支配人の方は、オーナーほどは真相究明に積極的ではないようだ、とさっきお前は話したけれど、自分の母親が梨田とつながっていたと知ってからの反応はどうだ？」

「当惑してるな。母親がそんな大きな秘密を抱えてたと知ったら、心が乱れるのも無理はない」

「本当は薄々気がついてたんじゃないのか？」

「疑り深い奴やな。いや、それはないと思うんやけど……」

「断定はしかねるよな。奥さんの方の反応は？」

「難しげな顔で考え込んでた。ただのお客やと思うてたのに、向こうは支配人のことをよう知ってたとなると、気色のええ話ではないやろう」

それでも梨田に嫌悪感を持ったりするには至っていないようだった。調べるほど謎が深まっていくことに戸惑っているのだろう。

「影浦さんに中間報告はするのか？」

「迷うところやけど、もうしばらくは伏せておこうと思う。ことは梨田稔一人に留まらず、支配人のプライバシーにも関わるから」

「賛成だな。本職の探偵じゃないんだから、お前の裁量の範囲内だろう。もっと見通しがよくなってから報告すればいい」

一時間ほど話した。最後に「じゃあ、十日の夜までがんばってくれ」と言われ、彼がやってくるまでにもう一つ二つぐらい手柄を挙げておきたくなる。明日どれだけのことができるか、だ。

風呂でしっかり温もり、捜査ノートを持ってベッドに入ったら、すぐに眠たくなってきて明かりを消した。

すると、夢の中に梨田稔が現われる。春物らしいジャケットに、トレードマークだったハンチング帽とアスコットタイ。光の加減からして季節は四月か五月のようだ。場所は、ベンチや植え込みが設えられた水晶橋の上。

薄荷の飴をなめながら佇む彼は、コンクリートの手摺りにもたれて川面を見下ろしながら言った。

――カコちゃんの裏切りには傷つきましたよ。私が出所してくるまで待っていてくれる、と信じていたのに。虫がよすぎたようです。

どう慰めたらいいのか判らず、私は黙っている。

――あんなに早くよその男とくっついて子供を作るとは。そんなことを風の便りに聞いて、恨みつらみを言える立場ではないと知りつつ、高ぶる感情を抑えられませんでした。会って文句を言ってやりたかったのに、娑婆に出てきたらあいつも相手の男も死んでいた。

夢の中でも私は探偵で、気になったことを彼に質問する。

——夏子さんが事故で亡くなったのは、あなたが出所する一ヵ月前でしたね。会いそびれて無念だったことでしょう。相手の男性も死んでいたというのは本当ですか？

——夏子より前に死んでいました。

——それで、どうしました？

——遺った息子の行方をどうにか突き止めたら、大阪のホテルの一人娘に婿入りしていて、支配人に納まっていました。どんな奴なのか、お客になって見に行きましたよ。

梨田は「探偵は役に立つが、高くつく」といったことを根岸に言っていた。あれは、夏子や鷹史の所在を捜す際に探偵を利用した経験に基づく発言だったのかもしれない。

——死んだ男性は、どういう人だったんですか？

——お答えするのを拒否します。

つまらなそうな顔で言った。言いたくないのは、実はその男がまだ生きているからではないのか？　はたまた、本当はその生死を知らないのでは？

——銀星ホテルで鷹史さんと対面してみて、どうでしたか？

——夏子の忘れ形見として愛しく思うようなことはありません。それどころか……鷹史の顔が夏子を奪った男とよく似ていたことに激しい憎しみを覚えました。彼自身には何の罪も落ち度もないことと承知しつつも。

──愉快ではなかったでしょうね。それならばさっさとホテルを出ていって、二度と足を向けなければよさそうなものなのに、あなたはそうするどころか再訪して、五年間も滞在し続けました。まったく理屈に合わないのですが、どうしてそんなことをしたんでしょうか？

梨田は、手にしていた袋から新しい飴を出して口中に投じる。鬢のあたりで撥ねた髪が微風に揺らいでいた。

──隙を見て、鷹史を殺そうとしたのですよ。逆恨みと呼ぶのも異常な心理ですが、生きる意欲を喪失していた私が、やっと取り戻した目標です。殺意は心に根を張って、すくすく育ちました。

馬鹿げていて、とても信じる気にはなれなかったが、ここで言い合いになったら会話が終わってしまいかねない。

──なるほど。それにしても五年間は長すぎます。隙を窺っているうちに鷹史さんに親愛の情が湧いてきて、憎しみはなくなっていったということですか？

──あなたのご想像にお任せします。

──鷹史さんへの殺意はずっと胸に秘めたままで、誰かに明かしたりしませんでしたか？悟られてしまうようなことは？

彼は、微かに笑う。

——鷹史さんに復讐しようとしてたやなんて、下手な冗談ですね。本当はどういうことやったんですか？

何か呟いたが、聴き取れない。そこだけノイズが入ったビデオ映像のように。

——あなたの邪悪な想いを嗅ぎつけた人がいたんですか？　その人物が、あなたを殺した？

梨田は顔を上げて、こちらを見た。

——それはね、有栖川さん、私には答えられないのですよ。死んでいますから。

何を今さら、と思ったところで夢は果てた。

5

翌九日は、まず鷹史に頼んで岡崎に連絡を取ってもらった。伯父は見ず知らずの人間に応対できる状態ではないということで、彼の長男が会ってくれることになる。明日から二、三日は都合がよくないが今日ならば、ということだったから午後二時に約束を取りつけた。長男は歯科医で、診療時間の合間を割いてくれたのだ。

「伯父は会社員でしたが、その父親は歯科医で、親戚にも歯医者を開業している者が何人かいます。長男の淳也(あつや)はその道に進んで、岡崎で祖父の医院を継いだんです」

二時に岡崎ならば、ここを十一時過ぎに出発しても間に合う。まだ時間があるので、山田夏子の友人探しをすることにした。

母親の遺品から中学・高校時代の卒業アルバムと写真アルバムを出してきてもらい、それらを見ながら夏子が親しかったであろう人物を洗い出す。「高校時代に仲のよかった明子(あきこ)ちゃんという子と旅行して——」などと母親が息子に想い出を語ることもあるだろうが、夏子が亡くなった時に鷹史はまだ七歳だった。母の友人の名前を聞いた記憶はない、と言う。

学校を出てからも付き合いが続いた親友が、卒業時に同じクラスだったとは限らないから、他のクラスの写真も注意深く見ていかなくてはならない。まず写真アルバムのスナップで一緒に写っている友だちらしき女の子の顔を覚え、その子が卒業アルバムにいないか照合していくと二人見つかった。メモしておいて、さらに写真アルバムをめくる。

「お母様は美人ですね」

丸顔で、目許がぱっちりとしていて利発そうだ。どの笑顔も自然でいい。

「ありがとうございます」鷹史は真顔で言う。「私にはさして美人には見えませんが、とても可愛らしいと思います」

和むひと言であった。

「鷹史さんは、お母さん似だと言われたことはありますか？」

「いいえ。私はご覧のとおりどちらかというと細面で、母親似ではありません」

「では、お父さんに似たのかもしれませんね」

「どうでしょうか」

　鷹史と似た顔の人物がいないかと考えても、該当者はいない。浮かぶのは、やはり時代劇の若殿だ。

　アルバムを見ていくと、私は行ったことがないのだけれど、ハワイで撮ったらしいスナップが何枚かあった。そのうちの一枚に、ホテルのエントランスを背景にロングヘアの快活そうな女性と並んだものがある。右下に入った日付は、1985.8.15。

　梨田が例の事件を起こした時、山田夏子は休暇でハワイに行っていたという。これがその時の写真なのだ。一緒に写っている女性は、私服で——つまり休日に——須磨離宮公園に行った時の写真などにもいた。卒業アルバムで見ていくと、名前は山崎信恵。出席番号が近いのがきっかけで仲よくなったのかもしれない。

　住所は明石市内だ。今もそこに住んでいるかどうかは判らないが、たとえ北海道や沖縄に引っ越していてもこの女性の話はぜひ聞かなくてはならない。ただちに電話をかけようとしたら、鷹史は「私がかけます」と言った。息子の彼に「母のことでお話が聞きたい」と切りだしてもらう方がよさそうなので任せた。

　傍で聞いている私のために、彼はいちいち復唱しながら話してくれた。電話に出たのは山崎信恵の老母らしい。

「――では、昨日ご旅行からお戻りになったんですね？　お疲れのところまことに申し訳ないのですが、少しお時間をいただけると大変ありがたいのですが……。はい。……はい、伺ってみます。お電話番号を教えていただけますか？」

　信恵は現在六十三歳。大阪の商家に嫁いで、昨日まで夫と東南アジアへ旅行に出ていたらしい。先方が了解してくれれば、すぐに会いに行きたい。

　教えてもらった現住所にも鷹史が電話をしてくれた。梨田の死について調べるのに消極的な態度を示した彼だが、自分の母親のかつての友人の話を聞くことには大いに興味があるようだ。電話をする目が輝いている。

　信恵は家にいた。旅の疲れがあるので今日は勘弁して欲しいそうだが、「明日の午後ならば」と言ってくれたので、スピーディーに今日と明日の予定が決まった。これでいい。俺は螺旋階段を上っているんだ、と自分に言い聞かせた。

　アルバムをさらにめくると、産まれてまもない赤ん坊を胸に抱いた写真が出てくる。日付は1986.11.7。これは、鷹史の誕生日とのことだった。その後のページには、彼女が一人のものは一枚もなく、どれも鷹史とともに写っていた。そうでないのは鷹史だけを撮った写真だ。父親らしき人物はおろか、母以外の誰も被写体になっていなかった。

「お母様は、帽子がお好きだったようですね。こういうの、何と言うか知りませんけれど、かぶり方が洒落ていてよくお似合いです」

「てっぺんが平らなこれですか？」と鷹史は指差して、「ポークパイハットと言います。母みたいな丸顔より、私の方がもっと似合うタイプの帽子ですね。性別を問わず愛好者がいますが、もともとは男性用ですし」

そんな知識もホテリエとして身につけたものなのだろう。彼は懐かしそうに言う。

「これがお気に入りでした。オリエンタルホテルに行った時も、事故に遭った時もかぶっていましたね。母のイメージの一部だったので、今も形見として取ってあります。血が着いているのに……どうしても捨てられませんでした」

彼の悲しい記憶を掘ってしまったようだ。帽子の話などしなければよかった。

部屋に戻って支度をし、「行ってらっしゃいませ」と支配人に見送られて十一時にホテルを出る。長男一家への手土産にどこかで菓子折りを買おうとしていたのだが、美菜絵が抜かりなく用意して持たせてくれた。

「どうかよろしくお伝えください。これ、あちらのご家族がお好きな和菓子です」

「何から何まで調えていただき、ありがとうございます。手掛かりが摑めたらいいんですけど」

どうも美菜絵の表情が冴えない。梨田が鷹史の母親と結びついていたと知り、複雑な心境らしい。どんなものであっても真相が知りたいと希っていたが、それが夫の心の平穏を乱すものならばつらい、ということだろうか。梨田を知る人々の気持ちが揺らいでいるのは、私が螺旋階段を上っている証拠だ。

「行ってきます」

車で新大阪駅に向かって、すぐにやってきた〈のぞみ〉に乗り、名古屋でもほとんど待ち時間なしで名鉄の急行を捉まえられた。豊明駅で一度乗り換えて、岡崎公園前駅に着いたのは一時十三分。少し早すぎたが、せっかく岡崎までやってきたのだから、と復元天守を囲む公園内をぶらついた。

桜の名所らしいから、四月上旬にきたら最高だったであろう。それでも能楽堂や茶室が点在する園内は歩けば気持ちがよく、思いがけない小旅行がうれしくなる。〈三河武士のやかた　家康館〉を見物する時間的余裕はなかったので、公園を出て川沿いを散策した。岡崎城は乙川と男川に挟まれており、二つの川は城の南で合流してほどなく矢作川に注ぐ。優雅にうねった川越しに眺める天守はさらに美しく映り、絵に描いたような城下町の風情が感じられた。

大阪にはないものだ。商業都市だったり工業都市だったり時代によっては本願寺が本拠を構えた宗教都市だったり、様々な役割を担ったせいもあって色が薄らいだのだが、街というのはある程度の規模を超えると城下町っぽさが失われるせいもあるだろう。

大阪では稀代の悪役である徳川家康も、この街では誇るべき英傑だ。わずか二時間移動しただけで、かくも大逆転するのが面白い。

予期せぬ岡崎小旅行を楽しんでから、〈ハナフサ歯科医院〉に向かった。祖父譲りの医院は改築ずみで、白亜の外壁が目にまぶしい三階建てである。私との面談をさっさとすませたいと待っているかもしれないので、約束した二時ちょうどに訪ねると、花房淳也本人が出てきた。

「さっそくにご苦労さまです。三時から午後の診療があるので、あまり時間がなくて、申し訳ありません」

年齢は四十歳だと聞いているが、福々しい顔で愛想がいい。びくびくしながらやってきた虫歯の子供も、この先生なら恐怖心が和らぐだろう。

住まいである三階の応接間に通され、まずは挨拶を交わす。

「鷹史君と美菜絵さんは元気にしていますか？――ああ、それはよかった。仲のいい夫婦ですから、二人で力を合わせてがんばっているでしょう。古くて小さいホテルなので苦労も多いかと思いますが。あいつは親には縁が薄かったけれど、いい結婚をしました。神様が埋め合わせをしてくれたのかな」

短時間ですませるつもりなのだが、花房淳也はゆったりと話す。

「診察の合間の貴重なお時間だと思いますから、手短にすませます」

「私に答えられることだったらよいのですが」

認知症の父親は初対面の人間と会話が成立せず、今日は最大の娯楽であるデイ・ケアに行っているということなので、花房淳也と話せれば充分だ。用件は鷹史から伝わっていたからスムーズに本題に入れた。

「鷹史の父親が誰かは存じませんが、心に残っていることがあります。あいつがうちに引き取られてしばらくした頃、妙な男が訪ねてきたらしいんです。当時、高校生でしたが、『どうかしたの？』と母に訊いても、詳しくは答えてもらえませんでした。『何でもないの。鷹史は自分の子だ、と怪しげな男が言ってきたけど、お話にならないほど馬鹿げた嘘だったからお父さんに追い返してもらったわ。またくるかもしれないから気をつけないとね。あんたも外へ出た時、絡まれないように。揉めそうだったら、すぐ警察に連絡したらいいから』と話していました」

「その人物の名前や齢恰好は？」

「みすぼらしい男、とだけ。――心当たりがおありなんですか？」

「いいえ」

「そうですか。怪しげな男とやらは、いきなり訪問してきたそうなんです。母は警戒していましたけれど、うちにきたのは一度だけだったようですね。ただ、電話は何度かかかってきたらしい。母が『もうかけてこないでください！』と受話器を叩きつけるように切ったことがありましたね。その後、台所の流しで何かを燃やしていました。手紙みたいなものを」

「手紙ですか、手紙みたいなものですか？」

「言い直します。手紙でした。一通ではありませんでしたね。二、三通か、あるいはもっと。燃え滓は生ゴミと一緒に捨てていたので、どんなものかは見ていません」

「まるで何かの証拠隠滅のようですね。あ、失礼」

「おっしゃるとおりですよ」歯科医は鷹揚に言う。「その様子をこっそり覗き見ていた私は、相手の男は本当に鷹史の父親なんじゃないか、と思ったほどです。しかし、もしそうだとしたら母があそこまで拒絶するのもおかしい。鷹史のことを大事に大事にして可愛がっていましたけれど、実の父親が名乗り出てきたら、そう無下に追い払わないでしょう。やっぱり相手が勘違いしているか、あるいは何か企みがあって因縁をつけてきたんだろうな、と思いました」

「その件で、お父様は何かおっしゃっていましたか？」

「父と母が、こそこそ話しているのを聞いたことがあります。父は『鷹史をしっかり守ってやろう』と言っていましたね。どういうことか気になりましたけれど、尋ねたり口出ししたりはしませんでした。その頃は、親父が怖くて苦手だったんですよ。『お前には関係ない。引っ込んでいろ』と言われるのが目に見えていました」

鷹史は伯母一家の愛情に包まれて成長したようだ。彼について語る時、淳也は目を細める。

「齢が近かったら抵抗があったかもしれませんけれど、十一歳も離れていますからね。急に弟ができたことを面白がりました。うちに慣れると『お兄ちゃん、お兄ちゃん』と懐いてくれたし、七歳で母親を亡くしてどんなにか淋しかっただろうに、健気にがんばるのがいじらしかった」

淳也が歯科大に通っていた時、アルバイトの臨時収入で何か奢ってやろうとしたら――

「中学生だったあいつ、『じゃあ、ホテルでランチが食べたい』と言いました。『鷹史とデートかよ』と笑って、ホテルニューオータニに連れて行ってやりましたっけ。ディナーと言われなくて助かりました。ずーっとホテルが好きな子でしたよ。亡くなったお母さんとホテルでジュースを飲んだ想い出が強烈だったんでしょう。あいつにとってホテルは夢の世界なんですよ。今は支配人になって現実と格闘しているんでしょうけれど、本望だろうな」

　鷹史の苦労を察した上での言葉のようだった。

「あいつは私たち家族の一員だったんですけれど、鷹史にしてみれば馴染み切れないものがあったのかもしれません。あっても仕方がない。ホテルに長期滞在しているように思えたりもしたのかな」

　淳也は、溜め息を交えて述懐した。

「鷹史さんが自分の父親について知りたがったことはありますか？」

「私には、おくびにも出しませんでした。しかし、母には恐る恐る尋ねたこともあるのではないでしょうか。訊かれた母は、はぐらかすしかなかったでしょうね」

　ここで梨田稔の名前を出してみる。淳史は、虫歯が痛みだしたかのように頬に手をやった。

「梨田、稔……ですか。その名前には聞き覚えがありません。銀星ホテルで亡くなった方ですね？」

「はい。鷹史さんのお母様と恋愛関係にあったらしいんですが」

「ああ、西脇の！」大声を出した。「轢き逃げで捕まった人ですね？　名前までは知りませんでした。……ひょっとして、その人が鷹史の父親だと？」

「いいえ、それはあり得ないんです。鷹史さんの父親は別にいます」

「それが誰かを調べていらっしゃるんですね。うーん、これは大変だ。母が生きていたら何か聞き出せたかもしれませんが、今となっては……」

腕時計を一瞥して、質問のラストスパートに入る。

「山田夏子さんについてご存じのことをお聞かせいただけますか？」

「夏子叔母さんは気の毒な方です。西脇で好きな人ができたと思ったら、ひどい事件をやらかして刑務所にぶち込まれてしまうし、心機一転、神戸に引っ越してやり直しかけたら、どこかの男との間に子供ができて、男には逃げられてしまう。息子だけを生きがいにつましく生きていたら交通事故で……」

「神戸ではどうやって生活していたんでしょうか？」

「こつこつと蓄えてきた貯金を切り崩しながら、鷹史が産まれるまではスーパーのレジ係などで食べていたそうです。子供ができたらそれもできなくなり、生活保護を受けていた時期もあったのかな。母もこっそり援助していましたけれど。鷹史が保育園に入る頃からまたパートタイマーで働いていました。レジを打ったり、食堂でフロア係をやったり。母からはそう聞いていています」

「男性関係については？」

「そんなこと、母が子供の私にしゃべるわけありませんよ。ただ、叔母が妊娠したと聞いた時は怒っていましたね。『あんな子だとは思ってなかった。西脇の男が拘置所に入る時は、わんわん泣いていたくせに』とか。さんざんぼやいて、父がなだめているのをドア越しに聞きました」

「怒ったということは……涙の別れから一年も経たないうちに、もうよその男性との間に子供をもうけたと聞いて、お母様は薄情だとでも思ったんでしょうか？」

「西脇でつまらない男に熱を上げて、それから一年としないうちに別のつまらない男に引っ掛かる軽率さに腹を立てたんだと思いますよ。母は、不真面目な男が大嫌いでした。夏子叔母さんと違って男選びの目は確かで、いやもう、うちの父のクソ真面目だったこと」

三時が近づいてきたので、私は引き揚げることにする。歯科医は「お役に立てませんで」と頭を下げた。

鷹史の伯母夫妻を訪ねてきた怪しげでみすぼらしい男とは何者か？

鷹史の父親について伯母夫妻には心当たりがあったのか？

夫妻は鷹史を何から守ろうとしたのか？

伯母が燃やした手紙とは何なのか？

駅へと歩きながらずっと思案するが、何も見えてこない。開かない扉の前で、依然として私は立ち尽くしている。
梨田の秘密は、しっかりロックされたままだ。

6

その夜、私は捜査ノートに書き散らしたものをパソコンに打ち込みながら整理していった。何年前に何があって、その時に関係者が何歳だったかが覚え切れなくなったからだ。各人の年齢は、最後の一項を除きその年の誕生日がきた時点でのものにした。

1926（大15）……銀次・星美生
1945（昭20）……梨田生
1952（昭27）……銀星ホテル設立（銀次・星美26）
1961（昭36）……星美没（35）
1976（昭51）……銀次再婚（50）　その妻（25）
1985（昭60）……梨田（40）死亡事故を起こす　鷹史の母（34）

1986（昭61）……梨田（41）鷹史の母（35）出産　美菜絵生（銀次60、その妻35）
1987（昭62）……梨田（42）岡山刑務所へ入所
1993（平5）……梨田（48）9月、鷹史の母没（42）　鷹史（7）　10月、梨田出所
1995（平7）……梨田（50）鷹史（9）　梨田、広島へ　※阪神・淡路大震災
1997（平9）……梨田（52）宝くじに当たる
2007（平19）……梨田（62）　仕事仲間の根岸と訣別　梨田、火事に遭う
2009（平21）……梨田（64）初めて銀星ホテル泊（9月1日）　鷹史（23）
2010（平22）……梨田（65）銀星ホテルでの滞在始まる（1月20日）　鷹史（24）
2011（平23）……梨田（66）　鷹史・美菜絵結婚（25）　※東日本大震災
2012（平24）……銀次没（86）
2013（平25）……美菜絵の母没（62）
2015（平27）……梨田（69）　鷹史・美菜絵（28）
＊2015年は1月時点での年齢

　でき上がった年表を見ていると、美菜絵の両親に二十五も年齢差があることやら、鷹史と美菜絵の母親が同い齢でどちらも三十五歳で当時としての高齢出産をしていることに気がつ

いたが、それに意味があるかというと何もなさそうだ。そして、あらためて梨田が波乱に富んだ人生を送ってきたことに驚くとともに、せめて最期ぐらいは穏やかなものであればよかったのに、と思わずにいられない。梨田ほどではないにせよ、山田夏子と鷹史親子も梨田が犯した罪の大きな余波を受けて苦労していて、こちらの方も夏子の最期に胸が痛んだ。

夏子は、梨田が服役している間によその男との間に子供を作っていたのだが、それにしても彼女が事故に遭うのがあと二、三ヵ月遅かったら、出所してきた梨田と会って何か語らうことができたのに、それもかなわなかった。どこまで運命は無情なのだ。

明日の夜に火村がやってきたら話すことがたくさんある。この年表があるかないかでお互いにだいぶ負担が違うだろう。今夜まとめておいてよかった、と自己満足しているところへホテルの電話が鳴った。

「夜分に失礼します。今、お忙しいですか？」

内線でかけてきたのは鹿内茉莉香。彼女は昨日のうちに東京から帰っていたのだが、顔を合わせる機会がなかった。

「いいえ、時間はあります。何か？」

「もしよろしければ、鋸を持ってそちらに行こうと思うんですけれど」

「私はかまいませんが、十時半ですよ。鹿内さんこそいいんですか？」

「よくなかったら都合を訊きません」

　つまらないやりとり、やめましょうよ、と言いたげである。苦笑しながら「きてもらってかまいませんよ」と答えた。一分と経たないうちに彼女はやってくる。鞣(なめ)し革でできた不等辺三角形のケースを肩に掛け、手にはトートバッグを提げている。

「この部屋に入るのは初めてです。キッチンがないし、ちょっとコンパクトで401号室とは感じが違いますね」

　ソファを勧めたが、彼女は一人掛けの椅子に座る。その方が楽器を弾くのに具合がいいのだろう。

「それが音楽鋸ですか？」

「はい。こんなものです」

　革製のケースから出てきたのはまぎれもなく西洋風の鋸で、ちゃんとギザギザの歯もついている。大工仕事には使えないと聞いたが、不注意に扱うと指を怪我してしまうだろう。続いてトートバッグからヴァイオリンの弓を取り出し、翳して見せた。

「変な時間に押しかけて、すみません。明日は朝早くから出るし、有栖川さんも昼間は忙しそうなので、つい電話をしてしまいました」

　興味があるなら入門レッスンをやってみるか、と私に言ったのを覚えていて、律儀に出向いてきてくれたのだ。彼女は両膝の間に鋸の柄の部分をしっかり挟み、本体を左手で大きく反らせて、「こんな感じです」と弓を構える。鋸にはかなりの反発力がありそうで、それを曲げるためには左手の特に親指に相当な力が必要だろう。

「まずは一曲聴かせてください」

私が言い終わる前に、彼女は弓を下から上へと引き上げていた。水面に映った月のごとき朧な音を予想していたのだが、芯のあるしっかりとした音が発せられる。三音聴いたところで唱歌の『ふるさと』だと判った。素朴なこの選曲も意外だ。

空気が振動しているだけなのに心が揺さぶられる。決して感傷的な演奏ではなく、高らかに歌い上げるような『ふるさと』だ。絶妙のビブラートのせいか、美しい故郷に想いを馳せながら人間が歌っている姿が浮かんでくる。私だけでなく、テーブルも椅子も調度品さえもが聴き入っているようだった。

余韻たっぷりに弾き終え、弓を止めた彼女に拍手を送った。

「沁みました。貧弱な表現で申し訳ありませんけど」

「さっきテレビで震災絡みのニュースをやってて、その中でこの歌が流れたので弾いてみました。思ったようにはいきませんでしたね」

そう言うなり、また急に弾き始めた。今度はシューベルトの『子守唄』だ。慈母が幼子を愛でくるむようなイメージではなく、得体の知れないところへ引き込まれるような夢幻的な演奏。どういうボウイングをしているのか、高音部では女が悲鳴を上げてすすり泣き、低音部では男が憐れに呻く。これを夜更けに子供が聴いたら怖がって泣くだろう、と思っていたら、鹿内はにやりと笑った。「よい子」ではない私のためにホラー版『子守唄』を奏でてくれているらしい。ごめんなさい、ママ。悪さはもうしないから、やめて！　悪戯小僧に悔悛を促す効果がありそうだ。

「気に入りました」と拍手すると得意げだ。

「でしょ？——弾いてみますか？」

彼女に替わって椅子に掛け、同じように膝で柄を挟んだ。歯は自分の方に向ける。左手で鋸本体を反らそうとしたら、想像していた以上に力を入れなくてはならない。

「きついな。親指一本で腕立て伏せをして鍛えるんですか？」

「そんな大袈裟なことはしません。がんばりすぎて練習中に骨折する人もいるようですけれど」

「えっ、左腕を？」

「親指を、です」

恐ろしいことを聞いてしまったが、ごくごく稀なケースらしいので意識しないことにした。

やや口調はぶっきら棒ながら、彼女は〈初めてのミュージカル・ソウ〉を判りやすく指導してくれる。鋸はS字形に曲げ、カーブの途中の一点を弓で擦り上げて音を出すのだが、もちろん目印があるわけではないからスイート・スポットを見つけるのに苦労する。しばらくは情けない音が洩れるだけで、生粋の初心者とはいえこれでは恰好がつかないなぁ、と焦りかけたところで妙なる音が出た。俄然、いい気分になる。

「ビブラートは膝で作ります。簡単に言うと貧乏揺すりみたいにすると音が震えます」

「あ、できる。――この音はレかな？　ドはどこで出すんですか？」

「鋸を曲げる角度を調節して自分で作るんです」

とてもではないが、戯れで触ったぐらいで音階など作れたものではなく、絶望的なまでの音痴になった気がしてきた。ひとかじりしただけで言うのも僭越ながら、これは奥の深い楽器だ。

弦楽器や吹奏楽器を中心に、音を作るところから始まる楽器は多い。そこから私が今やっている調査を連想した。これまで立ち会ってきた火村のフィールドワークでは、捜査員たちが掻き集めてきたデータを使って真相を推理してきたが、今回はそれとは違い、データを見つけ出すところでもがいている。演奏する前に音を作っているのに似てはいまいか。

弓の次に、彼女はハンマーによる演奏も聴かせてくれた。といっても金槌ではなく、ピアノの内部に張られた弦を叩くハンマーだ。それで鋸の腹の部分を打ち、音を作りながら内山田洋とクール・ファイブの『中の島ブルース』を。スリー・コーラスで札幌・大阪・長崎の中之島が出てくるご当地ソング。昭和の歌謡曲というのは数回耳にしたら覚えるもので、最後はちょっと歌ってしまった。

「これを梨田さんに聴かせたかったな、と悔やんでいるんです。きっと受けたのに」

鋸を膝にのせた彼女は、真顔で言った。

「受けたでしょう。今頃、天国で聴いて喜んでくれてますよ」

「そんなふうに思うしかありませんね」

ミュージカル・ソウのレッスンはここで終了して、梨田の話になる。支配人たちから漂ってくる気配と、私が今日どこかへまた遠出をしていたらしいことから、調査に進展があったのではないか、と彼女はにらんでいるらしい。なかなか敏感だ。

商売仲間の根岸三郎がやってきて、広島時代の梨田について話が聞けたことはそのまま明かした。これだけでも大きな動きだ。梨田と桂木鷹史の母との関係については、今は秘匿しておく。

「梨田さんは、支配人夫妻が大好きだったのかもしれませんよ」

彼の広島時代のことにはコメントせず、鹿内はそう言った。

「何故そう思うんですか？」

「ホテルのお客だから大切に接してもらって当然とはいえ、そうされることに梨田さんは慣れていなかったんでしょう。だから、勝手に家族みたいなつもりになってここに居続けた。それだけのことじゃないですか？」

彼女が天井を指差したので、どうしたのかと視線を上げる。

「この真上が支配人夫妻の部屋です。このホテルは古いせいでかえって気密性が高くて、こんな時間に楽器を弾いても苦情が出たりしませんけれど、硬くて重さがあるものを床に落とせば響きます。夫婦だけで静かに暮らしていても、たまには何かを落としてゴトリと音がしたりするでしょう。そんな生活音も梨田さんの淋しさを癒していたのだと思います。好意を持っている人がたてる音は、いいものです」

音に着目するのがミュージシャンらしい。鷹史の母のことを話したら、ほらやっぱり、と言いそうである。

岡崎から帰った私は、花房淳也から聞いたことを桂木夫妻に報告した。鷹史を引き取った伯母夫妻の許に父親だと名乗る人物がやってきたこと、伯母がそれを追い返して夫婦で「鷹史をしっかり守ってやろう」と話していたことを聞いて、当人は軽いショックを受けていた。まるで聞かされていなかったのだ。

「誰も話してくれませんでした。よけいなことは耳に入れない方がいいと考えたのか、古いことなので忘れていたのか……。よく聞き出していただきました、有栖川さん」

礼を言ってもらったが、その「みすぼらしい男」とやらが何者なのかの手掛かりはなく、まさに「よけいなこと」を伝えただけかもしれない。

「有栖川さんのお友だちの先生がくるそうですね」鹿内が言った。「さっき副支配人から立ち話で聞きました。影浦さんが頼った犯罪学者だとか」

もう知っていたか。彼女にも協力を仰ぐ場面があるだろうから紹介しておくのも手間が省けていいだろう。

「ええ、明日からここに泊まります。火村英生といって、京都の英都大学の准教授。専門は犯罪社会学です」

「犯罪が起きたと確定していないのに、乗り出してくるんですね。影浦さんとどういう関係なんですか？」

「何もありません。火村が犯罪捜査の能力に長けていると聞いて、私経由で調査を依頼しただけです」

「犯罪学者、しかも社会学者なのに事件の捜査をするんですか。変わってますね」

胡散（うさん）臭く感じているみたいだ。

「変わっているのは否めません。また同じようなことを質問するでしょうけど、よろしくお願いします」

「このタイミングを見計らっていたんですか？　明後日からまた萬さん夫婦が泊まりにくるそうですけど」

それは私も支配人から聞いている。改築工事に大きな不備があり、今週いっぱいかけてやり直すのだそうだ。

「火村がこの時期になってくるのは、明日まで入試の監督業務で拘束されているからです。それ以上の意味はないんですけど……いいタイミングではありますね。今週中に、また日根野谷さんと露口さんも泊まりにくると言っていましたし」

「一気に結論が出るといいですね。殺人事件だったらぞっとしますから、やっぱり自殺だった、というのを希望します」

彼女は吐き捨てるように言って、楽器をケースにしまい始めたが、何かを思い出したのか、その手が止まる。

「ただ梨田さんのリクエストに応えなかったことだけじゃなくて、もう一つ引っ掛かっていることがあるんです」

「何ですか？」

「部屋にきて一曲弾いて欲しい、というのは口実で、本当は話したかったんじゃないかな、という気がします。根拠はないけれど、打ち明け話のようなことを」

「なんでそう思うんでしょうね。はっきりした根拠はなくても、そう感じさせる素振りでもあった？」

「うまく言えません。言葉は専門ではないので」

「直感ですか。下手にもっともらしく体裁を整えた答えよりも、そっちの方が正解に近いのかもしれません。あなたにそう思わせる何かがあったわけですね」

ミュージカル・ソウ奏者はケースを肩に、バッグを手にして椅子から立つ。

「自意識過剰でそう思っただけかもしれないので、今言ったことは無視してください」

「待って。言葉に専門も専門外もない。あなたに声を掛けた時、梨田さんはどこかいつもと違っていたんですか？」

「人は、常に少しずついつもと違っているものです」

私が相槌を打たずにいると、彼女は言葉を足した。

「梨田さんのホテル暮らしは、クライマックスに近づいていたように思えます。何らかの形でおしまいにしよう、と考えていたんじゃないでしょうか。貯水量が限界にきて放水を開始する直前のダム。決壊する前のダムかな。そんな感じがありました。あの人の目は」自分の右目を指して「探しているみたいでした。ずーっと抱えてきた秘密を明かす相手を」

ここが法廷ならば微塵（みじん）も価値のない曖昧模糊（もこ）とした証言だが、彼女がそんなことを私に話すにはそれなりの理由があるはずだ。実際にそう直感したのか、そうでなければ——

「もしかして、あなたは梨田さんの告白を聞いたんやないですか？」

「いいえ。どうしてそんなふうに思うんですか？」

いずれ明らかになる何かの予防線を張っているのではないか、と思ったのだが、さすがにそれはないか。梨田から秘密を耳打ちされていたのに黙っておきたいのならば、決壊する前のダムのようだった、などと思わせぶりに語らなくてもよい。

「西脇に行った時、自分もタイムマシンが欲しい、と言いましたね。あればいつに戻りますか？」

「そんなこと、私、言いましたか？」

きょとんとしている。本当に覚えていないようだったが、答えてくれた。

「一緒に暮らしてた男の横っ面をひっぱたく一秒前です。元カノと会ったぐらいで、あんなに逆上することはなかった。別れて四ヵ月近く経ちましたけど、後悔してます。未練がましくて、自分にすごく腹が立つ。——おやすみなさい」

ブーツの爪先を振り上げ、出ていった。

7

二月十日。

遅めの朝食をすませてレストランを出たところで、支配人に呼び止められた。浮かぬ顔で、よくない報せがあるらしい。「実は」と彼が言うには――

「先ほど、山崎信恵さんからお電話がありました。『今日の午後三時に拙宅にお越しいただくことになっていましたが、近所に住む娘から連絡があり、熱を出した孫の面倒をみることになりました。ただの風邪のようですから、明日の朝には元気になっていると思います。つきましては、お目にかかるのを明日の三時にしていただけませんか？』とのことです。そういうご事情ならば、と了承いたしました」

「お孫さんが風邪ですか。それは仕方がありませんね」

今日のメインイベントが飛んでしまったが、一日延びただけだ。明日なら火村も同行できるから、かえってよかったとも言える。しかし、鷹史は今日という日を無駄にしないために、朝からある人物を捜すための電話をかけていた。

「母のアルバムには、親しかったらしい友だちが山崎さんの他にもう一人いました。国見里緒子さんという方です。母と山崎さんと、その国見さんの三人で写っているものも二枚ありました」

「ええ。国見さんのお名前もメモしてあります。山崎さんと会えることになったので、昨日は連絡を取りませんでしたけれど。――お電話なさったんですね？」

「卒業アルバムにあった番号にかけてみました。山崎さんの現住所はすぐに判りましたけれど、そうそううまくはいきませんね。こちらの番号は、『現在使われておりません』ということで、私立探偵でも雇わないと捜すのが難しそうです」

「まずは山崎さんの話を伺いましょう。決定的な何かを話してくれたらそれで事足りますし、山崎さんと国見さんとの交際が続いていたら連絡先が聞けるかもしれません。――今日は、火村が到着するまで調査を振り返るだけにしておきます」

私はいったん夕陽丘に戻ることにした。毎日ホテルで洗濯しているが、下着以外の衣類を差し替えたかったし、郵便物をチェックする必要も感じていたのだ。帰ってみると、メールボックスの中は大したものはなく、世間における自分の存在感の小ささを嚙み締める。天麩羅うどんで昼食をすませてしばらく寛いでから、着替えをいくつかバッグに詰めて中之島に引き返すと、午後三時が近かった。

ドアを押し開けてホテルに入るなり、フロントの奥から美菜絵が現われた。モニターで私の姿を見て出てきたのだろう。「よかったら五階でアフタヌーン・ティーをご一緒しませんか？」と言う。桂木夫妻のプライベートなエリアへの初めてのお誘いだ。

「お邪魔していいんですか？」

「粗末な部屋でお客様をお連れするのは失礼なんですけれど」

事務所内の応接スペースでばかり話を聞くのも申し訳ないし、かといってレストランでも内密の話がしにくいから、ということでもあるらしい。

客用エレベーターはペントハウスに通じていない。事務所奥のドア――そこから彼女が出入りするのは以前に見掛けた――の向こうに従業員・荷物用の無骨な大型エレベーターがあって、それで五階に上がるようになっていた。ちなみに宿泊客が利用する階段は五階まで続いているものの、四階に鉄扉があってふだんは鍵が掛かっているため、客がペントハウスに進入することはできない。

エレベーターが五階に着くと床はタイル張りで、正面に木製玄関ドア。大きなプッシュプルハンドルを引いて、「どうぞ」と彼女は招いた。ホテルの内部でありながら別の家にきたようになっており、靴を脱いでスリッパに履き替える。

「ホテルとつながっている感じがしませんね」

「はい。落ち着いて暮らせます」

入ってすぐ二十畳ほどのリビング・ダイニングになっていて、さすがに客室と違って生活感が漂ってはいたが、すっきりと整理されていた。壁には海外の名門ホテルらしきものを描いた絵画や写真が飾ってあり、ここの住人は根っからのホテル好きなのだな、と思う。椅子やテーブル、ソファはどれもカジュアルなデザインのものが採用されていて、ホテル空間との対比でほっとする。

赤と黒のチェック柄のソファを勧められ、きょろきょろと室内を見渡していると、ダージリンティーと人形(ひとがた)に型抜きしたジンジャークッキーが出てきた。焼き菓子は彼女の手作りだろう。

「いよいよ火村先生がおいでになりますね。有栖川さんの部屋のお隣の404号室にお泊まりいただこうと思います」

「部屋に差がつくなぁ」それで文句を言う男ではないが。「私も403号室あたりに替えてもらいましょうか」

「ご面倒でしょうから、今のままが便利でいいのではありませんか？　広いお部屋があった方が打ち合わせなどもしやすいでしょうし」

捜査本部として使えるというわけか。それはいいが、私の部屋なのだから火村の煙草はすぐ換気できる程度に留めて欲しいものだ。

「支配人も、じきに上がってくるでしょう。有栖川さんがお戻りになったらお茶にお誘いする、と言ってありますから」

鷹史がいないところでしたい話があるのなら今のうちだぞ、と促しているかのようだった。ならば与えてくれた機会を活用しようではないか。

「梨田さんと自分のお母さんが恋仲だったと知って、鷹史さんはどう思われたんでしょうか？　まずは驚いて、その次に複雑な感情が込み上げてきたはずです。あらためて梨田さんが亡くなったことへの悲しみや憐れみを感じたとか、その反対にこれまではなかった嫌悪感を覚えたとか」

斜め横の椅子に掛けた美菜絵は、昨夜ここで夫と交わした会話を再現してくれる。それは、このようなものだった。

「とっくに縁が切れた女が残した子供のそばで暮らす、という神経が理解できない。しかも、毎月安くない宿代まで払って。そんなことをして何が面白かったんだろう？」

鷹史は、しきりに首を傾げた。美菜絵としても見当がつきかねる。

「僕を観察していたのかな？」

そう言った途端に、彼は険しい表情になった。自分の思いつきに一抹のリアリティを感じたらしい。

「あなたを観察して、どうするの？」

「梨田さんが、僕の父親が何者だったのかをどうしても知りたかったとしたら……。答えてくれる人はどこにもいないけれど、もしその相手がまだ生きているのだとしたら、実の息子に会いにくるかもしれない。そう考えて、いわば僕のすぐそばで張り込みをしていたんじゃないか？」

「そんな淡い期待が五年も持続するかしら？」

「期待したくなる理由があったんだ。いや、理由なんてなかったとしても、他に打つ手がないんだから、微かな可能性にすがったとも考えられる」

「すごい執念ね。その相手の男性を突き止めて、どうするつもりだったの？」

「まさか復讐しようとしたわけでもないだろうから、母との関係だとか訊きたいことがあったんじゃないかな。七十歳を前に、自分の半生を総括しようとした」

「『七十歳を前に』って、梨田さんの滞在は六十五歳から始まってるのよ」

「じゃあ、還暦をすぎて、と言い直そう。——仮説として無理があるか？」

「ある。あなたを観察するのが目的だったら、あんなにボランティア活動に出てホテルを留守にするわけがないでしょう」

「それもそうか」

勢いをなくした夫に、今度は妻が問い質す。

「梨田さんがお母さんの昔の恋人だったこと、あなたは本当に知らなかったの？」

この質問は、鷹史にとっていたく心外だったようだ。

「もちろん！　なんでそんなことを訊くんだ？」

「この五年間のどこかで、その件について梨田さんから聞いていなかったのかなぁ、と思っただけ」

「聞いていたら君に話したに決まってるだろう。うちの母親が過去に罪を犯したという話でもないから、内緒にする必要がない」

「うん。だけど『話す必要もないか』と思って黙っていたということは？」

「誓って、ないよ。夫婦間で隠し事はしない、という結婚して以来の約束は守っている」

「あなたが鈍かっただけで、梨田さんはそれとなく伝えようとしていた、ということも――ごめんなさい。怒った？」

「いやいや、怒るほどのことでもない」鷹史の目は笑っていた。「今になってみると、あの時に梨田さんは遠回しに仄めかしていたんだなぁ、ということも残念ながらございませんよ、奥様」

「判りました。もう変なことは言いません」

「君がうちの経理を掌握していてよかった。そうでなかったら不穏な想像をしたかもしれないよ。『うちの旦那、梨田さんに弱みを握られていたんじゃないかしら？　お義母さんの過去にまつわる何かを材料につきまとわれて、毎月お金をむしられていたのかもしれない。通帳に跡がつかないよう現金で支払っていたら判らない』とか」

冗談にしても、これはいただけない。美菜絵は夫をたしなめる。

「そんなことを考えるだけでお義母さんに失礼よ。あの梨田さんがゆすり屋だったはずもないし。刑事ごっこみたいなの、もうやめましょう」

「そうだな」と鷹史は頭を掻いた。

美菜絵は今の椅子に、鷹史はソファに今の私と同じように座っての会話だったそうだ。

「今日、山崎信恵という方にお会いするのを彼も楽しみにしていました。楽しみ半分、不安半分でしょうか」彼女は言う。「どんな話が飛び出すか判りませんから。自分が知らない母親の昔話が聞けることを喜びながら、梨田さんに絡んで愉快ではないことを聞いてしまうかもしれない、という心配もあるはずです。――これが最後でしょうね」

「最後とは？」

「有栖川さんが西脇で三十年前の出来事を調べていらしたり、広島から根岸さんが出てこられたりしましたけれど、もうこれ以上は過去を探る手立てがなさそうです。梨田さんをよくご存じだった方が、『そちらのホテルで亡くなった男の友だちです。新聞を見て驚きました』と連絡してくるとも思えません。だから、山崎さんからの聞き取りが最後になる、と」

固く閉ざされた梨田稔という扉。その錠を解くために何本もの鍵を鍵孔（あな）に差し込んでは、これは違う、これも違う、と投げ捨ててきた。残るは最後の一本というわけだ。

「あら」

玄関のドアが開く音がしたので、美菜絵は立ち上がった。鷹史が上がってきたのだ。

「お邪魔しています」

「いらっしゃいませ。ペントハウスというと大富豪のお城みたいですが、うちのはこんな慎ましやかなものです。――あ、いいから座っていて。自分でするよ」

彼は身軽に動き、キッチンで紅茶を淹れる。客人の前でいい旦那ぶっているふうでもなく、これが素の姿なのだろう。梨田の死をめぐる調査については夫婦の間で微妙に意見の違いがあるようだが、それで雰囲気がまずくなっているとは思えない。

「山崎さんと会ったことはありませんが」ティーカップを手に彼は言う。「母が夜に長電話をしていたところを、ぼんやりと覚えています。いや、思い出しました。〈ノブちゃん〉と呼びかけていた気がするんです。山崎さんに愚痴でも聞いてもらっていたのでしょうね。深刻な電話ではなく、よく笑っていました。私が五、六歳の頃で、お友だちなのだろうけれど早く終わらないかな、と淋しがったりしました」

相手は山崎信恵だったと考えるのが自然だ。

「葬儀にもきてくれたのでしょうが、そこで母の友人に会った記憶はありません。ずっと伯母がつきっ切りだったからでしょう」

向こうにしてみれば、今になって夏子の息子から電話がかかってきて驚いたことだろう。何事かと訝っているかもしれない。

「明日からまた萬さんご夫妻がいらっしゃるそうですね。日根野谷さんと露口さんからの予約は入っているんですか？」

美菜絵が答える。

「萬さんのお宅は工事に失敗があったとかで、大変なご様子です。ご夫妻は明日の夜からお泊まりで、日根野谷さんと露口さんは明後日からです」

「露口さんがこちらにいらっしゃる事情はなるほどと思いましたけれど、日根野谷さんの方はよく判りません。あの人、よほど家にいづらいんでしょうか？」

不用意に訊いてしまったが、この二人が常連客のプライバシーを無遠慮に語ってくれるはずもないし、そのあたりの事情はもともと関知していないだろう。梨田の件には関係がないことで、行儀のよくない詮索は控えることにした。

「日根野谷さんは、ずっと以前からこのホテルが気になっていたのだそうです。それで、ふらりと泊まりにいらしたのが最初です。小さなホテルや旅館がお好きなようですね」

彼のことはもういいのだが、美菜絵が当たり障りのない話を始める。

「ご予約をいただいた際に、日根野谷というお名前をメモしておいたら、支配人は日根野さんと谷さんのお二人だと勘違いしかけました。日根野谷というのは比較的大阪に多い姓だそうですね」

そうなのか。ずっと大阪に住んでいるが、私も知らなかった。

「火村先生は、午後九時ぐらいにチェックインなさると伺っています」鷹史が言う。「今日は夕食をすませてからいらっしゃるそうですが、明日の夜はお二人とも〈コメット〉で召し上がってください」

「ありがとうございます。では、そういうことに」

万全の態勢で迎えようとしているらしい。

「有栖川さんと同じお齢だということは、若い准教授ですね。さぞや優秀なのでしょう」

美菜絵が言う。持ち上げて期待がふくらみすぎるのは火村としても困るだろうが、かといって本人の代わりに謙遜する場面でもない。

「ええ、まぁ。警察からも篤い信頼を得ています。時として無愛想ですが、要求したいことがあればはっきり口にするタイプですから、あまり気を回さないでください」

「お部屋やお食事で注意しておくことはありますか？」

「特にないでしょう。——ああ、一つだけ。猫舌なのでコーヒーは温めでかまいません」

「承知いたしました」と美菜絵は笑った。扱いにくい客ではなさそうだ、と思ってもらえただろう。彼女は、すぐに表情を引き締めて言う。

「今夜はお休みになるだけかもしれませんが、私どもにご質問なさりたいことがおありのようでしたらご遠慮なくお申しつけください。４０１号室もご覧いただけるようにいたしますので」

「先生がご希望なされば、です。試験監督でお疲れでしょうから、今夜はごゆっくりなさるのがよいかと存じます」

　鷹史が言い添える。妻は「そうね」と夫に同意したが、気が逸っているようだった。

　訊くべきこともなくなったので、「ご馳走さまでした」と引き揚げることにした。鷹史も休憩にきたのだろうから、私が長居しては迷惑だと思ったのだが、紅茶を飲み干すとまたホテルに戻るそうだ。

　先に靴を履き、鷹史が出てくるのを玄関先で待っていて、あるものが目に留まった。銀星ホテルに滞在して今日でちょうど一週間になるが、それを見る機会はなかった。

　――どういうことだ？

「あのぅ……」

「はい？」

　尋ねかけて自重する。

「いえ、何でもありません。部屋の鍵を失くしたのかと思ったんですけど、ポケットにありました」

　大きなタグがついた鍵がポケットに入っていたら失くしたのかと慌てるはずもなく、われながら白々しい演技だったのだが、鷹史はにこっと微笑んだ。

「あって何よりです。――お部屋に戻られるのでしたら階段をお使いになりますか？」

　その方が早いが、階段室の鍵を開け閉めしてもらうのが手間だろうから、いったんエレベーターで一階に下りることにする。微かな機械音を耳に下降しながら、私は今しがた目撃したものの意味を懸命に考えていた。

　捜査という名の双六は、今日は〈一回休み〉だったはずが、一つ進んでおかしなマスに止まった。もうすぐやってくる火村に、この件をメールで速報しておくことにした。

8

外で夕食をすませて九時前に戻り、フロントで高比良からキーを受け取る。火村はまだ到着していないそうだ。

梨田の墓参について教えてくれたことで重大な事実が浮かび上がってきたのだが、高比良にはそのことを話していないし、支配人夫妻も黙している。例の件については内緒にしてありますよ、と言外に匂わせると、フロント係は安心したようだった。

ラウンジのソファに座り、本棚から抜いた世界のホテルの写真集を見ているうちに三十分近くが経つ。遅れているようだから部屋に上がって待っていようか、と思いかけたところへ旅行鞄を提げて火村英生がやってきた。ダークスーツの上に黒いトレンチコート。赤いストライプ柄のネクタイを相変わらずルーズに締めての降臨だ。これでネクタイが黒かったらオールドファッションの殺し屋にも見える。試験監督を務めてきた大学の先生なのだが。

立って観葉植物の上に頭を出すと、すぐに私に気づいて右手を挙げた。待たせたな、の図である。

「やっときたな、先生」

　援軍というのは、うれしいものだ。彼の探偵としての手腕を聞きつけて影浦が調査を依頼してきたのだから、援軍ではなく本隊と言うべきか。私は斥候にすぎなかったのかもしれないが、それなりにがんばったつもりだ。

「のろのろと亀のように遅い登場で、すまないな。まだ俺のすることは残ってるか？」

「しっかり残してあるで」

　すかさず支配人夫妻が奥から出てきて、丁重に探偵を出迎えた。火村は「お世話になります」とだけ言ってチェックインの手続きをすませる。

「部屋でひと息ついてから、少しだけお話しできますか？」彼は夫妻に言う。「梨田さんが滞在していた部屋も拝見できれば」

　今夜はのんびりして明日から調査、というつもりはないらしい。私は自分の部屋を提供することにした。それならば夫妻の話を聞いた後で、すぐに４０１号室が見られる。「じゃあ、そうしよう」と即決した。

　二人で四階に向かうエレベーターの中でのやりとり。

「大学から駈けつけたんやろうけど、晩飯は食べられたか？」

「途中で手っ取り早くすませた。——お前が送ってくれたメールは読んだ。かなり前進、いや上昇していると思うぜ」

「それやったら、ええんやけどな。天井にゴンと頭をぶつけて行き止まり、ということになりそうで……」

「だったら、ぶち破って天井裏に出ればいいだろう。頭をぶつけたぐらいで終わりにはならない」

「おお、連日の試験監督でぐったり疲れてるかと思うたら、やたら元気やな」

「お前が電話やらメールやらで問題を送りつけてくるから、腕が鳴ってたんだよ」

「やっぱり探偵やな、お前は」

彼の目は、異様に輝いていた。

四階に着くと、左右に分かれてそれぞれの部屋に入った。私は、四人で話がしやすいように椅子を配置し直して、役者が揃うのを待つ。きっかり十五分後、火村と桂木夫妻が相次いでやってきた。火村は夫妻にソファを勧め、自分は別の椅子に掛ける。残った肘掛け椅子が私の席になった。

「有栖川から連絡を受けていましたから、これまでの経緯は把握しているつもりです」犯罪学者は切りだした。「彼がここにきて調査を開始した時よりも、梨田さんについての情報はかなり増えています。それらを踏まえた上で、やはり梨田さんの死は自殺ではないとお考えですか？」

　すぐに「はい」と答えたのは美菜絵で、鷹史の「そうかもしれません」は少し遅れた。自殺か否か、という肝心の疑問については、私がここにやってきた時と変わっていない。鷹史の方は、自分の母親と故人のつながりをどう解釈したらいいか判らず、ますます当惑している様子が窺える。

「梨田さんの印象についてお聞かせください」

　そんなことは私が先刻報告ずみなのだが、彼ら自身が語るのを火村は聞きたかったのだろう。この探偵は、今ここで重要な情報を入手しようとはしておらず、面談を通して桂木夫妻について知ろうとしているらしい。だから私は椅子にもたれて、緊張感なく三人のやりとりを観察した。それぞれ五分ほどかけて夫妻が話したのは、案の定、既知のコメントばかりである。

　年が明けてから、梨田は機嫌がよかったという。その理由について火村は真剣に知りたがっているようだったが、夫妻からは何も引き出せない。「そうですか」と残念そうに頭を掻いてから、声を低くして言う。

「有栖川がここに滞在しながら調べるうちに、梨田さんの隠されていた貌（かお）が少しずつ見えてきました。五年間も身近にいらしたお二人にとっては、驚きを禁じ得ない事実がいくつもあったと推察します。しかし、本当に驚くべきことはこれから明らかになるのかもしれません。――脅しているように聞こえたら失礼。それがどういうものなのか、まだ私には見当がついていません」

美菜絵が、いつにも増して潤んだ目で言う。

「ここまできたら、たとえそれがどんなものであったとしても、ぜひ真実が知りたいと思います。梨田さんが義母と近しい関係にあったと知ってから、その想いはより強くなりました。――ね？」

同意を求められて鷹史は迷いなく頷いたが、その表情にはどこか翳があり、真実という得体の知れないものに不安を抱いていることを感じさせた。

「では、梨田さんがいた部屋を見せていただきます」

私たちは401号室の前に移動し、鷹史がドアを開ける。

黒い絹の手袋を嵌めた犯罪学者がゆっくりとスイートルームを見て回る間、他の三人は居間の壁際に控えていた。夫妻は火村の一挙手一投足を注視し、面白がっているふうでもある。

机の抽斗を検めている時、それまで黙っていた火村が一つ質問を投げた。

「便箋が何枚か使われた形跡がある。どこかに手紙を出したんでしょうか？」

夫妻は「存じません」と言う。彼宛ての郵便物についてはフロントで預かるので目が届いたとしても、出す方まで関知していないのは当然だ。

手袋を嵌めたまま火村は残った枚数を調べて「十一」と呟いた。

「二十枚綴りのうち、九枚がなくなっています。客室係の方はチェックなさっていたんでしょうね？」

「はい」鷹史が答える。「残り枚数が半分以下になれば、新しいものを補充しますので。残りが十一枚ですと、そのままにしておきます」

流れ星のカットを添えた〈銀星ホテル〉のロゴ入りの便箋だ。抽斗には同じデザインの封筒も二枚入っていた。サイズは大きめで、九枚の便箋でも入りそうである。九枚というと相当長い手紙だが。

「客室に常備している封筒はいつも二枚ですか？」

火村の問いに、鷹史は直立不動の姿勢で答えていく。

「いいえ、三枚です。これも残りが一枚になるまでは補充しません」

「便箋と封筒は、いつ使われたんでしょうね。係の方に訊いていただきたいのですが」

「明日、尋ねてみますが……お答えできるかどうか疑問です。梨田さんがよく手紙をお書きになるお客様でしたら気を配っていたでしょうが」

「判らなかったら仕方がありません」

火村は電気スタンドの明かりを点け、便箋を光に透かしていたが、すぐに抽斗に戻した。

それからアルバムに目を通して、窓際に移動してカーテンを調べ、遺体が横たわっていたあたりの絨毯は膝を突いて見分する。大したことはしていないのだが、ほお、と美菜絵が息を吐いた。厳粛な儀式に立ち会っている心持ちがしたのかもしれない。

そこで鷹史は、部屋の鍵と机の鍵がついたキーホルダーを火村に差し出した。

「これからも必要に応じてここをご覧になるでしょうから、鍵を先生にお預けしておきます。……最初から有栖川さんに渡しておけばよかったですね。うっかりしていて、思いつきませんでした」

そんなことで気分を害したりするはずもない。大事なものはなるべくなら預かりたくありません、という無言のメッセージを私が送っていたのだろう。

居間に引き返した火村は、肘掛け椅子の近くで絨毯に黒っぽい染みがあるのを見つけた。ごく小さなもので、私はこれまでまったく意識しなかった汚れだ。火村が内ポケットから取り出したペンライトで照らすと、どうも赤茶色をしていて血痕にも見える。

「これは何でしょうね。お気づきでしたか？」

夫妻は「はい」と同時に返事をした。美菜絵が説明をする。

「警察の方がお調べになったところ、チョコレートだったそうです。梨田さんは、お部屋に暖房を利かせて冷たいものを召し上がるのがお好きでした。特にチョコレートでコーティングされたアイスクリームがお気に入りで、たいてい何本か買い置きなさっていたほどです」

「この部屋は、梨田さんが亡くなってから掃除をしていないんですね？」

「はい。警察の捜査がひととおりすんだ後も、私の判断で清掃は入れていません。やっぱり自殺ではなく事件だった、と判った時のために保存してあるんです」

「敬意を表したくなるほど賢明な判断でしたね」

梨田の死後そのままにしてあるという冷蔵庫を見てみると、なるほど冷凍庫に二本あった。どこのコンビニでも売っていそうな品だ。肘掛け椅子に座り、好物を食べているうちに溶けたチョコレートの滴が落ちたのだろう。

浴室とトイレを覗いてから、火村はクロゼットの中身を調べていたが、あるものをいじりながらこちらに向き直った。手にしているのは、梨田が愛用していたハンチング帽だ。ふくらんだ天井の形が楕円形をしたモナコハンチングである。

「アルバムに貼ってあった近影でも、これをかぶっていらっしゃいましたね。サイズが小さすぎるかもしれませんが、支配人、ちょっとかぶってみていただけますか？　梨田さんと同じように」

すっと差し出したので半ば反射的に鷹史は受け取り、真面目くさった顔で頭にのせる。火村はクロゼットの扉を開いて、鏡に映るようにした。

「こんな感じですが……それがどうかしたのでしょうか?」

それには答えず、注文をつける。

「もう少しだけ深くかぶってみてください。……ああ、そんな感じ。はい、結構です」

怪訝そうにしている鷹史の頭から、無造作に帽子を剝ぎ取ってクロゼットにしまう。理由も言わずに礼を失したふるまいで、私はどきりとした。

「先生、今のは何の実験ですか?」

「梨田さんがどういう人だったのかを探る一助です。ご協力ありがとうございました」

占い師ではあるまいし、あんなことで梨田の人物像が探れるわけがない。何か意図があってのことだろうが、この場では尋ねないでおいた。火村はさらにクロゼットを見ながら、梨田が亡くなった時の服装を知りたがる。

「右端に吊るしてあるセーターとワイシャツとスラックスをお召しになっていました」美菜絵が答えた。「警察に返却していただいたのを、洗わずに置いてございます。洗濯してしまうと大事な証拠がなくなってしまうように思ったものですから」

「それもまた非常に賢明でした」

火村はわざわざ振り返って言ってから、ハンガーに吊るされた三点を取り出してテーブルの上に広げ、床に膝を突いて調べていく。私もその横にしゃがんで、彼の手許と視線を追ってみた。まずは、焦げ茶色のラグランセーター。

「よく見ると、こちら側の一面に絨毯の毛が付着しているだろう。判るか？……背中側にはない」

彼に言われて目を凝らすと、ルーペを遣わなくてもかろうじて見える。

「遺体は俯せになってたんやから、何の不思議もないやろう」

「確かめてるんだ」

ワイシャツの胸許にも紺色をした絨毯の毛の滓が着いているのを見てから、火村はスラックスを念入りに調べる。ポケットは空っぽで糸屑(いとくず)すら入っていない。セーターと違ってこちらにはほとんど絨毯の毛は着いていなかったが、その代わりに何かを発見したらしく、左脛(すね)部分の一点に顔を近づけてそのまま静止した。

「どうかしたんか？」

「チョコレート色の微かな汚れがある。上から下に擦ったような跡だ」

どれ、と覗き込むと、そのようなものがあった。

「さっきのチョコアイスが溶けて落ちた跡やろうな。小さな染みとはいえ、これが血痕やったら警察が見逃してないやろう」

「ああ、そうだな。こいつも血が流れた跡じゃない」

梨田は首を吊って死んでいたのだから、血痕に拘るのが不審に思えたが、単に流血がなかったことを確認しているだけなのかもしれない。

見終えたセーター、ワイシャツ、スラックスを火村がハンガーに掛けてクロゼットに戻したところで、美菜絵が言う。

「靴下とスリッパもご覧になりますか？　下の隅っこにあるはずです。小物入れには腕時計も」

「亡くなった時に、梨田さんは腕時計を嵌めていたんですね？」

火村はそちらに注目した。

「はい。昨今は腕時計をしない方も増えていますが、携帯電話の類と無縁だった梨田さんにとっては必携の品だったようです」

「私は外から帰るとすぐに腕時計をはずすんですが、梨田さんはそうではなかった？」

「寝る前にはずすタイプだったのでしょうね。お部屋にいらっしゃるところへ用事でお邪魔したことが何度かありますけれど、いつも腕時計をしていらした記憶があります」

腕時計に目をやって「もうこんな時間ですか」などというやりとりがあったので覚えてい

るそうだ。

「自殺だったら腕時計をはずしたはずだ、ということでしょうか？」

靴下とスリッパを検める火村に、鷹史が尋ねた。

「いいえ、そんな決めつけはできません。いつもしない人が嵌めていたら奇妙ですけれどね」

腕時計はセイコー製のありふれたもので、私の目にはせいぜい二万円以内の品に見える。金属製のベルトの隙間に粉末のようなものが着いているのが気になったのだが、犯罪学者によると「指紋を採取した跡だろう」とのことだ。

「梨田さんの利き腕はどちらでした？」

誰にともなく火村が訊き、真っ先に美菜絵が「右です」と答えた。腕時計をどちらの手首に嵌めていたのかまで確かめたいのか？

見るべきものがなくなると、火村は夫妻に丁寧に礼を言った。もう今夜はこれでいい、と。

「明日からもお手を借りる場面が多々あるでしょうが、よろしくお願いします。――われわれは、もう少しここにいます」

夫妻は「それでは」と部屋を出ていく。火村がきた早々から振り回されているようで、いささか申し訳なく思った。

## 9

「さて」

当の犯罪学者は、さばさばした様子だ。居間の中央に立ち、腰に両手を当てて室内を悠然と見渡している。

「なぁ、アリス。お前がここで首を吊るとしたらどうする？」

これはまた縁起でもないことを訊いてくれるな、と思いつつも、ミステリ作家たるもの抗議するわけにもいかない。戯言（ざれごと）ではなく捜査の一環なのだろうし、真摯に答える。

「ロープを掛けられる天井の梁（はり）がないから、非定型縊死を選ぶしかないわな。梨田さんと同じ形をとるか、そうでなかったら……ドアノブか。あれは頑丈そうやぞ」

「俺もそうするだろうな。首を吊ろうと考えていたら、この部屋のどこにいても目に入るあのノブは、きらりと光って見えそうだ。もちろん、ノブにロープを掛けなかったから自殺ではない、ということにはならないけれど」

彼が言いたいことの見当はつく。

「自殺に偽装した他殺やとしたら、ノブは使いにくいな。犯人が部屋を出る時に、被害者の体が邪魔になる」

「だろ？——しかし、そんな状況をいくつ並べても他殺を裏付ける決定的な証拠にはなりゃしない。発見者をなるべく驚かせないように奥の部屋での死を選んだとか、戸口より清浄感のある寝室を選んだとか、反論されたら納得するしかないだろう」

「としたら——さぁ、どうする？」

火村がソファに座ったので、私は肘掛け椅子に腰を下ろした。

「明日の午前九時半に天満署に行って、この件に関する調査資料をすべて見せてもらう。繁岡巡査部長に依頼ずみだ」

「手回しがええな。山崎信恵を訪問する前にそんな予定を組んでたんか。さすがに本隊は違うな」

「ホンタイ？」

「いや、何でもない」

火村は、斥候たる私の報告を聞きたがったが、その前に答えてもらいたいことがあった。

「便箋九枚と封筒一枚がなくなってるのは気がつかんかった。あれにはどういう意味があるんや？」

「梨田がどこかに手紙を書いて送った。あるいは手紙以外のものを書き残して封筒に入れた。どっちかだろうな。前者だとしたら、どこの誰に送ったのか今となっては調べようがない。後者だとしても……」

「調べる術がないな」

「ああ。だけど想像を巡らすことはできる。——たとえば、遺言状」

急に自殺説に傾いたのかと思ったが、そうではなかった。

「遺言っていうのは自殺する人間だけが書くわけじゃない。いつかくる自分の死の後、何をどう処分してもらいたいかを心身が健やかなうちに綴っておくものなんだから、彼のように多額の預金を持っていたら書かない方が不自然だろう」

「元気なうちにホテルの便箋に書いて、ホテルの封筒に入れておいた、と？」

銀星ホテルを終の栖と定めていたのなら、そこの用箋を使ったのは心情的に判るが——

「ほんまに遺言状を書いたんか？」

「断定はできないな。残っている一番上の便箋に跡がついていないか光に透かして見たけれど、何も判らなかった。固い台紙を下敷きにして、筆圧のかからない筆記具を使って書いたらしい」

「遺言状やったと仮定して、それはどこに行ったんや？　この部屋のどこからも見つかってない」

「そんな大事なものをゴミと間違えて捨てるはずもないから考えられるのは、第一に梨田が自分の意思で破棄した。第二に犯人が持ち去ってしまった。——第二のケースは、言うまでもなく彼の死が他殺であることを前提にしないと成り立たない」

「他殺やったとして、犯人はなんで遺言状を持ち去ったんや？」

「現時点では、その内容が犯人にとって不都合だったから、と想像するしかない」

「判らんなぁ」私は笑いたくなった。「たとえばこうか？ 梨田は反捕鯨活動を推進している団体に莫大な遺産を寄付しようとしてたので、それに怒った鯨肉をこよなく愛する犯人が彼を殺害し、遺言を闇に葬った。——殺人事件の動機として、あまりにもクレージーやろう」

「お前、これまで俺のフィールドワークに何回も同行して、クレージーな事件をいくつもくぐってきたじゃないか。——とはいえ、それだけでわざわざ人を殺すとも考えにくいな」

承服しかねる点はそれだけではない。

「梨田稔は、〈何も無しだ〉さんで、ミスター・ミステリーやった。彼が二億以上の遺産を持ってることと、それをどんなふうに処分しようとしているのかを、犯人はどうやって知ったんや？」

「たまたま知ったんだろう、としか言えない」

いくら火村でもただちに答えられるはずがない。意地悪く深追いするのはやめて、気になっていた別のことについて尋ねる。梨田のハンチング帽を鷹史にかぶらせた理由だ。

「説明しよう」

彼は腰を上げ、クロゼットから問題の帽子を取り出してきた。そして、内側を私に向けて示す。

「支配人の毛髪が欲しかったのさ。ほら、ここにある。ここにも。ちゃんと毛根がついているのが三本あるぜ。一本でも充分だったのに、こいつは上出来だ。後で保存用の袋に入れて、警察に鑑定を依頼する」

「DNA鑑定……。そうか」

六時間ばかり前、私が送ったメールを読んで、鷹史の毛髪採取を思いついたのだ。

「俺に速報を送ってくれただろ。桂木夫妻の居室に通された時、鷹史の足の小指が並はずれて長いのを見た、と」

靴下の上から見ただけだが、普通ではなかった。あれでは既製の靴が履けないのではないか、と思うほどだった。

「梨田の死体検案調書にあったよな。『両足とも先天的に第五趾が長い』。単なる偶然という可能性がゼロではないにせよ、注目せずにはいられない身体的特徴の一致だ」

そう、だから彼の足の小指を見た瞬間、私はこっそりと色めき立った。火村がくるまでにひと手柄とはいかなかったが、それにつながる重大な発見をしたのではないか、と。

「気がついた時、興奮しただろ？」

「ちょっと、な」

「おそらく梨田もそうだった。ほら、夫妻の部屋に招かれて、バスタブの排水の流れが悪くなっているのをワイヤーで直した時さ」

取るに足りない些事だと思いながら、私はそんなことも火村にレポートしていた。

——水が流れるようになって私たち夫婦が喜ぶと、梨田さん、すごくうれしそうだったのです。歌いだしそうなほど上機嫌で、「今日はいい日だ」と笑いながらお茶を飲んでいらっしゃいました。おかしなもので、こっちがいいことをして差し上げたような錯覚がしたほどです。

鷹史はそう語った。

「浴室でバスタブの水の詰まりと格闘していたんだから、鷹史は裸足で作業をしていたんだろう。そこで梨田は見たんだよ、鷹史が自分と同じ身体的特徴を持っているのを。銭湯でそんな人物を見掛けたとしても、おやっと思っただけだろうけど、彼には察しがついていたんじゃないか？　彼は『歌いだしそうなほど上機嫌』になったんだって？　本当は鷹史の手を取ってダンスがしたかったのかもな。『君と私は血がつながっている。君は私の同族だ！』と飛び跳ねながら」

「……火村」

悪寒（おかん）が走ったので、私は彼を止めた。

「お前、さっきから寝室の方を向いてしゃべってるな。あっちの部屋から『はい、そうです』という声が返ってくるのを期待するみたいに。気色が悪いから、やめてくれ」

「爺様の怪談噺（ばなし）に顫え上がる子供かよ。どうした、アリス？　俺は寝室の方を向いてしゃべってなんか――」

「無意識のうちにそうしてるんや。お前がコチコチの無神論者で幽霊や狐狸（こり）妖怪の存在も信じてないのは判ってるから……体の向きをこっちに戻せ」

火村が肩をすくめるのを久しぶりに見た。

「支配人の毛髪のDNAを鑑定して、梨田との血縁関係の有無を調べてもらうんやな。警察はやってくれるやろうか？」

「鷹史に事情を話して、同意書をもらった上で毛髪を提供してもらえたらよかったんだけれど、隠し玉にしたいからこういう手段に出た。警察には嫌がられるかもしれないな。説得するよ」

「隠し玉と言うけど、もしかしたら鷹史本人は自分と梨田の血のつながりに気がついてるのかもしれへんぞ」

「それはない」

「断言するか」

「ああ。梨田と血縁があることを知っていたら、自らアピールするはずだ。唯一の血縁者だったら二億二千万円ほどの遺産が相続できるんだからな。その権利をみすみす放棄するとは考えられない。ましてや、このホテルが財政的に苦しい時に」

「ふむ、おっしゃるとおり」

機を見て名乗り出ようとしていた、と考えるのも無理がある。

「お前が言うとおり、『君は私の同族だ！』というのは偶然の出会いではなく、梨田の探索の結果なんやろう。せやけど、その発見に大喜びした後、梨田は特に何のアクションも起こしてない。遺産の相続人が見つかったことだけで満足してたんか？」疑問はまだある。「梨田は天涯孤独の身の上や。兄弟姉妹もいてなかったから桂木鷹史が甥ということもない。血縁はええとして、具体的に彼らはどういう関係なんや？」

「これから調べてはっきりさせるんだ。彼の両親はアダムとイヴだったわけじゃない。系図を広げていけば遠縁の人間が現存しているだろうし、兄弟姉妹がいないというのも戸籍上のことで、実はいるのかもしれない」

「そこまで調査する能力がわれわれにあるか？　個人情報保護が厳しい昨今、難しいやろうな」

梨田には、戸籍に載らない兄か弟がいたと仮定しよう。その男は、梨田が刑務所に入っている間に山田夏子と肉体関係を結んで鷹史を産ませたことになる。どんな経緯でそうなったにせよ、梨田にすれば愉快ならざる事態だったであろう。鷹史が自分の甥だと知った場合、「君は私の同族だ！」と歓喜するとも思えない。

山田夏子と愛し合ったのが自分以外の男であっても、心から喜べる人物だったのだろうか？　わがことに置き換えて考えてみるが、それがどんな人物なのかさっぱり判らない。私ならその相手の男を憎みそうだし、こんなことになったのは自分が悪いせいだと諦めるにしても、産まれた子供に愛しさは感じないだろう。愛した女の分身であっても無理である。

「この螺旋階段は、どこまで上がっても終わりが見えへんな。延々と続いてるだけやったらまだええけど、そのうちふた股（また）に分かれるんやないか？」

つまらないぼやき節にかまわず、火村は部屋の遠くに視線を投げたまま黙っていた。

「こんな調査は初めてだな」やがて彼は言う。「いつも俺たちは、殺人事件の報せを警察から受けて捜査に加わってきた。あるいは、自分が殺人現場に居合わせた場合に捜査に乗り出した。ところが今回は違う。自殺とも他殺とも知れない死の真相を探るため、まず被害者について知ろうと躍起になっている。現場を踏む前からお前のレポートを聴いたり読んだりして、俺だってずっと考えていたんだよ。フィールドワークに臨んで、どんな時も被害者に多大の関心を払ってきたつもりではあるけれど、こんなに死者と向き合った覚えはない」

夜は更けゆき、今日の終わりが近づいている。零時になれば二月十一日か、と思ったところで、三・一一に想いが飛んだ。

地震や津波で数人の犠牲者が出ても大きな災害なのに、四年前の三月や二十年前の一月に発生した震災の被害は桁外れに大きく、死者の名前よりも数が暴力的に突きつけられたことで、生命の儚さすら感じさせた。私たちは、死者を弔い、悼み、忘れないことの大切さをあらためて思い知り、生者として永らえ続けている。死者は帰らないが、彼らのために生者にできることはある。祈るだけではなく、死をもたらした対象を分析して、同じ災禍に遭った時にどれだけ被害を小さくするかを考えるのも務めだろう。なすべきことは多いのだ。

梨田稔の死に対して火村と私にできるのは、探偵すること。それで殺人をこの世から根絶することはできないが、死者を弔い、悼み、忘れないことにはつながる。

「調査ノートを作ってるんだよな」火村が私の感慨を断ち切った。「それを見ながら、この十日の間にお前が調べ上げたことをくわしく聴かせてくれ。経緯をレポートしてもらっているけれど、復習だ」

そうときたら４０２号室に移動である。

「刑事ごっこの成果をやっと聴いてもらえるな。何でも質問してくれ。この時を待ってたんや」

４０１号室を出る前に、火村は私を見て言う。

「刑事ごっこどころか、お前は本当によくがんばったよ」

# 第六章　その正体

1

二月十一日。

ホテル暮らしを始めてから早寝早起きをするようになっているので、七時には目を覚ましてシャワーを浴びた。バッグを提げて朝食にレストランへ下りて行くと、火村はすでに窓際の席に着いており、私が薦めてもいないのにお粥を啜っている。

「さっき副支配人に挨拶した時に、これを食べてみるように言われたんだ。かなりいけるな。昼と夜はフレンチなのに、朝はこんなものが出るのか」

ご満悦で、よそのホテルでは水気が多いべとべとのものを食べさせられて閉口した、などと言うのみならず、具材をつぶさに観察して、前日に余った食材をどれほど合理的に活用しているかを頼んでもいないのに解説してくれた。フィールドワークにやってきて、このホテルに寛がされているかのようだ。昨日、肩で風を切って登場した時とえらく違うので、おいおい大丈夫か、と思ってしまう。

「丹羽さんとは、お粥の他にどんな話をしたんや？」

「三分ばかり立ち話をしただけで、ほんの挨拶程度さ。タフで忠節なるご家老という印象だな。いや、もっと格上のご老中か。若い殿と姫をしっかり支えたい、という想いがにじみ出てくるみたいだった。他の客の目につかない柱の陰で、『何卒よろしくお願いいたします』と低頭されたよ」

「どうせ警察の言うとおり自殺なんやから適当なところで調査を切り上げて欲しい、という希望はにじみ出てなかったか？」

「銀星ホテルへの思い入れの強さをアピールしていたのは、『このあたりで幕引きをしてもらいたい』の婉曲なメッセージだったのかもしれないけれど、俺はここへきたばかりだから『では、そうします』になるはずがない。『あなたも調査の真似事ぐらいしてから結論を下せばいい』が彼の本心かもな。――お前の探偵ぶりは評価していたよ。どうせ何も判らないと思っていたら、梨田が支配人の亡き母親とつながっていたことを炙り出したんで驚いていた」

「当然やろうな。火村先生にまで認めてもろたんやから」

評価するからさらなる奮闘を望まれているのかというと逆で、だからもういいだろう、と丹羽は言いたいらしい。いくら新しい事実を掘り出しても梨田の死が自殺であることを否定できないので、こちらとしても胸を張ってはいられない。本業を投げ出しての調査に私が音を上げる前に火村が駈けつけてきたことに対して、内心、丹羽は舌打ちしたいのではあるまいか。

食事がすむとそのままホテルを出て、私の車で天満署を訪ねる。どんな顔で繁岡が待ちかまえているかと思えば、これが意外によかった。満面の笑みで愛想を振りまきはしないまでも、大切な用件に応じようとしていることが窺えたのだ。噂の火村英生准教授とご対面できるせいかと思ったら、梨田の自殺説見直しについては署長も大きな関心を寄せているという。

「まだ今なら後戻りができますから、われわれは捜査の軌道修正を恐れていません。やるべきことをやります」

巡査部長は気負った調子で言い、犯罪学者の参戦に歓迎の意を表した。それだけでは説明不足だったらしく、こう付け加える。

「実のところを申しますと、銀星ホテルに五年も滞在していた身寄りのない客が巨額の金を持ったまま謎の死を遂げた、という事実がある週刊誌に洩れて、問い合わせが入りました。大衆の好奇心を刺激する事案ですから、ことによると大きな記事になるかもしれません」

まさか警察の尻を叩くために影浦がリークしたのではあるまいな、と思ったがそうではなく、新聞社系の週刊誌が社会部記者の取材を聞き齧（かじ）って関心を示しているようだ。もしも他殺だった場合に備えて、警察は含みを持たせた対応をしたいのだろう。

　資料が用意されている会議室に通されると、火村はさっそく解剖所見から目を通しだした。私はその隣に座って、桂木夫妻を始めとする供述調書を読んでいったが、特に新しい発見はない。ページをめくる乾いた音だけが静かな室内に三十分ほど続いた。

　大発見があるわけもないわな、と思いながら顔を上げると、火村が資料をにらんでいる。その視線の先を覗くために中腰になったら、彼と目が合った。

「どうかしたか？」

「いや、同じ箇所を熱心に読んでるみたいやから何かあったのかな、と思うて」

　火村は資料のファイルをこちらに寄せた。現場の残留指紋に関して記されたページだった。

「ここだよ」

　彼が示すところを読むと、梨田の腕時計に指紋が着いていなかった旨が書いてあるだけで、重要な意味があるとは思えない。

「腕時計の指紋がどうか——」

　訊きかけたら、繁岡がドアを開けた。彼の後ろにもう一つ見慣れた顔がある。光沢のある天然のスキンヘッドは、誰あろう府警本部の船曳警部だ。

「ご苦労さまです、先生方」

　ことのほか腹部に肉を蓄えた恰幅のいい警部が入室してくる様は、さながら村相撲の土俵入りである。会うのは数ヵ月ぶりだったが、また少し体重を増やしたのではないか。〈海坊主〉という綽名が〈布袋様〉になってしまわないか案じられる。

船曳がくることは火村も聞いていなかったようだ。

「お目にかかれるとは思っていませんでした。どうしたんですか、警部？」

「どうしたもこうしたも、ついでの用をこしらえて火村先生と有栖川さんの様子を窺いにきたんですよ。大阪府警としてお二人に厄介事を投げっぱなしというわけにはいきません。管理官も気にしています。先生方のことですから、いきなり出し抜いてわれわれの面子を叩き潰すこともないでしょうけど、結果としてそうなってしまうこともあるわけで」

火村が調査に乗り出したと聞いて、本部も安閑としていられなくなったらしいが、実際のところこれまで動き回っていたのは私一人だ。自分が大阪府警を揺さぶったような錯覚を起こす。

「何か摑んだことがあるんでしたら、教えていただけますかね。情報を共有した上で、こちらにできることがあれば何でもやります。本来、われわれの仕事ですから」

警部と繁岡は、私たちの向かいの椅子に腰を下ろした。

「私は昨日まで試験監督をしていて、彼が一人でことに当たっていました。明らかになった事実を本人から話してもらいましょう。――どうぞ、有栖川刑事」

唐突に命じられて戸惑いながらも、私はノートを参照しつつ調べたことを順に報告していった。三十年前に梨田稔が起こした事件の顚末とその後の彼が送った人生について——ここまでは根岸三郎を連れてきた時に繁岡には話してある——船曳が真剣な表情で聴き入るので、まるで本物の刑事になったような気がした。梨田が桂木鷹史の亡母の恋人であり、死ぬまで命日に墓参を続けていたことに刑事らが驚いたのでうれしくなり、「それだけではないんです」と鷹史の第五趾に梨田と同じ特徴があることを語ると、巡査部長はがっくりと肩を落とした。

「参りました。あのホテルに滞在しながらそんなところまで独りで調べ上げたんですか。本職のデカ顔負けですね」

「見事なもんです」船曳も言う。「ようそこまで突き止めたもんです。塩屋の墓参りのことをフロント係の高比良が警察に話さんかったんはけしからんことですが、その情報の重大さに無自覚だったんやろうし、お客をつけ回したことはホテルマンとして言いにくかったんでしょう。それを引き出したのは有栖川さんの人徳と熱意でしょう。いやぁ、それにしても火村先生抜きで有栖川さんがここまで——いや、大したものです」

警部が口を滑らせかけたのは余裕で聞き流し、私は「色々と幸運に恵まれました」と慎み深く締める。その間、火村はずっと顔を伏せて資料を読み返していたのだが、私の話が終わるなりポケットから透明の袋を取り出した。

「ここに入っているのは、桂木鷹史の毛髪です。彼と梨田に血縁があることを証明するため、DNA鑑定をお願いできないでしょうか。捜査にとって重要なだけではなく、梨田の遺産相続にも関わってきます」

「任意で提出されたものですか？」

やはり警部はその点を忽略しない。

「いいえ、本人にかぶってもらった帽子から採取したものです。立会人の適格要件を満たす有栖川がその場にいましたが、そもそも私自身が警察官ではありませんし、発見状況の写真撮影などを行なってないので立証措置が講じられていないブツです。気が逸ったもので、とっさにやってしまいました。後日、警察官に正式の手続きを踏んで桂木鷹史から毛髪の提出を受けてもらうことにして、まずはこれを鑑定していただけませんか？」

とっさにやってしまいました、という言い草に私は甘えたものを感じて、今からでも彼を止めたくなったが、もう手遅れである。船曳はビニール袋を手に取り、二重顎を三重にして頷いた。

「やっていただけるんですね？」

「科捜研に回します。もし、梨田と血縁関係があるという結果が出たら、その時はあらためて当人に任意提出書を書いてもらった上でブツを採取し直しましょう」

火村を安堵させておいてから、「しかし」と警部は言う。

「どんな鑑定結果が出たにせよ、梨田稔の死が自殺であったか他殺であったかは不明のままですね。その最も肝心な点について、先生はどう見ているんです？」

ここで犯罪学者はためらわなかった。

「おそらく他殺です」

2

「ほぉ。そうお考えになる根拠は何でしょう？」

ドアノブにタッセルを掛けなかったことを話すのかと思ったら、火村はスマートフォンを出してある画像を呼び出し、逆さにして船曳と繁岡の前に差し出した。梨田のスラックスに着いていた染みの写真だ。昨夜は見分しただけだったので、今朝のうちに撮ったのだろう。スラックスの左の脛の部分であることが判るように撮影した一枚もある。

「解像度に限界があるので鮮明ではありませんが、これで説明できるかと思います」

「それだけで？」

「いえ、船曳さんにはこれも見ていただきましょうか」

次に画面に現われたのは、絨毯にできたチョコレートの染みだ。それが肘掛け椅子のそばだったことを口頭で伝え、さらに梨田が着ていたセーターの画像も見せた。

「さすがにセーターの写真は判りにくいですね。前面には絨毯の毛が付着している一方、背面にはそのようなものがまったくありません」

「ふむ」と警部が頷く横で、繁岡は眉間に皺を寄せている。そんなものに何の意味があるのか、と訝しげだ。火村がどんな話をしようとしているのか、事前に聞かされていない私にも見当がつかない。

「絨毯に着いている染みは血痕にも見えますが、チョコレートであることが鑑定で判明しています。そうですね？」ここで繁岡の同意を得る。「梨田は死亡する前、暖房の利いた部屋で好物のチョコレート付きアイスクリームを食べていたようです」

「死の直前に、ですか？」と船曳が訊く。

「解剖所見を見てもそこまではよく判りませんが、顧慮しなくて結構です。とにかく、暖かい部屋で梨田が食べていたアイスからチョコレートが垂れたか、欠片が床に落ちて溶けた」

警部は再び「ふむ」

「そこまではいいですね？　しかし、チョコレートの滴が垂れたのだとしても欠片が飛んだのだとしても、それが梨田の穿（は）いていたスラックスの左の脛にこぼれるというのは不自然です」

　これには警部は承服しなかった。どんな恰好で食べていたのか判らないのだから、そんなこともあるだろう、と言う。

「椅子にもたれてアイスクリームを食べている時、よくある粗相は溶けた滴をシャツの胸に垂らしてしまうことです。上体を起こしていた場合は太腿（ふともも）で、脛というのはめったにありません。ましてや右利きの人間が左側の脛を汚すというのは考えにくい」

　肘掛け椅子に付属しているオットマンに脚を投げ出していたら、脛が遠くなってますますあり得ない。

「先生がおっしゃることは判ります」

「じゃあ、どうしてスラックスの左脛にチョコレートの染みが着いたんでしょう？　上から下へ擦ったようになっているんですが」

「床に落とした何かを拾おうとして、スラックスを汚したんやないですか？」

「違うでしょう。膝ならばそうとも取れますが、脛ですからね」

「なんでやろ？——先生の推理を伺うのが早そうですね」

　私も答えが知りたかったが、火村はもったいぶって話を別の方向に振る。何のつもりなのか資料のファイルを引き寄せ、現場の残留指紋のページを開いた。

「さっきこれを知って思いついたことがあります。梨田の腕時計からは指紋が検出されていないんですね。よく調べてくださいました」

　船曳と繁岡がちらりと私に視線を向けたが、目を合わさないようにした。ノーアイディアだから。

「私はこう考えました」火村は言う。「ただ膝を突いただけではスラックスの脛にチョコレートの染みは着かない。梨田は一度、床に伏せて横たわったのでしょう。酔狂で寝そべったわけではなく、何者かによって睡眠薬で意識を奪われた後、丸太のように転がされたんです」

「何者かに睡眠薬で眠らされたということは、梨田他殺説の採用ですね。まずはその他殺説の根拠をお聞きしたかったのですが――」

　船曳の言葉を准教授は制する。

「無前提に他殺だと仮定してお話ししますので、しばらくお付き合いを願います。――犯人が梨田を床に転がしたのは、ぐったりとなった彼を抱きかかえて寝室に運ぶよりも、引きずっていく方が楽だったからに他なりません。犯人が非力だったらそうするしかないし、屈強な男だったとしても労力を省こうとしたはずです。梨田の体を引きずった際に、スラックスの左脛の部分が絨毯の染みを擦って、チョコレートが付着しました。先ほど画像でご覧いただいた上から下へと擦れたような痕跡に合致します」

　性別も定かでない黒い影が、ずるずると梨田を引っ張っていく光景を想像した。船曳たちも脳裏にその場面を描いているだろう。

「そうして居間から寝室へ。これだけでもひどい仕打ちですが、犯人が残忍さを発揮するのはこれからです。梨田の体がベッドと平行になるようにした上、カーテンのタッセルをはずして真鍮の柱に結びつけ、先に輪を作る。そして、梨田の頸を輪に通して、重力が彼の頸部を圧迫して死に至らしめるのを見守った」

「そう考えたら、スラックスの左脛の汚れには一応の説明がつきますね」警部は、それについては認めた。「とはいえ、一応のというだけで、必ずしもそうやったとは思えんのですが」

「船曳さんの疑問にはお答えできますよ。ここで指紋が遺っていない腕時計を根拠として挙げます。あの時計に誰の指紋も着いていなかったのは何故でしょう？」

「何故と言われても……」

　言いかけて船曳は黙る。彼と同時に私も、そしておそらく繁岡も、犯罪学者が言わんとしているところを察した。

「右利きの梨田は、左手首に腕時計をしていましたが、ベッドに入る前までそれをはずさなかったそうです。もとからそういう習慣だったのかもしれないし、ホテルの常としてあのスイートルームの壁には大きな時計が掛かっていませんでしたから、いつでもすぐに時間が判るように起きている間はずっと腕時計をしたままだったのかもしれません。左手首に腕時計を嵌める時、私たちは必ず右手を使いますから、右手の指紋が時計に着くはずです。ところが、梨田が死亡時に嵌めていた腕時計には右手はおろか左手の指紋さえ遺っていなかった。どうしてそんなことになったのか、考えられる理由は二つしかありません。何者かがきれいに拭い取ったか、あるいは手袋をした手で摑んだために指紋が消えてしまったかです」

「何者か、というのが犯人ですね？」警部が質す。「腕時計に梨田の指紋が着いていないのは確かに変ですけど、犯人が腕時計の指紋を拭き去ったというのが呑み込めません。犯人がいたと仮定して、なんでそいつは腕時計の指紋を消したんですか？」

「自分の指紋を遺さないためですよ。犯人は、梨田の腕時計に触れています。状況から推理すると、その場で見ていたように判るではありませんか」

状況というのは、スラックスにチョコレートの染みがあったことと、セーターの前面だけに絨毯の毛が付着していたことの二点だろう。そこから導かれたのは、犯人が意識のない梨田を俯せで居間から寝室まで引いていったこと。

「犯人は、梨田の腕を摑んで引きずったのか？　それとも脚を摑んだのか？　スラックスの汚れが上から下に擦れたようになっていた事実からして、脚が前になっていたはずはありません。そもそも両足首を持って引きずったのなら、脛が宙に浮いてスラックスにチョコレートが付着しない。両腕を摑んだんです。ただ寝室に運べばよいというだけではなく、ベッドに寄り添うように寝かせなくてはなりませんでしたから、ぞんざいに片方の腕だけを引っ張ったということはない。両手でしっかりと梨田の両手首を摑んだために、犯人は梨田が嵌めていた腕時計に触れずにはいられませんでした。だから、手袋をした上でことに当たるか、事後に指紋を拭い去る必要があったわけです」

初めて繁岡と対面した時、私は威勢よく言った。

――自殺か他殺かで迷ったら立ち往生してしまう。だから発想を変えて、とりあえず梨田稔さんの死は他殺だったと推定します。

それも一つの方法論だと信じながら、いざ調査に着手すると「やはり自殺だったのか？他殺であったという証拠が見つからない。何を調べればいいんだ？」と迷ってばかりで、まったく不徹底だった。火村のように実践すればよかったのだ。

「腕時計に指紋がなかったことが他殺を物語っている、ということですか。そういう発想はありませんでした」繁岡が言う。「先生は昨日ホテルに入って、すぐその推理にたどり着いたんですか?」

　本人に代わって私が答える。

「彼は、現場を二十分ほど見ただけです」

　聞きしに勝る探偵だ、と巡査部長は感服した様子であった。

「さすがは火村先生です。しかしながら……」

　船曳は、サスペンダーに両手の人差し指を掛けてうっすら笑っている。

「スラックスの汚れは、チョコレートの着いた手でちょっと触った跡かもしれませんし、うっかり転んで床の染みが付着したということもあり得ます。腕時計に指紋が遺っていなかったのも、何かで汚れたために梨田自身がハンカチで拭いたからやとも考えられます」

　床のチョコレートの染みにも擦れた跡があったから梨田が触って着いたのではないし、何もないところでうっかり転ぶとも思えない。火村の仮説は充分に説得力があるし、腕時計が汚れていたからといって隈なくハンカチで拭うことこそ不自然だと思うのだが、警部はあえて厳格な立場を取ってみせたのだろう。このタフな反論に火村は再反論しなかった。

「警部がおっしゃるとおり、私が話したことは蓋然性の問題にすぎません。だから断定を避けて、『おそらく他殺です』と言ったんです。それでも自殺説をいくらか揺さぶれたと思うのですが」

「はい、それはもう。梨田に自殺の動機が見当たらないことや、現場に睡眠薬の薬包類がなかったことと合わせると、自殺説は足許がふらついてきました。——他にお気づきになったことはありませんか？」

問われて、火村はホテルが備えた便箋九枚と封筒一枚がなくなっている事実を報告した。

「どこかに手紙を出したのかもしれませんが、遺言をしたためた可能性もあります。自殺に至る想いを綿々と綴ったものではなく、遺産の処分方法などを記したごく一般的な遺言状です。それが現場から失せているのは、梨田を殺害した犯人のしわざではないでしょうか。何かの機会に犯人は遺言状の内容を知り、自分にとって不都合や不利益が生じることに耐えられずに犯行に及んだとも考えられます」

「遺産の処分方法が犯人に不利益をもたらす内容だった、ということですか？」

繁岡が、のそりと首を突き出して尋ねる。

「金銭的な問題とは限りません。梨田さんが来し方を回顧して書き残した事実なり想いなりの中に、犯人の殺意を掻き立てるものがあった、という見方もできます。どんな内容だったのか興味がありますが、遺書が実在していたのなら犯人が破棄してしまったでしょうね」

「それやったら犯人を捕まえて訊くしかありませんね」警部が鼻息を荒くする。「自殺でした、で終わらせるわけにはいかんようになってきました。本部に帰り次第、こっちの捜査に人員が回せるよう課長に掛け合いましょう。繁岡さん、あんたも署長に――」

「ふぉい。他殺の疑いが看過できない旨をご説明して、私だけでも専従にしてもらいます！」

週刊誌の問い合わせも影響したのだろうが、火村は銀星ホテルにやってくるなりかくのごとく大阪府警を動かした。鮮やかな手並みだったが、当の火村は押し黙り、あまり面白くもなさそうだった。

3

昼食をすませて中之島に帰ると、私は中之島ダイビル一階のカフェレストラン〈丸福珈琲店〉に友人を誘った。中之島三丁目の再開発に伴ってできた高層ビルで、ネオ・ロマネスク様式の装飾が八階までの低層部に施されていた。隣接するダイビルも新しいビルだが、低層階はかつての意匠を引き継いでいる。インドを思わせる異国情緒たっぷりの凝ったデザインは通りかかった人の足を緩めるほどの力があり、建て替えが発表された時、私は「まさかあれを壊してしまうのではないだろうな。まさかな」と案じたほどである。

　大阪には近代建築が多く残っている――かどうかは、実は見方が分かれる。たくさんの建築物が空襲を免れながら、効率最優先の再開発によって失われたものが少なくないのだ。中之島のみならず大阪市のシンボルの一つでもある中央公会堂でさえ、一九七〇年代には建て替えの計画が持ち上がり、市民の反対運動でからくも存続できたほどだ。

　火村がこの〈島〉にやってきたらここを贔屓にするだろう、という予想に違わず、ゆったりとした喫煙席に満足げだった。行き届いた私のサポートに感謝してもらいたい。

「ガラスの檻を用意して『こんな席でもよかったら吸えや』という店が多い昨今、ありがたいな」

「コーヒーもよう味わえ。俺は家でもここのアイスコーヒーを愛飲してる」

　やってきたブレンドを賞味すると、「大阪でしか売ってないのか？」と訊いてきたが、そこまでは知らない。

「船曳さんに会えるとは思わんかったな。乗り気になってもらえたみたいで、よかったやないか」

　彼は今日何本目かのキャメルをくわえながら「まぁな」と言う。

　桂木鷹史の毛髪の鑑定を引き受けてもらえただけでなく、梨田稔の過去の友人らへの聞き込みにも人員をつけてくれそうだった。そういう調査に警察の組織力を発揮してもらえるとたい。

大いに助かる。梨田と鷹史の間にどんなつながりがあるのかを探り出してくれるのを期待し

「DNA鑑定にはどれぐらい時間がかかるんやろう？」

それを訊くのを忘れていた。

「最終的な報告が出るには一週間ほど要する検査だけれど、一日二日で結果が出ないでもない。梨田のものは採取ずみだし、鷹史のサンプルの状態がよかったから三日程度で報せがくるんじゃないかな」

血縁関係ありと証明されることを私は確信していた。問題は、それが具体的にどんな関係であるかだ。

――君は私の同族だ！

本当に梨田が胸の裡でそう叫んだのだとしたら、どうして歌いそうなほど喜んだのかが理解できない。愛した女が、一族の他の男との間に作った子であるというだけなのに。

「梨田の死が他殺やとしたら、事件のあった夜に銀星ホテルにいた人間が怪しい。つまり、この十人」

私は調査ノートを開いた。該当者は、桂木鷹史、桂木美菜絵、丹羽靖章、高比良和機、影浦浪子、鹿内茉莉香、日根野谷愛助、露口芳穂、萬昌直、萬貴和子。

「他にもタイ人の夫婦が泊まってたけど、そっちは除外してええやろう。防犯カメラと警報装置が正常に作動してたから、外部の人間の侵入のしわざとは考えにくい」

　十人のうちの九人は朝までホテル内にいたが、丹羽だけは十三日の午後十一時半にホテルを出ている。十時半にレストランが閉店した後、一時間ばかり残務処理をしてから帰宅したため、梨田の死亡推定時刻に引っ掛かったのだ。

　リストを見ているうちに妙なことを思いつく。桂木鷹史と梨田稔に血縁があったと私はにらんでいるが、他にも同様の人物がいないとも限らない。

「そんな偶然はないだろう」

　火村は、煙の向こうで渋い顔をする。

「純然たる偶然はないやろうけど、その人物も一族探しをしてたんやとしたら必然になるぞ。鷹史が、あるいは梨田がそうではないか、と潜伏調査をしてたとしたら？」

「おかしなことを言いだしたな。だったら、どうなんだ？」

「いや、まだそれらしいストーリーは組み立ててない。一族の間の争いが火を噴いて梨田が殺されたのではないか、と妄想するぐらいや」

「それっぽい人物がいるのか？　梨田一族とのつながりを暗示するような発言をした人物が」

「そんな人間がおったらとっくに報告してるわ。精緻な推理は棚上げして、自由奔放に想像してみようやないか。どうせコーヒーブレイクや」

「判ったよ。敏腕の有栖川刑事にはしばらく逆らわない。――もう一人の梨田一族を探してみてくれ」

リストの上に視線を這わせながら、私は独り言のように呟く。

「鷹史と同い齢の美菜絵は、配偶者以外の何者でもない。丹羽靖章は、年齢的にはからくも彼の親の世代に当たるな。実の父親ということは絶対ないやろうけど」

「鷹史の父親は不詳なんだから『絶対ない』とは決めつけられないだろう。自由奔放に想像すると宣言したからには、脱線覚悟でとことんそのレールの上を走れ」

ここで物言いがつくとは思わなかった。やはり私は不徹底な男らしい。

「承知いたしました、先生。丹羽は、年齢的に鷹史の父親か叔父（伯父）の可能性がある。――高比良和機は、腹違いの弟あるいは従弟。影浦浪子は、叔母（伯母）やな。鹿内茉莉香は、腹違いの妹あるいは従妹。日根野谷愛助は四十代後半やから父親とは考えにくい。せいぜい叔父か、齢の離れた従兄やろう。露口芳穂は、鹿内と同じく腹違いの妹か姉あるいは従妹（従姉）。萬夫妻はどちらも日根野谷と齢が近そうやから、叔父と叔母あるいは従兄姉」

「一人ずつ律儀に挙げていってくれたけれど、何か見えてきそうか？」

「いや、さっぱり。誰が何者であったとしても、そいつと梨田との関係が判らん」

「そりゃそうだろう。梨田と鷹史の関係が確定してないいんだから。妄想を広げるのもままならないようだな」

広がらない妄想は畳んでしまい込み、少し気になったことを尋ねる。船曳と繁岡を他殺説に引き寄せたにしては、どうも浮かぬ顔をしていた理由について問うと、彼は自分の頬を撫でた。

「恰好をつけて浮かぬ顔をしたつもりはないんだけれどな。そう見えたのだとしたら、俺自身、自分の他殺説に納得していないからだろう」

「なんでや？　警部が言い掛かりのような反論をしたけど、あれは石橋を叩いただけやろう。現に、本部に帰ったら捜査員を回せるよう課長に掛け合うと言うてくれた。お前の他殺説はそれなりに説得力があったやないか」

「それなりに、な。だけど、あれぐらいではまだガツンとこないんだ。梨田の死が自殺であるはずがない、という確証が欲しい。解剖所見を熟読しても、自殺か他殺かはっきりしない。もし自殺が真相だったなら、俺たちは梨田が秘めていた過去を掘り返し、厳粛な死を材料にドタバタ騒いでいるだけになる」

「自分に対して厳しいな、お前は」

「何を今さら。俺は昔から鞭打ち教徒並みに自分にシビアだろ。学生に厳しく接するだけでは人間性を疑われるからな」

鞭打ち教徒の探偵というのはどうだろう？　捜査に行き詰まったり推理がはずれたりする度に、上半身裸になってピシリピシリとおのれを鞭打って反省するのだ。書けば前例のないキャラクターになりそうだ。

「真面目に話しているのに何をにやついているんだ？」

「いや、気にせんといてくれ。――お前に確証をもたらすガツンという一撃はどっちの方角から飛んでくると思う？」

「全方位に注意を払って、隕石みたいに飛んでくるのを待つしかない」

「隕石が堕ちてくることにたとえるとは頼りないな。船曳さんや繁岡さんを刺激したさっきの調子で、ぐいぐい真相に肉薄してくれるのかと思うたのに」

「そんなに尻を蹴り上げてくれるなよ」

などと言いながらコーヒーのお替りを注文する。

「他殺やったとして、犯人が梨田を引きずって寝室へ運んだのは、ドアノブにタッセルを掛けたら自分が外へ出にくいからやな。それは道理やけど、寝室へ遺体を運ぶのは面倒だったんやないか？」

「肘掛け椅子から寝室までの距離と、ドアノブまでの距離は二、三メートルと違わない。どうせ引きずって運ばなきゃならなかったのだから手間は同じだ」

「他殺やとしたら梨田は肘掛け椅子に座って犯人と応対していた、と決めつけてるみたいやけど、それには確証があるのか？」

「肘掛け椅子ではなくソファだったのかもしれないけれど、居間で会って話していたんだろう。愛人でもない相手をわざわざ寝室へ招き入れたりしない」

「あの人に愛人がいたとは考えられへんな。で、居間で歓談している時、梨田の隙を突いて飲み物に睡眠薬を投じた――」

「和気藹々と歓談していたのか、深刻な相談をしていたのか、そのへんは判らない。何にしても犯行は居間で開始された。すべてが完了した後、犯人は梨田が口をつけたグラスの中身を変えて寝室の小さなテーブルに移動させ、自分のグラスは洗って食器棚にしまったのは言うまでもない」

　黒い影が、黙々とその作業を行なう情景を思い浮かべた。

「犯行にはどれぐらいの時間を要したんやろう？」

「短くなさそうだな。昏睡した梨田を運んでタッセルに頸を掛けるだけなら五分もかからないとしても、睡眠薬を服ませるタイミングがくるまで二十分も三十分も待ったかもしれない。

梨田が間違いなく絶命したのを確かめずに現場を去るのは危険だから、俺が犯人だったらそれを見届けるために十分やそこらは欲しいな」

「整理すると、梨田の隙を突いて睡眠薬で眠らせる、タッセルで首を吊らせる、死亡を確認するの三段階があったわけか。それを分割して実行した可能性は?」

「眠らせた後、いったん自分の部屋に戻って、引き返してから首を吊らせた、といった分割か? 何度も401号室に出入りすると、人目に触れる機会が増えるからデメリットが大きいと思うぜ。そうせざるを得ない理由があれば別だけど」

火村は二杯目のコーヒーを飲み終えて、腕時計を見た。

「いい時間になったな。ホテルに戻ろう」

山崎信恵を訪ねるのだ。はたして最後の鍵は、鍵孔に合ってくれるのか?

4

神崎川を渡って、車は豊中市内に入った。阪急宝塚線と絡み合うように北上して庄内を目指す。山崎信恵の家は、大阪音楽大学にほど近い住宅地にあるらしい。

「どきどきしてきました」

　運転席で鷹史が言ったのでルームミラーを見ると、胸に左手を押し当てていた。目が合ったら照れ臭そうに笑う。助手席には手土産の洋菓子が入った紙袋が置いてあり、振動に合わせてカサカサと鳴った。

「この齢になって死んだ母親の友だちと対面するとは思ってもみませんでしたから。どんな話が出てくるんでしょうね」

「緊張なさるのは判りますが」後部席から火村が言う。「せっかくの機会です。気になったことはどんどん質問して、山崎さんにたくさんしゃべってもらってください。どこにどんな手掛かりが潜んでいるかしれません」

「手掛かりが潜んでいる……」鷹史は復唱した。「それは、梨田さんの死因を確定するための手掛かりということですね？」

「もちろんそうですが、梨田さんとあなたのお父さんとのつながりを探るための手掛かりと言い換えてもいい」

　鷹史が緊張するのは当然である。知ることさえ諦めていた自分の父親が誰かを調べに行くことになったのだから。もっとも、その人物の名前を母親の旧友が知っている確率が高いとは思えない。そんな重大な事実を摑んでいるのなら、これまでに何らかの形で鷹史に伝えようと努めたはずだ。

父親が誰であるかを知らせたくなかった、という可能性もなくはない。鷹史の伯母が自宅までやってきた父親らしき男を邪険に追い払っていることからして、好ましからざる人物だったとも考えられるが、鷹史には父親が誰かを知る権利がある。名前までは判らずとも、ヒントぐらいは授けて欲しいものだ。

庄内駅を過ぎて少し行ってから左折し、大阪音大の方角へ進むと、カーナビが音声で目的地の接近を告げた。低層の住宅が建ち並んだ一角で、〈小池〉――山崎信恵の現在の姓――の表札がすぐに見つかった。約束している三時まで、あと一分という絶妙の到着である。小池宅は近隣の家よりひと回り大きく、赤スレートタイル貼りの外壁がお洒落だ。

ちょうど三時になるのを待ってインターホンを鳴らし、鷹史が呼び掛けると、「お待ちしていました。お車をガレージへどうぞ」という返事があった。シャッターが全開になっている空の車庫へ鷹史が慎重に車を入れたところで玄関が開き、家人が出てきた。

「こちらが鷹史さん？　なっちゃんの息子さん？　うわぁ、ご立派になりまして」

小池信恵は、小柄で幸福そうにふっくらとした女性だった。体型がだいぶ変わっていても卒業アルバムの写真で見た面影がよく残っていて、表情も若々しい。「中にお入りください」と言って振り向きざまに、目尻の涙をさっと拭ったように見えた。

応接室に通されると、裸婦を描いた絵画に目が引き寄せられた。タッチが小出楢重(こいでならしげ)そっくりの小品なのだが、本物だろうか？　小出の絵だとしたら奇遇だ。あの大阪生まれの画伯には、大江橋(おおえばし)あたりから銀星ホテルの方を描いた作品があったと記憶している。

「昨日は急に予定をキャンセルして、大変失礼いたしました。孫ですか？　おかげさまで元気になりました。さっき電話をして様子を訊いたら、早く幼稚園に行きたがっているそうです」

めでたく憂いは晴れたわけだ。純白のセーターの上に羽織ったカーディガンには、今の心境を表わすかのごとく咲き誇る薔薇の刺繍(ししゅう)が施されている。海外旅行帰りの疲れもすっかり取れているようで、夫は土産物をいくつも提げて将棋仲間のところへ出掛けて行ったそうだ。

「あなたが三歳ぐらいの時に、何べんか会うてるんですよ」鷹史に顔を向けて言う。「なっちゃんと私がおしゃべりしている間、おとなしいして積み木で遊んでてくれました。ほんのちょっと前のことみたいです。今はホテルの支配人をなさっているそうで、大したものです。中之島の銀星ホテルですって？　ぜひ一度、行きますね」

そこで二十歳ぐらいに見える女性が紅茶とショートケーキを出してくれる。「同居している長女の娘です」と信恵に紹介され、頭を下げた。鷹史がすかさず手土産を渡し、着席してあらためて挨拶となる。火村と私の素性、同行してきた理由については、鷹史が電話で説明をすませていた。

　梨田稔について尋ねるのが来意だが、いきなりはその話にならない。まずは山田夏子との高校時代からの交友について、信恵は懐旧に浸りながら語った。共通の趣味があったわけでもないのに最初から馬が合ったこと。一緒にバレーボール部に入ったら嫌な先輩がいびってきたので一ヵ月と経たないうちに退部して〈道草部〉を結成したこと。二人で日曜日に遠出するのを〈デート〉と称していたことなど。本当に仲がよかったようだ。

「なっちゃんは物怖(ものお)じせん子で、どちらかというと勝ち気。私はおっとりしすぎて頼りない子。性格が反対やったことで、かえってお互いに相手への興味が持続したんでしょうね。なっちゃんは十五歳まで関東で育ったから言葉遣いは標準語で、私はお祖母(ばあ)ちゃん譲りの古い大阪弁でしゃべって、それも対照的やったわ。いつも面白いことばっかり言うてくれましたよ。私、『お腹が痛い、痛い』って笑い転げました。お母さん、冗談が上手やなかったですか？」

「よく覚えていません」

　鷹史はさらりと答える。

「……そう」

　息子が母と過ごした時間の短さを思い出したのか、生活の重さから夏子に余裕がなくなっていたことに想いを巡らせたのか、五秒ほど信恵の言葉が途切れた。

「別々の短大に進んでからも連絡は取り合うてたし、二ヵ月にいっぺんぐらいは会うておしゃべりしましたよ。『まだ彼氏できないの？』『ほっといて。自分もいてへんくせに』とか言うて。短大を出てすぐ、私は見合いの話がきて、二十一の秋に今の主人と結婚したんです。それで大阪に引っ越したもんやから、あんまり会えんようになりました」

夏子は明石市内の食品加工会社に事務員として就職するが、二十代のうちに両親を相次いで亡くす。父親はもともと高齢で、母親は不幸な病に冒されたのだ。さらに勤め先が放漫経営から倒産してしまい、悲運を嘆くことになる。母の苦労話を聞きながら、鷹史の表情は終始神妙だった。

「その会社の取引先の人が西脇の織物工場を紹介してくれたんで、なっちゃんはあっちへ引っ越していきました。明石を離れて心機一転、出直す気分だったようです。そこがええ工場やったんですね。電話で話したら『ここにきてよかった。まわりがいい人ばかりで働きやすいし、街にも馴染んできた』と喜んでました。――私の方は二十三で最初の子供を産んで、二十六で二人目を出産。なっちゃん、大変やなぁと思いながら、二十代は子育てで翻弄されてたんです。あの子が落ち着いて、『西脇にきてよかった』と聞いた時は、ほっとしました」

そんな夏子の前に梨田稔が現われる。彼女が三十三歳の時だ。

「ある時、『付き合うてる人、いてへんの？』と電話で訊いたら、『できた。西脇の人で齢は六つ上』って言うから、『独身なんやろうね？』と訊いてしまいました。その頃、『金曜日の妻たちへ』とかいう不倫もののドラマがはやってたんで、よけいな心配をしたんです。そうしたら『独り者だから大丈夫。いい人が売れ残っていたわ』と笑うてました。梨田さんという名前も聞きました。『近鉄バファローズの梨田さんほど男前じゃないけどね』って——その時代、まだ梨田さんは現役の選手やったんですよ。近鉄ていう野球チームもなくなってしまいましたけど」

それまで夏子にも交際した男性はいただろうが、友人にくわしく語ったことはない。いたとしてもさほど深い関係ではなかったのかもしれない。梨田稔については「真剣に付き合ってる」と明言したそうだ。

「『結婚を考えてるんやね？』と訊いたら、『私はそのつもりなんだけど、向こうは決心がついてないみたい。独身が長かったら、男の人も結婚に踏み切るのに覚悟が要るのかもしれないね』とか言うて、焦れてるようでした。『相手が優柔不断なんやったら、なっちゃんが迫っていったらええやないの。男の人というのは、女に押されたら簡単に降参するもんやで』とアドバイスしたら、『押して嫌われたら困る』やなんて、可愛いことを言うてました。『学生時代は私が気弱なノブちゃんのお尻を叩いてたのに、立場が逆転したなぁ。二児の母は強いね』と言うので、『強いよ、母は』と電話口で胸を張ったもんです」

　その後も何度か電話をする都度、「どんな感じで進んでる？」と訊いたが、「関係は良好だけど、あんまり進んでない」という返事ばかりだった。

「どんな人か写真も見たことがありませんでしたけど、煮え切らん男やなぁ、と怒りたくなりました。なっちゃんも三十四になってましたから、どうせ結婚するんやったら無駄に待たせんといてあげて、ということです。真面目で誠実やけど慎重すぎて決断力の乏しい人やと思うてたのに……あんな大それた事件を起こす人やったとは、意外でした」

　梨田が犯した罪について、鷹史が電話で説明せずとも彼女はすべて知っていた。

「事件のことを聞いた時はすごいショックで、なっちゃんが気の毒でたまりませんでした。その次に湧き起こったのは、梨田という人への怒り……というより恨みです。よくもなっちゃんを悲しませたな、と。それも、なっちゃんが浮気をしてるという悪戯に引っ掛かったやなんて言い訳なんかして、もう最低です。なっちゃんは疑われたことに傷つくし、何の責もないのに『私も事故の原因の一つだから、轢き逃げで亡くなった人に申し訳ない』やなんて言うてたんですよ。思い出しても腹が立ちますよ！」

　母の旧友が興奮してきたので、鷹史はなだめにかかる。罪を償って出所した後の梨田がいかに勤勉で実直に生きたか、晩年はボランティア活動をしながらいかに倹しく暮らしていたかを話して、いくらかでも悪印象を拭おうとした。彼にそんなことをする義理はないのだが、かばわずにいられなかったのだろう。

「梨田さんがあなたのホテルに五年も滞在していたというのは奇妙ですね」冷静さを取り戻した彼女は言う。「あなたがなっちゃんの息子やと知ってて、それについては黙ったまま泊まってたんやとしたら、どういう心理やったのか理解できません」

　火村が頷いてみせる。

「おっしゃるとおり奇妙ですね。それでも私たちは何とか理解したいと思って、ヒントをいただけそうな方にお話を伺いに回っているところです。滞在の理由が謎では、梨田さんの死の真相も見えてきません」

「ヒントと言われても、会うたこともないので……」

「夏子さんから聞いた話の中に、思い当たることはありませんか？」

　私が尋ねると、眉毛が八時二十分の形になる。

「付き合ってる男性が、三十年後に自分の息子が支配人を務めているホテルに住みつく理由やなんて、なっちゃんに判るわけがありません」

「いや、もちろんそうですけれど、そういう意味ではなく、梨田さんの性格とか考え方についてできるだけ色々と知りたい、ということです」

「性格も考え方も、やったことに如実に表われていると思いますけれどね。死んでしまった人のことを悪く言うのは気が咎めますけれど、なっちゃんの気持ちも考えず結婚を先延ばしにしたことも含めて、梨田という人は自分本位で人間味に欠けてたんです」

また熱くなってきたが、今度は深呼吸をして自分で自分をクールダウンさせる。

「つい気持ちが波立って、失礼しました。——なっちゃん、こんなことを話してくれました。梨田さんが会社への不満を言う時に、中身はありふれてたんですけどふだんより品のない言葉を遣うたことがあって、それにびっくりしたら、『ごめん』と謝られたんやそうです。『子供の頃からの悪い癖で、かっとしたら汚い言葉を遣うことがある。直すようにするよ』と」

言葉だけでなく行動にも抑制が利かなくなる一面があって、例の事件につながったのだろう。梨田のイメージが若干ふくらむエピソードではあったが、彼が銀星ホテルに滞在し続けた理由を探る手掛かりにはならない。

梨田は、付き合う前に傷害事件を起こしたことを打ち明けてはおらず、夏子は後日になって警察から聞かされたという。それを知った信恵の梨田に対する心証は、さらに悪くなったらしい。

「梨田さんが事件を起こした日のことをお訊きします」

火村がわずかに身を乗り出し、声のトーンも落として言った。これから大事な話をするのですよ、でも緊張はせずに心を開いたままにしてください、と促すような深みのある声で。信恵は「はい」と応え、耳に掛かった髪を掻き上げる。

「梨田さんからすれば一連の出来事は〈事故〉という側面もあるかと思うのですが、〈事件〉で通しましょう。——事件があった八月十六日には、夏子さんとハワイにいらしていたんですね。お二人だけの旅行だったんですか？」

「はい。本当は小学生だった二人の子供を実家に預けて、夫とホリデーを過ごすつもりだったんですけど——」

パパとママだけで久しぶりにのんびり旅行を楽しんできて、という周囲の理解に支えられての計画だったのに、夫でなければ対処できない大きな商談が急に転がり込んできたため、予定を変更せざるを得なくなる。航空券もホテルもキャンセルする手もあったのだが、夫は別の提案をした。

「『せっかくの機会やから、仲のええ友だちと二人で行ってきたらどうや？』と言うてくれましてね。なっちゃんを誘うてみたら、『私も夏休みに南の島に行きたかったんだけど、ぼやぼやしていてホテルがうまく取れなかった』と言うんで、『それやったら一緒に行こう』ということになったんです。十五日にこっちを発って、三泊五日の旅でした」

初日はホテルの周辺の散策ぐらいで終わり、二日目は朝からビーチに出て泳いだ。信恵も夏子も解放感に浸って休暇を満喫していたのだが、異変が起きる。

5

昼食をすませ、ホテル内の施設でゆっくりと寛いだ後、信恵がもうひと泳ぎしに行こうとしたら、夏子は時差ボケで睡眠が足りていないので昼寝がしたいと言う。日頃の疲れも溜まっているようだったので、別行動を取ることにした。

「私は海が好きなもので、夕方までずっとビーチにいました。六時ぐらいですかねぇ。なっちゃんはもう目を覚ましただろうな、と思ってホテルの部屋へ戻ったのは。そうしたらあの子、ベッドに腰掛けて放心してるんです。どうしたのかと訊いたら、『いや、ちょっと悪い報せがあって……』と言うだけで、それ以上のことは教えてくれません。私がいてない間に、梨田さんが電話をかけてきてたと知ったのは、日本に帰る直前です」

「ハワイと日本では大きな時差がありましたね。何時間でしたっけ？」

火村もそこまでは覚えておらず、信恵が「えーと」と考え込んだので、私がスマートフォンで調べた。

「ハワイにはサマータイムがないから、季節に関係なく常に十九時間や。向こうの午後六時が日本では翌日の午後一時にあたる」

その朝、梨田は同僚に大怪我をさせた上、無断借用した車で逃走している。どちらに向けてどれだけ走ったのか知らないが、ひと息つける場所まできて夏子が滞在しているホテルに電話をかけたのだ。携帯電話はなく、公衆電話がカード対応になってまもない時代である。国際電話をするためには、KDD（現KDDI）にかけて、オペレーターに手動で電話をつないでもらわなくてはならなかった。ホテルにつながっても、相手が英語しかできなければ「ナツコ・ヤマダ・プリーズ」とやらなくてはならず、ハワイの夏子に連絡を取るのは現在よりずっと面倒だったであろう。

「明らかに変でした。なっちゃんは顔色が真っ蒼で、目は虚ろ。魂が抜けたようになってたんです。『どうしたの？ 何があったん？』と拝むようにして訊いても、『今は言えない。あとで話す』です。その夜は、食欲がないからと晩ご飯も食べず、シーツを頭からかぶってベッドから出てきません。病気ではないと言うんで、何もしてあげられずに、私はおろおろするばかりでした。私、いっぺんだけ訊いたんですよ。『梨田さんのこと？』って。喧嘩して別れ話が出たとか、ほんまは奥さんがおったことが判ったとか、そういうんやないかな、と思うて。そうしたら、返事は『そのうち判る』です。なっちゃんの恋が破れそうになってるんや、と思うたんですけど……実際は違うてました。『人を轢いて死なせてしまった』という電話やったんですね。翌々日、日本に帰る前になって打ち明けてくれました」

「梨田さんがどう言ってかけてきたのか、詳しく聞きましたか？」

　火村は、穏やかに尋ねる。

「『あの人が酒酔い運転で人を死なせた。本人が電話をしてきた』ぐらいしか聞いてません。『警察に捕まったん？』と訊いたら、『気が動転して逃げたけど、もう出頭しているはず』と。逃げ回ったんはまずいなぁ、と思いました」

「ハワイ時間で言うと十六日の午後六時より前に夏子さんは事件について知り、打ちのめされていたんですね。翌日の十七日はどんな様子でしたか？」

「私が頼んだルームサービスの朝食を少しお腹に入れただけで、午前中はベッドで横になってました。一睡もしてなかったようで目は真っ赤。涙の跡もありましたね。そのうち『独りにしておいてくれるかな。ごめんね』と頼まれたので、気になりながらも私は部屋を出たんですけど、気分的に泳いだりショッピングをしたりできるわけもないので、街をぶらついて時間を潰すしかありませんでした。二時間ぐらいしてから戻ってみたら、ちゃんと着替えて起きてた。しゃきっとした顔になってたんで、ひと安心しましたよ」

「その時、何か話しましたか？」

「『ちょっと元気が出た?』と訊いてみたら、『うん、私は大丈夫』と答えたんですけど……」

しばらく前から息を殺すようにして聴き入っていた鷹史が、たまりかねたように尋ねる。

「口ではそう言いながら、大丈夫そうではなかったんですか?」

「いいえ」信恵は強く否定する。「あの子は宣誓するみたいに毅然として『大丈夫』と言いました。自分に言い聞かせるためというのでものうて、立ち直ってたんです。それはええんですけど……目が……目がね、怖いほど据わってました。ものすごい決断を下して、絶対に後へは退かん、というように。なっちゃんがあんな目をしてるのを見たんは、あの時だけです」

火村は、人差し指で下唇をなぞっている。集中して何かを考える時によくやる癖だ。

「夏子さんの様子について、もっと知りたい。できるだけ正確に再現していただけますか?」

「再現するも何も、先生、それだけのことです。気持ちの混乱がひとまず収まったようでした。ただ、部屋から出ようとはしませんでした。夕食は私がデリカテッセンで買うてきた大きなサンドイッチですませて、『悪いけれど、ノブちゃんはどこかでちゃんとしたものを食べてきて。ショッピングにも私は行かない。ごめんね』です。言うとおりにしてあげました」

「部屋から出なかったのは、梨田さんからの電話を受けそこねたくなかったからかもしれませんね」

火村が言うと、彼女は同意する。

「はい。仲直りの電話があったんかな、次の電話を待ってるのかな、と思いましたよ。ほんまはどうやったんかは知らないままですけど」

携帯電話がない時代、逃走中の梨田に夏子から連絡を取る手段はなく、いつフロントがつないでくれるか判らない国際電話を部屋で待つことしかできなかったわけで、もどかしかっただろう。

「その夜、『梨田さんから電話あった？』と訊いてみたら、『ないよ』と言うてましけど、嘘やったかもしれません。二人で時間を示し合わせて、電話がかかってくるタイミングで私を部屋から出してたんやないでしょうか。想像ですけどね」

疲労困憊（こんぱい）していたのか夏子はしっかり睡眠を取り、翌朝になってから「実はね」と梨田がやらかしたことを話してくれたのだそうだ。信恵は愕然とし、友人としてどんな言葉を掛けてやればいいか判らなかった。

「その時もなっちゃんは、『大丈夫だから』と言い切りました。色んな意味に解釈できますね。どんなことがあっても梨田さんへの想いは変わらない、ということなのか。見損のうたからあの人と縁が切れても平気や、ということなのか……。とりあえず現実を受け容れてパニックからは脱した、というだけみたいにも取れます。どうであれ、眠ったりご飯を食べたりできるようになったのはよかった、と思うばかりでした」

帰国後に事件の詳細を知ることになり、信恵は梨田の所業に呆れ果てる。はたして夏子の反応は、と窺ってみたら、妙にさばさばした様子だったという。神戸地裁で公判が始まり、懲役六年六月の求刑が出た後、どうするのか訊いたところ——

「『六年半は長いね。でも、あっという間かもしれない』と言うんで、『まさか出所してくるのを待つつもり？』と訊きましたよ」

「すると、どんな返事が？」

「待つとも待たんとも言わず、『後悔しないように生きる』でした。その時点では迷うてたんでしょう」

短い沈黙が流れる。夏子の言葉をいくら反芻しても、彼女の胸に去来していたものが何かを摑むことはできなかった。

梨田の裁判が続いている間に、夏子は慣れ親しんだ西脇を出た。二人の関係を知った周囲が注ぐ好奇の目が嫌だったのか、人生を仕切り直すためだったのかは判らない。信恵は電話での連絡を絶やさないようにしていたが、夫や自分が思わぬ病気に罹り、自分の家庭内で非常事態が続いたため、だんだんと疎遠になってしまう。梨田の事件の翌々年の春にやっと身辺が落ち着いたので、〈引っ越しました〉という葉書をもらった転居先に久しぶりに電話をしてみると、すでに彼女は一児の母だった。

「あなたが産まれていたので、びっくり仰天。私が抱っこさせてもらったのは八ヵ月の時でした。高い高いをするときゃっきゃと笑ってくれて、可愛らしかったこと。うちは娘二人なんで、『男の子もええねぇ』となっちゃんに言うたもんです」

　信恵は楽しい想い出として語って聞かせる。成長したその子を前にして伝えたい気持ちが次々に込み上げてくるようだが、当の鷹史が聞きたくてたまらないことは別にあった。礼を失しないタイミングを見計らって、彼は質問を差し出す。

「私の父親について、母は何か話していませんでしたか？　この期に及んで会いたいとも思わないんですけれど、どういう人だったのかぐらいは知りたいと思います。不慮の死に遭わなければ、母はいつか私に教えてくれたはずです。母がいなくなり、何か知っていたかもしれない伯母夫婦からも聞けなくなってしまいました。もう他にお尋ねできる人がいないんです」

「お気持ちはお察ししますけど、残念ながらその件についてはなっちゃんから何も聞いてないんです。事情があって言いにくいんかな、と思うたらしつこく訊かれへんかった。なんぼ友だち同士でも立ち入ったことやから。……なっちゃんが幸せを摑んだんやったらそれでええやないの、こんな可愛い子供に恵まれてよかったやないの、と思うただけです」

「ですが」と鷹史は言う。「私の父親は、母と暮らしていたわけでもなく、生活費も養育費も出していなかったのではありませんか？　母は幸せだったんでしょうか？」

信恵は、まっすぐに彼の目を見る。

「なっちゃんは不幸ではありませんでしたよ。それだけは断言します。あなたに頰擦りして、こぼれるような笑顔になってたし、生活は楽ではなさそうやったけど、暗い感じは微塵もありませんでした。これだけは間違いのないことなんで、忘れんといてくださいね。なっちゃんは、あなたのお母さんは、後悔のない人生を送ってたんです！」

最後は声を高くしながらの訴えに、私まで背筋が伸びた。鷹史は膝に置いた両手を軽く握って、「はい」とだけ応える。彼の胸の中では、信恵の祈りに似た言葉がこだましているのだろう。

感動的なひと幕ではあったが、私たちが欲しいのは鷹史の父親が誰であるかについての情報だ。どうにかしてそれを引き出そうと、火村と私は少しずつ言い回しを変えながら質問を続けたのだけれど、信恵は涸(か)れ井戸と化して一滴の水も汲み出せなかった。

「何か知ってるんやったら、そんな大事なことを鷹史さんに隠すわけがありません。さっきから思い出そうとしてるんですけど、三十年近くも前のことですし……。なっちゃんのことを案じながら、私には下世話な興味もありましたから、相手はどんな人やろう、と探りを入れたりもしたんですよ。それでもなっちゃんは口を割ろうとはせず、『言うてくれへん理由は何？　いつか教えてくれるの？』と尋ねても、のらりくらりとかわされて『どうかな。先のことは判らない』でした」

火村は勢いよく質問していく。

「夏子さんのことを、梨田さんがどう呼んでいたかご存じですか？」

「ああ、それは聞いたことがあります。『私、あの人の前ではカコちゃん』と笑いながら話してくれました」

「梨田さん以外に、夏子さんをカコちゃんと呼ぶ人はいなかったんですね」

「はい。恋人同士の間だけの愛称やったそうです」

「梨田さんの身寄りについてお聞きになったことは？」

「まったくいない、となっちゃんは言うてましたけれど……いるんですか？」

「戸籍上は一人もいませんが、そこに記載されない遠縁の方がいるのではないか、と調べています」

「そういうことは警察にやってもらわれへんのでしょうか？　私は存じ上げません」

「夏子さんが交通事故でお亡くなりになった後、梨田さんの噂を聞いたことはありますか？」

「一度もありません」そこで鷹史の方を向いて「なっちゃんのお葬式に行った時、小さなあなたが泣いているのを、つらくて見てられませんでした。伯母さんの家に引き取られて行くとは聞いてましたけど……あの日から今日まで、よくがんばりましたね。ほんま、ようがんばりはった」

不意に立ち上がった信恵は、「ちょっと失礼します」と部屋を出て、写真アルバムを胸に抱いて戻ってくる。梨田のものと違い、大判で分厚いアルバムだ。

「お母さんが写ってる写真、何枚もありますよ。もし、鷹史さんが持ってないのがあったら差し上げますから見ていってください。そっち向きにしましょか。これが初めてのツーショットかな」

鷹史がページをめくるのを、火村と私は覗き込む。せっかくの信恵の好意だったが、彼に見せてもらったアルバムにあった写真ばかりのようだ。ハワイで撮ったものは、やはりホテルの前で撮った一枚しかない。写真どころではない旅だったのだ。

「ありがとうございます。全部持っています」

「そう」

　という二人のやりとりに、私が割って入る。

「前のページに戻ってもいいですか？　高校時代の写真を見せてください」

　手を伸ばしてページをめくり、文化祭の模擬店らしきものを背景に三人の少女が写ったものを指差す。

「右が当時の山崎さん。真ん中が夏子さんですね。左の女の子と三人で写った写真がこれ以外にもありましたが、この方は？」

「その子は国見里緒子さんといって、三人でよく遊んでいました。成績が優秀で、優しい子でした」

　信恵は懐かしそうな表情を浮かべる。

「卒業してからもよく会ったりしたんですか？」

　その割には三人で写った写真がないな、と思いながら尋ねると、彼女は「いいえ」と答える。

「昔のことながらお恥ずかしいんですけれど、里緒子さんと私が同じ男の子を好きになって、取り合いのようになったことがあるんです。二人とも卒業間際に焦って行動を起こしたらそれがお互いに判って、気まずいことになって……。どちらが勝者になったかは秘密にさせていただきます。いずれにしても短い恋でしたし、今となっては友人との鞘当ても青春の想い出ですから。――壊れたのは私と里緒子さんの関係だけで、なっちゃんは後々まで親しくしていました。亡くなるまで交友があったでしょうね」

そういうことなら国見里緒子の現在の連絡先を知らないだろうな、と失望しかけたら、信恵は続けて言う。

「鷹史さんはお聞きになってるかしら。あなたを取り上げてくれたのはこの人なんですよ」

「そうだったんですか。私が四つか五つの時にうちへ遊びにきた女の人がいて、母が『鷹史が無事に産まれたのはこの人のおかげなのよ』と言っていたような記憶がおぼろげにあります。その方が国見里緒子さんだったんですね。母の葬儀でもお見掛けしました」

「ちょっと待ってください。それは初耳ですよ」

私が驚くと、鷹史はきょとんとする。

「ええ、私を取り上げてくれた先生のことまではお尋ねになりませんでしたし、こんなことはどうでもいいだろう、とお話ししませんでした。なにせ小さい時のことで顔も名前もよく覚えていないので、母の卒業アルバムを見ながらお話しした際も何も言えなかったんですけれど」

その言い分も、もっともだ。火村は写真を見つめたまま信恵に訊いた。

「国見さんは産科の医師なんですか？」

「はい。医大時代に知り合った男性と結婚して姓が竹久に変わり、夫婦で産科の医院を開いてました」

准教授の片方の瞼がぴくりと動いた。「開いてました」という過去形に不吉なものを感じたのだろう。彼は重ねて問う。

「そのクリニックの正確な名称と場所は判りますか？」

「竹久クリニックだったか……いえ、竹久レディース・クリニックです。けれど、もう今はありません」

「廃業したんですか？」

「はい。……いいえ」

どちらなのか判らない。答えにくい事情でもあるのかと思ったら——

「五年ほど前に、卒業して初めて高校の同窓会がありまして、そこで聞いたんです。病院は潰れて、里緒子さんご夫婦もお亡くなりになりました。小学校に上がったばかりの息子さんがいらしたんですけど、かわいそうに、その子も死んでしまったそうで……」

クリニックが倒産し、経済的に困窮した挙句に一家心中でもしたのかと思ったら、そうではなかった。

「医院も、里緒子さん一家の命も、阪神大震災が奪ったんです」

## 6

阪神・淡路大震災という呼称にクレームをつけている学者——自然科学の専門家ではない——がいた。甚大な被害を受けたのは神戸市から芦屋市、西宮市にかけてであって、ろくに被災していない大阪を含めて阪神とするのは不適切というのだ。二重の勘違いをしている。阪神というのは大阪市プラス神戸市を意味することもあるが、両市の間にある尼崎市から芦屋市にかけて東西に延びるエリアを指すことの方が多い。阪神地方とでも称するべき地域があるのだ。関西人でなくともそれは承知していて、阪神間に独自の文化風土があることまで知っている人も少なくないだろうが、前記の学者はピンときていないらしい。もう一つ。兵庫県下の惨状に比べれば大阪府内のダメージははるかに小さかったとはいえ、死者三十一人、負傷者三千五百八十九人、全半壊家屋八千百三十三棟という無視しがたい被害が発生している。

地震は自治体の区割りを越えて被害をおよぼすから命名しにくい場合もあるが、あの一・

一七を地理的により適切に言い直すとすれば、旧国名を使って摂津西部・淡路大震災とするしかない。江戸時代の摂津国は大阪市から神戸市須磨区まで包含していて――垂水区は播磨国になる――、どんぴしゃりである。摂津・播磨の境界は、私が先日足を運んだ塩屋あたりだ。

阪神・淡路大震災によって、豊中市では九人が死亡。二千五百人近い負傷者が出た。これだけでも大きな災害なのだが、兵庫県下の被害がすごすぎて霞み、ましてや一万八千人以上の死者・行方不明者を出した東日本大震災と比べると感覚が狂って、ちょっとした事故のように思いかねない。震災二十年にあたり、豊中市内の施設ではシンポジウムやパネル展が催されたそうだが、大阪市民の私は知らなかった。

「このあたりも阪神大震災で被災したんでしょうね。来しなは、まったく意識していませんでしたけれど」

運転席から鷹史が言った。私も同じことを思っていた。気のせいか、沿道には建て替えられて二十年ぐらいと思しき家が散見される。

小池信恵宅を辞した私たちは、銀星ホテルに戻ろうとしている。すっかり長居をしてしまったので、もう六時を過ぎていた。陽はとうに落ち、景色は夕闇に包まれている。

亡母についての話をたくさん聞き、鷹史は胸がいっぱいになったようだった。車に乗り込んでからずっと黙っていたが、会見の興奮がようやく冷めてきたのか、やっと口にしたのが震災の話である。

火村は腕組みをして、何か考え込んでいる。仕入れたばかりの情報を頭の中で整理しているのだろう。

梨田をめぐる謎は、どれもこれもすんなりとは解けてくれない。四年前の三月十一日、東日本大震災のニュースを観ながら彼が泣いていたというから、さては震災にまつわるつらい記憶が呼び覚まされたのか、と思った。その答えにつながりそうな情報を今しがた得たものの、依然として謎は残る。

山田夏子の友人で、鷹史を取り上げた産科医の国見里緒子が夫や子供とともに震災で命を落としたことは悲惨だが、二十年の歳月を経てもなお梨田が心を痛めるほどのこととは思えない。なのに国見の死を思い出して梨田が痛哭したのだとしたら、彼は産科医と親しかったのではないか？　夏子を通じて面識があったという程度ではなく、もっと深い交流が存在したと考えるべきだろう。梨田と国見のつながりを探る必要が出てきた。

竹久レディース・クリニックに入院していた妊婦や看護師たちは無事に救助されたが、産科医一家が居住していた部分が倒壊し、三人を死に至らしめたという。その後に出火しクリニックは焼失している。言われてみれば、そんなことを当時のニュースで聞いた記憶があった。いたるところで起きた惨事の一つとして。

「梨田さんに対して、母がどんな気持ちを抱いていたのかが判りません。天国に手紙が出せるのなら、ぜひ訊いてみたいものです」

鷹史は、溜め息交じりに言う。もやもやした気分になっているのだろう。天国に郵便が届くのであれば彼の心は晴れるだろうし、警察も探偵も苦労はしない。

火村は沈黙したままだし、私も適当な会話の接ぎ穂を見つけられない。車内の空気は何となく重かった。

「ちょっと失礼」

軽く断わってから、私はスマートフォンに着信がないかチェックする。三十分ほど前に影浦浪子から電話があったようなので、さっそくかけてみた。

「ああ、有栖川さん。こちらから時間を空けてかけ直そうと思っていたのに、すみませんね。今は大丈夫？」

「はい」と答えるなり、彼女は早口で言う。

「下駄の雪みたいにしつこくくっついてきた仕事が完全に手を離れました。手枷足枷（てかせあしかせ）がカチリと音をたててはずれたような解放感に浸っています。これを味わうために小説家をやっているようなものね。あなたもそうではありませんか？」

『淀殿』が責了を迎えたようなので、祝福の言葉を述べた。

「どうもありがとう。最後の最後まで丁寧に手を入れたから、どこに出しても恥ずかしくない作品になりました。本ができ上がったら有栖川さんにも献本させていただきましょう。

――そんなことはどうでもいいわ。私ね、私用をいくつか片づけてから大阪に参ります。十五日の日曜日から銀星ホテルに泊まるので、よろしくお願いします。これまでに判ったことをじっくりと聞かせてください。お部屋は403号室を取ってもらいました。三、四日は滞在するつもりです」

「もう予約なさったんですか？」少し慌てる。「影浦さんがいらっしゃるのなら、私が部屋を移って402号室を空けます」

「そんな面倒なことをしてもらうには及びませんよ。今回は仕事をしないから、いつものマホガニー机がない部屋でもかまわない。むしろ、私に仕事をする気を起こさせるいつもの机がない部屋の方がリラックスできそう。お目にかかれるのを楽しみにしていますよ。では」

何か言おうと言葉を探していたら切れてしまった。

「もしかして、影浦先生からのお電話ですか？」

運転席から声がした。私が『淀殿』と口にしたので、鷹史は見当がついたらしい。

「ええ。日曜日からこちらにくるとかで、402

号室を空けますから、先生に使っていただいてください」

「影浦先生が403号室をご希望になったのでしたら、私どもで勝手に変更するわけにはまいりません。有栖川さんがそうお考えなのでしたら、一度こちらから確認のお電話をしてみます」

私が聞いたのと同じ回答が返ってくるだけだろう。いっそチェックアウトしてしまうのもいいかもしれない。火村の助手を務めるのには通いでも充分だろうし、格安にしてもらっているが、私にとっては散財と言えるほど宿泊代が嵩んできている。

「影浦先生がいらっしゃるとなると、いよいよ梨田さんが亡くなった当日のお客様が勢揃いですね」鷹史は言う。「まるで、火村先生が出馬なさるのを皆様が待ち構えていたようなタイミングで、劇的な展開の予兆のように思えてしまいます」

「そうなったらええんですけど」

傍らの犯罪学者を見ると、唇に人差し指をやったまま固まっている。私たちのやりとりなど耳に入っていないらしい。小池宅を出る少し前——国見里緒子一家が震災で死亡したと聞いた直後あたり——から無口になっていた。放っておくのがよいかと思ったら、唇から指を離して「支配人」と呼びかける。

「梨田さんについて知っていることで、まだ警察や私たちに話していないことはありませんか?」

「ございませんが……」

鷹史の返事には、わずかな戸惑いが含まれているように感じた。まだそんなことを訊かれなくてはならないのか、と思ったかもしれない。

「あなたが真相究明に不熱心だと疑っているわけではありませんので、誤解しないでください。些末なことだから語るに値しない、と言い落としている事実がないか検証したいんです。──もっと具体的な質問をしてみましょう。あなたは、ホテルが提供する通常のサービス以外で梨田さんに何かを頼まれたことはありませんか?」

尋ねられた方は、十秒ほど間を置いた。

「思い当たることはございません。五年間という長期のご滞在でしたから、何かあったかもしれませんが」

「『どうしてそんなことを頼むのだろう』と怪訝に思ったことはない?」

「ございません」と言ってから「ああ、一つだけ思い出した。うちにいらして一年も経たない頃でしたか、近くのスパに誘われたことがあります。大阪にお住まいでもご存じない方がいらっしゃいますが、土佐堀通のあたりからは天然温泉が湧いていまして、梨田さんはたまにご利用なさっていました。私が結婚した当初のことだったでしょうか。ある時、『お時間があれば、一緒に大浴場に浸かりに行きませんか？』とお声を掛けていただいたことがございます。お客様からお風呂に誘われたのは初めてのことで、家族か親戚のように接してくださっているのだなぁ、と思った次第です」

「で、誘いに応じたんですか？」

「いいえ。仕事が詰まっていましたので、やんわりとご辞退申し上げました。『お忙しいのに変なことを言ってしまいましたね』と笑っておられましたが、内心はがっかりなさったのではないか、と気が咎めたものです。その後は、もうお声が掛かることはありませんでした」

梨田が風呂に誘ったのは、鷹史の足の小指に自分との血縁関係を示す特徴がないか見分するためだったのだろう。いくら身近にいても、泊まり客がホテルの支配人の裸足を目にする機会はまずないから、近所の天然温泉に行こうというのは悪くない口実だ。しつこく誘って不審がられるのを避けたらしいが、やがて梨田は別の形で目的を果たしている。

「他にはない？」

「はい」

火村の質問の矢は、次々に放たれる。

「梨田さんから何かを託されたことはありませんか？」

「託されたというのは……品物ですか？」

「品物でも、言葉でも結構です」

「何かをお預かりしたことはありません。託された言葉というのには心当たりはございませんが……。私どもが結婚した時、プレゼントを頂戴いたしました。ボヘミア製のペアのワイングラスで、まさかお客様から結婚祝いをいただくとは思ってもみなかったので、ありがたくも恐縮いたしました」

梨田にとって、鷹史は赤の他人ではなかった、ということだ。

「ではその反対に、梨田さんに何かを求められたことは？」

「スパに誘われた以外に何かを頼まれたことはない、と先ほどお答えしましたから、何かの品物を譲るよう求められたことはないか、というご質問ですね？——いいえ、そのようなことは一度たりとも」

「世間話を装ってあなたのお母様について知りたがった、ということはありませんでしたか？」

「なかった、と断言できます」

「梨田さんがあなたのお母様である山田夏子さんのかつての恋人であることは間違いない。だとすると、お母様の手許に彼の写真が残っていそうなものですが——」

「梨田さんの若い頃の写真など、見たことはありません。母のアルバムの中にそれらしきものはございませんでした」

「ほぉ。もしかして、確かめた？」

「はい。梨田さんが母の恋人だったらしいと聞いてから、あらためてアルバムをめくりました。幼い頃によく見たアルバムですから、そんなものがあれば覚えていないはずはないのですが、つい気になったもので」

　ここで攻守が入れ替わり、鷹史が火村に反問する。

「先生にお訊きしたいことがあります。梨田さんが母の恋人だったことは山崎さんのお話からも明らかですが、あの方が刑事事件を起こしたことについて、母はどう思っていたのかが判りかねます。愛情は消し飛んでしまったと考えていいのでしょうか？」

「早計に決めつけられません」

「しかし、あの方の裁判が継続している間に母は私を身ごもっています。それだけではなく、母のアルバムには梨田さんの写真が一枚もない。愛想が尽きて全部捨ててしまったのでしょう」

「どうかな。そのようにも受け取れますが」

「先生はとても慎重なのですね。好きだという気持ちが残っていたのなら、好きなのにそばずがありません」

にいられなかったのなら、写真を肌身離さず持っていてもいいぐらいで、処分したりするは

「お母様が破棄してしまったとは限りませんよ」

「母でなければ誰が？」

「その当人の話が聞けたらいいのですけれど」

火村がのらりくらりと答えるのが不満だったかもしれないが、ホテリエとして鍛錬を重ねてきた鷹史がそれを表にすることはない。「当人」って誰やねん、と声に出さずに突っ込みかけた私だが、ぴたり当て嵌まる人物を思いつき、それと同時に視界が鮮やかに開けた。

当人とは——鷹史の伯母だ。彼女ならば、夏子の遺品を整理する際に梨田の写真をすべて処分することができた。何故そんなことをしたのかという理由も、息子の花房淳也が語ったところから歴然としているではないか。

梨田稔の秘密を記した巻物の一端がするすると床の上を走って、その最初から最後までが一覧できるようになる。彼が何者であるか、どうして銀星ホテルに留まり続けたのか、ついに理解した。その数奇な半生に衝撃を受け、二の腕がざわりと粟立つ。

私が鈍かっただけで、火村はすでにその結論に到達していたに違いない。彼の方を向き、自分にも梨田の秘密が解けたことを伝えようとしたが、何も言えなかった。刺すような鋭い

視線が「黙っていろ」と私に命じていたからだ。

何故ここでしゃべってはいけないのか？　理由を訊きたかったが、それもできなかった。口を開きかけたら向う脛を蹴られかねない。それほど険しいまなざしだった。まだ鷹史には知らせるな、ということなのだろう。

私は唇を結んで、梨田の幻と対話する。

——あなたの正体をようやく見破りましたよ。さぞ、つらかったことでしょうね。

ハンチング帽にアスコットタイの男は首を傾げる。

——はて、波瀾に富んだ人生ではありましたが、あなたの同情を買うほど私はつらい目に遭いましたか？

——とぼけなくてもいいんです。本当に判ったんですから。

——私の人生をすべて見たように言う。

——ええ、見えましたよ。あなたは、まるで堅牢な密室のようでしたけれど、やっとこさ探し当てた鍵でその扉はカチリと音をたてて開いた。

——密室が開いて、何が見えましたか？　私の人生のすべてが判ったと言うのであれば、死に際がどうであったかも承知していると？

——それは……。

梨田の秘密をスイートルームになぞらえると、〈何のために彼は銀星ホテルに滞在し続けたのか？〉は奥の寝室に通じる扉だった。その解錠にも成功したが、まだ終わりではない。肝心要（かなめ）の〈彼の死の真相〉は寝室内になかった。窓際に鎮座する重厚な机の抽斗の中にあるのだろう。そこにも鍵が掛かっている。

――私の死は、自殺ですか？

梨田に問われて、答えられない。

――私の死は、他殺ですか？

彼の過去を見渡せるようになったというのに、最も知りたいその点が依然として判らないとは。どこまで上っても尽きない螺旋階段の長さを思い知り、愕然とした。

――おそらく他殺です。

そうとでも言うしかない。

――おやおや。それは火村先生が天満署で言った台詞（せりふ）ですね。

――引用したまでです。

――絨毯と私のズボンに着いたチョコレートの染みと指紋が拭き取られていた腕時計から推理するとそうなるんですか？　船曳警部や繁岡巡査部長の心を動かしたようですが、火村先生自身は納得していませんでしたよ。「あれぐらいではまだガツンとこないんだ」と言っていたではありませんか。

自問自答なのだが、痛いところを衝かれて言い返せない。

――この私、梨田稔という密室は開いたのかもしれませんが、謎はもとのまま。固く施錠されています。

それを解くための鍵はなく、どこを探せば見つかるのか見当がつかない有り様だ。

――もう一度伺います。私の死は、自殺ですか？

もどかしいことに否定し切れない。

――それとも他殺ですか？

絶句していると、梨田の幻影は畳み込むように尋ねた。

――他殺だとしたら、犯人は誰ですか？

7

その夜は、萬夫妻と会食をしながら話を聞くことになっていたのだが、そうはならなかった。用事ができてチェックインが遅くなるためである。予定がキャンセルになったことを告げる美菜絵は残念そうにしていた。

「萬ご夫妻とのお食事は明日にして、今夜は先生方だけでディナーを召し上がってください。いい鱸（すずき）が入ったとシェフが申しております」

このせっかくのお勧めを私たちは辞退した。〈コメット〉のディナーというのは重たいし、優雅に食事を楽しむよりも他人の耳がないところで早く意見交換がしたかったのだ。

「緊急捜査会議やな。俺の部屋に直行するか？　灰皿はあるぞ」

エレベーターの中で言うと、准教授は無言で頷く。鷹史の方は妻とフロントの奥に入り、母の旧友から聞いた話をあれこれ報告するのだろう。

４０２号室にたどり着くなり、火村は肘掛け椅子にどっかと座って煙草を取り出した。私はソファに掛けながら、「一本くれ」と言って抜く。

「久しぶりにねだられたな。ニコチンで気を鎮めるつもりか？」

ねだられた男は私の方へライターを持った手を伸ばして、火を点けてくれた。軽くふかしてから――

「衝動的に体が動いてしもうただけや。こんなもんを吸うより、先に飲み物を用意した方がよかったかな。空気が乾燥してるせいか喉が渇く」

「人の煙草をもらっておいて『こんなもん』はないだろう」という抗議に「すまん」と詫び、

冷蔵庫からミネラルウォーターのボトルを出して二つのグラスに注いだ。これで心行くまで話せる。

「梨田稔は、桂木鷹史の実の父親なんやな？」

前置きなしで切りだすと、火村は「そうだ」と答えた。ほぼ確信していたとはいえ、自分が早とちりしていなかったことに安堵する。

「鷹史の伯母宅に現われた男とは、出所して間もない梨田だったわけさ。彼の写真を一枚残らず捨てたのも伯母だな。遺品整理をしていて、『面倒なことになったら大変。これは甥に見せられない』と思ったんだろう。梨田にしてみれば薄情な話だけど、彼女の気持ちも判る」

「伯母は、梨田が本物の父親やとは思わんかったんやろうか？」

「夏子が妊娠した時期からすると、通常では彼は父親ではあり得ないから、『馬鹿なことを』と一笑に付して当然だ。それに対して梨田が事情を説明しなかったはずがないけれど、伯母はかたくなに信じなかったか、あるいは――」

「ひどい犯罪で服役した後、みすぼらしい恰好でのこのこ顔を出した男を鷹史の父親と認めたくなかった、とも考えられるな。伯母の旦那さんが『鷹史をしっかり守ってやろう』と言うたんは、そういうことやろう」

花房淳也は、母親が手紙を燃やしているのを見た、と語った。それも夏子の遺品の中にあったもので、梨田が拘置所なり刑務所なりから送ってきたものに違いあるまい。わが妹を不幸にした彼のことを蛇蝎のごとく嫌っていたのだ。信恵は、「なっちゃんは不幸ではありませんでしたよ」と鷹史に諄々と言い聞かせていたが、姉には別の感情があって不思議はない。

だが、梨田が鷹史の生物学上の父親ということはあり得るのか？　ずっと答えはノーだったが、直前に聞いた話で眼前を覆っていた濃霧が晴れた。

「鷹史の実の父親が梨田だってことに、帰りの車の中で気づいたみたいだな。コントの演出かと思うほどはっきり顔に出ていたぜ」

火村は、その時の私の表情を再現してくれた。

「根が善人なんで、どうしてもそうなる。お前の方は、山崎さんが国見里緒子の話をしてる最中に閃いたんやな？　阪神・淡路大震災と聞いたところで反射的に唇に指をやったから、コントより判りやすかったわ」

「つまらない嘘はやめろ。あの時は唇を触るのも忘れていたよ。一瞬でジグソーパズルが完成したので茫然とした」

「さすがは火村先生やなぁ。ジグソーパズルを一瞬で完成させるやなんて、まるで神通力や」

視線を窓の方に投げた彼は、目を細めて言う。

「とっちらかっていたパズルの断片が四方八方から飛んできて、あっと言う間にあるべきところに嵌まった。梨田のこのホテルへの執着、桂木鷹史との血縁、山田夏子と引き裂かれた逮捕、ハワイで山崎信恵が目撃した夏子の様子、梨田の公判中の夏子の妊娠、東日本大震災のニュースを観ての嗚咽、鷹史の伯母の許に現われたみすぼらしい〈自称・鷹史の父親〉、夏子の旧友が産科医であったこと、その旧友が阪神・淡路大震災で落命していたこと。あれやこれやがつながって、意味のある絵になった。――パズルの断片は、どれもお前が集めたものだ」

「集めておきながら意味のある絵に組み立てられへんかったけどな」

「組み立てたじゃないか。俺より一時間ばかり遅かっただけだ。乾杯しよう」

火村が左手でグラスを持ち上げたので、私もグラスを取って軽く合わせた。

「今回はいやに俺を立ててくれるんやな。ひょっとして人生観を修正したか？――毒舌家のお前に評価されるのはうれしいんやけど、こっちとしては忸怩（じくじ）たるものがある」

「恥じることはないだろう。十日前からホテルに乗り込んで、専従捜査にあたっていた有栖川刑事としては、一分たりとも俺に先を越されたくなかったのか？」

「そういう子供じみた対抗意識やのうて、ミステリ作家として反省してるんや」

しち面倒くさい密室トリックやアリバイ工作を書いてきたくせに、〈夏子は、梨田が逮捕された約半年後に鷹史を身ごもった。よって鷹史は梨田の子ではない〉とあっさり決めつけたのが情けない。離れ離れになっていたとしても、恋人との間に子供を作ることは可能だ。人工授精という生殖医療技術は、半世紀以上も前に確立している。

「鷹史の父親がどこの誰かは知らんけど絶対に梨田ではない、と思い込んでた。まるで十九世紀の人間や」

「反省はそれぐらいにしておけって。――竹久里緒子、旧姓・国見里緒子が夫と開いていたクリニックが人工授精を行なったかどうかは未確認だけれど、レディース・クリニックという名称からすると、不妊治療の一環として手掛けていたと考えてよさそうだな」

「俺もそう思う。三十年も前のことやけど、調べたら確かめられるな」

「警察の手を借りるか。明日の午前中に繁岡さんに電話で頼もう」

ろくに吸わないうちに、指に挟んだキャメルは灰と化していた。私は水をぐいと呷り、「それにしても」と呟く。

「人工授精を提案したのは、夏子の方やろう？　すごい決断をしたもんやな」

「ああ、すごい。ハワイのホテルから梨田に指示しているところを思い浮かべたら鬼気迫るよ。思い切りのよさもさることながら、彼が事件を起こしたことを国際電話で聞いてから、ひと晩のうちによく思いついたもんだ。人間の頭脳にも、火事場の馬鹿力というのがあるのかもしれないな」

夏子が梨田からの電話を受けたのは、現地時間で一九八五年八月十六日の午後。信恵は夏子が顔面蒼白になったのを目撃している。そして、眠れぬ夜を明かした翌日の午前中に「独りにしておいてくれるかな」と夏子は友人を部屋から出した。梨田からコレクトコールを受ける時間を示し合わせた上でのことだろう。信恵は、夏子についてこう証言してくれた。

――二時間ぐらいしてから戻ってみたら、ちゃんと着替えて起きてた。しゃきっとした顔になってたんで、ひと安心しましたよ。

――あの子は宣誓するみたいに毅然として「大丈夫」と言いました。自分に言い聞かせるためというのでものうて、立ち直ってたんです。それはええんですけど……目が……目がね、怖いほど据わってました。ものすごい決断を下して、絶対に後へは退かん、というようになっちゃんがあんな目をしてるのを見たんは、あの時だけです。

さらに、その翌日の帰国する朝。

――その時もなっちゃんは、「大丈夫だから」と言い切りました。色んな意味に解釈できますね。どんなことがあっても梨田さんへの想いは変わらない、ということなのか。見損のうたからあの人と縁が切れても平気や、ということなのか……。とりあえず現実を受け容れてパニックからは脱した、というだけみたいにも取れます。

そして、梨田の罪状に呆れて「まさか出所してくるのを待つつもり？」と訊いた時の反応はこうだ。

――待つとも待たんとも言わず、「後悔しないように生きる」でした。その時点では迷うてたんでしょう。

肚を括ったのは夏子だが、梨田もまた決断を下したのである。恋人からの指示――あるいは提案――を拒絶することもできたのだから。電話でどんなやりとりが交わされたのか知りようもない。梨田が「それはいいね」と気軽に応じたはずもなく、夏子に叱り飛ばされながら承諾したように思える。もしも自分が彼であったなら、と考えると胸が潰れる思いがした。

ホテルのベッドに腰掛けた夏子は、握りしめた受話器に向かって訴える。冷房が利いていても、額に汗がにじんでいたのではないか。

「電話番号は控えた？　竹久レディース・クリニックよ。た、け、ひ、さ。これから里緒子に連絡して、必ず引き受けてもらう。明日中にやってもらえるように頼む。やり遂げるまでは警察に捕まらないでちょうだい」

七千キロ近く隔てたところで梨田が狼狽するのが感じられたであろう。夢想だにしなかった行為を迫られて、当惑しなかったわけがない。

「待ってくれ。人工授精だなんて……俺はそんなことのために逃げたんじゃない。何年も刑務所に食らい込むことになりそうだから、カコちゃんの声が聴きたくて、できれば会いたくて、パニックになっただけなんだよ。馬鹿なことをした。人を撥ねたことに気づいてすぐ警察に出頭しておけばよかったのに」

「今さら後悔しても後の祭りでしょう。ねぇ、梨田さん。こうなったんだから私の言うとおりにして。お願い。あなたが刑務所に何年入ることになっても、私は帰りを待ってる。五年でも十年でも、ずっと待つ。だけど……淋しいのは我慢できても、齢をとるのは止められない。私はもう三十四歳で、時間がないの。あなたが出所してくるのを待っていたら、子供が産めなくなってしまう。それは嫌。あなたと私の子供が欲しい」

　この時点で、もう彼女の目は据わっていただろう。

「俺の出所を待つって……ありがたいけれど、よく考えてから言った方がいい」

「一秒でも私が迷ったと思うの？　梨田さん、今すごく苦しいでしょう。そんな時に見捨てたりするもんですか。私の気持ちをありがたがるのなら、こっちの頼みも聞いて欲しい。私があなたの子供を作る方法は、たった一つしかないの。里緒子に助けてもらって、人工授精で産む。あなたは赤ちゃんを抱っこできないし、可愛いよちよち歩きも見られない。とても残念だろうけれど、それは罰だと思って諦めて。子供の物心がつき始めた頃には、出てこられると思う。そうしたら私たちは結婚して、家族になるのよ」

結婚、家族という言葉が出たのなら、梨田の心は揺らいだに違いない。

「このことは姉にも秘密にしておく。私の気持ちが判ってもらえないように思うから。なるべく子供が小さいうちに対面できるようにしてあげたいけれど、限界があるわ。今、お腹に赤ちゃんがいたとしても高齢出産になるんだから、遅くても一年以内には産みたい。里緒子に任せれば大丈夫」

「いや、それは――」

夏子は譲らない。

「私がこれだけ頼んでも駄目だって言うの？　何年も刑務所に入るようなことをしておいて……それだけでも私を苦しめてるっていうのに、どこまで身勝手なのよ。私はあなたの子供を育てながら待つと決めた。石に齧りついてもそうするつもりだけれど、あなたに協力してもらわないとできない」

悠長に思案している時間などなかった。梨田は電話ボックスで背中を丸め、通りかかったパトカーのサイレンに怯（おび）えながら話していたのかもしれない。

「亡くなった人や怪我をした人には本当に申し訳ないけれど、今はその人たちのことを考えられないわ。もうこれ以上、私を傷つけないで。罪を償ってきたら、二人で人生やり直しましょう。愛しているのならやって。チャンスは今しかないのよ！」

最後には梨田は承諾したのだ。

「カコちゃんに言われたとおりにするよ」

「きっとよ。私を裏切らないでね」

夏子は、そんなふうに念を押した気がする。

窓の外には、ハワイの青い空が広がっていたのだろう。

8

逃走から出頭までの二日間、梨田がどのように過ごしたのかについて考えたことがなかった。真夏のことだから屋外でも寝られたし、神戸なら終夜営業している店に身を隠すこともできただろう。出頭の覚悟を決めるのに二日を要したのだな、ぐらいに思っていたのは迂闊と言うしかない。

「梨田にとって、生涯で最も長い二日間だったはずだ」火村の声は沈んでいる。「夏子の頼みを受け容れた後も、煩悶は続いただろう。過酷な願いだったからな」

いっそ残酷と呼びたいほどだ。他の頼みならばともかく、夏子に求められた行為はその時の梨田にとって、苦行を超えて拷問に等しかったかもしれない。

——出頭する前に、竹久レディース・クリニックにあなたの精子を保存してもらうのよ。人工授精しか残された道はないの。

——無理だよ。今の俺にはできそうもない。

——あなたがどんな精神状態なのか判っているつもりよ。無理を承知で、つらいことを頼んでる。試してみて駄目だったなら仕方がないけれど……私のために、がんばってみようともしてくれないの？

こんなやりとりも交わされただろう。

警察の目を逃れながらクリニックに駆け込んだ彼は、白衣をまとった里緒子に迎えられる。

——梨田稔さんですね？　お待ちしていました。事情はすべて夏子から聞きました。時間がありませんから、急いで始めましょう。私が言うとおりにしてください。

経験がないからどんな手順なのか知らないが、つまるところ彼はこう指示された。

——射精してください。

こんな時に、こんな心理状態で。

人間としての尊厳を捨てなくてはならなかっただろう。愛する女との子供を作るために何故こんなことを、と苦悶しただろう。与えられた個室で、どれほど長く孤独な時間を過ごしたことか。男であることを呪わしく感じたかもしれない。

こうなったのは、夏子の不貞を疑った自らの愚かさが原因だ。せめて彼女の悲痛な願いをかなえてやらなくては、と耐えながらの行為だったと想像する。肉体的な苦痛を伴う試練の方が、よほど楽だっただろう。脳裏をよぎる二人の被害者を懸命に追い払いながら、彼はどうにかミッションを完遂した。

喉が渇いてグラスに水を注ぎ足すと、火村も同じようにした。無性に喉が渇く。

「夏子が死んだことは、いつ知ったんやろうな。刑務所の中でも、出所してからでも悲しみは変わらんかったやろうけど」

「そういう細かいことは判らない。娑婆に出てから広島に呼ばれるまでの間、彼がどうやって生活していたのかも謎さ。まぁ、そんなことはどうでもいいけれどな。鷹史を引き取った花房家に貧しげな恰好で現われたんだから、なかなか定職に就けずに苦労したんだろう」

「鷹史の本当の父親であることを信じてもらえんかったみたいやけど、立証することは可能だったやないか。その時点では竹久里緒子が健在だったんやから、頼んだら信義に懸けて証言してくれたやろう。俺やったら伯母さんの手を引いて竹久レディース・クリニックに連れて行ってるわ」

「ところが梨田はそうしなかった」

「なんでや？」

「俺に訊くか？　小説家じゃないけど、それぐらいのことは答えられるぜ」口の悪さが復活してきた。「邪険にされた梨田は、反発するだけじゃなく納得もしたんだろう。花房家に馴染んで、恵まれた暮らしをしている息子を引き取る資格が今の自分にあるのか、と自らを省みて、まずは生活を立て直そうとしたのさ」

「おお、見てきたようなことを。――なるほどな。一年なり二年なりかけて生活再建の目処がついたところで、竹久里緒子にお出まし願おうとしたわけか。人生をやり直すにあたって誠実な態度と言えるな」

しかし、運命は彼に冷酷だった。息子と暮らすための基盤を築く前に、阪神・淡路大震災が発生して、鷹史が誰の子供であるかを知る産科医を彼から奪い去る。彼女の夫が生き延びていれば証人たり得たのかもしれないが、地震はそれも許さなかった。おまけに失火によって記録も焼失している。

「地震を恨んだやろうな。親子関係を証明する手段がなくなって絶望したかもしれん。今やったら民間企業が何万円かでＤＮＡ鑑定をしてくれるけど」

と言ったところで、新たな疑問が湧いた。梨田は、刑務所で知り合った男に広島に呼ばれて、根岸三郎のパートナーとなって懸案の生活再建を果たしたものの、その時点では息子を引き取る気がなくなっていたようだ。生きる楽しみを捨てたようになっていたらしいから、それはいいとして——

仕事上のパートナーと喧嘩別れした後、彼は大阪に出てきて鷹史がいる銀星ホテルに姿を現わす。もちろん偶然ではなく、探偵に調査を依頼するなどして息子の行方を捜した末にたどり着いたのだろう。父親の情で動いていたわけだ。もう鷹史の伯母に邪魔されることはなくなっていたから、梨田が望めば親として名乗りを上げることはできたし、DNAによる親子鑑定という技術も一般的になっていた。どうして行動を起こさなかったのだろうか？

火村の見解を訊くと、すかさず反問された。

「なぁ、アリス。お前だったら『ヤッホー、パパだよ。嘘だと思うならDNA鑑定しよう』って言うのか？」

「それは……ためらうな。息子は自分と関係のないところで独り立ちして、伴侶を見つけかけてたんやから。パパの方は自慢できん過去も背負ってるし」

「だろ？　多分そういうことさ。お前だって理解してるはずだ」

どうだろうか。頭では理解できるのだが、自分の境遇から遠くてまだ実感がない。小説家のくせに想像力や共感力が貧弱だ、と犯罪学者から詰られそうだ。この十日間ほど付き合っていた梨田という人物について、簡単に「判った」と言いたくないだけなのかもしれない。

火村は結論づける。

「梨田がこのホテルに滞在し続けた目的は、わが息子のそばで余生を送るためだよ。名乗り出ないことで手に入る幸せがあって、それを守りたかったのさ。鷹史が結婚した時はうれしかっただろうな。足の小指が長いのを見た時の感激も察せられるじゃないか。産科医に事務的に証明してもらっても得られない親子のつながりを初めて感じたんだから、歌いだしたくもなる」

私は、幻の梨田を呼び出して語りかけようとした。何か勘違いをしていたら指摘してもらいたかったのだが、もう彼は現われなかった。

この一時間で五本目の煙草を火村がくわえたところで部屋の電話が鳴り、出てみると美菜絵だ。火村宛ての郵便が届いていたのに手渡すのを忘れていたそうで、これから持ってくると言う。

「極秘の調査報告書か？」と訊くと、准教授はくわえ煙草でかぶりを振った。

「この事件とは関係がない大学の文書だ。署名して返送しなくちゃならない。昨日のうちに投函すると判っていたから、大阪の銀星ホテルに送ってもらうようにしていたのさ」

「手回しがええことや」

　一分ほどでチャイムが鳴り、封書を携えた美菜絵がやってきた。私が出て、「ありがとうございます」と受け取る。信恵から聞いたことを鷹史はどんなふうに話したのか軽く尋ねかけたら、彼女の様子がおかしい。室内をちらりと一瞥するなり目を伏せ、「失礼いたしました」と身を翻してしまった。顔色を探られるのを避けるかのごとく。

　少し引っ掛かったが口にはせず、封書を火村に渡した。それを内ポケットにしまって、彼は言う。

「大きな謎が一つ解けたけれど、それだけではここをチェックアウトできないな。息子夫婦を見守りながら暮らして満足していた彼に心境の変化があって自殺したのか、俺たちが知らない動機から何者かに殺されたのかは、謎のままだ」

「梨田の隠された半生が見えるようなっても事情は同じか。これからの方針について考えなあかんな」

「あの夜の宿泊客が続々と集結してくるから、話を聞いていくよ。従業員にもな」

　これからのことについて話す前に、質しておきたいことが一つあった。梨田が鷹史の父親であると私が気づいた時、火村は黙っているよう目顔で制した。この世の誰よりも鷹史にとって大きな意味を持つ事実なのに、どうして彼に知られたくなかったのか理由を聞かせてもらいたい。

「なんでや？　思いやりを欠くというより道義的にどうかと思うぞ」

「科捜研でＤＮＡ鑑定の結果が出てからが適切だと判断したまでだ。鷹史が梨田の子であるのが確定したように俺たちは話していたけど、実のところまだ推論だろう。科学的に立証されてから伝えても遅くはない」

「それだけが理由とは思えんなぁ。『黙ってろよ。しゃべったら蹴飛ばす』という形相だったやないか」

「そんなに迫力があったか？　彼に知られたら困る具体的な理由があったわけじゃないけれど、手に入ったカードはしばらく晒さずにおきたかったんだよ。二人が実の父子だというのが事実だったとして、それが事件の背景になっている可能性がなくもない。それを伏せたままで、とりあえず関係者全員と話してみたかった。この説明でいいか？——捜査会議はいったん終わりにして、飯を食べにいこう。ここに何日も泊まってるんだから、いい店を何軒か見つけただろう？」

火村は疲れた声を出す。梨田稔という密室の錠は解けたが、その扉はとても重くて、押し開けるのに力を要したのだ。私だって、ぐったりときている。

「何が食べたいんや？」

「明日がフレンチだとしたら」身振りを交えて「今夜は寿司かな」

寿司でかまわないが、わざわざ人差し指を回転させながら言うな。

# 第七章　その帰還

## 1

二月十二日。

朝九時過ぎに〈コメット〉に行くと、火村は窓際のテーブルで食後のコーヒーを飲んでいた。独りではなかったので、おやっ、と思う。鹿内茉莉香が向かいの席にいて、何やら語っていたのである。近づいていくと、二人はほぼ同時に気がついて私に向き直った。

「おはようございます。初対面の挨拶はすんだようですね」

そう言って火村の隣に座ると、ミュージシャンは頷く。

「有栖川さんに紹介してもらう前に、知り合いになりました。先生がこれまで解決してきた難事件の数々についてお話を聞いていたところです」

本気にしたら笑われた。

「冗談ですよ。梨田さんのことで調査にくると聞いていた名探偵はこの人だな、と直感的に判ったので、向こうのテーブルからコーヒーカップを片手に移ってきて、自己紹介し合ったんです。過去に解決した事件についてはこれから聞くところでした」

「それも冗談ですね」今朝はノーネクタイの火村が言う。「過去の事件の話をするつもりはありません。語るほどの実績もないし、目下の懸案は梨田さんの一件です。真相究明のために色々とお話を聞かせてください」

鹿内は「いいですよ」と応じてから——

「でも、有栖川さんにしたのと同じ話の繰り返しは遠慮していただけますか。その前には警察にも何度か話してるし、もう飽きてるんです」

「彼から詳細に報告を受けているので、あなたが退屈するような反復は避けましょう。無駄に時間を取らないようにします」

入口で注文した私の和定食が運ばれてきたので、締まらないがそれを食べながら二人のやりとりに耳を傾ける。それにしても、いい梅干を使っている。

「梨田さんの死が自殺なのかそうでないのか、まだ何とも言えません。そこで視点を変えて、他殺だとしたら何者のしわざなのかを考察してみたいんです。レストラン内がざわざわと賑やかなので具合がいい。ここだけの話を鹿内さんから伺いたい。秘密は厳守するとお約束します」

鹿内はテーブルに片肘を突き、握った拳に顎をのせた。

「ちょっと興味が出てきました。私は、梨田さんは自殺したんだろうと直感的に思っているんですけど」

「直感的に、ですか。それはひとまず措いて、もし他殺だったとしたらどうでしょう。あの夜、このホテルにいた誰が怪しいと思いますか？」

「犯人は外からきたかもしれませんよ」

「その可能性は低いので除外します。犯人が内部にいたとすると、誰？」

乱暴な質問があったものだ、と思いながら私は粥を啜る。普通の神経をしていれば、軽はずみに特定の名前を出せやしない。はたせるかな彼女は返答に窮していた。

「退屈しないように刺激的な訊き方をしてくれているのかもしれませんが、それ、きつすぎます。いくら内緒にしてもらえるからといって、あんまり無責任なことは言えません。梨田さんと喧嘩をしていた人はいないし、あの夜に誰かのおかしな行動を見たりもしていないので、該当者はなしです」

「些細なことが原因で事件に発展する場合もあります。喧嘩とまではいかずとも、よくない雰囲気になっていた人はいませんか？」

「強いて言えば萬さんの旦那さんだけど、殺人に発展するはずがないし――」

「萬昌直さんですね。梨田さんとの間に何があったんです？」

鹿内は、深刻さのない口調で答える。

「あの人、株屋さんですよね。証券マンっていうのかな。とても仕事熱心らしくて、梨田さんに株だか投資だか投機だかを勧めていたんですよ。ラウンジでこそこそ話しているのを聞いたことがあります。『失礼ながら、ホテルの特等室を住まいになさるぐらいですからたくさん蓄えておいでとお見受けします。遊んでいるお金があれば、有効に活用なさいませんか？』といった勧誘です。『関心がありません』と梨田さんが言っても萬さんが食い下がるので、『もうやめてください』とげんなりしているみたいでした。――って、それだけのことです。セールスを断わられたからといって殺人事件になるのなら、日本中に死体の山ができてしまいますよ」

「屍が富士山より高く積み上がるでしょうね」

「そういうことです。梨田さんは曖昧な返事をせずにきっぱり断わっていたので、萬さんもそれ以上はしつこくしなかったようですけど、『あの男はちょっと鬱陶しいな』ぐらいは思ったかもしれません」

「梨田さんはお金持ちだ、というふうに周囲から見られていたんでしょうか？」

「どうかな。地味に暮らしていたから、ここのスイートに滞在できる程度のお金が月々入ってきていたんだろう、と私は思っていましたけど」

「呉服屋のご主人とは仲がよかったようですね。亡くなる前にも一緒に牡蠣船に行っている」

「日根野谷さんは人懐っこいから。食事に誘われるのは、梨田さんとしては歓迎だったでしょう。いつもいつも独りで食べるのも味気ないから。私はそういうのをあまり気にしませんけど。——仲がよかったというほどなのかどうか、よく知りません。梨田さんは、日根野谷さんより露口さんに親しみを感じていたかもしれません」

「露口芳穂さんですか。自分の部屋に誘ったりしていたそうですから、お気に入りだったんでしょうね」

「鋸を弾きにきて欲しい、と私も誘われたことがありますよ。——怪我の手当てをしてもらったことで最初から好印象だったんでしょう。露口さんにとっては、ありがた迷惑だったんじゃないかな」

「嫌がっていた、と？」

「そんな素振りは見せず、梨田さんには丁寧に接していました。嫌がってはいなかったけれど、たまたまホテルで泊まり合わせただけの人に妙に好かれても面倒臭い、と思うこともあったんじゃないかな、という私の推測です」

「よく判ります。梨田さんから恋愛感情が絡んだ好意を寄せられて困っていた、というふうではない？」

「ああ、そういうのはなかったと思います。梨田さん、枯れてたから」

「いくつになっても男ですよ。女性に惹かれることはあるでしょう。枯れていたと言いますけれど、写真で見たところでは男振りは悪くなかった」

「確かに。だけど、梨田さんには恋をする男が発散する色気がありませんでした」

ほぉ、男も恋をすると色気が増すのかね、と傾聴しながら、私は鮭の切り身を平らげた。

「色気、ですか」と火村も面白そうに言う。

「だいたい梨田さんという人は秘密の塊で謎めいていたから、それだけで色気が出そうなものなのに、あんまり色っぽくなかった。人間的な魅力とはまた別の話ですよ」

「すると、影浦浪子さんに恋心や憧れを抱いていたのでもなさそうだな」

「はい。影浦さんには敬意を払っていたと思います。身近にいて話せるのを光栄に感じていたでしょうね」

「萬貴和子さんについてはどうでしょう？」

「よく知りません。ラウンジで本の話をしているのを見掛けたことがありますけど、それくらいで。——あの奥さんの方は、ちょっと梨田さんに興味があるようでしたよ。『どういう人なんでしょうね。あなたは何かご存じですか？』と訊かれたことがあります。でもまぁ、それはみんなが思っていたことですね」

二人の会話は滑らかに進み、私が割り込む隙がない。おかげで食事に専念することができた。箸を置いて、ゆっくりお茶を飲む。

ホテル側の人間との関係になると、彼女は「よく知りません」を連発したが、こうも言う。

「オーナーと支配人のことは好きだったんでしょう。夫婦でフロントに入って話していたり、廊下で仕事の打ち合わせをしたりしているところを、にこにこしながら眺めていることがありました。……あの二人が世界で一番肉親に近い存在だったんやろうな」

最後だけ小声の大阪弁になったことに火村は不審そうだったが、気にするな。それは彼女の癖だ。

「一月十三日のことを訊かせてください」犯罪学者は言う。「その日の鹿内さんの行動について伺えますか？」

「きた。アリバイ調べ」とおどける彼女。

「ちょっと違うな。梨田さんの死亡推定時刻に、アリバイがある人がいないことは承知しています。皆さんの行動を突き合わせたら、実際にはアリバイの成立する方がいるかもしれないのでお訊きしたいんです」

鹿内は、唇の端でわずかに笑った。

「先生がアリバイ探しをしてくれるんですか。うまいこと言いますね。そういうのも有栖川さんにお話ししてはいるんですけれど、いいです。もう一度言います」

協力的なのはありがたかったが、彼女の証言は参考にならない。契約している事務所のマネージャーと夕食を食べながら打ち合わせをして午後九時前にホテルに戻り、以降はずっと部屋で練習。十二時半にベッドに入ってすぐに寝た、というだけで、前述のとおり不審なものを見たり聞いたりもしていなかった。さすがの火村も推理のメスを入れようがない。

彼女から吸い出せる情報は尽きた。

「他の方から驚くような話が聞けるといいですね。探偵の手柄話、あるはずなのでそのうち聞かせてください。私、ちょっと散歩してきます」

鹿内は椅子の背に掛けていたブルゾンを羽織り、立ち去りかけて止まった。そして、准教授を見下ろして言う。

「変なことを訊きますけれど、もしかして先生は恋をしていますか？」

火村は「はあぁん？」と調子っぱずれの声を出した。

「いいえ。久しく艶めいたこととは縁がありません」

「そうですか。じゃあ、人に言えないすごい秘密を持っているのかもしれませんね。――失礼します」

彼がぽかんとしているのが滑稽(こっけい)だった。

「何なんだよ、あれは？」

「火村先生は朝っぱらから無駄にセクシーですね、ということやろう。会うなりそんなコメントがもらえるやなんて、大した色男やで」

鹿内茉莉香は、わずかな時間で火村から秘密の匂いを嗅ぎ取ったのだ。直感が鋭いのか、若くして人間観察に長けているのか、その両方なのか。

「人に言えない秘密って……俺には隠し子がいることを見抜かれたのか？」

「艶めいたことと無縁のくせに、何が隠し子や。秘密というのは犯罪に引き寄せられるほんまの理由やないか。お前の過去は、俺にとって梨田稔以上に謎や」

「凄腕の有栖川刑事が本気で調べたら突き止められてしまいそうだな。そこは武士の情けで見逃してくれ」

2

音もなく近寄ってくる影があった。ゆっくり顔を上げると、ポットを手にした丹羽靖章が微笑んでいる。

「コーヒーはいかがですか、有栖川さん？　火村先生はお替りを」

九時半を過ぎ、店内にはほとんど客がいなくなっていた。私は今日一杯目、火村は二杯目を副支配人兼レストラン長から直々に注いでもらう。私たちがカップに口をつけても、彼はその場に留まった。

「鹿内様から事情聴取をなさっていたご様子ですが、いかがでしたか？」

離れたところから見ていたのだろう。

「簡単な調査でなさそうなことは判りました。どこかで丹羽さんのお時間もいただきたいのですが」

「私は今でもかまいません。コーヒーをあちらの個室に運ばせましょうか？」

「結構です。自分で持って移動します」

私たちは空いている個室に場所を移した。火村が質問をする前に、丹羽から言う。

「昨日の夜、ある週刊誌から電話で取材の申し込みがありました。梨田さんを記事にしたがっているようで、当ホテルとしては歓迎すべからざることです。『お話しすることはございませんので、警察にお訊きください』と支配人が断りましたが、ああいう人たちがあっさり引き下がるとも思えません。ここにミュージシャンの鹿内様が滞在なさっていることも知っていて、面白おかしい記事にしたがっています。警察と先生方のお力で早く決着をつけていただければ非常にありがたいのですが」

　繁岡が言っていた週刊誌だろう。電話では取材を拒否できても、ここはホテルなのだから門を閉じて相手の侵入を防ぐことはできない。

「先生は、何がはっきりすれば自殺だったと結論づけてくださるのでしょうか？　ご指定いただければ私がどうにかして探し出して参るのですが」

「死を選ばれた動機でしょうか。静かで穏やかな日常を送っていた梨田さんですけれど、何かのきっかけで孤独が急にふくれ上がり、暗い波にさらわれてしまったとも考えられます。そのきっかけ、スイッチのようなものが発見できればいいのですが。誰かの何気ないひと言だとか」

　鹿内とはまるで違うアプローチだ。相手によって接し方を変える作戦らしい。

「ホテルの方がそのようなひと言を発することはないでしょうから、宿泊客のどなたかと話していて心の均衡が崩れたのかもしれません。お心当たりはありませんか？」

「手前どもには、さっぱり」

「たとえば、梨田さんの最後の晩餐をともにした日根野谷さんはどうでしょう？　歓談の中で、ふと洩れたある言葉がスイッチだった可能性もあります」

「牡蠣船にいらしたそうですが、その場に私はおりませんでしたから」

「ええ、何を話したかご存じのはずがありませんね。しかし、お二人がホテルのラウンジで交わしていた会話の一部ぐらいはお聞きになったことがあるのでは？」

「ございますが、そこから牡蠣船でのお話は類推いたしかねます」

「どんなやりとりを耳にしましたか？」

「お天気やら体調やらボランティア活動のこぼれ話やら、当たり障りのない雑談です。それ以外では……忠告めいたことをおっしゃっていたことが一度だけありました」

「どちらがどんな忠告を？」

「梨田さんが日根野谷さんに、『もっと商売に身を入れた方がいいのではありませんか』といったことを。仕事から逃げるのはよくありませんよ、とたしなめる感じでした。日根野谷さんの反応ですか？　こっそり顔を顰めていらっしゃいましたね。短いやりとりで、お二人が険悪なムードになったりはしていません」

「ふうん。日根野谷さんが顰めっ面になったのも判りますね。梨田さんの忠告は、ちょっとおせっかいだ。それはいつ頃のことですか？」

「去年の秋です。十月か十一月か、そのあたりでした」

「それから二、三ヵ月後に日根野谷さんが仕返しをして、牡蠣船で梨田さんの気持ちが沈むようなことを言ったのかもしれない」

「どうでしょう。日根野谷さんに伺わなくては判らない……というより、伺ってもお答えいただけないかと」

丹羽の弁はもっともだが、私が日根野谷と話した限りにおいて、そんな気配は微塵もなかった。根拠のない憶測に留まることは火村自身がよく承知しているに違いない。

「それ以外に、梨田さんとどなたかとの間に小さな摩擦が生じたことはありませんでしたか？」

「日根野谷さんとのことは摩擦というほどのことではなかったと思いますが。他には思い当たりません」

「萬昌直さんに投資の勧誘を受けて、梨田さんが愉快ではない思いをしたとかは？」

「存じません。もしそんなことがあったとしても、自殺の原因にはならないのではないでしょうか？」

「おっしゃるとおり、この発想は的はずれですね。——鹿内さんに鋸の演奏を断わられたのも関係がないかな。すげなくされたことに傷ついて……も変か」

「それもどうかと思います。梨田さんは、お亡くなりになった日の昼間もご機嫌がよろしかったので、鹿内さんに演奏を断わられたことなどお忘れになっていたのではないでしょうか」

火村は自殺の可能性など探っていない。梨田と誰かの間に軋轢（あつれき）がなかったかが知りたいだけなのだろうが、丹羽から有益な情報を引き出そうとする試みは奏功しない。

ただ、私の心には日根野谷に対する疑惑がほんの少しだけ芽生えた。商売に身を入れたらどうか、という忠告があの大将の逆鱗（げきりん）だったとして、より不愉快な言葉が牡蠣船の中で投げかけられたとしたら、暴力の呼び水になったかもしれない。自殺に偽装した殺人に及ぶというのは、あまりにも極端ではあるけれど。

「一月十三日、丹羽さんはこのレストランが閉店してからもしばらくホテルにいらしたそうですね。その夜、変わったことはなかった？」

「お話しする価値がありそうなことは何もございません。十時半に閉店した後、一時間ほどデスクワークをしてから帰りました。すべてはいつもどおりでした」

「戸締りも異状はなかったわけですね？」

「はい。夜勤の高比良が点検ずみでしたが、私もチェックいたしました。習性と申しますか長年の癖になっていますので」

「レストランのスタッフの方々は、何時ぐらいにお帰りになったんでしょうか？」

「十一時過ぎです。全員揃って従業員口からホテルを出ております」

その従業員口の扉が翌朝まで開閉しなかったことは、警備会社の記録で確認されている。

退出時刻は同日午後十一時五分と確定しているのだ。

「当日、最後にホテルを退去したのが丹羽さんですか。まっすぐ帰宅なさったんですか？　北新地まで歩けば深夜を過ぎても空いている店がたくさんありますが」

「たまに寄り道をすることもありますが、あの日は疲れ気味だったので家に直帰いたしました」

「お住まいはどのあたりですか？」

「土佐堀通に面したマンションで独り暮らしをしています。ここから歩いて十分ほどのところです」

「ああ、独身でいらしたんですか」

「結婚経験を経ての独身で、気楽にやっております。子供はおりません。私生活については、このへんでご勘弁を」

許容できる範囲のことを話すと、丹羽はぴしゃりと扉を閉めてしまった。火村は追及せず、別の話を始める。

「二日前からお世話になっていますが、このホテルにいると落ち着きます。接客が行き届いていて、内装が洗練されていて、サイズがほどよくて、適度に古めかしいからでしょう。スイートルームは特に快適そうで、私も長期で滞在してみたくなります」

「お褒めにあずかり、ありがとうございます」と丹羽は畏まる。

「経営は楽ではない、というふうにも聞きましたが」

「お客様をおもてなしするホテルというものには汲めども尽きぬ面白さがありますが、日銭が入るのが取り柄でボロ儲けができるビジネスではありません。苦労はどちら様でも同じかと存じます」そう言ってから「と申しましても、当ホテルに特有の課題がございます。ほどよいサイズと評価していただきましたが、この立地にしては規模が小さすぎで、もったいないと言われがちです。建て替えとなると現実的ではないにせよ、これまで培ってきたよさを残しつつ全面改装ができればよいのですけれど」

「一億、二億ではとても足りませんか？」

「いいえ。それだけあれば銀行とも相談しやすくなりますし、やり方によってはかなりのことができます。ご融資いただける方のお心当たりがあれば、ぜひご紹介ください」と言ったところで、粘っこい口調に変わる。「先生が一億、二億とおっしゃったのは、梨田さんがお持ちだったお金の額と関係があるのでしょうか？」

「いいえ、それに絡めたつもりはありません。宿泊客の遺産を銀星ホテルが相続できるわけではないので。——さらに不躾なことを伺いますが、このホテルの先行きについて梨田さんが心配なさっていたということはありませんか？」

「そのようなことはなかった、と思いますが、『安く泊めてもらっていいますけれど、大丈夫ですか？』とお尋ねになることはありました。景気のよいホテルではないことをお察しになってのお言葉だったのでしょう。さりとて、当ホテルが潰れて居場所がなくなりそうだと勘違いされてあのようなことになった、とは考えられません」

「ホテルを改装する計画は、今のところないわけですね？」

「はい」

「オーナーや支配人と、その件について話し合われることは？」

「梨田さんのことから離れて雑談のようになってきましたが……。改装案をいくつか出して、算盤を弾きながら検討中です。二、三年のうちには手を打ちたい、という点では一致しています」

「桂木さんご夫妻と丹羽さんとの間で、意見の相違があったりしますか？」

「いくつかありますが、枝葉の部分にすぎません。小さくてもキラリと光る高級感のあるプチ・ホテルという線ではいく方針です」

「梨田さんの話に戻りましょう。ホテルの従業員の中で、あの人とうまくいっていなかった人はいませんか？」

「そのような報告は従業員から受けておりませんし、梨田さんからクレームを頂戴したこともありません。何故そんなことをお尋ねに？」

「もちろん、自殺の動機を探るためです。このホテルが何らかの理由で居心地のよくないものになったことが原因かもしれないので伺いました。もし万一そんなことがあったのなら、梨田さんは特異な精神状態に陥っていたわけで、ホテルに自殺の責任があるとは思いませんん」

などと言いながら、本当は他殺を想定して動機のある人物を探そうとしているのだ。丹羽はそんな底意を見透かしているのか、ガードを崩す気配がない。

「このホテルやレストラン内で起きるすべてに目が届いているわけでもなく、サービスの不行き届きも時にはあったでしょうが、銀星ホテルは梨田さんにとって最後まで居心地のいい場所であったと信じております。五年の長きにわたり滞在していただき、その間、『あれはいかがなものか』といったお叱りは、ただの一度もありませんでした」

「素晴らしい」

火村が言った途端、丹羽の頬の筋肉がわずかに強張（こわば）った。皮肉だったら無礼だ、と感じたのかもしれないが、そうではないらしいと気づいたのかすぐに表情が和らぐ。

「丹羽さんは、このホテルを心から愛しているんですね」

横から私が言うと、即座に「はい」という答えが返ってきた。

「私は……何と申しますか、ホテルの魔に魅入られたような男です。寝る場所をご提供するだけの仕事と思われるかもしれませんが、本物のおもてなしを実現するのは至難の業と申せます。立地そのものからサービスは始まりますが、どんな場所にあってもその条件を最大限に活かすことが大事で、施設や設備、接客、料理、セキュリティから、室温調整、レストランの食材がどれだけ余り、それをどれだけ別の形で利用できるのかという予測まで、工夫すべき点、習得すべきスキルは数限りない。お客様が期待するものをご用意するだけではなく、予想しなかった快適さや楽しさの追求も忘れてはなりません。こんな面白い仕事は他にない、というのが私の信念です。結婚式や宴会を扱うとなると、さらに為すべきこと、考えるべきことは増えます」

　火村が神妙な顔で聴き入っているのを喜んだのか、丹羽は微笑を交えてさらに語る。

「老若男女、様々なお客様と日々接することができるのも愉快でなりません。そして、自分たちがお客様の人生のささやかなひとコマになり、よき想い出をお作りできるかもしれないと思うと幸せです。並はずれてたくさんのご旅行をする方を除けば、人は泊まった宿を一生忘れません。また、お客様によっては、〈これが生涯でたった一度のホテルでの宿泊〉であったり、〈生涯で最後の宿泊〉であったりします。そう思うと、いかなる時も気を緩めるわけには参らないではありませんか」

熱弁に水を差すようだが、私はついつい口を挟む。

「やりがいのあるお仕事なのは判りますが、努力や工夫をしても、全然その値打ちが理解できないお客さんもいるでしょうね」

「はい。それはどんな仕事にもあることです。同じサービスをご提供しても、お客様のお好みやその時の体調、ご気分によって『もっと俺の面倒をみろ』と思われたり、『そこまでかまうな』と思われたりいたしますし。自分は王様でホテルの従業員は下僕とお考えの方にはこちらの真心も通じず、俗に言う〈猫になんとやら〉です。しかし、その反対に実に素敵なお客様もいらっしゃるのですよ。『よいホテルだな。ここにふさわしい客としてふるまおう』となさる方です。そのような態度をこちらが望むのは僭越極まりないことですが現に大勢いらっしゃって、そんな方にご利用いただいた時はホテリエ冥利に尽きます。ミュージシャンや舞台俳優さんなどが、『今日は観客が素晴らしかったので最高のステージになった』という意味のことをおっしゃいます。あれと同じではないでしょうか。よいホテルは、お客様と一緒に作るものなのです」

彼の職業意識の高さに、私は感動してしまった。よい宿泊客になりたいものだ。

「もし生まれ変わることがあるのなら、私は来世でもホテルで働きたいと希っています。こんなホテル馬鹿で、妻を顧みなかったから愛想を尽かされたのかもしれませんが。――おっと、つまらないことを」

丹羽は、微笑みを浮かべたまま締め括る。

「先生方のご寛容さに甘えて長広舌をふるってしまい、まことに失礼いたしました。先代からお仕えしてきましたが、まだまだ至らぬことばかりです。オーナーと支配人の支えとなり、これからも力の限り銀星ホテルのために尽くす所存です」

銀星ホテルを守るためなら何でもする、と言わんばかりであった。

3

一月十三日夜のビデオの再生が終わった。

モニターとにらめっこをしていた火村は右肩を揉んで、ふうと息を吐く。あまりに変化がない録画なので、途中で早送りしたのは言うまでもない。

彼がビデオを観ている間、私はずっと梨田稔と山田夏子のことを考えていた。思い返すほどに憐れなのだが、互いに相手を想いながら劇的な人生を送った二人を祝福したい気もするのだ。冷静になれば、彼らの物語が現実にあったこととは確定していないのだが。

「萬昌直が汁粉を買いに行った以外は人の出入りはなし、か。新地まで歩いて十分ほどなのに、みんな夜遊びをしないんだな」

　ソファにもたれて、火村がつまらないことを言う。もう少し興味深い映像が観られると思っていたようだ。

「もう結構です。ありがとうございました」

　犯罪学者の代わりに、私が高比良に礼を言った。今回も彼が立ち会ってくれていたのだ。

「警察や有栖川さんがご覧になっているビデオをお調べになるのはどうしてですか？」彼に訊かれた。「火村先生は、殺人事件の可能性も疑っておられるようですが、犯人がホテルの玄関から出入りするでしょうか？　防犯カメラが設置してあることぐらい判っていると思うんですけれど」

　フロント係は忌憚のないことを言う。

「まーぁ、そうなんですけどねぇ」

　火村がおかしな節をつけて言ったので、私が代わりに答えることにした。

「人の出入りだけではなく、ホテル内の様子も調べていたんですよ。誰か不審な動きをしている人がいないか」

　適当なことを言ったら、高比良は首を傾げる。

「梨田さんを殺した犯人が、何の用があってフロント付近をうろうろするんですか？　凶器を隠す場所を探していたわけもないはずです」

「殺人だとしたら部屋のタッセルが凶器ですからね。でも、それ以外の何かを隠そうとしたかもしれないでしょう。何かって、何か判りませんが」

抽斗にあったであろう手紙――遺言状と推測される――とアルバムから消えた一枚の写真のことが頭をよぎったのだが、黙っておくことにした。しかし、それらを隠すためにわざわざ防犯カメラの視野に入るはずがない。翌朝、事件が発覚するまでに処分しようとしたのなら、細かくちぎるか燃やすかしてトイレに流せばよかった。

ホテルの外に捨てよう、と犯人が考えたかもしれない。だとすると、汁粉を買いに出た萬昌直が唯一の該当者だ。彼が外出したのは十三日の午後十一時五十八分から十四日の午前零時二分にかけての四分間。死亡推定時刻からすると、それまでに梨田を殺害していたとして時間的に矛盾はしないのだが、本当に彼が犯人だとしたらカメラに対して無防備すぎないか？

「高比良さんは、萬さんが外出した時にフロントにいらしたんですね？　何か変わった様子などはありませんでしたか？」

火村の問いに、フロント係は明快に答える。

「いいえ、何もございませんでした。当ホテルは零時に玄関に施錠をしますので、『ちょっと自動販売機で買い物をしてきます。もうじき日付が変わるけど、締め出さないでくださいね』とごく普通の調子でお声を掛けられただけです」

「手ぶらで出て、汁粉の缶を持って帰ってきた？」

「はい、左様で」

手紙と写真ならコートのポケットに収まるから、彼がそれを携えていなかったとは言い切れない。

萬昌直が零時二分に戻ってくると、高比良は「おやすみなさいませ」と言って玄関に鍵を掛け、フロント奥の事務所に引っ込んだ。以降、翌朝まで玄関が開閉しなかったことは、防犯カメラの映像と警備会社の記録によって確認されている。

その夜、何かの用でフロントに電話をかけてきた宿泊客はおらず、高比良が不審な物音を聞くこともなかった。うわべはいたって平和な夜だったのである。

「あなたが梨田さんを尾行したのは、本当に偶然ですか？」

火村が尋ねる。思いがけない方角から質問が飛んできたせいか、高比良は一瞬たじろいだ。

「……はい、もちろん偶然です。梨田さんがどういう方なのか興味はありましたけれど、貴重な休日を潰して計画的に尾行するほど物好きではありません」

「そうですか。――梨田さんとは、よくお話しなさいましたか？」

「その機会はたくさんありましたが、ご挨拶や事務的なことばかりで、ごく短いやりとりばかりでした。内容のある話はろくにしていないことを今になって残念に思います。一番長く立ち話をしたのは――」

言葉が途切れたのはどうしたわけか？　火村と私に顔を向けられて、高比良は咳払いをする。

「失礼いたしました。何でもありません」

「いつ、どんなお話を？　意味がなさそうなことでも結構ですから聞かせてください」

警察や私に語らなかった重要な手掛かりを今になって思い出してくれたのならありがたいが、そんなにうまくはいかない。

「年末でしたか、鹿内様に『部屋にきて演奏を聴かせてくれませんか？』とラウンジで声を掛け、断わられたことがあります。梨田さんはしょげた様子で、フロントに立っていた私に『あの人に嫌われているんですかねぇ。それだと悲しい』とこぼされたんです。『お忙しかっただけかと思いますよ』とお慰めしたら、『そうだといいんですけれどね。うっかりプロの音楽家にあつかましいことをお願いしてしまったので、嫌われても仕方がありません。人に甘えたくなることがありましてね。特に女性に』と笑っておられました。たったそれだけのことです。鹿内様とは、その後は親しげに接していました」

自殺にしても他殺にしても意味のないエピソードだろう。が、高比良の話が引き金になったのか、われながら奇妙な仮説が湧いてきた。

父だと名乗りを上げられないまでも、息子夫婦と〈同じ屋根の下〉で五年を過ごした梨田は、気がすんだのかもしれない。そして、いつ訪れるとも知れない死を待ちかね、息子と会えたことを夏子に報告しに行きたくなったとしたら、自殺はあり得る。他殺に見える点を火村は指摘してみせたが、それに説明をつけることも可能だ。

梨田は、最後の最後に誰かに甘え、無理な頼みをしたのかもしれない。自殺幇助である。この世に思い残すことがなくなり自死を選んだとしても、死の恐怖や苦痛は避けたい。そこで何者かに事情を打ち明けて、こう依頼した。

――私が睡眠薬を服んで寝入ったら、ベッドに掛けたタッセルの輪で首が吊れるようにしてもらいたい。苦しくて意識が戻ったとしても、ごく短い間に終わります。非常識な頼みなのは重々承知していますけれど、切なるお願いです。お手伝いいただけるのなら、私の心はあなたへの感謝に満ちて、安らかに昇天できるでしょう。

アルバムの最後のページの写真がなくなっているのは、梨田自身が身辺整理として始末したからだ。また、ホテルの便箋と封筒が使用されているのは、自分の死が自殺ではないことが発覚した時に備えて一筆したためたのではないか。「死を選んだのは私自身の意思により、他の誰にも責任はない」といった内容の遺書を書き、死の介添えをしてくれた相手に託したのだと考えると――

辻褄(つじつま)が合うだろうか？　この仮説の弱点はいくつもある。自殺の動機が不明瞭であること。そんな行為を引き受けてくれる人物を見つけるのが困難であること。そのような死に方をするのであれば寝室で睡眠薬を服めばいいのに居間で眠りに落ちてから運ばれたらしいこと。まだあるか？――ある。彼の預金通帳には不自然な出金がなかったが、協力者に金を払ったのでなければ何を見返りに与えたのか？　正式な遺言状を作成して息子に遺産を相続させなかったのは何故か？

やはり馬鹿げた空論か。だが、珍説は私の頭の隅に留まり、完全に消えてはくれない。

４０２号室でミュージカル・ソウを弾いた後、鹿内が話したことが甦る。

――梨田さんのホテル暮らしは、クライマックスに近づいていたように思えます。何らかの形でおしまいにしよう、と考えていたんじゃないでしょうか。貯水量が限界にきて放水を開始する直前のダム。決壊する前のダムかな。そんな感じがありました。

――探しているみたいでした。ずーっと抱えてきた秘密を明かす相手を。

あれが彼女の自供寸前までいった告白だったということはないか？　私は梨田さんからす

べてを聞き、自殺幇助を懇願されたんです、という真実を裏に秘めた言葉。

彼が協力を求めた相手は、女性だった気がする。「人に甘えたくなることがありましてね。特に女性に」と高比良に語ったことからの憶測だ。

肩を並べて花のないバラ園を歩きながら頼む梨田に、鹿内茉莉香が決然と答えを授ける。

——お引き受けします。

彼女だったとは限らない。梨田は、元看護師がお気に入りだった。401号室に招いた折に、希いが伝えられたのかもしれない。

——梨田さんがそこまで言わはるんやったら、私やります。してあげる。

萬貴和子の可能性はないだろうか？　ラウンジで本の話をしているうちに梨田の心のダムが決壊し、彼が用意した見返りが貴和子にとって切に望むものだったとしたら？

——させていただきます。

402号室の肘掛け椅子に座った影浦浪子も言う。

——あなたを解放して差し上げましょう。

彼女が協力者だったら私に捜査の依頼をするのは道理に合わないのに、妄想は止まらない。ついには桂木美菜絵まで登場し、慈母のごとき微笑とともに言った。

——お義父様のお心のままにいたします。鷹史さんには内緒で。

いいかげんに正気に戻ろうとしたところで事務所の奥のドアが開いた。鷹史が私たちを見て「おはようございます」と言う。今朝はまだ顔を合わせていなかった。

「ビデオに何か手掛かりがありましたか？」と訊いてくる。

「いいえ」火村が言った。「ほとんど何も起きないので、『ホテルの静かな一夜』という題名の環境ビデオを観ているようでした」

「やはりそうですか。他にお調べになりたいことがあれば、何でもお申しつけください」

「ハウスキーパーの皆さんの仕事が一段落したら、お話しできるようにしていただけますか？」

「あと三十分もすれば手が空くでしょう。順にここに呼びます」

「いえ、ここだと業務のお邪魔になりますから、402号室にきていただきましょう。——いいよな？」

「は？　ああ、ええで」

一拍空いてしまったのは、鷹史の横顔を見ながら考え事をしていたせいだ。彼のことを梨田の息子として見ているうちに、昨日までとは別の人物に思えてきたりするから妙なものである。人間の頭脳や肉体を乗っ取ってしまうＳＦに出てくる宇宙生物と接しているかのよう——というのは言いすぎだが。

別のことも考えていた。鷹史は、自分が梨田の息子であることに気づいているのか否か？　そんな素振りはまったく見せていないが、梨田が真実を胸に秘めたまま逝ったのだとしても、今や知っているかもしれない。

昨日、火村と私は小池信恵から山田夏子にまつわる話を聞いたおかげで、梨田と鷹史の関係に思い至った。だとしたら、行動をともにして同じ証言に触れた鷹史が、自らの出生の秘密を解いたとしても何の不思議もない。

梨田が実の父だと知ったのであれば、驚きを爆発させてその事実を表明しそうなものなのに、どうして彼は信恵の話を聞く前のままなのだろうか？　含むところあって周囲を謀っているのか、と思いかけたが、そんな演技をする理由がない。隠すべき不都合なことではないし、明らかにすれば巨額の遺産の相続人になれるのだから。

彼は、梨田の足の小指が長いことを見ていないのだ。だから、自分と梨田に血縁があることに思いも及ばないのだろう。DNA鑑定の結果が出て、二人が父子であると科学的に証明された暁には、彼はどんな反応を示すのだろう？　その瞬間を目撃してみたい。

梨田と鷹史には血縁関係があったらしい、と気がつくまで調査開始から十日余りしか経っていないが、何ヵ月もかかったように感じる。

4

４０２号室でハウスキーパーたちと話したが、成果はなかった。火村が訊いたのは、生前の梨田の言動、彼と宿泊客らとの関係。そして、一月十四日に客室の清掃とメンテナンスをした際、気がついたことがないか。より具体的に、何かを燃やしたりトイレにものを流したりした形跡の有無について尋ねていたが、「いいえ」という返事ばかりだった。

「どうにも取っ掛かりが見つからないな」

「次は何をするんや？」

「まず昼飯。人間って、すぐ腹がへるな」

一時を過ぎていたから無理もない。ホテルの近くで蕎麦を食べた。

日根野谷愛助と露口芳穂がチェックインするまでに中之島を見て歩きたい、と火村が希望したので、彼があまり馴染みのないエリアをぶらつくことにした。対岸に朝日放送のビルを見ながら、堂島川に沿った中之島通を西へ。阪神高速神戸線をくぐり、突端に突き当たったら今度は土佐堀川沿いを東へと引き返す。

「アホらしいんやけど」と私が自殺幇助説について話してみると、彼は笑うでもなく、「ないな」と言った。

「ないかな、やっぱり。そんな頼みを聞いてくれる人物がいたはずがない、ということか？」

「いそうもないし、梨田の心理としても不自然すぎる。彼が自殺をするのなら、銀星ホテルに迷惑がかからない方法を選ぶだろう。理性を失くしての衝動的な行為だったらいざ知らず、客室、それも最上級の部屋で計画的に首を吊るだなんて慮外のことだ」

「ごもっとも。物理的な可能性がどうこうよりも、その心理的な必然性はガツンとくるわ。そこまでのことを頼んで、何が謝礼だったかさっぱり判らんしな」

「それだけじゃない。欲も得も捨てて、ボランティア活動に勤しみながら静かに隠遁していた男が、人生の幕を引くにあたってそこまで他人に甘えるというのもおかしすぎる。自殺なのか他殺なのかで振り回されてきたからって、自殺幇助という折衷案を出されても困る。

——休みなしで働き続けて、そろそろガス欠か？」

「せやなぁ。火村先生が現地入りしたことやし、俺はいったんホテルを引き揚げて、自分の家で休養してこようかと思う。——ん？　どっちが自宅か判らんな」

淀屋の初代・常安(じょうあん)から名前がついた常安橋の袂を過ぎ、科学館や美術館が見えてくると、もうすぐ銀星ホテルだ。火村は、中之島の狭さを実感していた。

「本当に海に浮かぶ島だとしたら、かなり窮屈だな。肥後橋から淀屋橋にかけては、大きなビル一棟分の幅しかない。中之島というエリアが街に融け込んでいるから、これまではそんなことを意識しなかった。東の稠密ぶりに対して西はがらんとしていたな。これから色々なものが建つらしいけど」

「東には、かつては中央郵便局や証券取引所もあったらしい。昔からそっち半分はシビック・センターで、西には人が住んでたんや。桂木美菜絵の父がそうだったように」

ラウンジにあった雑誌に、一九八九（平成元）年三月一日付けの朝日新聞の記事が引用してあった。それによると、「中之島――一周6・3キロ、広さ49ヘクタール、昼間人口約4万人。事業所1060。一日3万通の郵便物。食堂100。喫茶店71」「夜。『島民』が残る。男134人、女247人。女が多いのは看護婦寮があるからだ。お米屋さんが一軒」とのことだった。その頃と面積は変わらないが事業所や店舗、昼夜の人口は増加しており、近辺に食品スーパーができて島内に米穀店はもうない。

喫茶店で煙草を吸いながらコーヒーが飲みたい、と彼が言うので、丸福珈琲店に入って昨日と同じテーブルに着いた。座ってから隣に馴染みの顔を発見する。初対面の時のようにタートルネックのセーターを着た呉服屋の大将だ。

「もうお着きですか」

「ああ、有栖川さん。こんにちは」

双方とも頭を下げ、私は火村を紹介する。

「はじめまして、日根野谷愛助と申します。よろしくお願いいたします」と言ってから、自分が今ここで何をしていたかを話しだす。「二時前に中之島に着きまして、チェックインには早いなぁ、というんで時間調整をしてました。なんで喫煙席にいてるのか？　こっちが静かやったからです。先生はお吸いになるんですね。どうぞどうぞ」

いいところで出会った。まわりは銀星ホテルと縁のなさそうな会社員ばかり——週刊誌の記者らしき影もない——だから、梨田の件について話しやすい。

火村の問いに積極的に応じ、日根野谷はよくしゃべってくれた。これまで聞いた範囲から出ない内容ではあったが、それは致し方ない。同じ話を根気よく繰り返してくれたわけだ。

一月十三日の夜のことを訊かれても、アリバイ調べか、と嫌がるふうでもない。

「牡蠣船での会食からホテルに帰った後、ずっと部屋にいらしたんですね？　風呂に入ったりテレビの深夜番組を観たりして、就寝したのは午前一時過ぎ。宿泊していた誰かと顔を合わせることもなかったんでしょうか？」

火村は、心置きなく煙草を吸いながら尋ねる。

「はい。外に電話をかけたりもしてません。朝まで部屋から一歩も出んかったというのは、信用していただくしかないですね」

「部屋は何号室でした？」

「203です。右隣がタイ人のご夫婦、向かいが鹿内さんの部屋でした」

「よく覚えていますね」

「警察の人に何度も話を聞かれて、何度も答えましたから」

「夜中に誰かが廊下を歩いている音を聞いたり、そんな気配を感じたりしたことはありますか？」

「いいえ。一昨日からお泊まりやったら先生もお判りでしょうけど、あのホテルは部屋におったら廊下の音がほとんど聞こえんのです。隣や向かいの人が出入りしても、まぁ気がつきません」

「ええ、だから落ち着きますが、事件の捜査にとっては都合がよくない」

「ほんまですね」近くの席には客がいないのに日根野谷は声を潜め「先生は、梨田さんは誰かに殺されたと踏んではるんですか？」

「その可能性がないか、調べているところです」

「大事なことですからね。せやけど、どうでしょう。梨田さんを殺す動機があった人は見当たらんのでしょう。自殺なさったんやないですか？　殺人事件の可能性を探るのは、暗闇でいてない黒猫を探すようなもんやないでしょうか」

「うまい喩えですね。どうも無口な黒猫らしくて、さっぱり啼いてくれません。ひと声ニャーと発してくれれば、やっぱり猫がいる、と判るんですけれど」

「もともと、いてないんでしょう」

火村のフィールドワークに同行して、これまでに彼が何匹もの黒猫を捕まえるのを目撃してきた。凶暴さを誇示するように啼くもの、薄気味の悪い唸り声を出すもの、色んな猫が闇に紛れていた。逃げ回るだけではなく、こちらに飛びかかってきた猫もいる。しかし、今回ほど静かな猫は初めてで、日根野谷が言うとおりそんなものはいないのではないか、という疑いがいまだに晴れない。

黒猫はいるのではないか？　不意に第六感が告げる。私たちが見当はずれなところばかり手で探るのを、そいつは離れた場所でじっとしたまま見つめているのだ。いや、その眼球が微かな明かりに反応して光らないよう固く目を閉ざしているのかもしれない。

梨田のことはさんざん話してもらったので、火村は他の宿泊客について尋ねる。

「露口芳穂さんと親しいそうですが、どんな方ですか？」

「可愛くて、気のいい女性ですよ。先生もお話しになれば判ります。実家のごたごたに振り回されて気の毒ですけど、もう解決するみたいですから会えんようになるのが淋しい」

「東京に行けば会えますよ」

「誤解せんといてください。別に深い関係やないんですよ。乗り物で隣に座ったようなもんで、あの子はもうすぐ目的地について降りてしまう。降りたらそれっきりです。また誰かが隣に座るでしょう」

「日根野谷さんは下車しないんですか？」

「どうでしょうねぇ。座席のクッションが気持ちええから、なかなか降りる気になりません。あのホテルが好きなんです」

好きのひと言で片づけるんだな、という不満が顔に出たのかもしれない。目が合ったら、彼は気弱な笑みを浮かべる。

「ごまかしてるみたいに聞こえますか、有栖川さん？　出鱈目を言うてるわけやないんですけれどね。僕にはこういう表現しかできへんのですよ」

「いや、別に」と私が口ごもっていると、彼はぽつりぽつりと事情を話しだす。

「銀星ホテルに駈け込んでだらしなく日々を過ごすのは仕事から逃げてサボってるわけでもないし、女房と息子に店を任せて極楽蜻蛉を楽しんでるわけでもありません。むしろその反対で、女房が『またあのホテルにでも泊まってき』と言うから、家を追い出されてきてるんです。僕がおらん方が、店も家も空気が清々しいんでしょうね。何をやっても癇に障るらしい。商品の選定やら値付けやらの商売の仕方から、ご近所付き合いの仕方、掃除の仕方、古うなってきた家具や家電の買い替え時期から、飯の食べ方まで。朝起きるなり、今日のご機嫌はどうかな、と顔色を窺うようになってしまいました。子供とはべったりで、この息子がまた母親の家来みたいになっとる。女房は『あんたも早う彼女見つけて、結婚せんとなぁ』と言うくせに手放すつもりは毛頭ない。息子は唯々諾々とそれに従うてます。なんであんな母子になったのか、なんであんな家庭になったんか、いつからおかしくなったんかは判りません」

　家庭の事情に加えて、それを不甲斐なく思っていることまで吐露させてしまい、申し訳ない。およそ梨田の死に関係がありそうもないし、そんなことまで彼に語らせる権利は私たちにない。銀星ホテルの常連客になっているわけを隠さず話してください、と迫ったわけではないが、彼は沈黙しているのも苦痛になったのだろう。

「ホテルに泊まるわけは、ほんまに人それぞれですよ。観光やビジネスばかりが目的ではありません」

　話してしまうと、大将はさばさばした顔になってコーヒーを飲んだ。そして、痞が下りたように饒舌になり、ホテルに関する薀蓄やあるべきホテル論を独演会のごとく語っていく。

「副支配人でありレストラン長である丹羽さんは生粋のホテルマンですよ。すべての業務に精通していて、お客を心からもてなしてくれる。東京オリンピックの招致が成功して以来、おもてなしという言葉が喧伝（けんでん）されていますが、日本流のおもてなしに僕は疑問を感じてるんです。このところの日本人は自惚（うぬぼ）れが強くなってるんで、素晴らしいもののように言いますけれどね。なんていうか、日本のおもてなしというのは『きっちりもてなすから、客はこっちの流儀にちゃんと合わせてもてなされろよ』という感じがしませんか？　僕、そういうのが嫌いなんです。主の自己満足のためにもてなしてくれんでもええ、と言いとなる」

　形式としてのもてなしというのは、どこの国にもあると思うが。

「それに比べて、西洋流のもてなしを突き詰めてパッケージにしたホテルはええなぁ。利便性や清潔さや安全性を含めてお客が望むものを全部揃えたら、あとはプライバシーに踏み込まんと、『ご要望があればお申しつけください』と奥に引っ込んで、客が何か言いだすまでひたすらスタンバイしてる。『もてなしますよ。もてなすから、こうしてください』という押しつけがましさがない。ええ日本旅館もそうしてくれますけどね」

　私たちは、彼がしゃべるのに任せた。銀星ホテルのすぐ近くにあったベネチア・ゴシック式の新大阪ホテルのことなども、年代的に見ていないはずなのに、泊まったことがあるかのように論評する。ホテルはまず供給があって需要が生じるのだ、という帝国ホテルの元社長・犬丸徹三の言葉を引きながらホテルの特性や機能を語るうちに話が一周し、さっきの「ホテルに泊まるわけは、ほんまに人それぞれですよ」につながった。

またコーヒーを飲んでから、日根野谷は腕時計に目をやる。もうチェックインしてもいい時間か確かめているらしい。

美菜絵に聞いたこぼれ話を思い出す。彼が初めて銀星ホテルに予約を入れた際、その名前のメモを見た鷹史が、日根野・谷の二人のお客だと勘違いしたという。つい昨日まで私も似たような錯覚をしていた。〈鷹史にとって梨田は何者なのか？〉と〈鷹史の父親は何者なのか？〉を二つの問題として見ていた。梨田＝鷹史の父親という事実を、わざわざ分割して考えていたのだ。

日根野谷が時計を見た理由には見当がつくので、私は言う。

「露口さんは何時ぐらいに着くんでしょうね」

「くる頃かもしれませんね。早めにチェックインして、夜は親族会議に行く言うてましたから。あの子も、もっと楽しい用事で大阪に帰ってこられたらええんやけど」

「彼女は東京で何をしているんですか？」

火村の質問は何でもないもののように思えたのだが、日根野谷の表情が翳った。それだけで察せられるものがある。不本意な仕事に就いているのだろう。

「飲食店で働いてる、と言うてますけど、喫茶店や居酒屋でアルバイトをしてるのではないでしょう。職場での失敗談や同僚が出てくる話はまったくない。水商売にしても、普通はあそこまで自由に休みは取れません。よう見たら高価なアクセサリーを着けてるけど、お金持ちの彼氏がいてるふうでもない。出勤の日を自分の都合で決められて高給。どんなアルバイトをしてるのやら。……本人が隠してるんやから、あんまり詮索せん方がええな、と思うてます」

どういう仕事を想像しているかは見当がついた。さらに彼は言う。

「自分の情けない話をしたついでに他人様のことを言うのはなんですけど、あの子、なんか悔しそうな表情をすることが多いですね。誰も見てないやろうと気を抜いた時に、よう人のおらん方を向いて、今に見ておれ、という感じの顔になってます」

学生時代はどうだったのか、と日根野谷に訊かれて、「成績のよくない、いじめっ子」と彼女は答えていた。本当か冗談か判らないが、いじめられっ子だったようには見えない。社会に出て現実の荒波に揉まれ、今は逆にいじめられている気分になっているのかもしれない。

「ぼちぼち行きます。先生方はごゆっくり」

彼が旅行鞄を提げて立ちかけた時、窓の向こうを露口芳穂が通りかかった。今日もピンク色のキャリーバッグを引きながら。

「あ、きた」大将もその姿を目に留めた。「僕、ホテルへ行きます。先生方はどうぞごゆっくり」

　と言われたが、私たちも腰を上げる。三人揃ってホテルに戻ってみると、フロントのカウンターを挟んで露口が美菜絵に「あかんやないの！」と語気荒く言っていた。お客としてクレームを入れているのか、「気をつけるね。もう階上に行くから」とオーナーは詫びている。まずい現場にぶつかったかな、と思ったのだが、露口は私たちに気づくと表情を和らげ、にこりと笑った。

5

　わが402号室にて。

　ティーバッグのお茶を注いで出すと、彼女は膝に両手を置いたまま「ありがとうございます」と頭を下げた。いつもより愛らしい仕草だ。

「こんなアフタヌーン・ティーでええんですか？」

私が言うと、「はい」と元気のいい返事をしてくれる。

「ルームサービスやなんて、もったいない。これで充分です。――それにしても」露口は肘掛け椅子の准教授を見て、「火村先生って、こんなカッコいい方やったんですね。想像してたのとまるで違うんで、びっくりしました。大学の先生に見えません」

「何に見えますか？」

本人に訊かれて、うふ、と笑う。

「ＩＴ企業の社長さんとか。自分で会社を興して稼いでる……アン……アンプレエディターとかいうの」

「起業家（アントレプレナー）ですね。そんな才覚はありませんよ」

「それっぽいですよ。やり手のビジネスマンで、ばりばり働いてばりばり遊ぶ人。ちょっとワルも入って、女の人をたぶらかしたりもする」

私は寝室から運んできた椅子に掛けて、初対面の相手に言いすぎだろう、と思いながら聞いている。

「実像と懸け離れています」

「私立大学の准教授って、かなり高給だそうですね」もらったばかりの名刺を見てから「趣味は何ですか？」

合コンとちゃうで、と言いたくなった。彼についてこう紹介したら、ドン引きすること請け合いだ。――人を殺したいと思ったことがあるというトラウマに囚われていて、殺人犯をハンティングするのが生きがい。犯罪捜査のためならどこにでも行くが、唯一の趣味は捨て猫を拾ってきて育てること。年収は知らん。

「今日は実家に行かなあかんのですけど、明日の夜は予定がありませんから、よかったら新地あたりへ飲みにでも。有栖川さんも一緒に」

どうも様子がおかしい。男前の登場――しかし、そこまでいい男か、こいつ？――に無邪気に喜んでいるふうだが、本心はどうなのだろう？　梨田の死に深く関わっているので、探偵との対面で緊張しているのを糊塗しようとしているのかもしれない。

「梨田さんのことをお訊きになるんですよね。有栖川さんがさんざん調べても自殺やなかったという証拠は出てけえへんのに、まだ何を調査するんですか？」

「殺人事件だったと仮定して、あなたのアリバイから伺いましょうか」

「変な順序ですねぇ。それは最後の方で訊くことやないですか？　ドラマではそうやったと思うんですけど」

と言いながら、彼女はすらすらと話してくれる。当夜の部屋は３０５号室。実家から午後十時過ぎにホテルに戻ってきてから、缶ビールを飲みながらＤＶＤを観ていたという。

「このホテル、各部屋にＤＶＤのデッキがあるのがいいですね。友だちから借りてたのをやっと観られました」

「映画ですか？」と横から私が訊く。

「はい。時代劇コメディの『超高速！参勤交代』。面白かったですよ。私、ああいう楽しい映画が好きなんです。怖いのや悲しいのは、大嫌い」

約二時間の映画を観終えたのが十四日の零時半頃。すぐにベッドに入って寝た。何も変わったことはなかった、というのが証言内容のすべてだった。以前に私に話してくれたことと変わりはない。

おい、どうするんだい、火村先生よ、とヤクザ口調で訊いてみたくなった。何時何分頃に廊下で足音がするのを聞いただの、何時何分にどこかのドアが開いただの、意味ありげな証言はいっかな出てこない。これでは名探偵も腕の振いようがないだろう。

梨田について尋ねても、目新しい話はなかった。そんな義理はないのに、露口は申し訳なさそうにしている。

「すみませんね。行き詰まりました？」

「あなたのせいではありません。殺人事件だとしたら、犯人はよほど抜け目がないか、運がよかったんでしょう。どこにも証拠や痕跡を遺していない」

「殺人事件やないのかも……」

「自殺と考えるのもなぁ」火村は頭の後ろで両手を組む。「決め手がないんですよ。動機がはっきりしない」

「人の心の謎は、簡単に解けませんよ。『超高速！参勤交代』で佐々木蔵之介（ささきくらのすけ）も言うてました」

「へえ、そうですか」

「嘘です」

駄目だ。喜劇の舞台にいるような気がしてきた。

「殺人事件やったとして、先生が怪しんでる人はいてるんですか？」

「軽々（けいけい）には言えません」

「もしかして、いてない？　ふぅん、すごく難航してるんですね。これまで判ったことを教えてくれたら、私も推理しますよ」

「表立った動機がある人物はいません。事件の夜も、このホテルはいたって平穏でした」

隠すほどの重大事項はないので、火村は防犯カメラのことを話す。すると、湯呑のお茶を啜りながら聴き入っていた露口は、あっさりと言った。

「犯人は、萬さんの旦那さんやないですか？」

「何故そう考えました？」

「お汁粉を買いに出たから。梨田さんが首を吊らされてたのとどう関連してるのかは判りませんけど」

　何か聞き落としたのかと思って、私は尋ねずにいられなかった。

「……汁粉と殺人に関連がなかったら、萬昌直さんが犯人やという根拠になれへんでしょう？」

「それはそうなんですけど、一人だけ外出してるのが怪しいと思います。理屈ではありません。ほとんど読んだことがないんですけど、推理小説ではたいていそういう人が犯人なんですよね。一人だけ〇〇（マルマル）な人」

　窓を開け、堂島川——見えていないが——に向かってシャウトしたくなった。「ほとんど読んだことがない」という人にここまで看破されたら、ミステリ作家として立つ瀬がない。

「萬昌直さんが犯人だとしたら、動機は何でしょう？」

　火村は、涼しい顔で意見を求める。

「株かな？　あの人がセールスを仕掛けてたの、知ってるんです。梨田さんからちらと聞きました。断わったそうなんですけど、別口の儲け話には乗ってて、それがうまいこといかんかったのが原因でトラブルになったんやないですか？」

てくれる。

「捜査の参考にします」と探偵が言ったのを真に受けたのか、彼女はさらなる推理を披露し

「萬さんの奥さんは、共犯者かもしれませんよ。あっ、奥さん単独の犯行かも！　旦那さんが汁粉を買いに行ってる間、アリバイがないわけでしょ。その間に四階に上がって、ぱっぱとやったのかも。動機は……梨田さんに言い寄られて困ってたから。あの梨田さんがそんなことをするのは変かな。そしたら逆で、奥さんが梨田さんに言い寄ったのに拒まれて、プライドを傷つけられた復讐」

「なるほど。動機というのは色々と考えられるもんですね。他の人についても、もっと検討した方がいいかもしれない。何か思いつきませんか？」

焚きつけられた彼女は、さらに虚空からファンタジーを捻り出す。

「鹿内さんも同じことが言えますね。女やから。私も女ですけど、やってませんから除外。影浦先生も女か。あの人の場合は、小説を書くための取材やったのかもしれません。『人を殺す経験がしてみたかった』です」無茶苦茶だ。「日根野谷さんはどうしよう？　『もっと真面目に働きなさい』とか言われたことに腹を立てたんかなぁ。『いつまで引きこもりを続けてるんだ』と親に叱られて殺人に発展というニュースを聞くので、リアリティがあるんやないですか？」

最後の説だけは、私も考えたことだった。

「全員を撫で斬りですね。あなたの想像力は敬服に値します。返す刀で、ホテル側の人たちも一刀両断にしていただけますか？」

焚きつけただけでなく、火村は燃料を投下する。

「従業員の中の誰かやったとしたら、接客態度で喧嘩になったからやないですか？　あるいは、梨田さんにとんでもない失敗を知られて、『これがバレたらお前は馘だぞ』と脅されたので、口封じのためにやった」

「復讐から口封じまで、何通りもの動機が出ましたね。しかし、馘首を恐れての犯行だとしたら、オーナーと支配人の二人には当て嵌まりませんね」

「別の理由があったんでしょう」

「どんな？」

「梨田さんに、このホテルから出て行って欲しかったんです。どうしてもチェックアウトしないので殺した」

理不尽にもほどがあるのに、盲点を衝かれた気がした。荒唐無稽な説ではあるが、いくつかの要素がそこに絡めば動機として成立しそうにも思える。

「有栖川さんが真剣な顔になってる！」彼女は慌てた。「頭から消去してくださいよ。ゲーム感覚で適当なことを言うただけで、自分でも本気にしてませんから」

　やがて五時が近づき、露口が「そろそろ」と言う。西宮の実家に向かわなくてはならない刻限になったのだ。

「準備があるので部屋に戻ります」

「ご協力いただき、ありがとうございました」と火村。

「親族会議がうまくいくといいですね」

　私が言うと、彼女の瞳の奥でキラリと星が光り、「優しいですね」の言葉を賜る。合コンだったら私にも勝機が出てきたのだろうか？　ちなみに、その方面で火村と張り合ったことはない。

　引き止めて申し訳ないが、知りたいことがあった。

「最後に一つだけ訊いてもいいですか？」

「あ、推理ドラマによくある台詞。有栖川さんがそれを言うのは意外です。——何ですか？」

「さっきフロントで美菜絵さんに『あかんやないの！』と言っていましたけど、ホテルに不手際でもあったんですか？」

「違います」彼女は車のワイパーのように両手を振った。「全然そんなんやないんです。嘘やと思たら、あの子に訊いてみてください。宅配便で重たそうな荷物が届いて、美菜絵がそれをよっこらしょとお腹に載せるようにして運ぼうとしてたから、『業者のお兄さんにカウンターの中まで運んでもらいなさいよ。なんで重い段ボールの箱を抱えて運ぶの？　あかんやないの！』って」

「露口さん」

石の礫（つぶて）のような火村の声が横から飛んできた。

「……はい？」と彼女は振り向く。

「美菜絵さんは、妊娠しているんですか？」

「そうです」

「ああ……」と私は喉を鳴らした。

ここにも小さなジグソーパズルが隠れていたか。このところ美菜絵は体調を崩しているようだったが、「病気ではありませんので」と言った。平素からのことなのかもしれないが、夫は実に優しく接していた。昨夜は、煙草の臭いがする部屋の戸口で顔をそむけた。そして今、露口がとった行動。これらの事象が何を示しているかは明らかだ。明らかなのに、見過ごしていた。

「あなたは、いつそれを知ったんですか？」

火村は動揺の色を見せながら尋ね、露口は怪訝な顔で答える。

「この前、ここにきた時です。一月の末。しんどそうにしてるのを見掛けて『どうしたん？』と訊いたら、『実は、赤ちゃんができた。今、三ヵ月なの』って聞きました。『悪阻が軽いから仕事はできる』と言うので、『無理せんときや』と注意したんですけど……」

それがどうかしたのか、と言いたげだ。

火村は唇を指でなぞりながら、食い入るように相手を見つめて尋ねる。

「美菜絵さんの懐妊を知っているのは、誰と誰でしょう？」

「旦那さん以外では、『丹羽さんに話しただけ』と言うてました。業務に影響が出るから、当然でしょうね。――あ、それから梨田さんもか」

「おっと」思わず声が出た。「それは初めて聞きましたよ」

「はい、初めて言いました。梨田さんが亡くなった原因について調べてはるのに、美菜絵に赤ちゃんができたことは関係ないやないですか。あの子も有栖川さんに言うてなかったんでしょう？」

梨田の死に関係がないし、お客に私的なことを明かすのはマナーとして控えたのだろう。

「いつ、どんないきさつで梨田さんに話したんでしょう？」

火村は、こっそり深呼吸をして息を整えてから訊く。

「さぁ。詳しいことは美菜絵に訊いてください。あの……もう行ってもいいですか？　五時半にはここを出たいので」

「どうぞ」

そっけない答えに送られて彼女が退出し、ドアが閉まった瞬間に、私は「あっ！」と叫ぶ。ほんのわずかな差だが、また火村に後れをとってしまった。露口芳穂の証言があまりにも重大なことに、ようやく気がついた。

「暗闇の中に、黒猫はいたんだ」火村のバリトンが部屋に響く。「姿は見えないけど、猫の匂いがする」

日根野谷の発案だが、猫好きの准教授にはお似合いの喩えだ
「俺もしっかり匂いを嗅いだわ。――梨田が上機嫌やった理由は、それやな？」

「孫ができると知ったら、そりゃ喜ぶだろう。俺にもお前にも経験はないけれど、子供より可愛いとも言うからな」

「ガツンときたか？」

「これ以上ないぐらい、きた」

素性を明かせないまま息子のそばで暮らす幸せを嚙み締めていた男にどんな心境の変化があったとしても、孫が誕生すると知ったこのタイミングで死を選ぶはずがない。

この結論に達するまで、どれほどもがいたことか。証明することが不可能かと思われた命題を、やっと私たちは解いた。

　梨田稔は殺されたのだ。

6

　美菜絵の懐妊を梨田が知っていた件について桂木夫妻に質したかったが、当の美菜絵は体の具合の関係からペントハウスで少し眠っていると水野から聞き、鷹史は外出中だった。

「オーナーにお話があるので、ご都合がよくなったらお報せいただけますか？」

　火村が言うと、日本人形は「畏まりました」と答え、私たちは402号室でしばらく待機した。水野から「もう起きていらっしゃるそうです」と内線電話が入ったのは七時過ぎだ。

　私たちがペントハウスを訪ねた時、美菜絵はさっぱりした顔をしていた。

「申し訳ございません。ちょっと休んでおりました」

「要点のみ簡潔に伺って、さっと引き揚げます。──お茶もコーヒーも結構です。お座りになってください」

キッチンに立とうとする彼女を火村は制して、私たちは空いている椅子に座った。急に押しかけてきて何事か、と思われても無理はない。

「不躾なことをお訊きしますが、捜査に関係があると思ってお赦しください。——妊娠なさっているそうですね。今しがた露口さんから伺いました」

「はい。十三週目に入ったところで。……それが何か？」

「いずれご説明しますので、今は質問にだけ答えてください。——そのことを知っているのは誰ですか？」

「ごく限られた人にしか話していません。主人と丹羽さんと、よっちゃんだけです」

「露口さんに話したのはいつです？」

「一月の末です。たまたま具合が悪そうにしているのを見られたので、『実は』と打ち明けました。友だちといえどもお客様なので、それまでは遠慮して話さなかったんです」

「ホテルの他の従業員の方には？」

「そろそろ言おうとしていたところです。幸い悪阻もほとんどなく、平常どおりに動けていましたから」

「隠していらした？」

「早い時期から過度に気を遣ってもらうのも悪いと思って、黙っていました。本当に楽なんです」

「このまま安産だといいですね。——さすがに支配人の片腕の丹羽さんには話していたそうですが、いつ伝えましたか？」

「去年の十二月二十六日です。クリスマスのドタバタが過ぎてから話しました」

「他にも誰かに話したのではありませんか？」

「いいえ。赤ちゃんが産まれたら報せたい友人知人や遠縁の親戚はおりますけど」

梨田に話したことを隠そうとするのか？　何故に、と思ったところで火村が直截（ちょくせつ）に尋ねた。

「梨田さんもご存じだったようですが、違いますか？」

事実を突きつけられて驚くでもなく、美菜絵は「ああ」と言う。

「失念しておりました。梨田さんには、私からお話ししたわけではありません。私と主人が立ち話をしているところを、たまたまお聞きになったんです」

「何月何日のことですか？　その時の様子をくわしく」

「少々お待ちを」

美菜絵はゆっくりと立ち上がり、いったん奥の部屋に消えたが、一分もしないうちに赤い表紙の本を手に戻ってくる。本ではなく日記だった。そのページを繰って目的の記述を見つけると、開いたまま私たちに向ける。

「日記を拝見してもいいんですか？」

「かまいません。このあたりには人目に触れると恥ずかしいことは書いていませんから。一月十日の最後のあたりをご覧になってください」

流麗な女文字で、こう記されている。

〈ラウンジに梨田さんがいらっしゃるのに気づかずタカとしゃべっていたら、赤ちゃんのことを聞かれてしまう。「おめでとう」と祝福されて感激。〉

夫婦間の鷹史の愛称は〈タカ〉か。画数が多いから片仮名で表記するのは当然だろう。いやそんなことはどうでもよい。〈梨田さん〉になっているところからすると、日記で〈梨田様〉と書くのはよそよそしすぎる感じがあったのだろう。

「一月十日の土曜日ですね。確かこの日は、十時ぐらいに最後のお客様がチェックインなさいました。エレベーターまでご案内した後、『当日キャンセルにならなくてよかったね』と主人と喜んでいたんです。ラウンジに梨田さんがいらっしゃるとは思わなかったので——」

銀星ホテルに静かな夜が降りてきた。

エントランスから人の姿が消え、〈コメット〉の方から人の声や物音が遠い潮騒のように聞こえてくるだけ。フロントのカウンター内で、ほっとした夫婦は二人だけの会話を交わした。

「やれやれ、これで今日の客室稼働率は七〇パーセント到達だ。お疲れさまでした、オーナー」

「まだ今日が終わったわけじゃないでしょう。ホテルは眠らないのよ」

「判ってるけど、仕事にひと区切りついたら『お疲れさま』でいいだろう。――階上に行ってたら？　本当はあんまり動いて欲しくないんだ」

「平気だってば。うちの母親によると、お産が楽な家系らしいわ。母は三十五の出産だったけど、『まわりばかりが心配してた』って。私もそうなんだろう、という予感がしてる」

「だといいね」

美菜絵がラウンジの方へ目をやると、観葉植物の向こうで梨田が立ち上がった。気配もなく本を読んでいたらしい。

「失礼。耳に入ってしまったんですけど、奥様、おめでたですか？」

聞かれてしまったのなら仕方がない。美菜絵はカウンターの中で直立して、「はい」と答えた。

「それはそれは、おめでとうございます。いつもと変わらずお元気に働いていらっしゃるので、まるで気づきませんでした」

梨田はカウンターに近づいてきて、「本当におめでとうございます」と頭を下げる。その丁寧な態度に、桂木夫妻は恐縮してしまった。

鷹史も背筋を伸ばし、あらたまって言う。

「梨田様には、私どもが結婚した際もお祝いの品を頂戴いたしました。よもやお客様からプレゼントをいただくとは思いもよらないことで、ありがとうございました。あれから四年目にして、子宝を授かったようです。今また『おめでとう』と祝福していただき、感激です」

「赤ちゃんが産まれたら、またお祝いさせてください」

「滅相もない」鷹史は慌てる。「お気持ちだけで充分でございます。気の緩みから舞台裏の話をお耳に入れてしまい、申し訳ございません」

「お祝いがしたい、という私の想いも尊重していただきたいですね、支配人。どうせ、ささやかなものしか贈れません。受け取っていただく代わりに、可愛い赤ちゃんを抱っこさせてもらえたらうれしいんですが」

「それはもう、ぜひ」美菜絵が言った。「まだ七ヵ月先のことになりますが、抱いてやってください」

梨田は相好を崩した。

「奥様、くれぐれもご自愛くださいよ。ホテルのお仕事は大変ですから」

「はい。それもお約束いたします。あの……この件は、ご内聞にしていただければありがたく存じます」

「プライバシーに属しますから、他言したりしませんよ。——おやすみなさい」

くるりと振り向き、梨田はエレベーターに向かった。


死の二、三日前から梨田が上機嫌だったことを、何人かが証言している。牡蠣船で日根野谷から聞いたところによると、「なんかええこと、あったんですか？」との問いに、梨田は「いや、私の身にいいことがあったわけではありません」と答えたという。すべてが完全に符合した。

それにしても——可愛い赤ちゃんを抱っこさせてもらえたらうれしい、という彼の希いが打ち砕かれたことが無惨でならない。目頭が熱くなりかけたが、気を散らしてこらえた。

今の話を聞いて、確信はさらに強まった。火村が言ったとおり、美菜絵の懐妊はどんな物的証拠より確かに、梨田が自殺することはあり得ない、と示している。人の心は——自分自身も含めて——しばしば謎だが、疑いようのない場合もあるのだ。

「梨田さんの死の真相を調べていただきたい、と私は望みましたが、丹羽さんは消極的でした。『警察は自殺だと言っています。すんだことを思い煩うのはやめましょう。心身とも大事になさらなくてはならない時期ですよ』と言って。主人も同じ意見でしたが……丹羽さんほどドライにはなれなかったようで、私を止めようとしませんでした。本当のところは、どうなのでしょう。自殺だったのかそうではなかったのか、究明できそうですか？」

「まだ判りません」

火村は、白々しくも言った。誰に対しても手持ちのカードは見せたくない、ということか。冷徹にもほどがある。やわな私は、ここで美菜絵に何もかもぶちまけたくなっていた。梨田さんは鷹史さんの実の父親です。あなたの懐妊をあんなに喜んだのは、孫を抱ける日がきたと信じたからなんですよ、と。鷹史の妻として、彼女にはその真実を知る権利があるのだ。

「火村先生」美菜絵は言う。「梨田さんが亡くなったことと私の妊娠にどんな関係があるのか、いつ教えていただけますか？」

「なるべく早くお話しできれば、とは思っています」

つれない返事を最後に、私たちはペントハウスをあとにした。

一階に下りるエレベーターに乗り込みながら、火村の表情が冴えない。「どうしたんや？」と訊かずにいられなかった。

「ＤＮＡ鑑定の結果が知りたい」

「そんな焦らんでもええやろう。梨田が鷹史の父親であることは、まず間違いない」

「人工授精をしたと推測する竹久里緒子の証言は得られていないし、梨田と鷹史の第五趾の特徴が一致したのは偶然だった可能性もある」

「なんでや？」

こいつの思考が理解できない。美菜絵の話を聞いた後で、何故そんなことを言いだすのだ？

「なんで親子関係を疑う？　人工授精で鷹史が産まれた、という見方を覆す情報は出てきてないやろう」

エレベーターはゆっくり下降し、三階を通過する。一階に着いて扉が開くまでに答えろ。

「人工授精の成功率が何パーセントか知らないけど、百発百中ではないだろう。夏子の計画がうまくいかなかった可能性もある。梨田は鷹史がわが息子だと信じ、孫が産まれることに歓喜した。もし、それが間違っていたとしたら？」

「……鷹史は息子やないのか？」

「俺が答えられるはずがねぇだろ」彼は苛立つ。「しかし、何かが手掛かりとなって、自分が勘違いをしていたことを梨田が知ったとしたら？　ご機嫌だった牡蠣船でご馳走を食べて帰った後で」

チンと音がして、扉が開く。私たちは事務所の奥に戻ってきた。

フロントに高比良がいたので、その耳を警戒した私たちは玄関の扉を押し開け、コートを着ないまま土佐堀川沿いに出る。

「牡蠣船からいつもの401号室に戻ってから、あるいは戻りしなに、梨田はこれまで知らなかった事実に接して、鷹史が息子ではないと知ったと仮定する。と、どうなる？　この五年間のしみじみとした想いも、自分の孫が産まれる感激も、何もかも誤解だったわけだ。それを知った彼は……」

体が顫えたのは、風の冷たさのせいではない。

「すごく落胆したやろうな」

「落胆ですむか？」

何ということだ。会心の逆転ホームランを打ったイニングの裏に、すぐさま再逆転されるのか？

「……そんな生やさしいもんやないな」

絶望しただろう。

死にたくなるほどに。

## 7

　この前会った時と同じだ。萬昌直は、火村や私の些細な挙措にも敏感に反応するばかりか、視線の動きすらも目でいちいち追う。彼が自分の癖に気がついているのかどうか、それが癖ではなく意図した行為なのかどうかも定かではない。

「『十五分ばかり遅れる』と電話で申していましたから、あと十分もすればくるでしょう。昨夜は急用でドタキャン、今夜は片割れが遅刻で相すみません。まずはワインをご賞味ください。これ、かなりいけますよ」

　勧められて、私はグラスを取った。もともとワインを論評できる舌を持ち合わせていないが、今は精神状態が原因で味がよく判らない。梨田は何者かに殺されたのだと確信したと思ったら、すぐさま火村がおかしなことを言いだしたので、ひどく混乱している。状況の振幅が大きすぎる。

　この迷いを打破する手掛かりを大募集しているのだけれど、梨田との関係が薄かった萬夫妻が提供してくれるかどうか心許ない。あまり期待はしないでおく。

「先月は、阪神・淡路大震災からちょうど二十年目でしたが、もうすぐＪＲ福知山線の脱線事故から十年です。あれは四月の下旬でしたね。『もう十年か』と職場で話題になりました」

　制限速度を大きく超過した電車が塚口駅―尼崎駅間の急カーブを曲がり切れず脱線して、沿線のマンションに激突。運転士を含めて百七人が死亡した大事故だ。

「痛ましい事故でしたね」

　としか言いようがない。火村は黙って証券マンが選んだワインを飲んでいる。

「十年前が歴史的な脱線事故。二十年前が歴史的な震災。三十年前には何があったか覚えていますか？」

　訊かれても四歳だから記憶にあるはずがなかった。梨田が逮捕された年だが、もちろん昌直はその事実を知らないはずで、ここで言うべきではない。

「羽田発大阪行きの日航ジャンボ機が御巣鷹の尾根に墜落して、乗員乗客合わせて五百二十人が亡くなっているんです。夕方六時台の便だったので、大阪に帰る人がたくさん乗っていました。五百二十人分の葬儀が営まれたわけで、嘘かまことか大阪中の喪服が売り切れた、と聞いたことがあります。関西には、十年ごとに悲劇が襲うようですね」

　それが言いたかっただけらしい。

「としたら、今年の関西は大きな事故や災害に要警戒ですね。何もなかったらええんですけど」

「でしょう？　そう思って、四十年前の一九七五年にも関西で大きな事故や事件がなかったか、ネットで調べてみたんです。そうしたら……大阪市営地下鉄が路線ごとのカラーリングを導入していました」

それがオチであったか。十年ごとの悲劇は心配無用ということだ。

「一九八五年というのは、悪い意味で大阪の当たり年だったんです。前の年から犯罪史に残るグリコ・森永事件が続いていたし。悪徳商法で問題になってた豊田商事の会長がマスコミ取材陣が囲んだ部屋で刺殺されたり、阪神タイガースが日本一になったのは明るいニュースでしたが、とにかく、大阪発のビッグニュースがたくさんありました。墜落した日航機は東京発でしたが、大阪の衝撃は大きかった。タイガースやハウス食品の社長さんも乗っていらしたんですよねぇ。お盆前……八月十二日でしたっけ」

梨田が車で事故を起こす四日前だ。夏子がハワイ旅行に出掛ける三日前でもある。話すことがたくさんあったせいか信恵は省略したが、あれだけの飛行機事故の直後にハワイに飛ぶというのは、気分のいいものではなかっただろう。そして、日航機の墜落現場で遺体収容作業が懸命に行なわれていた時に、梨田は過ちを犯し、逃走し、竹久レディース・クリニックで辛酸に耐えたのだ。彼の頭から日航機墜落のことは吹き飛んでいたに違いない。

——梨田さん。あなたは阪神タイガースのファンでしたか？　もしそうだとしたら、タイガースが日本一になるという稀覯の慶事を喜べませんでしたね。八月十六日以降、あなたにとっては世界中の何もかもが「それどころじゃない」だった。

幻に問おうとしたが、やはり彼は現われない。

梨田を呼び戻さなくてはならない。召喚して、真相に通じる最後の鍵を渡してもらうのだ。そのためにできることは何か？　もがきながら探すしかない。

「あの人に投資を勧めたことがあるかと訊かれたら、あります。まるでご興味がないようだったので、勧誘したのは一度だけです。見込みのないセールスは双方にとって時間の浪費ですからね」

火村に問われるままに昌直は答えていくが、やはり有益な情報は出てこない。当夜の行動についても、汁粉を買いに外出したことがハイライトだった。——あんた、本当にそれだけの人なのか？

「梨田さんは自殺なさった、ということで幕を引くのがよいと思うんですけどね。語弊があるでしょうけど、それが穏便です。ご遺族が不満を訴えているわけでもありません」

世の中には人を魅了してやまない謎や不思議もあるが、梨田の死にまつわる謎にはそこまでの力がない。どういうことだったのか、と考えることに関係者たちは倦みだしているようだ。

　やがて妻の貴和子が到着し、夫は手を挙げてウェイターを呼び、料理を持ってくるように言った。

「川を挟んだすぐ向こうが会社だというのに、遅れて失礼いたしました。——あら、恥ずかしい」

　ベリーショートの夫人は、首からぶら下げたままだった社員証を慌ててはずした。よほど焦ってやってきたのだ。

　自宅の改築工事に不備があってやり直しになったことへのぼやきをひとしきり聞いてから、火村はまた一月十三日の夜に話を転じる。

「何度訊かれましても、同じことしか言えませんので——」

　そう断わりながら彼女が語ったのは、既知のことばかりだった。火村の指が唇をなぞる場面はない。

「お前、あのことは言わなくていいのか？　お話しするなら今がチャンスだぞ」

　昌直が水を向け、貴和子は「だって」と言い渋ってみせる。

「気のせいかもしれないって、言ったでしょう。曖昧なお話をして、先生を混乱させてはいけないわ」

「どんなことでもお聞きしたいですね。曖昧でもかまいません。何しろ情報に飢えていますから」

バスケットからパンを取りかけた手を止めて火村が促すと、貴和子は「では」と言った。

「お話しいたしますけど、梨田さんが亡くなった時間帯からはずれているので、何の関係もないと思います。あの方が亡くなったのは、十三日の午後十一時から十四日の……何時だったでしょうか？」

「午前二時です」

「やっぱりはずれているわ。私がお話ししようとしているのは、午前三時過ぎのことですからね」

「かまいません。そんな深夜に何があったんですか？」

「先ほど申したとおり、私は零時半には眠ったんですけれど、二時間ほどして目が覚めてしまいました。たまにあることで、いったん睡眠が途切れると寝つけなくなってしまう質なんです。しばらく本を読むと寝やすくなるので前の日に買った文庫本を開いたら、上巻を買ったつもりが下巻でした。よく見ずにレジに持って行ってしまったんですね。失敗に気づくとよけいに読書がしたくなってしまいました。この人がパジャマに着替えてから『汁粉が欲しい！』と言いだしたのと同じですよ。他に持ってきている本はありませんでしたが、ラウンジに行けば面白そうな本があります。そこで――」

　カーディガンを羽織って、わざわざ一階に下りて行くことにしたのだ。当夜の夫妻の部屋は301号室で、廊下に出るとすぐ横がエレベーターと階段である。

「エレベーターのボタンを押した時、四階に続く階段に人がいるような気配を感じたんです。こんな時間に誰かいるの、と覗いてみたら人影はありません。すぐにエレベーターがきたので、気のせいだったんだな、と思ってラウンジに下りました」

　それで？

「というだけのことなんです。三時十分ぐらいでしたから、梨田さんがお亡くなりになって一時間以上が経った時分のことで、お話しするに値しないと思っていたんですけれど……」

　昌直が割り込む。

「この話を私にしてくれたのは、つい二日前です。夕食の後、『明後日からまた銀星ホテル泊まりだね』と話しているうちに梨田さんのことがちょっと出て、『実はあの日の真夜中に』と、こうです。『警察や有栖川さんにお話しするほどのことでもないでしょう』と言うので、『まぁな』と私も苦笑しました。私たちを逆さにしてシェイクしても、もうこの程度のことしか出てこないわけです」

　まるで意味のない情報でもない。梨田の死が他殺だったとすると、犯人には事後処理など色々とすべきことがあったはずで、死亡推定時刻を過ぎてからの事象も無視できない。

「人の気配を感じたのは物音がしたせいでしょうか？」

火村もこの話をさらりと流しはしなかった。

「はっきり何かを聞いたわけではないんですけれど、意識がそちらを向いたということは微かに音がしたのかもしれません。衣擦れの音というのかしら」

「ひょいと階段を覗いただけで、まったく何もご覧になっていない？」

「はい」

「人がいたと思ったのは、香水の匂いなどがしたからではありませんか？」

「違います。五感以外のものが反応したのかもしれません。ただの錯覚だった可能性が大きいでしょう」

「私は言ったんですよ」昌直がまたしゃしゃり出る。「『もしかしたら、梨田さんの幽霊だったんじゃないか？　長年住み慣れた銀星ホテルに最後の別れを告げるために、ゆっくりと館内を見て回っていたんだろう』と。『不謹慎な怪談はやめて』と叱られてしまいました。不謹慎ですかねぇ。私は、梨田さんの幽霊が無人のフロントに立ち寄って、きちんとチェックアウトをしてから玄関をすり抜けて行くところを想像したら、じーんときますけれど」

路上に出た幽霊が足を止め、世話になったホテルを見上げるところまで目に浮かんだ。株だの投資だのとは縁遠い私だが、彼のセンスとは意外と合うのかもしれない。

貴和子はラウンジで本を選んで持ち帰り、ほんの十五分ほど読んだところで眠気に迎えられた。部屋に戻る際には、廊下にも階段にも人の気配は感じられなかったという。


今夜の夫妻の部屋は２０６号室だそうで、「階段を使います」と言いながら去った。火村と私はエレベーターに向かう。

「俺の部屋でビールでも飲むか？」

誘うと、火村は黙ったまま頷いた。萬夫妻から聞いたことを反芻しているらしい。貴和子が言った深夜三時の気配が引っ掛かるぐらいで、新事実はなかったのだが。

「結局のところ、梨田稔の死が自殺か他殺かは、まだ決定不可能ということでええんか？」

エレベーターの中で私は言った。「美菜絵さんが妊娠してると知った時は他殺で決まりやと思うたんやけど、その後でお前がおかしなことを言いだすから、また判らんようになってしもうた」

「おかしなことじゃないだろう。一縷（いちる）の可能性はある」

「あっても限りなくゼロに近いぞ。部屋に帰ってテレビを点けたら、梨田と鷹史が赤の他人やったことを示唆するニュースが放送されてたとでも言うか？　何が彼を絶望のどん底に叩き落としたのか、ありそうな仮説を一つでも挙げてもらいたいな」

四階に着いた。

火村は私の問いに答えず４０２号室へも向かわず、階段の方に歩いて行く。やはり貴和子の証言が気になっているらしい。

絨毯が敷かれた階段に変わったところはなく、踊り場の壁にこのホテルらしい油絵が一枚掛かっているだけだ。何号サイズというのか知らないが、八十×六十センチぐらいの横長の風景画で、砂漠の上に雄大な星空が広がっていた。

「真夜中に絵画鑑賞をしてたわけでもないやろう」

「それはないな」

と言ってまわりの壁紙や絨毯に異状がないことを確かめてから、火村は指示を飛ばす。

「この絵を壁からはずしてみよう。アリス、そっちを持ってくれ」

「はずしてどうするねん？」

と言いながらも、私はアンティークゴールドの額縁に手を掛けた。一人で扱えないサイズではないが、ホテルの備品を傷つけないように慎重を期して手伝わせるのだろう。左右からそっと持ち上げ、フックから紐をはずす。

　ガラス面はきれいに磨かれていたが、裏返すと多少の埃が着いていた。別段、変わったところはなさそうだ。

「何もない……いや、あるな」

　真ん中より少し下あたりに変色した部分があった。

「触ってみろ」

　そこを火村が示すので指先をやると、糊を塗った跡らしく、粘つく。何かを貼ってあったのだろう。

「そう古いもんでもないな。これは何や？」

「さぁな。すぱっと答えられなくて残念だよ」

　私たちは絵を床に置き、キャンバスを額縁からはずしてみた。宝物が隠されているわけでもなければは、四角く枠抜きされたマット台紙に秘密のメッセージが記されているわけでもない。

「空振りか？」

「糊の跡を見つけたじゃないか。そのうち意味が判るかもしれない」

　絵を壁に戻して四階に上がったところで、私は振り返って踊り場を見る。絵の前に佇む梨田の幻は、やはりなかった。

8

二月十三日。

九時に一階に下りてみると、ラウンジに誰かいるようだ。観葉植物の隙間から火村の横顔がちらりと覗いていた。

「今朝は早いじゃないか」

彼は開いていた新聞から顔を上げて言った。当人はもっと早くに起床していて、朝食はすませたという。新聞の日付を見て、今日は十三日の金曜日か、と思う。

昨夜は私の部屋で一日の総括をするつもりだったのだが、ビールを飲むうちに思考力が低下して無駄話だけで終わってしまった。酔いが回って眠くなり、具体的には覚えていないが、つまらないことをしゃべった自覚がある。

「昨日はお前に絡んだような気がするんやけど」

「ああ、絡んだな。『火村英生の過去なんか、俺が本気で調べたら十日ぐらいで白日の下に晒される。暴かれたくないんやったら、とっとと自分から吐け』と言って目の前に人差し指を突きつけられた。――お前、俺の過去に何があったと思ってんだ？」

「仮説はいくつかあるけど、どれもガツンとけえへん。友だちが黙して語らんのやから、わざわざ解き明かすこともないか、という感じか。せやけど本気になったら――」

火村は新聞を膝に置いて、溜め息をつく。

「そんなことより、朝飯を食ってこいよ。すでに出遅れてるんだから」

踊り場の絵。その額縁の裏にあった糊の跡について、彼はすでに支配人や清掃係に尋ねていた。答えはいずれも「存じません」で、火村が何故そんなものに興味を示すのか、そもそも何がきっかけで額縁の裏を調べたのか、不思議がっていたらしい。

〈コメット〉では、日根野谷愛助と露口芳穂が相席でお粥の和定食を食べていた。離れた席では、鹿内茉莉香が独りでフランスパンにバターを塗っている。

私は、日根野谷たちの隣のテーブルに着き、「昨日はどうでしたか？」と露口に訊いてみた。

「親族会議ですか？　糸がもつれたようになってて、一気に解決するのは難しそうです。けど、今日か明日中にはまとまるんやないかなぁ。そこそこ、うちの親にええ形で」

「よかったやないの」と日根野谷。

「はい。今晩、うちの家族だけで話し合うんですけど、昼間はすることがないから〈あべのハルカス〉の展望室にでも上がってきます。まだ行ったことがないんです。——日根野谷さんはどうします？」

「僕も行ってないんやなぁ、ハルカス」

宿泊客が今日の予定を練り、ラウンジでは朝食をすませた男が新聞を読んでいる。これこそホテルの朝だ。

レストラン内には、客の姿が昨日よりも多かった。旧正月である春節に入ると中国からの観光客がどっとやってくるので、銀星ホテルの予約も埋まりつつあるらしい。ホテル不足が叫ばれていることだし、このホテルの経営状態が上向くことを祈る。あまりホテルが足りないようだと、ビジネスに聡(さと)い人たちに目をつけられ、「あそこを買って建て替えよう」となってしまう懸念も拭えないのだが。

食事を終えてラウンジに行ってみると、火村は声を落として電話中だった。警察の誰かと話しているらしい。「またご連絡します」と言って、じきに切った。

「繁岡さんからだ」

「何かあったんか？」

私は、彼の向かいに座る。

「ＤＮＡ鑑定の中間報告だよ。昨日のうちにおよその結果が出たらしい。検査が立て込んでいなかったおかげで思ったより早く判った」

　おもむろにスマートフォンを内ポケットにしまう。そんな重大な報せを受けながら憎らしいほど落ち着き払った様子だったので胸倉を摑みたくなったが、近くに人の目や耳がないかよく確かめなくてはならない。このラウンジは注意が必要だ。

「で、どうやったんや？」

　梨田と鷹史が親子だったら、孫を抱く前に自殺するわけがないから他殺。親子でなかったら信じていた世界が崩壊したショックによる自殺。判定が下る。

「『実の親子に間違いがなさそうだが、確実性を高めるために別のサンプルが欲しい』ということだった。万歳するのはためらうだろう？」

「『間違いなさそう』という日本語がおかしいんや。はっきりせえよ、となるわな。――別のサンプルっていうのは、鷹史の毛髪がもっと欲しいということか？」

「それならば事情を話して本人から提供してもらえばいい。科捜研が言うには、片親だけと鑑定の精度が落ちるから母親のものも欲しいんだそうだ」

「なんや、そんなことか。鷹史に頼んだら何か出てくるやろう。臍の緒とか」

「そりゃ駄目だ。臍の緒から検出できるのは子供のＤＮＡだけだ」

　浅学にしてそれは知らなかった。火村はさらに言う。

「母親が愛用していた品というのも使えない。二十年以上も経過していると通常はサンプルにするのは困難だし、検査法を工夫してもコンタミネーションを拾ってしまう虞がある」

「なんでこう気が利かんのかな、お前という奴は。コンタミネーションという言葉を一般市民の俺が知ってると思うか？」

「この場合は、異物混入によるサンプルの汚染だ。文脈から類推できるだろう」

梨田と鷹史が親子であることは、完璧に証明しなくてはならない。ここにきて難題にぶつかったことに火村は戸惑っているらしい。

「あるぞ」

きっぱり言ってやると、私の顔をまじまじと見た。

「あるって何が？」

「シルクハットの中から兎を摑み出してやろう。鑑定のサンプルになるものが鷹史の手許にある。母親が愛用していた形見の帽子で、事故の際にもかぶっていたものやから血痕が遺ってるそうや」

肩を拳で殴られた。

「早く言え。――経緯を話して、それを借りよう。無作法なことをして髪の毛を採った詫びを添えて」

事務所でそれを聞いた支配人が驚倒したのは言うまでもない。梨田が自分の父親かもしれないと知らされ、「本当ですか?」を五、六度も繰り返した。

「にわかに信じられません。まるで小説か映画の話を聞かされたようです。五年もそばにいながら、そんなことは一瞬たりとも考えませんでした」

私たちに質問したり茫然としたりする時間を五分ほど与えてから、「お母様の形見の帽子を」と火村は催促する。彼はペントハウスに上がって行き、十分ちょっとで戻ってきた。

「お待たせして失礼いたしました。帽子はすぐにご用意できたのですが、先生方から聞いたことを妻に伝えていたので遅くなりました」

「奥様は何と?」

「『まさか』の連発でした」

無理もない。

てっぺんが平らなベージュ色のポークパイハット。写真の夏子がかぶっていた帽子を火村は手に取る。彼に聞いたとおり、内側の数ヵ所に黒く変色した染みが付着していた。

「血痕と申しましても、こんな小さなものです。お役に立つでしょうか?」

「五ミリ四方の大きさで充分。これならば大丈夫です」

「よかった」と胸に手をやってから、私たちに訊く。

「先生方は、これからどうなさるんですか？」

「善は急げで、中央区の東署にある科学捜査研究所にお借りした帽子を直接持ち込みます。結果が出たら、すぐにお報せします。——ご承諾を得ないまま、毛髪を採取した非礼は深くお詫びします」

鷹史は謝罪を受け容れたが、鑑定結果のインパクトが甚大だったせいか、そんな細かいことはどうでもよい、と言いだけだった。

東署へ向かう車の助手席で火村は繁岡に電話をかけて、恰好のサンプルが見つかったので科捜研に持ち込もうとしている旨をてきぱきと伝えた。

淀屋橋で右に折れ、銀杏並木の御堂筋を南下しだすと、まわりの景色がいつもと違って見えてきた。現実の御堂筋をまっすぐ走っているのに、メリーゴーラウンドに乗ってぐるぐる回っているような心地がするのだ。奇妙な非現実感の中でしっかりとステアリングを握り直した。

「火村」

「何だ？」

「俺、サーキットを爆走したいぐらい無茶苦茶に興奮してるんやけどな。血が騒いでる。鑑定の精度がどうこう言うても、ほぼ親子で確定なんやろう？　梨田の死が他殺だったことは確定なんやろう？　ここまできて『いや、まだ判らない』とか言うたら、頭突きをかます」

「運転しながらの頭突きは危ないからやめてくれ。――他殺だな。物的証拠はないけれど」

「おぉい、よけいなひと言をつけるなや。高揚感に水を差しやがって」

「お前のテンション、ちょっとやばいな。しばらく俺は黙っておくよ」

　御堂筋――大阪市の中心部を梅田から難波まで南北に走る、全長およそ四キロのメインストリート。沿線のビルは道路に面した部分の高さが五十メートルまでと規制されていたため、これだけの距離にわたってこれだけビルが同じ高さで整然と並んだ景観は、世界的にもほとんど例がないという。

　もとは幅がたった五メートル強しかなかったこの道を四十三・六メートルにまで拡張したのは、あの関一市長。工事が始まったのは一九二六年だが、その前年から市域拡大で東洋最大の都市となった大阪は、大大阪と呼ばれた。昨夜の萬昌直は、十年ごとに関西を惨禍が見舞っている、と縁起が悪いことを言ってくれたが、遡ればめでたいこともある。今年はグレート・オオサカ成立から九十年目ではないか。

　東署の科捜研に着くと、火村は面識のある検査技師を名指しで訪ね、持参したポークパイハットを託した。

「どれぐらいで結果が出ますか？」

火村が逸って訊くと、黒縁眼鏡にくせ毛の担当者はおっとりと答える。

「繁岡さんから電話がありました。火村先生が試料を持っていらっしゃるというのは只事ではありませんね。お急ぎのご様子なので、すぐにやりましょう。夕方までには結論を出します。そのへんで座って待っていてください、というほどのスピードではできません」

イエスかノーかの判定が知りたいだけだから、館内で待機している必要はない。

「判り次第、電話で連絡をいただければ結構です。これで確定するんですね？」

相手は帽子の血痕を見て「はい。いけますね」

「これまでの検査でも、二つのサンプルの主が実の親子だという確率は高いと伺いましたが」

「何パーセントぐらいの確率で一致するのかお聞きになりたいんでしょう？　万が一ということがあるので繁岡さんには慎重な返事をしましたけれど、親子でほぼ間違いありません。

——さっそく検査にかかります」

「お願いします」と言いながら、火村はその背中をぐいと押したそうだった。

ホテルに引き返す車の中で、私は訊いてみた。

「梨田と鷹史の親子関係が完全に証明されたとしよう。そうしたら、梨田の死が他殺であることが確定する。これでええ？」

「しつこく念を押すんだな。ああ、俺には何の文句もない。だけど、できることなら物的証拠も欲しい」

「ないものねだりやな。そういうのを、隴を得て蜀を望む。——望蜀の願いっていうんや」

それは欲望の限りなさのことだから、少し意味が違うか。

「また中国故事のレクチャーかよ。望蜀の願いというのは英語で言やぁ、クライ・フォー・ザ・ムーンだな」

『おっ、そのイディオムは初めて聞いた。小林一茶の『名月をとってくれろと泣く子かな』と同じ発想やな」

「まぁな。で、月に吠えてるのは俺だけらしい」

東署には十五分もいなかったので、正午前にはホテルに帰ってきた。腹がへっていないので、とりあえずまたコーヒーを飲みに行くか、などと言いながら玄関の扉を押し開けると、フロントにいた水野由岐が「あっ」という顔をした。そして、私たちに「ちょっとお待ちいただけますか」と言ってから事務所に消えたかと思うと、支配人とともにすぐ出てきた。

「何かあったんですか？」

火村が表情を引き締めて訊く。

「先生にお電話をしようとしていたところです。思いもよらないことが起きまして。――モノをご覧いただいた方が早いので、中へお入りください」

事務所内には、美菜絵と丹羽もいた。みんな一様に真剣な顔で、よほどのことが発生したのだな、と察せられる。

「梨田さんから手紙が届きました。十一時半に配達されたばかりです」

鷹史は白い手袋を嵌め、テーブルの上に載っていた封筒を取り上げて火村に差し出す。鋏できれいに開封されていた。

「素手で触って指紋を着けない方がいいんですね?」

犯罪学者は、黒い絹の手袋を嵌めて受け取った。

「そう思います。郵便物の仕分けをしている際、水野が不用意に触ってしまいましたが」

彼と顔を並べて覗くと、表書きは銀星ホテルの桂木鷹史様宛てになっていたが、筆跡を隠そうとするかのごとく不自然に角ばった文字だ。裏返すと差出人の住所はなく、やはり稚拙な字で梨田稔とだけある。再び裏返して消印を見たら、〈大阪中央 2・12 18-24〉とスタンプされているのがはっきりと読めた。昨日の夕方六時以降に集配された手紙なのだ。

「天国ではなくこの界隈のポストに投函された手紙だ。開封してあるということは、もうお読みになったんですね？」と火村。

「はい。びっくりするような内容です。読んでみてください」

封筒の中は折り畳まれた便箋が九枚。銀星ホテルのもので、ざっと見ただけで遺言状だと知れる。それと山田夏子が写った写真が一枚。

「馬鹿な」火村が呻くように言う。「今になって、何故こんなものが出てくる？」

彼も予想しなかった事態なのだ。予想していたら、その方が驚く。

九枚の便箋には細かい文字でびっしりと書き込みがあり、その筆跡は封筒にあったものとは似ても似つかない。火村と私は、立ったまま貪るように読みだす。

〈わたし梨田稔は、銀星ホテル支配人の桂木鷹史様の実の父親です。生前、その事実を告白できなかったことを、鷹史様に心よりお詫び申し上げます〉

火村と額を突き合わせたまま、首を伸ばして小さな文字の列をたどるのはきつかったが、私には手袋の用意がない。迂闊に便箋に触れないので、窮屈な姿勢を我慢して読む。

梨田はすべてを書き残していた。自分と鷹史との関係のみならず、どうしてそれを打ち明けられなかったのかという胸の裡についても、ここではいっさい隠していない。火村と私が考えたとおりの物語が素朴な文章で綿々と綴られていた。

長い告白に続いて、鷹史への謝罪。その後にくるのが、遺産の処分方法だ。そして最後に、自分の余生を温かいものにしてくれた美菜絵とホテルのスタッフへの謝辞があり、最後は鷹史と美菜絵夫妻の末永い幸せを祈る言葉で締め括られていた。末尾には平成二十四年六月一日の日付と署名。

「肉筆で日付と署名、押印が揃っているから、筆跡鑑定で本人の手によるものと証明されたら、この遺言は完全に有効だ。——支配人。あなたは遺産相続人です」

「私が……相続人」

今朝、梨田が自分の父親かもしれないと聞かされたばかりの鷹史は、巨額の遺産を受け取れることまで気が回っていなかったらしい。

二人が父子であると聞かされていない丹羽は、目を泳がせて尋ねる。

「火村先生、これはどういうことですか？　梨田さんが支配人のお父様だったとは。これは誰かの悪戯ではないのでしょうか？」

「梨田さんの筆跡ですよ」美菜絵が言った。「丹羽さんも判るはずです。梨田さんがお書きになったものなんですよ、これは」

「支配人はご存じだったんですか？」

「いや、私も今朝になって火村先生からお聞きして——」

「私も信じられなくて——」

「あの写真は、支配人のお母様でしょうか？」

「見たことのない母の写真です」

「梨田さんがアルバムに貼っていらした写真て、あれなのね！」

興奮して騒ぐ鶏のようになった三人を黙殺して、火村は唇をなぞりながら考え込んでいる。

誰が何のために、どうして今、梨田の遺言状を送りつけてきたのか不可解で、無気味ですらある。その謎は解明しなくてはならないが、それでもとりあえず喜ぶべきだろう。

一通の手紙に変身して、梨田稔が銀星ホテルに帰ってきた。

「わけが判らん展開やけど、これではっきりしたな」私は言う。「彼の死は自殺やない。何者かが事件の陰に存在するという物的証拠が見つかったんやから」

鷹史が自分の子ではなかったと知って梨田が自殺した可能性もある、と火村が言いだした時は再逆転のホームランを食らったように思ったが、こんな手紙が出てきたからには自殺はない。ホームランではなくファウルだった。

「おい、火村」

返事がない。

彼を放っておき、ホテルの三人に向かって、警察へは連絡したのかを訊く。「まだです」と鷹史が言うので、私から繁岡に一報を入れることにした。

電話をかけようとしたら、美菜絵が足許をふらつかせる。

「ごめんなさい。ちょっと気分が——」

「それは大変だ！」丹羽がふだんにない大声を出す。「支配人。オーナーをお部屋に」

夫妻で奥に向かいかけた時、離れた机で電話が鳴りだしたので、ばたばたと副支配人が走って行く。騒然とした中で黙考していた火村が、私を見て呟く。

「黒猫は、いた」

そんなことは言われるまでもない。どういうつもりだか知らないが、これまで闇の底で身を潜めていた猫は、かっと目を見開いて邪眼を光らせたのだ。

「判り切ったことを言うな。梨田が自殺したんやったら、こんな手紙が送られてくるはずがない。まぎれもなく物的証拠や。今度こそ、今度こそ確実や」

「ああ」

彼は何かを摑む仕草をして、その手をゆっくり持ち上げる。

「尻尾（しっぽ）を捕まえた。ほら、こいつだ。もう離さない」

「……お前、何を言うてるねん？」

「このレトリックはしっくりこないか？　じゃあ、言い換えよう。——鍵は開いた」

梨田の死が他殺と知ったのと同時に、誰が犯人かを火村は特定したのだ。

# 9

桂木鷹史様

わたし梨田稔は、銀星ホテル支配人の桂木鷹史様の実の父親です。生前、その事実を告白できなかったことを、鷹史様に心よりお詫び申し上げます。

名のれなかったわけをご説明します。

わたしは、山田夏子様と親しくしていたことがあり、結婚も考えていたのですが、自らの招いた重大な事件が原因で、六年半にわたって岡山刑務所に服役したことがあります。

事件とは、飲酒運転で身寄りのないお年寄りをはねて死なせたことと、ひき逃げで捕まるのを恐れて逃げるさいに、知人に大けがをさせたことです。大きな罪を犯したことを、深く反省しています。

わたしは逃走中に、ハワイに旅行中だった夏子様（当時三十四歳でした）と相談し、警察に出頭する前に、夏子様のお友だちの産婦人科のお医者様（竹久里緒子先生）の手をお借りして、人工授精で夏子様とわたしの子供を作ることにしました。そうして、わたしが服役中に生まれたのが鷹史様です。刑務所から出てきたら、わたしたちは結婚すると約束しました。

入所してからたくさんの手紙のやりとりをしたのですが、彼女の手もとにはなぜか残っていなかったようですね。わたしがもらった手紙や鷹史様の写真は火事で燃えて残っていません。

服役中、夏子様はあなたをおば様に預けて、面会にきたことがあります。「会えないのも罰だから、いっしょに耐えましょう」と二度だけ。離れていても、わたしたちの心は一つだったのです。

ところが、刑期（一九八七～一九九三年）を終えて出てきたとき、夏子様は不幸な事故で亡くなっていました。胸が張りさけるほど悲しくて、大泣きしたものです。

女手ひとつで育ててきた鷹史様は、おば様の家に引き取られていました。わたしは「あの子の父親です。ウソだと思うなら竹久先生に聞いてください」と言いましたが、おば様は信じてくれませんでした。

わたしは、おば様が安心できるだけの生活力をつけてから鷹史様を引き取りにいこうと心に誓ったのですが、それをはたす前に阪神大地震がきて、竹久先生がお亡くなりになってしまいました。人工授精の記録も火事で焼けたので、わたしと鷹史様のつながりは証明できなくなったのです。

精神が弱いわたしは希望を失い、わが子を引き取るためにがんばる気力もなくしたんですが、親切な方に助けられてどうにか立ち直り、思わぬ大金を得ることもできました。

六十歳をすぎると、自分の人生は何だったのかとふり返ることが多くなり、むしょうに夏子様と自分の息子である鷹史様のことが気になりだし、私立探偵に頼んでゆくえを捜してもらいました。

わが息子が立派に成長し、ホテルマンとしてがんばっているのがわかると、「そのホテルのお客になれば、そばにいられるのだ」と思うようになり、「いっそ、そこに住めばいい」とまで考えたのです。

鷹史様が、美菜絵様というすばらしい女性と結婚なさったときは、どれほどうれしかったことか。ふたりが力を合わせてホテルを切り盛りしている姿を見守るだけで、わたしは幸せでした。

同じ屋根の下で生きられることに満足して、自分が父親だと打ち明けることはやめました。いまさら父親だと名のる資格は自分にない、と思ったからです。

ただのお客でいることにして、毎日、手もとに残った一枚きりの夏子様の写真に「今日も鷹史は、美菜絵さんとがんばっていたよ。笑って話していたよ」と語りかけるばかりでした。

（西脇で撮ったものです。その写真はアルバムの一番後ろのページに貼ってあります）

死んでから、こんな形で真実を明かすことになりましたが、身勝手をどうかお許しください。何も書かないままがいい、とも思いましたが、父親だったと知っていてほしい、という気持ちに負けて書きました。

まことにすみません。身勝手と、大切な夏子様をつらい目にあわせたことを重ねてお詫びいたします。

わたしが死亡した時点で、どれぐらいのお金が残っているかわかりませんが、それは二等分して、半分は鷹史様にお受け取りいただき、もう半分は公益法人・交通遺児育英会に寄付いたします。すべてをわが息子に譲れないわたしの気持ちを、酌みとっていただけたらありがたく思います。

葬儀は無用。骨は無縁墓地にやってください。部屋に残した品々の始末もおまかせしてしまい、すみません。処分にかかった費用は残したお金から差し引いてください。

銀星ホテルでの日々は楽しく、快適でした。やっかい者のようなお客を誠心誠意お世話してくださった丹羽さんをはじめホテルの皆様にあつく御礼申し上げます。温かさに包まれて暮らせました。

最後に、非礼をかえりみず親父のような口をたたかせてください。

鷹史。

おまえの名前を考えたのはわたしだ。南海ホークスのファンだったから鷹の字を入れた。わたしはバカで愚かだったけれど、おまえの母親を心から愛していた。いつどこで命の火が燃えつきるとしても、これで夏子のところへ行ける、と笑って死ねるだろう。美菜絵さんと助け合いながら、いつまでも幸せな人生を送ってくれ。

さようなら。

以上、遺言として記す。

平成二十四年六月一日

梨田稔

# 終章　真相

影浦浪子は目を通し終えると眼鏡をはずし、九枚の手紙と一枚の写真のコピーを私に返した。しばらくは無言で、402号室は静まり返ってしまう。

今夜の彼女は、紫がかった黒いブラウスに、同系色のロングスカート。どこか神秘的な色に身を包んでいる。

## 1

私は、十日以上も滞在したこの部屋を土曜日のうちに引き払っていた。今日十五日の夕刻にチェックインした影浦は、「有栖川さんが遠慮なさることはなかったのに」と言ったが、いつもこの部屋を指定して泊まる先輩作家に気兼ねをしたわけではない。留まる必要がなくなったからチェックアウトしたのである。

つい昨日までここで寝起きしていたのに、何故か今日は雰囲気が違う。本来の部屋の主が帰ってきたので、私には隠していた貌を見せている、というのでもない。照明が切れかかっているわけでもないのに、どこか仄暗いのだ。原因は心理的なもので、語られている話が決して胸が弾むものではないためかもしれない。

九時過ぎに私が報告を始めて、すでに一時間が経過している。影浦が背にしたカーテンの隙間から覗く夜は、暗さを増していくようだ。

「とても長い手紙なのに、書き損じが一箇所もありませんでした。なくなっていた便箋の枚数とぴたり同じ九枚。下書きしたものを丁寧に丁寧に清書したようですね」

感慨深げに彼女は言う。読み終えた時に、私も同じことを考えた。

「火村先生と有栖川さんがお調べになって出した推論は、すべて的中していたのですね。鷹史さんの出生にまつわる秘密も、あの人がこのホテルに住みついた理由も、全部そのまま。答え合わせのために送られてきた手紙のようです。もちろん、そんなわけはないのですけれど」

「この手紙が届かずとも、梨田さんと鷹史さんが親子であることは確定しました」火村は言う。「その日の夕方、ＤＮＡ鑑定の結果が出たからです」

ソファの彼女は胸の前で両手を組み、伏せていた目を上げて肘掛け椅子の男を見た。

「これを読むなり、先生は誰が犯人かが判ったそうですね」

「はい」

犯罪学者の答えに、大御所作家は軽く頷いてみせる。

「名探偵と言うしかありませんね。いったいどうしてそんな推理ができたのか、私のような凡愚には見当もつきません」

　火村は若干の訂正を施す。

「犯人が判った、と言い切っていいものかどうか。誰を怪しむべきかが見えた、というのが正確でしょうか」

「でも、あなたが怪しんだ人が犯人だった。でしょう？」

「まだ自供は得られていません。起訴まで持っていけるかどうか不確かです」

「強く否認しているのですか？」

「いいえ。先ほど警察から聞いたところでは、『心の準備ができていない』と言って黙秘しているそうです」

「それならば、自供する意思があるから少し時間をくれ、と言っているに等しいでしょう。あの人だったとは……」

〈あの人〉が逮捕されたのは、影浦がこのホテルにやってくるほんの二時間前のことだ。火村をして「恐ろしいほど勘がいい」と言わしめたその人物は、自分に殺人の疑いが向いていることを動物的な嗅覚で察知したらしく、自傷行為あるいは自殺に及ぶ兆候が窺えた。それを阻止するために、警察はあえて逮捕状を取って身柄を拘束したのだ。

「この措置が凶と出るか吉と出るか。もっと証拠を固めてから逮捕できたらよかったんですけれど」とは船曳警部の弁である。そして、「物証が出るより先に落ちるでしょう」というのが火村の見方だった。

そんなに脆いだろうか、と訝りかけたが、彼の読みが正しいのだろう。息を殺して暗闇に潜んでいたのは黒猫で、獰猛な黒豹(くろひょう)ではなかったということ。いるかいないのかも知られないことで確保していた安全を失った途端、パニックに陥ったのだから。

「あの人は、川に飛び込もうとしたのですね？」

影浦が尋ねる。

「はい。正午過ぎ、水晶橋から身を乗り出したところを尾行していた刑事に取り押えられました。形としては保護です。その後、天満署内で梨田稔殺害の容疑で逮捕されています。昨日の午後には近くのコンビニでカッターナイフを購入していて、その時点で『放っておくと危ない』と警察で囁かれ、思い切った逮捕状の請求が出ていたんです」

「昨日の時点で逮捕状の請求ということは……先生が『馬鹿な』とおっしゃってから一日ちょっとしか経っていないではありませんか。警察がそんなに迅速に動ける組織だったとは驚きです」

「特異なケースですね。あの人はそれほどおかしかったんですよ。それまでは誰も梨田さんが殺されたという証拠を摑めず、自殺として処理されかかっていましたから、自分に嫌疑が向けられた時のショックに押し潰されたんでしょう」

「その落差に激しく動揺したことは想像にかたくありませんね」

私は二人を斜めに見ながらやりとりに聴き入っていた。影浦は、そんな私に声をかける。

「気がつかなくてごめんなさい。これまでの経緯を長々とご説明いただいて、有栖川さんは喉がからからでしょう。一時間ほどしゃべったから、講演を一つこなしたようなものよ。何か飲み物を頼みましょうか？　まだレストランは営業していますよ」

「これで結構です」

私はテーブルの湯呑を取り、飲み残している冷めたお茶を啜った。

「それにしても」彼女は言う「あの手紙を見て『馬鹿な』と驚いた火村先生が、その手紙を手掛かりとして犯人を突き止めたとは、おかしなものですね」

火村は、ルーズに締めたネクタイの結び目に指を掛けて言う。

「馬鹿な、何故こんな手紙が届いたのか判らない、と最初は思いました。しかし、よくよく考えてみると、それがとんでもない情報の塊だと理解したんです」

「犯人の正体に一気につながる手掛かりだ、と？」

「はい」と答えてから、火村は補足する。「ただし、あの手紙を読むだけで真相が判る、というわけではありません。私と有栖川が、というより主に彼が独りで調べてきたこと自体もまるごと手掛かりになった、と言えます。いわば、彼が行なってきた捜査が鍵孔で、そこにあの手紙が鍵としてカチリと嵌まったんです」

「確かに有栖川さんのご活躍は大きかった。それを認めて、功績を分け合う友情。麗(うるわ)しいですね」

　友情などという言葉を遣われると、こそばゆくなる。

「有栖川さんが調べてきたこともまるごと手掛かりですか。とても不思議なお話で私の貧相な脳味噌ではついて行けないわ。まるで推理小説」

　影浦は、また私を見た。

「有栖川さんの作品にあった〈読者への挑戦〉を思い出します。ここまで読んだら犯人が判るはずだから推理してみなさい、と作者が前触れもなく顔を出す趣向」

　私が考案したスタイルでないことを言おうとしたら、彼女は知っていた。

「エラリー・クイーンが十八番(おはこ)にしていたのでしょう。昔、読んだことがありますよ。『太郎と花子は互いを赦し合えるでしょうか？　結末が予測できるよう、文学的必然性をちりばめてあるので推理してください』なんてアピールが作中で入ることは普通はないのに、推理小説だと趣向になる。小説って本当に自由で面白いわ。――先ほどの有栖川さんのお話をずっと聴いてきて、ここで〈読者への挑戦〉が挿入されたように思えました。めったにない機会ですから、少し考えさせてくださいな」

「私が指摘した犯人が誰なのかを、影浦さんはもうご存じですが」

「ええ。でも、どうしてあの人が犯人だという結論になるのかが謎なので、そこに挑戦してみたい。現実の悲惨な事件を遊びの材料にするつもりはありません。これまで東京にでんと居座ったままで皆さんに何もかもお任せしていたから、自分も頭を使ってみたいのです」

影浦にしては弁解がましい。謎を突きつけられると解こうとしてしまう人間の本性が刺激されたのかもしれないが、それだけではあるまい。おそらくこの人は、彼の思考がどんな軌跡を描いたのかを追体験したいのだ。火村英生という人物について理解するために。

探偵がすぐに答えないでいると、彼女は続けた。

「推理小説を読んだ時にも感じることですが、こういうことなのですね。事件を起こした犯人がどれだけ警察や周囲を翻弄したにせよ、最後には首根っこを押えつけられて愕然となる。『どうしてこの私が犯人だと判ってしまったのか⁉』と。謎を振りまいていた側が事件の司祭の座から転がり落ちながら問う『何故？』こそが、最大の謎になる。この巴投げみたいな主体の逆転が推理小説の核心なのでしょう？」

答えを求められ、持論を述べた。

「推理小説の核心が何かは一概に言えませんが、影浦さんがおっしゃるとおり最も胡乱なのは探偵です。最後に謎の化身になってみせますから」

「やっぱりね。私に胡乱な探偵の素養があるかしら」

「やってみますか？」

挑発するふうでもなく、火村はさらりと言った。影浦とのやりとりを楽しんでいるのではなさそうだが、拒むほどのことではない、と思ったのだろう。

「考えてみてください。ご質問があればお答えします」

「最初に、ごく基本的なことをお尋ねします。この手紙を送りつけてきた人物こそが犯人である、と先生はお考えになったのですね？」

「はい」と答えただけでは不充分だと思ったらしく、影浦の追及を封じるように火村は付け加える。

「絶対にそうである、という確証はなかったのですが、まずそうに違いない、と判断しました。犯人以外の人物があの手紙を郵送してくる事情を想定するのが極めて困難だったからです」

「まぁ、そうですね。合理性のある仮説を考えるのは難しいわ。梨田さんが遺言状として書いたものを何者かが預かっていて、悪戯心で一ヵ月近くも手許に置いてから送ってきたなんてことはありそうもないし、何かの手違いというのも考えられません。――でもね、でも先生」

影浦の声のトーンが高くなった。

「それを言うなら、梨田さんを殺害した犯人があんなものを送ってくるのは、なおのこと変ではありませんか。警察は自殺として処理しようとしていたし、おせっかいな私の依頼を引き受けてくださったあなたと有栖川さんも自殺説をなかなか覆せずにいた。犯人にすれば最高に望ましい状況です。息を殺してじっとしていればいいだけでした。なのに、どうしてそれを自ら台無しにしてしまうようなことをしたのですか？　不用意に動いたことに、まるで合理性がありません。むしろ、あれを郵送してきたのは犯人ではない。犯人だけはやらない。そう考えるのが理に適っているでしょう？」

「ごもっともです。しかし、手紙は届いた。犯人側に何か事情の変化があったのかもしれません」

「それは……」彼女は綾取りをするように両手の指を動かす。「犯行の動機に関係があるのかしら？　何故あの人が梨田さんを殺めたのか、まだ理由を聞いていないのだけれど」

「関係があります。が、それを棚上げしても誰があれを送ったのかを推理することは可能です」

「あなたは、手紙が送られてきた理由から差出人を突き止めたのではない、ということですね？」

「はい。その理由に思い至ったのは、誰が犯人かが判った後です」

影浦は傍らに置いてあったバージニア・エスの箱とライターを取り、私たちを部屋に招いてから三本目に火を点けた。

「では、ことの軽重を度外視して、思いつくままお訊きします。――梨田稔名義で届いた封書の消印からは、どんなことが判るんですか？」

「木曜日の十八時から二十四時の間に、大阪中央郵便局の所轄するエリア内のポストから取集された、ということです」

ポストに投じられた郵便物を集荷・回収することを取集と呼ぶ。知らない言葉というのは数限りなくあるもので、火村も私も今回のフィールドワークで覚えた。

「先生、それぐらい郵便制度に精通していない私だって承知していますよ。投函されたエリアと時間帯以外の情報は引き出せないのかが知りたいのです」

「日本郵便の社長であっても、ここまでの情報しか摑めません」

「大阪中央郵便局って、大阪駅のそばですね？　そこの消印が捺されるエリアとなると、中之島も含まれているわけですか？」

「含まれます」

「十八時から二十四時といっても、深夜零時にポストの中の郵便物を集めて回ったりしないでしょう。うちの近所のポストは、七時過ぎに集めにくるのが最終だわ」

「大阪中央郵便局前に設置されたポストの場合、午後八時です」

「周辺のポストも最終の回収はそれぐらいか、もっと早い時間というわけですね。犯人は八時頃までに手紙を投函した。関係者の当日の行動を調べれば、誰にできて誰にできなかったか判るわけですけれど……先生はそんなことを調べるまでもなく答えを出している。ふうん、やっぱり判らないわ」

「各人の行動を警察が調べたところ、管内のポストにあの手紙を投函するのは全員が可能でした」

「この私も含めて、ね。刑事さんに電話で訊かれましたよ。木曜日は仕事場に終日こもって本を読んでいたのですけれど、独りきりで過ごしたので東京と大阪をトンボ返りすることもできました」

「そのようですね。宿泊客は自由に動き回っていましたし、ホテルの人たちも仕事の合間に至近のポストまで小走りで行って帰る時間的余裕はあったわけです」

影浦は、煙草をふかしながら独り言のように呟く。

「木曜日の午後八時までに投函した手紙が、金曜日の正午前に銀星ホテルに届いたのね。やけに早いけれど、中央郵便局はここから歩いて十分ちょっとだからおかしくはないのでしょう。金曜日の午前中に手紙がホテルに届くようにしたかった……いえ、違う。それならば、木曜日のもっと早い時間に投函した方が無難だったもの」

火村の唇がわずかに開いたが結局は何も言わず、私を見てにやりと笑った。せっかく解答者ががんばっているのだからヒントは無用だ、と思ったらしい。

「有栖川さん」

呼ばれて「はい」と応える。

「梨田さんの手紙のコピーをもう一度見せてください」

手渡すと、また眼鏡を掛けてじっくり読む。二回は熟読しただろう。

「手掛かりになるようなことが書いてあるのかと思ったら、そうでもないみたい。これのどこが『とんでもない情報の塊』なのでしょう。便箋は銀星ホテルのもの。珍しい切手が貼ってあるでもなく、封筒はどこにでも売っているコクヨの茶封筒。ホテルの封筒じゃないことには意味がなさそうね。そこには梨田さんが〈桂木鷹史様〉とか大きく表書きしてあったのでしょう。だから、郵送するにあたって市販の封筒に入れ直した」

「おそらくそうでしょう」

火村は言って、キャメルをくわえる。火村からもらって煙草を吸う気にもならない私は手持ち無沙汰を感じて、三人分のお茶を淹れ直した。

「何となく判ってきたわ」

影浦は灰皿に煙草の灰を落とし、火村に探りを入れにかかる。

「この手紙がいつどこでどうやって出されたかなんて、考えても無駄なのよ。先生はそんなことを調べるまでもなく犯人を突き止めたんですからね。手紙の文面にも手掛かりはないとなると、この手紙が今になって届いたこと自体が『とんでもない情報の塊』というわけです」

「正解に一歩近づきました」

それを聞いた影浦の目に、無邪気な喜色（きしょく）が浮かんだ。

「取っ掛かりができたようです。つまり、注目すべきはこの手紙が届いたタイミングなのですね？」

「まさに、そうです」

「タイミングなのよ、タイミング」

創作上の大きな着想を得た時も、彼女はこんな顔になるのかもしれない。目をぱっちりと開いて、ついでに鼻孔も広がっている。

「木曜日の便で届くようにしたかった、というのではないのですね？」

「違うでしょう。先ほど影浦さんがおっしゃったとおりで、そうしたかったのなら前日のより早い時間に投函したはずだし、速達にすれば確実でしたから」

「逆なんだわ。ホテルにいつ届くかではなく、木曜日の夕方に投函することが大事だった。いかがですか、この見方は？」

「悪くありませんね。しかし、まだ幾分ずれています」

四本目に火を点ける影浦。チェーンスモーキングに走るようでは完全に禁煙はおしまいだ。

『犯人側に何か事情の変化があったのかもしれません』と先生はおっしゃった。木曜日に何か事態が急変したかしら？　うん、しましたね。とても大きな発見が二つありました。その前日の水曜日に先生と有栖川さんと支配人が豊中まで行って、山田夏子さんの旧友から色々なお話を聞いた。そして、先生と有栖川さんは、梨田さんと支配人が実の父子である可能性に初めて気づいた。でも――」

影浦が作ったタメに、火村は「でも、何ですか？」と応じた。語りに長けた練達の作家は、彼をも操るのか。

「あなた方は、その発見を他人に洩らしてはいないのですよね？」

「非常に重要なポイントですから、居住まいを正してお答えします。はい、私たちはいっさい口外していません。捜査にあたって自分たちが入手したデータをみだりにオープンにしたくなかったからです」

　私も言い添えよう。

「彼の言うとおりです。二人の親子関係に気がついた私が、支配人の前で驚きの表情を出すことすらこっそり禁止されました」

「当事者である鷹史さんにすら内緒にしたわけですか。だとすると、あなた方の第一の発見は犯人に何の影響も与えていないはずですね。それでないとしたら、もう一つの発見かしら。オーナーの美菜絵さんが妊娠していたこと」

「あれにも驚かされました。ご当人にとっては語るほどのことではない私事で、木曜日の夜まで話してくれなかった。まさか梨田さんの自殺説を粉砕する重大性を持った事実だとは思いもかけなかったのでしょう」

「無理もありませんね。『私の赤ちゃんを抱っこするまで梨田さんが自殺するはずがない』なんて発想が出てくるはずもない。彼女や支配人が何かの弾みで口にしてもおかしくはありませんでしたが、話さなかったことにも必然性があります」

「ええ、『何故それを早く言わない』と咎められるものではありません」

「それに、梨田さんと鷹史さんの親子関係と違って、美菜絵さんの懐妊は先生と有栖川さんにとっての新発見だったにすぎません。複数の人がそれを知っていた」

鷹史、丹羽、露口、そして梨田。梨田を入れても犯人探しには無意味だが。

「三人いたんでしたっけね。だけど、その人たちは十二月中やら一月末やらに美菜絵さんから打ち明けられていました。彼女が妊娠していることを木曜日に初めて知った人物は存在しませんよ。私の思い違いでしょうか？」

「いいえ、影浦さんは事実関係を正確に認識しておられます」

彼女は縦ロールの髪を掻き上げてから、首筋を撫でた。想に詰まった折には、よくこんな仕草をするのかもしれない。

あっさり解答を訊けばすむのを承知しながらまだギヴ・アップしないところをみると、相当な負けず嫌いなのかもしれない。火村が瞬時にして組み立てた推理はくだくだしい説明を必要としない実にシンプルなものなのに、どんどん夜が更けていく。

「もったいぶるほどの推理ではないんです。お話ししてもいいですか？」

火村が言っても拒絶する。

「待ってください。どうやら犯人の知識や情報量がキーになっているようですね」

「ええ。性別や体格、アリバイの有無などは問題になりません」

「知識……情報量……」

よけいなヒントを出したら不興を買うだろうと黙っていたら、彼女から私に話しかけてくる。

「ねぇ、有栖川さん。私を入れて十人の容疑者のうち、スペシャルな情報を独占的に持っていた人っていましたか？　脳内のデータベースを検索しても見つからないのですけれど」

そこで影浦はかぶりを振ったので、きれいにセットされた髪が少し乱れた。

「犯人が誰だか知っているのに、こんな白々しい話し方はよしましょう。──あの人は、露口さんは、何か特別なことを知っていましたか？」

「はい」

私が答えると、影浦はまた首筋をゆっくりと撫でた。

2

──ふぅん、すごく難航してるんですね。これまで判ったことを教えてくれたら、私も推理しますよ。

402号室で話を聞いた時、彼女は言った。推理ゲームを楽しむつもりかと思ったのだが、いたって真剣だったのだ。私たちの捜査がどこまで進んでいるかを探り、行き詰まっていることを知って安心したかったのだな、と今になると判る。

——私、ああいう楽しい映画が好きなんです。怖いのや悲しいのは、大嫌い。

この言葉が胃にもたれるように重い。

火村の反省が始まった。

「私のことを名探偵だなどと盛んに持ち上げてくださいましたが、過褒と言うしかありません。私は彼女が犯人である可能性が濃厚だと警察に指摘しただけですし、その犯人の前でミスを犯しています。どんなデータを握っているのかは秘するべし、捜査上の大きな発見があっても迂闊に感情を露わにしてはならない、と有栖川をにらみつけておきながら、容疑者を面前にして派手なリアクションを見せてしまいました。嫌になります」

「先生がそんなミスを？　これまた判りませんね」

「その件をさっき有栖川が話したところで、『未熟者めが！』と嗤われても仕方がなかったんですけれど……まだお判りになりませんか？　美菜絵さんが妊娠していることを聞いた時の反応です」

梨田自殺説を吹き飛ばす新事実に接して、火村は冷静さを失った。動揺する彼を露口が怪訝な顔で見ていたのを思い出す。

「ミスと言うほどのことでしょうか？」影浦は言う。「ご自身のモットーには反したでしょうが、それで捜査に支障を来したわけでもないのに」

火村は、初めて微笑した。爽やかさは微塵もなく、自らを嘲笑(あざわら)ったのだ。

「捜査に支障を来したかどうかは結果論にすぎず、私が失敗を犯したのは確かです。ただ、そのおかげで奇妙な現象が起きました。影浦さんの表現をお借りするなら、露口芳穂がスペシャルな情報を独占的に得ることになり、それがフィードバックして私にも判ったんですよ。怪我の功名と言うべきでしょう」

幾多のフィールドワークをこなしてきた彼にとっても、それは初めて経験することだった。

「ですが、彼女は美菜絵さんの妊娠についてもとから知っていました。何も特別な……あぁ」

影浦にも火村が言わんとするところが見えてきたらしい。それまで眉間に寄っていた皺が解けていく。

「ようやく私にも見当がつきました。つまり、こういうことですね？　美菜絵さんが妊娠していることに先生が驚き、動揺さえ見せた。その反応こそが彼女にとって大きな意味を持っていた」

「そうです。美菜絵さんが妊娠していたと聞き、それだけで私が冷静さをなくすほど驚くのはおかしい。しかし、もしも彼女が犯人であったならば、私が驚愕した理由が手に取るように判るんです」

「先生の反応を目の当たりにした彼女の方は、どんな反応を？」

「きょとんとしていました」

「それ自体は自然なことですね。『美菜絵に赤ちゃんができたと聞いたぐらいで、この人、何をそんなにびっくりしているんだろう？』という顔だったのかしら」

「ええ。だから私もその時は引っ掛からなかった」

「でも実は、彼女もまた内心は激しく動揺していたのですね？　それを演技で懸命に隠した」

「あるいは、彼女もその時は事態がどうなっているのか把握できず、私たちと別れた後で理解したのかもしれません。どちらにしても結果は同じです」

「そうね」

　火村の推理のベースとなるのは、犯人は梨田と鷹史の秘められた関係を知っていた、ということだ。生前の梨田本人から打ち明けられていなかったとしても、犯行後に遺言状を読めばすべてが記されていた。よって梨田が死亡した後、彼と鷹史の親子関係を知っている者は、世界中で犯人ただ一人しかいなかったはずである。水曜日の午後に火村と私がその事実を見抜くまでは。

「あなたと有栖川さんが調べていたのは、梨田さんの死が本当に自殺だったのか、ということ。その捜査が思うように進展していないのを犯人は知っていました。ところが、美菜絵さんの妊娠を知って先生がひどく驚いたものだから、『さては自殺ではないことがバレたな』と気づいてしまったのですね？」

「そのとおりです。『バレたな』と気づいたのは、美菜絵さんのお腹に宿ったのが梨田さんの孫だと知っていたから。孫だと知っているのは、鷹史さんが梨田さんの息子だと知っていたからに他なりません」

梨田と鷹史の親子関係を知っているのは世界で犯人だけ。よって露口が犯人である、という論理が成り立つのだ。

火村は続ける。

「あの手紙を私たちに晒すことによって、梨田さんの死が自殺でないことが発覚してしまいます。犯人は、何故そんなことをしたのか、という疑問の答えはこうです。自殺ではないことがバレたから。隠しておく必要がなくなってしまったわけです。手紙が投函されたのは、木曜日の午後八時以前。その時点で梨田自殺説の崩壊を知ることができたのは、彼女だけです」

影浦は頷いた。

「知っているはずのないことを知っているのが犯人で、推理小説の犯人はうっかり口を滑らせてしまいます。そして、刑事や探偵に『あなたはどうしてそれをご存じなのですか？』と急所を突かれる。だけど、今回の事件で露口さんは失言をしていませんね。そのかわりに、行動で致命的なミスをやらかした。梨田さんから奪った遺言状と写真を送りつけてこなければ、彼の死が他殺だと確信できても、犯人の正体は謎のままだったでしょうに」

「ええ。あの手紙が届かなかったら、私たちは立往生して、それっきり一歩も進めなかったと思います」

「馬鹿にもほどがあります」彼女は吐き捨てた。「あの人は、どうして手紙と写真をホテル宛てに送りつけたりしたのでしょう？　梨田さんの死が自殺ではないことが露見したとしても、放っておけばいいものを。そんなよけいな真似をするから墓穴を掘るんです。わざわざ探偵に手掛かりをサービスした露口さんという人の精神構造が理解できませんね。――そう思いませんか？」

私への問いかけだった。

「おっしゃるとおりなんですけれど……。犯人は、私たちにサービスするつもりはなかったと思います」

「サービスするつもりはなかったにせよ、自分の名刺を添えて出すような椀飯（おうばん）振る舞いじゃありませんか」

「火村の推理を聞いた後だから大馬鹿のすることに思えるのであって、彼がいなかったら様相はまるで違ったんではないでしょうか。現に、あの手紙を読むなり火村には犯人が判ったと聞いて、影浦さんも不思議がっておられました」

「ええ……まぁ」

彼女の舌鋒が鈍る。

「あれが届くことで、梨田さんが自殺したのでないことが百パーセント揺るぎないものになりましたが、誰が殺害したのかを突き止める手掛かりにはなりそうもありません。たまたま火村がこの事件に関わっていて、推理の冴えを発揮したから馬脚を露わしたんです。犯人にとっては不運だったと言うしかありません」

影浦の眉間には、深い皺が甦っていた。

「まだまだ判らないことがたくさんありますね。これまでのお話は理解しました。犯人が手紙を送ってきたのは、有栖川さんたちに大サービスをするつもりではなかったとしても、わざわざ無用のことをしたのは否めません。他殺であることがバレたと知った露口さんは、何の目的で手紙と写真を郵送したのですか？」

その解説は火村に任せることにした。

「ごく単純に考えてみましょう。あの手紙がひょっこり出現したことで、どんなことが起きたか？　梨田さんと夏子さんのロマンスや秘密の親子関係が暴露されたわけではない。それらは私と有栖川がすでに探り当てていましたからね。まさか鷹史さんの名前の由来を是が非でも公にしたかったとも思えません。となると、残る可能性はただ一つ。遺産の配分方法です」

影浦は、それがどうかしましたか、という顔をする。

「自分が死亡した時点で持っているお金を二等分して、鷹史さんと交通遺児育英会に半分ずつ渡るようにしていましたね。梨田さんが飲酒運転で死なせた方には身寄りがなかったそうですけれど、交通事故で親を亡くした子供たちのための基金に遺産の半分を贈るというのはおかしな償い方でもないと思いますよ。良心がそうさせたのでしょう」

火村が問題にしているのは、そこではない。

「私も同感です。その遺言には梨田さんの償いの気持ちが込められていて、遺産が半減してしまう鷹史さんに理解を求めています。おかしな点はありませんが、これをいったん手中にしながら今になって送りつけてきた犯人には善意の欠片もない。その反対に、強烈な悪意を覚えます」

「悪意……」

あらたなキーワードを影浦は復唱した。

「そう。ただ一人の法定相続人である鷹史さんに向けられた悪意です。これが出てこなかったら、彼は遺産の全額を受け取れたわけですからね」

「二億二千万円の取り分が一億一千万円に減ってしまったのは大きなことですね。しかし、それでも莫大な遺産だわ。梨田さんが実の父親だということを鷹史さん本人も知らなかったわけで、手紙が出てこなければ一円も手にできないところだったのですよ」

「それは違います。有栖川と私の調べで二人が親子であることがまず推定され、DNA鑑定で証明されつつありました。科捜研でDNAを調べているということまでは摑んでいなくても、私たちが疑念を抱いたら鑑定に持ち込むことは必至ですから、犯人が遺言状を握ったままでいたら、鷹史さんはしかるべき手続きを踏めば二億二千万円を相続できたんです。悪意と言ったわけがお判りいただけたでしょうか？　遺言を記した手紙を送りつけることで、犯人は鷹史さんから一億一千万円を奪いたかったのです」

「奪うといっても、自分が横取りはできませんよ。それでもよかった？」

「はい。平たく言えば、目的は嫌がらせです。相続人の利益を半減させたかっただけ。これ以外には考えられません」

「犯人……露口さんは、それほど鷹史さんを憎んでいたのですか？　私の観察力もあてにならないわね。嫌んなっちゃう。そうは見えませんでしたけれど」

「鷹史さんを憎んでいたわけではないでしょう」

「憎悪の対象が彼でないとしたら、銀星ホテルそのものですか？　支配人に大金が入って、このホテルがリニューアルされることを阻もうとした」

「そうとも言えそうですが、端的に言って彼女が悪意をぶつけた相手は美菜絵さんだと思われます。学生時代からの長い付き合いがあり、よんどころのない用事で大阪にきた際にホテルに安く泊めてくれる親切な友人のことを、露口芳穂はひそかに憎んでいた。だから、美菜絵さんの夫が相続する遺産の半分を奪うため、あの手紙を送付したわけです」

間髪（かんはつ）を容れずに影浦は言う。

「これはびっくり。露口さんは、美菜絵さんにとって友人の貌をした敵だったとおっしゃるんですね。そんな関係を表わす英語があったように思います」

「友人（フレンド）と敵（エネミー）を合成したフレネミーでしょうか？　私はそうだと決めつけてはいませんが——」

「ああ、それ」

影浦は「フレネミー」と小さく復唱してから、火村に問う。

「友人に悪意を抱くというのは醜いことですから、仮面をかぶって仲よさげにふるまいもするでしょうね。ですが、露口さんが美菜絵さんを憎んでいたと先生がおっしゃる根拠は何ですか？　どんな恨みがあったのでしょうね」

「憎んでいたであろう、というのは推測です」

それですむことではないが、影浦は論う(あげつら)どころか、作家の性分からか簡単すぎる火村の答えを補おうとした。

「有栖川さんのご報告によると、現在の露口さんは何かと不遇だったようですね。遺産相続をめぐって親族間のごたごたに悩まされていたし、東京で独り暮らしをするためにどんな手段で口を糊していたかしれない。日根野谷さんが仄めかしたように、性的サービスの提供などまったく意に染まないことをして生計を立てていたのではないでしょうか。一方の美菜絵さんは、ホテルのオーナーの一人娘として育てられ、優しい伴侶を得て、両親が亡くなるという不幸の結果ながら若くして銀星ホテルを継ぎ、苦労はあるにせよ夫婦で相携えて経営をこなしている。それを妬ましく思いながら、表に出さないようにぐっと我慢していた、ということはありそうです。学生の頃はいじめっ子だった、という本人の弁がまんざら嘘ではなかったとしたら、美菜絵さんに弱みを見せる屈辱感にも耐えられず、それが逆恨みにつながったとも想像できます。――だけど」

ここで「だけど」とくるのは容易に予測できた。

「だけど、そんな露口さんの感情にかろうじて納得できたとしても、美菜絵さんの配偶者に渡る遺産を半減させるために、個人的には何の恨みもない梨田さんを殺害するなんて、あり得るでしょうか？　異常心理などという安直な言葉で片づけられては困ります。いえ、鷹史さんが相続する遺産の半分を奪うためだというのもおかしいわ。遺言を書いた手紙を手許に残しておいたのが変です。そんなことをせず、梨田さんを殺害した直後にちぎるなり燃やすなりしてトイレに流すこともできたでしょう。……この事件、まだまだわけが判らない」

「私の説明が下手なのかもしれませんね」

「そうではなく、先生がどんな推理を経て犯人を見破ったのかを先に尋ねたのがよくなかったようです。しばらく黙っていますから、一月十三日の夜にあの部屋で何があったのか、順を追って話していただけますか？」

「あの部屋」と言う時、彼女はドアの方に視線をやった。二枚のドアと廊下を隔てた401号室は、今彼女が座っているソファから六、七メートルしか離れていない。

「では、お話しします。露口芳穂の自供を待たなくては明言できないことも多いので、小説家お二人を前にして半ばフィクションを語ることになりそうですが」

「かまいませんよ。先生と有栖川さんは、梨田さんの臭跡（しゅうせき）を懸命にたどってその半生を探り当てましたが、犯罪が行なわれた経緯を具体的に再現するのは現時点では至難でしょう。こうだったのではないか、という筋のとおった物語で結構です」

「もう一つ、お断わりしておきたいことがあります」

「何ですか？」

「露口さんは判断を誤って正体を現わしてしまいましたが、愚かな犯人でもありません。それどころか、私がこれまで出会った中でも屈指のタフな敵でした。何しろ他殺を自殺に偽装して警察の目をくらまし、それがあとほんの少しで成功してしまうところだったんですからね。他殺だと判明してから事件を見直しても、睡眠薬の薬包を持ち去ってしまうという小さなミスを犯しただけで、証拠らしい証拠が出てこない。運を味方につけたのだとしても、舌を巻くほど巧みにすべてをなし遂げています」

臨床犯罪学者は、それを強調しないではいられなかったらしい。犯行時に小さなミスを犯しているとはいえ、大過はなかった。そのことは、「細かなうっかりミスが多い」から「いつか大失敗しそう」と怖くなり、看護師を辞めてしまった慎重さによるのかもしれない。

「買いかぶりではありませんか？　梨田さんの死が他殺だと突き止められただけで自滅するような犯人ですよ。先生はそれよりずっと狡猾で執念深く恐ろしい犯罪者と対峙してきたはずです」

「ええ、主導権を失ってからは非常に脆かった。しかし、犯罪があったかどうかさえ、私にはなかなか判りませんでした。これほど厄介なことはなく、翻弄されたと認めざるを得ません」

「戦い甲斐のある手強い敵だったわけですね。先生がおっしゃるのなら、そうなのでしょう。どうして最後にあんなに詰めが甘くなったのか腑に落ちませんけれど」

因果応報と言うべきか、梨田は期せずして罠を仕掛けていたのだ。遺産の半分を寄付するという指定がなかったら、露口はためらいなくあの遺言状を破棄していたはずで、火村が推理の材料を得ることはなかった。梨田の良心が書かせた一文が、彼を殺した犯人に巻きつき、破滅に導いた。

「手紙と写真を郵送したこと自体は、致命的なミスではありません」火村は言う。「タイミングが最悪だったということです。たとえば、手紙を投函するのがあと一日遅かったら、梨田さんと鷹史さんが親子だったことを知る人が増えましたから、彼女が犯人だと特定できませんでした。木曜日のうちに手紙を出してしまったことについても、彼女なりの切羽詰まった事情があったと私は考えています。――順にお話ししましょう」

影浦は、掌を上にした右手をすっと差し出す。どうぞ始めて、のサインだった。火村は、ヴァイオリニストが指揮者のタクトに応じて弓をダウンさせるように語りだす。

「梨田さんは露口さんに親しみを抱き、自分の部屋に招いていた、という証言がいくつかありました。一方的な好意だったのですが、露口さんはそれをあからさまに迷惑がっていたわけでもなかったようです。梨田さんとはたまにホテルにきた時に顔を合わせるだけだから、角が立たないよう適当に合わせていたのでしょう。そうこうしているうちに、決定的な出来事が起こります。４０１号室で二人きりになった折、梨田さんが自らの秘密を彼女に告白したんです」

「実際にそんなことがあったのですか？　自供はしていないのでしょう？」

黙っていると言った影浦だが、たまりかねたのか早くも質問を飛ばした。

「はい。鹿内茉莉香さんは、秘密を守ってきた梨田さんを満水のダムに喩え、決壊しそうな気配を感じていました。それをもとにした憶測ですが、ご不満ですか？」

「梨田さんが露口さんに秘密を打ち明けたことが原因で事件が起きた、というお話になるのでしょう？　それならば、大元の大切なところですから、憶測にしても何かそれらしい材料が欲しいものです」

「じゃあ、梨田さんの告白はなかったことにしてもかまいません。それでも事件は起きてしまうんですよ」

「どちらでも同じ結果になるとは、どういうことかしら。梨田さんの遺産が犯行の動機と密接に結びついているのではないのですか？」

彼女は、ますます頭が混乱してきたようだ。

「とりあえず根拠のない憶測に基づいた物語をお話しさせてください。ひととおり語ってから補足説明をします」

今度こそ本当に黙っている、と影浦は約束した。

3

露口芳穂は、廊下に誰もいないことを充分に確かめてから401号室のチャイムを鳴らした。ドアが開くと、梨田稔に「いらっしゃい」と言う間も与えず部屋にするりと入り、「こんばんは」と愛想のよい笑みを浮かべてみせた。

「こんな遅い時間にお邪魔して、すみません」

「遅いといってもベッドに入るような時間でもありません。お話があるそうですが、どういったご用件でしょうね。——まぁ、お座りなさい。何か飲みますか？」

「じゃあ、ジュースを」

差し向かいになってオレンジジュースを飲みながら、露口は言いにくそうに相談を切りだす。架空の職場でのトラブルだったのか、架空の彼氏との不和だったのか、何にせよ梨田が聞いてくれそうな作り話だ。虚偽の悩みとは知らずに、ボランティア活動に勤しむ男は耳を傾け、「そんなふうに受け取ってはよくありませんね」などとアドバイスをしたかもしれない。

悩み相談に応じてもらいながら、彼女は用意してきた睡眠薬を梨田の飲み物に混入させる機会を窺っていた。彼がトイレに立つのを待ったのか、何かを「見せてください」とせがんで彼がそれを取りに立つように仕向けたのか、やがてチャンスが訪れる。素早く投じた薬は梨田が口をつけたグラスの中で静かに溶け、彼は飲んだ。

効き目が現われるまで、会話を続けなくてはならない。梨田が以前に打ち明けた鷹史との関係について、「あの件、どうするんですか?」と尋ねてみたりしたのかもしれない。

「今さら『お前の父親だよ』と名乗っても、どう思われるか判りません。『母親を苦しめて自分をほったらかしにしていた男が、どの面さげて』と軽蔑(けいべつ)されかねないでしょう。だから秘密は墓場まで持って行くつもりでいたんですが、大きく心が動いています。死んだ後で彼が事実を知って、『どうして話してくれなかったんだ』と悔やむことも考えられるし……私自身、やはり鷹史を息子と呼びたいんです」

「うーん、その気持ちも判ります」

「どこまでも身勝手な男ですよ、私は。美菜絵さんがおめでただと聞き、孫を抱いて頬擦りがしたくなるなんてね。一度や二度の抱っこでは辛抱できませんし、お祖父ちゃんとして可愛がりたい」

美菜絵が妊娠しているとは、梨田に聞くまで知らなかった。初孫が誕生すると知った彼が、このタイミングで自殺をすることはあり得ない。しかし、そう断じられるのは彼が鷹史の父親だと知る者——つまりは露口芳穂だけである。

「お孫さんに会えるの、楽しみですね」

「そんな日がくるとはねぇ。あなたに秘密を話したのも、年月を経るにつれて沈黙を守る気力が弱くなってきたせいなんでしょう。電話相談にかけてくる人と同じで、とうに結論は出ていて『そうしなさい』と背中を押してもらいたかっただけのように思います」

「梨田さんがしたいようにするのが一番ええんやないですか。私にはそれしか言えません」

まだか？　さっさと眠れ。そう彼女が祈ったのか、祈るまでもなく睡魔が梨田を連れ去ったのか、やがて彼の頭はがくりと折れる。完全に寝入ったことを確認してから、彼女は手袋を嵌めて凶行に着手した。

為すべきことはすべて頭の中に入っており、何度も手順を確認していた。まずは梨田を床に転がし、両手首をしっかりと摑んで寝室へと引きずっていく。楽な作業ではなかったはずだが急ぐ必要はなく、むしろ梨田が目を覚まさないようにゆっくりと行なえばよかった。ぐったりとなった梨田の体を引きずった際、絨毯に落ちていたチョコレートが彼のスラックスに擦れた染みを着けてしまったことに彼女は気がつかない。

寝室まで運ぶと、まず彼の体がベッドと平行になるようにしてから、カーテンのタッセルをはずして片端をヘッドボードに掛け、ちょうどいい高さに輪ができるようにもう片端を結ぶ。絞首のためのタッセルを先に用意したのかもしれない。いずれにしても、そうしておいて梨田の上体を持ち上げ、首を輪に掛けたのだ。

聖書を持ち出すまでもなく、殺人は人間にとって第一の大罪だ。その決行に臨んで、彼女は逡巡(しゅんじゅん)したのだろうか？　殺意に駆られて一瞬もためらわなかったのだろうか？

頸部の圧迫で酸素供給を断たれた梨田が意識を取り戻してもがいたのか、呆気ないほど簡単に死へと滑り落ちていったのか、それも判らない。意識が戻る瞬間があったのならば、脳裏をカコちゃんの幻がよぎったのだろう。

中之島の夜空で星が流れ——梨田殺害は計画どおりに果たされた。

彼の絶命を確かめるため、彼女はかなりの時間が経過するまで現場に留まらなくてはならなかったことは疑いない。遺体と過ごす時間は長く、梨田が動きだす気配に怯えることもあったのではないか。

彼女が401号室に出入りしたことがあるのは周知となっていたが、毎日掃除される場所に指紋を遺しておくわけにはいかない。入室してからどこに触れたかは、しっかりと記憶していたことだろう。そこに着いた指紋を拭き取り、自分が飲んだグラスは流しで洗い、水をよく拭いて食器棚に戻す。梨田の分のグラスは、彼の指紋を消してしまわぬよう注意しながら寝室のテーブルに移動させた。その傍らに薬包を置いておくのを忘れたのは、人間らしい手抜かりと言うしかない。

現場を離れる前に、しなくてはならないことがまだあった。梨田は息子に手紙を書いていたらしい。どんな内容なのかまでは聞いていないが、「これから自殺いたします」という遺書ではないから、この部屋に遺しておけないのだ。

絶対に人目に触れないように、その手紙が机の鍵つきの抽斗に入っていることは知っていた。あるいは、そこしかないと見当がついていた。部屋の鍵とともにキーホルダーについていた小さな鍵は、禁断の抽斗をあっさりと開いてくれる。はたして中には、ホテルの封筒に入った手紙が収まっていた。その表には〈桂木鷹史様〉と宛名が記されていたのだろう。〈梨田稔の死後に開封のこと〉などと添えてあったかもしれない。

彼女は、手袋をしたまま鋏を使って封を切り、九枚にもわたる手紙を読んだ。いつの日かやってくる死を想定した遺言状であるのは予想どおりだったが、後段に考えてもみなかったことが記されていた。遺産の半分を交通遺児育英会に寄付するという。

「何やの、これ？」

どんと胸を突かれたような衝撃に、思わずそんな声を洩らしたかもしれない。

その前段には、彼が毎日、夏子の写真に語りかけていたとある。抽斗のアルバムの最後のページを開いてみると、それらしいものが貼ってある。

「どないしよ……」

この手紙はどうしても破棄しなくてはならないものだった。梨田の死を自殺に見せ掛けるためだけではない。彼が遺した莫大な遺産——預金通帳に目を通せばおよそ二億二千万円であることが判った——が、美菜絵の配偶者に相続されないようにするためでもあった。親切という形で屈辱を与えてくる美菜絵。まぶしく妬ましい友人が、さらなる幸運を得るのが許せなかったから、往年のいじめっ子の面目に懸け、嬉々として破り捨てるつもりでいたのに

——


梨田と鷹史のつながりの証拠となるアルバムの写真もこのままにはしておけない。宿泊客が支配人の亡母の写真を持っていたとなると、警察は捜査のメスを入れてくる。

どうすればいいのか、とっさに判断できなかった。すべてが望むとおりになれば梨田は身寄りのない客死者として扱われ、その遺産は相続人がいないために国庫に納められたはずだ。

しかし、警察による捜査の過程で彼の過去が明らかになり、鷹史の父親であることが認定されることも考えられる。その場合、遺産の相続が自動的に行なわれるのか手続が必要なのかは知らないが、いずれにせよ鷹史と美菜絵の夫妻は宝くじを当てたも同然になるではないか。よりによって自分のおかげで。

「嫌や。それはあかん」

長い時間をかけた熟慮の末、彼女は分厚い手紙を破棄してしまわないことに決めた。あって欲しくないことだが、自分が犯人だと特定されないまでも、梨田の死を自殺に見せかけた工作が見破られ、彼と鷹史の関係が浮かび上がることも起こり得る。その時は、この手紙を何らかの手段で表に出せばいい。そうすれば鷹史から一億一千万円を奪うことになるのだから。――かくして計画は一部変更された。

だが、この手紙をどうしたものか？　自分の手許に置いておくのは危険極まりない。梨田の遺体は明日の朝にも発見されるだろう。警察がたちまち他殺だと見破り、全宿泊客の部屋の捜査が行なわれるとは考えにくいが、万が一ということがある。客室のどこかに隠したら、見つけられた際に自分の犯行だと判ってしまうし、後日の回収に苦労する。かといって、こんな深夜に外出してどこかに隠してくるわけにもいかなかった。フロントに人の姿がなくなった時に出入りしたとしても、防犯カメラに記録されてしまう。

となれば、ホテル内の人目につかない場所に潜ませるしかなかった。共用部分であれば、必要が生じた際に回収することも難しくないだろう。

でも、具体的にどこへ？　厄介なことに、ホテルでは日々丁寧な掃除とメンテナンスが行なわれている。

防犯カメラがどの程度の範囲をカバーしているか判らないので、一階は避けた方がよい。二階以上はカメラの目が光っていないけれど、客室のドアが並んでいるだけだから適当な隠し場所がなかった。絨毯の隅をまくり上げて床との隙間に押し込んだりしたら痕跡が残りそうだし、壁や天井も使えそうにない。館内の様子を思い返すうちに、階段の踊り場に掛かった絵の裏しかない、という結論に達した。いくら行き届いたホテルでも額縁の裏まで清掃するわけはないし、そこなら隠蔽中にどこかの客室から不意に人が出てきても目に触れない。

「あそこに隠そう」

彼女はアルバムにあった夏子の写真を剝がし、とりあえず封筒に入れた。何故それを破り捨てなかったのかは定かでない。手紙を公開した方がよくなった場合に、梨田が書き残したことの信憑性を担保するためだったとも考えられるし、トイレに流してしまうのに良心が抵抗したのかもしれない。

現場に遺留品はないか、自殺を疑わせるものはないかを入念に確かめてから、彼女は４０

1号室を抜け出す。そして、足音を忍ばせながら――絨毯が吸収してくれただろうが――三階に下りる途中、踊り場で立ち止まって絵の裏に手紙を貼りつけた。梨田の机の抽斗にあった糊を封筒に塗っておいたから、数秒ですむ作業であったが、肝が冷える瞬間があった。階下でドアが開いて誰か出てきたのだ。慌てて階段を上がり、四階に身を隠した。

時刻は午前三時過ぎ。何事かと思ったが、エレベーターを呼んだらしい。扉が閉まるチンという音を聞いてから三階に下り、自分の部屋へ戻った時は、心臓が早鐘(はやがね)を打っていたであろう。

深夜にエレベーターに乗ったのが萬貴和子で、ラウンジに本を取りに行ったのだということを、露口芳穂は今も知らない。

4

火村がそこまで話して言葉を切ると、影浦の質問タイムが始まる。

「踊り場の絵の裏にあの手紙と写真を隠したというのは萬貴和子さんの証言からの推測でしょうけれど、そこに問題の封筒が貼りつけられていたかどうか、貼ってあったとしても露口さんがやったと断定はできないのではありませんか？　貴和子さんの話がどれだけ正しいかも不明で、勘違いや偽証の可能性も無視できません。こう言うと失礼かもしれませんけれど、先生は懐に飛び込んできた情報を組み立てているだけに思えます。——有栖川さん、笑いましたか？」

にやにやしたのを視野の隅で捉えられていたか。

「お気を悪くなさらないでください。せんせ——いや、影浦さんが変なことをおっしゃったので笑ったわけではありません。その逆で、推理と憶測を区別することに敏感でいらっしゃるので感心しただけです。とても厳しいミステリの読者を連想してしまいました」

そう答えると、彼女の表情が緩んだ。

「無自覚でしたけれど、私、うるさ型のミステリ読者なのかしらね。一念発起して書いてみましょうか」軽口を挟んで、すぐに真顔に戻った。「で、どうなんですか、火村先生？」

「断定はしません。萬夫人の証言と、絵の額縁の裏に糊の跡が着いていたことからの仮説です。ある程度はもっともらしいと思いますが」

「ある程度は、ね。糊の跡が偽装工作だとはお考えにならなかった？」

「糊をちょいちょいと塗っておけば、『ははぁん、さてはここに梨田さんの手紙が隠してあったんだな』と私が考えると期待した工作ですか？　捜査の攪乱(かくらん)が目的にしては迂遠(うえん)すぎます。貴和子さんが神のごとき叡智と悪魔めいた邪智の持ち主だったとしても、私がどんな推理をするかを読み切った上、露口さんに罪を着せようとしたわけはありません。この私が露口さんを疑うようになった出来事を、貴和子さんはまったく知らないからです」

「貴和子さんが偽証した可能性まで言いだしたのは、極端すぎましたね。話をもとに戻しましょう。……どこまで？」

私が横から言う。

「露口さんが絵の裏に手紙を隠した、という仮説について話してました」

「ああ、そうでしたね。――額縁の裏というのは、手紙を隠しやすくて、回収しやすくて、見つけられにくい場所だとは思います。もしも糊が剝がれたとしても、絵と壁の間に挟まるから床に落ちもしないでしょうし。――だけど、人に目撃されるリスクを冒してそんなことをせずとも、翌朝になってからホテルの外に持ち出せばよかったでしょう。梨田さんが遺体で発見される前に、散歩にでも出るふりをして」

「たとえば、地下鉄か京阪電車の駅のコインロッカーですか？　そんなことをしたら二十四時間以上は放置できず、面倒なことになりますよ。ホテルの近辺には適当な場所が見当たらないし、彼女には朝早くの散歩という習慣はなさそうです。ふだんと違うことをするのは避けたかったと思います」

日根野谷に違和感を覚えさせない態度で朝食をとりながら、梨田が下りてこないことを不審に思った従業員によって今にも遺体が発見されるのではないか、と緊張していたのだろう。

「露口さんは、いつ手紙を回収したのですか？」

「もちろん、美菜絵さんの妊娠を知った私が間抜けな顔で驚いたすぐ後です。親族会議で実家に向かうことになっていた彼女は、部屋に戻って出掛ける支度をしてから、素早く手紙を回収しました。私たちが美菜絵さんに懐妊の事実を確かめる前のことです」

「何時頃？」

「五時過ぎでしたね」

「その後、すぐに手紙を投函したことになりますね」

「ええ。実家に行く途上で別の封筒に中身を入れ替え、ポストに入れたわけです」

「彼女が想定していなかった事態なのですから、あらかじめ封筒を用意できたはずがないのではありませんか？」

「使用されたのはごくありふれた封筒です。大阪駅に向かう途中で切手や糊とともに買い、どこかのトイレで宛名を書いたんでしょう。数分でできます」

　文房具や切手を売っている店も利用できるトイレも、探せば簡単に見つかる。

「それが命取りになったのですね」

「はい。二重の致命傷になりました」

「二重というのは、どういうことですか？」

「一つは、すでにお話ししたとおり手紙を投函したのが最悪のタイミングだったこと。梨田さんと鷹史さんの関係に私が気づいた直後だったために、そのことに私が気づいたことに気づけたのは彼女しかいないと特定されてしまいました。もう一つは、封筒と糊を購入した店を突き止めやすくなったこと。このホテルから大阪駅までの間に該当する店舗がたくさんあるといっても、数は限られていますからね」

「あの人が買い物をした店が判ったのですか？」

「はい。私が彼女に的を絞ったのは金曜日の正午過ぎです。梨田さんの手紙が届いたとの報せを受けて天満署から飛んできた繁岡さんに、『露口芳穂の写真を持って、近隣でコンビニなど文房具と切手を扱っている店を調べて欲しい』と要請しました。『販売員の記憶に新しいうちに』と急かすと、前日のことだっただけに比較的あっさりと判りましたよ。文房具のような細々した商品を売っている店には、たいてい防犯用のカメラが設置してあります。そこにも彼女の姿は残っていたそうです」

影浦は、鼻で溜め息をついた。

「思慮が足りなかったとしか言いようがありませんね。ホテルから持ち出した手紙をいったん実家にでも置いておいて、翌日以降にこの界隈から離れたところで封筒を買って発送すれば、どちらの致命傷も回避できたのに。急がなくちゃならない理由はなかったでしょ？」

「まさに、おっしゃるとおりです。そうしなかったのは、手紙が手許にある状態がとても不安だったからでしょう。実家にこっそり保管しておく場所がなかったのかもしれません」

「絵の裏に隠した手紙と写真を、そのまま放置しておいてもよかったんじゃありませんか？」

「他殺だとバレたら表に出し、自殺と断定されたら破棄しなくてはならない品ですから、自分のコントロール下に置いておかなくてはなりません。彼女がこのホテルの長期滞在者か、あるいは不定期的に泊まりにくる客ならば、絵の裏に貼りつけたままでもコントロール自由でしたが、そうではない。親族会議が決着したら、ここにくる用が当面なくなってしまいます。放置はできませんでした」

「だから慌てて回収したのはいいとしましょう。わざわざ郵送するなんて手間を掛けずとも、ホテル内のどこかにさりげなく捨てておく手もあったのでは？　そうすれば誰かが見つけてくれたでしょう」

「ここは小さなホテルです。うまくタイミングを計らなければ、手紙が捨てられたのは何時何分から何時何分までの間で、その機会があったのは誰と誰、というふうに絞られかねません。自分が泊まりにきてまもなく手紙が館内に現われた、と思われたくもなかったでしょう。だから郵送という手段を選んだんです」

「郵送にしても、彼女がここにきてすぐ投函されたことが判るのですから怪しげなのは同じですよ」

「しかるべきインターバルを置いて投函するのが最善でしたが、親族会議が決着したら彼女は大阪を離れる予定でした。東京の消印つきの手紙を出すわけにはいきませんから、ホテル滞在中にことをすませようとしたんです。あまりにも焦りすぎましたけれどね」

　影浦のあらゆる問いに、火村は即答した。

「私が考える程度のことは、すべて検討ずみですか。――それにしても、犯人自身が探偵に決定的な手掛かりを与えたというのが皮肉です。美菜絵さんが妊娠なさっているだとか、それを梨田さんが知っていただとか、馬鹿正直に話さなければよかったのに」

「あの時の会話の流れでは、口ごもる方がよほど不自然でした」

「でも、適当にごまかすこともできたでしょう？」

「妊娠の事実を隠しても、いずれは私たちの知るところとなります」

「そりゃ、そのうち話に出るだろうし、美菜絵さんのお腹がふくらんできたら判りますね。だけど、梨田さんが彼女の妊娠を知っていた、ということまでしゃべらなくてもよさそうなもの。その点も、美菜絵さんの妊娠を先生たちが知ったら話題になりそうだから、ありのまま話したのですか？」

「はい。そもそも、美菜絵さんの妊娠について露口芳穂はごまかす必要をさらさら感じなかったんですよ」

「何故？」

「梨田さんと鷹史さんが親子であることに、私たちはようやく気づいていましたが、そのことを彼女は知らなかったからです。有栖川が悪戦苦闘しているのを観察し、まだ何も突き止めていない、と認識していた。だから、美菜絵さんが妊娠していたことや、それを梨田さんが知っていたことを話しても、何の影響もない、と信じていた」

「なるほど、それで」影浦は合点する。「先生はこうおっしゃいましたね。主に有栖川さんが独りで調べてきたこと自体もまるごと手掛かりになった、と。梨田さんと鷹史さんの関係がまだバレていない、と彼女が信じていたことが大きな意味を持ったわけですか」

「そのとおりです」

「警察が異例の早さで逮捕に踏み切ったのは、彼女に自殺や自傷の虞があるからだけではなく、封筒と糊を買った店を突き止めていたからなのですね？」

「はい。それともう一つ」

火村は人差し指を立てた。影浦は身を乗り出す。

「何ですか？」

「彼女が梨田さんを殺害した動機が見つかりました。これも私の手柄ではありません。昨日、繁岡さんが彼女の身辺を洗って探り当てたんです」

「若干の謙遜が交じっていませんか？　お調べになったのは繁岡刑事だとしても、『露口芳穂の身辺を徹底的に洗え』と指示なさったのは先生なのでしょう？」

「指示なんて、とんでもない。せいぜい提言です」

「どちらでもいいわ。だけど調べたらすんなりと判ったのですね。一日で答えにたどり着いたなんて」

「早く答えを見つけたからといって、繁岡さんの有能さを割り引かないでください。ただ、答えは秘密の森の奥深くではなく、近くの叢に落ちていました。彼女はこちらの出身なので、身辺調査をするにしても古い友人や知人に話を聞きに行きやすかった。その際、ある人物から貴重な情報を得ることができたんです」

　この私だって、やろうと思えば大阪や西宮にいる露口芳穂の友人・知人を訪ねて回ることはできた。しかし、梨田の死が自殺か他殺かの判断すら下しあぐねていた状況で、彼女の身辺を洗うなど考慮の外だった。

火村は粛然として言う。

「彼女は、梨田さんに強い殺意を抱いていたと思われます」

「個人的な恨みですか？　どんなものか想像しにくいですね。このホテルに居合わせた人ではなく、古い友人だか知人だかが知っているというのも解せません。その人は梨田さんとつながりがあるのですか？」

「いいえ、皆無です」

影浦はしばし口を噤み、天井の遠くを見上げた。やがて、視線をそのままにして言う。

「梨田さんが自らの秘密を露口さんに打ち明けたことが事件の原因ではない。告白をしていたかいなかったかは重要ではない、という意味のことを先生はおっしゃいましたね。つまりは、そういうことですか。彼女が梨田さんを殺したのは、個人的に恨みがあったから」

「はい、動機は怨恨です。梨田さんの遺産が鷹史さんに渡らないようにしたかった、というのは副次的なものだったか、あるいは犯行後に抽斗の手紙を読んで思いついたかは、当人に語ってもらうしかありません」

「恨んだり憎んだりしていたとは思えないのですけれどね。梨田さんが親しげに話しかけるのを拒絶したりせず、部屋にお茶に招かれたら応じていましたから。あれは擬態で、相手を油断させるためだったのですか？　それとも、殺意は犯行の直前に生じたのでしょうか？」

「直前に引き金になるようなことがあったのかもしれませんが、そもそも原因はかなり以前に遡ります。殺意を抑えていたのか、それを育てながら機を窺っていたのかは、自白を待つしかありません」

「その動機とやらは、もう彼女に突きつけたのですか？」

「まだです。警察がそこまで調べ上げたと知ったら、おそらく落ちます。明日のうちに自供が得られるかもしれません」

「落ちなかったら？　タフな犯人ですよ」

「証拠を固めていくしかありませんね。睡眠薬の入手経路など、調べることはたくさんあります」

　長い濃密なやりとりに疲れたのか、影浦はソファに深くもたれる。やや俯いた顔が、実際の年齢より老けて映った。

「落ちることを確信なさっているのですね。濠を埋められて裸城（はだかじろ）になった大坂城と同じで、もはや露口芳穂の命運は尽きた、と」

　火村から聞いた推理に不満があるのかと思い、私は訊く。

「ご納得がいきませんか？　疑問があれば、何でもぶつけてください」

「私は納得していますとも」彼女は心外そうに言った。「まどろっこしかったでしょうに、私に合わせて噛んで含めるように説明していただきましたからね。ただ、愛嬌に富んだあの女性が計画殺人の犯人だということが、にわかに受け容れられずにいるだけです。犯行の動機を伺えば、はたと膝を打つのかもしれません。——火村先生は、思っていた以上に名探偵でした」

最後のひと言が、犯罪学者には迷惑そうだった。

「今回、私は大したことをしていません。事件の全容が見えたつもりでいますが、憶測を交えずに話すことができず、どうにか逮捕に漕ぎ着けられたのは繁岡さんの力に拠ります」

「でも、梨田さんが自殺だったのか他殺だったのかも判らないところから、ここまで持ってきたではありませんか。有栖川さんも大変だったでしょうけれど、犯人が誰かを指摘したのは先生です。あの手紙を見ただけで真相が見えただなんて、まるで居合抜きでした」

比喩（ひゆ）として適切だ。実際の火村は刀を鞘に収めて端座していたわけではなく、現場に入ってから精力的に動いていたのだが、斬るべき敵がいるかいないかも判然とせず、闇とにらみ合っているような状態だった。ところが、敵が存在すると感知した瞬間に推理を一閃させ、相手をひと太刀（たち）で仕留めている。

「そんなに鮮やかなものではありませんね。私が斬ったというより、事件の方から解けたように思えます」

「露口さんの挙動がおかしくなったから自分が推理しなくても犯人が明らかになった、ということなら違うでしょう。彼女が精神的に追い詰められたのは、先生の指示だか提言だかで刑事さんの尾行がつくようになったことに気づいたせいですよ。そうでなければ、ここまで粘った計画殺人の実行者が急に狼狽えだすのはおかしい。先生が介在しなかったら、他殺であることがバレたぐらいでは降参せず、涼しい顔で捜査をやり過ごそうとしたかもしれません」

火村は、影浦のコメントを遮った。

「彼女が梨田さんを殺害した動機について話します」

「最後にそれを聞かせていただきましょう。何やら恐ろしいのですけれど」

深く息を吸ってから、影浦は煙草の箱に手を伸ばした。

5

その翌日の午後。

火村と私が天満署を訪ねると、船曳警部に迎えられた。露口芳穂の取り調べに進展があったことは、その顔に浮かんだ笑みから察せられる。

私たちは人気のない会議室に通され、その片隅で警部から話を聞いた。

「午前中に、自分がやったと認めました。知人から入手した動画を見せようとしたら観念して、『全部しゃべります』。被害者との接点が判ってしもうたら、もはやこれまで、でしたね」

睡眠薬の入手経路まで彼女は吐いていた。半年ほど前、六本木のバーですり寄ってきた男がカクテルグラスに怪しげな粉末を入れようとしたので手首を摑み、「何、これ？　便利なものみたいだから私にちょうだい。くれなかったら悲鳴を上げて滅茶苦茶なことを言う」と脅して取り上げた。調べてみれば強力な睡眠薬である。使うあてもなく所持していたが、梨田殺害を計画している時にそれを思い出して利用したのだという。

「梨田さんが支配人の父親やということは、事前に知ってたんですか？」

私が訊くと、警部は禿げ上がった頭をひと撫でする。

「十二月の初め頃に聞いてました。お茶に呼ばれて部屋へ行ったら、『他人様の悩みの相談に応じている私が、あなたに聞いていただきたいことがあるんです』と。そうだったのか、と驚いたものの、私には関係あらへん、と白けたそうです。ところが――」

一月十一日にまたお茶に招かれた折、「美菜絵さんに赤ちゃんができたそうです。このまま死ぬまで黙っているつもりでしたが、鷹史の父親であることを打ち明けて、お祖父ちゃんとして孫を抱きたい」と梨田は言いだす。「どうしたらいいか迷っています。父親だと名乗り出て、鷹史に憎まれることになったら悲しいだけですからね」と相談されて、彼女は「一週間、考えてみたらどうですか。その時の気持ちに従うたらええと思います」と答える。梨田は「よいアドバイスをもらいました」と喜んだという。

「悪くない回答やと思いますけどね」船曳は言う。「一週間というのは犯行計画を練るための時間稼ぎで、露口は腹の中で梨田殺害を固めたんやそうです。第一の動機は復讐。第二の動機は、梨田が素性を明かして美菜絵夫婦に大きな経済的利益が発生することの阻止。彼は死期の迫った老人ではなかったので、遺産がどうこうというのは先のことかもしれませんが、大金を持った父親が降って現われることは幸運です。露口は、屈折した感情からそれが許せんかったんですね」

犯行計画は、それより前からぼんやりと頭にあったのだろう。さすがに実行に移すのはためらわれていたところに、鷹史の父親だと名乗り出たい、という希望を梨田から聞き、計画がどんどん具体的になっていったものと思われる。

「問題の動画をまだ観ていないのですが」

火村が言うと、「ああ、そうでしたか」と警部は意外そうな顔をした。

「捜査会議で映しましたから、まだあのデッキにＤＶＤが入ってます。モニターでご覧いただきましょう」

デッキとモニターをのせた長机に移動し、警部に再生してもらった。匿名で投稿できる動画サイトにアップされていたもので、現在は露口芳穂の依頼によって削除されている。それでもデジタルの記憶媒体は残酷で、たまたま目にした彼女の知人によって保存されていた。タイトルは〈電車でおじいさんにキック〉。

JRらしい列車の車内。撮影者はドア付近で立ったまま録画をしている。始まるなり年配の男と若い女が言い争う声がした。

『座らせてもらえませんか、とお願いしただけです。風邪を引いたのか……体がだるくてつらいんです』

穏やかに言う男に、女が罵声を飛ばす。

『お願いした？　紳士面せんといて。「さっさと立てよ」っていう目でにらんだやないの。ほんま失礼やわぁ』

『にらんだりしていません』

『まわりを味方につけようとして、とぼけんといて！　私かて疲れて座ってるの。前に立たれたらメチャ鬱陶しいから、あっち へ行って』

『そんな言い方をしなくてもいいでしょう』

『しつこい』

撮影者と被写体の距離は五メートルほど。女の剣幕に驚きながら隠し撮りをしているらしい。車内で深刻な暴力がふるわれているので警察に通報する際の証拠に、という意図からではなく、あとでネットに投稿すればネタになる、という目論見(もくろみ)があって録画を始めたのだろう。

座席に座り、顔を歪(ゆが)めて怒っているのは露口芳穂だ。私が知っている愛嬌や愛らしさの欠片もないのに加え、変わっている点が一つある。ロングヘアを胸のあたりまで垂らしていたのだ。髪の色も違って、今より明るい。そのために印象が大きく異なり、最初は誰だか判らなかった。

男は背中を向けたままだったが、かぶっているハンチング帽に見覚えがあった。梨田のものと同じだ。

『譲っていただけないんですね？』

『まだ言う？　アホちゃうか。あっち行って！』

ハイヒールの爪先が男の脛のあたりを蹴った。『うっ』と呻いた男は、彼女の攻撃が及ばないところまで退いた。見るに見かねた乗客なのか、『ここ、空きますよ』と中年の女の声がして、男は『すみません』と言いながら画面の右外に消える。三秒ほど顔が撮影者の方を向いたので、それが写真で見た梨田——水玉模様のアスコットタイをしている——であることが確認できた。

収録時間一分二十秒。この短い動画が、彼と彼女の運命を大きく変え、殺人事件の被害者と犯人にしてしまうとは。

船曳は、私たちを振り返って言う。

「女は露口ですね。男については、生前の梨田稔を知る人に見せて確かめますが、間違いなく彼でしょう」

「こんなものが短時間でよく発見できましたね」

私はそのことにも驚く。知人がたまたま見つけた、というのが腑に落ちない。

「この動画、去年の一月十八日に投稿されたものですが、ちょっと評判になったらしいんです。インターネット上で『電車内のマナーが悪いのは中高年か若者か？』という議論が起きて、『ほら、おっさん連中はこんなになっていない』とか『若い奴の方がひどい』とかいう動画の貼り合いに発展した際に、『若い奴の方がひどい』のサンプルとして、かなりの数の閲覧がされています。何と言いますか、この動画の彼女はかなり若く写ってて、二十代前半に見えるのが禍しました。社会問題を討議するのではなく、ゲームみたいなもんやったんでしょう」

初めて聞いたが、そういうことなら露口の知人の目に触れても不思議ではない。彼女の風貌とあんな口の利き方とはまるで似合っておらず、そのギャップから閲覧回数が無用に増えてしまったと思われる。やがて露口本人も知るところとなったから削除が依頼できたろうが、すでに彼女の醜態は何万人もが知るところとなっていた。

繁岡の聞き込みに応じた知人が何のためにこの動画をダウンロードしていたのか、どういうつもりで刑事に披露したのかは判らない。積極的に捜査に協力してくれたわけだが、露口に好意を持っていたら、進んで見せようとはしなかったのではないか。元いじめっ子のツケを払わされたのかもしれない。

「二〇一四年一月十八日の投稿ですか」火村が言う。「撮影された日はいつなんでしょう？」

「露口によると、前年の十二月十六日の夕方です。なんとかいう人気グループのコンサートを観るために大阪にやってきた時のことやそうで、映っている電車はJR神戸線の大阪方面行き。込み具合からして、ラッシュアワーが始まる前の四時台ぐらいでしょうかね」

十六日ということは、梨田は墓参の帰りだったわけだ。月例の行事とはいえ、遠出で疲れていたのだろう。

「車内でこういうことがあった約一ヵ月後に撮影者がネット上に投稿し、その一ヵ月後に梨田稔と露口芳穂は銀星ホテルで再会したわけか」

火村の呟きに、「そうや」と私は応えた。単独捜査をスタートさせた日に聞いたことを記憶している。

「二人がホテルで出会うたんは、去年のヴァレンタイン・デーのすぐ後やった」

「色々と皮肉だな。その場で彼らが『あっ、あの時の！』と指を差し合っていたら、今度の事件は起きなかった。梨田の帽子とタイに特徴があるから、お互いが誰か気がつかない、という可能性は低かっただろうけどな」

「せやな。彼女だけが『あっ、あの時の！』となったのが悲劇の出発点か」

非対称性が生まれたのには理由がある。彼女が自慢の髪をばっさりと切り、ショートヘアに変身していたことだ。女性が髪型を変えてイメージチェンジをすると――まして髪の色も変わると――別人にしか見えなくなる、という男性は私を含めて世に多い。発言に責任を負わされないのなら、男はみんなそうです、と断じたいほどだ。

また、ハンチング帽とアスコットタイが認識票になっただけではなく、削除依頼をするに先立って露口は例の不愉快な動画をしっかり観たはずだが、パソコンやスマートフォンと無縁の梨田がそれを目にする機会はなかった。二ヵ月前に電車内でわめいた女のことなど早く忘れてしまいたいだけで――病院のボランティア仲間にぼやいたりもしたが――、彼女の顔は記憶に留まっていなかったのである。

梨田が露口を思い出せなかったのは、状況があまりにも異なっていたせいもあるだろう。片や蹴りまで入れてきたヒステリックな女、片やかいがいしく怪我の手当てをしてくれた元看護師。同一人物だと気づくのは難しい。

梨田を見た瞬間、露口は「ひっ」と息を呑んだというが、その驚きはいかばかりであったか。通常であれば周囲が異様に感じたはずだが、そうもならなかった。暴漢に突き飛ばされて転んだ彼が額から流血していたため、それに反応したように見えてしまった。運命とは、こういうものか。

「露口は、どういう気持ちで梨田の手当てをしたんでしょうな」警部は言う。「相手が自分のことを覚えてたら、どんな顔をしてええか判らん、と胸中穏やかではなかったと思うんですけど」

ところが、梨田はまったく気づかず、彼女の親切な看護に喜んで感謝を表わしたのだから、心から安堵したに違いない。「間近で見たら、あんたはあの時の！」と梨田が騒いだら、その場にいた全員が気まずい目に遭うところだった。

——思い切って短くしたね。

久しぶりに会った美菜絵は友人に向けて言い、露口は応えた。

——失恋したから髪を切るって歌の世界の話かと思てたら、ほんまにそんな気分になるもんやね。初めて知ったわ。

合コンで知り合った男性医師と婚約寸前まで行きながらの破局が、骨身に沁みてつらかったのだ。もちろんのこと、彼女が恋人と別れることになった理由など、梨田の死について調べにきた私にとってはどうでもいいことだと思い、一顧だにしなかった。まさかそこに重大なつながりがあったなど、二人の出会いについて聞いた時に火村がいたとしても、看破できたはずがない。

電車内でのふるまいがネット上で拡散し、露口は非常な不名誉をこうむったわけだが、それだけならば梨田に殺意を覚えることはなかっただろう。人の噂も七十五日と言われるとおりじきに悪評は忘れられ、心に負ったダメージもゆっくりと癒えた。

しかし、ことはそれだけではすまず、一生に一度とも言うべき良縁——彼女はそう受け止めていたのだろう——が掌中からするりと逃げてしまった。口さがない何者かが、相手の男にご注進に及んだのである。「あの女の本性はこうだ。ネット上で広まっているよ」などと。男性のことを思っての忠告とも解せるし、やっかみ者の告げ口のようでもある。いずれであっても、当の青年医師が彼女を振る理由になった。生涯で最も苦いヴァレンタイン・デーを過ごしたのではないか。

傷心から髪を切った彼女が銀星ホテルにやってきて、梨田とばったり出くわした時に込み上げてきたのは二ヵ月前の苦い記憶だけではなく、この男のせいでどれだけのものを失ったか、という激烈な逆恨みである。ホテルで梨田が親しげに接してくるのに応じながら、怨嗟は和らぐどころか、手に入れそこねた幸福の大きさを思うと募るばかりで、殺意にまで育ってしまった。

昨夜、この恐ろしい行き違いを聞いて、影浦浪子は嘆息した。茫然としてからこぼした言葉が耳にこびりついている。

「梨田さんの人生は、大きな事件や事故の連続でした。それを乗り越えていくしかない人生もあれば、露口さんのように石ころに蹴躓いただけで崖から転落してしまう人生もある。人の世は、なんと危うく残酷で、なんと出鱈目で得体が知れないのでしょうか！　だから私たちは小説を読み、書くのですよ」

その頬は高揚のため微かに上気し、その目は熱帯の太陽のごとくギラギラと輝いていた。

6

取調室の机の向こうに、憔悴した女の顔があった。二十四時間ほど前に見た時とはまるで別人で、怪物に生気を吸い取られてしまったかのようだ。上手なメイクを落としても、顔立ちそのものはあまり変わっていなかったのに。

「火村先生と有栖川さんがきていると言ったら、『少しだけ会いたい』ということです」

繁岡が言うから対面したのに、私たちが入室しても背中を丸めたまま顔を上げようとしない。どう言っていいか判らず、私もただ無表情を保つしかなかった。

「……色々とお手数をお掛けして、すいませんでした」

二十秒ほどの沈黙の後、やっと口から出たのは謝罪だ。ごく日常的な言葉で、それだけとれば仕事のポカを詫びているぐらいにも聞こえる。

電車内のトラブルについて、自己弁護したいことがあるかもしれない。自分も心身のコンディションが悪くて、簡単には立ち上がれなかったのだ、とか。疲労で顔を歪ませ、頭の上から見下ろしてきた梨田の表情がとても高圧的で、何をしても思うに任せない自分を馬鹿にしているように見えたのだ、とか。しかし、そんなことはおくびにも出さない。

「ひどいことをしたので、弁解することもできません。梨田さんには、本当に……」

蚊の鳴くような声は、そこで途切れた。

背後でそっとドアが閉まる音がした。それまで壁際で様子を窺っていた繁岡が退出したのだ。

「梨田さんの頸にタッセルを掛けたのは何時頃でしたか？」

うつむいた露口の額のあたりを見据えて、火村が尋ねた。

「十二時……二十分ぐらいでした」

細かい時刻を訊いても意味はないだろう、と思っていたら、犯罪学者は言う。

「一月十四日の午前零時二十分頃ですね。——梨田さんの命日がはっきりした。桂木鷹史さんのために、それが知りたかったんです」

彼女はさらに肩をすぼめ、そのまま縮んで消えてしまいそうになる。「あの……」と言いかけては口ごもり、ようよう声に出す。

「支配人は……鷹史さんは……梨田さんが自分のお父さんで、私に……殺されたと知って……」

「彼の反応ですか？　大変驚いて、それから悲しんでいます。複雑な感情が渦巻いているでしょうが、父と子として接する機会がなくなったことを残念がっていました。美菜絵さんも同じです。彼女は、あなたをよく理解できていなかったことについても悔いています」

「申し訳ありません」

机に両手を突いて頭を下げたが、火村はわずかに目を細めただけで応えない。

「もう自分から死のうとしません。法律に従って罪を償います。梨田さんは生き返りませんけど、私にはそれしかできません」

　空気が痛くて、私は心臓がひりひりした。火村は犯人が必ず警察の手に渡るようにし、法の裁きの庭にも足を運ぶが、人を殺したら自分の命で贖うべき、というのが本心だ。それを知っているから、彼が苛辣な言葉を投げるのではないか、と心配したのだ。そんな無用なことを言いかけたら、止めなくてはならない。

　しかし、自らの感情を抑制したのか、そんなつもりがなかったのか、火村は静かにしている。露口が何か言うのを待っていたらしいが、鉛より重い沈黙が続くだけだった。

　人を殺したいと思ったことがある犯罪学者は、こんなふうに言ったことがある。

「一人殺しただけでは有期刑か無期懲役。二人殺すと死刑が臭いだすけれど、たいていはまだセーフ。三人以上殺すとアウト。馬鹿げてるだろ、そのルール」

　彼の基準に則るなら、露口芳穂は絞首台に送られても仕方がないわけだが、死刑制度そのものへの疑問を彼のようにあっさり断ち切れない私にすれば、いくら罪深いことをしたとはいえ彼女が死刑に処されて当然などとは思えない。

　火村が参考人として出廷する裁判を傍聴しに行き、裁判官たちが入廷してきた時、この人たちは国家の名の下に被告人の生命を終わりにできるのだな、と思ったら背筋が顫えた。人を殺してはいけない人間の世界に、死刑という制度がある矛盾は、人間存在の矛盾としてギリギリのところで容認の余地があるかもしれない。認めるとしても濫用されぬよう確たる秩序が必要で、国家に委ねるしかないのだが――ここで国家が顔を出すことに疑問が生まれる。ならばどうすればいいのか凡夫には判らず、天罰の不在を嘆いたりするのだった。

　すると、無神論を貫く火村は言う。

「天罰だって？　神様なんてものは一番要らねぇよ」

　雨に打たれて萎れた野花のような露口を私は憐れむ。愚かな過ちから人を死なせ、大怪我をさせた梨田が刑に服した時、塀の外に希望があった。愛する人が自分の子供を養いながら待ってくれていたが、彼女にはそれもない。未来に光は見えず、暗黒に呑まれている。

「とても残念です」

　肝心なところで言葉が出てこない三文作家は、万感の想いとともにそれだけ言った。

　402号室で話した時、彼女は私たちの調査の状況を聞きたがり、明日の夜は新地あたりに行きませんか、と誘ってきた。自分が安全であることを確認したがっていたのだろう。翌日の夜、一緒に食事するどころではなくなると予想できたはずもない。

「一つだけ訊かせてください」

　伏せた顔を覗き込むようにして火村が言うと、彼女はわずかに顎を上げた。

「……何ですか？」

「あなたが梨田さんを殺害した動機は、第一に婚約が破棄されたことへの逆恨みで、第二に桂木さん夫妻から経済的な利益を奪うことだった。この順番でいいんですね？」

「はい。鷹史さんはもちろんのこと、美菜絵にも本当に悪いことをしました。恩を仇で返して……。感謝してるつもりやったんですけど、自分は心がねじくれてて、あの子を嫌うてたんや、と知りました」

「それが梨田さんを殺害した動機のすべてですか？　表現し切れていない感情が他にあるのなら、語る努力をしてみてください」

いずれ語れるようになるとしても、今はまだ難しいのではないか、と思ったのだが、彼女は何か言いたそうにする。火村に訊かれるまでもなく、自問していたことなのかもしれない。

「日根野谷さんが言うてました」唐突に切りだす。「人間は、何かやるのに理由が三つあったら決断できるんやそうです。呉服のセールス・トークについて雑談してて言わはったんやと思います」

それは私も聞いた。彼女にも吹聴していたところからすると、彼が信じる原理なのだろう。

「日根野谷さんが言うのに影響されたわけやないんですけど……梨田さんを殺した理由は先生が挙げた二つの他に、もう一つあるような気がします。ただ、うまいこと説明できません」

「どういった要因ですか？　あなたが自分の気持ちを整理したいのなら、有栖川と二人で手伝いましょう」

　私は頷いて見せる。

「……美菜絵に赤ちゃんができるのを知って、梨田さんは自分の素性を明かしたい、という想いが強まったみたいでした。私、それ自体を止めたかったんですけど、なんでかよう判りません。今まで楽しいことを捨てて昔の罪を償うてたのにそんなことをしたらただの幸せなお爺さんになってしまう。自分を罰するためにひっそりと生きてひっそり死んでいく覚悟をしてたんやったら、最後までやり通せ、という意地悪な気持ちがあったのは認めますけど……それとは違う感情も混じってました。ほんまかどうか、自分でも判れへんし、言うてしもたら、嘘っぽいきれい事に聞こえそうですけど……」

　躊躇するので、私たちは無言で続きを待つ。

「……お前の父親やと打ち明けて、鷹史さんがすごい怒ったらどうすんの、と思いました。梨田さん、可愛い孫を抱かせてもらえんようになるどころかホテルから追い出されるかもしれません。せやから……黙ってたらええのに、と思いました。他人事やから思うだけで、本人にしたら言いとうて辛抱できへんかったんでしょうけど。……言わん方がええ。言わんまま死んだ方がええ、と。……殺したいぐらい憎んでた人のためにそんなふうに思うやなんて、やっぱりメチャ嘘臭いですね、これ。すいません」

相反する二つの感情が混じり、腑分けできないようだ。火村や私に分析できるものでもない。

梨田は死に、返らない。それだけが揺るがない事実だった。

7

三月三日。

梨田稔の満中陰(まんちゅういん)は、桃の節句にあたった。早春の風が吹き始めた火曜日、故人が晩年を過ごした銀星ホテル401号室に祭壇が設けられ、四十九日の法要がしめやかに執り行なわれた。

列席したのは、琥珀色の制服をまとった桂木鷹史・美菜絵夫妻、丹羽靖章の他に、東京から駈けつけた影浦浪子、その担当編集者で故人とも面識のあった土井咲枝、昼休みを延長して職場を抜けてきた萬昌直・貴和子夫妻、同じく店を抜けてきた日根野谷愛助、ホテルに滞在中の鹿内茉莉香、そして天満署の繁岡と私の十一人である。根岸三郎は体調を崩したためにこられず、火村は所用のため欠席となった。

最前列中央の鷹史は、額装した亡き母の遺影を膝に置いている。梨田のアルバムの最後のページに貼られていたものだ。それが手許に残ったことを、彼はいたく喜んでいた。

僧侶による読経、出席者の焼香とつつがなく進む。全員で般若心経を唱えながら窓の外を見ると、曇天であったがガラス越しに差し込む陽は柔らかく、部屋の中に春の匂いを運んでいた。

祭壇には、遺骨と並んで梨田の遺影。造幣局に桜を見に行った折に影浦が撮ったものだ。「こんなことまでしていただいて」と故人が恐縮しているように見える。無縁墓地に向かうと思われていた遺骨は、手入れをする者がいない梨田家の墓ではなく、夏子が眠る山田家の墓に納められることになった。

きらびやかな袈裟(けさ)をまとった僧侶が退出すると、鷹史が参列者たちの前に出て丁重に挨拶をする。事件についての特別な言及はなかったが、「父の死の真相究明」に尽力や協力をしてもらったことへの謝意が添えられた。

「粗餐(そさん)をご用意していますので、お急ぎでない皆様は一階のレストランにお越しくださいませ。その前に――」

美菜絵が祭壇の傍らにパイプ椅子を用意し、鹿内が鋸を手にして座る。梨田の追善のために「二曲弾きます」とのことだった。

最初は『ふるさと』。弾き終えるのを惜しむかのごとくゆっくりとした衒いのない演奏で、三フレーズが奏でられる。美しい哀歌に聴こえた。

二曲目はシューベルトの『子守唄』だったが、もちろん私が聴いたホラー・ヴァージョンではない。その音色と旋律は母の慈愛を通り越し、生きとし生けるものから死せるもの、生命の宿らないものまで森羅万象を肯定する響きがあり、感動的で、美菜絵や日根野谷が静かに肩を顫わせていた。

「ありがとうございました」

鹿内は遺影と聴衆に一礼し、楽器とともに席に戻る。この部屋での儀式は終了した。

丹羽が起立し、きびきびとした足取りで部屋を出て行く。レストランでの準備があるのだろう。法事が始まる前、彼と少しだけ話す機会があった。一億円で銀星ホテルを生まれ変わらせる名案があるそうで、詳しいことは「まだ内緒でございます」とのことだった。

殺人事件の現場として報じられ、銀星ホテルはありがたくない注目を集めている。痛手には違いないだろうが、被害者と親しかった常連客として、影浦浪子が進んでマスコミの取材を受けていることが救いになるかもしれない。彼女が「私が自宅の次に好きな場所。最高の安らぎがある宿」と紹介するおかげで、銀星ホテルにプラスの関心を寄せる者も現われていた。本当に行き届いた人だ。

涙ぐんだまま立てずにいる日根野谷の背中に、隣の萬貴和子が手を置いて小声で話しかけていた。おそらく呉服屋の主人は、梨田の非業の最期とともに露口が罪を犯したことを悲しんでいるのだ。夫の昌直は、そんな二人を横目で観察することもなく、まっすぐに遺影を見ている。

繁岡が寄ってくる。

「梨田さんも入るお墓が決まってよかった。こんな日を迎えられたのは、有栖川さんと火村先生のおかげです。ありがとうございます」

「取り調べの方は？」と訊いてみる。

「起訴の準備は整いました。犯行当夜、彼女が使用した手袋からタッセルの繊維片が検出されるなど物証も集まってきていますし、犯人のみが知る秘密の暴露もあり、法廷で自供を覆すとも思えません。問題は起きんでしょう」

露口芳穂は一時体調を崩したりもしたが、現在は心身とも安定しているという。近年の流行と言うべきか、ある週刊誌は彼女が小学校の卒業文集に書いたアンケートの回答を転載していた。将来の夢は、〈お金持ちになること〉。これが世間の苦笑を買っているようだが、百億円あったら何をするかという問いの答えは、〈日本中の家に地震対さくをする〉だった。

「私は署に戻りますから、ここで失礼します」

腰を上げ、桂木夫妻と影浦に挨拶をしてから出て行った。影浦に声をかけたのは、事件解決の功労者への敬意からなのだろう。

会社に戻る萬夫妻も、桂木夫妻の許へ行って言葉を交わす。レストランへの移動はなかなか始まらず、みんなが愚図愚図したがっているような中、鹿内が革のケースを肩に掛けてすっと立つ。

「楽器を部屋に置いて、先に行っています」

たまたま近くにいた私に声が飛んだ。

「素晴らしい演奏でした」

返事は「どうも」とそっけない。

「今度、火村を連れてコンサートに行きますよ。次の公演はいつですか？」

「いつやろ？」と呟いてから「すぐに思い出せないので、ネットで調べてください。きてくれたら、私も有栖川さんの本を読みます」

なんだバーター取引か、と思ったら、にこっと笑って出て行った。

悄然としたままの日根野谷に、今度は美菜絵が話しかけている。おっちゃん、女性に甘えすぎやで、と言いたくなったが、私も救われる気がした。

影浦と土井が、梨田の遺影に何か語りかけている。『淀殿』が本になったら仏前に供えたい、といったことのようだ。

鷹史は、ありし日の母の写真を両手にしたまま萬夫妻と立ち話を続けていた。梨田の手紙に同封されていた、あの写真。

梨田は「西脇で撮った」と記していたので、背景に写っているのは加古川だろう。カコちゃんという愛称は加古川に掛けてあるのかもしれない。その土手に立ったワンピース姿の夏子は、人間がよほど心を許した相手にだけ見せる笑みをたたえ、夕映えに照らされている。どんな状況で撮られたものか不明だが、休日のデートの時のものではなさそうだ。

この写真を見た途端に、私の脳裏に勝手なイメージが広がった。背景に小さく写っているのは、夏子が勤めていた織物工場ではないか？　二人は仕事帰りに待ち合わせて、川の土手を散歩していたのだろう。そこでこんな会話が交わされる。

――夕焼けがきれいやな。よっしゃ、ここで写真撮ろう。

――カメラを持ってきてるの？

魂が桎梏（しっこく）から解放されたせいか、梨田は堅苦しい標準語を脱ぎ捨て、子供の頃から馴染んだ言葉でしゃべっている。

――うん、持ってきてる。この前、神戸に遊びに行った時の写真まだ現像に出してなかったんや。

——どうして？　早く見たいのに。

二人が三十代だった頃にデジタルカメラというものはなく、デートで撮った写真をその場で見ることはできなかった。いたって不便だが、写真のプリントができ上がるのを待つ楽しみがあった、とも言える。

——フィルムが一枚だけ余ってたんや。もったいないから、ここで使い切ってから写真屋に持って行く。

——一枚ぐらい、残っていてもいいのに。

——ケチでごめんな。撮るから、そのへんに立って。逆光にならんように、もっと右へ寄る。

——あ、ストップ。後ろに気をつけて。

自転車が通り過ぎる。

——よし。撮るで、カコちゃん。

空想の短編映画の上映はそこまでにして、私は寝室を覗きに立つ。梨田が命を落とした部屋の戸口で佇んでいると、誰かが近づいてきた。

「鷹史さんって、色白で見た目はおっとりしていて、若殿みたいな雰囲気がありますね」

影浦だった。

「私は初対面からそう思っていました」

「そうですか。私は、ついさっき初めて思いました。駄目ですね」

「駄目ということはありませんけれど」

　私たちは戸口に並び、名残りを惜しむように室内を見回しながら話す。

「秀頼公もあんな顔立ちだったのかしら。太ってふっくらしていた、という記録もあるようですが」

「四百年以上前にＤＮＡ鑑定の技術があったら、秀吉は自分との親子関係を調べたんでしょうね」

「もちろん、やったでしょう。……いえ、怖くてためらったかもしれません。勧める家臣がいたら打ち首」

「石田三成あたりの首が飛んでいそうです」

「彼は疑惑の人でもあったから『殿、おやめになるのがよろしいかと』だったかしらね。身に覚えがなかったら『是が非とも鑑定を』」

　机の抽斗に目をやり、私は言う。

「梨田さんは〈鍵の掛かった男〉でした。秘密の扉の錠を解くのに苦労しましたけれど、内側からご自分で開けられたらよかったのにな、と思います」

「それが残念ですけれど、開かないままでなくてよかった。有栖川さんと火村先生のおかげです。——ところで」

急に口調が変わったので、用事でも言いつけられるのかと思った。

「私は〈鍵の掛かった男〉をもう一人知っていますよ。火村先生の秘密の扉だか抽斗だかも、いつか有栖川さんが開くんですか?」

これはまた悩ましいことをお尋ねだ。

「開いたら中のものが壊れてしまうこともあり得るので、迂闊な真似はできないんです。必要を感じたら試みるでしょうけれど、それは梨田さんと同じく、当人が死んだ後かもしれません」

「冗談でおっしゃったのでしょうけれど、不吉なことを言わせて、ごめんなさい」

影浦に真顔で謝られたところで、土井が「先生」と呼んだ。レストランに向かうらしいが、萬夫妻を含めてまだみんな祭壇のあたりで固まっている。

「有栖川さんは」土井が耳打ちしてきた。「今度の事件や梨田さんについて、本をお書きになるおつもりはありますか? 小説の形でもいいし、ノンフィクションでもかまいません。そのおつもりがおありでしたら、何卒弊社から——」

「私は書きません。影浦さんがいつかお書きになるのなら読んでみたい、と思いますけれどね。その場合はいくらでも取材に応じます」

小さな人の輪の中心にいるのは美菜絵だった。血色がよく、元気そうだ。影浦は、その肩に手を置いて言う。

「火村先生と有栖川さんの力で真相が明らかになりましたけれど、出発点はあなたと私の疑問でしたね。梨田さんが自殺なさるはずがない、という直感。お互いにそれを誇りましょう」

美菜絵は、いつにも増して潤んだ瞳で言う。

「私だけではどうすることもできませんでした。影浦先生が行動を起こしてくださったおかげです。感謝してもし切れません」

解決を喜んでいるだけではあるまい。梨田に関する大切な真実にたどり着くことができた一方、残酷な事実を知らねばならなかったのだから。

「あなたが協力してくださらなかったら、私こそどうすることもできませんでしたよ」影浦は言う。「ともあれ、肩の荷が下りましたね。悲しい結末になった事件のことは忘れ、しばらくはお仕事もお休みして出産に備えてください」

ここで貴和子が報告する。

「先生、赤ちゃんの性別が判っているんですって。まだ十五週目に入ったところなのに。お医者さんが教えてくれたんだそうです」

「異例の早さですけれど、赤ちゃんが股を開いていたら判るそうですよ。うちの初孫がそうでした。——だけど、楽しみが減りましたね。男の子か女の子か、早々に聞いてよかったのですか？」

影浦に言われて、美菜絵は「はい」と答える。

「産まれてくる子供の性別を教えていただくと事前に準備が捗りますから、よかったと思います。名前も決めました」

「女の子ならば、美人のお母さんに似るといいですね」

「男の子だそうです」

私がしゃしゃり出て、ひと言だけ忠告させてもらう。

「差し出がましいようですけど、日本の男らしい名前がいいですよ。耳で聞いて国籍や性別が紛らわしいのは一生苦労します」

日根野谷が大きく頷いた。

「ごっつい説得力があります」

桂木夫妻は、「大丈夫です」と揃って請け合う。どんな名前にしたのかと思ったら、鷹史が妻の腹にそっと手を置いて呼び掛けた。

「おーい、聞こえるか？　君と会えるのを楽しみに待っているよ、稔」

# あとがき

本格ミステリの被害者は「よく死んでいればいい」という冗談半分の言説があり、そのように描かれる場合も多いのだが、登場するなり死体になっている被害者にとことん向き合うこともできる。今回はそれを実践してみた、というより――〈小さなホテルに滞在し続ける正体不明の男〉というモチーフを芽にした『鍵の掛かった男』は、書き進めるうちにどこまでも被害者を巡る物語になっていった。初稿を書き上げた後で被害者の名前を検索してみたら、その数は千百五十八。ここまで被害者の名を連呼するミステリを書くことは、もうないかもしれない。書いている途中で「いつか書こうとしていた小説はこれだったのか」と気づくことがあるのを知った。

言わずもがなのことながら、作中の人物や舞台にモデルは存在しないことを付言しておく。

何十冊かの資料を使ったが、データの確認のために目を通したものが多く、参考文献として何を挙げるか決めかねる。「大阪春秋」誌（第115）をしばしば参照し、ホテルについては仕事を忘れて『ホテル博物誌』『ホテル百物語』『ホテルの社会史』（いずれも富田昭次・著）などを読み耽った。『霧に沈む戦艦未来の城』（福田紀一・著）は、執筆に入る直前に「中之島の話を聴いて刺激をもらおうか」と出向いた大阪大学総合学術博物館主催のイベントで、橋爪節也教授のお話に出てきたので知った。「今度は中之島を舞台にして書くんですか。知りたいことがあったら何でも訊いてください」と言ってくださった橋爪先生、ありがとうございます。脱稿して一ヵ月もしないうちに福田氏の訃報に触れたのを奇遇に感じた。この小説を書いたおかげで面白い本がたくさん読めたことを喜んでいる。作家の余禄だろう。

書くべきことを書いていたら当初の予想した枚数ではとても収まらず、火村英生を探偵役とするシリーズで最長の作品になった。本になって無事に書店に並ぶ頃、どこかへ骨休めに出掛けて事件の起きないホテルでのんびりしたいと思っている。

執筆にあたって大変お世話になった方々に謝意を表します。

東京医科歯科大学法医学分野・解剖技官の小松亜由美さんは法医学上の知識を授けてくださり、細かな質問にも丁寧なご回答を頂戴しました。

ふだんから親しくしていただいている弁護士の和田誠一郎さんには三十年前の事故・事件の量刑についての詳細なレクチャーを受けました。それがなければ、この小説は土台がガタガタになっていたでしょう。

ミュージカル・ソウ奏者のAndre（安藤玲子）さんには興味深いお話だけでなく鋸音楽の入門レッスンもしていただきました。

皆様に篤く御礼申し上げます（もしも作中に誤りがあれば、作者の責に帰します）。

お名前を記す紙幅がありませんが、他にも大勢の方に助けられました。

装幀の大路浩実さんには、「いつもありがとうございます」。おかげでミステリアスな梨田稔と対面できました。

原稿が仕上がるのを辛抱強く待ち、サポートをしてくださった幻冬舎の志儀保博さん。随分とお待たせしてしまい、すみません。気持ちよく励まされながら書けました。

欧米の作家の本を読むと、謝辞に配偶者や家族の名前が必ず出てきます。日本人は照れと遠慮から控えがちですが、末尾で一度書いておくことにしました。創作の意欲と環境を常に与えてくれる妻に感謝します。

二〇一五年九月三日

有栖川有栖

# 文庫版あとがき

作中で建設途上の様子がちらりと出てくる中之島フェスティバルタワー・ウエストは二〇一七年春に完成し、高さ二百メートルのツインタワーが揃った。同ビルには〈コンラッド大阪〉が入り、中之島の〈ホテルの島〉らしさは増している。

また、二〇一八年には同ビルに〈中之島　香雪美術館〉のオープンが予定されており、大阪大学医学部跡地に建設が計画されている大阪新美術館（仮称）ができれば、〈アートの島〉としての性質も強まるだろう。

アートと言えば——本書を上梓した後、橋爪節也教授から『戦後大阪のアヴァンギャルド芸術』（橋爪節也・加藤瑞穂・編著　大阪大学出版会）という本をいただいた。銀星ホテルが建っているあたりには、かつて前衛芸術運動〈具体〉の本拠地で、蔵を改造した〈グタイピナコテカ〉があった。その当時の様子を伝える写真や作品に触れながら、中之島の面白さ、奥深さにあらためて感じ入った。

現在、そこには〈三井ガーデンホテル大阪プレミア〉が建ち、同ホテルのロビーには〈グタイピナコテカ〉跡を示す顕彰史跡パネルが設置されている。『鍵の掛かった男』では、世界的に有名だった芸術運動をなかったことにしてしまったようで申し訳ない。作中で桂木夫妻に「昔、このあたりに〈グタイピナコテカ〉があって……」と話させると、〈具体〉の説明からしなくてはならないので省いたのである。

本書をお読みになった方に、「初めて中之島を歩いてきました」「何度も行ったことがあるけれど、見る目が変わって発見があった」などと言ってもらった時は、本当にうれしかった。時間が経過するほどに、作中の描写と食い違う箇所も出てくるだろうが（中央公会堂の地下の名物だったオムライスは、中之島北側の辯護士會館の地下へ）、その点はご容赦を。

装丁の大路浩実さんには、単行本とは違ったイメージの素晴らしい表紙を与えていただき、大変喜んでおります。

編集部の志儀保博さんにも、単行本から引き続きお世話になりました。感謝申し上げます。

最後に、この長い捜査と推理の物語をお読みいただいた皆様へ――ありがとうございます。

二〇一七年八月二十四日

有栖川有栖

# 解説

中条省平

有栖川有栖は、日本の本格推理小説を担って立つ作家です。

作家本人に「担って立つ」などという気負いはないかもしれませんが、彼がこれまで様々な機会に表明してきた「本格推理小説」への思い入れの深さと、30年近い経歴のなかで達成した作品の質量両面における充実ぶりは、有栖川有栖を日本「本格」の雄として推すに十分です。

しかし、ここで「本格」とは何かという、原理的であると同時に、「取扱注意」的な面倒くさい問題に踏みこむのはやめておきます。ごく単純化していうなら、名探偵が登場してあくまで合理的、論理的に事件の謎を推断すること、犯罪には密室殺人を究極のアイテムとして様々なトリックが仕掛けられること、「読者への挑戦」という形式をはじめパズル小説として読者の推理欲を刺激してやまないことなどを、大まかに「本格」の条件としておきましょう。それらの根本条件に鑑みて、有栖川有栖のミステリは「本格」の規範的な達成であるといえます。

しかし、こうした本格推理の形式的特性には、じつは有栖川有栖という作家の書く小説の本質が潜んでもいるのです。

本作『鍵の掛かった男』は、有栖川ミステリの2大シリーズのひとつである「名探偵・火村英生もの」の最新作です（もうひとつのシリーズはいわずと知れた『双頭の悪魔』『女王国の城』で有名な「江神二郎もの」）。この火村英生シリーズでは、作者自身と同じ名前のミステリ作家・有栖川有栖が「私」として小説中に登場し、シャーロック・ホームズものにおける語り手兼友人のワトソンの役を務めます。本作のなかで、その有栖川有栖が、音楽家の鹿内茉莉香と事件の舞台となった町を歩きながら、ミステリについて話をする場面があります。そこで有栖川はこう語ります。

「『文学は答えのない謎を扱いますけど、ミステリは答えのある謎を扱うてるんです……あらかじめ解けないと判ってる謎に挑むのは、書きようによってはいくらでも手を抜けて楽なもんです』……苦くシニカルな結末をつけた小説というのはお涙頂戴に匹敵するほど書くのが容易で、それでいて作者が馬鹿に見えにくいという利点を持っている。皮肉で楽をするより毒のある小説にチャレンジする方がまだいい」

人生が根源的に不条理なものであるとしても、その人生を描く文学が不条理に居直ってシニカルに答えを放りだすのは卑怯だ。不条理に見える闇のなかから、合理的な答えを導きだすことが、ミステリ作家の矜持なのだということです。このジャンルの始祖エドガー・アラン・ポー以来、「合理性」こそが本格推理小説の拠って立つ基礎なのです。それをゲームの規則として保持したうえで、どれほど人生の不条理や闇に迫ることができるかが、ミステリ作家の腕の見せどころになるわけです。ここで語り手・有栖川有栖が強調しているのは、そうした本格推理小説の本質的条件であり、醍醐味であり、また限界でもあります。なんと潔い決意でしょう。

そうした本格推理小説の諸条件から見て、この『鍵の掛かった男』がどのように位置づけられるかというと、いささか微妙な問題をはらんでいます。

まずはタイトルです。これは当然「鍵の掛かった部屋」、すなわち、「ロックド・ルーム（密室）」のもじりです。

「火村英生もの」の記念すべき第1作は、その名も『46番目の密室』と題され、その劈頭（へきとう）にはこんなエピグラムが掲げられていました。

密室を愛し、
密室を憎む、
すべての人々に――

すなわち、「密室」は、有栖川ミステリにとって特権的なテーマだという宣言でした。

しかし、本作『鍵の掛かった男』に密室は登場しません。この作品で鍵の掛かっているのは人間であって、部屋ではない。したがって、作品の主題もまた、密室ではなく、閉ざされた人間の過去という謎であり、いかにも「本格」らしいケレンをほとんど拭い去った仕上がりになっています。有栖川ミステリのなかで、異端的な場所を占めるというか、実験的な色彩をもつ作品ともいうことが可能な作品なのです。

そのうえ、この小説の舞台となるホテルは、全室オートロックなので、被害者や殺人者の意志とはまったく無関係に、すべての部屋が自動的に密室になってしまうのです。密室殺人という趣向にたいする何というアイロニーでしょうか。

この密室の不在という特徴に加えて、『鍵の掛かった男』は事件のトリック性の稀薄さでも際立っています。この小説には、しばしば本格推理小説への非難の的となるわざとらしい

ます が)。

人工的な仕掛けはほとんど見られません(手紙の隠し場所というささやかなトリックはありますが)。

　さらに、本作の三つ目の特色になっているのは、名探偵・火村英生がなかなか動きださないことです。代わって、探偵助手にして語り手の「私」＝有栖川有栖が、この大長篇の前半5分の3で主人公の探偵役を務めることになります。

　本作の軸となる事件は、大阪・中之島の魅力的な「銀星ホテル」で起こる梨田稔という老人の首吊りです。警察はこれを自殺と判断しますが、梨田の知人の大作家・影浦浪子はこれに異議を唱え、同業者である有栖川有栖に依頼して、有栖川の親友の名探偵・火村英生の出馬を仰ぐことにします。しかし、大学准教授の火村は入試の季節ということもあって何かと多忙で、その不在のあいだ、有栖川が調査に乗りだすことになるのです。

　この手法は、小説全体の雰囲気を本格ものとはかなり変えています。名探偵・火村と違って、超絶的な頭脳よりごく普通の足を使う有栖川の事件調査は、一種の地誌紀行ともいえるトーンを生みだすからです。これに調査の依頼人である影浦浪子の完成しつつある歴史小説『淀殿』の話題が加わって、本作は大阪の地理と歴史をめぐるエッセーとしても抜群の楽しさをもっています。そう、かくいう私はこの小説を読んでいるあいだじゅう、大阪の紋切型でない新鮮な魅力に捕らえられ、大阪に行きたい(できれば本作の事件現場になったような素敵なプチホテルに泊まりたいなあ）と思っていました。

しかし、この地誌的な記述は意外な重要性をもっています。

本書の巻頭には、本文に先だって、事件現場となった中之島周辺の地図が載っています。この地図を見ると、中之島とは、二筋の川の水に囲まれた文字どおり「島」であることが分かります。また、本文では、中之島に住む人を「島民」という言葉で呼び、第一章は「ある島民の死」と題されています。「ある島民」とは、もちろん死んだ梨田稔のことを意味しています。そして、梨田はしばしば、銀星ホテルのシンボルのひとつである島のタペストリーを見ながら、「――この島で死ぬのも悪くない」と呟いていたのです。つまり、この銀星ホテルそのものが、中之島と同じく、島として意識されているのです。

ここでもう一度、冒頭の地図に戻ります。この中之島の地図を特徴づけているのは、おびただしい橋の存在です。まるで橋を渡らなければ、この閉ざされた島からは出られないかのごとくです。しかも、橋とは、日本の文化的伝統において、此岸と彼岸、この世とあの世をつなぐ通路と見なされているのです。私がこの連想をしたのは無根拠ではありません。この世とあの世をつなぐ橋の描写として日本文学史上最も高名なものに、近松門左衛門が書いた『心中天網島（しんじゅうてんのあみじま）』ラスト近くの「道行名残の橋づくし」がありますが、まさにこの場面は中之島の近辺で展開されるのです。じっさい、この橋づくしで、「十九と二十八年の、今日の今宵を限りにて、二人の命の捨て所。爺と婆との末までも、まめで添はんと契りしに、丸三年もなじまいで、この災難に大江橋」と出てくる大江橋も、『鍵の掛かった男』の巻頭地図に載っています。

中之島と、その島にあるもうひとつの島である銀星ホテルは、初めから死と深い関わりがある場所として描かれているのです。

この点でもうひとつ注目すべきは、こぼれ話のように言及されるふたりの人物、淀川長治とコーネル・ウールリッチのエピソードです。表面的にはなんの関わりもない人々ですが、じつはこのふたりには、死ぬまでホテル暮らしを続けたという共通点があります。そして、淀川長治は晩年を過ごした全日空ホテルに引っ越したとき、「ここのエレベーターに棺桶は入りますか?」と訊いたというのです。本作の梨田稔も、銀星ホテルの部屋で生涯を終えるつもりでした。『鍵の掛かった男』における有栖川有栖の一見、散文的なガイドブックのような叙述のなかには、中之島~銀星ホテル~ホテルの個室~棺桶というイメージの連鎖があり、それが大から小へとつながる見事な換喩的な構造をもって描かれ、そこに主調となる〈死〉のテーマが埋めこまれているのです。なんと巧妙な小説作法であろうと感嘆させられます。

さて、有栖川有栖は梨田稔が亡くなった銀星ホテルに泊まりこみ、その死に関わりえたホテルの関係者や泊まり客たちへの聞き込みを行います。その淡々とした受け答えのなかから、ホテルに集う人々の人生模様がモザイクのように描かれていきます。『鍵の掛かった男』は、映画でいえば、不特定多数の人々が一か所に集ってひとつの物語を彩る「グランド・ホテル」形式のドラマとしても秀逸な出来栄えになっています。

その結果浮き彫りになるのは、梨田稔という「鍵の掛かった男」の人生の謎と真実です。

そもそも、この小説の独創性は、梨田の死が自殺なのか他殺なのか判明しないという事実そのものにあります。名探偵・火村は相棒の有栖川にむかってこんなふうに語ります。——こんな調査は初めてだ。いつも自分たちは殺人事件の報せを受けて、あるいは殺人現場に居合わせて捜査に乗り出した。だが、今回は他殺とも自殺とも分からないので、まず被害者について知ろうと躍起になっている。こんなに死者と向き合った覚えはない。——それを受けて有栖川有栖は、死者と向かいあうことの意味をこう悟るのです。

「梨田稔の死に対して火村と私にできるのは、探偵すること。それで殺人をこの世から根絶することはできないが、死者を弔い、悼み、忘れないことにはつながる」

小説『鍵の掛かった男』が開いた新たな地平とは、探偵することは死者への鎮魂にほかならないという哲学的な局面ではないでしょうか？　本書のなかで、しきりに阪神・淡路大震災と東日本大震災の災厄が語られ、その無数の死者の姿が召喚されるのも、その主題の痛切さと切り離すことができないでしょう。その意味で、小説の舞台となった中之島と銀星ホテルは、無数の死者の鎮魂のために小説家・有栖川有栖が構想した巨大なエピタフのように思えてきます。

最後に、本書のタイトルについてもう一度触れておきます。

「鍵の掛かった男」は、第一義的には、過去を抹殺し、自殺か他殺か判然としない死を迎えた梨田稔のことを指しています。しかし、本書を読んでいくうち、何度か言及されているように、探偵・火村英生もまた自分の殺意を秘め隠す「鍵の掛かった男」であり、この鍵の掛かった男の心の密室が開かれるとき、「火村シリーズ」も終焉を迎えるのではないかという期待（危惧？）が高まってきます。

しかし、本書の最終盤で、第3の「鍵の掛かった男」が出現して読者をあっといわせるはずです。その人物はこんなふうに語ります。

――言わない方がいい。言わないまま死んだ方がいい。

この人物は、人間は何もいわないまま、心に鍵の掛かったまま死んだほうがいい、という確信を抱き、その思いに突き動かされて行動したのです。しかし、その鍵のかかった人の心を探偵である火村が解いてしまうのです。なんという苦い結末でしょう。先ほど私は語り手・有栖川有栖の「毒のある小説」という一節を含む引用をおこないましたが、有栖川ミステリの強烈な毒はここに極まったという感があります。この毒に痺れて、私はまた有栖川有栖の世界を再訪することになるでしょう。

――学習院大学フランス語圏文化学科教授

地図作成　美創

この作品は二〇一五年十月小社より刊行されたものです。

## 幻冬舎文庫

●好評既刊
### 作家小説
有栖川有栖

ミステリよりミステリアスな「作家」という職業の謎に、本格ミステリ作家・有栖川有栖が挑戦。怯える作家、書けない作家、壊れていく作家……。コメディでホラーな、作家だらけの連作小説集。

●最新刊
### 沈黙する女たち
麻見和史

廃屋に展示されていた女性の全裸死体が、会員サイト「死体美術館」にアップされた。次々起こる廃屋での殺人事件、正体不明の脅迫者。真相は一体？「重犯罪取材班・早乙女綾香」シリーズ第2弾。

●最新刊
### Mの女
浦賀和宏

ミステリ作家の冴子は、友人・亜美から恋人タケルを紹介されるが、冴子はタケルに不審を抱く。やがて彼の過去に数多くの死を知った冴子は？大どんでん返しの連続。これぞミステリ！

●最新刊
### 狂信者
江上　剛

フリーライターをしている恋人の慎平が高年収に魅せられ入社した投資会社の、年金基金の運用実態に疑念を抱く新聞記者の美保。彼女が突き止めた驚くべき真相とは？　迫真のクライムノベル！

●最新刊
### 極楽プリズン
木下半太

理々子は、バーで出会った男から、「恋人を殺した罪で刑務所に入っていたが、今、脱獄中だ」と打ち明けられる。ありえない話だが、のめり込む理々子。どんでん返しの名手による、衝撃のミステリ！

# 鍵の掛かった男

有栖川有栖

平成29年10月10日　初版発行

発行人――石原正康
編集人――袖山満一子
発行所――株式会社幻冬舎
〒151-0051東京都渋谷区千駄ヶ谷4-9-7
電話　03(5411)6222(営業)
　　　03(5411)6211(編集)
　　振替00120-8-767643
印刷・製本―中央精版印刷株式会社
装丁者――高橋雅之



幻冬舎文庫

ISBN978-4-344-42651-1　C0193　あ-23-2